시나리오
레시피

시나리오 레시피

레시피

8가지 장르 스토리
창작을 위한 작법서

홍지운 지음

요다

제가 요리를 배우기 시작했을 때, 부엌이 미궁처럼 보였습니다. 만들고 싶은 메뉴는 있지만, 맛을 짐작할 수 없는 조미료와 식자재들을 놓고 어떤 조리 과정을 거쳐야 할지, 헤매고 또 헤맬 뿐이었습니다. 처음으로 글을 썼을 때처럼요.

『시나리오 레시피』는 제가 수많은 요리책을 통해 하나씩 메뉴를 완성하고 조금씩 주방에 익숙해졌던 것처럼, 각종 장르에 숙달되고픈 이들이 그 과정과 의미를 천천히 짚어나가며 시나리오를 작성할 수 있도록 만든 가이드라인입니다.

이 가이드라인이 매뉴얼이 아니라 레시피인 데에는 이유가 있습니다. 장르의 관습을 다루기는 하겠지만, 이는 철의 법칙이나 피의 맹약과는 거리가 멀 거예요. 정답을 제시하기보다는 가벼운 견본을 보여주는 편에 가깝지요. 경험을 통해 익힌 효율적인 동선과 기능적인 배치의 노하우를 최대한 풀어볼 생각입니다.

이 책은 어디까지나 레시피니까 반드시 따라할 필요는 없습니다. 똑같은 카레 레시피를 참고하더라도 냉장고 사정에 따라 오징어를 넣기도 하고 채소튀김을 넣기도 하는 것처럼요. 그래서 여러분이 제 레시피를 참고해 자신만의 독창적인 요리를 만드는 데까지를 이 책의 목표로 잡았습니다.

책의 구성과 그 목적을 짧게 짚어볼까요? 1부와 2부는 각각 '나의 성장'이 중심이 되는 장르와 '대상의 행방'이 중심이 되는 장르로 나눴어요. 1부에는 슈퍼히어로물, 로맨스물, 탐정물 그리고 좀비물이 포함되고 2부에는 케이퍼물, 스릴러물, 슬래셔 호러물, 하이스트물이 포함되지요.

각 장르 레시피는 통일된 형식으로 설명할 거예요. 먼저 여러분이 만들 장르에 필요한 식재료부터 정리해보지요. 부엌에서 파스타면과 토마토 그리고 버섯을 다루듯이, 여러분은 백지를 도마 삼아 주인공을 비롯한 여러 등장인물을 요리해야 하니까요. 같은 감자라 하더라도 샐러드에 어울리는 감자와 으깨 먹기 좋은 감자의 종이 다른 것처럼, 어떤 유형의 인물을 어떻게 요리하면 좋은지에 대한 팁도 이야기할 테고요.

각 장에서는 장르별로 '배경 설정'과 '인물 구성' 그리고 '이야기 구조'를 다룰 때 알아두면 좋을 것과 주의할 것을 간략하게 정리할 거예요. 이 세 가지 항목은 각각 소스와 식재료 그리고 조리 과정이라고 보면 됩니다.

우리는 배경 설정이라는 '소스'로(오, 이 작품은 2010년대까지 대한제국이 지속되는 가상의 세계를 배경으로 하는 이야기군요!), 각종 '식재료'에 맛을 더해(아하, 활달하고 소시민적이지만 사실은 공주라는 출생의 비밀을 가진 청소년이 주인공이네요!), 볶고 익히고 끓이고 지지는 등의 '조리 과정'을 거쳐(이런, 주인공이 차기 황제가 되기 위해 성인식을 치뤄야 하는데 라이벌 황손에게 사로잡혔으니 이 사건을 해결해야만 해요) 이야기를 완성하는 것이지요.

마지막으로는 앞서 준비한 소스와 식재료 들을 어떤 순서로 요리할지가 나와야겠지요? 요리에서 면을 삶고 양송이를 볶는 등의 조리 과정은 시나리오에서 등장인물에게 일어나는 사건과 같습니다. 그러니 저는 각 장르의 '이야기 구조' 파트에서 시나리오 속 사건을 효율적인 순서로 배치하는 방법을 제시할 거예요.

다시 한번 강조하지만, 이 책은 레시피일 뿐이에요. 여러분은 제가 정리한 가이드라인을 기준으로 시나리오에 독특한 소스를 넣을 수도 있고(고추냉이 간장 파스타를 만들겠어!), 등장인물의 유형에 여러분의 취향을 넣을 수도 있으며(일식풍이니까 가다랑어포와 치킨 가라아게를 넣을까?), 그에 따라 조리 과정을 추가할 수도 있을 거예요(파스타지만 가라아게도 들어가니까 튀기는 과정을 더해야겠군!).

나아가 저는 상상도 못 한 여러분만의 독창적인 요리를 만들기를 기대합니다. 이 책은 그날이 올 때까지 여러분을 보조하는 어시스턴트 정도로만 여겨주기 바랍니다. 서점에서 파는 레시피로 만든 요리를 그대로 테이블에 내놓는 식당은 없겠죠. 여러분들이 명작을 만들기 위해서는 제 레시피에 만족하지 않고, 본인만의 비법이 되는 무언가를 더해야만 할 거예요!

차례

2부 대상의 행방

1부

나의
성장

슈퍼히어로
레시피

△ 슈퍼히어로물의 네 가지 요소

① 슈퍼히어로의 기원(오리진)

② 가면 안팎의 슈퍼히어로

③ 슈퍼히어로의 성장

④ 슈퍼빌런과의 갈등

△ 배경 설정

① 슈퍼히어로의 초능력

능력을 다루는 방식의 참신함, 능력의 한계와 제약

② 슈퍼히어로가 활약할 무대

- 일상: 주인공의 민낯

- 비일상: 슈퍼히어로의 가면

(일상과 비일상의 간극이 클수록 자극적)

△ 인물 구성

① 주인공

② 슈퍼히어로

③ 상징적 아버지

④ 빌런

⑤ 연인

⑥ 훼방꾼

⑦ 친구

△ 이야기 구조

프롤로그 - 일상 - 능력의 각성 - 의무의 각성 - 애도 - 슈퍼히어로 데뷔 - 1차 갈등

- 1차전 - 2차 갈등 - 2차전 - 에필로그

슈퍼히어로로 가능한 메뉴는 무척 다양합니다만, 여기서는 가장 전형적인 구성을 다루려고 합니다. 다음 네 가지 항목을 중심으로요.

① 슈퍼히어로의 기원(오리진)을 다룬다.
② 가면 안팎의 슈퍼히어로를 다룬다.
③ 슈퍼히어로의 성장을 다룬다.
④ 슈퍼빌런과의 갈등을 다룬다.

슈퍼히어로물 중에서 마블 시네마틱 유니버스(이하, MCU) 시리즈를 떠올려보세요. 그중에서도 각 슈퍼히어로의 시리즈 1편을 중심으로요. 제가 여러분들에게 제공할 슈퍼히어로물 템플릿이 이 작품들에 가장 가깝거든요.

MCU 시리즈는 얄미울 정도로 하나의 레시피를 반복합니다. 그런데도 작품마다 진부하지 않고 언제나 새롭지요. 이는 플롯 구성을 반복하는 것과 참신한 것은 별개라는 증거이기도 합니다. 오히려 완성도 높고 안정적인 플롯을 활용함으로써 새롭고 도전적인 이야기를 쓸 수 있다는 증거라고 해야 옳겠네요.

그 하나의 레시피는 무엇일까요? 원형신화의 변주입니다. 원부살해신화(原父殺害神話)라는 개념은 다양하게 쓰이는데요. 여기서는 지그문트 프로이트가 『토템과 터부』에서 말한 '원형신화'의 개념으로 이해하면 되겠습니다.

프로이트에 따르면, 원시 부족 사이에서는 유사한 내용의 신화가 전해진다고 해요. '최초에 부족의 모든 것을 소유한 아버지가 있었다. 하지만 이 아버지의 힘을 질투한 아들들이 아버지를 살해했다. 그리고 아버지의 권력을 나눠 갖는 동시에, 죽은 아버지를 신적인 존재로 추앙하고(토템), 다시는 아버지와 같이 모든 것을 독점하는 사람이 나오지 않도록 서로를 견제했다(터부).'

투박한 요약이지만, 이 정도로도 이후에 나올 레시피를 충분히 이해할 수 있을 것입니다. 우리 모두가 알고 있는 고전인 셰익스피어의 『햄릿』을 예로 살펴보죠.

『햄릿』은 인물 간의 구도가 하나의 원형이라고 할 수 있을 만큼 명확해요. MCU 시리즈는 『햄릿』이 제시한 모델을 충실히 따릅니다. 『햄릿』이야말로 슈퍼히어로물의 초창기 시나리오라고 할 수도 있겠네요.

『햄릿』의 줄거리를 요약하면 이렇습니다. 덴마크의 왕자 햄릿은 유령이 된 아버지에게, 사실 아버지의 죽음은 병사가 아닌 삼촌에 의한 독살이었으며, 삼촌은 아버지를 죽인 후 왕국과 왕비를 갈취한 악당이라는 진상을 듣게 됩니다. 그리고 햄릿은 미친 척 연기하며 복수를 계획하지요.

프로이트가 이야기한 『토템과 터부』와 셰익스피어가 쓴 『햄릿』 사이의 유사성이 보이나요? 권력을 독점하던 햄릿의 아버지인 선왕은 죽어서 (귀)신이 되었지요(토템). 선왕을 죽인 동생(햄릿의 삼촌)은 선왕의 재산을 부당하게 독점하려고 합니다(터부). 햄릿은 이 모든 것을 원래대로 되돌려야 하는 의무를 부여받지요. 그의 아버지인 귀신으로부터요.

MCU 시리즈와 비교해보지요. 아크 원자로 이론을 개발한 하워드 스타크와 아크 원자로를 완성한 토니 스타크, 아크 원자로 기술을 독점하려는 오베디아 스탠. 슈퍼 솔저 혈청을 만든 에이브러햄 어스킨과 그가 선택한 계승자인 스티브 로저스 그리고 유일한 슈퍼 솔저로 남으려는 레드 스컬. 아스가르드의 지배자인 오딘과 그의 정당한 계승자인 토르 그리고 왕위를 빼앗으려는 로키. 온종일 읊을 수도 있지만 이 정도로도 예시는 충분하겠지요.

이러한 삼자 구도는 영웅이 등장하는 작품에서 자주 보입니다. '주인공의 아버지 격인 멘토가 악당에게 살해당하고, 악당은 아버지 격인 멘토를 죽임으로써 그가 숨기고 있던 힘을 독점하려고 한다. 주인공은 악당과 싸워 이를 막으려고 한다.' 익숙한 이야기지요? 디즈니의 걸작 애니메이션인 〈라이온 킹〉조차도 이런 구성이니까요.

왜 수많은 작품이 『토템과 터부』에서 제시한 원부살해신화와 유사한 공식으로 진행될까요? 답은 간단합니다. 보편적인 성장담의 틀을 갖추고 있기 때문이지요. 우리는 모두 어린아이였어요. 보호자의 크고 작은 도움을 받아 성장했고요. 하지만 야속하게도 우리가 성장하는 만큼 우리의 보호자는 노쇠하지요. 그러니 우리는 어른이 되고 난 후에 얻은 힘을 아버지를 대신해 어떻게 사용해야 할지 고민하지 않을 수 없습니다.

일상의 '나'가 슈퍼파워를 얻어 비일상의 '슈퍼히어로'로 변한다는 슈퍼히어로물의 오리진 스토리는 성장 과정에 대한 직간접적인 비유였어요. 잘 살펴보면 뱀파이어나 늑대인간을 소재로 한 작품과 슈퍼히어로물이 많이 닮았다는 것을 알 수 있지요. 변신 끝에 얻은 초능력은 이차성징에 대한 상징이기도 하거든요.

늑대인간을 보세요. 털이 나지 않던 부위에 털이 나고, 짐승 같은 충동을 견디지 못해 밤마다 흥분해 짖어대면서며 동네를 들쑤시고…. 사춘기 소년 그 자체 아닌가요? 그리고 이런 육체적 변화는 정서적 변화로도 이어집니다. 내가 달라졌다는 사실에 공포, 분노, 슬픔을 느끼다가, 육체적 성장이 삶을 쾌적하게 만든다는 것을 깨닫는 순간 환희, 쾌감, 오만을 느끼니까요.

이 변화를 어떻게 받아들이느냐에 따라 인물은 (어른으로) 성장하거나 (짐승으로) 퇴행하는 두 가지 선택지 중 하나를 고르게 됩니다. 우리의 주인공이 선한 인물이라면 성장을 선택할 거예요. 성장담은 슈퍼히어로물의 중요한 화두인 거죠.

햄릿과 그의 삼촌이 선왕 자리를 두고 다투는 것처럼, 슈퍼히어로와 슈퍼빌런이 갈등하는 구도는 상징적 아버지라는 신화와 권력을 계승하는 방향성의 차이를 교차하고 대비하게 합니다. 단순하게 도식화하면, 누군가가 성장을 통해 얻게 된 힘을 모두를 위해 올바른 방향으로 쓰면 슈퍼히어로가, 자신만을 위해 올바르지 못한 방향으로 쓰면 슈퍼빌런이 되는 것이라고나 할까요? 힘을 쓰는 방법 또한 상반되게 묘사함으로써 성장에 대한 고민이 입체적으로 구현되는 것이기도 하지요.

원부살해신화 구도가 보편적이긴 하지만 완전한 것은 아니에요. 아버지의 죽음과 그의 자리를 계승하려는 아들들의 경쟁이라니, 참으로 가부장 중심적이지요! 물론 성별과 무관하게 이 구도를 사용해도 좋지만, 이 방법으로 담지 못하는 이야기도 있습니다. 그런 이야기는 다른 장에서 이야기해보도록 하지요.

아, 중요한 내용은 아니지만 빼먹기에는 섭섭한 이야기를 덧붙이고 갈게요. 아버지가 독점하고 있었으나 악당이 빼앗으려는 힘(터부)은 흔히 이런 키워드로 제시됩니다. '신(절대자)', '불사', '빛', '완전한 합일', '동일한 꿈', '시간 조작', '세뇌', '독심술' 등. 그리고 주인공이 이에 저항하기 위한 힘은 악당이 독점하려는 힘과 동일하거나 반대 키워드인 경우가 잦지요. 그 키워드는 대개 '인간', '부활', '불꽃', '동료', '이별', '타임루프', '연대', '관찰' 등입니다. 어떤가요? 떠오르는 작품이 있나요?

배경 설정

슈퍼히어로의 초능력

우리의 주인공에게 '슈퍼파워'와 '슈퍼히어로'라는 명칭을 주도록 합시다. 먼저 주인공의 슈퍼파워는 어떻게 설정하면 좋을까요?

하늘 아래 새로운 것은 없다는데, 초능력의 영역은 특히 그렇죠. 더욱이 일본 만화 덕분에 이런 소재들이 넘쳐나게 되었기에 이제 어지간한 상상력으로는 참신하다는 소리를 듣기 힘들어졌어요. 정말이지 온갖 것이 다 나왔거든요.

하지만 중요한 건 능력의 참신함이 아니라, 능력을 다루는 방식의 참신함이에요. 텔레포트(순간이동) 초능력은 평범해 보이지만 『어떤 과학의 초전자포』의 시라이 구로코처럼 텔레포트로 못을 날려 공격하거나 사람의 위아래를 뒤바꿔 넘어트리는 식으로 다양하게 활용할 수도 있지요.

그리고 이건 팁. 슈퍼히어로에게 능력을 줬다면 제약도 주세요. 초능력 사용 횟수, 시간, 위력에 한계가 있다거나 능력을 쓸 때마다 대가를 치른다는 식의 제약은 관객이나 창작자가 이후의 전개를 상상하게 돕는 역할을 합니다.

물론 이 제약에 얽매여서는 안 됩니다. 만화 『유유백서』의 주인공에게는 '영환'이라는 필살기가 있어요. 손가락 끝에서 영력의 빛이 나오는 기술인데요. 주인공은 악당과 싸우던 중 상대가 너무 재빠르자, 영환을 거울에 반사해 악당을 쓰러뜨려요. 동료가 "어? 이게 가능해?"라고 묻자, 주인공은 "그냥 한번 해봤는데 되네!"라고 답할 뿐이었고요. 얼렁뚱땅 설정을 더한 셈인데, 그래도 이야기가 재밌으니 아무렴 어떠냐는 식이 된 거지요.

슈퍼히어로가 활약할 무대

1부 '나의 성장'에서 다룰 네 장르의 주인공들에게는 일상의 영역과 비일상의 영역이 주어집니다. 우리의 슈퍼히어로에게도 이 두 영역을 주도록 합시다. 슈퍼히어로물에는 일상과 비일상을 구분하는 무척 편리한 도구가 있어요. 슈퍼히어로의 가면이지요. 가면을 벗으면 일상, 가면을 쓰면 비일상. 간단하지요?

물론 모든 슈퍼히어로가 정체를 숨기기 위해 가면을 쓰는 건 아니에요. 가면을 쓴 슈퍼히어로도 시리즈가 이어지면서 그 의미가 퇴색되기도 하고요. 하지만 이 책은 어디까지나 따라 하기 쉽도록 레시피를 제공하는 것이니 보편적인 코드를 차용하도록 하지요.

가면을 쓴 주인공이 이중 신분으로 살며 일상과 비일상 사이에서 아슬아슬한 줄타기를 한다는 이야기는 그 자체로도 흥분되지요. 이 모순만으로도 재미난 갈등은 다 우려낼 수 있으니까요. 주변 사람들에게 자신의 정체를 숨겨야만 하는 상황에서 나오는 긴장감. 영웅의 삶과 시민의 삶이 충돌하는 순간. 슈퍼히어로물의 감칠맛 대부분은 여기서 나온다고 봐도 좋습니다.

무대는 시간과 공간 둘 다 고민해주세요. 우리가 사는 21세기 대한민국과 완전히 다른 세상을 그려도 좋고, 가상의 사건이 일어난 17세기 조선을 배경으로 해도 재밌겠지요. 우리가 감정이입하기 편하도록 근미래의 대한민국을 다뤄도 괜찮을 거예요.

우선 시대 설정에 대한 이야기를 나눠보지요. 김진태의 『신한국 황대장』과 마블 코믹스의 『울버린: 올드 맨 로건』을 예로 들어볼게요. 『신한국 황대장』은 1990년대 중반 김영삼 정권을 무대로 하고 있어요. 당시 한국사회에서 일어난 크고 작은 사건을 배경으로 황당무계한 슈퍼히어로가 활약하지요. 『울버린: 올드 맨 로건』은 21세기 말 황폐화된 가상의 미국을 무대로 극적인 사건이 일어납니다.

두 작품의 차이가 느껴지나요? 작중 사건이나 분위기가 크게 다르지요. 『울버린: 올드 맨 로건』처럼 현실 사회에서 괴리될수록 비일상적인 사건에 대한 설득력이 높아질 거예요. 반대로 『신한국 황대장』처럼 현실 사회와 가까울수록 시사적인 문제를 다루기 좋을 테고요. 각자 매력이 있으니 우열을 따지기보다, 하고픈 이야기와 주인공에게 걸맞은 시간대를 생각해보세요.

다음으로는 일상의 공간을 이야기해보지요. 일상이라고 해서 주인공이 소시민이어야만 한다고 생각하지는 않겠지요? 부자나 범죄자처럼 소시민의 범주에 들어가지 않는 사람에게도 일상은 존재하니까요. 어느 쪽이든 이야기로서 매력적인 일상이기만 하면 됩니다. 〈스파이더맨〉의 피터 파커라면 학교 공부와 아르바이트를 전전하는 비정규직의 일상이어서 공감을 불러일으키는 데 유리할 테고, 〈아이언맨〉의 토니 스타크라면 누구나 한번은 상상해봤을 법한 대재벌 셀럽의 일상이어서 흥미를 끄는 데 유리하겠지요.

마지막으로 비일상의 공간에 대한 가이드라인입니다. 주인공과 빌런의 슈퍼파워를 활용하기 위한 공간임을 염두에 두세요. 능력을 가장 잘 발휘할 수 있는 장소와 능력을 발휘하기 어려운 장소로요. 그 이유는 다양하겠지요. 사람들의 눈에 띄기 때문에(학교 운동장 한가운데서 어떻게 변신을 하겠어?), 능력과 상극인 장소이기 때문에(이렇게 더운 곳에서는 내 수분 조종 능력을 발휘할 수 없어!), 능력을 쓰면 멋있어 보이는 장소라서(거미줄 타기는 도심지 초고층빌딩이 제일이지!) 등.

무대를 설정할 때 염두에 둘 것이 하나 더 있습니다. 일상 공간과 비일상 공간의 간극이에요. 차이가 클수록 자극적이겠지요. 이중 신분의 슈퍼히어로라면 특히요. 일상은 우리가 언제든 마주하고 이입할 수 있는 공간이고, 비일상은 따분한 현실에서 벗어나 모험을 펼칠 수 있는 공간이 될 거예요. 일상에서의 억압이 강할수록 비일상에서의 해방감도 커질 테고, 비일상에서의 투쟁이 격해질수록 일상에서의 평화가 소중해질 테죠.

인물 구성

슈퍼히어로 레시피에는 어떤 식재료가 필요할까요? 여기서는 간략하게 일곱 가지 유형의 인물을 제시하겠습니다. 주인공, 슈퍼히어로, 상징적 아버지, 빌런, 연인, 훼방꾼, 친구가 그들입니다. 취향에 따라 특정 인물을 빼도 좋고, 새로운 유형의 인물을 넣어도 좋습니다. 어차피 레시피니까요.

주인공은 서사의 중심이며 감정이입의 대상이자 사건을 해결하는 주체입니다. 햄릿과 토니 스타크 그리고 다른 MCU 시리즈 슈퍼히어로처럼요. 이들은 모두 상징적 아버지를 잃고 방황하는 아들이기도 하지요.

슈퍼히어로는 주인공의 이중 신분이에요. 슈퍼히어로는 주인공과 이질적인 인물이기 때문에 둘로 나누었어요. 햄릿도 이중 신분이었지요. 남들을 속이기 위한 미치광이 햄릿과 복수자 햄릿, 이 두 가지 정체성이 그를 사로잡고 있었으니까요. 슈퍼히어로가 자신의 정체를 숨기기 위해 일상에서 연기하는 것처럼요. 어쩌면 슈퍼히어로는 주인공의 그림자이자 진정한 의미의 주인공 자신이라고도 할 수 있을 거예요.

상징적 아버지는 주인공의 멘토이자 주인공이 빚을 진 존재입니다. 햄릿의 아버지인 선왕이나 하워드 스타크처럼 작품에서 이미 죽었거나 에이브러햄 어스킨처럼 죽음을 맞이함으로써, 혹은 오딘처럼 죽음과도 같은 상황에 처함으로써 주인공에게 슈퍼히어로로서 살아야 할 원인을 부여하는 사람이지요.

빌런은 주인공의 적이자 상징적 아버지의 부당한 계승자예요. 자신의 권력을 완벽하게 만들기 위해서 슈퍼히어로를 방해하지요. 주인공이 일상의 자신과 비일상의 슈퍼히어로라는 이중 정체성을 가진 것처럼, 빌런의 정체성도 일상과 비일상으로 나뉘어 있을지 모르겠네요. 그러면 주인공과 빌런은 보다 완벽한 반대항이 될 테고요. 그런 점에서 샘 레이미 감독의 〈스파이더맨〉 속 빌런인 그린 고블린은 아름답게 조형된 인물이라고도 할 수 있답니다.

연인은 주인공이 사랑하는 사람입니다. 『햄릿』의 오필리아처럼요. 연인이라는 단어를 쓰기는 했는데, 반드시 로맨틱한 관계를 맺는 건 아닙니다. 주인공은 이 인물과 가족 간의 사랑을 느낄 수도 있고, 팬과 아이돌 간의 사랑을 느낄 수도 있어요. 주인공이 일상을 지켜나가는 가장 큰 이유이기만 하면 됩니다. 주인공이 상징적 아버지를 위해 비일상의 영역에서 슈퍼히어로로 활약해야 하는 것과 마찬가지로, 주인공은 연인을 위해 일상의 영역에서 시민사회의 일원으로 노력하게 될 거예요. 이 인물과의 사랑을 쟁취하는 것 역시 주인공에게는 중요한 목표니까요.

훼방꾼은 주인공을 싫어하는 사람이에요. 빌런이 아니어도 주인공을 괴롭히는 사람은 있을 수 있지요. 세상살이가 다 그렇지만 주인공을 싫어한다고 해서 100퍼센트 나쁜 사람도 아니고요. 빌런이 비일상 속 슈퍼히어로의 골치를 썩인다면, 훼방꾼은 일상의 주인공에게 치명타를 입힙니다. 『햄릿』 속 오필리아의 아버지 폴로니어스와 〈아이언맨〉 속 토니 스타크를 얄밉게 보는 기자 크리스틴이 이 유형에 속한다고 할 수 있겠네요.

친구는 주인공의 주변 인물로 이야기의 긴장을 풀어주고 진행을 도와주는 역할을 해요. 『햄릿』의 호레이쇼가 좋은 예시겠지요. 혹은 '토르' 시리즈의 달시나 코르그처럼 주인공을 든든하게, 가끔은 유쾌하게 지지해주는 인물이요. 때로는 주인공의 마음을 몰라줘서 가슴 아프게 하기도 하지만요.

앞서도 말씀드렸지만, 각 유형의 인물이 반드시 필요하다는 이야기는 아니에요. 어떤 인물은 상징적 아버지이자 친구처럼 행동할 수도 있을 테고, 친구 유형에 여러 인물을 배치할 수도 있을 테니까요.

그러면 왜 이런 풍의 슈퍼히어로물이 하나의 원형이 되어서 끊임없이 되풀이되는 것일까요? 그에 대한 답은 다음에 이어지는 각 인물의 신상명세서를 작성하면서 설명하도록 하겠습니다. 앞서 정리한 유형에 맞춰 인물을 만들다 보면 이런저런 분석과 비평이 이어질 거예요. 계속해서, 아버지-삼촌-아들을 예로 들겠지만, 이 인물들의 성별은 원하는 대로 정해주세요. 여기서는 원부살해신화를 바탕으로 이야기를 진행하기에 고정된 성 역할의 비유를 들 뿐입니다.

주인공

슈퍼히어로물의 주인공은 이상합니다. 이들은 왜 목숨까지 걸어가면서 강박적으로 정의를 위해 싸울까요? 그것도 특이한 코스튬을 입어가면서 말이지요.

이유는 간단합니다. 햄릿처럼 저주받은 사람들이기 때문이에요. 햄릿은 삼촌이 술잔에 탄 독을 마셔서가 아니라 아버지의 유령을 만났기 때문에 저주를 받았습니다. 슈퍼히어로물의 주인공도 마찬가지예요. 그들은 아버지처럼 의지하던 인물과의 이별을 겪고, 그로 인한 상실을 메우기 위해 정의를 실천해요.

이러한 상실은 주인공을 윤리적인 책무로 몰고 갑니다. 피터 파커는 아버지나 다름없는 삼촌 벤 파커가 목숨을 잃기 전에 건넨 충고인 "큰 힘에는 큰 책임이 따른다"에 강박적으로 종속된 인물이에요. 벤 파커가 남긴 유언은 피터 파커를 사로잡았고, 이 유언은 완수될 수 없는 명령입니다. 명령을 이행했다 한들 임무를 마쳤다고 선언해줄 상징적 아버지는 이미 죽어서 없으니까요. 누구도 "넌 이만하면 충분히 노력했어"라고 그에게 말해줄 수 없어요. 이미 죽은 벤 파커에게만 그럴 자격이 있으니까요. 결국 피터 파커는 죽을 때까지 "큰 힘에는 큰 책임이 따른다"를 따라야만 할 운명에 처했지요.

햄릿 역시 마찬가지고요. 자신의 억울한 죽음을 호소하는 아버지의 유령을 만났고 그 호소에 종속되었으니까요. 시쳇말로 귀신에 홀린 셈이지요. 이는 끔찍한 저주입니다. 그리고 정의를 향한 강박적이고 자발적인 실천은 이런 저주를 통해서만 가능했지요. 원죄라고도 할 수 있을 것입니다.

피터 파커도 햄릿도 이 모든 끔찍한 상황의 원인과 해결책은 자신이라고 생각해요. 실제로 그럴 수도 있고 아닐 수도 있지만, 중요한 건 책임이 누구에게 있느냐가 아니에요. 이 번민은 법적 책임 공방이 아니라 윤리적인 미로에 있으니까요. 미로는 한번 빠진 이상 죽을 때까지 빠져나올 수 없는 성찰과 강박의 장소예요. 그렇기에 이들은 죽을 때까지 아니 죽어서도 영웅일 수 있어요. 심판의 날이 되어 죽은 자들이 무덤에서 일어나 정당한 판결을 선고받기 전까지요.

하지만 이 상실을 경험하기 전까지, 그들은 일상 어딘가에서 공허함을 느낄 거예요. 불만족스러운 무언가가 있겠죠. 그러다 상징적 아버지를 잃고 슈퍼파워를 얻은 뒤(이 둘의 순서는 엇갈려도 좋습니다), 비일상의 세계로 뛰어들게 될 것입니다. 종국에는 일상과 비일상의 경계가 무너지고 하나의 새로운 세계로 연결될 테고요.

주인공을 구상할 때는 일상의 공허함을 잘 설정해주세요. 친구가 없다거나 짝사랑을 하고 있다거나 하는 식으로 인간관계에 고통을 받고 있을까요? 아니면 사회적으로 소외된 계층일까요? 이 공허는 비일상의 모험과 대비되어 더더욱 커질 겁니다. 이에 대해서는 다음 장에서 설명할게요.

이들은 마지막 장면에서 자기희생을 선택하기도 합니다. 이는 어떤 의미로 이미 죽은 상징적 아버지와 같은 위치에 도달하는 것이기도 해요. 동시에 그가 묶인 저주로부터 해방될 수 있는 유일한 길이기도 합니다. 하지만 주인공이 진짜로 죽으면 시리즈가 이어지지 않겠죠? 괜찮습니다. 상징적 죽음 뒤에는 상징적 부활이 따르기 마련이니까요. 이는 불사보다 더 깊이 있는 결론이지요.

〈앤트맨〉 2015, 페이턴 리드
주인공. 스콧 랭

이 주인공은 위의 구도에서 살짝 벗어나 있어 예시로 꼽았습니다. 멘토라 할 수 있는 행크 핌과 유사 부자 관계가 아닌 예비 장인어른과 예비 사위의 관계를 맺고 있으니까요. 동시에 두 인물은 딸을 둔 아버지로서의 동질감을 느끼며 유대를 맺고 있기도 하지요. 스콧 랭은 이 점에서 성장형 인물이라기보다는 완성형 인물에 가깝습니다.

그렇다고 스콧 랭이 위의 구도에서 완전히 벗어났다고 하기는 어렵습니다. 전과자에 직장도 잃고 딸의 보호자들에게 인정도 못 받는 일상과 딸이 살고 있는 세상에 전쟁 무기가 유통되지 않도록 활약하는 비일상이라는 이중 구성은 물론이거니와, 행크 핌의 유산인 핌 입자를 부당하게 독점하려는 대런 크로스의 야망도 저지해야 하니까요.

〈캡틴 아메리카: 시빌 워〉 2016, 루소 형제

주인공. 트찰라

"이상해! 〈블랙 팬서〉의 트찰라는 이 구도에 맞지 않는다고!" 네, 맞습니다.

그러나 〈블랙 팬서〉의 오리진을 〈캡틴 아메리카: 시빌 워〉라고 보면 이 레시피와 맞아떨어지지요. 트찰라는 아버지의 죽음을 계기로 슈퍼히어로로 활동을 시작했죠. 그리고 자신과 반대항과도 같은 지모와의 갈등 끝에 복수는 아무것도 낳지 못한다는 교훈을 얻었고요. 그래서 그는 지모에게 사적인 보복을 하는 대신, 그가 공적인 처벌을 받도록 잡아 가뒀습니다.

슈퍼히어로

일상의 주인공을 이야기했으니, 이제는 비일상의 슈퍼히어로를 정리할 차례겠군요. 미치광이가 아닌 복수자로서의 햄릿에 대해서 말이지요.

슈퍼히어로는 주인공과 정반대 인물로 설정해주세요. 『지킬 박사와 하이드 씨』처럼 이중 신분은 서로 반대될수록 풍미가 강해질 거예요. 일상의 완벽한 대칭으로 비일상을 제시하는 겁니다. 그러면 주인공은 양극단을 오가면서 자신이 있어야 할 곳이 어디인지 깨닫게 될 테니까요.

주인공은 가면을 써서 얼굴을 감추는 것으로 이제까지 숨겨왔던 욕망을 표출할 수 있게 될 겁니다. 정체를 숨겼기에 정체성을 내보일 수 있다는 것은 가면이 가진 재미난 아이러니지요. 조용한 모범생 피터 파커가 가면을 쓰면 활발하고 농담도 잘 하는 스파이더맨이 되고, 방정맞고 유쾌한 토니 스타크가 가면을 쓰면 엄숙하고 진지한 아이언맨이 되는 것처럼요. 이런 대조는 『쾌걸 조로』이야기에서부터 유구한 역사를 자랑하는 장치입니다.

앞서 주인공에게 일상의 공허함을 안겨주자고 했지요? 이 공허함은 주인공이 슈퍼히어로가 됐을 때 직간접적으로 채워주세요. 하지만 이런 방식으로 공허함을 채우는 일은 주인공이 가진 문제를 본질적으로 해결해주지 못할 겁니다. 주인공은 주인공이고 슈퍼히어로는 슈퍼히어로이기 때문이지요.

이야기가 진행되면서 일상과 비일상의 균열은 커질 거예요. 이 균열로 주인공이 괴리감을 느끼면 더 재밌겠죠. 비일상에서 슈퍼히어로로 승승장구할수록 주인공의 일상은 상대적으로 비루해져요.

주인공이 가장 질투하는 사람이 가면을 쓴 자신인 슈퍼히어로라면 보는 사람은 속이 타겠죠. 가면을 쓴 주인공이 하고 싶은 무언가를 간신히 했는데, 그 성취물을 누릴 수 없다면 속이 더욱 타들어갈 거예요. 정체를 숨겨야 해서 자기 몫도 챙기지 못한다면 더더욱요. 주인공이 슈퍼히어로가 되어서 연인을 구했는데 연인은 주인공이 아닌 슈퍼히어로를 사랑한다거나 주인공은 슈퍼히어로 활동으로 바빠 시험을 망쳤는데 시청에서는 슈퍼히어로에게만 표창장을 주는 것처럼요.

하지만 염려하지 마세요. 이야기의 마지막에 주인공과 슈퍼히어로는 화해하게 될 테니까요. 주인공은 자기 몫까지 독차지한 슈퍼히어로를 용서하고, 슈퍼히어로는 찌질한 주인공이 올바르다며 인정해주겠죠. 주인공과 슈퍼히어로는 동일 인물인데 어떻게 누구는 용서하고 누구는 인정할 수 있느냐고요? 글쎄요. 슈퍼파워가 전혀 없는 저조차도 헬스장에 갈 때마다 제 안에서 치열하게 갈등하는 두 정체성을 발견하는데 슈퍼히어로라고 다를까요?

〈배트맨 2〉 1992, 팀 버튼

슈퍼히어로. 배트맨(브루스 웨인)과 캣우먼(셀리나 카일)

〈배트맨 2〉에는 무척이나 아름다운 장면이 하나 있습니다. 브루스 웨인(배트맨)과 셀리나 카일(캣우먼)이 가면무도회에서 만나 춤을 추는 장면이지요. 재미난 점은 이 무도회장에서 대부분은 가면을 쓰고 있지만, 브루스 웨인과 셀리나 카일만은 맨얼굴로 춤을 춘다는 것입니다.

이 대비는 두 인물의 본질을 직관적으로 보여준다는 점에서 흥미롭지요. 두 사람에게는 브루스 웨인이나 셀리나 카일이라는 정체성이야말로 사회적인 가면을 쓴 모습이며 실제로 가면을 쓴 배트맨이나 캣우먼이라는 정체성이 그들의 진정한 모습이라는 거예요. 이 얼마나 영리한 대조인지!

〈스파이더맨〉 2002, 샘 레이미

슈퍼히어로. 스파이더맨(피터 파커)

피터 파커의 꿈은 메리 제인 옆에 설 수 있는 사람이 되는 것이었어요. 하지만 그가 스파이더맨으로 활약할수록 메리 제인에게서는 멀어질 수밖에 없었지요. 피터 파커는 한 명인데, 이중 신분으로 살면 다른 사람의 반 정도만 삶에 투자할 수 있으니까요.

스파이더맨이 메리 제인을 구해준 이후, 메리 제인은 피터 파커가 아닌 스파이더맨에게 반하기까지 합니다! 스파이더맨이 1승을 적립할 때마다 피터 파커는 1패를 적립하는 상황이었죠. 스파이더맨은 모든 면에서 피터 파커의 반대항이었고, 어떤 면에서는 피터 파커의 가장 큰 적이라고도 할 수 있었죠. 하지만 이 둘은 이내 화해하게 됩니다. 큰 힘에는 큰 책임이 따르는 법이고, 큰 책임을 다한 사람에게는 그만한 자격도 따르니까요.

〈인크레더블 헐크〉 2008, 루이 리테리에

슈퍼히어로. 헐크(브루스 배너)

많은 슈퍼히어로가 이중 신분으로 고통받지만, 브루스 배너는 그중에서 가장 고생하는 슈퍼히어로가 아닐까 합니다. MCU 시리즈의 슈퍼히어로는 솔로 무비 3부작에 걸쳐 이중의 정체성과 갈등을 겪다 화해 혹은 결별을 하고 가면을 벗은 뒤 새로운 자신으로 태어나는 과정을 겪습니다만, 브루스 배너는 〈인크레더블 헐크〉라는 제목의 1부작만 나오는 바람에 이를 서사적으로 해소하지 못했지요.

더욱이 헐크는 통제 불가능함이 매력인 캐릭터이다 보니 이야기를 주도적으로 이끌어나가기가 어렵지 않았나 싶기도 합니다. 친절하고 상냥하며 지적인 브루스 배너와 거칠고 과격하며 폭력적인 헐크는 무척이나 모순적인 조합이기에 자극적인 매력이 있지만, 이런 강렬한 케미는 다루기 어렵다는 좋은 예시기도 해요.

상징적 아버지

다시 한번 분명히 적습니다. 여기서의 상징적 아버지란 생물학적 의미가 아니에요. 성별은 물론이고 혈연관계와도 무관합니다. 프로이트의 원부살해신화와 『햄릿』을 예시로 들고 있기에 이 표현을 반복할 뿐이에요. 상징적 아버지는 햄릿의 아버지와 마찬가지로 죽음으로써 주인공을 지배하는 누군가이기만 하면 됩니다.

모든 이야기는 상징적 아버지의 죽음에서 시작해요. 상징적 아버지가 살아 있어 나를 보호해주고 보살펴주는 상황에서는 어떤 갈등이나 문제도 존재할 수 없죠. 반대로 어떤 갈등이나 문제가 일어났다면 이는 상징적 아버지의 권위와 권력에 균열이 일어났다는, 그가 죽을 수 있는 존재라는 암시이기도 하고요.

상징적 아버지의 죽음으로 주인공은 유산을 물려받기 위한 성인식을 치르게 됩니다. 애도와 계승에는 복잡한 절차가 요구되기 마련이고, 이 과정을 겪으면서 주인공은 상징적 아버지와 같은 어른으로 거듭나게 되는 것이지요.

그러니 상징적 아버지를 설계할 때는 그가 남길 유산도 설정해주세요. 이는 슈퍼히어로나 빌런이 가진 초능력의 원천일 수도 있고, 정의로운 마음일 수도 있겠지요. 어느 쪽이든 주인공에게는 큰 힘이 되어줄 거예요.

주인공은 상징적 아버지와 만남으로써 일상을 유지하고, 상징적 아버지와 이별하면서 슈퍼히어로가 되어 비일상의 영웅으로 다시 태어납니다. 경우에 따라 다르기는 하지만, 주인공의 능력도 상징적 아버지와 연관된 경우가 많아요. 주인공은 상징적 아버지의 이름에 부끄럽지 않게, 상징적 아버지에게 물려받은 힘을 어떻게 활용할 것인가를 고민하고요.

그런 점에서 이 인물은 자주 등장하지 않습니다. 죽어야만 의미를 지니니까요. 상징적 아버지를 만들었는데 죽이고 싶지 않다면 그에 준하는 상황을 설정하는 것도 좋습니다. 혼수상태가 되거나, 퇴직하거나, 실종되거나, 유배당하거나…. 이 인물의 부재를 통해 주인공이 자립해야만 하는 상황을 만들어주기만 하면 됩니다.

상징적 아버지는 주인공의 멘토이되 실제로 선한 사람은 아니어도 좋아요. 상징적 아버지는 이미 죽었고 주인공에게 선한 사람이 되라고 명령했으니, 주인공은 이 유언의 집행자가 되어 임무를 완수하기 위해 죽도록 노력할 거예요. 하지만 상징적 아버지는 이미 죽었기에 만족을 모르지요. 주인공은 만족하지 못하는 상징적 아버지에게 종속되고요. 주인공이 이 저주에서 벗어나는 유일한 방법은 상징적 아버지의 명령을 따르다 상징적 아버지처럼 죽는 것뿐입니다만, 이러한 안식을 주느냐 마느냐는 여러분의 선택입니다.

'토르' 시리즈

상징적 아버지. 오딘

오딘은 MCU 시리즈에서 가장 못된 아버지 1위가 아닐까 합니다. 무책임하다고 해야 할지, 무신경하다고 해야 할지, 생각이 없다고 해야 할지. 이 사람의 일대기는 '아동 학대'와 '가정 내 폭력'이라는 최악의 예문으로 소개할 수도 있다고 봅니다. 오죽하면 '토르' 시리즈 3편에서 장녀 헬라는 매 장면 오딘에 대한 욕을 하는데, 다른 등장인물들은 반박하지도 않더라고요.

하지만 그렇더라도(어쩌면 그렇기에) 오딘은 아주 강하게 자식들을 속박하고 군림합니다. 결국 '토르' 시리즈 2편의 마지막에 로키가 오딘을 왕좌에서 쫓아낸 뒤 그를 양로원에 보내는 코믹한 장면이 나오는데요. 어쩌면 로키는 아버지를 가장 잘 이해하고, 그에게 필요한 것이 무엇인지 알고 있었던 게 아닌가 싶기도 합니다. 잘했다, 로키!

〈아이언맨〉 2008, 존 패브로

상징적 아버지. 호 인센

호 인센은 토니 스타크와 같이 테러리스트에게 피랍되었던 사람입니다. 토니 스타크가 도망칠 수 있도록 자기 목숨을 바쳐 그를 구하기도 했지요. 무엇보다 토니 스타크에게 "당신의 인생을 낭비하지 말아라"라고 간절한 유언을 남기기도 했고요. 다들 간과하는 사실이지만, 호 인센의 자기희생이 없었다면 〈어벤져스 4: 엔드게임〉의 승리도 없었답니다. 그 덕분에 토니 스타크가 참 알

뜰하게 인생을 쓰다 갔으니까요.

하워드 스타크는 토니 스타크에게 '아크 원자로'라는 유산을 남겼고 오베디아 스탠은 이를 노립니다만, 토니 스타크에게는 아크 원자로만이 아니라 호 인센과의 만남을 통해 얻은 교훈과 용기가 있었기에 슈퍼히어로로 거듭날 수 있었지요. 슈퍼히어로와 슈퍼빌런의 차이는 이런 데서 나오기 마련입니다.

빌런

배트맨은 좋아하지 않아도 조커는 좋아하는 사람이 있지요. 조커는 좋아하지 않아도 할리퀸은 좋아하는 사람이 있고요. 매력적인 악역은 작품을 압도하고 관객들을 지배하기 마련이지요. 때로는 악역을 만든 장본인인 창작자가 그 악역의 카리스마에 잡아먹히기도 합니다.

『햄릿』으로 치자면 클로디어스 같은 인물이지요. 〈라이온 킹〉으로 말하자면 스카가 될 테고요. 둘 다 왕의 동생으로 왕을 암살하고 그의 모든 유산을 빼앗은 부당한 상속자입니다. 슈퍼히어로와 달리 이 유산을 옳지 못한 곳에 사용하기도 하고요. 이로 인해 슈퍼히어로와 빌런은 싸울 수밖에 없는 운명이 됩니다. 주인공은 상징적 아버지를 긍정하고 승계하려 하는 반면, 빌런은 상징적 아버지를 부정하고 훔치려 하니까요.

이 부당한 상속자는 유사 아버지이기도 해요. 그 역시 슈퍼히어로처럼 상징적 아버지가 되고 싶어 하거든요. 그래서 빌런은 슈퍼히어로를 적대하는 동시에 갈망하기도 합니다. 상징적 아버지는 아들을 가진 사람이라고 본다면, 아들(슈퍼히어로)을 가지면 상징적 아버지가 된다는 이야기가 되거든요. 무엇보다 이는 주인공의 보호자이자 대리인으로서 주인공이 정당하게 물려받은 유산을 정당하게 남용할 수 있는 방법이기도 하고요.

빌런은 주인공의 일상과 비일상 양측에서 반대항의 인물로 만들어주세요. 이러면 주인공이 겪을 고난이 더 강해지거든요. 나아가 빌런은 주인공보다 강렬하고 파괴적으로 활동하기 쉽습니다. 둘의 힘이 동등하더라도 주인공은 시민들의 안전과 도시의 평화를 지키기 위해 싸우지만, 빌런은 그 반대니까요.

하지만 주인공에게는 올바른 마음가짐이 있기 때문에 물리적으로 유리한 고지를 점하고 있는 빌런과 싸워 이길 수 있습니다. 이기적이고 그릇된 선택을 한 빌런과 달리 정의를 위해 싸워온 슈퍼히어로에게는 그를 지지하고 응원하는 누군가가 있을 테니까요.

빌런은 왜 빌런일까요? 그도 누구나 공감할 만한 목적이 있을지 몰라요. 가족을 지키기 위해서라거나 과학기술을 발전시키고 싶다거나…. 하지만 그의 목적이 무엇이든 성취하기 위한 방법은 올바르지 못할 거예요. 정당한 절차를 밟아나가는 과정에는 부당한 방법이라는 유혹을 뿌리치기 위한 용기가 필요한데, 그에게는 이 용기가 없겠지요.

빌런의 존재는 주인공의 슈퍼히어로 활동에 당위성을 부여하기도 해요. 주인공이 슈퍼히어로 활동을 할 때는 법적으로나 사회적으로나 그럴 만한 이유가 필요하지요. 경찰이나 군대가 하면 될 일을 왜 일개 시민에 불과한 주인공이 가면을 쓰고 해결하느냐? 그것은 바로 빌런이 ~해서 ~한 다음 ~했기에, 사회 안전망이 기능하지 못하는 상황이라 주인공이 나설 수밖에 없기 때문이라는 식으로 이야기에 설득력을 더하세요.

〈스파이더맨〉 2002, 샘 레이미

빌런. 노먼 오스본

〈스파이더맨〉의 노먼 오스본은 피터 파커와 동일한 변화를 겪습니다. 피터 파커가 결정적인 사건을 겪으면, 카메라 앵글은 바로 노먼 오스본을 향하며 그에게도 비슷한 사건이 일어났음을 강조하지요. 두 사람의 차이는 "큰 힘에는 큰 책임이 따른다"는 교훈을 아느냐 모르느냐뿐이었어요. 피터 파커는 성장을, 노먼 오스본은 타락을 하는 방향으로 변화한 것이지요.

어떤 작가는 피터 파커가 '우연히' 초능력을 얻었는데 노먼 오스본마저 '우연히' 초능력을 얻는 이 반복이 편의주의적 전개라고 비판한 바 있습니다만, 저는 조금 다르게 생각합니다. 두 사람은 동일한 인물이에요. 서로가 서로의 그림자지요. 그러니 우연은 한 번만 일어난 것이나 다름없습니다.

〈아이언맨〉 2008, 존 패브로

빌런. 오베디아 스탠

〈아이언맨〉에는 "나는 토니 스타크가 아니야"라는 대사가 반복되어 나옵니다. 오베디아 스탠이 시상식에 불참한 토니 스타크를 대신해 수상하러 나갔을 때와 아크 원자로 기술을 개발하지 못한 과학자가 오베디아 스탠에게 사과할 때, 이 대사가 반복된 순간 그의 자괴감이 얼마나 컸을지 짐작이 가더군요.

오베디아 스탠은 토니 스타크의 아버지인 하워드 스타크의 동료이면서 그의 정당한 계승자인 토니 스타크 몰래 테러리스트에게 스타크 인더스트리의 무기를 팔고 있었지요. 그러면서도 자신의 부와 권력을 위해 토니 스타크의 집까지 찾아가 그를 회유해서라도 아크 원자로 기술을 얻으려 했지만, 토니 스타크는 이를 거절했습니다. 이 장면에서 오베디아 스탠은 살리에리의 피아노 곡을 연주했다고 해요. 영화 〈아마데우스〉에서 살리에리는 천재 작곡가인 모차르트를 질투하는 영원한 이인자로 나오는데요. 흥미로운 연결고리지요?

연인

이제는 '슈퍼맨' 시리즈의 로이스 레인과 같은 히로인을 예전과 같은 방식으로 다룰 수 없습니다. 단순히 구조되기 위해 조형된, 더 나아가 자극적인 연출을 위해 소비되는 냉장고 속 여성의 형태를 재생산할 필요는 없겠지요.

그렇다고 이 인물 유형을 반드시 배제해야 하는 건 아닙니다. 선택은 자유롭게 할 수 있지만, 참고삼아 설명을 더 해볼게요. 잘만 다루면 수동적이지 않고 입체적인 인물로도 만들 수 있으니까요. 이 유형을 연인이라 하기는 했습니다만, 주인공이 사랑을 바치는 누군가면 어떤 사이든 괜찮습니다. 사랑의 형태는 다양한 법이니까요.

연인이라는 인물은 『햄릿』으로 치면 오필리아가 맡고 있겠지요. 광인 햄릿과 복수자 햄릿의 갈등 때문에 계속해서 엇나가기만하는 상대. 요즘 시대에 『햄릿』을 읽노라면 책 속 세계가 오필리아에게 너무나도 박하게 굴러가서 분통이 터질 정도지요. 세심한 의도와 완충장치 없이는 가급적 이 인물에게 잔인하지 않았으면 해요.

연인은 주인공의 일상에서 가장 소중한 존재입니다. 둘은 처음부터 연인 관계일 수도 있지만, 주인공이 슈퍼히어로로 활동을 하며 자신감과 용기를 얻어 이 인물에게 다가가게 되는 경우도 많지요. 어쨌든 이 인물과 좋은 관계를 맺고 유지하는 것은 주인공의 일상에서 가장 가치 있는 목표가 될 거예요.

주인공이 비일상에 매진하면 이 인물과의 관계는 틀어지기 쉽다는 이야기이기도 합니다. 일상을 목표로 하면 비일상이 멀어지고, 비일상을 목표로 하면 일상이 멀어지니까요. 이 딜레마를 어떻게 극복하느냐는 주인공의 가장 큰 난제이자 관객의 흥미를 끄는 요소입니다. 그리고 연인의 존재는 주인공과 관객 모두에게 두 공간의 원근을 파악하도록 돕는 기준점이 될 거예요.

상징적 아버지가 주인공의 비일상을 추동했다면, 연인은 주인공의 일상을 추동해요. 상징적 아버지와는 다른 방식으로 주인공이 모든 일을 하도록 만드는 존재입니다. 관계가 완성되고 단절되었다는 의미에서 죽어버렸다고 할 수 있는 상징적 아버지와는 달리, 관계를 만들고 연결시켜야 한다는 의미에서 살려내야만 하는 존재가 연인입니다.

〈퍼스트 어벤져〉 2011, 조 존스턴
연인. 페기 카터

스티브 로저스는 세 편의 솔로 무비('캡틴 아메리카')와 네 편의 팀업 무비('어벤져스')를 통해 입체적으로 성장하기를 멈추지 않은 인물이었습니다. 그래서 몇몇 작품이 개봉했을 때는 그의 행동에 납득하지 못한 관객 사이에서 논란이 일기도 했고요. 하지만 그의 활동에 종지부가 어떻게 찍혔는가를 놓고 보면 스티브 로저스는 일관되게 행동했음을 알 수 있습니다. 페기 카터와의 데이트 약속을 지켜야만 한다는 그 간절한 동기 말이지요.

그렇기에 스티브 로저스가 맞은 결말은 그 인물을 완성시키기 위해 고심한 결과라고 생각합니다만, 동시에 〈퍼스트 어벤져〉 이후 독자적으로 발전한 페기 카터라는 인물이 희생되었다는 아쉬움도 남습니다. 물론 그렇다고 해서 이제까지 이 인물이 거쳐 온 여정이 사라지는 것은 아니지만요.

〈라이온 킹〉 1994, 로저 알러스 외
연인. 날라

〈라이온 킹〉을 슈퍼히어로물로 봐도 좋은가, 라고 묻는다면 고민을 좀 하겠지만, 『햄릿』의 구성을 노골적으로 따온 작품이니 부분적인 예시로 삼는 정도야 괜찮겠지요. 셰익스피어가 오필리아를 대하는 태도와 디즈니가 날라를 대하는 태도에는 선명한 차이가 있으니 이야기를 해보고 싶기도 했고요.

날라는 스카의 폭정으로 고통받는 프라이드랜드의 동물들을 위

해 외부에서 자신들과 연대해줄 사람을 찾아 여행을 떠난 방랑
자였어요. 〈라이온 킹〉에서 가장 주체적인 인물은 날라입니다.
심바는 괴로운 기억 때문에 무파사의 뒤를 잇기를 주저합니다
만, 그가 과거의 주박으로부터 벗어날 수 있었던 가장 큰 계기는
날라라는 존재였지요.

훼방꾼

제가 가장 좋아하는 인물 유형을 이제야 소개하게 되었군요.
훼방꾼입니다. 대표적인 예로는 샘 레이미의 '스파이더맨' 시리즈
에서 J. K. 시몬스가 열연한 J. 조나 제임슨(J. J. J.) 편집장을 들 수 있
겠지요. J. J. J. 편집장이야말로 '스파이더맨' 시리즈의 진정한 주인
공이 아닐까요? 속사포처럼 쏘아내는 독설, 비아냥, 조롱 그리고
의외의 순간에 터져 나오는 통찰!

주인공이 비일상에서 마주하는 가장 거대한 적은 당연히 빌
런이겠지요. 마찬가지로 주인공이 일상에서 마주하는 가장 흉악한
적은 훼방꾼입니다. 슈퍼히어로의 비일상이 아닌 주인공의 일상에
헤살을 놓는 인물인 거죠. 이중 신분을 다루는 작품에는 주인공을
괴롭히는 얍삽하고 얄미운 인물이 반드시 들어가야 한다고 주장하
고 싶네요. 이런 인물은 이야기를 풍성하게 만들어주거든요. 코믹
한 노선과 진지한 노선 양측을 가리지 않고서요.

빌런이 무섭냐, 사장님이 무섭냐, 라고 묻는다면 많은 사람이
사장님이 무섭다고 답할 것입니다. 저도 마찬가지고요. 적잖은 수

의 슈퍼히어로가 빌런이 아닌 사장님 때문에 슈퍼히어로를 관둘 위기에 처하지요.

훼방꾼은 다릅니다. 주인공은 싫어하겠지만, 슈퍼히어로는 좋아할 수도 있고 싫어할 수도 있어요. 이 호불호의 감정은 전혀 다른 것이 아닌데, 선망이나 질투를 의미하기도 해요. 슈퍼히어로에게 우호적이든 적대적이든 그 뿌리는 같은 셈이죠.

그렇기에 주인공을 괴롭히는 훼방꾼을 괴롭힐 수 있는 유일한 사람은 슈퍼히어로이기도 해요. 슈퍼히어로를 선망하고 질투하는, 어떤 의미에서는 빌런이나 연인보다도 슈퍼히어로를 원하는 사람이 훼방꾼이니까요. 관계의 주도권에서 압도적 우위를 점한 셈이죠.

이 관계의 역전에서 오는 카타르시스는 슈퍼히어로물의 재미지요. 일상에서는 나를 그렇게 쪼아대던 상사를, 비일상의 슈퍼히어로가 되어서 빌런의 테러에서 구해주거나 높은 곳에서 떨어뜨리며 괴롭힐 수 있다면…. 꿈만 같은 일 아닌가요?

훼방꾼이 얄밉기만 해서는 안 되는 이유도 여기에 있어요. 못된 사람을 혼내주는 건 슈퍼히어로가 할 수 있지만 너무 일방적이기만 하면 재미가 없죠. 훼방꾼은 연인의 정반대, 일상의 지긋지긋하고 짜증 나는 영역을 담당하지만, 그럼에도 불구하고, 그렇기에 오히려 슈퍼히어로로서 반드시 지켜야만 하는 일상의 일부거든요.

주인공을 괴롭히던 훼방꾼마저 포용할 때 슈퍼히어로는 진정한 영웅이 될 수 있겠죠. 그리고 이런 훼방꾼들은 의외의 순간에 주인공과 슈퍼히어로를 향한 애틋한 마음을 보이며 남다른 감동을 주기도 합니다. 결코 가볍게 볼 인물이 아니랍니다.

'스파이더맨' 시리즈
훼방꾼. J. 조나 제임슨, 플래시 톰슨

J. J. J. 편집장과 플래시 톰슨, 이 두 사람은 피터 파커의 삶을 비참하게 만드는 명수지요. J. J. J. 편집장은 스파이더맨을 싫어해서, 플래시 톰슨은 스파이더맨을 좋아해서 피터 파커의 골치를 썩이니까요. 영화상에서 그린 고블린이나 벌처 같은 메인 빌런은 스파이더맨의 적수이기는 해도 피터 파커가 자신을 방해하지 않으면 나 역시 너를 공격하지 않겠다고 거래를 제안한 바 있습니다만, 저 두 인물은 그런 거래가 통용될 상대가 아니지요.

하지만 누구도 피터 파커를 지지하지 않을 거라고 생각한 순간에는 이들이 가장 든든한 지원군이 되어준답니다. 의외면서 의외가 아니지요. 저는 슈퍼히어로물에서 이 순간이 가장 감동적이에요. 주인공을 세상에서 제일 미워하고 싫어하고 괴롭혔던 누군가조차 결국 그의 올바름을 인정하고 응원한다는 결말이니까요.

'앤트맨' 시리즈
훼방꾼. 데일, 짐 팩스턴

"베스킨라빈스는 다 알아." 이토록 멋진 대사는 스콧 랭의 일상에서 가장 큰 고난을 안긴 인물의 입에서 나왔습니다. 바로 베스킨라빈스의 점주 데일이었지요. 데일은 스콧 랭의 과거를 쿨하다고 인정하는 동시에 쿨한 범죄라며 해고를 통보합니다. 대신 망고후르츠 음료를 선물하기도 했고요. 그리고 이 인물의 결정으로 스콧 랭은 일상을 떠나 비일상의 세계로 뛰어들게 됩니다. 완전 멋지죠!

다른 훼방꾼들 역시 매력적입니다. 〈앤트맨과 와스프〉에서 스콧 랭의 보호관찰을 맡은 FBI 요원 지미 우도 스콧 랭에게 까다롭게 굴지만 다정한 일면을 보이기도 하죠. 그래도 제가 가장 좋아하는 인물은 스콧 랭 전처의 재혼 상대, 짐 팩스턴이에요. 많은 작품에서 주인공의 전처와 연애하는 상대를 재수 없는 인물, 꺾어버려서 주인공의 남성성을 과시할 수 있게 만드는 인물로 다룹니다만, 짐 팩스턴은 그 카테고리에 들어가지 않거든요. 오히려 스콧 랭에게 가장 포근한 포옹을 선물하는 멋쟁이입니다. 그래도 시리즈 초반에는 경찰의 본분을 지키기 위해 스콧 랭의 도둑질을 막아야만 했지요.

'토르' 시리즈

훼방꾼. 필 콜슨, 그랜드마스터

'토르'에서 훼방꾼을 맡은 인물은 쉴드 소속의 필 콜슨 요원이었어요. 토르가 자신의 무기인 묠니르를 되찾는 일을 막으셨지만, 지구인의 안전을 우선시하는 입장에서 부당하다고는 할 수 없었습니다. 훼방꾼은 주인공을 막아서지만 이것이 결코 악한 동기로만 국한되지 않는다는 예시 중 하나가 되겠네요. 하지만 빌런만큼은 아니어도 토르를 궁지로 몰았던 것은 사실이고, 토르 역시 궁지에 몰리면서도 사악한 악당을 대하듯 그를 다룰 수는 없었지요. 〈토르: 라그나로크〉의 그랜드마스터도 훼방꾼이라고 볼 수 있습니다. 현실의 악당들은 헬라보다는 그랜드마스터를 닮은 것 같습니다. 노예 위에 군림하면서도 그들을 노예라고 부르면 자기가 나쁜 사람이 된 기분이 들어서인지, 노예가 아닌 '취직한 죄수'라는 명칭을 고집하는 모습을 보면 특히나 더 그래요.

친구

사이드킥이 아닙니다. 친구입니다. 사이드킥, 그러니까 〈배트맨〉의 로빈이나 〈캡틴 아메리카: 윈터솔져〉의 팔콘처럼 히어로를 보조하는 인물은 여기서 다루지 않을 생각이에요. 이 책에서는 히어로의 탄생, 오리진을 다루는 것까지가 목표이기 때문이에요. MCU 시리즈의 사이드킥은 언제나 2편에서 등장했는데, 이 이유에 대해서는 다른 지면을 통해 말할 기회가 있겠지요.

슈퍼히어로와 사이드킥, 이 한 쌍이 있으면 좋은 이유는 간단해요. 사건 전개에 있어 슈퍼히어로만 있으면 혼잣말이나 속마음을 적는 것으로 상황을 묘사하게 되는데, 슈퍼히어로와 사이드킥이 있으면 이 둘이 서로 대화하는 것으로 보다 쉬이 작품의 분위기를 살리면서 상황 묘사를 할 수 있거든요. 사이드킥이 질문을 하고 슈퍼히어로가 설명하는 식으로 말이죠.

이렇게 유용하고 고마운 사이드킥이지만, 여기서는 친구만 다룰 거예요. 우리의 슈퍼히어로는 멘토가 되기에는 아직 미숙한 인물이기 때문이에요. 누군가에게 설명하는 사람이 아니라 질문하는 사람에 가깝죠.

하지만 누구에게나 친구는 필요하지요. 일상의 대변자가 있으면 좋으니까요. 주인공과 동등한 위치에서 주인공의 일상과 슈퍼히어로의 비일상을 평가해줄 사람이 없으면, 주인공이 스스로를 객관적으로 성찰할 방법도 없어요. 주인공이 슈퍼히어로를 선택하지 않았을 때, 이 친구처럼 될 것이라는 상상을 하게 해주죠. 좋은 방향으로든, 나쁜 방향으로든 말이에요.

친구는 주인공의 라이벌일 수도 있고 동지일 수도 있어요. 원수일 수도 있죠. 아니면 라이벌과 동지 그리고 원수가 전부 나와도 좋겠네요. 또 속편에서는 입장이 바뀌어 친구에서 사이드킥이 될 수도 있고 빌런이 될 수도 있어요. 진정한 숙적이 되면 더 매력적이겠죠. 아니면 그 자리에 그대로 언제까지나 친구로 남는 것도 하나의 선택지가 될 거예요.

'스파이더맨' 시리즈
친구. 해리 오스본

피터 파커의 가장 친한 친구이며 연적이고 가장 위협적인 적이자 누구보다 든든한 아군이죠. 해리 오스본은 이제까지 설명했던 인물 유형 대부분에 해당한다고도 할 수 있을 거예요. 입체적인 캐릭터란 이렇게 한마디로 설명하기 어려운, 그의 이름으로만 설명할 수 있는 누군가가 아닐까 싶네요.

해리 오스본은 코믹스에서도 유명했던 인물이었기에 많은 관객

이 '스파이더맨' 시리즈가 진행되면서 그의 운명이 어떻게 흘러
갈지, 어떻게 타락하게 될지 짐작하고 있었어요. 하지만 그럼에
도 그의 매력 때문에 영화의 긴장감은 팽팽하게 유지되었답니다.
'스파이더맨' 시리즈를 몇 번이고 다시 만들더라도 이만큼 조형
되기는 힘들지 않을까 싶을 정도로 완성도가 높은 인물이에요.

〈블랙 팬서〉 2018, 라이언 쿠글러
동료. 슈리

MCU 시리즈에서 제일 멋있는 인물인 슈리도 당연히 이 유형에
들어가겠지요. 〈블랙 팬서〉부터가 오리진보다는 2편처럼 기능
하는 작품이기에 친구보다는 사이드킥에 가깝게 행동하기는 하
지만요. 어쨌든 주인공의 일상을 지켜주고 또 분위기를 부드럽
게 만들어준다는 점에서 슈리는 잘 조형된 인물입니다.

무엇보다 슈리는 트찰라가 세상에서 제일 재미없는 농담을 해도
그걸 재밌게 만들어주는 센스의 소유자이기도 하지요. 트찰라라
는 인물의 특성상 어떻게 해도 일상의 영역이 부드럽게 굴러갈
윤활유 같은 대사를 배치하기 어려웠을 거예요. 그렇기에 슈리
가 그 옆에서 와칸다의 평화만이 아닌 유머마저 지켜내는 것이
고요. 무엇보다 유행에 민감한 젊은이답게 와칸다 문화와 미국
서브컬처에 해박하다는 설정으로 관객과 시선을 함께할 수 있다
는 점에서도 영리하게 설계된 인물이라 할 수 있겠죠.

이야기 구조

슈퍼히어로의 이야기 구조는 이렇게 정리합니다. 프롤로그, 일상, 능력의 각성, 의무의 각성, 애도, 슈퍼히어로 데뷔, 1차 갈등, 1차전, 2차 갈등, 2차전, 에필로그. 내용을 어떻게 구성하느냐에 따라 순서는 조금씩 바꾸어도 좋습니다. 이 책은 어디까지나 레시피일 뿐이니까요.

슈퍼히어로의 이야기 구조에서 염두에 두었으면 하는 부분은, 주인공과 빌런이 대칭을 이루며 이야기가 진행된다는 점이에요. 주인공은 상징적 아버지를 따르고자 비일상 속 슈퍼히어로의 길을 걷고, 연인을 지키고자 일상 속 시민으로 자립해야 할 거예요. 빌런 역시 비슷한 갈등을 겪겠지만, 비일상에서나 일상에서나 주인공과는 달리 비윤리적인 방향으로 해답을 내놓을 테고요.

사람들은 언제나 정체성의 갈등을 겪지요. 직장인으로서의 나와 가족 구성원으로서의 나 그리고 SNS 익명 계정으로서의 나 등. 무수히 많은 내가 내 안에서 자신을 우선해달라고 싸우고는 해요. 이 싸움의 승자는 항상 달라지고요. 우리의 정체성은 이렇게 고정되지 않고 유동적으로 흐르며 다층적으로 구성되어 있어요. 일상의 주인공과 비일상의 슈퍼히어로로, 둘 사이의 갈등은 이 변화에 대한 압축적인 예시가 될 거예요.

주인공과 빌런은 모두 정체성의 혼란을 겪어요. 그 결과 한쪽은 성장하고, 다른 한쪽은 퇴행하겠지요. 반대되는 두 인물의 차이는 그들이 상징적 아버지와 어떤 관계를 맺었느냐에 따라 나뉘게 돼요. 그래서 관객으로 하여금 이들처럼 정체성과 관련한 변화와 갈등 앞에서 나라면 어떻게 행동할까를 생각하게 만들지요.

프롤로그

이 책에 수록된 레시피의 모든 프롤로그는 동일합니다. "시선을 붙잡아라." 기본 중의 기본입니다. 시간적·공간적 배경은 개의치 마세요. 이야기가 시작하는 순간일 수도 있고, 클라이맥스 직전에 도입부를 상상하는 것일 수도 있고, 모든 사건을 매듭지은 먼 미래에 과거를 회상하는 것일 수도 있어요.

길이 역시 마찬가지예요. "첫 세 줄 안에 관객의 마음을 사로잡아라." 무슨 일이 있을지, 어떤 일이 생겨날지, 흥미 유발을 목적으로 아이디어를 짜내세요. 콘텐츠 시장에서의 진리입니다. 면접이나 소개팅에서도 첫인상이 중요하다고들 하지요? 시나리오도 마찬가지예요. 우리의 까다로운 관객들은 흥미 없는 작품을 세 줄 이상 읽기에는 다른 재미난 것들을 많이 알고 있으니까요.

프롤로그를 마무리했다면, 또 무언가 더하고 싶다면 이 장면을 에필로그 장면과 대칭되게 만들어보세요. 수미쌍관을 이루도록요. 프롤로그에 나온 질문을 에필로그에서 답하거나, 프롤로그에 나온 답에 대한 질문을 에필로그에서 해도 좋겠지요. 프롤로그에서는 친구가 없던 주인공이 에필로그에서는 군중의 환호를 듣고 있을지도요.

이렇게 프롤로그와 에필로그가 대칭되면, 주인공이 이야기를 완주하며 어떤 변화를 겪었는지 직관적으로 전달할 수 있습니다. 물론 오래된 비법이니 자칫 뻔하다는 지적이 나올 수 있습니다만, 그래도 오래된 비법에는 그럴 만한 장점이 있답니다.

소개해야 할 배경 설정이 많다면 프롤로그를 활용하는 것도 좋습니다. 이야기가 펼쳐질 세계에 대해 어머니가 딸에게 말해주기도 하고, 학생이 시험공부를 위해 교과서를 펼쳐볼 수도 있고, 아나운서가 시청자에게 설명할 수도 있어요. 모두 다채로운 정보를 교과서적으로 설명하면서도, 사건 전개에 어색함이 없는 도입 방식이지요.

〈스파이더맨: 뉴 유니버스〉 2018, 밥 퍼시케티 외
〈스파이더맨: 뉴 유니버스〉의 프롤로그는 스파이더맨(피터 파커)의 방백으로 시작합니다. 어떻게 초능력을 갖게 되었는지, 어떤 슈퍼히어로로 활약을 해왔는지를 의기양양하게 떠듭니다. 그리고 "스파이더맨은 오직 하나뿐이야. 바로 나!"라는 자신만만한

태도로 방백은 끝나지요. 이 프롤로그는 에필로그와 완벽하게 대칭을 이룹니다만, 어떤 식으로 대칭을 이루는지는 에필로그에서 설명하겠습니다.

〈스파이더맨〉 2002, 샘 레이미

샘 레이미의 〈스파이더맨〉 또한 방백으로 시작해요. 피터 파커의 목소리로 말이죠. "내가 누구냐고요? 정말로 알고 싶으세요?" 이 영화의 모든 내용은 이 질문에 답하기 위해 만들어졌다고 해도 과언이 아닙니다. 어쨌든 이렇게 시작한 장면은 곧 피터 파커가 아닌, 이 이야기에서 가장 중요한 다른 인물을 소개하는 것으로 끝이 나지요. "저 아이. 이웃집의 소녀. 메리 제인 왓슨." 끝내주는 도입부예요. 스파이더맨의 모든 영웅적 서사가 이곳에서 출발해 이곳으로 회귀한다는 선언이죠.

일상

"이 책에 수록된 레시피의 모든 프롤로그는 동일합니다. 시선을 붙잡아라"라고 했지요? 일상 파트에서 강조할 내용도 기본적으로는 동일합니다. 장르에 따라 덧댈 요소들도 있지만, 기본적으로는 주인공의 일상과 주변 인물과의 관계를 보여줘야 한다는 것. 창작자는 이 장면을 만들면서 관객과의 게임을 준비해요. 잘 만들어진 게임에는 직관적인 시범 게임이 있기 마련이지요.

여기서는 주인공의 기본값을 보여줘야 해요. 〈스파이더맨〉에서 처음 나왔던 질문대로 "이 사람은 누구인가?"에 대한 기본 정보를 줘야 하는 거죠. 물론 이야기가 진행되면서 이 사람에 대한 정의는 시시각각 바뀔 테지만요.

"이 사람은 누구인가?"에서 일반적으로 요구되는 내용은 육하원칙과 같습니다. 이 사람은 누구고 언제 어디에 있는가? 무엇을 갖고 싶은가? 왜 그것을 가지고 싶어 하는가? 어떻게 그것을 가지려고 하는가?

이야기 초반이니 '무엇을', '왜', '어떻게'라는 욕망에 대한 세 가지 질문의 답은 아직 추상적인 단계에 머무르고 있을 거예요. 이야기가 진행되며 이 질문에 대한 답은 구체적으로 변하게 될 거고요. 이 욕망은 주인공이 일상에서 느끼고 있는 불만이나 불안과 연결되어야 해요. 불만이나 불안 역시 이야기가 진행되면서 구체적인 형태로 제시되어야겠지요.

그리고 이 육하원칙을 따르면서 보여주어야 할 중요한 내용이 있어요. 관객이 주인공을 보며 감정이입할 수 있는 요소와 응원할 수 있게 만드는 요소를 반드시 넣어주세요. 이 두 요소는 작품의 주제 의식으로 이어질 전초전이기도 해요. 두 요소는 씨앗에 불과하겠지만, 이야기가 진행되는 과정에서 인물의 성장을 먹고 무럭무럭 자라서 작품을 지탱하는 단단한 밑동이 될 거예요.

예를 들어볼까요? 영화 〈알라딘〉의 초반부, 알라딘은 〈원 점프 어헤드〉라는 노래를 부르며 도둑질을 하는 범죄자로 나오지요. 노래가 끝나고 굶주린 남매에게 자신의 먹을거리를 양보하는 선량한 모습도 보여주고요. 그러고는 노래를 다시 부르기 시작해요. "만약 사람들이 나를 알게 되어도 나를 가난뱅이로만 여길까? 아니, 그보다는 더 나은 모습을 보게 될 거야"라고요. 이렇게 '아, 이 사람에게 공감이 가'와 '이 사람을 응원하고 싶어'라는 마음이 이 파트에서 형성되면 관객은 기꺼이 다음 장면을 기다릴 거예요. 그리고 이 장면은 알라딘이 마지막에 지니를 해방하는 이타적인 모습과 그를 통해 주변 사람들의 진심 어린 인정을 받게 되는 클라이맥스 등 주제 의식과 정통으로 연결된 것이기도 하지요.

또 여기서는 주인공과 등장인물 대부분과의 관계를 소개해야 해요. 앞서 '인물 구성' 파트에서 설정했던 인물들을 짤막하게나마 등장시켜주세요. 그리고 주인공과 어떤 관계를 맺고 있는지 직관적으로 보여줄 장면을 하나씩 만들어주세요.

하지만 소시민인 주인공과 대기업 총수인 등장인물을 설정했다면, 두 인물이 도입부에서부터 직접 만나기는 어렵겠죠? 그런 경우에는 시사잡지의 표지 사진으로 등장하거나 인터뷰를 하는 식으로 대기업 총수의 성격과 외향을 간접적으로나마 제시해도 돼요. 주인공이 가판대에 놓인 잡지를 보면서 "와, 나와는 완전히 다른 세상에서 사는군!"이라며 혀를 차면 관객은 주인공이 처한 상황과 대기업 총수의 정보를 동시에 받아들이게 되죠.

이 파트에서 제시하는 정보가 정확할 필요는 없습니다. 일부러 부분적인 정보만 주고, 이야기의 후반부에서 이 불투명함이 사실은 복선이었다는 식으로 정보를 사용하는 수도 있으니까요. 이 정보들은 어디까지나 관객이 짐작한 정도로 설명되어야 할 거예요.

이제까지 모든 이야기의 초반에 요구되는 내용에 대해 말했다면, 이제부터는 슈퍼히어로물이라는 장르에 특별히 요구되는 내용을 살펴보도록 하지요.

초반부에 주인공과 대부분의 등장인물 사이의 관계가 소개되어야 한다고 했는데, 슈퍼히어로물에서는 좀 더 강조되어야 할 인물이 있어요. 바로 상징적 아버지예요. 주인공과 상징적 아버지의 관계는 좋을 수도 나쁠 수도 있어요. 중요한 건 이 둘이 아직 분리되지 않았거나 분리됐어도 주인공은 그 분리에 영향을 받지 않는 상황이라는 거죠.

몇 장면이 지나면 상징적 아버지는 이야기에서 물러나야 할 거예요. 이 퇴장은 여러분이 이야기를 어떻게 설정하느냐에 따라 한시적일 수도 영구적일 수도 있겠지만, 주인공과 관객에게 큰 상실감과 함께 벼랑 밑으로 곤두박질치는 기분을 안기게 될 거예요.

이 정서적 낙차를 극대화할 방법이 있을까요? 네, 있습니다. 일반적인 물리법칙과 같아요. 주인공과 상징적 아버지를 가급적 높은 벼랑에 올려놓는 거죠. 그러면 떨어질 때의 충격이 더 커지니까요. 이 둘의 관계가 깊으면 깊을수록 두 사람이 이별했을 때 받을 충격은 더 커질 거예요. 자극적인 것이 좋다는 것은 아닙니다. 어떻게 하면 자극적인지를 이해해야 여러분이 의도한 정도를 조절하기 좋다는 얘기죠.

또 하나, 슈퍼히어로물의 도입부에서 강조해야 할 것은 주인공이 아직은 미성숙하다는 점이에요. 앞서 슈퍼히어로가 되어 슈퍼파워를 얻는 것은 이차성징의 상징적인 변주라고 말씀드렸지요? 그렇다면 아직 슈퍼히어로가 되지 않았고 그렇게 될 운명인지

도 모르는 일상의 주인공은 이차성징을 겪기 전의 어린아이라고
할 수 있겠죠. 나쁘게 말하자면 철부지랄까요?

주인공은 곧 슈퍼파워를 얻게 될 거예요. 그러면서 많은 변화
를 거칠 테고요. 이 변화를 강조하는 방법은 정서적 낙차를 극대화
하는 방법과 같아요. 현재의 상태가 앞으로 생길 변화와는 정반대
의 모습일수록 더 인상적인 장면이 나오게 되겠지요. 주인공이 부
자가 될 거다? 그러면 가난하게. 주인공이 현명해질 거다? 그러면
어리석게. 간단하죠?

〈스파이더맨: 홈커밍〉 2017, 존 와츠

〈스파이더맨: 홈커밍〉의 피터 파커는 이미 슈퍼파워를 가졌습
니다. 하지만 슈퍼파워를 쓸 곳이 없지요. 뉴욕에 매일 외계인이
침공하지는 않으니까요. 그래서 〈스파이더맨: 홈커밍〉의 일상
파트에서는 스파이더맨에게는 슈퍼히어로로 활약할 방법이 없
다는 사실을 몇 번이고 강조해서 보여줘요. 그리고 그가 학교에
만 있어야 하는 이유가 하나 있습니다. 피터 파커의 상징적 아버
지 역을 맡은 토니 스타크가 그걸 바라기 때문이지요. 피터 파커
는 하루가 멀다 하고 토니 스타크의 수행원인 해피에게 메시지
를 남기며 토니 스타크가 자신을 불러주기를 바라지만, 답장은
없습니다. 이렇게나 침묵하고 외면하는 아버지라니!

〈앤트맨〉 2015, 페이턴 리드

앞서 〈앤트맨〉의 스콧 랭은 행크 핌과 유사 부자 관계가 아니라

고 했지요? 그럼에도 이 파트에 대한 예시로 〈앤트맨〉을 드는 이유는 간단합니다. 주인공의 미숙한 부분, 주인공이 성장해야 하는 부분을 잘 드러낸 작품이기 때문이에요. 스콧 랭은 많은 이가 좋은 사람이라 평가하지만 믿을 만한 사람이라고는 하지 않지요. 전과자인 데다 금전적으로나 환경적으로나 불안정한 위치에 있으니까요. 전처도, 전처의 남편도, 직장 상사도 그를 불신해요. 그의 딸 캐시 랭만이 지지하지요. 이 파트에서 스콧 랭에게는 딸과 계속 함께 있기 위해서 그의 주변 사람들이 자신을 믿을 수 있도록 납득시킬 만한 누군가가 되어야 한다는 임무가 주어집니다. 돈독한 부녀 사이를 보면 관객은 주인공의 이 목표를 응원할 수밖에 없지요.

능력의 각성

주인공이 능력을 깨달을 차례입니다. 슈퍼히어로가 된 것은 아니지만 처음으로 능력을 발휘하는 순간이기에 무척 신이 나는 파트예요. 번데기에서 우화한 나비가 처음으로 날갯짓을 하듯이 아직은 어설프게 능력을 다루겠지만, 앞으로의 가능성을 기대하는 것만으로도 즐겁거든요.

주인공의 능력은 무엇인가요? 그 능력은 어떻게 얻게 되었나요? 주인공은 자신의 능력이 무엇이고 어떻게 얻었는지 온전히 파악하고 있나요? 관객에게는 어느 정도의 정보를 주어야만 할까요? 이런 질문의 답을 고민해보세요.

주인공이 능력을 얻게 된 계기는 터무니없는 우연이어도 좋아요. 우연이라는 이야기는 달리 말하면 운명이라는 이야기도 되거든요. 하지만 작품의 세계관이 현실적이길 원한다면 개연성 있는 방식으로 힘을 좀 더 주는 편이 좋겠지요. 대신 이 계기는 우연이든 현실적이든 직관적으로 관객에게 가닿아야 합니다. "거미에게 물려서 거미처럼 힘을 써!" 알기 쉽지 않나요?

또한 이 파트에서는 주인공의 능력이 어느 정도이며 어떻게 활용할 수 있는지를 보여주는 게 좋습니다. 앞서 일상 파트가 주인공과 주변 인물에 관한 튜토리얼이었다면 능력의 각성 파트는 슈퍼히어로가 가진 초능력에 관한 튜토리얼인 셈이지요. 물론 여기서 보여준 설정들은 나중에 얼마든지 보충하거나 변경할 수 있습니다. 이후의 전개를 통해, 또 여러분의 의도에 따라 주인공의 능력은 더 강해지거나 약해져도 상관없어요.

초반부 주인공의 일상에는 불만이나 불안이 있어야 한다고 말씀드렸지요? 모든 것을 다 가진 인간이란 존재하지 않을뿐더러, 그런 사람이 존재한다 하더라도 그는 너무 행복한 나머지 주인공이 될 만큼의 드라마틱한 사연도 없을 테니까요. 갈등도 없고 고민도 없는 사람이 어떻게 주인공 자리를 넘보겠어요?

능력의 각성 파트에서 주인공의 일상은 특별한 비일상으로 전환될 것이고, 주인공은 이 비일상을 즐기면서 일상의 불만이나 불안에서 빠져나와야 합니다. 새로운 자아로 다시 태어나는 과정이니까요. 주인공은 이제까지의 일상과는 정반대의 상황을 체험하게 될 거예요.

물론 일상의 불만(불안)에서 벗어나 비일상으로 가더라도 새로운 불만(불안)을 만나기 마련입니다. 슈퍼히어로는 사춘기나 다름없고, 능력의 개발은 이차성징의 상징이나 다름없지요. 이 파트에서 주인공은 자신의 변화를 처음으로 알아차려요. 털이 없던 곳에 털이 나기 시작하는 순간인 거죠. 이러한 신체의 변화는 공포와 동시에 쾌감을 줘요. 이 이중적인 감정선을 잘 그려주세요.

이 변화는 상징적 아버지를 닮아가는 과정이기도 해요. 사춘기와 이차성징은 어른이 되는 과정이고, 아이의 가장 가까이에 있는 어른은 아버지이니까요. 능력의 원천이 유전적인 요소일 경우, 이러한 계승은 생물학적 아버지를 닮아가는 과정 자체가 되고요.

여기에서 주인공의 일상과 능력을 마구잡이로 쓰는 비일상이 조금씩 분리됨을 암시하면 좋습니다. 주인공의 일상은 여전하지만, 그에겐 모험이 숨어 있으니까요. 그리고 이런 변화는 그의 일상에도 조금씩 영향을 주게 되어 있어요. 자신감이 생기고 삶을 대하는 태도가 달라지니까요.

그리고 사춘기 청소년들이 그러하듯, 이러한 적극성은 위험한 상황으로 이어지기도 쉽답니다. 주인공은 아직 완전한 슈퍼히어로가 아니기에 능력을 쓰다 자신이 다치거나 남을 다치게 할 수도 있어요. 방금 자전거 타는 법을 배운 아이가 전속력으로 질주하다 사고를 내는 것처럼요.

주인공의 변화를 다루었다면, 다음으로는 주인공과 다른 등장인물 사이의 관계에 어떤 변화가 있는지도 보여주세요. 만화 『송곳』에서 이르길, 사람이 서는 곳이 달라지면 풍경도 달라진다죠?

우리의 주인공도 마찬가지일 거예요. 특히 주인공과 상징적 아버지와의 관계 변화를 강조할 필요가 있어요. 슈퍼파워를 얻은 주인공에게 상징적 아버지는 어떤 모습으로 비칠까요? 여전히 존경스러운 누군가? 이제는 나보다 약해져서 지켜야만 할 누군가? 혹은 우스워진 누군가? 그러거나 말거나 다음 파트인 '의무의 각성'에서 상징적 아버지는 상징적 죽음을 맞이하고 주인공은 이 사람에게 지배당할 예정이긴 하지만요.

마지막으로 한 가지만 짚고 넘어가죠. 빌런은 현재 어떤 상황인가요? 슈퍼파워를 갖고 있나요? 아니면 이후에 슈퍼파워를 갖게 될까요? 슈퍼히어로의 탄생이 곧 빌런 탄생의 계기가 되어도 좋고, 거꾸로 빌런의 탄생이 슈퍼히어로 탄생의 원인이어도 좋겠죠. 개별적이어도 좋습니다만, 여기에서 둘의 관계에 대한 암시를 살짝 해주면 이후 전개에 적절한 복선이 되어줄 거예요.

〈스파이더맨〉 2002, 샘 레이미

〈스파이더맨〉에서 능력의 각성 파트는 정말 신이 납니다. 슈퍼히어로로 변신한 주인공이 못된 동급생을 혼내주고 벽 위를 자유자재로 오르며 거미줄을 쏘아 빌딩 사이를 타잔처럼 소리 지르며 날아다니게 되었으니까요. 평범하고 인기 없는 보통의 고등학생에게는 무척이나 감동적인 순간일 겁니다. 더군다나 메리 제인에게 조금씩 다가가기 시작했고요. 변신의 즐거움이 고스란히 담겨 있어요.

이 파트에서는 노먼 오스본 또한 인체 실험 끝에 자아를 잃고 폭주하다 부하 직원을 살해하며 자신의 변화에 제대로 대처하지 못하는 모습을 보이기도 해요. 샘 레이미의 〈스파이더맨〉에서 주목해야 할 지점 중 하나지요. 피터 파커를 소개한 만큼이나 노먼 오스본도 소개를 합니다. 슈퍼히어로가 앞서 정리한 이야기 구조에 맞춰 갈등하는 동안 빌런 역시 슈퍼히어로의 거울상이 되어 그와 유사한, 가끔은 동일한 갈등을 겪지요. 두 인물은 평행선을 그리고 있는 거죠. 둘은 아직 만날 수 없지만 언제나 그 옆을 걷고 있어요.

〈토르: 천둥의 신〉 2011, 케네스 브래너

〈토르: 천둥의 신〉은 이래저래 흥미로운 작품입니다. 셰익스피어와 『햄릿』의 영향을 많이 받았으면서도 이 원형과는 계속해서 어긋나거든요. 로키라는 인물의 입체성이 작품의 근간을 뒤흔들었기 때문이 아닐까 싶습니다. 무엇보다 힘이 없던 주인공이 힘을 얻어 슈퍼히어로가 되는 것이 아니라, 힘이 있던 주인공이 힘을 잃고 슈퍼히어로란 무엇인지 깨닫는 여정을 그리고 있지요. 그래서 다른 MCU 시리즈와 달리 이 파트에서 주인공 토르가 상징적으로는 물론 생물학적인 아버지 오딘에게서 힘을 박탈당하는 장면이 나옵니다. 저런!

의무의 각성

큰 힘에는 큰 책임이 따른다는 교훈을 얻을 차례입니다. 기쁜 일만은 아니에요. 상처에서 얻는 교훈이니까요. 주인공은 자신의 능력에 취한 나머지 한계에까지 치닫다 큰코다치고 마는 것이죠. 여기서 다친 코는 그의 상징적 아버지, 멘토고요.

주인공이 이제까지는 자신만을 위해 능력을 사용했다면, 앞으로는 자신을 제외한 모든 이를 위해 사용하게 됩니다. 의무의 각성 파트에서는 아버지의 유령이 햄릿에게 저주 어린 명령을 내려요. 이 모든 비극이 그의 잘못이(라고 스스로가 여기게 되)니까요. 실제로 상징적 아버지를 상징적인 죽음으로 몰고 간 사람은 나쁜 범죄자이거나 작품의 빌런일 수도 있겠지만, 그 계기는 주인공이 슈퍼파워를 얻고 오만해진 결과와 연결시키세요. 상징적 아버지의 죽음이 주인공이나 약자를 위한 희생이면 더 좋습니다.

이는 다이달로스와 그의 아들 이카로스에 대한 신화와도 닮았습니다. 미궁에서 탈출하기 위해 다이달로스는 이카로스에게 밀랍으로 된 날개를 만들어줬지만, 자신을 과신한 이카로스는 너무 높은 곳까지 날아오르다 햇빛에 밀랍이 녹아 추락하고 말죠. 여기서 죽는 사람은 원전 신화와는 달리 이카로스가 아니라 다이달로스, 주인공이 아닌 주인공의 상징적 아버지예요. 이 죽음은 그 누구도 아닌 다이달로스를 가장 사랑했으면서 태양 가까이 날아오를 만큼 오만했던 이카로스의 잘못에서 비롯됐고요. 자신의 잘못 때문에 그를 가장 사랑하게 된 건지도 모르지만, 선후 관계는 중요하지 않죠.

서구 작품들은 기독교적 장치가 쉬이 나타나요. 슈퍼히어로물에서 의무의 각성 파트는 예수의 고난과 죽음과도 같다고 할 수 있겠네요. 신학적 용어로는 '대속'이라고 하던가요? 인류의 죗값을 예수가 대신해서 치른 죽음 말이에요.

상징적 아버지의 죽음은 대속과도 같아요. 신앙은 언제나 대속에서 출발하거든요. 상징적 아버지의 대속으로 주인공은 최후의 심판을 받을 때까지 죗값에 대한 유예를 받습니다. 하지만 동시에 결코 갚지 못할 죗값의 영원한 채무자로 자리매김하고요. 그러니 상징적 아버지는 말없이 퇴장하지 않습니다. 노골적인 유언을 통해서든 모범적인 자기희생을 통해서든, 상징적 아버지가 주인공에게 선한 의지를 일깨워주고 사라지도록 해주세요.

여기서는 감정적인 복수가 이어지기도 해요. 〈아이언맨〉에서는 토니 스타크가 호 인센의 죽음 이후 테러리스트들을 상대로 학살극을 벌였고, 〈스파이더맨〉에서는 피터 파커가 벤 파커를 살해한 강도를 두들겨 패고 (사고이기는 했지만) 그 사람이 죽는 것까지 지켜보게 됩니다.

잔인한 장면이 될 수 있으니 폭력 정도는 조절이 필요하겠지요. 주인공이 저지르는 첫 폭력이 될 가능성이 높고, 여기에서의 결과는 슈퍼히어로가 앞으로 저지를 폭력의 상한치를 가늠하는 기준이기도 할 테니까요. 작품의 전체적인 분위기를 좌우하는 순간이기도 하답니다.

이러한 폭력적인 장면은 주인공의 일상이 파국을 맞이했다는 이야기이기도 합니다. 주인공은 크나큰 상실을 경험했고, 다시는 전으로 돌아갈 수 없어요. 그는 이 상실을 메우고 복원하기 위해 일상을 떠나 비일상의 영역으로 건너가겠지만, 잃어버린 상징적 아버지를 되찾기는 어려울 거예요. 만에 하나 되찾더라도 이는 클라이맥스 이후에나 가능하지요.

여기서는 빌런의 탄생을 보여줄 수도 있어요. 〈스파이더맨〉에서는 노먼 오스본이 그린 고블린 복장으로 군사 무기 실험장을 습격했고, 〈퍼스트 어벤져〉나 〈앤트맨〉에서는 등장인물의 입을 빌려 레드 스컬이나 옐로재킷이 등장한 배경을 설명하기도 했습니다. 슈퍼히어로의 탄생과 빌런의 탄생을 동시에 다루는 것은 효과적인 대비가 되겠죠.

이런 설명은 동시에 앞으로의 모험에서 주인공인 슈퍼히어로에게 중요한 목표 지점을 보여주는 것이기도 합니다. 아, 혹시 상징적 아버지의 죽음에 빌런의 직간접적인 간섭이 있었나요? 그렇다면 주인공은 그 사실을 알고 있나요? 매우 중요한 분기가 되니 이 가능성에 대해서도 고민해주세요.

〈퍼스트 어벤져〉 2011, 조 존스턴

스파이더맨이나 아이언맨같이 전형적인 예시는 본문에서 이야기했으니 예외적인 상황을 소개해볼까요? 〈퍼스트 어벤져〉는 많은 슈퍼히어로물과 선후 관계가 약간 다르게 구성되어 있어요. 대부분의 슈퍼히어로는 상징적 아버지의 상실을 겪고 도덕적이어야 한다는 저주에 사로잡히는데, 스티브 로저스에게만은 올바른 사람이라는 이유로 슈퍼파워가 주어지거든요. 그래서였을까요? 스티브 로저스는 슈퍼파워를 얻은 뒤에도 여러 정치적 사정 때문에 전선에서 활약하지 못하고 채권 판매의 마스코트로만 활용됩니다. 노트에 서커스단의 원숭이를 그리며 자조하던 그가 정의를 위해 상부의 명령마저 어기고 한 몸 희생하기로 결심한 건 친구 버키 반즈가 포로로 잡혔다는 소식을 들은 뒤였지요. 스티브 로저스에게 버키 반즈는 온갖 의미를 다 지니고 있어요.

〈앤트맨〉 2015, 페이턴 리드

〈앤트맨〉의 스콧 랭은 상징적 아버지의 상실을 경험하진 않아요. 도리어 그의 멘토가 되어줄 인물인 행크 핌의 계략으로 일상에서의 정체성을 말살당합니다. 행크 핌은 스콧 랭이 자신의 집에 도둑질을 하러 오도록 미끼를 던진 것으로도 모자라, 경찰에게 붙잡힌 스콧 랭을 불법으로 빼돌리기까지 하지요. 덕분에 스콧 랭은 절도에, 공무집행방해에, 온갖 종류의 범법을 저지른 범죄자가 되어 일상에서 쫓겨나게 되었죠. 다른 슈퍼히어로들과 달리 강제로 일상에서 비일상의 영역으로 축출당하고 만 것이에요.

애도

이제 상징적 아버지의 죽음을 애도해야 합니다. 다음 단계를 밟아나가기 위해서요. 그리고 우리는 그다음 단계가 무엇인지 잘 알고 있습니다. 쫄쫄이 옷과 가면을 뒤집어쓰고 정의를 지키기 위해 거리로 나가야 하지요.

애도 파트는 슈퍼히어로라는 미친 짓을 저지르기 전, 각오를 다지는 순간을 다뤄요. 주인공은 상징적 아버지가 남긴 유언을 지킬 것인지 말 것인지 고민해야만 해요. 그 고민이 3초로 끝나더라도 그의 결단력을 보여주기 위해 이 장면을 넣어야 하죠.

애도의 과정은 주인공만 겪지 않을 거예요. 주인공 주변의 많은 사람이 주인공이 느끼는 상실을 위로하고 슬퍼하겠지요. 이들의 위로가 상냥하고 따뜻할수록 주인공이 느끼는 상실감은 커질 거예요. 상징적 아버지의 죽음은 자기가 자초한 일이었다고 여길 테니까요.

주인공은 이 파트에서 이제까지의 일상에 작별을 고하고 슈퍼히어로로서 마주할 비일상에 발을 디딜 각오를 다질 거예요. 앞서 일상 파트에서 주인공에 대해 "무엇을 갖고 싶은가? 어째서 그것을 가지고 싶어 하는가? 어떻게 그것을 가지려고 하는가?"라는 질문을 했지요? 이 각오는 애도 파트에서 "어떻게 그것을 가지려고 하는가?"에 대한 처음의 답이 바뀌는 것이기도 해요. "무엇을 어떻게 가질 거냐고? 나는 슈퍼히어로가 되어서 그걸 가져야만 해"라고요. 그렇게 주인공은 이야기의 2막으로 돌입하게 됩니다.

〈아이언맨〉 2008, 존 패브로

토니 스타크는 사막에서 구출된 직후 기자회견을 엽니다. 그 내용은 무척 충격적인데, 스타크 인더스트리는 더 이상 무기를 만들지 않겠다는 폭탄선언이었지요. 무기를 만들지 않는 군수 업체라니 어불성설 아닌가요? 영웅이 되기 위해, 올바른 일을 하기 위해 무기를 만들지 않기로 하면서 일상은 완전히 무너져요. 주변 사람들은 그가 피랍 경험으로 이성적이지 못한 결정을 내렸다고 여기지만 실상은 그렇지 않았지요. 토니 스타크의 이 선언은 아크 원자로라는, 일종의 핵융합 기술 개발에 성공한 뒤에 한 것이었으니까요. 여담이지만 아크 원자로 기술을 개발한 사람이라면 인류의 왕이나 다름없게 살 수 있답니다. 핵융합이라니!

〈스파이더맨: 뉴 유니버스〉 2018, 밥 퍼시케티 외

마일스 모랄레스는 피터 파커의 죽음을 목격한 뒤 큰 충격에 빠집니다. 그래서 메리 제인의 추도사를 듣기 위해 가게에서 파는 스파이더맨 코스튬을 입고 광장으로 향하지요. 마일스는 옷을 사면서 점원에게 묻습니다. "안 맞으면 환불해도 될까요?" 웃긴 질문처럼 들리기는 하지만, 실은 "내가 이 옷을 입을 자격이 있을까요?"라는 질문이나 다름없었는데, 이에 점원은 답합니다. "이 옷은 언제나 맞는단다. 결국에는 말이야"라고요. 지금의 너는 이 옷이 맞지 않을지도 몰라, 하지만 너는 곧 자랄 거고 그래서 이 옷에 어울리는 사람이 될 거야, 라는 예언이자 신탁이었어요. 이 점원 역할로 작품의 원작자인 스탠 리가 출연한 걸 생각하면 더더욱 의미심장한 장면이었지요.

슈퍼히어로 데뷔

슈퍼히어로가 본격적으로 등장할 시간입니다. 슈퍼히어로로서의 첫 활약을 보여주세요. 갓 등장한 신인이 처음부터 좋은 대접을 받기란 쉽지 않다는 것을 잊지 마세요.

이 파트는 예고편에 나오기 좋은 내용으로 가득해요. 2막 초반

부이니 빌런과의 전면전이 등장하진 않을 테고, 처음으로 슈퍼히어로가 되어서 자신의 미숙함 외에 별다른 제약 없이 온 힘을 다해 활약할 테니까요. 덕분에 익살스러운 장면을 집어넣기도 좋고요.

자기 멋대로가 아닌 다른 사람을 위해 싸우기로 다짐한 슈퍼히어로는 그가 도와야 할 사람들과 갈등을 겪기 시작할 거예요. 쫄쫄이 옷을 입고 정체를 숨긴 채 봉사활동을 하는 사람과 금세 친해지긴 어려우니까요. 주인공도 자신의 활동을 정당화할 당위성을 가져야만 할 테고요.

비일상에서 슈퍼히어로가 활약을 시작하는 장면을 넣어주었다면 그 뒤로는 일상이 무너지는 모습도 그려주어야겠지요. 비일상에 첫발을 내디뎠으니 삐걱거릴 테고, 안정적이던 일상도 그 틈새에 슈퍼히어로 활동이라는 비일상이 비집고 들어오면서 망가지기 시작했을 테니까요. 지금까지 일상의 삶에 100을 투자했다면, 이제부터는 비일상의 삶에 50 혹은 그 이상을 몰아넣어야 하니 주인공의 일상이 무너지는 건 필연이죠.

여기서부터 훼방꾼의 역할이 중요해져요. 슈퍼히어로 데뷔 파트에서는 일상에서나 비일상에서나 주인공에게 못되게 구는, 그를 닦달하고 괴롭히는 훼방꾼이 주목을 받을 수밖에 없거든요. 친구마저 등을 돌릴지도 몰라요. 빌런은? 글쎄요, 벌써부터 숙적과 싸울 필요는 없겠지요.

일상이 무너질수록 연인은 주인공의 인생에서 더더욱 빛이 나게 된답니다. 이런 막막한 상황에서 연인만큼은 주인공의 안식처가 되어주는 거죠. 슈퍼히어로로 활약하며 뒤따르는 온갖 고행에도 그럴 만한 가치가 있다는 걸 증명해주는 산증인이 되는 거예요.

　그리고 이 파트는 슈퍼히어로가 대활약하면서 끝나도 좋아요. 자전거 같은 거죠. 배울 때는 자꾸 넘어져서 무릎이 까지고 지나가는 사람들과도 부딪치지만, 어느 순간 핸들이 내 것이 되고 자전거와 한 몸이 되어 상쾌하게 질주하는 것처럼, 슈퍼히어로의 활약도 몸에 익는 순간이 오는 거죠.

　처음에는 삐걱거리기만 하던 주인공의 일상과 슈퍼히어로의 비일상 사이의 균형도 점차 맞게 될 거예요. 어느 한쪽에 무게가 더 실릴 수는 있겠지만, 초반부처럼 저울이 휘청거리지는 않겠지요. 그 덕분에 연인과 가까워질지도 몰라요.

　지속적으로 연재하는 장편물을 만들고 싶다면 이 파트를 반복하고 변주해서 채워 넣으면 됩니다. 연애나 소소한 싸움, 앞으로 발생할 사건에 대한 복선 모두 여기에 넣기 좋거든요. 다음에 나오는 '1차 갈등' 파트부터는 주인공이 본격적으로 클라이맥스를 향하는 여정이 나오게 될 거예요.

〈스파이더맨〉 2002, 샘 레이미

〈스파이더맨〉은 이 파트에서 '당신의 친절한 이웃, 스파이더맨'의 활약이 시작되고, 피터 파커는 뉴욕 시민의 사랑을 한 몸에 받게 됩니다. 고등학교 시절의 피터 파커는 학교 아이들의 놀림감이었는데 말이에요. 그리고 이렇게 슈퍼히어로로서 스파이더맨이 비일상의 영역에서 승승장구하는 사이, 피터 파커의 일상은 무너지고 말아요. 스파이더맨 활동 때문에 아르바이트를 비롯한 생업은 뒷전으로 밀려나 먹고살 길이 없어졌으니까요. 무엇보다 J. J. J. 편집장을 처음으로 만나게 되는 것도 이 파트랍니다. 완전히 망한 거죠!

〈앤트맨〉 2015, 페이턴 리드

〈스파이더맨: 뉴 유니버스〉 2018, 밥 퍼시케티 외

〈앤트맨〉과 〈스파이더맨: 뉴 유니버스〉에는 재미난 공통점이 있어요. 지금 다루고 있는 슈퍼히어로물과 2부에서 다룰 케이퍼물이 뒤섞인 작품이라는 것이지요. 두 작품의 주인공 모두 팀을 구성해 악당의 비밀 연구소에 잠입해야 한다는 임무를 부여받아요. 덕분에 이 파트는 슈퍼히어로로서 시민을 돕는 활약보다는 남몰래 악당의 비밀 기지(더 정확히 말하자면 비밀이나 다름없는 사악한 실험 중인 연구소)에 들어가 열쇠를 찾아와야만 한다는 중간 퀘스트로 작동해요. 이 파트에서 〈스파이더맨: 뉴 유니버스〉의 팀원들은 차원 이동 장치를 조작할 구버를 만들기 위해 킹핀의 연구소에 숨어들었고, 〈앤트맨〉의 팀원들은 대런 크로스의 연구실에 잠입하기 위한 발명품이 필요해 쉴드의 비밀 기지에 숨어들었죠.

1차 갈등

반환점을 돌았어요. 중간점을 지나 절반이 남았습니다. 전반전이 끝났으니 후반전을 준비해야겠지요? 슈퍼히어로 데뷔 파트

까지가 주인공이 슈퍼히어로가 되는 과정이었다면 이제는 슈퍼히어로가 본격적인 활약을 시작할 차례예요. 그 활약을 위해서는 빌런의 출현이 필수적이지요. 빌런을 부각시키세요.

빌런의 부각으로 슈퍼히어로로서 한껏 올라간 자존감은 순식간에 바닥으로 떨어지고 말 거예요. 이야기했지요? 정서적 낙차를 넓히는 방법. 낮은 곳에 떨어졌으면 높은 곳으로 올려라. 높은 곳에 올라가면 낮은 곳으로 떨어뜨려라. 지금까지 우리의 주인공이 슈퍼히어로로 승승장구했으니 이제는 독한 패배를 안겨줄 차례인 거죠.

이 내용은 구체적으로 제시하지 않을게요. 어떤 식의 갈등인지도 자유롭게 설정해주세요. 빌런과 다짜고짜 싸움을 할 수도 있고, 그의 부하들과 숨바꼭질이나 실랑이를 벌일 수도 있어요. 어떤 방식이든 편한 대로 설정하면 됩니다. 다만 1차 갈등 파트에서는 이 이야기에서 슈퍼히어로가 적대해야 할 상대가 누구인지, 빌런과의 관계와 긴장이 명백해져야만 해요.

슈퍼히어로와 빌런은 서로의 정체를 아직까지 모를 수도 있어요. 한쪽만 상대의 정체를 깨달았을 수도 있고, 둘 다 자신의 네메시스가 누구인지 이해했을 수도 있지요. 어느 쪽이든 상관없습니다. 주인공과 빌런이 서로 근접할 계기가 나오기만 한다면, 이 파트의 목적은 달성하는 것이니까요.

이전까지 정체와 음모를 숨기고 있던 빌런이라면, 여기서 주인공 앞에 자신의 이빨을 드러내고 말 거예요. 처음부터 주인공을 적대하던 빌런이라면, 주인공 앞에 그 모습을 드러내고 본격적인 위협을 시작하겠지요. 가면을 벗고 나올지 여부는 중요치 않으나,

이로 인해 주인공은 빌런과 갈등을 빚고 싸움을 통해 해결해야 함을 깨닫게 될 것이라는 점만은 분명해요.

여기서는 슈퍼히어로와 빌런, 둘의 사상이 부딪치게 될 거예요. 권력을 미끼로 슈퍼히어로를 타락하게 만들려는 유혹의 장이 될 수도 있어요. 앞 파트까지는 주인공이 슈퍼히어로가 되는 것만을, 한 인물의 완결성만을 고민했지만 이제는 슈퍼히어로와 빌런의 관계에 대해 고민해야 해요.

빌런이 주인공 앞에서 마수를 드러냈다는 것은 주인공에게 위협적인 일이고, 빌런에게도 마찬가지일 거예요. 빌런은 어째서 주인공 앞에 나서는 위험을 감수하게 되었을까요? 이제까지 주인공이 슈퍼히어로로 활약했기 때문일 가능성이 크지요. 슈퍼히어로물에서 슈퍼히어로와 빌런, 두 사람의 싸움은 운명이니까요.

〈아이언맨〉 2008, 존 패브로
〈아이언맨〉의 슈퍼히어로 데뷔 파트는 토니 스타크가 자선 파티에서 페퍼 포츠와 썸을 타던 중, 오베디아 스탠이 회사 내부의 진정한 정적임을 알아차리고 집에 돌아와 호 인센의 고향이었던 걸미라가 분쟁의 확대로 초토화되었음을 확인하는 부분까지예요. 토니 스타크의 한창 즐거웠던 기분이 순식간에 시궁창에 빠진 것처럼 바뀌었을 거예요.

〈스파이더맨: 홈커밍〉 2017, 존 와츠
이 파트에서 피터 파커는 드디어 토니 스타크의 연락을 받게 돼요. 얼마나 기쁠까요? 이전 장면에서 대활약한 보상으로 토니 스타크가 그를 본격적으로 응원하고 지원하기로 마음먹은 순간 이지요. 그런데, 아이고. 이 순간, 피터 파커는 토니 스타크에게 집중할 수가 없었어요. 토니 스타크가 하라는 대로 하지 않고 몰래 악당들을 붙잡기 위해 스파이더맨이 되어 밀거래 현장에 숨어들었거든요.

1차전

1차전 파트는 슈퍼히어로물의 꽃이라고 할 수 있겠네요. 멋진 액션 장면이 나올 차례예요. 1차 갈등 파트에서 팽팽해진 슈퍼히어로와 빌런 사이의 긴장감이 폭발하는 거죠. 본격적인 싸움을 시작하는데요. 슈퍼히어로는 소매치기나 강도처럼 봐줘야 하는 상대가 아니라 자신과 대등하거나 그 이상인 상대를 만나 고전하게 됩니다.

이 파트에서 가장 중요한 부분은 액션의 묘사예요. 앞서 슈퍼히어로와 빌런의 특별한 능력을 고민했지요? 그 능력이 두 사람의 대결에서 어떻게 창의적으로 발현되느냐를 최대한 멋지게 보여주세요. 만화 〈헌터×헌터〉에서 히소카가 말했던 것처럼 대결은 댄스와 같아서 두 사람의 호흡과 궁합이 중요하니까요.

이제부터는 슈퍼히어로와 빌런의 노선 차이를 극명하게 보여줘야 해요. 이 전까지는 둘 사이에 어느 정도 타협의 가능성이나 화해의 여지가 있었을지도 몰라요. 하지만 둘이 치고받고 싸우면서 돌이킬 수 없는 균열이 생겼다는 것을 확인하게 되겠지요.

여기서는 빌런이 얼마나 강한지, 어째서 슈퍼히어로가 이기기 어려운 상대인지 드러내는 게 좋아요. 단순히 빌런이 슈퍼히어로보다 힘이 세서가 아니어도 재밌겠지요. 어린아이를 인질로 삼는다거나 하는 식으로요. 비열한 사람을 정정당당히 쓰러트리기란 무척 어려운 일이니까요.

1차전의 승패는 완전히 결판내지 않고 다음을 기약하는 형태로 결말을 지어주세요. 어디까지나 슈퍼히어로에게 불리한 형태로요. 빌런이 슈퍼히어로를 압도했으나 군대의 진입으로 도망쳤다거나, 슈퍼히어로가 빌런을 체포했으나 빌런이 권력을 이용해서 도망쳤다거나….

1차전 파트에서 제시하는 주인공을 괴롭힌 빌런과의 싸움에서 어떻게 이길 것인가라는 질문에, 슈퍼히어로는 2차 갈등 파트에서 실마리를 찾아내 마지막 2차전 파트에서 답을 제시해야 해요. 그리고 이 실마리를 위해 1차전 파트에서는 빌런의 진정한 목적이 무엇인지 구체적으로 보여주어야 하죠.

동시에 이 대결의 결말로 인해 슈퍼히어로의 삶은 비참함의 바닥을 치게 될 것입니다. 일상과 비일상의 영역 모두에서요. "슈퍼히어로가 사실은 악당이었대"도 좋고 "주인공이 사실은 빌런의 끄나풀이었대"도 좋습니다. 주변 사람들의 오해나 착각 혹은 음해로 주인공은 골치를 썩게 되는 것이지요. 이렇게 주인공이 무릎을 꿇는 것은 어디까지나 클라이맥스로 돌진할 힘을 얻기 위해서니까, 안심하고 주인공을 한껏 비참하게 만들어줍시다!

〈앤트맨〉 2015, 페이턴 리드

〈앤트맨〉의 1차전 파트는 흥미진진한 잠입 장면으로 가득합니다. 몸을 조그맣게 만든 스콧 랭이 개미를 타고 최첨단 연구 시설의 감시망을 피해 작전을 실행하죠. 친구들도 재치 있게 임무를 수행하고요. 작전을 수행하다 앤트맨과 옐로재킷, 슈퍼히어로와 빌런이 한껏 작아진 채 사무용 가방 안에서 벌이는 아크로바틱한 싸움은 〈앤트맨〉이 아니고서야 보여줄 수 없는 박진감 넘치는 장면이었습니다. 하지만 이게 웬걸! 겨우 빌런을 물리쳤다고 생각한 순간, 스콧 랭은 전처의 새 남편이자 자신을 체포했던 경찰 팩스턴을 만나 다시 한번 체포당하게 됩니다. 그것도 앤트맨 슈트를 입은 채로요. 한창 실랑이를 하는 사이, 빌런은 스콧 랭의 딸을 인질로 삼기 위해 또다시 사악한 음모를 꾸밉니다. 전투에서는 승리했지만, 전쟁에서는 패배할 위기에 처했지요.

〈스파이더맨: 뉴 유니버스〉 2018, 밥 퍼시케티 외

〈스파이더맨: 뉴 유니버스〉의 1차전 파트에서는 악당들이 스파이더맨의 아지트(메이 파커의 집)를 습격했습니다. 슈퍼히어로 데뷔를 무사히 마친 마일스 모랄레스 앞에 나타난 다른 차원의 스파이더맨들이 처음으로 자신의 능력을 과시하는 장면이기도 했지요. 우리의 주인공 마일스 모랄레스는 아직 슈퍼파워를 얻은 지 얼마 되지도 않은 데다 싸움 경험조차 없어서 악당들의 공격에 무방비로 노출된 상황이었지요. 사랑하는 가족의 보고 싶지 않았던 일면마저 보게 됩니다. 멋있는 건 분명하지만, 곤란하기 짝이 없었어요. 무엇보다 다음에 설명할 2차 갈등 파트에서 마일스 모랄레스가 겪는 아픔은…. 어휴, 말을 말아야지요.

2차 갈등

클라이맥스 직전입니다. 지금 주인공은 아주 끔찍한 상황에 빠졌을 겁니다. 주인공의 일상은 힘든 정도를 넘어 붕괴되었을 테고, 슈퍼히어로의 비일상은 빌런과의 갈등으로 목숨마저 위협받게 되었을 테니까요. 하지만 걱정하지 마세요. 이후 결전(2차전)까지 긴장을 최대한 끌어올리기 위해서니까요. 그러니 주인공을 마음껏 괴롭혀줍시다.

주인공은 무척이나 괴로울 거예요. 괴로운 이유는 여러 가지가 있겠지만, 가장 중요한 건 주인공이 상징적 아버지의 유언을 지키지 못했기 때문일 거예요. 앞 파트에서 언급했던 유언을 여기에서 다시 상기시켜주도록 합시다. 그러면 비참함이 배가 되니까요.

주인공과 빌런이 가까운 사이였다면 아직 타협을 시도할지도 모르겠네요. 그렇다면 슈퍼히어로는 빌런이 속죄하기를, 빌런은 슈퍼히어로가 타락하기를 바랄 거예요. 두 사람 간의 직간접적인 거래나 협상을 보여주어도 좋지만, 이들의 심리만 보여주어도 괜찮겠네요. 하지만 대부분의 경우, 이 파트에서 빌런은 주인공의 일상을 짓뭉개고는 한답니다.

그 결과 주인공이나 그 주변 인물은 죽음 혹은 그에 가까운 체험을 하게 된답니다. 〈퍼스트 어벤져〉에서는 버키 반스가 목숨을 잃었지요. 〈아이언맨〉에서는 토니 스타크가 가슴에 부착된 아크 원자로를 강탈당했고요. 〈토르: 천둥의 신〉에서도 토르가 디스트로이어를 조종하는 로키에게 사과하며 자신이 죽어줄 테니 잘못 없는 동료들을 살려달라며 희생하지요. 〈앤트맨〉도 앞 파트이기는 하지만 격전 도중, 스콧 랭이 아끼던 개미 앤서니가 총에 맞아 전사한데다 악당이 딸 캐시 랭을 노리고 그 집에 숨어들기까지 했고요.

　너무 괴롭히는 이야기만 했네요. 다시 한번 말할게요. 염려하지 말아요. 우리의 주인공은 이 비참함을 딛고 일어날 거예요. 2차 갈등 파트는 주인공의 가장 비참한 상황을 보여줄 뿐만 아니라, 빌런과의 마지막 대결을 앞두고 결의를 다지는 과정이기도 해요. 빌런과 싸워야만 하는 상황임을 주인공과 그 주변 인물 그리고 관객 모두가 납득해야 하죠. 주인공이 빌런의 거대한 음모를 알아차리며 긴장이 고조되어야 해요. 빌런의 정체도 공공연해지겠지요. 이 음모는 주인공이나 그 주변 인물에게 위협적이라 슈퍼히어로가 나서야만 할 강력한 당위성도 있을 거예요.

　최종 결전에 앞서 결의를 다지는 데 가장 효과적인 일은 무엇일까요? 키스입니다. 연인이 키스만 해주면 빌런이 다 뭐야, 외계 군대가 지구를 침략해도 홀로 싸우러 가는 겁니다. 키스는 아니더라도 연인과의 관계에 어느 정도 마무리가 필요해요. 주변 인물과의 관계도 정리가 되면 좋겠지만, 무엇보다 연인과의 관계가 중요해요. 좋지 않은 예시로는 주인공을 사랑하고 있음을 깨달은 연인이 빌런에게 납치되어 구하러 가야만 하는 상황도 있겠네요. 흔한 클리셰이지만, 연인의 주체성을 잡아먹는다는 점에서는 아쉬움이 남기 쉽지요.

어찌 됐든 두 사람의 감정을 명확하게 매듭지으세요. 일상도 비일상도 훼방꾼과 빌런에 의해 박살이 났지만, 주인공은 다시 일어날 거예요. 주인공이 슈퍼히어로의 비일상만이 아니라 일상까지 지켜야 할 이유는 언제나 하나뿐이거든요. 바로 연인의 존재 말이에요.

이 감정을 확인한 순간 주인공은 슈퍼히어로가, 슈퍼히어로는 주인공이 됩니다. 가면을 쓴 자아와 가면을 벗은 자아가 드디어 화해하게 되는 거예요. 그리고 이 화해를 통해 지금까지 지키지 못했던 상징적 아버지의 유언을 지킬 힘을 회복할 거예요. 상징적 아버지의 유언을 지키는 일은 화해를 통해서만 가능하거든요.

모든 것이 마무리된 지금, 주인공의 목표는 하나로 귀결됩니다. 빌런과의 마지막 결전을 치르는 것!

〈스파이더맨: 홈커밍〉 2017, 존 와츠

이 파트에서 피터 파커는 토니 스타크에게 슈트를 압수당해 학생의 신분으로 돌아옵니다. 피터 파커가 눈물을 글썽이며 "슈트가 없으면 나는 아무런 존재도 아니에요"라고 애걸했지만, 토니 스타크는 "그렇다면 넌 더더욱 이 슈트를 입을 자격이 없어"라며 혼쭐을 냈지요. 이런 식으로 스파이더맨으로서의 비일상이 멈추니 피터 파커로서의 일상은 잘 돌아가기 시작했어요. 이 파트의 초반까지만요. 좋아하는 사람에게 데이트 신청을 하는 데에도 성공했는데, 어라? 이럴 수가? 좋아하는 사람의 아버지가 빌런이었다고? 깜짝 놀랄 진실을 마주하게 되지요. 이 상황은 슈퍼히어로로서도, 평범한 학생으로서도 절망적인 순간이에요.

〈토르: 천둥의 신〉 2011, 케네스 브래나

여기서 토르는 지구에서의 추방 생활에 적응하기로 다짐합니다. 이 전 파트에서 아버지 오딘이 죽었다는 로키의 말에 속아 넘어 간 상황이었거든요. 그러니 잠자코 아버지의 유지를 따르기 위해 아스가르드로 돌아가지 않고 유배 생활을 선택했죠. 하지만 토르 의 동료들이 찾아와 오딘이 아직 살아 있으며, 로키야말로 부당 한 계승자임을 밝힙니다. 반면 로키는 정당한 계승자인 토르를 살해하는 것으로 유일한 계승자가 되려 하지요. 토르는 지구의 평화를 위해 잠자코 그 뜻을 따르려고 합니다. 그리고 이 숭고한 자기희생은 그가 잃었던 자격을 되찾는 계기가 되지요.

2차전

마지막 결전입니다. 클라이맥스예요. 준비해온 모든 갈등과 고민이 폭발할 시간이에요. 슈퍼히어로와 빌런은 이제 봐주는 것 없이 온 힘을 다해 부딪칩니다. 두 사람은 특별한 능력을 가졌다는 공통점이 있지만, 그 이상으로 다른 성향을 갖고 있음을 명확히 보 여줄 거예요.

빌런은 다른 사람을 죽여서라도 원하는 것을 가지려고 할 테 고, 슈퍼히어로는 자신이 죽더라도 정의를 지키려 할 테죠. 이 차이가 출발점은 같았을 두 사람을 완전히 다른 존재로 만들어요. 이제 완전히 대비되는 둘 사이의 갈등을 위해 카페인을 들이켜고 당분을 섭취해 뇌를 흥분시킨 뒤, 아드레날린 분비와 함께 클라이맥스의 쾌감을 즐겨봅시다.

대부분은 빌런이 슈퍼히어로로보다 강해요. 아버지-삼촌-아들의 구도로 봤을 때, 상대적으로 경험이 많고 신체적으로 성숙한 삼촌이 아들보다 우위에 서기가 쉽지요. 슈퍼히어로라면 쓸 수 없는 악독한 방법으로(영혼을 흡수한다든가, 마약을 흡입한다든가) 더욱 강해졌을 수도 있고요.

물리적으로 슈퍼히어로가 빌런보다 강하더라도, 슈퍼히어로에게 더 불리한 싸움인 것은 여전하지요. 슈퍼히어로는 시민에게 피해가 가지 않는 선에서 싸워야 하는데, 빌런은 그런 문제를 신경 쓰지 않으니까요. 빌런이 인질을 잡거나 함정을 만드는 것도 한 방법이고요.

불리한 상황에서 슈퍼히어로는 어떻게 해야 할까요? 힘만으로는 이기지 못해요. 이길 수도 없고요. 어떨 때는 톡톡 튀는 지혜로, 어떨 때는 시민과의 연대로, 어떨 때는 아주 작은 용기로 역전이 가능합니다.

힘에 있어서는 주인공이 약자일지 몰라요. 하지만 그보다 중요한 가치를 믿기에, 강하지만 의롭지 못한 이와 맞서 싸울 수 있는 것이죠. 이 모든 것은 상징적 아버지가 죽으면서 했던 부탁을 지켰기에 얻을 수 있었어요. 상징적 아버지가 앞서 내렸던 저주는 이제 축복이 되어 주인공을 외롭지 않은, 진실로 강한 누군가로 만들어줄 거예요.

클라이맥스의 결론은 언제나 하나예요. 빌런의 죽음. 그리고 슈퍼히어로의 죽음. 의학적인 의미의 사망 선고가 아니라, 작품 속 인물로서 사명을 완수하고 완성되어 결말이 난다는 의미지요. 슈퍼히어로는 영웅으로서 희생을 선택한 결과로, 빌런은 악당으로서 악행에 대한 대가로 죽음이라는 종착지에 다다르는 것이지요.

이 죽음은 어떤 형태로 나타날까요? 감옥에 가거나, 능력이 사라지거나, 기억을 잃거나, 정체가 탄로 나거나, 일상의 돌아갈 곳이 없어지거나, 정말로 생명이 다하거나…. 다양한 상징적 죽음이 존재하지요. 그 죽음에 주변 인물은 어떻게 반응할까요?

〈아이언맨〉의 토니 스타크는 죽음을 각오하고 페퍼 포츠의 힘을 빌려 아크 원자로를 폭주시켰죠. 〈퍼스트 어벤져〉의 스티브 로저스는 비행기를 남극에 추락시켰고요. 〈토르: 천둥의 신〉에서 토르는 지구로 돌아가 제인을 만날 수 있는 유일한 길을 무너뜨렸어요. 〈앤트맨〉의 스콧 랭은 다시 돌아올 수 없을지도 모를 양자의 영역으로 들어갔고요.

이 죽음은 앞서 2차 갈등 파트에서 겪은 죽음과는 달라요. 주인공이 빌런에게 일방적으로 당한 것이 아니라 주체적으로 선택한 자기희생이기 때문이에요. 이 영웅적인 죽음은 슈퍼히어로를 완성하는 마침표예요. 상징적 아버지의 명령을 죽어서도 지켰고 그를 통해 사함을 받게 되니까요. 그는 더 이상 괴로워할 필요가 없어요. 주어진 사명을 마지막까지, 결사적으로 완수했잖아요. 죽은 아버지와 같은 인물이 된 순간, 마침내 스스로를 용서할 자격도 얻게 되는 것입니다.

빌런의 죽음 역시 마찬가지예요. 상징적 아버지의 명령을 어긴 대가를, 유산을 편법으로 빼앗은 대가를 치르는 결말이에요. 상징적 아버지보다 더욱 강해졌을지는 모르지만, 그보다 중요한 것은 얻지 못했죠. 슈퍼히어로의 희생적인 죽음은 빌런의 사상적인 패배와 연결될 거예요.

마지막으로 한 가지. 여기에서 죽음은 상징적·수사적 의미로 쓰긴 했습니다만, 두 인물이 의학적 의미의 죽음을 맞이하더라도 상관없습니다. 슈퍼히어로나 빌런 모두 후속 편에서 부활해 시지프스처럼 똑같은 고행을 반복할 수 있다는 것도 잊지 마세요.

〈캡틴 아메리카: 시빌 워〉 2016, 루소 형제

〈캡틴 아메리카: 시빌 워〉는 〈블랙 팬서〉의 오리진 스토리라고도 했지요? 이 영화의 빌런인 지모는 모든 복수를 마무리하고 자살을 결심합니다. 하지만 블랙 팬서인 트찰라는 재빠르게 그가 죽지 못하게 막습니다. 지모는 아버지의 원수인 데도요. 트찰라가 일련의 사건을 겪으며, 복수는 부질없다는 사실을 깨달았기 때문이에요. 〈캡틴 아메리카: 시빌 워〉의 사건 대부분은 지모의 의도대로 매듭이 지어졌습니다만, 마지막만큼은 그의 뜻대로 되지 않았어요. 이 이야기의 유일한 승리자는 트찰라뿐이라고도 할 수 있겠네요.

〈스파이더맨〉 2002, 샘 레이미

스파이더맨은 그린 고블린을 무찌르는 데 성공해요. 그가 노먼 오스본이라는 사실도 깨닫지요. 노먼 오스본은 스파이더맨에게 당하기 직전, 자신은 정신이 불안정했을 뿐이라며 봐달라고 애걸합니다. "나를 믿어다오, 나는 너에게 아버지 같은 존재이지 않았니?"라고요. 뒤로는 피터 파커를 죽일 무기까지 준비해놓았으면서도요. 하지만 피터 파커는 얕은 술수에 넘어가지 않았습니다. "내게 있어 그런 분은 벤 파커, 한 분이었어요"라며 그의 요청을 거절했지요. 진정한 아버지가 누구인지, 그의 정당한 계승자가 누구인지에 대한 준엄한 선언의 순간이었습니다.

에필로그

이제 마무리할 차례네요. 모든 갈등은 해결되었고, 뒷수습만 남았지요. 회수하지 못한 복선이 있어도, 인물이 완성된 것 같지 않아도, 넣고 싶은 장면을 다 쓰지 못했어도 괜찮아요. 속편을 쓰면 되니까요.

에필로그는 프롤로그와 대비시키기를 권합니다만, 이를 따르지 않더라도 두 가지만은 지켰으면 해요. 하나는 프롤로그만큼이나 강렬한 이미지일 것. 다른 하나는 주인공의 완전히 달라진 모습을 보여줄 것. "이 사람은 누구인가?"에 대한 육하원칙에 따른 질문을 기억하시나요? 이 사람은 누구고 언제 어디에 있는가? 무엇을 갖고 싶은가? 왜 그것을 가지고 싶어 하는가? 어떻게 그것을 가지려고 하는가? 주인공의 지금 모습은 초반부의 답과는 무척이나 달라졌겠지요.

이야기를 진행하며 주인공과 슈퍼히어로 사이의 괴리도 있었을 것이고, 둘 중 하나의 삶을 포기할 수도 있었겠지만, 각고의 노력 끝에 겨우 이 자리까지 올 수 있었지요. 이제 주인공이 슈퍼히어로로서의 운명을 받아들일 차례예요. 이는 해피엔딩일 수도, 아닐 수도 있지만 상관없어요. 중요한 것은 그가 진정한 의미의 영웅이 되었다는 것이니까요.

〈스파이더맨: 뉴 유니버스〉 2018, 밥 퍼시케티 외

〈스파이더맨: 뉴 유니버스〉의 마지막 장면은 스파이더맨(마일스 모랄레스)의 방백으로 시작합니다. 어떻게 거미의 초능력을 다스릴 수 있게 되었는지, 어떤 활약을 했는지를 의기양양하게 떠들지요. 그리고 이 방백은 "누구든 이 마스크를 쓸 수 있어. 너도 이 마스크를 쓸 수 있어. 믿어주길 바라. 나도 스파이더맨이니까. 그저 유일한 스파이더맨은 절대 아니지. 절대로"라며 마무리가 되어요. 이는 피터 파커 홀로 자신만만했던 프롤로그의 방백과는 정반대인 연대와 사랑으로 충만하지요.

'아이언맨' 시리즈
'스파이더맨' 시리즈

'아이언맨'과 '스파이더맨'의 결말은 동일하면서도 정반대예요. 이 결말만 보더라도 존 패브로가 샘 레이미의 〈스파이더맨〉을 교본 삼아 새로운 이야기를 만들었음이 분명해지지요. 토니 스타크는 자신만만한 표정으로 기자회견에 나가 모든 사람의 만류에도 불구하고 이후 전설이 될 한마디를 남깁니다. "저는 아이언맨입니다." 이제 그는 토니 스타크이자 아이언맨이에요. 반면 피터 파커는 친구의 아버지가 자신 때문에 목숨을 잃었고, 가족과 연인은 목숨을 위협받았죠. 그렇기에 친구의 우정, 연인의 사랑과 거리를 두면서 프롤로그의 질문에 대한 답을 속삭일 뿐입니다. "저는 스파이더맨입니다." 토니 스타크의 대사와 똑같지만, 그 내용은 완전히 다릅니다. 영웅의 삶을 받아들이는 두 인물 각자의 방식인 것이지요.

로맨스
레시피

△ 로맨스물의 네 가지 요소

① 계급사회를 무대로 한다.

② 주인공과 연인은 각기 다른 계급을 대표한다.

③ 주인공과 연인은 부모(보호자)로부터 서로를 구해낸다.

④ 우연은 필연이다.

△ 배경 설정

① 이야기의 무대

넓은 범주에서 자유롭게 적용 가능

② 주인공과 연인의 세계

- 일상: 주인공의 삶

- 비일상: 연인의 세계, 모험의 공간

(일상과 비일상의 간극이 클수록 자극적)

△ 인물 구성

① 주인공

② 연인

③ 못난·못된 부모

④ 요정 대모

⑤ 라이벌

⑥ 친구

△ 이야기 구조

프롤로그 – 일상 – 만남 – 임무 수여 – 임무 수행 – 성공 – 균열 – 봉합 – 결전 – 에필로그 사랑이란 무엇일까요? 제가 대답하기에는 너무 심오한 질문이네요. 여기서 모든 로맨스를, 진정한 로맨스의 정의를 다룰 생각은 없습니다. 저 나름의 방식과 목적으로 로맨스물의 정의를 좁히고, 그 안에서만 이야기를 진행할게요. 이를 위해 로맨스 레시피에 필요한 네 가지 요소를 먼저 정리하려고 해요.

① 계급사회를 무대로 한다.
② 주인공과 연인은 각기 다른 계급을 대표한다.
③ 주인공과 연인은 부모(보호자)로부터 서로를 구해낸다.
④ 우연은 필연이다.

이 요소들을 보고 짐작했겠지만, 저는 이 레시피에서 '신데렐라 스토리'라고 분류되는 작품군을 다룰 거예요. 하지만 이 작품군은 가부장제에 종속된 작품으로만 구성되어 있지 않답니다. 독립적인 주인공이 등장하는 작품도 어렵지 않게 찾아볼 수 있어요. 이에 대해서는 자세한 설명이 필요하겠군요.

로맨스물에는 신분이나 지위가 낮거나 재정적으로 불안정한 주인공이 정반대의 연인을 만나며 시작되는 이야기가 많아요. 귀족이나 왕족과 평민 사이의, 기업 이사와 비정규직 사이의 사랑 이야기가 전형적인 소재라고 할 수 있지요.

로맨스물에서 이런 계급사회를 무대로 삼는 이유는 허영심의 충족 때문이 아니에요. 두 사람이 서로를 사랑하는 것만으로는 이야기가 진행되지 않거든요. 둘 사이를 가로막는 장애물이 있어야 긴장이 생기고, 그 장벽이 높을수록 이를 뛰어넘는 사랑이 크게 느껴지지요. 그러니 계급사회라는 배경은 필수입니다.

이에 대한 보충으로 오쓰카 에이지의 평론을 가져와 보지요. 이 연구자는 애니메이션인 〈센과 치히로의 행방불명〉과 〈하울의 움직이는 성〉이 동일한 플롯이라고 주장합니다(『캐릭터 소설 쓰는 법』, 북바이북). 그러면서 「우바카와(할머니탈)」라는 설화가 그 플롯의 원형이라고 덧붙이지요. 이 「우바카와」 설화의 내용은 「신데렐라」나 「바리데기」 설화와도 비슷한데요. 오쓰카 에이지의 주장에 따르면 집안에서 쫓겨난 어린 여성이 초월적인 존재의 도움을 받아 여러 시련을 극복하고, 사랑하는 누군가를 구원함으로써 자신만의 가정을 꾸리며 독립하게 된다는 공통점을 갖고 있어요.

그리고 이 플롯은 〈하울의 움직이는 성〉만이 아니라 〈오만과 편견〉을 비롯해서 〈레이디와 트램프〉 그리고 〈귀여운 여인〉에 이르기까지, 다양한 로맨스물에서도 발견됩니다. 못난·못된 부모로 인해 고통받던 주인공은 연인의 도움을 받아 문제를 극복하고, 이 과정에서 성장을 마친 뒤 자신과 마찬가지로 못난·못된 부모로 인해 고통받는 연인을 구원하는 상호 구원의 서사로 마무리되는 것이지요.

구원의 과정에서 어떤 창작자는 주인공이 성장을 마친 뒤 가부장제에 편입되는 결말을 짓기도 하지만, 어떤 창작자는 가부장제로부터 벗어난 주인공을 다루기도 해요. 결국 각자가 추구하는 성장의 의미만 다를 뿐, 모두 일종의 관계를 형성하고 상호 구원을 완수해 얻은 성장임은 동일하다는 이야기지요.

로맨스 레시피에서 다룰 작품의 배경을 계급사회로 한정한 이유도 이런 연원에서 비롯되었어요. 로맨스물의 주인공 대부분은 왜 사회적 약자로 분류될까요? 로맨스물에서는 사랑의 성취만이 아닌 주인공의 성장 역시 중요한 목표이기 때문입니다. 주인공이 어른으로 독립했음을 가장 잘 보여주는 것이 사회적인 성취이고, 이 성취는 주인공이 성공하는 과정을 통해 증명되니까요. 그러니 소외되고 핍박받는 계급에서 주목받고 대우받는 계급으로 진출하는 모습은 두 계급의 격차가 클수록 더 큰 성장으로 보일 거예요. 계급 격차는 물질적인 것만을 의미하지는 않아요. 위선과 욕망으로 타락한 귀족 계급에 갇혀 살던 주인공이 애정과 선의로 가득한 시민 계급으로 진출하는 이야기가 나온다면, 이 또한 성장이라고 할 수 있겠지요.

주인공은 못난 부모 밑에서 방치되었지만, 그 안에 빛나는 무언가를 간직한 사람이에요. 그리고 연인은 주인공과 달리 사회적 권력을 가졌지만, 그의 권력은 못된 부모에게 통제되고 있고요. 주인공은 이 상황을 개선하기 위해 어른으로 성장하고, 주인공의 성장은 연인의 성장 또한 도와요. 그리고 이는 못난 부모로부터의 독립과 못된 부모에 대한 승리를 통해서만 가능해요.

슈퍼히어로물의 성장이 '아버지 되기'의 서사라면 로맨스물의 성장은 '부모로부터 독립하기'의 서사라고 할 수 있어요. 각각 계승의 서사와 독립의 서사라고도 명명할 수 있겠군요. 모든 사람이 계승의 대상이 되지는 않지만, 그런 이들을 위한 이야기도 있어야 하는 법이지요. 슈퍼히어로물에서 주인공의 변신이 신체적인 이차성징을 상징한다면, 로맨스물에서 주인공의 성공은 사회적인 독립을 보여줍니다. 배제되고 소외된 누군가가 자신만의 공간을 만들어나가는 거예요.

슈퍼히어로물의 주인공은 아이에서 어른이 되는 반면, 로맨스물의 주인공은 아이 같은 어른들 사이에 고립된 어른 같은 아이로서 몸과 마음 그리고 사회·경제적으로 어른이 되는 과정을 겪어요. 이 성장은 계급 상승으로 나타날 수도 있지만, 경우에 따라 계급 전복으로도 제시될 수 있지요. 혁명 그리고 로맨스!

그렇다면 로맨스물의 주인공에게는 두 가지 과제가 주어진 셈이에요. 하나는 사회적인 성공이고 다른 하나는 사랑에서의 성공이죠. 이 두 가지 과제는 전개를 위해 하나로 뭉쳐 있는 경우가 많아요. 주인공이 몸담은 직장이나 업계에서 성공을 목표로 나아가는 과정에서 연인과 경쟁하거나 협동하며 사랑도 키워가는 거죠.

　이야기를 어떻게 구성하느냐에 달린 문제지만, 둘 중 하나는 해피엔딩이 아니어도 괜찮아요. 그러니까 사랑에는 실패해도 된다는 말이지요. 사회적으로는 성공해야만 하고요. 일반적으로는 주인공이 연인과 맺어지며 끝나는 것이 평범한 로맨스물의 엔딩이라고 여기지만, 의외로 로맨스라는 장르에서 사랑보다 중요한 것은 주인공의 성장과 독립이거든요.

　실제로 근래 나오는 로맨스물 중 적잖은 작품이 주인공이 연인과 맺어지는 것이 아니라 연인과의 이별을 계기로 독립적인 주체로 자리매김하는 내용이지요. 주인공은 연인보다 더 높은 신분이 되거나, 별개의 주체로 독립해서 언제라도 이 연인을 차버릴 수 있는 지위에 오릅니다. 두 사람의 완벽한 맺어짐이 아닌 긴장 관계를 유지하며 끝나는 작품도 많고요. 주인공이 연인과의 관계에서 완벽한 주도권을 획득하는 것이 최우선이고, 두 사람의 사랑이 어떻게 흘러가는지는 그다음이에요.

　마지막으로 우연은 필연인 이유는 그 편이 더 로맨틱하기 때문입니다. 우리에게는 우주의 법칙이 두 사람을 중심으로 돌고 있다는 증명이 필요하거든요. 우연은 그 증명에 다름 아니랍니다.

배경 설정

이야기의 무대

슈퍼히어로물이라면 주인공의 초능력이나 슈퍼히어로로서의 정체성에 대해 고민을 해야겠지요. 하지만 로맨스물은 넓은 범주에서 적용이 가능한 장르이다 보니, 그런 종류의 설정을 세세하게 정리하기는 어려워요. 여기서는 이야기의 무대를 설정하는 방법까지만 다루도록 하지요. 그림을 그리기 전에 크게 스케치를 한다고 생각하면 될 거예요.

　이 무대는 시간적으로나 공간적으로나 고민을 해봐야 해요. 넣고 싶은 이벤트를 정리한다고도 할 수 있겠지요. 21세기 한국의 고등학교를 무대로 한 일진과 모범생의 만남일 수도 있고, 어딘지 모를 판타지 세계의 태생을 숨기고 자라난 왕족과 기사의 만남일 수도 있고…. 취향대로 설정하세요.

주인공과 연인의 세계

로맨스물에 어울리는 무대를 준비하며 주인공의 세계인 일상과 연인의 세계인 비일상의 배경을 각각 정해주세요. 앞서 계급사회를 만들어보자고 했지요? 주인공과 연인의 계급적 정체성이 나뉘어 있기에 배경으로 각각에 어울리는 공간을 마련해주어야 해요. 주인공은 연인의 세계를 만나 더 크게 성장하고, 연인 역시 주인공의 세계를 통해 깨달음을 얻을 거예요.

여기서 중요한 것은 일상과 비일상 사이의 낙차, 간극이에요. 이 차이가 클수록 자극적이에요. 사랑의 장벽이 높을수록 자극적이듯이 말이죠. 슈퍼히어로물과 마찬가지예요. 자극적이라고 해서 더 좋은 건 아니지만, 어떻게 해야 자극적인 맛이 나는지 안다면 맛을 내기 더 좋겠죠. 일상은 우리가 언제나 마주하고 이입할 수 있는 공간이고, 비일상은 따분한 현실에서 탈출해 모험을 펼칠 공간이에요. 일상의 억압이 클수록 비일상의 해방감도 커질 테고, 비일상의 투쟁이 격렬할수록 일상의 평화가 그리워질 테죠.

일상이라고 말하기는 했지만, 주인공이 소시민이어야만 한다는 것은 아니에요. 부자나 범죄자 같은 특별한 사람들에게도 일상은 존재하니까요. 곱게만 자란 공주님이 도적단의 두목과 사랑에 빠질 수도 있고, 도시를 주름잡는 조직 폭력배의 아들이 경찰 간부의 딸과 사랑에 빠질 수도 있는 거죠.

인물 구성

주인공과 그 주변 인물을 만들 차례예요. 어릴 때 드라마 작가가 되면 어떤 이야기를 만들지 생각해본 적이 있다면, 보다 쉬운 작업이 될 거예요. 로맨스물에서 언급할 인물 유형은 다음과 같습니다.

① 주인공
② 연인
③ 못난·못된 부모
④ 요정 대모
⑤ 라이벌
⑥ 친구

각 인물 유형은 〈오만과 편견〉과 〈신데렐라〉를 중심으로 설명할게요. 고전 중의 고전이고, 「우바카와」설화 유형을 무척 잘 반영하기도 했으니까요.

주인공은 말 그대로 주인공이에요. 이 인물은 서사의 중심이고 감정이입의 대상이자 사건을 해결하는 주체입니다. 〈오만과 편견〉의 엘리자베스와 〈신데렐라〉의 신데렐라처럼요. 이 둘은 부모의 온전한 보살핌을 받지 못했지만, 보다 나은 어른이 되기를 꿈꿉니다.

연인은 주인공이 어른이 되는 과정에서 마주치는 사람이에요. 다아시와 왕자 모두 주인공이 어른이 될 수 있는 계기를 마련해주었죠. 이 두 사람도 주인공을 만나 조금 더 성숙해질 수 있었고요. 물론 멋진 사랑을 꽃피우기도 했지요.

못난·못된 부모에서 '못난 부모'는 베넷 부부와 신데렐라의 양친처럼 심성은 고울지 몰라도 서사에서 주인공에게 별다른 도움은 되지 않습니다. 오히려 주인공에게는 짐이에요. 하지만 그래야 주인공이 부모의 도움 없이 홀로 어른이 되었음을 보여줄 수 있기에 못난 사람이어야 해요.

'못된 부모'는 캐서린 부인이나 신데렐라의 계모 같은 인물이에요. 캐서린 부인은 다아시의 어머니는 아니지만, 영향력 있는 친척으로 다아시의 결혼을 강제하려고 했었지요. 신데렐라의 계모는 신데렐라가 무도회에 나가지 못하도록 막고, 대신이 들고 온 유리구두까지 부수려고 했고요.

요정 대모는 말 그대로 〈신데렐라〉의 요정 대모 같은 인물이에요. 신데렐라가 무도회에 입고 갈 드레스가 없어 울고 있을 때,

요정 대모는 마법으로 옷을 만들어주었지요. 〈오만과 편견〉에서라면 엘리자베스의 든든한 지원군이 되어주었던 가디너 부부라고 할 수 있겠네요.

라이벌은 주인공과 연인을 두고 다투는 인물이에요. 빙리의 동생이나 신데렐라의 이복 자매처럼요. 삼각관계 구도를 만들어 이야기 속 긴장감을 쥐락펴락하지요.

친구는 엘리자베스의 다른 자매들이나 신데렐라가 다락방에서 몰래 기르는 생쥐처럼 약방의 감초가 되어주는 인물이에요. 사건과 갈등의 핵심 인물이라고는 할 수 없지만, 주인공 주변에서 이야기가 원활하게 진행되도록 돕는 필수 인물입니다.

어떤가요? 유형이 제법 그럴싸하게 나뉘었지요? 왜 이런 인물들이 로맨스물의 원형이 되어 끊임없이 되풀이되는지, 이 질문에 대한 답은 각 인물을 살펴보면서 설명하겠습니다. 주인공, 연인, 못난·못된 부모, 요정 대모, 라이벌, 친구의 순서로 여러분이 인물을 만드는 데 필요한 분석과 비평이 이어질 거예요.

주인공

로맨스물의 주인공은 내적으로 완벽하지만, 외적으로 결핍이 있어요. 성숙한 내면과 빈약한 외면은 성격이나 생김새의 차원이 아니라(가끔은 그럴 때도 있습니다만), 출중한 재능과 고도의 지성 혹은 낮은 지위와 부족한 자산 등을 말해요.

주인공의 외적 조건이 결핍된 이유는 하나예요. 그것은 바로 부모. 주인공이 어른으로 독립하려고 해도 못난 부모 혹은 못된 부모가 발목을 잡는 것이죠. 숱한 드라마를 떠올려보세요. 성실한 똑순이가 또래와 달리 아르바이트 삼매경인 이유는 못난 부모의 가난 때문이고, 심성 고운 공주님이 성에서 쫓겨난 이유는 못된 계모의 음모 때문이었잖아요.

「우바카와」 설화의 교훈도 마찬가지예요. 주인공은 계승으로부터 부당하게 배제당했고 강제로 홀로서기를 완수해야만 하는 임무를 부여받았지요. 슈퍼히어로물의 주인공이 마주하는 상냥한 시작과는 차원이 달라요. 세상살이가 그렇죠. 누군가는 언젠가 상속을 받으리라 믿어 의심치 않지만, 누군가는 상속은커녕 빚이나 없으면 다행이니까요. 「우바카와」 설화의 인물 구성과 이야기 구조는 전자가 아닌 후자를 위해 설계되었습니다.

이야기의 시작까지 주인공은 언제나 노력하고 올바르게 사는 사람이었지만, 공정한 대가를 받지 못했어요. 하지만 이제 복수의 시간이 된 거죠. 정당한 가치를 인정받을 시간이에요. 일의 성공을 통해서, 또 달콤한 사랑을 통해서요.

주인공의 목표는 여러 가지가 가능할 거예요. 어떤 창작자에게는 좋은 배우자를 만나 귀여운 아기를 낳고 부모님을 봉양하며 사는 것이 성장한 어른일 것이고, 어떤 창작자에게는 마음에 드는 연인을 〈포켓몬 GO〉처럼 수집하고 멋진 직장에서 일하며 부모는 잊어버리는 것이 성장한 어른일 거예요. 어느 쪽이든 주인공을 만든 창작자가 이상적으로 생각하는 어른의 모습이 주인공의 목표가 되겠지요.

그렇다면 사랑은 인물의 성장에서 어떤 위치일까요? 주인공은 내면을 갖췄지만 외면이 부족하고, 연인은 반대로 외면을 갖췄지만 내면이 부족할 거예요(정확히는 주인공을 제외한 대부분의 인물이 그럴 거예요. 외면과 내면 모두 부족한 인물도 나오기는 하겠지만요). 그리고 주인공처럼 못난·못된 부모에 의해 고통받고 있을 테고요. 많은 작품에서 주인공이 못난 부모를 갖고 연인이 못된 부모를 갖는데, 이렇게 말하니 상상이 가지요? 반면 주인공이 못된 부모를, 연인이 못난 부모를 갖는 이야기도 얼마든지 성공적일 수 있죠.

주인공은 연인과 함께 혹은 도움을 받아 부족한 외면을 채울 것이고 연인은 주인공 덕에 내면의 가치를 찾을 거예요. 〈귀여운 여인〉의 명대사처럼, 왕자님이 탑에 갇힌 공주님을 구하면 이제 공주님이 왕자님을 구할 차례가 되는 거죠. 사랑은 두 사람이 서로를 도와가며 어른이 되는 과정인 셈이에요. 주인공이나 연인 중 어느 한쪽이 더 강하면 부족한 부모를 대체하기까지 하겠지만 권하고 싶은 방향은 아니군요.

이야기의 결말에서 주인공은 못난·못된 부모 모두를 압도할 거예요. 연인 관계에서의 주도권도 주인공이 장악하게 되고요. 이제 필요에 따라 연인은 버려도 됩니다. 부족한 것 같으면 한 다섯 명 정도 더 만들어도 되고요. 주인공이 자기 통제권을 얻었다면, 그 외의 디테일은 중요하지 않습니다.

아, 마지막으로 중요한 것. 필요에 따라 주인공의 인생은 초기화가 가능해요. 기억상실도 좋고 이별 뒤 여행도 좋고 타지에서의 고립도 좋아요. 슈퍼히어로물이라면 마천루에 설치된 시한폭탄을 무시하고 다른 악당과 싸우러 갈 수 없지만, 로맨스물의 주인공은 언제라도 다른 연인과 임무를 찾아 떠나도 좋습니다. 중요한 건 이 사람이 주도권을 갖는 것이니까요. 그러니 여타 인물과의 관계가 재미없고 지루하게 전개된다면, 아무 핑계라도 좋으니 주인공에게 새로운 삶과 새로운 연인 후보를 선물하세요!

〈원더 우먼〉 2017, 패티 젱킨스
주인공. 다이애나 프린스

'어? 왜 슈퍼히어로 레시피에서 〈원더 우먼〉은 나오지 않았지?' 라고 의아해했다면, 미안합니다. 〈원더 우먼〉은 계승보다는 독립의 서사 구조에 가까워서 그리하였습니다. 러브 라인이 나왔다고 이렇게 분류한 것은 아니에요. 슈퍼히어로물에서도 연애하는 장면은 얼마든지 나오잖아요. 그보다는 성장을 가로막는 부모와 이로부터 벗어나 독립하는 두 인물의 관계에 주목하기 때문이에요.

주인공 다이애나는 인류 문명과 단절된 데미스키라 섬의 지배자인 히폴리타의 딸이자 신적인 존재였습니다. 히폴리타는 바깥세상으로 나가 인간들을 만나보고 싶다는 다이애나의 바람을 들어주지 않았지요. 하지만 1차 세계대전이 일어나고 미군 스티브 트레버가 데미스키라 섬에 불시착하면서 모든 것이 달라집니다. 다이애나는 인간들이 전쟁을 벌이는 이유가 전쟁의 신 아레스 때문이라 여기고 스티브 트레버의 도움을 받아 히폴리타의 곁을 떠나 데미스키라 섬 바깥을 향합니다. 그리고 그에게서 인간의 삶에 녹아드는 법을 배우지요. 결국 다이애나는 스티브 트레버의 상관이자 미군의 주요 간부로 위장한 아레스를 무찌르면서 트레버를, 그리고 인류 사회를 사악한 보호자로부터 해방시키는 데 성공합니다.

〈오만과 편견〉 2005, 조 라이트
주인공. 엘리자베스

〈오만과 편견〉은 볼 때마다 새로워요. 재치 넘치는 대사와 리듬감 있는 사건 구성 덕분이겠지요. 〈오만과 편견〉은 제가 로맨스 레시피를 만들면서 가장 많이 참고했고 또 자주 언급할 작품이에요. 괜히 고전이 아니랍니다.

주인공 엘리자베스는 냉소적이면서 소극적인 아버지와 결혼만을 중시할 뿐 다른 사안에는 무관심한 어머니 사이에서 외로움을 느낍니다. 그렇지만 어머니를 탓할 수도 없었지요. 엘리자베스의 부모님은 아들을 낳지 못했기에 당시의 제도하에서 적법한 방법으로는 엘리자베스와 그의 자매들에게 유산을 물려줄 수 없었거든요. 그러니 결혼이라는 제도 바깥에서 딸들이 행복해질 수 있는 방법을 찾지도 못했고요.

작품 말미에 엘리자베스는 다아시와의 열애에 성공합니다. 이는 엘리자베스만이 아니라 아버지와 어머니 모두에게 만족스러운 결론이었지요. 그렇다고 해서 〈오만과 편견〉을 단순하게 가부장제에 편입, 종속된 이야기라고 해석해서는 안 됩니다. 오히려 사회적 한계점에서 부딪힐 수밖에 없는 문제를 정교하게 묘사했음에 주목해야겠지요.

연인은 누군가가 평생 바라왔던 사람일 거예요. 언제나 이 사람에 대한 꿈을 꾸었을 것이고, 이 사람을 만날 것이라는 희망을 안고 살아왔을 거예요. 그리고 이제 이 사람에게 이름을 붙여주고 지면으로 불러내 활약시킬 시간이 왔습니다.

꿈속의 연인이 한 명만 있으란 법도 없죠. 몇 명이든 상관없어요. 다다익선이라고까지는 말하지 않겠지만, 적당한 숫자의 연인 후보들은 삼각관계 혹은 그 이상의 다각 관계를 통해 긴장감을 줄 거예요.

연인은 주인공이 느낀 첫인상에 따라 백기사나 흑기사로 분류할 수 있어요. 호감이면 백기사, 비호감이면 흑기사. 한 가지 명심할 것은 이 둘의 첫 이미지와 나중 이미지는 정반대여야 해요. 친절해요? 음모를 꾸미고 있겠군요. 못됐어요? 순수한 일면을 감추고 있겠네요.

연인 역시 주인공처럼 부족한 사람이에요. 주인공이 외면은 부족하지만 내면이 완벽하다면, 연인은 그 반대거든요. 외면은 완벽하지만 내면이 부족하지요. 완벽함 뒤에 숨겨진 결핍을 보여주기 위해서는 양면성을 부여해야 해요. 훌륭한 외면 탓에 누구도 보지 못했던 내면의 결핍을 주인공만 발견해야 하거든요.

연인은 주인공이 사회에서 성공을 위해 진격하는 과정에서 공동전선을 펼치며 중요한 동반자가 되어주거나 이끌어주는 역할을 할 거예요. 처음에는 대립할지라도 그건 협동 관계를 이루기 위한 과정의 일부죠. 그런 점에서 이 인물이 주인공과 연인 관계를 반드시 이룰 필요는 없어요. 영화 〈마틸다〉의 제니퍼 허니 선생처럼 주인공의 성장을 돕는 교사와 같은 인물이어도 좋고, 애니메이션 〈센과 치히로의 행방불명〉처럼 서로를 구원하는 하쿠 같은 신령적인 존재여도 좋지요.

이 인물 역시 주인공처럼 부모에게 종속된 사람이에요. 그리고 못난 부모이기보단 못된 부모일 가능성이 높아요. 제니퍼 허니 선생이 트런치불 교장에게 괴롭힘을 당하고, 하쿠가 유바바로부터 나쁜 명령을 받게 된 것처럼 말이지요. 부모의 휘광이 너무나 큰 나머지 벗어날 수 없는 거죠. 주인공뿐 아니라 연인 역시 부모로부터 독립하고 성장해야 하며, 주인공은 연인이 진정한 자신으로 독립하는 과정을 도울 거예요. 주인공이 진정한 어른이 되었다면 다른 누군가의 독립도 도울 수 있을 만큼의 힘을 얻었을 것이고, 이를 증명해야 하니까요.

연인은 만나는 사람이 있을지도 몰라요. 어쩌면 바람둥이였을지도 모르겠네요. 하지만 궁극적으로는 주인공만을 봐주는 사람이 되겠죠. 연인이 만났던(만나는) 모든 사람은 주인공의 특별함을 부각하기 위한 조미료가 될 거예요. 연인이 이제까지 만난 모든 사람과의 관계는 진실하지 못했을 거예요. 연인의 사회적인 위치를 보여주기 위해서 액세서리와 같은 관계를 설정하는 것은 얼마든지 가능하지요.

이 인물은 매력적이어야만 해요. 〈알라딘〉에서 도둑 알라딘이 공주 자스민에게 "당신에게 세상을 보여드릴게요"라고 한 것처럼 연인은 주인공이 갇혀 있던 세계를 부수고 새로운 세계로 나아갈 수 있도록 도울 거예요. 주인공과 연인은 서로의 구원자가 되는 거죠.

〈하울의 움직이는 성〉 2004, 미야자키 하야오

연인. 하울

지브리 애니메이션의 대표 미남은 역시 하울이겠지요. 하울은 오갈 곳이 없어진 소피를 자신의 성에서 지내도록 돕습니다. 그렇게 소피는 하울의 도움을 받아 할머니가 되는 저주에 익숙해지면서, 자신에게 익숙한 집 바깥의 삶을 만끽하지요. 하지만 하울이라는 인물이 이 정도의 기능만 갖고 있다면, 어설프게 백마 탄 왕자님(이상한 성에 탄 마법사?)의 이미지에 머물렀다면, 이 작품은 그 이상으로 재미나게 진행되지 못했겠지요.

소피는 하울과 지내면서 하울이 무시무시한 마법사라는 소문이 과장되었다는 사실을 깨닫습니다. 그리고 하울이 전쟁의 업화에서, 또 그를 지배하려는 스승으로부터 벗어나기 위해 숱한 노력을 해왔다는 진실도 알게 되지요. 이야기가 진행되면서 소피는 하울이 자신을 구했던 것과 마찬가지로 하울을 구하는 데 성공합니다. 공방에 틀어박혀 바깥세상과 깊게 교류하지 않았던 소피가 자신만의 집을 갖게 되는 결말이지요.

〈레이디와 트램프〉 1955, 해밀턴 러스크 외

연인. 트램프

'과연 이렇게나 오래된, 게다가 디즈니에서 아동용으로 만든 애니메이션을 예시로 삼아도 괜찮을까?' 깊이 고민했지만 일단 넣고 보겠습니다. 귀엽잖아요. 미아가 된 강아지와 떠돌이 개가 서로 사랑에 빠진다니! 그리고 그 과정은 트렌디한 로맨스 드라마의 구성을 정석으로 밟아갔으니 교과서로 삼을 자격은 충분합니다. 더욱이 레이디의 연인 트램프는 잘생긴 데다 성격도 좋고 인기도 많은 멋쟁이였으니 연인 캐릭터의 모범으로 삼는 데도 부족함이 없고요.

레이디는 유복한 집에서 사랑받으며 자란 강아지였어요. 그러다 보호자 부부가 집을 비운 사이에 안 좋은 사건이 반복되면서 거리를 떠돌게 되었지요. 곱게만 자란 강아지가 험난한 거리의 삶을 받아들이기 어려웠을 텐데, 그때 떠돌이 개이자 동네의 터줏대감인 트램프가 레이디를 도와주게 됩니다. 그리고 이야기의 결말 부분에서 트램프는 개 수용소에 갇힙니다만, 레이디와 그 친구들의 도움으로 자유와 사랑을 되찾지요. 제가 왜 이 작품이 교과서처럼 정석으로 로맨스물의 공식을 밟아갔다고 했는지 알겠지요?

못난·못된 부모

간편하게 설명하느라 '부모'라고 했습니다만, 부모나 다름없는 위치의 사람이어도 상관없어요. 주인공이나 연인을 환경적으로 제어하고 있는 사람이면 누구라도 좋아요. 못난·못된 부모는 주인공과 연인의 삶에 지대한 영향을 끼치고 있으며, 독립해야만 할 인물을 가리킵니다.

연인을 백기사와 흑기사로 분류했지요? 부모 역시 두 가지 유형이 있어요. 못난 부모거나, 못된 부모거나.

〈오만과 편견〉의 베넷 부부는 못난 부모의 대표 격이라 할 수 있겠죠. 상속해줄 만한 유산이 없는 아버지와 딸들을 어떻게든 부잣집에 시집보내고 싶어 하는 속물 어머니는 주인공이 자유롭게 살지 못하게 발목 잡는 환경을 상징하는 인물이에요.

반면 〈신데렐라〉의 계모는 못된 부모의 대표 격이 되겠군요. '계모'라는 표현의 사용도 이들을 악역으로 설정하는 관습도, 재혼 가정이 늘고 있는 실정과 거리가 있음은 물론 올바르지 못한 편견을 정당화하기 쉬우니 주의를 하는 게 좋겠지만, 이 인물의 위치와 역할은 공부해두는 게 좋아요.

연인의 부모는 못난 경우가 드물어요. 클라이맥스까지 긴장을 끌어올릴 인물이 필요한데, 그러려면 못난 부모보다는 못된 부모가 낫거든요. 주인공의 부모는 주인공과 깊은 연관이 있기 때문에 어지간해서는 작품 초반부에 등장하게 되고, 이 사람들과의 갈등 역시 중반부에서는 결론이 나야 하기 때문에 못나든 못되든 큰 상관은 없습니다만, 연인의 부모는 그렇지가 않은 거죠.

연인의 못된 부모는 주인공의 성장을 시험하는 최종 면접관이라고 할 수 있어요. 주인공이 자신의 못난 부모로부터 독립을 하고, 연인을 못된 부모에게서 구해내 먹여 살릴 정도는 되어야 하는 거죠. 연인의 못된 부모가 주인공에게 돈 봉투를 쥐여주며 "우리 아이와 헤어져주게"라고 했을 때, 주인공은 "이 돈이면 제 용돈도 안 되네요!"라고 할 정도의 배짱이 있어야 하지요.

이야기가 끝날 때 주인공과 연인, 못난·못된 부모 사이의 주도권은 초반부에서와는 정반대의 사람이 쥐게 될 거예요. 먹이사슬이 전복되는 거죠. 주인공은 여기서 연인의 뒷바라지를 하고 못난·못된 부모를 봉양하며 일종의 '효도'를 할 수도 있지만, 주도권을 온전히 가져온 상황이기에 탐정물에서 살펴볼 피지배자의 위치에 숨어서 모든 것을 조종하는 흑막이라고 할 수도 있겠네요.

주인공은 가난한 부모 밑에서 자란 인재이며, 열심히 노력해 일에서도 성공하고 연인도 만납니다(전반부: 못난 부모와의 갈등). 승승장구하던 주인공은 사회 지도층인 연인의 부모에게 미움을 사 반대에 부딪히지만, 주변의 도움과 앞서 일군 성공을 바탕으로 연인과 맺어질 자격을 얻습니다(후반부: 못된 부모와의 갈등). 참 쉽죠?

〈도망치는 건 부끄럽지만 도움이 된다〉 2016, 일본 TBS
부모. 모리야마 미쿠리의 부모

이 작품은 일본의 순정만화가 원작인 드라마입니다. 원작이 아닌 드라마를 중심으로 소개하는 이유는 주인공 모리야마 미쿠리의 부모가 좀 더 개성 있게 묘사되기 때문입니다. 모리야마 미쿠리는 취직난에 시달리는 고학력 취업 준비생이었어요. 아버지의 연줄로 가사도우미 아르바이트를 하며 생활을 이어나가는 중이었고요. 그러다 부모님이 정년을 채우고 퇴직하면서 지방 소도시로 이사를 가게 됩니다. 그곳으로 이사를 가면 직장 찾기가 더더욱 어려워질 상황. 모리야마 미쿠리가 가사도우미로 자신을 고용해준 쓰자키 히라마사에게 계약 결혼을 제안하면서 사랑은 시작되지요.

모리야마 미쿠리의 부모님은 못되지 않았어요. 경제적으로 무능한 편도 아니고요. 다만 딸이 지내는 환경을 강제하는 주도권을 독식하고 있음이 분명하고, 이것만으로도 로맨스물의 주인공이 독립할 요건을 만들기는 충분합니다. 갑작스러운 이사 선언은 모리야마 미쿠리의 취업에 대한 배려가 없는 행동이었지요. 그 결과 모리야마 미쿠리는 계약 결혼이라는 충동적인 선택을 하게 됩니다. 덕분에 멋지게 사랑과 성장이라는 두 마리 토끼를 거머쥐게 되지만요.

〈마틸다〉 1996, 대니 드비토
부모. 웜우드 부부

로알드 달의 동화를 원작으로 한 영화 〈마틸다〉입니다. 국내에서 뮤지컬로도 공연된 바 있었지만 가장 좋아하는 버전은 대니 드비토가 감독한 영화판이에요. 감독이 배우로도 나와 밉살맞고 못된 아빠 역할을 훌륭하게 완수했지요. 이 작품에는 명대사도 많이 나와요. "학교에 가고 싶다고? 네가 가면 택배는 누가 받는데?"나 "나는 똑똑하고 너는 멍청해. 나는 커다랗고 너는 작아. 나는 옳고 너는 틀렸어"처럼 부모가 하면 안 될 말들은 다 나와요.

마틸다는 못된 부모 밑에서 제대로 된 교육을 받지 못하지만, 좋은 담임교사인 제니퍼 허니의 도움으로 학교에 다닐 기회를 얻게 됩니다. 물론 독립의 서사에 걸맞게 마틸다는 제니퍼 허니 선생을 도와 악독한 트랜치불 교장을 학교에서 쫓아내고, 제니퍼 허니 선생이 아버지의 유산을 물려받아 교장이 될 수 있도록 돕습니다.

믿거나 말거나 기적은 있답니다, 비비디 바비디 부! 슈퍼히어로 레시피에서 인물 구성에 '아버지'라는 항목이 있었죠. 여성도 이 역할을 맡을 수 있음에도 '아버지'라는 표현을 고집한 이유는 『햄릿』과 이후의 슈퍼히어로물에서 아버지가 갖는 전통적·상징적 의미가 강했기 때문이었는데요. 로맨스물에서는 '요정 대모'가 그런 인물이에요.

신데렐라는 계모의 방해로 무도회에 가지 못하게 되었지만, 요정 대모가 나타나 마법의 주문과 함께 아름다운 드레스와 호박 마차 그리고 유리구두를 주었다는 것은 모두 알고 있지요? 로맨스물에는 언제나 이 요정 대모가 필요해요. 요정 대모는 주인공의 승리를 위해 기이한 인연이나 압도적인 권력 혹은 신비로운 요술을 사용해 주인공을 지원해요.

요정 대모는 주인공이 수동적으로 초자연적인 신비에 기대야 하기 때문이 아니라, 주인공의 성장과 독립은 물론 이제까지의 선행이 보답받아야만 할 가치가 있다는 것을 증명해줄 누군가가 있어야 하기 때문에 필요해요. 초자연적인 신비는 기존의 모든 인간관계의 제약에서 벗어난 심판이라는 점에서, 또 운명적이라는 점에서 주인공의 승리를 선언하기 좋습니다. 법정에서 판사가 초월적인 위치에 있는 것처럼 보이듯, 요정 대모 역시 그런 권위를 가질 만한 존재여야 합니다.

〈신데렐라〉에서도 신데렐라가 행복을 위해 노력하면 언젠가 보답을 얻으리라는 믿음을 갖고 살아왔기 때문에 요정 대모가 나타날 수 있었지요. 요정 대모는 단순한 데우스엑스마키나가 아니에요. 주인공에게 귀감이 되는 존재로서 롤 모델이자 멘토 그리고 도우미가 되어주는, 못난·못된 부모와는 다른 진정한 어른이에요.

요정 대모라고 부르긴 했지만, 성별은 상관없어요. 남녀노소 불문하고 누구든지 존중받을 자격이 있고 존중하는 방법을 아는 훌륭한 사람이라면 요정 대모가 될 수 있어요. 선의를 갖고 주인공을 인정하며 도움을 줄 수 있다면 누구든지요.

트렌디한 로맨스 드라마에서는 요정 대모 역할을 연인의 조부모가 맡고는 하지요. 재벌가 남성과 결혼한 주인공을 시아버지나 시어머니가 괴롭히려고 할 때 든든한 장벽이 되어주는, 그들 이상의 권위로 주인공에게 힘을 실어주는 올바른 법의 집행자.

요정 대모의 역할을 어디까지로 설정하느냐는 무척 중요해요. 큰 비중과 강력한 권력이 주어질 경우, 주인공이 자립한 어른이라는 인상은 퇴색되겠지만, 그만큼 상황을 역전시키기도 좋고 반전의 쾌감 역시 클 거예요. 작은 비중과 소박한 활약이 주어질 경우, 주인공이 이제까지 이룩한 성과가 빛날 테고요.

마지막으로 한 가지 더. 인물의 역할은 얼마든지 중첩될 수 있는데, 요정 대모는 특히 그러해요. 연인 후보에서 밀려난 뒤 주인공의 후견인을 자처해도 좋고, 라이벌이었다가 다른 사랑을 찾아 성장한 뒤 주인공을 돕는 반전을 줘도 좋아요. 주인공과 연인 사이를 방해하던 못된 부모가 주인공과 연인 앞에 놓인 난관을 해결해 줄 수도 있는 거죠. 〈마틸다〉의 주인공은 선천적으로 초능력을 갖고 있었으니 서사의 중심이 되는 주인공과 초월적인 힘을 부여하는 요정 대모가 동일 인물이라고 할 수도 있겠네요.

〈꽃보다 남자2 리턴즈〉 2007, 일본 TBS

요정 대모. 미국인 아저씨

주인공 쓰쿠시의 연인 쓰카사는 못된 부모 때문에 미국으로 끌려갑니다. 쓰쿠시는 쓰카사를 만나기 위해 혈혈단신 뉴욕으로 향하지요. 하지만 쓰카사를 만날 방법을 찾지 못해 낙담하던 중, 공원에서 아버지를 닮은 미국인을 만나 이런저런 넋두리를 하게 됩니다. 언어는 다르지만 마음은 통했는지, 두 사람은 캐치볼을 하면서 시간을 보내는데요. 이 미국인 아저씨는 사실 연인의 집안과 큰 거래가 깨질 위기에 있는 기업의 대표였습니다. 그래서 쓰쿠시는 쓰카사의 기업과 미국인 아저씨의 기업을 화해시켜요. 덕분에 쓰쿠시와 쓰카사는 다시 만날 수 있게 되었고요.

솔직히 이렇게까지 저질러도 되는 건가, 싶습니다. 주인공이 우연히 만난 아저씨와 수다를 떨고 캐치볼까지 했는데, 알고 보니 그 아저씨가 연인의 부모님 기업 파트너사의 오너이고, 주인공이 두 회사의 갈등을 해결해준다니, 이거 너무하지 않습니까? 맞습니다. 너무합니다. 그래서 좋습니다. 주인공은 언제나 올바르고 상냥하기에 모든 사람이 그의 편을 들어줄 수밖에 없습니다. 우연히 알게 된 아저씨의 갈등을 해결해주는 요정 대모가 될 수밖에 없는 것처럼요. 무엇보다 이렇게까지 저지르면 차라리 납득하는 게 또 사람 마음이기도 하답니다.

〈크레이지 리치 아시안〉 2018, 존 추

요정 대모. 엘리너 영

남자친구가 사실은 세계 유수의 재벌가 후손이며, 이로 인해 주인공은 재벌들의 삶 속에 강제로 던져진다는 내용의 이 작품은 아시아풍 막장 드라마의 정석을 밟았다고 평가받기도 합니다. 과연 그럴까요? 저는 아니라고 봅니다. 이 작품에는 기존 로맨스물의 공식을 면밀히 살핀 뒤 한 걸음 더 나아간 지점이 있기 때문이에요. 주인공 레이첼 추와 연인의 어머니 엘리너 영의 관계가 바로 그 앞선 지점이었지요.

제 레시피에 이 작품을 대입해보면 엘리너 영은 무척이나 입체적인 역할을 맡고 있습니다. 우선 레이첼 추와 연인 닉 영의 결합에 반대하는 못된 부모 역할을 맡고 있으면서, 레이첼 추 덕분에 강압적이고 못된 부모로부터 고통받은 트라우마를 극복하는 연인의 역할도 맡은 데다, 레이첼 추와 닉 영의 결합을 축복하고 응원하는 요정 대모의 역할마저 맡고 있거든요. 비록 닉 영과는 연인의 역할을, 레이첼 추의 어머니와는 요정 대모의 역할을 나눠 갖기는 했습니다만, 이 자체로도 이야기에 다채로운 맛을 더해 작품을 풍성하게 만드는 일등 공신이었다는 점은 그 누구도 부정하지 못할 것입니다.

라이벌

라이벌은 작품에 등장하지 않아도 괜찮습니다. 실제로 라이벌의 비중이 작거나 아예 등장하지 않는 로맨스물이 늘어나고 있고 요. 그래도 가급적이면 많은 정보를 다루고 싶으니 라이벌에 대해 서도 설명할게요.

주인공과 연인 1과 연인 2의 삼각관계도 좋지만, 주인공과 연 인 1과 라이벌의 삼각관계도 환영합니다. 연인 2가 여기에 엮여도 좋고, 라이벌이 늘어나도 좋아요. 주인공의 못난 부모가 전반부의 갈등을 담당한다고 했지만, 라이벌이 등장할 경우 주인공이 전반 부에서 이겨야 할 상대는 라이벌이 되겠지요.

이 인물은 연인 혹은 연인 후보 중 한 명과 이미 연인 사이일 수도 있어요. 하지만 둘의 관계는 만족스럽지 않을 거예요. 그러니 주인공과의 관계에서 가능성도 생겨나는 것이고요.

라이벌은 주인공과 정반대예요. 주인공이 갖지 못한 걸 가졌 지만, 주인공이 가진 건 갖지 못했지요. 이렇게 말하면 연인 같은 데요. 연인과 라이벌은 공통점도 많고 공유하는 것도 많아요. 주인 공과 라이벌의 케미도 연인과의 관계만큼이나 (혹은 그 이상으로) 좋기 때문에 둘만의 드라마가 진행될 수도 있겠지요.

라이벌은 연인과 주인공이 맺어지지 못하게 끊임없이 훼방을 놓고 함정을 파는 악당일 수도 있고, 연인이 잊지 못한 과거의 사 랑일 수도 있어요. 라이벌이라고는 하지만 주인공 역시 이 인물과 우호적인 관계일 수도 있고요. 확실한 것은 연인이 라이벌과의 관 계에서 벗어나지 못한다면 그 사람의 결핍은 채워질 수 없을 것이 라는 사실 하나뿐이에요. 이는 연인만이 아니라 라이벌에게도 적 용되는 이야기지요.

이 인물은 주인공보다 객관적인 조건이 좋을 가능성이 커요. 주인공은 라이벌에게 열등감을 느낄 수도 있고, 선망을 가질 수도 있어요. 아니면 무시해버릴 수도 있고요. 뭐가 됐든 라이벌의 존재는 주인공이 연인과의 관계를 진지하게 고민하도록 부추기겠지요.

상황을 바꾸고 싶을 때 라이벌은 최고의 도구가 되어줄 거예요. 주인공과 연인 사이를 틀어놓고 싶을 때든, 다시 맺어주고 싶을 때든 언제든지요. 기본적으로 주인공과 연인 관계는 수동적이기 쉬워요. 서로를 사랑하지만 둘의 세계가 너무나도 다르기 때문이죠. 이 장벽을 극복하고 능동적으로 바뀌는 것도 좋지만, 변화에는 계기가 필요할 거예요. 이때 라이벌은 음모를 짜든 개심을 하든 응원을 하든, 주인공과 연인 관계를 조율하는 데 가장 능동적일 수 있는 사람입니다. 못난·못된 부모가 수직 관계에서의 긴장감을 주겠지만, 수평 관계에서의 긴장감은 라이벌의 활약에 달려 있으니까요.

마지막으로 주인공과 달리 라이벌이 연인을 구원할 수 없는 이유는 많지만, 그중에서 가장 중요한 이유가 하나 있어요. 연인의 못된 부모는 높은 확률로 라이벌을 예뻐할 거예요. 정확히 말하자면 자식을 컨트롤할 수 있는 도구 중 하나로 라이벌을 이용하려는 거죠. 라이벌은 이 사실에 기뻐할 수도, 분노할 수도 있어요.

〈오만과 편견〉 2005, 조 라이트
라이벌. 캐롤라인 빙리, 캐서린 드 버그 영부인의 딸
캐롤라인 빙리는 다아시를 사랑한 나머지 엘리자베스와 다아시를 갈라놓기 위해 못된 짓을 저질렀어요. 더군다나 자신의 오빠

찰스 빙리가 엘리자베스의 언니 제인 베넷과 결혼하지 못하도록 훼방을 놓기까지 했고요. 전형적인 주인공의 라이벌 아닌가요? 캐롤라인 빙리의 존재는 이야기에 활력을 불어넣기도 합니다. 갈등과 분쟁을 일으켜서 주인공들이 극복해야만 하는 고난을 뽑아내는 자판기 같은 인물이지요. 굵직굵직한 사건을 잘도 일으킵니다. 하지만 그 덕에 이야기가 재밌어진다는 것은 누구도 부정하지 못하지요.

〈오만과 편견〉의 다른 라이벌로는 캐서린 드 버그 영부인의 딸이 있겠네요. 영부인은 조카 다아시를 자신의 딸과 결혼시키려고 술수를 짜고, 그 얕은수는 다아시와 엘리자베스가 서로 사랑을 확인하는 계기로 이어집니다. 오만함과 편견 그리고 수차례의 복잡한 사건으로 상대방의 마음을 확인하지 못하던 수동적인 인물들에게 이만한 사랑의 큐피드도 없을 거예요. 그렇죠?

〈꽃보다 남자2 리턴즈〉 2007, 일본 TBS
라이벌. 도도 시즈카

〈꽃보다 남자2 리턴즈〉의 주인공인 마키노 쓰쿠시는 부자들만 다니는 학교에서 F4라는 그룹과 엮여 이래저래 고생을 합니다. 그 와중에 F4 소속의 하나자와 루이와 요상한 분위기로 연결되는데, 하나자와 루이는 학교 선배인 도도 시즈카를 짝사랑하고 있었다는 사실이 밝혀지지요.

도도 시즈카는 굳이 말하자면 사랑의 라이벌이라고도 할 수 있을 텐데, 마키노 쓰쿠시의 가장 강력한 적이라기보다는 든든한 지지

자이자 멘토로 활약합니다. 여성의 적은 여성! 같은 식의 전개로
는 흐르지 않지요. 하나자와 루이나 도도 시즈카는 멍한 구석이
있는 미인상으로 비슷한 분위기를 풍겨요. 그래서 활달하고 씩씩
한 마키노 쓰쿠시와 궁합이 잘 맞는 구석이 있지요. 이렇듯 라이
벌은 연인과 비슷해 안정적이기는 하되 강렬한 케미가 잘 일어나
지 않으며, 도리어 주인공과 더 재미난 조합을 이룹니다.

친구

이제까지 이야기가 진행되면서 마주치게 되는 인물을 정리했
다면, 이번에는 이야기에 약간의 기름칠을 해주는 조연을 만들어
볼까요? 사건 사이사이에 곤두선 긴장을 가라앉히기 위해서라도
친구는 필요해요. 주인공이나 연인이 진지하고 로맨틱하게 밀고
당기기를 하는 동안, 조금 철없지만 귀여운 연애담을 들려주는 수
많은 조연을 떠올려보세요. 약방의 감초인 이 인물은 없으면 섭섭
한 정도가 아니에요.

로맨스물이니까 주인공의 가장 큰 고민은 아무래도 연애 문제
가 되기 쉽겠지요. 그리고 주인공은 주변 사람들을 관찰하며 자신
의 걱정거리를 해결할 방법을 찾을 수 있을 테고요. 해결책을 얻지
못해도 괜찮아요. 친구의 알콩달콩한 연애를 보며 '아, 나도 저렇게
해볼까봐!' 하고 마음먹을 수도 있고, 엉망인 연애를 보며 '아이고,
그래도 저렇게는 하지 말아야겠구나' 하는 교훈을 얻을 수도 있죠.

사랑에 빠졌을 때는 우주가 나와 연인을 중심으로 돈다고 느

끼지만, 그래도 작품의 모든 장면에 두 사람만 나오면 재미가 없겠지요. 사건의 전개를 위해 누군가가 필요할 때 이 인물들이 큰 몫을 해줄 거예요. 주인공 이야기에 질렸을 때 친구 이야기를 하면서 창작자의 정신을 잠깐 다른 곳으로 돌릴 수 있다는 것만으로도 조연들은 제 몫을 다했다고 할 수 있어요.

친구야 많으면 많을수록 좋을 거예요. 마음껏 조연들을 만들어주세요! 기왕이면 앞서 준비했던 모든 배경에 인물들을 하나하나 배치하세요. 어쩌면 연인 후보와 라이벌이었던 사람이 친구가 될 수도 있겠지요. 반대로 친구였던 사람의 매력이 뒤늦게 발견되면서 연인 후보로 승격될 수도 있을 테고요.

동년배여도 좋고 나이 차이가 많이 나도 좋아요. 현명해도 좋고 아니어도 좋아요. 다양한 위치에서 다양한 방향으로 주인공과 교류하는 인물을 만들어주세요. 주인공과 연인 사이를 부러워해도 좋고, 라이벌이 싫어서 주인공에게 협력해도 좋고…. 다양한 인물이 얼마든지 나올 수 있겠죠?

〈상사에 대처하는 로맨틱한 자세〉 2018, 클레어 스캔런

친구. 베카

"나는 마이크를 볼 때 마음에 안 드는 점이 많아요. 양아버지처럼 옷을 입고요. 크리드 음악마저 들고요. 사이렌이 울릴 때마다 '내 차가 왔어'라고 농담을 해요. 그런데… 저 남자한테 완전히 푹 빠져버렸어요. 내가 어렸을 때 할머니가 그러셨죠. '그래서 좋아하고 그런데도 사랑하는 거야.' 그 사람이 가진 무언가 때문에 좋아

하는 거고, 그 사람이 가진 무언가에도 불구하고 사랑하는 거라고요." 아주 멋진 이야기지요? 누군가의 장점을 보고 그 사람을 좋아하게 되는 것은 당연한 일이지만, 누군가의 단점을 보았음에도 그 사람을 사랑한다면 이는 어떤 증명이 되는 것이지요.

이 멋진 대사는 주인공이 한 말이 아니에요. 주인공의 친한 친구이자 룸메이트가 약혼자와 결혼을 결심하게 된 계기에 대해 사람들에게 말해주는 장면에서 나온 대사였지요. 그리고 이 대사는 주인공에게 진정한 사랑이 무엇인지, 내 앞의 누군가는 어떤 사람인지 다시 한번 생각하게 해주는 기준이 되었답니다. 이 친구는 아주 멋진 룸메이트일 뿐만 아니라 인생 교훈을 준 연애 선배였던 거예요.

〈도망치는 건 부끄럽지만 도움이 된다〉 2016, 일본 TBS
친구. 쓰치야 유리, 누마타 요리쓰나, 가자미 료타, 히노 히데시

주인공인 모리야마 미쿠리와 쓰자키 히라마사는 결혼의 초보입니다. 사랑 없는 계약 결혼으로 표면적인 부부생활을 유지하고 있으니 삐걱거릴 일이 잦았지요. 그래서 두 사람은 문제가 생길 때마다 친구들에게 조언을 듣고는 해요. 모리야마 미쿠리의 이모인 쓰치야 유리라든가 쓰자키를 동성애자로 오해했던 누마타 요리쓰나라든가 또 다른 고용주인 가자미 료타처럼 싱글 라이프를 만끽하는 인물들이나, 남편과 이혼을 한 다나카 야스에와 가정에 충실한 히노 히데시처럼 결혼 생활의 양면성을 짚어주는 인물들이 그 조력자라고 할 수 있겠지요.

사랑뿐만 아니라 어떤 문제에 대한 답을 찾을 때는 다양한 변수를 두고 여러 종류의 실험을 반복해서 데이터를 쌓아야 좋은 결과로 이어집니다. 〈도망치는 건 부끄럽지만 도움이 된다〉는 대부분의 인물들에게 사랑과 결혼이라는 주제에 대한 다채로운 질문과 답을 부여함으로써 모리야마 미쿠리와 쓰자키 히라마사의 고민에 깊이를 더하지요.

이야기 구조

로맨스물의 이야기 구조는 이렇습니다. 프롤로그, 일상, 만남, 임무 수여, 임무 수행, 성공, 균열, 봉합, 결전, 에필로그. 물론 이 구조가 절대적인 것은 아닙니다. 특히 연인 후보가 여럿일 경우에는 각 후보마다 만남과 임무를 주어 분량을 늘려야만 할 거예요. 그리고 연인이 만족스럽지 않을 경우에는 도중에 새로운 연인과의 만남과 임무를 줄 수도 있어야만 하고요.

　　로맨스물의 이야기 구조에서 가장 주의해야 할 지점은 주인공이 부모에게서 독립해야 한다는 것과 자신만의 주도권을 획득해야 한다는 것이에요. 연인이 주인공의 모든 것을 강제하고 명령하는 경우도 다른 측면에서 보면 연인이 주인공에게 휘둘리기 때문인데, 주인공이 '나는 가만히 있을 테니까, 남이 알아서 다 해줬으면 좋겠다'는 식으로 수동적인 형태의 주도권을 쥐고 있는 결론일 때가 많답니다. 어떤 의미로는 '궁극의 독재'라고도 할 수 있지요. 모든 행동의 책임조차도 상대방에게 떠넘기는 결론이니까요.

이 주도권의 형태는 창작자가 생각하는 이상적인 어른의 이미지가 반영되기 마련이에요. 어떤 창작자에게는 '부모가 다 뭐냐, 내 마음대로 살 거다'가 이상적인 어른의 모습이라면, 어떤 창작자에게는 사돈의 팔촌부터 이웃까지 모두 돌보면서 마을을 이끄는 것이 이상적인 어른의 모습일 수도 있겠지요. 그렇기에 주인공을 사회적으로 올바르다고 생각하는 개인으로 완성하거나, 대리 만족을 위해 욕망을 무제한으로 달성하게 하는 결론이 전부 가능한 것입니다.

이 이상적인 결말을 위해 주인공이 겪는 고난은 두 가지가 있습니다. 하나는 연인의 도움을 받아 자신의 못난·못된 부모에게서 벗어나고 사회에서 요구하는 어른으로 자립하는 것. 다른 하나는 연인을 못난·못된 부모에게서 벗어나게 도움으로써 그 또한 온전한 어른으로 자립하게 하는 것. 이 두 가지 고난은 곧 상호 구원의 형태를 띠게 되지요.

로맨스물에 대한 이야기를 나누다 보면 이 상호 구원의 형태에 불만을 제시하는 사람을 보기도 합니다. 어째서 나 혼자 이루고 끝이 나면 안 되느냐고요. 글쎄요. 그런 구성이 나쁘다고는 생각하지 않습니다. 다만 상호 구원의 서사에는 분명한 장점이 있어요. 나를 구해준 누군가를 내가 구하게 된다면, 그것만큼 분명한 성장의 증거가 또 어디 있을까요? 내가 어렵고 힘든 상황에 놓였을 때, 이 문제는 내가 사람을 잘못 만났기 때문이며 나는 이미 옳았다고 말해주는 누군가가 있다면, 그리고 이윽고 성장한 내가 그 누군가에게 역시 옳았다고 말해주게 된다면, 이만한 쾌감이 또 어디 있을까요? 그러니 이 상호 구원의 결말은 정답이 아닐지 몰라도 선택지에서 배제해야만 할 무엇도 아니랍니다.

프롤로그

도입부입니다. 관객의 시선을 붙잡으세요. 이 얘기는 여덟 장르를 다루는 내내 반복할 거예요. 이게 뭘까, 하며 궁금증을 불러일으키는 장면이면 뭐든 좋아요.

시간적·공간적 배경도 자유로워요. 하지만 로맨스물은 주인공에게 감정이입하기 좋아야 하며, 주인공과 못난·못된 부모의 관계를 설명해야 하다 보니 사건을 시간순으로 배치하는 경우가 잦습니다. 〈신데렐라〉를 보세요. 아예 "신데렐라는 어려서 부모님을 잃고요. 계모와 언니들에게 구박을 받았더래요!"로 시작하잖아요. 프롤로그는 주인공이 태어나기 전이거나 클라이맥스 직전이거나 모든 것이 끝난 먼 미래에 과거를 회상하거나, 다 좋습니다. 〈원더우먼〉도 21세기에 사는 다이애나가 1차 세계대전 시절의 사진을 보며 과거를 추억하는 것에서 이야기가 출발하니까요.

길이가 아주 짧아도 좋고 아주 길어도 좋아요. 주인공이 나오지 않아도 괜찮아요. 어떤 일이 생겨날지 흥미를 유발하기 위해 어떻게든 아이디어를 쥐어짜내야만 해요. 그래야 다음 장면으로 넘어갈 수 있으니까요.

"부유한 독신 남성은 반드시 아내를 필요로 한다는 말은 누구나 인정하는 진리이다." 『오만과 편견』의 유명한 첫 문장이죠. 이 작품의 주제에 대해 여러 가지로 고민할 계기를 마련해주는 무척 인상적인 문장이에요. 여성에게 결혼이라는 선택지 외에 별다른 권리가 주어지지 않던 시대에는 이런 경구가 갖는 의미가 남달랐을 거예요.

작품에서 무엇을 말하고 싶은지 고민해보세요. 그리고 그 고민을 가장 잘 전달할 수 있는 한 문장을 떠올려보세요. 주제가 아닌 인물에 무게를 더 두고 싶다면, 그 인물을 압축적으로 보여주는 문장이나 장면을 떠올려보세요.

〈도망치는 건 부끄럽지만 도움이 된다〉 2016, 일본 TBS

〈정열대륙〉이라는 일본 다큐멘터리 프로그램이 있어요. 사회 각 분야 사람들의 일상을 관찰하는 내용이지요. 〈도망치는 건 부끄럽지만 도움이 된다〉의 주인공 모리야마 미쿠리는 이 〈정열대륙〉에 출연해 시끌벅적한 사무실에서 비정규직으로 일하며 자기 자신을 소개하는 망상으로 프롤로그를 이끌어나갑니다. 고학력 여성에게 보다 가혹한 취업난을 피해 비정규직이 되었으나, 상사의 무관심과 부당한 지시 그리고 불안정한 고용에 시달리는 현실까지 폭로하면서요. 이렇게 인터뷰 형식을 딴 프롤로그는 주인공에 대한 상세한 정보를 압축적으로 전달하기 편리하답니다.

동시에 〈정열대륙〉에 출연했다고 망상하는 모리야마 미쿠리의 모습을 통해 인물의 성격과 매력을 잘 설명해주는 장면이기도 했어요. 엉뚱한 공상을 즐기지만, 그 공상 속에서마저 사회에서 소외되는 여성의 삶에 대해 고민하고 논리적으로 풀어가니, 관객들은 모리야마 미쿠리의 다음 이야기가 듣고 싶어서 근질근질할 수밖에 없겠지요.

〈하울의 움직이는 성〉 2004, 미야자키 하야오

이 작품은 안개 속에서 기괴하게 움직이는 하울의 성을 비추는 장면으로 시작해요. 그리고 이 이야기의 주인공 소피는 모자 가게에서 일하며 매력적이지만 위험하기도 한 마법사 하울과 그의 성에 관한 소문을 듣습니다. 소피는 다른 직원들의 외출 권유에도 가게에 남아 계속 모자를 만들고, 하울은 군대가 지나가는 모습을 보며 안개 속으로 성을 숨깁니다.

어떻게 보면 쉽게 지나칠 만한 장면이지만, 이 프롤로그는 보이는 것 이상의 이야기를 하고 있어요. 소피와 하울, 주인공과 연인 모두 폐쇄적이라는 공통점이 있다는 암시가 깔렸으니까요. 프롤로그의 마지막 장면에서 소피는 거울을 보고 모자를 쓴 뒤 웃어 보이다가 불현듯 모자를 푹 눌러쓰고 밖으로 나가는데, 이때 폐쇄성을 보다 극단적으로 보여주지요. 이야기가 진행되며 소피는 밝고 당당하게 사람을 대하는 법을 배우고, 하울 역시 정부의 추격에 겁먹지 않고 당당하게 맞서 올바른 일을 할 용기를 얻게 되지만, 이는 아직 짐작하기 어려운 일이지요.

일상

도입부는 도입부일 뿐이에요. 간단한 인상만 남겨주죠. 앞서 흥미를 끌었으니 본격적인 이야기를 시작할 차례예요. 갑자기 과거 회상 장면으로 돌아가지 않는다면, 현재의 시간대에서는 가장 앞부분이라고 해도 좋을 거예요.

여기서는 주인공의 기본값을 보여줘야 해요. "이 사람은 누구인가?"에 대한 정보를 줘야 하는 거죠. 사회가 아닌 가족 안에 갇혀 있을 때, 비일상이 아닌 일상의 영역에 있을 때, 이 사람은 누구이고 그의 주변에는 누가 있는지, 이후의 전개가 어떻게 흘러가게 될 것인지에 대한 대략적인 암시를 여기에서 제시해야 해요.

그리고 주인공에게 숙제를 주세요. 주인공을 옭아매는 것은 무엇일까요? 앞에서 말했듯이 못난·못된 부모가 바로 그 덫이겠지요. 아버지가 남긴 빚, 누명을 쓰고 귀족에서 평민으로 전락해 도주한 어머니, 주인공을 부자들이 가득한 기숙학교에 보내고 사라진 삼촌 등 주인공의 삶을 괴롭게 만든 누군가가 있을 거예요. 그래서 주인공은 평탄하지 않을 것이고, 그 상황을 여기서 잘 설명하세요. "신데렐라는 어려서 부모님을 잃고요. 계모와 언니들에게 구박을 받았더래요"처럼 간결하고 분명하게요.

답답하기만 한 현실을 보여줘야 하는 이유는 간단해요. 주인공의 성장을 보여주려면 성장하기 전의 모습을 알아야 하기 때문이에요. 이 사람의 환경적인 한계는 무엇인지, 또 개인적인 한계는 무엇인지와 같이 해결할 숙제를 보여줘야 해요.

그렇다면 이 숙제를 해결하기 위해 무엇을 해야 할까요? 가난에서 벗어나기 위해서는 직장에 열심히 다녀야 할 테고, 어머니의 누명을 벗기기 위해서는 정체를 숨기고 왕궁으로 들어가 귀족 사이에서 정보를 수집해야 할 테고, 학교에 다니기 위해서는 가난뱅이라고 놀리는 부잣집 아이들한테 자기가 이 학교에 다닐 만한 인재임을 증명해야겠죠.

이를 위한 구체적 목표에는 연애가 포함될 수도 있고 아닐 수도 있어요. 사랑을 꿈꾸는 철부지의 모습을 보여줘도 좋고, A로 가득 찬 성적표를 노리는 모범생의 모습을 보여줘도 좋아요. 속물 같거나 한심한 목표여도 좋아요. 어차피 작품의 초반이고, 주인공은 점점 성장하면서 도입부에서 자신이 정한 목표가 이 세상의 전부가 아니라는 것을 깨달을 테니까요.

앞서도 정리했지만, 계급사회를 다루는 로맨스물을 중점적으로 이야기하자고 했지요? 일상 파트에서는 일상과 비일상 영역의 대비를 보여주세요. 그리고 주인공이 이 둘을 각각 어떻게 대하는지도 관객에게 알려주세요. 일상에서는 행복하지만 비일상에서는 피곤할 수도 있고, 일상이 비참해 비일상을 동경할 수도 있어요.

주인공은 좋든 싫든 두 영역을 오가게 될 거예요. 이렇게 오가야만 하는 이유를 마련해주세요. 앞으로 엄청난 성장통을 겪어야 할 주인공이 이 과제로부터 도망치지 않고 견뎌야만 하는 이유를 부여해주세요. 정략결혼이 싫어서 왕궁을 탈출해 험난한 도시를 헤맨다거나, 악마의 저주 때문에 다른 성별로 변장을 하고 살아야만 한다거나!

〈센과 치히로의 행방불명〉 2001, 미야자키 하야오

치히로는 부모님과 이사를 가던 중 묘한 터널을 지나 기괴한 테마파크 같은 거리에 도착합니다. 그리고 맛난 냄새에 이끌려 깊숙한 골목으로 들어가고 말지요. 그곳에는 군침 도는 음식으로 가득한 가게가 있었습니다. 치히로의 부모님은 치히로의 만류에도 불구하고, 주인 없는 가게에서 음식부터 집어먹지요. 그 결과 치히로의 부모님은 돼지가 되는 저주에 걸려요.

치히로는 유바바라는 마녀의 온천장에서 일하며 부모님의 저주를 풀 방법을 찾아야만 한다는 과중한 임무를 부여받게 됩니다. 여기에서 치히로의 잘못은 하나도 없어요. 나쁜 사람은 치히로를 내버려두고 멋대로 군 치히로의 부모님뿐이지요. 그렇다고 치히로가 부모님을 두고 유바바의 온천장을 떠날 수도 없었지요. 결국 치히로는 사람들이 일상을 보내는 마을이 아닌, 이상하고 신비로운 신과 요괴 들이 사는 비일상의 세계로 빠져들고 맙니다.

〈도희야〉 2014, 정주리

이렇게 도식화된 구도로만 해석하기에 아슬아슬한 장면이 많은 작품이긴 합니다만, 그래도 예시로 살펴보도록 하지요. 주인공 이영남은 시골 파출소장으로 갓 부임한 경찰이에요. 젊은 나이에 어울리지 않는 곳으로 오게 된 셈인데, 일상 파트에서 주변 인물들은 이영남에게 눈치를 주기도 하고, 왜 이영남이 이런 한지로 발령이 났는지에 대해서도 간접적으로 언급하며 불편한 분위기를 연출합니다. 그 이유에 대해서는 나중에 묘사가 됩니다만, 이 파트에서 적나라하게 말하지 않더라도 관객들은 어렵지 않게 이영남이 소외된 상태임을 알 수 있습니다.

그리고 또 다른 주인공 선도희 역시 이영남처럼 소외된 인물입니다. 의붓아버지와 할머니에게 학대받고, 학교에서도 동급생들에게 괴롭힘을 당하거든요. 이 파트에서는 아직 알 수 없지만, 이후 선도희는 이영남의 도움을 받아 사람들과 우호적인 관계를 맺는 방법을 배워나갑니다. 선도희 또한 이영남이 곤란에서 벗어날 수 있도록 돕고요. 이영남이 선도희를 돕고, 이후 선도희가 이영남을 돕는다는 면에서 〈도희야〉는 로맨스물의 독립 서사를 주인공이 아닌 연인의 시점에서 전개했다고 해석해도 맞아떨어진답니다.

만남

꿈에 그리던 사람과의 첫 만남을 다룰 차례입니다. 어쩌면 프롤로그나 일상 파트에서 연인이 등장했을지도 모르겠네요. 하지만 주인공과 연인이 본격적으로 엮이는 건 여기부터겠지요. 주인공과 연인은 언제 어디서 왜 만나게 된 것일까요?

둘의 만남은 드라마틱해야 해요. 아주 강렬한 인상을 줘야만 해요. 〈오만과 편견〉의 다아시와 엘리자베스의 첫인상은 최악이었지만, 서로에게 결코 잊을 수 없는 사건이 되지요. 우연이 첨가되면 더 좋아요. 두 사람의 사랑은 운명이고, 운명은 계획된 게 아니니까요.

연인은 어떤 사람인가요? 백기사? 흑기사? 혹은 둘 다? 악당이어도 친절하다면 백기사일 테고, 영웅이어도 무례하다면 흑기사일 테지요. 어떤 부류인지 고민한 다음 어떤 대사나 행동이 어울릴지 고민하세요.

주인공이 갓 뛰어든 비일상의 세계에서 연인은 인정받는 인사일 겁니다. 전문가인 셈이지요. 트렌디한 로맨스 드라마에서 주인공이 실장님이나 대표님이랑 연애를 하는 데에는 이유가 있답니다. 주인공이 성장하면서 바라볼 목표이자 그 목표를 뛰어넘어 이끌어야 할 누군가여야 하니까요. 주인공은 비일상을 즐기든 즐기지 않든 새로운 만남으로 어느 정도 예민해진 상태일 거예요. 그렇기에 연인의 첫인상도 보다 강렬하게 다가올 겁니다.

두 사람에게는 다양한 방식으로 비밀을 만들어주어도 좋아요. 하나, 주인공이 연인에게 비밀을 숨기는 경우. 둘, 연인이 주인공에게 비밀을 숨기는 경우. 셋, 주인공과 연인이 비밀을 공유하는 경우. 넷, 주인공과 연인만 비밀을 공유하지 못하는 경우 등. 이 비밀은 주인공과 연인의 관계에 특별함과 차별점을 가져다줄 거예요.

만남 파트에서는 외모도 상세히 설명해야 해요. 여기서 잘 해놓으면 나중에 외양을 되풀이해서 묘사할 필요가 없거든요. 물론 묘사하는 것만으로도 재밌어서 다시 쓸 수도 있지만요. 연인에게 뛰어난 외모를 부여하고 싶다면, 부디 이 과정을 즐기길. 창작자가 부끄러워하면 관객도 부끄러워합니다. 거침없고 당당할수록 보는 사람도 즐거워요.

가상 캐스팅을 해봐도 좋아요. 평소 좋아하던 연예인이나 유명인 혹은 주변 친구의 외모를 이 인물에 대입시키는 거죠. 아주 간편한 작법이에요. 가장 좋아하는 사람의 가장 좋아하는 신체 부위를 골라 가장 좋아하는 동작을 시킨 뒤 가장 좋아하는 것에 빗대어 묘사해보세요. 정말 좋아하는 것은 글로 옮겨 적는 것만으로도 행복해지는 힘이 있으니까요.

처음에 설정한 연인 후보가 둘이라면, 혹은 지금까지 만들어놓은 연인 후보에게 질렸다면 언제라도 만남 파트를 추가로 만드세요. 연인 후보의 수만큼 만남 파트는 반복해서 쓰일 거예요.

애초에 삼각관계로 설정했더라도 연인마다 만남 파트는 따로 마련해주는 게 좋습니다. 단역이나 조연 등 주인공과 이미 알고 있는 상황에서 연인 후보로 승격됐을지라도 그 사람이 다시 주인공의 눈에 들게 된 계기가 있을 테니까요.

〈레이디와 트램프〉 1955, 해밀턴 러스크 외

강아지 레이디의 집에서 이상한 일이 일어났습니다. 보호자들이 레이디에게 관심을 갖지 않기 시작한 거예요. 언제나 부모처럼 돌봐줬던 그 사람들이요. 무슨 일이 일어난 것일까 염려하는 레이디에게 이웃한 강아지들이 그럴싸한 의견을 하나 제시합니다. 보호자 부부가 아이를 갖게 된 것이 아니겠느냐는 추측이었지요. 옆에서 그 이야기를 듣던 떠돌이 강아지 트램프는 레이디의 정원에 들어와 보호자에게 아이가 생기면 강아지는 찬밥 신세가 되기 마련이라는 비아냥을 내뱉고 사라지지요.

무척이나 불쾌하고 기분 나쁜 첫 만남입니다. 트램프는 레이디가 사랑하고 레이디를 사랑한 가족들에게 악담을 퍼붓고 사라졌으니까요. 하지만 우리는 알고 있습니다. 이다음 파트에서 레이디의 보호자들은 아기를 낳게 되면서 레이디에게 관심을 거두고, 사고일지라도 레이디는 차가운 거리에서 헤매게 될 것이라는 사실을요. 그리고 못되고 얄밉게 경고하던 트램프가 레이디의 유일한 아군이 되어 사랑에 빠지게 될 것이라는 사실도요.

〈마틸다〉 1996, 대니 드비토

"마틸다의 담임 허니 선생은 각 학생들의 특이한 점을 인정하고 위해주는 드문 사람이었다." 내레이션에서 설명한 대로 마틸다의 첫 담임교사인 제니퍼 허니는 친절하고 상냥하며 배려심 깊은 선생이었습니다. 처음으로 마틸다의 총명함을 인정하고 축복해준 사람이기도 했지요. 이후 학교에 가지 못하게 하는 부모로부터 마틸다의 학습권을 보장받기도 했고요.

여기까지 보면 이렇게나 완전무결한 멘토가 또 어디 있나 싶기도 합니다만, 내레이션은 제니퍼 허니 선생에 대한 다음과 같은 설명을 잊지 않습니다. "그러나 그의 인생은 결코 겉처럼 아름답지만은 않았다. 그에게는 어두운 비밀이 있었다." 그리고 이 어두운 비밀은 곧 그가 구해낸 마틸다의 도움으로 사라지게 됩니다.

임무 수여

만남은 끝이 아니라 시작이죠. 사람과 사람이 만나서 첫눈에 반해 바로 맺어지면 얼마나 편할까요? 하지만 그랬다간 이야기를 진행할 필요가 없어지니 지속적인 관계를 위한 개연성을 부여할 차례예요.

　주인공과 연인이 앞으로 함께할 수밖에 없는 임무를 주세요. 이 임무는 주인공이 성장할, 연인이 이끌어줄 비일상의 공간이며 무대의 핵심이 될 키워드예요. 그리고 여기에서 주인공과 연인은 둘만의 비밀을 갖게 될 거예요. 상대방에게 밝히면 안 되는 비밀을 품게 되거나요. 얼마나 매력적인 비밀을 안겨주느냐에 따라 작품의 긴장감이 달라질 겁니다.

　〈도망치는 건 부끄럽지만 도움이 된다〉의 모리야마 미쿠리는 직장과 집을 구하지 못해 쓰자키 히라마사와 결혼한 척을 해요. 정확히는 모리야마 미쿠리가 가사 노동을 하면 쓰자키 히라마사가 거주지와 급여를 제공하는 계약 결혼이었지요. 이제 두 사람은 주변의 의심을 사지 않도록 위장 결혼을 유지하라는 임무를 부여받습니다. 남에게 알려져서는 안 될 둘만의 비밀은, 두 사람의 관계를 다른 누구보다도 특별하게 만들어주었지요.

　명민한 기자가 문제 많은 정치인의 밀착 취재를 담당할 수도 있고, 슬럼프에 빠진 예술가가 자신의 뮤즈를 선택해 감금과 다름없는 작업 활동을 시작할 수도 있을 거예요. 이렇게 주인공의 일상을 비일상으로 전환하며, 이야기에 본격적인 시동을 걸어보도록 하죠!

　임무 수여 파트에서는 어느 정도 관계가 생긴 두 사람이 본격적으로 엮일 수밖에 없는 사건을 제시해야 해요. 상사와 부하가 프로젝트 진행을 기획할 수도 있고, 시종과 공주가 사라진 왕국의 보물을 찾으러 떠날 수도 있겠죠.

연인과의 임무 수행은 가족과의 이별로 이어지기도 합니다. 주인공은 임무를 수행하면서 자신을 지배하고 있던 못난·못된 부모에게서 벗어날 수밖에 없게 될 거예요. 집에서 완전히 나오지는 못하더라도 회사에 있느라 집에 오래 있지 않는다거나, 경제적으로 종속된 상황에서 부분적으로나마 벗어나려 한다거나 하는 식으로라도요.

갈등도 만들어주세요. 주인공과 연인의 만남은 일상과 비일상이 뒤섞이는 사건이기도 합니다. 혼란이 뒤따를 수밖에 없죠. 라이벌이나 다른 연인 후보가 있다면 이 혼란은 더욱 커질 거예요. 주인공이 연인에게 나쁜 인상을 받았다거나, 좋은 인상을 받았더라도 훼방꾼이 나타나는 등 갈등은 어디서든 터져 나오기 쉽겠지요.

이전까지 파트에서 주인공과 가족 그리고 친구를 소개했다면 여기서는 연인을 소개해주세요. 연인의 가족과 연인의 친구들 더 나아가 라이벌까지 소개할 수도 있는데, 그 범위는 편한 대로 정하세요.

이 이야기의 구조를 주인공의 일상과 비일상으로 나누었을 때, 연인은 비일상의 영역에서 사는 사람입니다. 비일상에서 주인공의 태도는 연인을 통해 구체화될 거예요. 경멸일 수도 있고 동경일 수도 있겠죠. 일상과 비일상에서 연인을 대하는 태도가 같지는 않더라도 깊은 연관을 맺고 있을 겁니다.

주인공은 연인을, 비일상을 어떤 태도로 대하나요? 연인은 이야기가 진행되면서 지금과는 완전히 다른 면을 보여주게 될 것이고 주인공의 태도도 점차 변하겠지만, 이 파트에서는 그렇게 될 거라고 상상도 못 하게 해주세요. 연인의 내면을 꽁꽁 감춰야만 나중에 더 효과적인 반전이 될 거예요.

또 이전만큼 비중을 둘 수 없게 된 못난·못된 부모를, 일상을 어떻게 생각할까요? 속이 시원하다? 그립다? 어느 쪽이든 상관없지만 비일상과 일상 사이의 격차를 강조하기 위해서는 간단하게나마 언급하고 넘어가는 게 좋습니다.

〈상사에 대처하는 로맨틱한 자세〉 2018, 클레어 스캔런

멋진 건물에 근무하는 두 비서가 있습니다. 이 두 사람은 모두 악독하게 자기를 괴롭히는 상사로부터 고통받고 있지요. 이거 시키고 저거 시키는 상사 때문에 사생활은커녕 정시 퇴근조차 어려운 상황이었어요. 두 사람은 잔꾀를 하나 떠올립니다. 서로를 죽어라고 괴롭히는 두 상사를 연인으로 엮어, 둘이서 연애하는 동안 자기들에게 업무를 떠넘기지 못하도록 하는 작전이었죠.

이 작전은 성공 확률도 제법 높아 보였습니다. 일단 수족처럼 일하는 두 비서는 상사의 음식 취향이나 취미 생활을 꿰고 있는 것은 물론 그들이 갈 곳과 만날 사람도 조절할 수 있었으니까요. 이 어처구니없는 사랑의 큐피드 게임, 시라노 작전은 야근에 시달리는 두 사람의 작은 술자리에서 시작되었습니다. 어떤가요. 다음이 궁금해지지 않나요?

〈라푼젤〉 2010, 네이선 그레노 외

갇혀 살던 라푼젤의 탑에 침입자가 나타났습니다. 왕궁에서 왕관을 훔쳐 도망친 도둑 플린 라이더였죠. 라푼젤은 무쇠 프라이 팬으로 플린 라이더의 머리를 내리쳐 기절시킨 뒤 왜 이곳에 왔는지를 묻습니다. 라푼젤은 자신의 머리카락을 빼앗으려고 온 게 아니라는 사실을 알고는, 훔친 왕관이 든 주머니를 돌려줄 테니 왕궁에서 하는 풍등 축제에 데려가달라고 플린 라이더에게 부탁합니다.

라푼젤은 오래도록 탑 바깥의 세상을 꿈꿨어요. 그를 기른 어머니가 사실은 어릴 적 자신을 납치한 마녀라는 사실도 알지 못한 채 갇혀 지내야만 했거든요. 하지만 플린 라이더와의 만남을 계기로 라푼젤은 일상이 아닌 비일상의 공간, 탑 바깥의 세계로 나가 진정한 자신이 누구인지 발견하게 될 것입니다. 덤으로 플린 라이더라는 매가리 없는 도둑이 꿈을 이루게 되는 과정을 돕기도 하겠지요. 멋진 사랑을 통해서요.

임무 수행

이제 본격적인 이야기가 펼쳐질 시점이에요. 작품의 무대로 어디를 골랐는지 모르겠지만, 임무 수행 파트에서 그 무대가 가장 빛날 거예요. 회사가 배경이면 주인공들이 프로젝트를 성사시킬 것이고, 가요계가 배경이라면 주인공이 컴백 앨범과 콘서트를 준비할 것이고, 혁명기가 배경이라면 뒤죽박죽된 국가 정세와 혁명군의 암약이 있겠죠.

물론 임무 수행도 중요하지만, 일을 진행하면서 주인공과 연인의 관계도 진척되어야겠죠. 주인공은 주인공대로 연인은 연인대로 활약하게 하세요. 처음부터 잘 풀리지는 않을 거예요. 그 이유는 대부분 주인공 때문이겠죠. 주인공은 아직 비일상의 세계가 익숙하지 않으니까요. 연인의 우려와는 달리 주인공이 멋지게 해내면서 스스로의 가치를 입증해도 좋을 것 같군요.

만화 『오란고교 호스트부』에서 주인공 후지오카 하루히가 값비싼 도자기를 깨는 바람에 빚을 갚을 목적으로 호스트부에 가입한 것이 임무 수여 파트에서 있었던 일이라면, 호스트로 활동하는 것은 임무 수행 파트의 내용이에요. 후지오카 하루히는 이제 수많은 연인 후보와 같은 공간에서 오란고등학교 학생들의 고민을 해결해주며 정과 사랑을 키워나가게 된 거죠.

주인공과 연인 모두의 임무 수행 동기, 못난·못된 부모와의 관계와 그 관계를 개선하기 위해 하고자 하는 일 등을 보여주는 게 좋아요. 앞서 준비했던 이야기의 무대나 이벤트를 이 파트에서 어떻게 쓸 것인지 계획을 짜세요. 주인공과 연인은 아직 서로의 동기를 모를 수도 있지만, 관객들은 암시를 통해 어느 정도 예상할 수 있어야 해요.

이 와중에 임무를 방해하는 사람도 있을 거예요. 라이벌이거나 주인공의 못난 부모이거나, 소소한 악역을 맡은 누군가일 수도 있겠네요. 얄미운 훼방꾼을 넣어주세요. 토슈즈에 압정을 넣는다거나 잘못 복사한 서류를 넘겨준다거나 재개장한 가게 바로 옆에 신장개업을 하는 악역이 필요한 파트이기도 하니까요.

훼방꾼은 라이벌과 동일 인물일까요? 아니면 별개의 인물일까요? 어느 쪽이든 좋습니다만, 이 훼방꾼의 행보에 라이벌을 엮어주세요. 훼방꾼은 라이벌이 사주해서 주인공을 괴롭힌 것일 수도 있고, 정정당당한 대결을 원하는 라이벌에게 혼쭐이 날 수도 있어요.

당연히 주인공은 이 시련을 이겨내야 하지요. 여기서 연인이 도움을 얼마나 주느냐가 서사의 방향을 결정할 거예요. 주인공의 성장담을 강조한다면 연인이 큰 도움을 주지 않아도 될 것이고, 아니라면 주인공이 위기에 몰린 상황에서 영웅처럼 연인이 나타나도 될 거예요. 옆에서 닦달하며 훌륭한 사회인으로 성장하게 해도 좋고요.

주인공과 연인이 시련을 극복함으로써 라이벌과 연인의 관계는 끝이 날 테고, 주인공의 못난 부모는 주인공이 자신들과 달리 어른스럽다는 것을 인정하겠지요. 이 시련을 통해 주인공은 더 성장하고 연인에게 보다 믿을 만한 파트너가 되어야 해요.

연인이 임무 수행 파트에서 일을 잘하지 못하는 경우도 있어요. 작품 초반부에서는 주인공이 일을 못 하다가, 후반부에서는 연인이 일을 못 하게 될 수도 있고요. 하지만 둘의 부진은 그 형태가 조금 달라요. 연인은 슬럼프에 빠졌을 가능성이 높아요. 이때 주인공은 연인에게 적극적인 구원자가 되어주어야겠죠. 정신 상태도 관리해주고 환경도 바꿔주고!

연인 후보끼리 경쟁해도 좋아요. 연인 후보들은 여러 가지 형태로 임무를 마주할 것이고, 관객은 이 과정을 지켜봄으로써 이후 이야기에서 결정될 최후의 승리자를 인정해줄 수 있을 거예요.

이 잣대가 연인 후보들에게만 적용되는 건 아니에요. 이 파트에서 가장 중요한 것은 주인공이 연인에게 어울리는 사람이라는 걸 창작자 스스로에게 설득시키는 일이에요. 주변 사람들이 '그래도 저 주인공이라면 괜찮겠다'고 여길 만한 근거를 마련하는 것이죠.

로맨스물이 연애만이 아닌, 독립된 한 개인으로 성장하는 서사임이 이 파트에서 증명돼야 해요. 관객에게 주인공을 응원하고 싶게 만드는 매력을 보여줘야 하고요. 이 과정 자체가 하나의 성장담이기 때문이지요.

마지막으로 중요한 한 가지. 이 파트는 얼마든지 반복될 수 있어요. 연인과의 관계가 탄탄하지 않다고 느껴지면, 계속해서 새로운 임무를 주세요. 옴니버스 형식이라면, 임무 수행 파트는 에피소드마다 갱신되고, 사이사이에 큰 서사가 조금씩 진행되겠지요.

더불어 새로운 연인이 나타났다면, 두 번째 임무를 주세요. 두 번째 임무를 수행하며 주인공은 첫 번째 임무를 통해 성장한 모습을 보여주어야 합니다. 연인이 몇 번 바뀌든, 궁극적으로는 성장담이니까요!

〈센과 치히로의 행방불명〉 2001, 미야자키 하야오

치히로, 아니 이름을 빼앗긴 센은 하쿠의 도움을 받아 유바바의 온천장에서 일하게 됩니다. 못난 부모는 돼지로 변해 유바바의 돼지우리에 갇혔고, 인간 세계로 돌아갈 방법도 없으니 어쩔 수 없었지요. 센이 하쿠의 도움을 받아 가마 할아범의 보증을 얻어 내지 못했다면, 이 직장마저도 구하지 못했을 거예요. 하쿠는 유바바의 제자로 온천장 사람들에게 명령을 내리거나 부탁을 할 수 있었거든요.

센은 "신세를 졌습니다"나 "감사합니다" 같은 기본적인 인사도 하지 못하다가 주변 사람들의 도움으로 어엿한 일꾼이 됩니다. 큰 강의 신이 오물을 뒤집어쓴 채 유바바의 온천장에 왔을 때도 멋지게 본모습을 되찾도록 돕기까지 하지요. 큰 강의 신은 센에게 답례로 쓴 경단을 하나 건네주는데요. 이 경단은 이후 있을 수많은 모험에서 센이 자신만이 아니라 주변 사람들을 돕는 데에도 큰 힘이 되어준답니다. 이 모든 성공은 센이 힘을 낸 덕분이었다는 이야기예요.

〈원더 우먼〉 2017, 패티 젱킨스

데미스키라 섬을 나와 런던에 도착한 다이애나는 스티브 트레버와 함께 옷가게로 향합니다. 데미스키라 전통복 차림으로는 잠입 작전을 시작도 할 수 없을 테니까요. 이 과정은 〈귀여운 여인〉에서 줄리아 로버츠가 리처드 기어와 함께 옷을 잔뜩 사들이는 장면이 연상되기도 합니다. 물론 그대로 따라가지는 않아요. 다이애나는 전사고, 아름다운 옷에는 큰 의미를 두지 않으니까요. 그래서 당시의 시대상을 꼬집는 대사가 이어지기도 한답니다. 코르셋을 보고 무슨 갑옷이라도 되느냐고 묻는다거나, 이런 드레스를 입은 여자가 어떻게 싸울 수 있겠느냐고 따진다거나 하는 식으로요. 이에 대해 스티브 트레버의 비서인 에타 캔디가 시대적인 한계를 변호하는 답변을 하기도 하고요.

이 장면 이후로는 멋진 액션 장면이 이어진답니다. 다이애나와 스티브 트레버는 솜씨 좋은 군인들을 모아 닥터 포이즌의 공장을 습격하기 위한 팀을 꾸린 뒤 전장으로 향하거든요. 두 사람은 이제 전쟁을 멈추기 위한 잠입 작전이라는, 아주 막중하고 위험 가득한 임무를 시작한 것이었지요.

성공

축하의 시간입니다! 임무는 성공적으로 완수했고, 주인공과 연인은 어른의 세계에 한 걸음 더 다가가게 되었습니다. 주인공과 연인은 임무를 완수하기 위해 여러 사건을 함께 겪으며 서로를 특별한 대상으로 인식하게 되었을 거예요. 이제부터는 본격적인 감정 교류가 있어야 해요. 대부분의 긴장은 해소됐으니 축배를 들 시간입니다. 성공 파트는 정말 즐겁고 행복하게 이끌어주세요. 로맨틱하게요.

사랑에 비중을 둔다면 즐거운 데이트 장면이 나올 거예요. 독립에 좀 더 의미를 둔다면 행복한 순간들이 이어지겠지요. 상을 주는 것도 좋습니다. 누가 누구에게 어떤 이벤트를 제안할까요? 우연한 장소에서 둘이 마주치는 것도 좋겠네요. 큰 고비를 넘긴 주인공과 연인에게 어떤 방식으로든 상을 주세요.

이 전까지는 주인공이 일상에서 비일상의 영역으로 갔다면, 성공 파트에서는 연인이 비일상에서 일상의 영역으로 오게 하세요.

달동네에 살던 주인공이 대기업에 취직해 재벌 2세와 커다란 프로젝트를 성사시켰다면, 이제 재벌 2세를 자신의 달동네로 초대해 라면을 끓여줄 시간이에요. 친밀해진 두 사람의 사적인 모습을 보여주는 거죠.

두 사람이 함께하는 공간이 넓어질 거예요. 숨겨왔던 비밀을 상대방에게만 가르쳐줄 수도 있겠죠. 누구의 어떤 비밀을 공유하느냐는 마음대로 설정하세요. 서로에게 자신의 히든카드를 보여주는 것도 좋아요.

비일상의 공간에서는 완벽하게만 보였던 연인도 주인공이 사는 일상의 공간에 오면 부족한 모습을 보일 것이고, 다른 사람들에게 보여주지 못했던 결핍도 주인공에게는 살짝 내보일 정도로 벽이 허물어질지도 몰라요.

가족이나 친구 들이 등장할 수도 있어요. 못난 부모와 주인공의 갈등은 주인공이 비일상에서 사회적으로 일궈낸 성과 덕에 어느 정도 해소되었을 겁니다. 못난 부모가 반성을 하거나 주인공에게 꼼짝도 못 하게 되겠죠.

라이벌이나 다른 연인 후보는 이 파트에 나오더라도 잠깐만 나오게 하세요. 주인공과 연인이 오붓하고 정답게 지내야 하는 시간이니까요. 지금까지 주인공의 연인 후보가 여럿이었다면, 누구를 최종 연인으로 택할지도 정하세요. 이 경우에는 분량이 좀 더 필요하겠군요.

〈상사에 대처하는 로맨틱한 자세〉 2018, 클레어 스캔런

자신들을 괴롭히는 상사 둘을 맺어주자는 두 비서의 임무는 완벽하게 성공했습니다. 이제 상사들은 비서에게 "좋은 아침이야"나 "부탁해" 같은 말을 하기도 하고 미소까지 지어요. 놀라운 발

전이죠. 예전에는 21세기에 환생한 칭기즈칸 같은 사람들이었거든요. 어쨌든 사랑의 큐피드 작전이 성공한 덕에 비서들에겐 데이트앱을 통해 사람을 만날 시간도 생겼습니다. 상사들이 연애하느라 바쁜 사이 개인 시간을 확보하는 데 성공한 거예요.

이 작품은 로맨틱코미디 장르니까 비서들 사이에서도 무언가가 생기기 시작합니다. 각자 관심이 있거나 연애 중인 대상이 있음에도 이 멋진 임무를 같이 수행한 서로에게 끌리게 돼요. 상사들에게 완벽한 연애를 선물해준 두 사람은 본인들의 연애도 성사시킬 수 있을까요? 관객은 곧 다음 작전이 펼쳐질 거라고 짐작하게 됩니다.

〈라푼젤〉 2010, 네이선 그레노 외

라푼젤과 플린 라이더, 아니 유진 피츠허버트는 우여곡절 끝에 풍등 축제가 열리는 성 앞에 도착합니다. 아직 몇 가지 불안 요소는 있지만 그래도 기쁜 일이었지요. 두 사람은 춤을 추기도 하고 마을을 탐험하기도 하며 재미나게 시간을 보내요.

이윽고 밤이 되어 라푼젤과 유진 피츠허버트는 조각배를 타고 풍등 축제를 구경합니다. 라푼젤은 탑에 갇혀 바라보기만 하던 풍경을 코앞에서 두 눈으로 보게 되었고, 유진 피츠허버트는 이제까지 자신이 찾아다닌 것이 무엇인지 깨닫게 됩니다. 두 사람은 멋진 노래도 부르면서 깨를 볶지요. 이는 앞서 언급했던 몇 가지 불안 요소가 펑펑 터져 나오면서 지금까지의 행복한 시간이 거짓말처럼 느껴질 정도로 비참하고 슬픈 사건이 이어지기 좋은 조건이 마련되었다는 이야기이기도 하답니다. 행복하려면? 이전까지 불행하게. 불행하려면? 이전까지 행복하게!

균열

작은 행복이 끝나고 큰 불행이 시작될 차례입니다. 언제나 승승장구할 수는 없죠. 비가 내린 뒤에 땅이 굳어지듯, 단단한 강철을 만들기 위해서는 뜨거운 열에 달구고 무거운 망치로 두들기는 제련의 시간이 필요하듯, 주인공과 연인 사이에도 시련이 필요해요.

오해를 키우세요. '돌싱'이었던 연인이 과거의 사람과 재결합하려는 것처럼 꾸미면 어떨까요? 오해가 아니라 진실이 밝혀져서 두 사람 사이에 균열이 생길 수도 있어요. 드라마 〈커피 프린스 1호점〉에서 고은찬이 사실은 남자가 아니라 여자였다는 비밀이 들통나는 순간처럼요.

균열의 원인은 다양해요. 우연일 수도 있죠. 못된 부모나 라이벌이 계획한 음모 때문일 수도 있고요. 아니면 주인공이나 연인의 말실수로 오해가 더 커질지도 몰라요.

앞에서 로맨스물의 전반부가 주인공의 못난 부모로부터 주인공이 독립하는 이야기였다면, 후반부는 연인의 못된 부모로부터 연인의 독립을 돕는 서사가 되기 쉽다고 했지요? 이 일반적인 구조를 따라간다면, 연인의 못된 부모가 이 파트에서의 균열을 적극적으로 조장할 가능성이 큽니다.

중요한 것은 연인을 통제하는 못된 부모의 존재 이상으로, 앞에서 암시했던 연인의 결핍을 드러내야 한다는 것입니다. 어쩌면 연인의 못된 부모라는 존재가 연인의 결핍일 수도 있어요.

이제까지의 서사가 주인공의 부족한 외면을 비일상에서의 활약을 통해 채워 넣기 위해 존재했다면, 앞으로의 서사는 연인의 부족한 내면을 주인공이 보듬어주고 치유해주기 위해 존재해요. 그 이유는 어디까지나 주인공이 진짜로 성장한 어른임을 증명하기 위해서고요.

이 파트에서 주인공과 연인은 서로가 이제까지 숨겨왔던 진정한 모습을 알게 될 거예요. 좀 전에 예시로 들었던 것처럼 주인공이 남장 여자였다는 진실이 폭로되는 순간인 거죠. 이렇게까지 크나큰 진실이 아니어도 좋아요. 주인공이나 연인이 상대방에게만은 들키고 싶지 않았던 자신의 결핍, 문제점, 트라우마, 약점, 비밀이면 충분해요. 그리고 이 진실과 함께 두 사람은 자신들의 관계를 처음부터 다시 살피게 될 거예요.

새 연인을 등장시키고 싶다면 다음 파트가 적절할 거예요. 진실이 밝혀지는 순간은 선택의 계기가 되기도 해요. 균열을 굳이 봉합할 필요는 없어요. 보다 멋진 사람과의 만남을 꿈꿀 수만 있다면요.

〈레이디와 트램프〉 1955, 해밀턴 러스크 외

레이디와 트램프는 아름다운 밤의 데이트를 즐기며 멋진 레스토랑에서 식사까지 마쳤습니다. 그 유명한 스파게티 키스 장면도 등장하지요. 우쭐해진 트램프가 레이디에게 여기저기를 구경시켜주던 중 레이디는 유기견 보호소에 끌려가고 맙니다. 두 강아지의 물리적인 거리가 멀어지게 된 것이지요. 레이디는 구슬프게 우는 강아지들 사이에 뒤섞여서 어쩌다 이런 상황이 된 것인지 한탄합니다.

레이디는 목걸이 덕분에 보호소에서 풀려날 수 있었습니다만, 그곳에서 다른 강아지들에게 트램프가 바람둥이이며 숱한 강아지들과 돌아다녔다는 이야기를 듣습니다. 결국 믿을 사람도, 아니 믿을 강아지도 하나 없었던 거예요. 트램프는 집으로 돌아온 레이디를 찾아갑니다만, 레이디에게 매몰차게 거절당한 뒤 쓸쓸하게 자리를 떠납니다. 물리적인 거리는 물론 마음의 거리마저 멀어진 것이지요.

〈하울의 움직이는 성〉 2004, 미야자키 하야오

설리번 선생에게서 도망친 하울과 소피 그리고 성에 사는 식구들은 새로운 은신처를 찾아 이사를 갑니다. 도피 중에도 서로를 향한 마음을 키워가는 두 사람이지만, 소피는 아직 자신감이 부족합니다. 하울이 소피에게 다가가도 소피는 더 늙은 노인의 모습으로 변하며 뒤로 물러나지요.

두 사람의 고난은 여기서 그치지 않아요. 설리번 선생은 계속해서 추격자를 보내다 못해 소피의 어머니를 소피에게 보내 회유하려고 합니다. 소피의 어머니는 소피가 자신의 말을 듣지 않자 잠자코 물러나며 남몰래 미안하다고 속삭입니다만, 그래도 부모가 할 법한 일은 아니었죠. 설리번 선생이나 소피의 어머니나, 보호자나 부모로서 좋은 점수를 주기는 어려운 것이 분명하네요.

인간만사 새옹지마. 좋은 일이 있으면 나쁜 일도 있고, 나쁜 일이 있으면 좋은 일도 있지요. 모든 인생사가 그런지는 모르겠지만, 서사에서 이 법칙을 쓰지 말라는 법도 없고요. 균열이 있으면 봉합도 있다는 식으로요.

오해임이 밝혀지며 다툼은 잊고 과오는 용서할 시간이에요. 주인공과 연인은 이제 확신으로 가득 찰 거예요. 어떤 난관이 닥치더라도 두 사람 사이를 갈라놓을 수 없다는 확신이요.

앞 파트에서 균열이 있었으니 봉합 파트에서는 화해의 계기가 필요해요. 어떤 균열인가에 따라 봉합 방법도 달라지겠죠. 여기서 요정 대모가 활약한다면 일은 아주 간단해집니다. 〈오만과 편견〉에서 가디너 부부가 엘리자베스를 데리고 여행을 떠난 덕분에 사이가 멀어졌던 다아시를 만날 기회를 얻게 된 것처럼요.

이 봉합은 우연이어도 좋아요. 아니 우연일수록 좋아요. 요정 대모를 비롯한 누군가의 도움이 우연이든, 두 사람의 오해가 풀리는 것이 우연이든 상관없어요. 우연이기 때문에 더 진실하게 다가오는 순간들이 있으니까요.

우연을 아끼지 마세요. 많은 사람이 로맨스물의 시나리오를 비판하면서 '전개의 개연성이 떨어진다', '황당할 정도로 행운이 쏟아진다'고 말하는데요. 그건 하나만 알고 둘은 모르는 이야기예요. 서사에서 우연은 언제나 중요한 장치거든요.

사랑은 운명적이어야 해요. 사주팔자나 점성술 차원의 이야기가 아니에요. 어떠한 손익계산과도 무관하게 그 사람의 모든 것을 사랑하고 자신의 모든 것을 사랑받아야 해요. 재벌이라서, 잘생겨서, 성공해서 좋아하는 게 아니어야 한다는 거죠. 너만은 진실한 나를 봐줘야 하잖아요. 이렇게 계산적이지 않은 관계는 우연을 통해서만 증명할 수 있어요. "내가 널 이리저리 재보고 좋아하냐고? 아니야! 우리가 서로 사랑에 빠지게 된 건 우연이었잖아."

개연성은 어느 정도 있어도 나쁠 게 없겠죠. 하지만 결정적인 순간에 우연을 집어넣는 걸 주저하면 안 돼요. 사랑에 빠질 때 이렇게 되지 않나요? 사랑은 언제나 개연적이지 않았죠.

이 봉합은 어디까지나 둘만의 이야기예요. 주인공과 연인은 서로의 균열을 메우기 위해 서로가 필요하다는 것을 깨달았지만, 아직 그 균열이 메워진 것은 아니에요. 커다란 장벽이 있음을 깨닫고, 이를 넘기 위해 무엇을 준비해야 할지 고민할 차례죠.

이 파트에서 두 사람은 마주치지 못해도 좋아요. 어쩌면 편지로, 어쩌면 누군가의 전언으로, 어쩌면 신문 1면으로 조금 전의 균열이 오해였음을 깨닫고 환희에 차 둘 사이의 문제를 해결하기 위해 각오를 다지는 상황이면 충분해요.

이제 주변 사람들 대부분이 이들을 응원할 거예요. 라이벌이었거나 연인 후보에서 탈락한 인물도 둘의 관계를 납득하겠지요. 이건 이제까지의 서사에서 주인공이 자신의 가치를 증명한 덕분이며, 주인공의 일상은 마무리가 되었고 비일상을 마무리할 시간이 되었다는 신호입니다.

주인공은 이제 어른이 되었으니, 한 계단 위에서 연인 역시 어른이 될 수 있도록 손을 잡아줄 차례지요. 최종 결전을 앞두고 각오를 다잡으며 상황을 정비할 시간을 주도록 하세요.

〈불량 공주 모모코〉 2004, 나카시마 데쓰야

화려한 패션을 좋아하는 류가사키 모모코는 친구 시라유리 이치고를 따라간 다이칸야마에서 자신이 동경하는 패션 브랜드인 베이비, 더 스타즈 샤인 브라이트의 디자이너 이소베 아키노리를 만나게 됩니다. 이소베 아키노리는 류가사키 모모코의 자수 실력을 높이 평가해 가게에서 판매할 옷의 자수를 부탁하기도 하지요. 영광스러운 이 작업을 한창 진행하던 중, 류가사키 모모코는 친구 시라유리 이치고가 폭주족 팀에서 빠져나오기로 결심하는 바람에 보복당할 위기에 처했다는 이야기를 듣습니다.

류가사키 모모코는 자신의 꿈을 포기하면서까지 친구를 구하기 위해 달려갑니다. 베이비, 더 스타즈 샤인 브라이트의 옷을 입는 것이 삶의 목적이자 행복의 기준이었던 류가사키 모모코에게 어떤 깨달음의 순간이 온 것이었지요.

〈Mr. 히치: 당신을 위한 데이트 코치〉 2005, 앤디 테넌트

이 작품에는 한 여성이, 자신이 사랑에 빠진 남성이 데이트 코치가 하라는 대로 했을 뿐이라고 의심하며 불같이 화내는 장면이 나와요. 화날 만한 일이지요. 내가 좋아하던 그 사람이 누군가의 지시에 기계처럼 따랐을 뿐인, 거짓된 모습이었다는 걸 알게 되면 누구나 속이 상할 거예요.

하지만 곧 반전이 하나 나옵니다. 그 남성은 데이트 코치의 조언을 대부분 따르지 못한 낙제생이었는데, 여성이 그 남성을 좋아하게 된 순간도 데이트 코치의 조언을 따르지 않았을 때였지요. 덕분에 두 사람은 서로에 대한 진심을 증명할 수 있었지요. 이렇게 사랑은 계산되지 않을 때 더욱 빛나요. 이 파트가 우연이 폭발해도 되는, 아니 필연이나 다름없는 우연으로 가득해야만 하는 이유를 알겠지요?

결전

결전의 순간이 왔네요. 못된 부모와의 결전이 시작될 차례입니다. 〈오만과 편견〉이라면 캐서린 부인이 와서 엘리자베스 베넷을 탓하는 순간이고, 〈꽃보다 남자2 리턴즈〉라면 마키노 쓰쿠시가 도묘지 쓰카사의 어머니와 붙었을 때고, 『오란고교 호스트부』면 스오 다마키가 할머니의 부름으로 본저택에 들어가게 되는 장면인 것이죠.

어떻게 보면 가장 신나는 파트예요! 레스토랑에 주인공을 불러놓고 연인의 못된 부모가 두툼한 돈 봉투를 건네며 "이걸 받고 우리 아이와 헤어지도록 해"라고 말하는 바로 그 장면이니까요. 이제까지의 여정을 통해 서로의 사랑을 확인한 두 사람은 한마음으로 마지막 시련을 통과해야만 합니다.

주인공과 연인이 작품의 후반부에서 못된 부모에게 맞서는 방식으로는 여러 선택지가 있어요. 가족 드라마라면 가부장적인 요구에 완전히 순응함으로써 군말이 나오지 못하게 할 수도 있고, 혁명군과 왕가의 드라마라면 도시를 불태우고 성벽을 허물어 국가를 전복시킬 수도 있어요.

전자라면 못된 부모마저 포용하는 넓은 마음으로 승리하는 것이고, 후자라면 총탄과 창칼로 승리하는 것이죠. 작품의 소재나 인물의 성격 그리고 창작자의 취향에 따라 어울리는 선택지는 무궁무진하게 많답니다.

못된 부모는 주인공과 연인을 조종하려고 할 거예요. 앞서 말한 봉투가 그 예시죠. 그러나 못된 부모의 방식대로 화해할 수는 없어요. 주도권은 어디까지나 어른이 된 주인공과 연인, 두 사람에게 있어야 하니까요. 주인공은 못된 부모의 봉투를 거절하고 전면전을 선포할 거예요.

이 전면전에서 작품 전반부의 골칫거리였던 못난·못된 부모에게 다시 역할이 생기겠지요. 라이벌도 마찬가지고요. 후반부에 상대하게 된 못된 부모는 주인공과 연인뿐만 아니라 주변 사람들에게도 영향력을 미치려 할 것이고, 여기서는 전반부의 적수였던 못난 부모나 라이벌 역시 예외가 되지 못해요.

전반부의 못난 부모와 라이벌은 이 파트에서 어떻게 행동해도 좋아요. 후반부의 못된 부모의 지시로 주인공을 괴롭힐 수도 있고, 주인공을 응원하며 못된 부모의 간섭을 막아줄 수도 있어요. 물론 사건을 해결하는 건 주인공이기 때문에 못된 부모에게 조종당하는 인물들의 영향력은 크지 않겠지만요.

못난 부모가 못된 부모의 편을 든다면 주인공이 독립해야 할 필요성은 더 강조되는 것이고, 주인공을 응원한다면 주인공만이 아니라 이들 역시 성장했음을 보여주는 거예요. 얼마 전까지는 속만

썩인다고 생각했던 못난 부모가 이 파트에서는 듬직하게 자식을 응원하고 지지해주는 모습을 보여줄 수도 있는 것이죠.

이 파트는 요정 대모가 대활약할 기회이기도 합니다. 못된 계모는 고생 끝에 마련한 드레스를 찢어 신데렐라가 무도회에 가지 못하게 방해하지만, 어디선가 나타난 요정 대모가 신데렐라에게 마법을 걸어주는 것이죠. 앞서도 말했지만 다른 연인 후보나 라이벌이 이 역할을 맡아도 좋고, 성장한 연인이 주인공의 후원자 역할도 맡을 수 있어요. 〈키다리 아저씨〉처럼요.

〈꽃보다 남자2 리턴즈〉 같은 경우에는 주인공이 공원에서 만난 사람과 캐치볼을 하며 친해지는데, 그 사람의 정체가 실은 연인의 어머니가 회사를 살리기 위해 합병을 준비하던 회사 대표더라, 하는 식으로 급작스럽게 요정 대모를 등장시켰죠. 이래도 되냐고요? 됩니다! 이는 어디까지나 주인공의 착한 내면이 있었기에 가능한 기적이니까요. 우연은 계기일 뿐 모든 것은 주인공의 올바른 마음씨와 성장에 대한 보답으로 예정되었던 것이랍니다.

못된 부모와의 싸움에서 주인공과 연인은 이겨도 좋고 져도 좋아요. 두 사람이 맺어지지 못하고 혁명 속에 스러진 장미 한 송이가 된다고 해서 사랑의 가치가 사라지는 것도 아니잖아요? 둘의 사랑이 진실하다면 그걸로 된 거죠. 이미 승리한 거예요. 서로에게서 삶의 가치를 찾았고 믿음이 생겼다면 충분해요.

해피 엔딩에 집착할 필요는 없어요. 여기서 이별하게 되더라도 두 사람의 사랑이 진실했다면 충분해요. 이 파트는 어떤 의미에서 사족이라고 할 수도 있겠지요.

〈크레이지 리치 아시안〉 2018, 존 추

레이철 추는 자신과 연인의 결합을 반대했던 연인의 어머니 엘리너 영을 찾아갑니다. 이전 파트에서 레이철 추는 친어머니와의 대화로 기운을 차린 덕분에 아주 자신만만한 태도로 다가갔지요. 그리고 두 사람은 불꽃 튀는 승부를 펼칩니다. 주먹싸움도 말싸움도 아닌 마작 대결로 말이에요. 어찌 보면 고상한 해결책이기는 하네요.

이 대결의 승자는 우리의 주인공 레이철 추가 아닌 연인의 어머니 엘리너 영이었어요. 하지만 여기서 반전이 하나 나오는데요. 엘리너 영의 승리는 어디까지나 레이철 추가 일부러 엘리너 영에게 좋은 패가 가도록 양보한 덕분이었음이 밝혀집니다. 즉, 이 게임은(레이철 추는) 엘리너 영으로부터 승리할 패가 있으나(자신이 이미 연인에게 프로포즈를 받았으나), 엘리너 영에게 승리를 양보하겠다고(연인의 진정한 행복을 위해 떠나겠다고) 선언하는 자리였던 셈이에요.

〈원더 우먼〉 2017, 패티 젱킨스

전쟁의 신으로 인류를 혐오하는 아레스는 원더 우먼, 즉 다이애나에게 자신과 손을 잡고 인간들을 몰살하자고 권하지요. 다이애나 스스로도 알지 못했던 출생의 비밀마저 알려주면서요. 하지만 다이애나는 어리석은 인간들만이 아니라 스티브 트레버처럼 선량하고 용기 있는 인간 또한 알고 있었어요. 다이애나와 스티브 트레버는 서로 존경하고 사랑하는 사이였기에 아레스가 건

넨 이 위험한 거래를 거절할 수 있었지요.

스티브 트레버는 다이애나가 아레스와 싸우는 사이, 독가스 병기가 든 폭격기를 타고 하늘 높이 올라가서 폭탄을 터뜨립니다. 스스로의 목숨을 희생하여 인류를 위기에서 구한 것이었어요. 다이애나가 아레스의 유혹에도 불구하고 신들의 세계를 떠나 인간들을 위해 살기로 한 선택은 이런 만남 없이는 불가능했겠지요.

에필로그

이제 마무리할 단계예요. 주인공과 연인은 힘든 전쟁을 마치고 마침내 평화를 얻었어요. 여기서 결말을 어떻게 설정할지는 창작자의 몫이에요. 앞서 정리한 것처럼 주인공은 승리했을 수도 패배했을 수도 있어요. 전쟁을 마쳤다고는 했지만, 완전한 종전이 아닌 냉전에 돌입할 수도 있어요.

하지만 중요한 것은 전쟁은 끝났고 주인공은 교훈을 얻었다는 것입니다. 주도권을 얻었다는 것. 성장했다는 것. 독립을 이루었다는 것. 어른이 되었다는 것. 내가 무엇을 원하는지 알고 내가 어떤 사람인지를 알고 내가 사랑하는 사람이 누구인지를 알고 받아들일 수 있게 되었다는 것. 여기까지 이루었다면 로맨스물의 서사는 훌륭하게 완결되었습니다.

주인공과 연인의 사랑은 이제 확고해요. 그래서 잠시 거리를 둘 수도 있어요. 주인공이 원하는 공부를 하기 위해 유학을 떠난다거나, 연인이 희귀병을 치료할 용기를 얻어 입원을 한다거나…. 공간적으로 두 사람은 멀리 떨어져 있게 되지만, 심적으로는 이미 하나이기에 문제가 되지 않죠.

물론 둘을 꼭 붙어 있게 해도 좋아요. 여기까지 오느라 얼마나 고생했는데 "그리고 두 사람은 영원토록 행복하게 살았습니다"라는 한 문장을 아끼는 것도 좀 인색한 일이죠. 어쨌든 주인공과 연인은 서로 힘을 합쳐 진정한 사랑이 무엇인지 깨달았으며, 개인으로서도 자립하는 성장을 마쳤다는 것이 중요하니까요.

여유가 있다면 주인공과 연인만이 아니라 그 주변 사람들의 후일담을 들려줘도 좋겠지요. 이 후일담은 사족이 되지 않도록 주인공과 연인의 이야기가 전달되는 데 방해되지 않는 선에서 정리하세요. 결국 이야기의 주인공은 주인공이니까요.

〈어쩌다 로맨스〉 2019, 토드 스트라우스-슐슨

주인공 나탈리는 조금 전까지 로맨스 영화를 꼭 닮은 환상의 세계에 갇혀 있었어요. 하지만 그곳에서 자아를 찾음과 함께 구질구질한 현실로 돌아오는 데 성공했습니다. 거리는 더럽고 사람들은 불친절하죠. 주인공의 곁에는 환상 속의 연인도 없습니다. 아니, 허황될 정도로 로맨틱한 상황을 거절했기 때문에 현실로 돌아왔다고 할 수도 있겠지요. 이 작품의 주인공에게 필요한 것은 연애 상대가 아니라 스스로에 대해 확신을 갖고 당당하게 사는 것이었으니까요.

주인공은 에필로그에서 프롤로그와는 완전히 달라진 모습을 보여줍니다. 자신을 무시하는 사람들에게 당당히 맞서고, 처음으로 자신이 설계한 호텔의 테마에 대한 프레젠테이션을 멋지게 진행합니다. 남들이 잘 돌아보지 않는, 주차장이라는 공간을 강조한 호텔을 말이에요.

〈마틸다〉 1996, 대니 드비토

마틸다는 자신의 초능력과 아이들의 응원으로 트런치불 교장을 학교에서 몰아내는 데 성공합니다. 이제 학교에는 평화가 찾아왔고 마틸다의 담임이었던 제니퍼 허니 선생이 학교를 물려받아 감옥 같기만 하던 학교를 제대로 된 학교로 바꿀 수 있게 되었지요. 마틸다는 제니퍼 허니 선생의 집을 오가며 사이 좋게 지냈답니다.

하지만 에필로그 파트에서 급작스러운 사건이 일어나요. 마틸다의 부모가 법을 많이 어긴 탓에 곰으로 도망쳐야 했거든요. 마틸다의 부모는 마틸다를 데리고 도망가려고 하지만, 마틸다는 미리 준비했던 입양 서류를 꺼내 자신을 제니퍼 허니 선생에게 입양 보내달라고 이야기합니다. 내레이션은 마틸다와 제니퍼 허니 선생의 작품 속 마지막 모습을 이렇게 묘사합니다. "그리고 이 이야기의 가장 행복한 부분은 마틸다와 제니퍼 허니는 서로가 항상 원하던 것을 갖게 되었다는 점이다. 바로 사랑하는 가족 말이다"라고요.

탐정
레시피

△ 탐정물의 네 가지 요소

① 특별한 능력으로 사건을 해결하는 탐정과 화자 콤비

② 사건을 해결하는 탐정과 설명하는 화자

③ 탐정 콤비의 사건 해결이 아닌 피지배자의 성장담

④ 탐정과 화자의 콤비 결성 이후 에피소드

△ 배경 설정

① 탐정의 추리법

탐정의 캐릭터를 결정하는 특별한 능력 부여

② 사건의 트릭

베껴라, 속여라, 얼버무려라.

△ 인물 구성

① 화자

② 탐정

③ 피지배자

④ 지배자

⑤ 경찰

⑥ 조력자

⑦ 이웃

⑧ 흑막

△ 이야기 구조

프롤로그 – 일상 – 의뢰 – 탐문 – 난관 – 상담 – 모험 – 진상 – 회상 – 에필로그

한국에도 탐정 자격증이 생겼다지만, 자격증 보유자가 픽션 속 주인공처럼 살지는 않겠지요. 그러니 탐정이 누구인지, 탐정물 시나리오를 만들기에 앞서 이 질문에 대한 답을 하지 않을 수 없습니다. 밀실 살인의 진상을 파헤치기도 하고, 스파이처럼 적국의 비밀기지에 숨어들어 음모를 쫓기도 하고, 구급대원처럼 사고와 재난 상황에서 일반 시민을 구하기도 하고…. 다양한 가능성이 있겠지만, 그 모든 소재를 다룬다는 것은 아무 소재도 다루지 않겠다는 이야기이기도 할 거예요.

그러니 여기서는 저 나름의 방식과 목적으로 탐정물의 정의를 좁혀보겠습니다. 탐정물 시나리오를 만드는 데 필요한 네 가지 요소를 정리하면서요. 탐정물이 무엇인지 정의한다기보다는 이 책에서 다룰 탐정물은 이 정도로 한정 지을 것이라고 정돈하는 것에 가깝겠네요.

① 특별한 능력으로 사건을 해결하는 탐정 콤비가 의뢰 사건을 해결
② 사건을 해결하는 탐정과 사건을 설명하는 화자의 콤비 구성
③ 주인공 콤비가 아닌 사건 속 피지배자의 성장이 중심
④ 탐정과 화자의 콤비 결성 이후 에피소드

탐정과 화자라는 두 인물의 콤비 구성을 강조한 이유부터 말하지요. 모든 탐정에게 조수가 필요하지는 않아요. 하지만 여기서는 1인칭 화자인 조수의 시점에서 탐정의 활약을 관객에게 전달하는 방식으로 이야기를 구성할 거예요. 이런 방식은 창작자에게 무척 편리한 장치거든요.

정보 전달이나 긴장의 완급 조절에 있어 모든 것을 이미 알고 있는 것처럼 보이는 탐정에 대해 전달해주는 조수, 즉 화자 캐릭터가 있으면 이야기를 풀어나가기가 쉬워집니다. 이렇게 가상의 사건이라는 구조를 하나, 이를 실제 있었던 일처럼 화자가 관객에게 전달하는 구조를 또 하나 세워놓을 경우, 창작자는 진실과 거짓을 자유자재로 관객에게 전달할 수 있어요.

탐정물은 피지배자의 성장에 이야기의 무게중심을 둡니다. 의뢰인, 범인 같은 명확한 구분이 아닌 피지배자라니 조금 어색하지요? 의뢰인이든 범인이든, 탐정은 피지배자를 마땅한 징벌로 이끄는 동시에 그의 성장을 돕습니다.

여러분이 탐정이라는 소재를 통해 다루고 싶은 이야기는 무엇인가요? 살인이나 절도처럼 심각한 범죄일 수도 있지만, 가벼운 탐색일 수도 있겠지요. 하지만 사건의 경중이 어떠하든, 의학 드라마에서 흔히 나오는 표현을 빌리자면, 증상을 고치는 것(진상을 밝히는 것)만이 아니라 병의 원인(도움을 청한 사람의 곤란)을 고치(해결하)는 것까지가 의사(탐정)의 임무겠지요.

탐정은 표면적인 사건만이 아니라, 의뢰인 혹은 그 비슷한 인물이 피지배자의 문제를 스스로 깨닫고 이를 해결하며 성장해 진정한 어른이 될 수 있게 돕는 사람입니다. 이런 성장의 상징으로는 연애도 있지요. 그래서 탐정은 가끔 의뢰인이 진정한 사랑을 찾도록 도와주는 큐피드(로맨스물 시나리오라면 요정 대모) 역을 맡기기도 한답니다.

마지막으로 이 레시피에서는 탐정과 화자의 첫 만남과 콤비 결성 같은 오리진 스토리를 다루지 않을 거예요. 탐정물 시나리오에서 탐정과 화자의 첫 만남부터 이야기를 시작하게 되면, 그 에피소드를 완성시키기 위해 탐정이 화자와의 관계를 발전시키는 동시에 의뢰인과의 관계도 발전시켜야 하거든요. 이런 구성은 이후의 에피소드를 만들 때와 비교해 많이 복잡하죠.

탐정 레시피의 원형이 되는 작품은 너무나 당연하게도 아서 코넌 도일 원작의 '셜록 홈스' 시리즈입니다. '셜록 홈스' 시리즈는 현대에 와서도 활발하게 재구성되는 고전인데, 인물 간의 구도가 하나의 원형이라고 할 수 있을 만큼 명확해요. '셜록 홈스' 시리즈의 에피소드 대부분이 비슷한 구성을 하고 있지요. 셜록 홈스와 존 왓슨이 베이커가 하숙집에서 잡담을 나누다 의뢰인을 만나고 사건 현장을 찾아 용의자를 심문하고 증거를 모아 추리한다. 조금 투박하긴 하지만 이렇게 요약할 수 있어요.

탐정과 의뢰인은 일종의 멘토와 멘티 관계를 맺어요. 덕분에 두 사람 사이에는 긴장감이 생기지요. 이 긴장은 '전이'나 '라포르'라는 정신분석학 개념으로 설명해도 괜찮겠네요. 여러분이 중병 환자인데 고명한 병원의 의사에게 진료를 받는다고 해보지요. 그때 여러분에게 의학 지식이 없다면 의사의 한마디에 일희일비하며, 그를 믿고 따를 거예요. 탐정과 의뢰인 사이에도 이 같은 긴장감이 있어요.

이러한 관계는 지식 혹은 권력을 한 사람이 독점하는 상황에서 흔히 일어나지요. 선생님과 제자, 상사와 신입사원, 종교 지도자와 신자, 연인 등 쉽게 떠올릴 수 있을 거예요. 실제로 뭘 더 알고 있는 것도 아닌데, 그럴 것이라는 환상을 품어 권력관계가 유지되기도 하지요. 탐정은 의뢰인의 내밀한 사생활까지 고스란히 듣고 파헤치는 직업이기 때문에 이러한 유대는 깊어질 수밖에 없습니다. 의뢰인에게 탐정은 이미 알고 있다고 가정되는 누군가인 셈이지요.

의뢰인은 왜 이런 관계를 탐정과 맺어야만(혹은 맺으려고) 할까요? 그것은 그가 이전까지 맺어왔던 관계에 문제가 있기 때문이에요. 의뢰인의 주변에 그의 인생을 좌지우지하는, 그를 괴롭히고 난처하게 만드는 건강하지 못한 누군가(십중팔구는 범인)가 있기 때문에 탐정이라는 대체재를 찾는 것이지요. '셜록 홈스' 시리즈의 많은 악당들도 의뢰인의 양부모이거나 못된 고용주의 위치를 점하고 있답니다.

정신분석학에서 '전이'는 상담 마지막 단계에서 사라져요. 병이 다 나으면 의사의 말에 덜 집중하는 것처럼요. 이젠 아프지 않으니까 못 마시던 술도 마시고 싶고 늦게까지 잠도 자지 않고 싶어지는 거죠. 전이는 일종의 고착이기도 해요. 분석가는 상담자가 갖지 못한 제대로 된 지도자의 위치를 일시적으로 차지하고 있다가 상담자가 트라우마를 극복하고 자신을 스스로의 지도자로 삼게 되었을 때 그 자리에서 물러나는 것이지요. 탐정과 의뢰인도 마찬가지예요. 그래서 사건이 끝난 뒤 다음 에피소드에서 이전의 의뢰인이 다시 탐정을 찾는 경우, 그 에피소드가 재밌기 어려운 것이기도 해요. 의뢰인이 다시 방문했다는 것은 이전의 상담이 실패했다는 의미이기도 하니까요.

그런 점에서 조수이자 화자인 존 왓슨은 셜록 홈스라는 탐정에게 반드시 필요한 존재예요. 의뢰인과 탐정의 관계는 일회적이고 에피소드는 반복될 수 없으며 사건이 끝나는 순간 이야기도 완결되지만, 조수와 탐정의 관계는 그렇지 않지요. 조수와 탐정의 관계도 하나의 전이를 이루고 있어요. 셜록 홈스를 향한 존 왓슨의 애절한 찬사를 듣고 있노라면, 그 외의 어떤 단어로도 설명하기가 어렵죠. 이러한 전이는 탐정의 이야기가 단편이 아닌 시리즈로 이어질 수 있는 동력이 됩니다.

존 왓슨은 '셜록 홈스' 시리즈가 명작으로 남을 수 있게 한 핵심 인물이에요. '셜록 홈스' 시리즈는 존 왓슨이 독자에게 이야기를 들려주는 이중 구성입니다. 이는 탐정과 조수가 이야기를 이끌어 나가는 탐정물의 중요한 특색이지요. 어떤 점에서는 탐정보다 이 화자, 조수가 더 중요하다고도 할 수 있어요. 위대한 이야기는 한 명의 중개자를 상정하지 않고서는 전해질 수 없기 때문입니다.

탐정은 계몽주의 시대의 신(神)입니다. 탐정의 조수(친구)는 제사장이에요. 구세주의 복음을 정리하는 사도이고, 영웅의 모험을 노래하는 음유시인이지요. 탐정의 조수는 수동적으로 탐정을 보조하는 것 같지만, 한 사건을 해설하고 평가하는 위치를 독점하는 인물이자 극을 주도해서 편집하는 인물이고 이는 탐정조차 갖지 못한 엄청난 특권입니다.

신의 언어는 완벽해요. 완벽한 것은 곧 신이지요. 인간은 신의 언어를 온전히 이해할 능력이 없기에 언제나 인지를 넘어서는 잉여가 존재해요. 이는 관객이 서사에 담기지 못한 잉여를 알아챘을 경우에만 서사가 완성된다는 모순으로도 이어집니다. 텍스트로 다 설명되지 않은 잉여야말로 온전히 전달되지 못한 가상의 서사를 상상의 영역에서 완벽하게 재구축하도록 돕는다고 할 수 있겠네요.

착각하기 쉽지만, 탐정의 조수가 작품의 주요한 화자일지라도 일어난 일 전부를 전달하지는 않습니다. 창작자의 입장에서는 작품의 긴장과 흥미를 유발하기 위해 이 화자를 얼마만큼이나 진실에 대해 침묵하고 외면하고 탈선하게 만드느냐가 중요할 거예요. 탐정의 조수가 하는 말은 탐정의 말이 아니고, 탐정의 말은 창작자의 말이 아닙니다. 이를 구분하기 어렵게 만들수록 입체적인 작품이 될 거예요.

셜로키언('셜록 홈스' 시리즈의 광팬)들의 행보가 그 대표적인 예입니다. 이들은 소설 내의 설정 오류나 논리의 미비함을 발견하면 이는 모두 화자인 존 왓슨이 탐정인 셜록 홈스의 말을 왜곡해서 전달했기 때문이라며 책임을 전가하고는 해요. 그렇게 함으로써 탐정의 완전무결함에 대한 신앙을 유지하는 것이죠. 부족한 인물인 존 왓슨의 존재야말로 완벽한 인물인 셜록 홈스가 실존할 수 있게 하는 필수 조건이에요. 많은 종교가 그러한 것처럼 말이지요.

존 왓슨은 의사였어요. 의사는 계몽주의를 상징하는 인물이기도 해요. 탐정의 조수가 의사인 것은 정말 훌륭한 설정이라고 할 수 있겠죠. 과학자이자 지식인이며 상식을 두루 갖춘 것으로 전제되는 직업이니까요. 보통 사람보다 명석한 편이라는 건 탐정의 지혜를 보증한다는 것이기도 해요. 여러분들이 만들 캐릭터가 반드시 지식인일 필요는 없지만, 관객의 입장을 생각해 객관적이고 상식적인 정보를 전달해줄 사람임을 입증할 필요는 있어요.

화자이자 조수는 제사장이라고 했지요? 탐정의 조수(제사장)는 인간(관객)에게 신(탐정)의 언어를 전달하는 사람이기도 하지만, 신(탐정)에게 인간(다른 모든 이)의 소원을 전달하는 사람이기도 해요. 완벽해서 비인간적으로 보이기도 하는 탐정에게 인간이 어떤 존재인지 설명하고 인간미를 가르쳐주는 존재라고도 할 수 있겠지요. 그러니 화자에게는 탐정이, 탐정에게는 화자가 있어야 둘은 완벽해질 수 있답니다.

배경 설정

탐정의 추리법

탐정에게는 특별한 점이 있습니다. 다른 사람들은 알지 못하는 것을 알고, 보지 못하는 것을 보며, 듣지 못하는 것을 듣지요. 그래서 경찰이나 다른 사람들이 인식하지 못한 사실을 발견해서 사건을 해결하고요. 이러한 추리법은 탐정의 숫자만큼이나 많다고 해도 과언이 아닐 거예요.

예시를 들어볼까요? '셜록 홈스' 시리즈의 셜록 홈스에게는 빼어난 관찰력과 화학에 대한 지식 그리고 런던이라는 도시 곳곳에 뻗어 있는 정보망이 있지요. 드라마 〈하우스〉에서 의사 그레고리 하우스는 압도적인 의술과 잡스러운 지식을 무기로 삼았고요. 만화 『절대미각 식탐정』의 다카노 세이야에게는 음식을 향한 무지막지한 집착과 소화력이 있고요. 만화 『마인탐정 네우로』에는 마계에서 가져온 각종 도구가 있습니다.

뒤로 갈수록 엉뚱한 추리법이지요? 현실에서는 다카노 세이야처럼 도시락 몇백 개를 먹어치우거나 냄새와 맛만으로 음식에 쓰인 모든 재료를 알아차리는 것은 불가능할 거예요. 네우로처럼 마계의 도구를 늘 가지고 다니는 사람도 없고요. 하지만 작품 안에서 활용할 때는 아무런 상관이 없습니다. 이 소재를 써서 이야기가 재밌어지면 그걸로 그만이에요.

이렇게 비현실적이지만 재미난 장치를 쓰는 작품은 많습니다. 유령을 볼 수 있어서 유령에게 얻은 정보로 범인을 찾는다거나, 운이 좋아서 그냥 찍은 것이 단서가 된다거나, 누군가의 기억을 읽어내는 초능력으로 정보를 모은다거나 하는 식으로요.

물론 이성과 논리만으로 사건을 해결하는 탐정도 매력적입니다만, 이런 경우라 하더라도 특별히 뛰어난 능력이 하나 있으면 이야기에 특색을 더하기가 좋아집니다. 만능 탐정으로 설정하면 도리어 아무 이야기나 할 수 있게 되는 바람에 소재 찾기가 더 어려워지거든요. 그러니 우리의 탐정에게 특별한 추리법을 부여하도록 하세요.

사건의 트릭

고백하지요. 저는 여러분이 납득할 만한 수준의 트릭을 만드는 법을 소개할 능력이 없습니다. 해외의 미스터리 작법서에는 이런 내용이 제법 나와 있다고는 합니다만, 그 내용을 정돈해서 제 책에 소개하는 것은 옳지 못한 일이지요. 그러니 여기서는 그럴싸한 트릭 하나를 대충 만들어서 얼렁뚱땅 넘어가는 편법을 소개하는 것에서 그치고자 해요. 물론 이런 편법은 프로 창작자가 가급적 사용하면 안 될 꼼수라는 것을 명심하세요.

하나, 베껴라. 어떤 영화감독이 한 말이 있습니다. "언제나 참신하기 위해 최선을 다해라. 참신하지 못하겠다면, 최고의 것을 베껴라." 트릭도 마찬가지입니다. 베끼세요. 이 세상에 탐정물은 많고 그 안에 든 트릭은 더더욱 많지요. 여러분이 감탄했던 트릭을 여러분의 방식으로 살짝 양념을 쳐서 여러분의 이야기에 맞게 베껴보세요. 그러면 놀랍게도 그 트릭은 조금씩 변형되어 자신만의 트릭에 가깝게 될 것입니다.

여기서 무엇보다 중요한 부분은 베끼라는 것도, 참신하라는 것도 아니에요. 베낄 거면 최고의 것을 베끼라는 말이 중요하죠. '대립하는 두 귀족 가문의 자식들이 사랑에 빠지나 결국 둘의 자살로 끝이 난다'는 내용의 소설을 쓴다 한들 어느 누가 『로미오와 줄리엣』을 표절했다고 하겠어요? 오마주 혹은 패러디라며 웃어넘기겠지요. 하지만 지난해에 데뷔한 SF 작가 작품의 설정과 플롯을 베끼면, 그건 윤리적으로 문제가 많은 일이 되겠지요. 최고의 트릭에 대해 최고의 경의를 담아 공개적으로 베껴주세요.

둘, 속여라. 셜록 홈스는 에피소드 「프라이어리 학교」에서 "땅에 남은 자전거의 바퀴 자국을 보면 바퀴가 굴러간 방향을 짐작할 수 있다"고 말한 바 있지요. 거짓말입니다. 불가능해요. 「주홍색 연구」의 도입부에서는 물 1리터에 피 한 방울이 들어가도 그 반응을 알 수 있는 시약을 만들었다고 기뻐하지요. 이런 시약이 그 시대에 없었다는 건 여러분도 저도 다 알지만 넘어갑니다. 트릭도, 트릭을 알아차리는 과정도 잘 풀리지 않는다면 그냥 거짓말을 하세요. 대신 의심하지 못하도록 이야기를 매우 논리적으로 쓰거나, 관객들이 기꺼이 속아줄 정도로 성의를 담아 재밌게 써야겠지요.

셋, 얼버무려라. 「두 번째 얼룩」에는 셜록 홈스가 사건의 경위를 설명해달라는 의뢰인에게 "우리에게도 외교상의 비밀이 있답니다"라며 얼버무리고는 능글맞게 웃는 장면이 나와요. 물론 이 작품에서는 추리 과정이 제법 상세하게 나옵니다만, 이 태도는 좋은 본보기가 될 거예요. 여러분들도 그래도 됩니다. 중요한 증거를 찾아내는 과정이나 자세한 추리를 보여주기보다 무언가 대단한 과정을 겪었다는 분위기만 풍기고 넘어가세요. 일일이 보여줄 필요는 없어요. 숨기면 숨길수록, 얼버무리면 얼버무릴수록 탐정은 신비로운 존재가 될 거예요.

인물 구성

주인공과 주변 인물을 만들 차례입니다. '셜록 홈스' 시리즈나 『명탐정 코난』그리고 『소년탐정 김전일』에 이르기까지, 어릴 적 탐정 소설이나 만화를 보며 가슴 두근거렸던 순간을 떠올려보면 보다 쉬운 작업이 될 거예요. 탐정물에서 제시하는 인물 구성은 다음과 같습니다.

① 화자
② 탐정
③ 피지배자
④ 지배자
⑤ 경찰
⑥ 조력자

⑦ 이웃

⑧ 흑막

　　각 인물 유형은 '셜록 홈스' 시리즈를 중심으로 설명할게요. 이 레시피는 '셜록 홈스' 시리즈나 그 파생작을 취향껏 다시 만들 수 있게 돕기 위해 설계되었으니까 이렇게 하는 편이 가장 편리할 것 같아요.

　　화자는 탐정이 활약하는 모습을 관찰, 기록, 전달하는 인물입니다. 왓슨형 인물이라고도 하지요. 이 인물이야말로 탐정물의 숨겨진 알파이자 오메가입니다. 어떤 이야기도 그의 입을 거치지 않고서는 전달되지 않거든요. 화자는 탐정보다 먼저 소개되어야 할 만큼 작품에서 중요한 비중을 차지해요.

　　탐정은 사건을 추적하고 피지배자의 성장을 도우며 지배자의 문제점을 지적하는 인물이에요. 계몽주의 시대의 신이자 법률을 넘어서는 윤리의 정초자이기도 해요. 직업적 탐정이어도 재밌겠지만, 어떤 분야든 해결사를 담당할 수 있다면 탐정의 역할을 맡았다고 할 수 있어요.

　　피지배자는 슈퍼히어로물이나 로맨스물의 주인공들을 떠올려보면 좋을 것 같아요. 아직 미성숙한 상황에서 자신을 지켜주거나 인도해줄 사람을 잃어버렸고, 그 탓에 부당한 지배자에게 종속되어 헤어나지 못하는 사람이거든요. 탐정은 이 사람들이 자립할 수 있도록 보조하는 역할을 맡을 거예요.

　　지배자는 피지배자를 억압하는 인물이에요. 선의든 악의든 피지배자가 자유롭게, 자신의 두 발로 땅을 딛지 못하도록 방해하지요. 탐정은 피지배자의 증상을 분석하는 과정에서 지배자의 증상도 분석하고 그를 성장시키기도 한답니다.

경찰은 사회제도 안전망을 상징하는 인물로, 실패함으로써 탐정이라는 기적을 증명합니다. 탐정이라는 초법적인 윤리의 정초자는 법망 바깥에서만 그 필요성이 생기기 때문이에요. 탐정과 마찬가지로 반드시 경찰 공무원일 필요는 없습니다. 이야기가 벌어지는 공동체에서 공적인 시스템 운영과 관리를 담당하는 인물이어도 충분합니다.

조력자는 다양한 방법으로 탐정을 보조하는 동료입니다. 조수가 탐정 옆에서 지속적으로 도움을 준다면, 조력자는 일시적으로 탐정과 협업하는데요. 자신의 분야에서는 탐정만큼이나 전문적인 솜씨를 자랑하지요. 이야기의 폭을 넓혀주는 일등공신이기도 하고요. 이런 도우미는 그 자체로 탐정의 특별함을 증명해주기도 해요.

이웃은 화자와 탐정 주변 인물이면 누구나 될 수 있습니다. 이들은 탐정에게 사건을 소개하기도 하고, 화자가 사건 현장을 탐문할 때 의외의 단서를 주기도 해요.

마지막으로 흑막은 사건의 모든 것을 배후 조종하는 인물입니다. 탐정과 결착을 짓지 않고 사라지는 경우가 많지요. 시리즈가 계속되도록 에피소드와 에피소드의 연결고리로 기능하기도 하고요. 이 흑막 유형의 인물은 작품에 등장해도 좋지만, 등장하지 않으면 더 좋습니다.

'왓슨형 인물'이라고도 부르죠. 탐정의 조수이기도 합니다. 실제 직업이 조수가 아닌 경우가 많으니 여기서는 '화자'라고 하겠습니다. 가장 중요한 인물이고 가장 고심해야 할 항목이에요. 관객은 이 인물의 시선으로 작품을 감상하고, 이 인물은 관객의 시선에 맞춰 사건을 서술하고 전달할 거예요. 1인칭이 아닌 3인칭으로 서술하는 경우라 하더라도 말이지요.

현대적으로 재해석된 셜록 홈스와 존 왓슨 콤비의 구도를 가장 재미있게 살린 작품은 미국의 시트콤 〈빅뱅이론〉이라고 생각해요. 천재적인 이론 물리학자이자 사바세계의 상식과 괴리된 셸던과 인간미 넘치는 실험 물리학자인 레너드의 관계는 셜록 홈스와 존 왓슨의 구도를 훌륭하게 변주했죠. 체형이나 실루엣도 비슷하고요.

셸던은 너무 똑똑한 나머지 현실과 담을 쌓고 살아요. 시즌 초에는 제일 현실적인 인물이라 할 수 있는 페니와의 기초적인 의사소통조차 엇나갈 정도였고요. 그리고 레너드는 셸던의 기행을 페니에게 해설하고, 페니의 인간적인 부탁을 셸던이 들어주도록 설득하는 중개자였어요.

여러분이 만들 인물도 마찬가지입니다. 화자는 초월적 존재인 탐정을 세속적인 공간에 붙잡아두는 연결고리가 될 거예요. 탐정의 이야기를 관객에게 들려주기 위해, 탐정의 시선을 설명할 수 있는 동시에 관객의 시선도 반영하고 있어야 해요.

그렇기에 화자는 오지랖 넓은 사람이기가 쉬워요. 호들갑을 떨며 이런 사건이 있다는데 도와주지 않겠느냐고 고고하게 사색에 잠긴 탐정을 사건의 구렁텅이에 던져버릴 만한 개연성을 부여하기 위해서는 말이지요. 아예 직업적으로 오지랖이 넓을 수밖에 없는 인물이어도 좋아요. 탐정의 조수일 수도 있고 변호사로 일하면서 다양한 사람을 만나는 인물일 수도 있고.

이 인물이 도대체 어떻게 탐정의 조수가 될 수 있었는지에 대해서도 고민해주세요. 비현실적으로 영리한 탐정이 이렇게 귀찮은 조수를 곁에 두려면 합당한 이유가 필요할 거예요. 존 왓슨은 군인이었으므로 셜록 홈스가 누군가와 물리적 갈등을 빚을 일이 있을 때 든든한 동료가 될 수 있었고, 의사였으므로 사건을 수사하던 도중 누군가가 상처를 입었을 때 즉각적인 치료를 할 수 있었죠. 무엇보다 존 왓슨은 셜록 홈스와 어울릴 만큼 훌륭한 신사이기도 했고요.

〈엘리멘트리〉 2012~2019, 미국 CBS

화자. 조안 왓슨

이 드라마에서는 루시 리우가 조안 왓슨 역을 맡아 명연기를 펼쳤죠. 원작과는 달리 여기서 왓슨의 직업은 마약 중독자의 재활 도우미예요. 이러한 인물 설정은 인간미와 전문 지식 정도를 간단히 설정해주는 동시에, 마약 중독자인 탐정과 함께할 개연성을 부여하지요. 조안 왓슨은 유능한 데다 셜록 홈스의 결핍을 보완해주는 역할까지 맡은 거예요.

시리즈가 이어지면서 조안 왓슨의 설정에 변화가 일어나기도 합니다. 화자이자 탐정의 보조 역할을 하던 조안 왓슨이 탐정의 조수를 넘어 탐정의 후계자이자 파트너로 발전하게 되거든요. 인물이 복합적으로 성장하는 모습을 보여줬다는 점에서 조안 왓슨은 아주 멋진 화자입니다.

『절대미각 식탐정』 2003~2010, 데라사와 다이스케
화자. 이즈미 교코

『미스터 초밥왕』으로도 유명한 데라사와 다이스케의 추리 만화입니다. 탐정 다카노 세이야는 도시락 300인분을 혼자서 먹어치우는 광기의 먹보예요. 그리고 이 무시무시한 짐승을 간신히 통제하는 사람은 비서 이즈미 교코랍니다. 평범한 사람의 입장에서 다카노 세이야가 얼마나 괴짜이면서 빼어난 재능을 갖고 있는지를 증명해주는 것은 물론, 일종의 양심회로이자 상식회로로 작동하면서 다카노 세이야의 폭주로 이야기가 망가지지 않게 통제하는 역할을 맡은 셈이죠.

하지만 이즈미 교코라는 인물이 그에 걸맞은 대우를 받고 있느냐 하면, 그러게요. 조금 아쉬운 장면이 많기는 하네요. 이 인물은 일본 상업만화 특유의 여성의 성적 대상화를 불필요하게 재현하기도 하거든요. 특히나 마지막 에피소드에서는 화자와 탐정의 관계가 결국 사랑으로 발전하는데요. 이런 전개에 반대하진 않지만 보다 공들여야 하는 변화가 아니었나, 하는 아쉬움은 남았습니다.

신은 전지전능하다고 하지요? 종교에서 '전지(全知)'는 무척 중요한 개념이에요. 모든 것을 이해하고 알고 있는 존재거든요. 탐정도 마찬가지입니다. 탐정도 모든 것을 알고 있는 혹은 모든 것을 알아낼 수 있다고 여겨지는 신앙의 대상이에요. 물론 이야기 속의 탐정은 실제로 그렇게 대단한 인물은 아니에요. 코넌 도일의 셜록 홈스조차도 여러 작품에서 실패하는 모습을 보였죠. 하지만 그럼에도 불구하고 조수나 의뢰인 들에게 탐정은 신뢰와 신앙의 대상이 되고는 해요.

이러한 이유는 탐정이 일종의 정신분석가의 역할을 담당하기 때문이에요. 정당한 법의 집행이나 개인의 이익이 아니라 그 너머의 것을 좇는 사람이 탐정이죠. 그리고 누군가에게 억압을 받는 피지배자가 스스로의 주인이 되는 걸 돕는 과정에서는 필연적으로 전이가 형성되기 마련이거든요.

코넌 도일의 셜록 홈스는 자신이 사건을 좇는 이유에 대해 '단순한 일상생활의 반복은 질색'이며 '뭔가 기분이 고양되는 자극'이 필요할 뿐이라고 말해요. 하지만 원인과 결과는 구분해야겠지요. 셜록 홈스가 의뢰인을 만나고 사건을 좇으면서 두뇌에 자극을 얻는 것은 분명하지만, 그 자극을 해소함으로써 모든 수사가 끝나는 것은 아니니까요.

「베일 쓴 하숙인」이 그 대표적인 예라고 할 수 있겠네요. 이 작품은 서커스단에서 처참한 몰골의 시체가 발견된 사건을 다루지만 별다른 추리나 탐문 없이 사건의 관계자에게 진상을 듣고 그 사람을 위로하는 것이 내용의 전부였어요. 탐정과 의뢰인은 정신분석가와 상담자의 관계 그 자체였습니다.

이 관계를 유지하기 위해서는 탐정과 사람들 사이의 거리가 무척 중요해요. 셜록 홈스는 존 왓슨이라는 중개자를 통해 일부분만 말해졌기 때문에 전설이 될 수 있었어요. 추리 과정의 긴장감과 인물의 개성을 위해 탐정이 어떤 생각을 하는지, 어떤 증거를 발견했는지는 약간의 힌트 외에 언급하지 않습니다.

이 침묵은 인물 설정에 있어서도 마찬가지예요. 탐정이 과거에 어떤 일을 겪었는지, 어떤 방식으로 이런 놀라운 추리를 할 수 있게 되었는지는 관객이 알아서는 안 될 중요한 비밀이에요. 『명탐정 코난』의 대사 "비밀이 여자를 여자로 만든다"를 바꿔보자면, "비밀이 탐정을 탐정으로 만든다"라고도 할 수 있겠네요. 탐정을 설정하더라도 설명은 없이 암시만 하세요. 모든 것이 밝혀지는 순간 미지의 세계를 거닐던 특별한 존재인 탐정은 범인의 위치로 추락하고 말아요. 무대에 선 마술사가 그러하듯이, 탐정과 사건 추리 과정은 비밀로 남겨졌을 때에만 의미가 있는 법입니다. 마술사가 보여준 트릭의 과정을 파헤쳐봤자, 남는 것은 따분함뿐이지요.

직업이 꼭 탐정일 필요는 없어요. 독특하고 전문적인 직업을 가진 사람이 이에 대한 지식을 살려서 나름의 추리법으로 사건을 해결하는 것도 재밌으니까요. 요리사나 의사 혹은 헌책방 주인처럼 살인사건만이 아닌 독자적인 영역에서의 활약을 보여주어도 재밌을 거예요.

'배트맨' 시리즈

탐정. 브루스 웨인

네, 여러분들이 알고 있는 브루스 웨인이 맞습니다. DC코믹스의 대표 캐릭터 배트맨의 정체인 그 브루스 웨인이요. 국내 팬덤에서는 이 인물이 신이나 다름없다며 '뱃신'이라는 별명을 붙여주기도 했지요. 언제든 어디에서든 필요한 것을 알고 모든 비책을 마련하는 인물. 이 슈퍼히어로는 셜록 홈스와 마찬가지로 탐정의 대명사가 되기에 부족함이 없습니다.

DC코믹스의 다른 대표 캐릭터들과 비교해봤을 때 배트맨에게는 신기한 점이 있습니다. 슈퍼맨이나 원더 우먼은 초인적인 힘을 갖고 있는데, 배트맨은 지성과 용기만으로 신적인 영웅들과 어깨를 나란히 하거든요. 이는 배트맨이 계몽주의 시대의 신이라 할 수 있는 탐정으로서 완벽하게 그 역할을 수행하였기에 가능한 결과예요.

〈하우스〉 2004~2012, 미국 FOX

탐정. 그레고리 하우스

환자는 직접 만나지 않아, 보험료는 생각하지 않은 채 마구잡이로 실험을 반복해, 환자의 목숨이 걸린 시술도 서슴지 않아, 주변 사람에게는 조롱과 비아냥으로 일관하는 아주 못된 인간인 그레고리 하우스는 그 이름에서부터 셜록 홈스의 영향을 받았음을 알 수 있습니다. 하우스도 집이고, 홈도 집이지요. 별거 아닌 말장난이지만 이 인물의 정체성을 한눈에 알아볼 수 있게 만드는 장치이기도 했죠.

그레고리 하우스는 사나운 성질머리만큼이나 빼어난 의학 지식과 추리 실력을 갖추고 있어요. 현실적으로는 관대함과 배려야말로 지성의 증거라는 반론도 가능하겠습니다만, 이 작품 안에서는 그레고리 하우스의 성질머리와 지성이 불가분의 영역으로 묘사되기까지 합니다. 이 둘의 연결이 얼마나 논리적인가를 이 자리에서 길게 변호하고 싶진 않습니다만, 그레고리 하우스의 패악질이 이 작품에 등장하는 추리만큼이나 흥미를 이끄는 요소였다는 것은 부인할 수 없겠네요. 2020년을 지난 지금은 TV에서 소화하기 힘든 장면들이 되었지만요.

피지배자

피지배자는 탐정과 정서적인 교류를 하게 됩니다. 이야기의 형태에 따라 이런 인물은 여럿이 등장해도 좋아요. 피지배자는 지배자로부터 부당한 지배를 받고 있으며, 여기에서 벗어나 스스로의 주인이 되기 위해 투쟁하는 사람입니다. 그리고 이 과정에서 탐정의 도움을 절실히 필요로 하고요.

피지배자가 의뢰인이냐 범인이냐에 따라서 이야기의 방향성이 많이 달라져요. 피지배자가 의뢰인이라면 탐정은 범인인 지배자를 쫓을 테고, 피지배자가 범인이라면 탐정은 의뢰인인 지배자의 위선을 파헤칠 테지요. 어느 쪽이든 재미난 이야기입니다.

셜록 홈스의 의뢰인 중에는 젊은 사람이 많아요. 막대한 유산의 상속자(「얼룩 끈」)가 되었거나 수상쩍은 청혼(「신랑의 정체」)을 받았거나 갓 입사한 회사에서 기괴한 업무(「빨강머리 연맹」)를 맡게 되었거나⋯. 이들은 이 영문 모를 상황에 대한 조언을 구하고 위험으로부터 보호해줄 사람을 찾기 위해 베이커가 하숙집에 방문하지요.

의뢰인은 자신을 보살펴줄 어른이 부재하거나 보살펴줘야 할 어른이 도리어 의뢰인을 함정에 빠트리려는 상황이기에 이들과는 다른, 제대로 된, 이들을 대체할 어른을 필요로 해요. 그리고 여기서 호출되는 사람이 바로 탐정이고요.

피지배자가 범인인 경우에도 탐정은 이들을 돕거나 이들이 저지른 범행을 눈감아주고는 합니다. 그것이 정당한 일이거나 악인에 대한 복수(「찰스 오거스터스 밀버턴」)나 처벌(「애비 그레인지 저택」)인 경우라면 말이지요.

앞서 언급한 작품들을 읽어보면 알겠지만 이야기의 진정한 주체는 피지배자라고 해도 과언이 아니에요. 탐정은 어디까지나 보조자인 거죠. 마지막 선택은 피지배자에게 달렸어요. 지배자를 넘어설 것이냐, 용서할 것이냐, 복수할 것이냐, 잊어버릴 것이냐. 선택할 권리는 피지배자에게만 있습니다.

그 선택의 결과는 파국일 수도 있고 승리일 수도 있어요. 하지만 중요한 건 결과에 이르기까지의 과정을 스스로 선택하는 과정에 있어요. 이 선택 자체가 성장의 증거인 셈이니까요.

피지배자는 사건이 해결되면 탐정 곁을 떠나게 돼요. 자립했으니 더 이상의 보살핌을 필요로 하지 않아요. 일련의 서사를 통해 이 인물은 어른이 되었고 수동적인 피지배자에서 능동적이고 주체적인 한 개인이 된 것입니다.

〈셜록〉 2010~, BBC
피지배자. 아이린 애들러

피지배자이자 범인인 인물에 대한 안 좋은 예시입니다. 드라마 〈셜록〉에서 아이린 애들러는 셜록 홈스와 팽팽한 두뇌전을 벌이다 급작스레 셜록 홈스를 사랑하고 있었다는 반전이 밝혀지는 인물이에요. 원작 「보헤미아의 스캔들」의 아이린 애들러는 피지배자이자 지배자이며 범인이자 탐정인, 다층적이면서도 유려하게 구성된 불세출의 캐릭터였습니다만, 이 드라마에서는 연애 노선이 끼어들면서 별다른 성장조차 하지 못하는 수동적 인물로 재해석되는 것에 그치고 말았어요.

피지배자와 탐정의 연애는 의사가 환자에게 손을 대는 서사와 공통된 문제점을 가져요. 권력이 한쪽으로만 치우치기 쉽거든요. 실제로 정신분석에서도 전이가 해결되지 않아 유사 연애 관계에서 치료가 멈추게 되는 상황을 경고하고 있습니다.

〈루팡 3세: 칼리오스트로의 성〉 1979, 미야자키 하야오
피지배자. 클라리스 드 칼리오스트로

탐정이 아닌 괴도가 주인공으로 등장하는 작품이지만, '루팡 3세' 시리즈에서 루팡이 동료들과 해결사로 활약하며 보물과 연루된 누군가의 성장을 돕는다는 점은 탐정이 피지배자를 돕는 과정과 유사합니다. 시리즈 중에서도 〈루팡 3세: 칼리오스트로

의 성〉은 특히 그렇고요. 이 작품의 여주인공이자 피지배자라고
할 수 있는 클라리스 드 칼리오스트로는 성에 갇힌 공주님이에
요. 공주님이 성에 갇힌 이유는 칼리오스트로 공국의 지배권을
빼앗으려는 라셀 백작의 음모 때문이었습니다.

루팡 3세는 이 나라의 보물을 빼앗으려는 듯이 굴지만, 결국 주인
공이 훔친 것은 (제니가타 경부의 말대로) 클라리스 드 칼리오스트
로의 순정뿐이었습니다. 클라리스 드 칼리오스트로는 모험을 마
친 루팡 3세에게 자신도 데려가달라고 부탁하지만, 루팡 3세는
간신히 그 부탁을 거절하지요. 어렸을 적 이 작품을 봤을 때 루팡
3세가 클라리스 드 칼리오스트로와 함께 떠나는 결말을 상상하
고는 했는데요. 나이를 먹어서 이를 다시 떠올려보니 긍정적인 결
말은 아니더군요. 우리의 탐정과 피지배자의 관계도 마찬가지일
테지요.

지배자

지배자는 피지배자를 부당하게 억압하는 사람이에요. 피지배
자와 마찬가지로 의뢰인이거나 범인일 수도 있고 가끔은 그 전부
이기도 합니다만, 여기서는 범인으로 한정해서 이야기를 만들어보
도록 하지요. 여러 명이어도 좋습니다.

지배자니 범인이니 하는 흉흉한 단어를 꺼내기는 했습니다만,
이 사람이 곧 악인은 아니에요. 단순히 장난을 좋아하는 성격일 수
도 있고, 선의로 한 일이 좋지 않은 결과를 가져왔을 수도 있지요.

한 가지 분명한 것은 이 사람 때문에 피지배자가 곤란에 처했다는 사실입니다. 이러한 상황을 조장한, 그럴 만한 힘이 있는 인물이라는 것을 염두에 두어야 해요. 사건의 규모나 상황에 따라 대단한 지배자가 아닐 수는 있겠지만, 이 상황을 통제하는 주도권을 쥐고 있다는 것만으로도 이 인물의 특권적 위치는 분명하지요.

지배자의 의도가 선의였든 악의였든 우연이었든, 결과적으로 피지배자는 이 사람의 행동으로 성장이 멈췄고 마땅히 취했어야 할 열매도 빼앗길 위험에 처했습니다. 탐정은 이 상황을 바르게 돌려놓기 위해 진상을 파헤쳐야 해요. 그 과정을 통해 지배자의 지배가 제대로 된 것도 절대적인 것도 아니었음을 폭로하고, 피지배자가 속박되었던 환상에서 벗어나도록 도울 거예요.

악인이라면 탐정과 맞대결을 펼치려 할지도 모르겠네요. 탐정을 도발하고 함정에 빠트리고 속이려고 승부욕을 불태울지도 몰라요. 하지만 이는 지배자의 가장 큰 오산이 될 것입니다.

지배자와 피지배자는 어떤 관계일까요? 지배자는 피지배자에게서 무엇을 착취하고 있을까요? 무슨 계략을 꾸며서 피지배자와 탐정을 옭아매려고 할까요? 모든 원인이 이 인물에게 있으니 지배자를 만들 때 여러모로 고심해주세요.

「거물급 의뢰인」 1924, 아서 코넌 도일
지배자. 아델베르트 그루너
아델베르트 그루너는 아내를 죽이고 사고사로 위장한 악인이에요. 사건의 증인도 의문사를 당했죠. 그는 타고난 외모와 사교술로 젊은 여성을 유혹합니다. 셜록 홈스는 정체를 밝히지 않은 이에게 이 둘의 결혼을 무산시켜달라는 의뢰를 받았고요.

'셜록 홈스' 시리즈에는 악의를 가진 남자가 재산을 노리고 어린 여성과 결혼을 꾀하는 경우가 제법 많이 나와요. 여권이 낮고 가정의 결정권이 남성에게 있었던 시대였기 때문이겠지요. 셜록 홈스는 이렇게 보호자를 잃은 이들에게 임시 보호자가 되어줍니다. 물론 보호자 역할은 일시적인 것으로 피지배자가 지배자의 부당한 억압으로부터 자유로워질 때까지만 이어지고요. 이것이 지배자 유형 인물과 탐정 유형 인물의 결정적인 차이예요.

「노우드의 건축업자」 1903, 아서 코넌 도일

지배자. 조너스 올데커

어느 날 셜록 홈스에게 한 의뢰인이 찾아옵니다. 이 청년은 자신의 이름이 실린 신문기사를 보여주는데, 그 내용은 청년이 조너스 올데커라는 노인을 살해하고 방화를 저질렀다는 것이었어요.

사건의 진상은 참으로 독특합니다. 조너스 올데커는 청년의 어머니에게 청혼했다 거절당한 일 때문에 앙심을 품었고, 청년에게 유산을 물려주겠노라 공언한 뒤, 자신이 살해당한 것으로 위장했죠. 피지배자를 지배하기 위해 유사 부자 관계까지 맺은, 인상 깊은 지배자 캐릭터입니다.

반드시 경찰일 필요는 없어요. 시간적·공간적 배경을 어떻게 설정하느냐에 따라 경찰이 없는 시대나 지역에 관한 이야기를 쓸 수도 있을 테니까요. 일반적인 탐정물에서 경찰이 할 만한 일을 맡아줄 인물이라고 생각하세요. 학교가 배경이라면 선도부나 학생회가 이 역할을 맡겠네요. 경찰 조직의 이야기라면 상사나 부하 혹은 검찰이 이 역할을 맡을 수도 있을 테고요.

이 인물은 탐정을 불편해할 거예요. 제도적인 차원에서 상황을 조율하려고 하는데, 갑자기 권한도 없는 사람이 나타나 사건을 좌지우지하려고 하니까요. 이 인물에게 법을 지킬 의무가 있기 때문에 생기는 갈등이지요. 탐정이 이 인물을 어떻게 속이는지, 혹은 거래를 하고 타협을 해서 얻을 것을 어떻게 취하는지 지켜보는 것도 탐정물의 특별한 재미입니다.

경찰은 화자와 유사해요. 이 둘은 사회의 상식과 윤리관을 대표합니다. 어설픈 추리로 탐정의 놀림감이 되는 것도 비슷해요. 셜록 홈스가 사건 현장에서 (도움이 되든 되지 않든) 의사와 경찰과 함께했던 것은 그 시대의 탐정스러운 일이었어요. 둘은 계몽주의와 도시 그리고 사회시스템이 구축되던 시절을 대표하는 직종이었으니까요. 물론 화자가 탐정의 친구이자 동료인 반면, 경찰은 탐정의 걸림돌이자 방해꾼이라는 차이점은 있지요.

존 왓슨이라는 의사가 탐정에게 우호적이었던 것은 영역이 겹치지 않았던 덕분이기도 하지요. 하지만 경찰은 그럴 수가 없어요. 탐정의 판결은 개인의 판단일 뿐 제도적인 절차와는 동떨어져 있으니까요. 자영업자인 탐정과 공무원인 경찰의 입장은 너무나도 다르지요. 법의 집행자인 경찰은 정의를 지키기 위해 노력하지만 넘어서는 안 되는 선이 있어요. 이는 경찰의 한계인 동시에 존재 이유이기도 하고요.

그러나 우리가 쓸 작품은 탐정이 활약하는 이야기이지 사회 문제를 주로 다루는 이야기는 아니니까 탐정이 최고입니다. 무엇보다 서사는 기존의 제도나 상식만으로는 해결할 수 없는 우발적 상황에 대한 개인의 해법을 다루기에 탐정과 경찰 사이의 갈등은 필연이에요. 탐정이 얼마나 초월적이고 위대한 존재인지 강조하기 위해서라도 경찰 유형의 인물은 탐정 앞에서 전투력 측정기와 같은 역할을 하게 되는 것이지요.

시리즈가 계속된다면 경찰 역시 탐정의 유능함을 깨닫고 탐정을 우호적으로 대할 거예요. 탐정이 유명세를 얻기 전이거나 경찰과 처음 만난 상황에서는, 이 제멋대로인 양반과 친해지고 싶지 않을 거예요. 하지만 속편이 나오고 또 그 속편이 나오면서 탐정은 자신의 쓸모를 증명하게 될 테고, 경찰 역시 탐정의 도움을 받아 수사하는 편이 정의를 지키고 사건을 해결하는 빠른 방법이라는 것을 깨닫게 되겠지요. 그렇게 될 경우, 지금까지의 경찰 캐릭터는 조력자로 뒤바뀌고 새로운 경찰이 등장하는 식으로 갈등 구조를 이어갈 수 있답니다.

『소년탐정 김전일』 1992~, 가나리 요자부로

경찰. 겐모치 이사무

처음부터 지금까지 김전일의 든든한 동료가 되어준 인물입니다. 그래도 처음 만났을 때는 김전일과 약간의 신경전을 벌였죠. 이 해가 가지 않는 일도 아니에요. 산전수전 다 겪은 경찰이 사건을 해결하려고 하는데 어벙해 보이는 고등학생이 끼어들어 참견하면 반가워하기는 어려우니까요. 사명감을 가진 경찰이라면 특히나 그럴 테고요. 책임감 있는 어른인 겐모치 이사무가 미성년자인 김전일과 거리를 둔 것은 당연한 일이었습니다.

하지만 에피소드가 이어지고 사건이 연달아 벌어지면서, 겐모치 이사무는 김전일이 사건을 수사하기 좋도록 편의를 봐주기 시작합니다. 둘 사이에 원칙을 넘어서는 신뢰가 싹튼 거지요. 이렇게 경찰이 조력자로 이행함으로써 경찰로 분류될 만한 사람이 계속해서 등장합니다.

조력자

경찰이 화자의 다른 버전이라면 조력자는 탐정의 다른 버전이에요. 셜록 홈스의 동료가 존 왓슨만 있는 건 아닙니다. 마이크로프트 홈스나 박제사 셔먼 그리고 베이커가 특공대처럼 그의 손과 발 또는 눈이 되는 조력자로 활약하지요.

조력자는 화자만큼 큰 비중을 차지하진 못하지만, 탐정의 전지전능함을 드러내는 데 큰 역할을 합니다. 인맥도 능력이라면 능력.

조력자들은 탐정이 세상사를 어떻게 그리도 잘 아는지에 대한 근거가 되어줄 거예요. 조력자의 존재 자체가 탐정의 수완에 대한 설명인 셈이죠. 이런 사람들을 만나 어떤 경험을 했겠구나, 하고 상상할 수 있으니까요.

탐정에 대해 적게 묘사할수록 좋다고 했는데요. 화자가 탐정의 주변 인물을 묘사함으로써 탐정이 어떤 사람인지 짐작하는 데 도움을 주기도 합니다. 하지만 이들과의 관계 역시 전부 말해주기보다는 조금씩 암시만 깔아주세요. 미처 말할 수 없는, 무언가 대단하고 엄청난 과거가 감춰져 있을 것이라는 기대를 줘야 하니까요. 이 기대심이 탐정을 신비롭고 흥미로운 사람으로 만드는 결정적인 힘입니다.

조력자는 어떤 사람이고 어떤 방식으로 탐정을 도울까요? "소매치기라서 불량배 그룹의 사정을 훤히 알고 있다", "법의관이라서 시체를 보고 사망 당시의 상태를 진단할 수 있다", "첩보 조직의 조직원이라서 정재계에 영향력이 있다", "라이벌 명탐정이지만, 이번 사건에 한정해서 협조한다" 등 불법과 합법 그리고 초법적인 위치에 놓인 다양한 직업군의 조력자가 탐정을 보조할 거예요.

이야기가 시리즈로 이어질 경우, 지난 에피소드에서는 조력자였던 인물이 다음 에피소드에서는 사건 해결을 의뢰하며 피지배자와 탐정 사이의 가교 역할을 할 수도 있겠지요. 이들이 다음 에피소드에 나오고 또 그다음 에피소드에 나와서 의뢰인이 된다면, 관객들은 그 이야기가 어떻게 전개될지 짐작할 수 있을 거예요. 프리퀄(본편에 선행하는 사건을 담은 속편) 형식의 외전처럼요. 이전 에피

소드에서는 피지배자나 경찰이었던 인물이 다음 에피소드에서는
조력자가 될 수도 있고요.

『로드 엘멜로이 2세의 사건부』 2014~2019, 산다 마코토
조력자. 제자들

이 작품의 주인공 로드 엘멜로이 2세는 마술사 교육기관이라고
할 수 있는 시계탑의 강사입니다. 그의 곁에는 우수한 제자들이
많지요. 로드 엘멜로이 2세는 마술사로서의 기량이 빼어난 편은
아닙니다만, 주변 인물들은 그가 가진 교육자로서의 뛰어난 역
량과 판단력을 신뢰해요.

로드 엘멜로이 2세가 탐정으로서 상황 판단과 대안을 제시하는
교섭 능력만으로 상황을 타개할 수 있는 것은 제자들 덕분이기
도 하답니다. 자신의 스승을 돕기 위해 물리적 충돌도 마다하지
않으니까요. 이들의 존재는 그 자체로 로드 엘멜로이 2세가 어
떤 인물인지를 보여주는 단서가 됩니다.

『비블리아 고서당 사건수첩』 2011~2017, 미카미 엔
조력자. 시다

'본격 헌책방 미스터리'라는 특수한 소재의 이 작품은 조력자도
독특해요. 시다는 노숙자이지만 본인의 도서 지식을 활용해 사
람들이 그 가치를 알아보지 못한 고서를 사서 비싼 값에 되파는
'책등빼기'로 생계를 유지하는 인물이에요. 책과 관련된 사건을
갖고 오기도 하고, 아직 미숙한 고서당 점원인 주인공에게 조언

을 하기도 하지요.

이 작품에서처럼 조력자가 대단할수록 탐정의 카리스마에도 힘이 더해집니다. 그의 친구를 보면 그 사람에 대해 알 수 있다는 말처럼, 탐정의 주변 인물들이 그의 능력과 인품에 대한 보증수표가 되어주는 것이지요.

이웃

이웃은 피지배자의 다른 버전이라고 할 수 있겠네요. 평범한 삶을 사는 소시민이지요. 피지배자와 이웃의 차이가 있다면, 전자는 운이 나빠 골치 아픈 사건에 연루되었고 후자는 운이 더욱 나빠 탐정과 연루되었다, 정도일 거예요. 셜록 홈스와 존 왓슨이 지내는 베이커가 하숙집 주인인 허드슨 부인이 이웃의 대표적인 인물이겠지요.

간단히 말해 단역입니다. 별다른 역할을 부여할 것 없이 장면과 장면 사이, 인물과 인물 사이의 징검다리가 되어주기만 해도 그 몫을 다하는 인물이지요. 이웃이 탐정에게 의뢰인을 소개해줄 수도 있겠네요.

작품의 무게중심에서는 동떨어진 인물입니다만, 그렇기에 더더욱 작품의 분위기를 주도하는 인물이기도 해요. 필수 요소는 넣어야만 하는 무엇이지만, 단역은 그렇지 않기 때문이에요. 부가적으로 어떤 요소를 넣느냐에 따라 작품의 무게중심이 한쪽으로 쏠리게 하거나, 평형을 유지하거나 하는 등 조율이 가능해지거든요.

탐정이 '신'이오, 화자가 '제사장'이라면 이웃은 '민중'입니다. 탐정의 기행에 질겁하는 민중이에요. 화자는 탐정이 왜 저런 괴상망측한 짓을 하는지 이웃에게 설명하고, 이웃이 어떤 기분인지를 탐정에게 보고하게 되겠지요.

이런 단역은 여럿이어도 좋아요. 탐정과 화자는 어떤 사람과 알고 지낼까, 일상의 차원에서 고민해주세요. 이후에 이 단역이 등장하지 않더라도 주인공의 평범한 하루하루를 설정하는 데 큰 도움이 되거든요. 단역에 애착이 간다면 후속 편에 등장시킬 수도 있습니다.

『Q.E.D. iff 증명종료』 1997~2014, 가토 모토히로

이웃. 알렌 브레이드

MIT에 다니며 만든 컴퓨터 OS로 세계 재벌 1위를 차지한 인물이에요. 작품에 처음 등장할 때에는 주인공 토마 소가 자기 회사에 들어오도록 압박하던 인물로 지배자에 더 가까웠어요. 하지만 여러 사건을 거친 후 재력을 무기로 주인공이 활약할 무대를 몇 번이고 만들어주지요.

알렌 브레이드는 이웃에 들어맞는 인물은 아니지만, 돈이 많은 인물이 단역일 경우 사건의 스케일이 얼마든지 커질 수 있다는 걸 보여주는 예시로는 훌륭합니다. "주인공이 어떻게 무인도에 가게 되었나? 친구가 돈이 많아서!", "어떻게 남극으로 가는가? 친구가 돈이 많아서!", "어떻게 로켓 발사대에 갈 수 있는가? 친구가 돈이 진짜로 많아서!" 간단하지만 누구나 납득할 수 있는

전개죠. 이웃 중에 부자가 많은 이유는 바로 이런 편의성 덕분이랍니다.

〈명탐정 번개〉 1984~1985, 미야자키 하야오
이웃. 천사 부인

어렸을 적 가장 좋아했던 '셜록 홈스'의 파생작이에요. 일본과 이탈리아가 공동 제작한 애니메이션으로 미야자키 하야오가 감독을 맡아 역동적인 액션 신과 아름다운 풍경을 담아내기도 했지요. 이 작품에 등장하는 천사 부인은 미야자키 하야오가 그리는 여성 캐릭터가 늘 그러한 것처럼 부드러우면서도 강하고, 신비로운 인물이었어요. 요즘에는 여성에 대한 신성시 또한 대상화로 여겨지기도 하지만, 당시에는 보기 드문 유형의 캐릭터였습니다.

대상화 문제 같은 시대적 한계를 감안해야겠지만, 천사 부인의 활약상이 극에 재미를 더해주고 작품에 생동감을 불어넣은 것 또한 분명합니다. 이 인물은 자동차를 레이싱 선수처럼 모는 백발백중의 명사수였고 도끼를 마구잡이로 휘둘러 사람들을 구출하는 맹활약을 펼치고는 했지요.

흑막

흑막은 앞선 갈등을 배후에서 조종한 인물을 가리킵니다. '셜록 홈스' 시리즈라면 제임스 모리어티가 여러 사건의 배후로 지목

되고는 했지요. 여기서 재미난 점이 하나 있는데요. 존 왓슨만이 셜록 홈스에 대해서 말할 수 있는 것처럼, 셜록 홈스만이 제임스 모리어티에 대해 말할 수 있습니다. 존 왓슨이 화자 역할을 독점하며 셜록 홈스를 신격화하고 우상화하는 과정을 반복해야만 제임스 모리어티가 만들어질 수 있다고도 할 수 있겠네요. 탐정의 모든 것을 공개하지 말아야 한다고 했지요. 흑막은 그것 이상으로 최소한의 암시만 가능해요.

실제로 존 왓슨은 제임스 모리어티를 본 적이 없어요. 「마지막 사건」에서 기차를 타고 떠나던 셜록 홈스가 '저기 모리어티가 있다'고 말한 뒤, 존 왓슨은 키가 큰 남자가 기차 쪽으로 다가오는 모습을 봤지만, 진짜 제임스 모리어티라는 보장은 없었지요. 그래서 제임스 모리어티는 존재하지 않으며, 셜록 홈스가 꾸며낸 가상의 인물이라는 설마저 있었답니다.

탐정이라는 인물에 대해 낱낱이 밝히면 그 매력을 잃는 것 이상으로, 흑막이라는 인물은 노출되는 순간마다 캐릭터성이 조금씩 휘발돼요. 아무리 명석하고 위험한 인물이라 해도 그 사람의 현실을 구체적으로 제시하는 순간, 그 위험성은 중2병의 괴이한 발로로밖에 보이지 않기 때문이에요. 가상의 세계랍시고 인간 이상 가는 악마 같은 존재를 만들어봤자 유치해질 수밖에 없어요. 자세히 묘사한다 해도 결과적으로는 로켓단(《포켓몬스터》에 나오는 가공의 범죄 조직단)이 되어버립니다. 자꾸 보다 보면 그 인물이 왜 이렇게 행동했는지 설명하게 되고, 이런 설명을 듣다 보면 처음에는 악역에서 출발한 인물도 친근하고 정다운 인상으로 바뀌게 되거든요.

앞서 말한 것처럼 여러분이 만들 이야기에는 제임스 모리어티와 같은 흑막이 등장하지 않았으면 해요. 만들더라도 첫 에피소드에서는 제대로 등장시키지 않는 게 좋아요. 엔딩크레디트 전후에 나오는 쿠키 영상에서 암시하는 것만으로도 충분해요. 편지를 남기든 사인을 남기든, 상상만 해보세요.

흑막은 탐정의 맞상대예요. 둘 사이에 갈등이 발생할 경우, 피지배자와 지배자 사이의 갈등은 분량이 줄어들 수밖에 없어요. 흑막의 비중이 커지면 이야기 구성이 복잡해질뿐더러, 이미 완성된 캐릭터인 탐정이 누군가를 돕는 이야기보다는 자기 앞가림부터 해야 하는 이야기로 바뀔 위험마저 생겨나지요.

흑막은 지배자의 다른 버전이라고 할 수 있어요. 사건을 해결했다고 안심한 순간 아직 해결하지 못한 무엇이 남아 있다고, 이모든 것이 누군가가 계획한 더 큰 음모의 일부에 불과하다고 선포하는 누군가이지요. 하지만 지배자가 피지배자에게 가한 억압과 명령이 미망에 불과했던 것처럼, 이야기가 진행될수록 흑막 역시 마찬가지임이 밝혀지게 됩니다. 거대한 악은 알아갈수록 그 자체가 환상일 수밖에 없음이 폭로되기 때문이에요. 시리즈가 거듭되면서 탐정과 흑막의 최종 결전을 다루게 된다면, 그때는 흑막으로 만든 인물을 지배자 유형의 인물로 살짝 다듬어주세요.

『명탐정 코난』 1994~, 아오야마 고쇼
흑막. 검은 조직
이상한 사람들이에요. 검은 옷을 입고 다녀요. 이렇게 상징적인 패션코드까지 있으면 비밀 조직이 아니라 공개 조직이잖아요. 게다가 서로를 코드명으로 불러요. 이 조직원들이 모여서 대화하는 모습은 인터넷카페 정모 현장 같지요.

라고 농담 반에 진담 반으로 놀려봤지만 무척 매력적인 범죄 조직이에요. 원래 폼 나는 것에는 좀 유치한 구석이 있지요.『명탐정 코난』에서 일어나는 이해할 수 없는 사건이나 전개도 검은 조직 때문이라고 하면 납득이 갑니다. 팬이라면 시리즈가 길어질수록 검은 조직에 대한 이야기가 나오지 않아 답답할 수밖에 없습니다만, 시리즈가 길어지기 위해서는 이들이 계속 흑막 뒤에 숨어 있어야 하니 어쩔 수 없네요.

〈셜록〉 2010~, BBC
흑막. 짐 모리어티

본명은 제임스 모리어티이지만, 애칭인 짐으로 더 많이 불리니까 짐 모리어티라고 하지요. 이 인물을 상징하는 아이템은 비지스의 노래 〈스테인 얼라이브〉예요. 지루한 삶을 견디지 못하는 천재 범죄자. 악역이 악역으로서 완벽해질수록 결핍 없는 완전한 존재가 되기 때문에 그 목적도 비물질적이 되는 경우가 많지요.

이 강렬한 인물도 시즌이 진행되는 과정에서는 무대 바깥으로 퇴장하게 됩니다. 당연한 일이지요. 탐정이 범인을 붙잡으면 이야기는 끝나기 마련이니까요. 범인을 일부러 탈출시킨 뒤 재대결을 하는 것도 가능하겠지만, 한 번 붙잡혔던 범인이 재대결을 하면 처음의 카리스마를 유지하기 어려울 거예요. 강렬한 인물이 사라진 뒤에도 작품의 긴장감을 유지하기 위해서는 그 이상의 강수가 필요한데, 이는 무리수로 흐르기 쉬운 양날의 검이기도 하답니다.

이야기 구조

탐정물의 이야기 구조는 이렇습니다. 프롤로그, 일상, 의뢰, 탐문, 난관, 상담, 모험, 진상, 회상, 에필로그. 내용을 어떻게 전개하느냐에 따라 두 파트가 한 파트로 합쳐지기도 하고, 한 파트가 반복해 나오기도 합니다. 화자와 탐정이 모아야만 할 단서의 숫자에 따라 분량 또한 조절해야겠지요.

기억할 것이 있습니다. 이 이야기에서 변화하고 성장하는 주체는 화자나 탐정이 아니에요. 두 사람은 피지배자가 지배자로부터 벗어나는 과정에서 한시적인 도우미로만 활동하거든요. 물론 이야기가 길어지고 시리즈가 이어지다 보면 화자와 탐정의 성격에도 조금씩 변화가 생기고, 두 인물 나름의 성장을 완수하기는 하겠습니다만, 그건 어디까지나 속편을 진행하면서 고민할 문제입니다.

이 과정에서 탐정은 다른 인물의 성장을 일방적으로 도울 정도로 성숙한 사람이에요. 일종의 초월적 지위를 가진 셈이지요. 이 남다른 점을 납득시키기 위해서는 탐정에 대한 정보나 사건 조사 내용을 적나라하게 공개하지 않는 게 좋습니다. 이 사람이 말하지 않은 미지의 정보가 있어야만, 그 매력이 유지되기 때문이에요. 탐정은 남들이 보지 못하는 것을 보고, 듣지 못하는 것을 들으며, 생각하지 못하는 것을 떠올려야 하잖아요. 그런데 그 내용을 다른 사람들도 알게 되면 초월적 지위는 무너지고 말죠. 탐정이 가장 결정적이고 멋진 순간에 진상을 밝힐 수 있도록 비밀을 지켜주세요.

그리고 이 정보의 불균형을 유지하기 위해서는 화자가 탐정의 노출 정도를 조율하게 될 거예요. 화자의 시선으로 이야기가 진행되기에 사건 도중 탐정이 트릭을 파헤쳐도 창작자는 짐짓 모른 척하며 클라이맥스에서 화자가 탐정으로부터 그 비밀에 대해 듣기 전까지 내용을 밝히지 않을 수 있는 것입니다.

프롤로그

프롤로그는 탐정물에서도 동일합니다. "시선을 붙잡아라." 시간적·공간적 배경은 개의치 마세요.

길이 역시 마찬가지예요. 무슨 일이 있을지, 어떤 일이 생겨날지 흥미를 유발할 수 있도록 아이디어를 짜내세요. 「마지막 사건」에서 존 왓슨이 셜록 홈스와 영원히 이별하게 된 사건에 대해 회상하는, 아주 충격적인 도입부처럼요.

수미쌍관 구조를 염두에 두는 것도 좋습니다. 「네 사람의 서명」에서는 셜록 홈스가 무료함과 싸우는 방법이 반복되어 나오지요. 그리고 이 도입과 결말은 셜록 홈스라는 사람을 설명하기 위해 꼭 필요한 내용이었고요.

소개해야 할 배경 설정이 많다면 프롤로그를 활용해보세요. 「여섯 점의 나폴레옹 상」에서는 셜록 홈스가 레스트레이드 경감에게 고민거리가 없느냐고 다짜고짜 묻자, 경찰이 직접 사건에 대해 설명하면서 출발했지요.

〈역전재판〉(게임) 2001, 캡콤

변호사가 증거를 모아 법정에서 증인들을 심문하며 범인을 찾아내는 추리게임입니다. 시리즈의 첫 에피소드 도입부가 인상적이었지요. 피로 물든 '생각하는 남자'의 미니어처 조각상과 그 조각상을 든 채 당황한 살인자의 모습에서 출발했으니까요. 플레이어들은 범인을 알고 있는 상태에서, 그가 어떻게 왜 이런 범죄를 저질렀는지 추리하게 되었고요.

많은 창작자가 반전에 집착한 나머지 작품에서 일어난 사건에 대한 정보는 숨겨놓기도 하는데요. 이렇게 살인사건의 범인을 밝히고 이야기를 시작하더라도 흥미를 이끄는 의문점은 얼마든지 만들 수 있지요. '누가 저질렀나'뿐만 아니라 '어떻게 저질렀나', '왜 저질렀나'도 흥미로운 질문이니까요.

「녹주석 보관」 1892, 아서 코넌 도일

존 왓슨은 하숙집에서 창밖을 바라보다 독특한 사람을 발견합니다. 옷차림이나 생김새는 품위 있는 신사인데, 행동거지는 영 이

상했거든요. 달리다가 제자리 뛰기를 한다거나, 고개를 휙휙 돌리다 표정을 일그러뜨리는 식으로요. 존 왓슨은 그의 가족들은 왜 그를 저렇게 내버려뒀을까, 생각하면서 안타까워하는데요. 알고 보니 이 이상한 사람은 셜록 홈스와 존 왓슨을 찾아온 의뢰인이었습니다.

'셜록 홈스' 에피소드에서는 의뢰인의 첫인상에서 사건과 관련한 많은 것을 읽어내고는 하는데요. 이 장면에서 존 왓슨은 의문을, 셜록 홈스는 나름의 가설을 이야기하며 관객의 호기심을 불러일으킵니다. 이렇게 이상하기 짝이 없는 의뢰인의 등장은 쉽고 간단하면서도 인상적이고 기능적인 도입부 역할을 한답니다.

일상

일상 파트에서는 화자와 탐정의 기본값을 보여줘야 해요. "이 사람들은 누구인가?"에 대한 정보를 줘야 하는 거죠. 일상의 영역에서 이 사람들은 누구고 주변에는 누가 있는가를 제시해보세요.

이 파트에서는 시시껄렁한 잡담만 해도 좋아요. 잡담을 통해 탐정과 화자의 성격과 캐릭터를 확실하게 보여줄 필요가 있거든요. 화자에게 앞으로 있을 신화적 과업을 들려줄 만한 자격이 있는지, 또 탐정이 얼마나 초월적인지 알려주면 더더욱 좋고요.

탐정이 어떤 식으로 추리하고 사건을 해결할지 예시를 보여주세요. 화자가 탐정에게 퀴즈를 내거나, 탐정이 화자에게 추리 솜씨를 과시하는 등 다양한 방식으로 두 사람의 호흡이 얼마나 잘 맞는지 보여주세요. 이 파트는 본격적인 이야기에 들어가기에 앞서, 여러분이 만든 탐정이 어떤 추리법을 갖고 있는지 보여줄 기회가 될 것입니다.

일상을 다루는 이 파트는 이웃이 등장하기에도 알맞아요. 화자가 탐정에 대해 설명한다면, 이웃은 화자와 탐정의 관계를 설명해요. 제삼자의 시선을 통해 객관적 서술이 가능해지는 거죠. 화자는 탐정을 괴짜로 보겠지만, 이웃이 보기에는 화자도 그에 못지않은 괴짜예요. 셜록 홈스와 존 왓슨 그리고 허드슨 부인이 함께 있는 장면을 떠올려보세요. 어떤 분위기인지 알겠지요?

이 파트에서 나누는 잡담은 이후 진행될 사건이나 트릭 혹은 인물에 대한 복선이 되어도 좋아요. 사건과 직접적인 연관이 없는 장면에 사건을 해결할 단서에 대한 복선을 까는 것은, 약간의 개연성을 희생하는 대가로 관객이 직접 추리해보는 재미를 더할 수가 있지요.

『마인탐정 네우로』 2005~2009, 마쓰이 유세이

주인공이자 고등학생 탐정 야코와 조수 마인 네우로는 탐정사무소를 이제 막 열었습니다. 실적이 없는 야코에게 누가 의뢰를 하러 올까 싶은 상황에서 이들은 TV로 가수 아야 에이지아의 공연을 보며 시간을 때우고 있었습니다.

그런데 바로 그 순간, 아야 에이지아가 야코의 탐정사무소로 찾아와 사건을 의뢰합니다. 주변에서 수상쩍은 일이 벌어지고 있으며, 이를 야코와 네우로가 해결해주었으면 한다면서요. 이 얼마나 작가 개인의 편의에 맞춘 전개인가요! 하지만 괜찮습니다. 화자와 탐정은 계몽주의 시대의 신과 제사장이라고 했지요? 신에게 기적이 일어나는 것이야 놀랄 일이 아니지요. 어느 정도의 우연은 괜찮아요. 탐정물은 그 자체로 이성적이리라는 환상을 먹고 사니까요.

「증권 거래소 직원」 1893, 아서 코넌 도일

셜록 홈스는 존 왓슨이 신은 슬리퍼를 관찰한 뒤, 그가 얼마 전까지 감기로 고생했다는 사실을 알아냅니다. 산 지 얼마 되지 않았음이 분명한데, 슬리퍼 밑바닥이 살짝 그을린 것으로 보아 난로를 쬐느라 그랬으리라 추리하면서요. 논리 정연한 주장을 듣다 보면, 셜록 홈스가 참으로 똑똑해 보이지요.

셜록 홈스의 추리가 진짜로 논리 정연한가, 라고 묻는다면 저는 회의적으로 답하고 싶어요. 자그마한 단서 하나로 비약을 여러 번 반복하는 것도 모자라 단정적으로 결론을 내리니까요. 하지만 탐정 이야기의 중요한 기준은 논리 정연하느냐, 아니냐가 아니라 논리 정연하게 보이느냐, 아니냐에 있습니다. 무모하고 도전적인 추리더라도 실제로 그러하다는 것이 밝혀지면, 보는 이들은 탐정의 추리가 허술하다기보다는 직관과 어우러졌다고 여길 거예요. 이런 장치를 잘 활용하는 것 또한 탐정물을 구상할 때 필요한 기술이겠지요.

의뢰

탐정물의 중요한 인물인 화자와 탐정을 소개했으니 본격적으로 이야기를 시작해야겠지요. 화자와 탐정에게 의뢰인이 찾아와서 사건을 의뢰합니다. 이로써 세 사람은 풀리지 않는 수수께끼 속으로 뛰어들게 되지요.

일상 파트와 자연스럽게 연결하려면 어떻게 해야 할까요? 탐정이 화자에게 의뢰받은 내용을 알려주어도 좋고, 화자나 이웃이 탐정에게 이런 의뢰가 있는데 받아주지 않겠느냐며 부탁을 해도 좋겠지요. 의뢰인이 직접 탐정과 화자를 찾아와 사건을 의뢰할 수도 있겠네요.

사건 해결을 의뢰받았으니 의뢰인을 보여줄 차례겠지요. 여기서 의뢰인은 피지배자로 설정했을까요, 지배자로 설정했을까요? 의뢰인을 묘사해주세요. 생김새나 성격 등 알려줘야 할 정보가 많지요. 이 인물에 대한 묘사는 객관적인 서술이 아니어야 한다는 점 기억하세요. 이 인물을 묘사하는 것은 창작자가 아닌 창작자가 만든 화자의 몫이에요.

의뢰인은 어떻게 탐정을 찾아오게 되었을까요? 그리고 화자와 탐정을 어떻게 대할까요? 주인공들이 탐정사무소나 그 비슷한 무언가를 개업한 상황이 아니라면 특별한 계기가 필요할 거예요. 주변의 추천을 받았다거나, 이 전에 다른 사건을 조사하며 만난 적이 있다거나 하는 식으로요.

탐정사무소는 공적으로 사건을 해결하기 위한 기관이 아니지요. 의뢰인이 공무원인 경찰이 아닌 사설 탐정을 찾았다면 이유가 있을 수밖에 없는데요, 그 이유에 대해서도 고민해주세요. 의뢰인의 의뢰가 황당해서? 나이가 어려서? 경찰한테까지 찾아갈 상황은 아니라서? 여러 가지 이유가 있겠지요.

의뢰인에게는 어떤 사연이 있나요? 의뢰인의 입을 통해 화자와 탐정에게 사건을 설명해주세요. 결과적으로 보면 의뢰인이 화자에게 들려준 이야기를 화자가 다시 관객들에게 들려주는 셈이지요. 이 사연은 기이하면서도 불가사의한 동시에 매혹적이어야 해요. 상식적이지 않거나 일반적인 방법으로는 해결할 수 없는 일이 벌어졌으니 의뢰인이 탐정을 찾아온 것이겠죠. 그 안에 뭐가 숨겨져 있는지 모르는 보물 상자처럼 흥미진진한 수수께끼를 준비하세요.

의뢰인은 사건 해결에 대한 보상으로 무엇을 준비했나요? 그래서 탐정은 이 의뢰를 받아들일까요, 거절할까요? 의뢰를 받아들이지 않는다면, 크게 두 가지 이유가 있겠죠. 의뢰인 몰래 사건을 수사하기 위해서라거나 보상이나 의뢰 사건 등에 매력을 느끼지 못해서. 후자의 경우에는 화자가 의뢰인의 편을 들어 탐정에게 의뢰를 승낙하라고 간청할 수도 있지요. 제사장의 일은 신에게 기도를 드리는 것이고, 화자는 탐정이라는 신의 제사장이니까요.

의뢰 승낙 여부와는 무관하게 의뢰인이 돌아간 뒤, 화자와 탐정이 의뢰인과 사건에 대해 이야기할 시간을 주도록 해요. 이들은 의뢰인과 사건을 어떻게 생각할까요? 좋은 사람이다? 나쁜 사람이다? 쉽다? 난해하다? 어떤 방향이든 화자와 탐정의 성격을 보여줄 수 있도록 해야겠지요. 대화가 어떻게 흘러가든 둘은 이 사건을 수사하기로 결정할 것입니다.

『절대미각 식탐정』 2002~2009, 데라사와 다이스케

『절대미각 식탐정』의 주인공 다카노 세이야는 탐정인 동시에 작가이기도 합니다. 항상 원고 독촉을 받는 다카노 세이야에게 있어, 답례로 비싼 음식을 얻어먹을 수도 있고 마감에서 벗어날 수도 있는 탐정 일은 반갑기 그지없습니다.

그렇기에 다카노 세이야는 원고 독촉을 받을 때마다 경찰 후배에게 연락을 해서 자기가 급히 사무실을 떠나야 할 만큼 중요한 사건이 있는지 묻습니다. 의뢰인이 찾아오는 것이 아니라 탐정이 난입하는 변칙적인 도입부입니다만, 그래도 탐정 일을 소홀히 하는 것은 아니니 괜찮겠지요.

「보헤미아의 스캔들」 1891, 아서 코넌 도일

셜록 홈스의 사무실에 의뢰인이 찾아옵니다. 화려한 복장에 얼굴에는 가면을 썼고, 상식이나 생각이 많이 모자라다는 것을 대놓고 과시하는 등 이상하게 굴었지요. 존 왓슨은 비교적 덤덤하게 그의 외양을 묘사합니다. 하지만 그럴수록 이 사람의 한심함은 사라지기는커녕 배가되기만 했지요. 왓슨의 노림수는 거기에 있을지도 모르겠네요.

이 의뢰인은 차기 왕으로 스캔들을 잠재우기 위해 자신의 정체를 숨긴 채 셜록 홈스를 찾아왔어요. 이 이야기에서 의뢰인을 굳이 분류하자면 지배자의 위치겠지요. 셜록 홈스는 그의 부당하면서도 한심한 의뢰를 들어주려다가 큰코다칩니다. 탐정이 피지배자의 성장을 돕지 않고, 지배자의 억압을 도우려고 했으니 이

탐문

탐정의 '탐'은 한자로 '찾을 탐(探)'을 쓰지요. 화자와 탐정이 탐문을 시작할 차례입니다. 자료를 찾거나 현장을 수색하거나 증인을 찾거나 이 전부를 다 하거나 상관없습니다. 수수께끼를 풀 실마리를 찾아 설정했던 배경에서의 모험을 그려주세요. 조력자를 만들었다면, 그는 이 파트에서부터 구체적인 도움을 줄 거예요.

동시에 탐문 파트에서는 피지배자를 억압하는 지배자나, 지배자가 더 억압하고 싶어 하는 피지배자를 소개해야 해요. 의뢰인이 사건 의뢰를 하게 된 원인이라고 해도 좋겠군요. 지배자나 피지배자와 탐정이 직접 만나거나 간접적으로 평판을 들어도 좋아요. 사건 현장에서 탐정이 이런저런 추리를 하며 가상의 범인을 떠올리는 장면이 있다면, 이 파트의 역할은 다했다고 할 수 있겠지요.

지배자를 묘사해주세요. 이 인물의 인상은 어떤가요? 주변의 평은 어떨까요? 화자는 그를 어떤 사람이라고 생각하나요? 탐정은 그에게서 화자가 보지 못한 것을 새로이 발견할까요? 이 인물과의 만남으로 화자와 탐정은 이 사건을 어떻게 달리 보게 될까요? 탐정은 이 사건을 반드시 해결해야겠다고 결심할 겁니다.

탐문 파트에서도 탐정만의 추리법을 보여주세요. 조금 변주해도 좋고요. 이를 통해 정보는 얻겠지만 결정적인 건 아닐 거예요. 벌써 수수께끼를 다 풀어버리면 뒷이야기가 재미없잖아요. 어쩌면 진짜배기 정보라고 생각했는데 골탕을 먹을 수도 있겠네요. 사건의 진상에 조금이나마 다가가든 뒤통수를 맞든 둘 다 재밌는 선택지예요.

경찰이 아직 등장하지 않았나요? 그렇다면 이쯤에서 경찰을 탐정 수사 과정의 장애물로 만들어주세요. 경찰의 인간성을 잘 묘사해주세요. 공식적인 절차를 밟지 않고 업무 영역을 침범하는 탐정은 경찰에게 큰 골칫거리일 테니 탐정과는 사이가 좋지 않을 확률이 높겠지요.

경찰은 훼방을 놓으려고 할 거예요. 탐정을 불신하겠죠. 하지만 탐정은 그런 경찰의 방해를 뚫고 원하는 답을 얻을 거예요. 경찰은 탐정의 비교 대상이 필요해 배치한 인물이기도 해요. 일반 상식과 제도적인 방식으로는 할 수 없는 것들을 탐정이 하기 때문에 일반 상식과 제도적인 방식으로만 움직이는 경찰이 필요하거든요. 똑똑한 사람 옆에 멍청한 사람을 두어 똑똑한 사람을 더 똑똑해 보이게 만들기 위한 것이기도 하고요.

이제 탐문이 정리되었을 테니 탐정과 화자가 대화할 시간을 주도록 해요. 지금까지의 상황을 정돈할 차례예요. 교과서의 한 단락이 끝날 때 내용을 정리하는 페이지를 배치하는 것처럼요. 여기에서 피지배자를 한 번 더 등장시켜 보고하는 형식으로 만들어도 좋겠네요. 경과 보고와 함께 곤란에 처한 피지배자를 안심시키고 정서적인 교감을 나누는 시간을 가져도 나쁘지 않을 거예요.

「얼룩 끈」 1891, 아서 코넌 도일

수양딸이 셜록 홈스에게 사건을 의뢰한 사실을 알게 된 악당 그림스비 로일롯은 베이커가 하숙집으로 찾아와 셜록 홈스와 존 왓슨을 겁박했지요. 이 장면에서 관객들은 이 악당이 얼마나 사악한지, 탐정과 조수가 이 사람을 반드시 붙잡아야 하는 이유가 무엇인지 절절하게 느끼게 될 거예요.

이 장면은 탐정이 초법적으로 지배자와 피지배자 사이의 갈등에 개입할 당위성을 마련해주기도 합니다. 부녀 사이의 일이라고는 해도 누군가의 생명이 위협당하고 있는데 경찰이 해결하기 애매한 사건일.경우에는 탐정과 그의 동료가 나서야 할 테니까요.

〈셜록〉 2010~, BBC

〈셜록〉의 첫 에피소드인 '핑크색 연구'에서 셜록 홈스는 흥미로운 사건의 의뢰를 받고 신나서 방방 뛰지요. 다음으로는 사건 현장에 찾아가서 경찰들을 이렇게 놀리고 저렇게 괴롭히며 자신이 얼마나 잘났는지 한껏 자랑합니다. 〈셜록〉뿐만 아니라 많은 탐정이 경찰들을 이렇게 스스로를 빛낼 장신구 정도로 활용하기도 하지요.

이 장면에서 셜록 홈스가 경찰을 깔보는 일만 하는 건 아닙니다. 사건의 범인이 누구일지 가설을 세우고 자신의 상대로 적합한지 가늠하기도 하거든요. 범상한 경찰들과 달리 비범한 자신이 이 범인을 상대해도 좋을까 셈하는 것은 물론, 뒷이야기에 대한 궁금증도 한껏 키워줬지요.

 탐정이 아무리 잘난 사람이라 해도 승승장구하기만 하면 재미가 없지요. 이제 슬슬 난관에 봉착하게 해줍시다. 새로운 사건이 터져 더욱 깊은 미궁에 빠져도 좋습니다. 수수께끼는 반복되고 피지배자에게 다가오는 위협은 커져만 갈 겁니다. 또 다른 희생자가 나오거나 새로운 용의자가 등장하는 등 여러 방향으로 고민해주세요.

 지배자는 본격적으로 대립각을 세울 거예요. 피지배자는 물론 화자나 탐정을 향한 적대감도 숨기지 않겠지요. 피지배자가 탐정을 배반할 수도 있어요. 탐정은 어떻게 대응할까요? 수긍하는 척을 하거나 강경하게 맞서거나, 오히려 조롱하고 도발할 수도 있지요. 여러분이 만든 탐정에게 어울리는 선택지를 고르면 됩니다. 어쨌든 탐정은 피지배자의 대리인이 되었음을 새로이 명시하거나 다시 한번 강조할 거예요.

 상황이 심각해졌다는 것은 일종의 변화를 의미하지요. 탐정은 궁지에 몰린 것만이 아니라 새로운 단서를 찾아낼 기회를 얻은 것이기도 해요. 적의 공격으로 반격할 기회를 노리지 않을 수 없게 되었으니까요. 탐정이 지배자에게 대꾸한 건 지배자의 반응을 살피기 위해 계산된 행동이었을지도 모르겠네요. 형사 콜롬보가 별것 아닌 수다 속에서 모순점을 찾아내 유도신문에 성공하는 것처럼요. 지배자나 피지배자 혹은 그 주변부에 대한 새로운 정보를 주세요.

 난관 파트의 마지막 부분까지 오면 탐정은 모든 진상을 파악했을 수도 있겠네요. 적어도 사건의 대략적인 맥락은 짐작이 가능할 거예요. 벌써 모든 수수께끼를 풀어버리면 이야기의 긴장감도 풀릴 것 같지만, 꼭 그렇지만도 않아요. 진상을 파악한 사람은 탐정이지 화자는 아니거든요. 아직 부정확하다, 화자는 연기력이 부족해서 비밀을 간직하지 못한다 등 탐정은 여러 가지 이유를 들며 정답을 비밀로 할 거예요. 비밀이 있다는 사실마저 비밀로 할지도 모르겠군요.

그가 이렇게 비밀을 유지하는 데에는 이유가 있습니다. 탐정의 임무는 단순하게 퀴즈의 정답을 찾아내는 것을 넘어, 피지배자와 지배자 사이의 관계를 더 안정적이고 건강한 형태로 재구축하는 것에까지 닿아야만 하기 때문이에요. 그러니 사람들에게 정답을 알려주고 수사를 끝내기보단, 피지배자와 지배자가 이 상황을 납득하고 문제를 받아들여 성장할 수 있는 환경을 마련해주기 위해 잠시 비밀을 지켜야만 할 필요가 있는 것이지요. 물론 가장 큰 이유는 관객의 애간장을 태우기 위해서겠지만요.

「입술이 비뚤어진 남자」 1891, 아서 코넌 도일

셜록 홈스와 존 왓슨은 실종된 남편을 찾는 세인트클레어 부인과 면담을 마쳤습니다. 셜록 홈스는 침실에 앉아 담배를 태우면서 밤새 고민을 거듭하는 수밖에 없을 정도로 궁지에 몰린 상태였고요. 하지만 왓슨이 잠에서 깨어났을 때, 셜록 홈스는 낄낄거리면서 왓슨에게 밖으로 나가자고 채근합니다. 소소한 가설을 하나 떠올렸는데, 그걸 시험해보고 싶다면서요.

존 왓슨은 영문도 모른 채 셜록 홈스를 따라갈 수밖에 없었습니다. 이렇게 탐정은 화자보다 먼저 난관에서 빠져나간 뒤 사건 전체의 맥락을 파악하고, 화자와 관객은 탐정의 능청맞은 태도에 애간장만 태우는 경우가 많습니다. 사건에 대한 정보력에 있어 탐정은 화자나 관객보다 우위인 경우가 많고, 그래서 작품 속 상황과 진행의 주도권을 쥐게 됩니다. 이는 관객에게 사건 전개를 짐작할 수 없다는 긴장감과, 탐정은 이 상황을 파악하고 있을 테니 그에게 의존해서 따라가기만 하면 된다는 안도감을 동시에 줍니다.

〈하우스〉 2004~2012, 미국 FOX

의사 그레고리 하우스가 상대해야 할 적에 병마만 있는 건 아닙니다. 그레고리 하우스는 미지의 병에 맞설 때보다, 병원장이나 환자의 보호자가 위험한 수술을 하지 말라고 막아설 때 더 큰 스트레스를 받는 건 아닐까 싶기도 하거든요.

난관 파트에서 그레고리 하우스는 치료법을 찾는 데 성공하지만, 그다음 싸움이 더 거칠고 위험할 수 있음을 각오해야 하는 일이 많았어요. 하지만 이는 당연합니다. 그레고리 하우스는 환자의 병을 치료하는 것을 넘어, 환자가 삶을 마주할 수 있도록 도와야 하기 때문이에요. 그가 선량하기 때문이라기보다는, 탐정이자 의사이면서 동시에 환자인 그레고리 하우스 스스로가 그렇게 하지 않고서는 치료를 마쳤다고 납득하지 못하기 때문이겠지요.

탐정은 난관 파트에서 얻은 정보를 토대로 피지배자 혹은 여타 인물과 다시 한번 대화를 나눌 필요성을 느꼈을 거예요. 피지배자나 새로운 증인에게서 사건에 대해 심화된 이야기를 듣게 해주세요. 이는 피지배자와 지배자의 숨겨진 과거이기 쉽겠지요.

여기서 피지배자와 대화를 나누는 주체는 탐정이 아니어도 좋아요. 탐정은 골방에 틀어박혀서 골똘히 추리한다거나 또 다른 증거를 찾으러 떠났다거나 하는 식으로 등장조차 하지 않아도 좋습니다. 화자야말로 피지배자와 대화를 나누기에 적절한 인물이거든요. 탐정과 피지배자를 중개해 관객들에게 이야기를 들려줄 정도로 공감대 형성을 잘하는 인물이니까요.

상담 파트에서 피지배자는 일종의 완성이 될 거예요. 지배자와의 관계를 재정립할 필요성을 느끼고, 자신을 지배하는 사람은 자기뿐이어야 한다는 것을 깨닫고 성장하게 해주세요. 겁에 질려 퇴행하거나 죽음을 맞이하는 것 역시 인물이 완성되는 사건입니다만, 여기서는 정통으로 가지요.

이쯤에서 화자나 탐정이 피지배자에게 연민과 사랑을 느껴 연인이나 그 유사한 관계로 발전할 수도 있습니다만, 여러분께 권하지는 않습니다. 화자나 탐정이 피지배자를 염려하는 이상으로, 화자와 탐정은 서로에게 매혹된 상태이기 쉬워요. 후속 편이 나온다면 이야기가 더 복잡해지는 씨앗이 되겠지요. 존 왓슨의 화려한 여성 편력을 보세요. 어차피 셜록 홈스로부터 벗어날 수 없으면서 그러고 다니면 좀 그렇죠.

성장한 피지배자는 화자와 탐정에게서 용기를 얻어 하나의 선택을 하게 됩니다. 기존에 의뢰했던 내용 그대로일 수도 있고, 그와는 다른 방향의 해결을 원할 수도 있어요. 별다른 선택을 하지 않는다 해도 피지배자는 처음 등장했을 때와 같은 인물이 아니기에 그 자체로 선택이라고 할 수 있을 거예요.

피지배자와의 상담을 마쳤으니 탐정과 화자가 회의할 시간이에요. 탐정은 화자에게 이런저런 작전으로 움직이자고 제안할 테지요. 탐정은 화자에게 이해할 수 없는 지시를 내릴지도 모르겠네요. 이는 지배자를 끌어내리기 위한, 그가 짠 계략과 함정을 파헤치고 뒤엎기 위한 것입니다. 이제 곧 클라이맥스네요.

『식객』 2002~2008, 허영만

'아니, 왜 뜬금없이 『식객』을?'이라고 생각할 수도 있겠습니다. 하지만 『식객』을 비롯한 요리만화의 주인공은 탐정물의 주인공과 비슷한 역할을 할 때가 많습니다. 작품 속 탐정이 추리를 통해 범인을 잡는 과정에서 피지배자와 지배자의 고민을 들어주고 그에 대한 해법을 제시해주는 것처럼, 작품 속 요리사는 메뉴를 고안하는 과정에서 다른 인물들의 고민을 들어주고 그 고민을 해소해주지요.

『식객』의 성찬도 마찬가지입니다. 에피소드마다 해결사 노릇을 하진 않습니다만, 손님들 사이에 문제가 생기고 그 꼬인 매듭을 풀어야 할 때, 성찬은 손님이나 요식업계 관계자를 통해 정보를 수집하고 그 에피소드의 주인공이 가진 문제가 무엇인지를 확인

합니다. 그러고는 그 문제를 해소해줄 만한 음식을 만들어주면서, 또 자그마한 조언과 격려를 통해서 에피소드의 주인공이 문제를 극복할 수 있도록 돕지요.

「베일 쓴 하숙인」 1927, 아서 코넌 도일

이 에피소드에서 셜록 홈스는 아무런 추리도 하지 않습니다. 론더 부인에게 과거에 있었던 안타까운 비극에 대해 듣는 것이 전부였지요. 빈집에 숨어들거나 강물 위에서 추격전을 벌이거나 하지 않고, 가만히 앉은 채로요. 살인사건의 범인을 잡는 것만이 아니라, 누군가의 가슴 아픈 사연에 공감해주는 것으로도 한 사람의 목숨을 구할 수 있습니다. 셜록 홈스는 이 에피소드에서 탐정으로서만이 아닌 분석가로서의 재능마저 보여주었지요.

그래서 이 에피소드에서는 상담 파트 이후 짧은 후일담 정도만이 들어갔을 뿐 추가 장면이 등장하지 않아요. 그럼에도 작품의 완성도가 다른 에피소드에 비해 떨어진다고는 생각하지 않습니다. 탐정의 가장 중요한 임무는 바로 이 파트에 있다고 믿기 때문입니다.

모험

결정적인 증거를 찾거나 범인의 증언을 유도하기 위해 화자와 탐정은 한차례 모험을 겪어야만 합니다. 탐정은 지금까지의 수사 내용을 바탕으로 전체적인 정황은 파악했지만, 범인을 옭아맬 마지막 퍼즐 한 조각이 부족한 상황이지요.

　이 마지막 조각을 위해 화자와 탐정은 함정을 파서 범인을 속일 수도, 가택침입을 해서 물건을 훔칠 수도, 격렬한 추격전 속에 범인을 쫓을 수도 있을 거예요. 클라이맥스에 어울리는 장면을 고심해주세요. 이 과정에서 뭐가 어떻게 돌아가는지 화자가 아는 것이 적으면 적을수록 작품은 흥미진진해집니다. 탐정은 왜 이렇게 행동하지? 범인은 어떻게 된 거지? 화자가 관객과 함께 고민하도록 해주세요.

　이 모험은 경찰이라는 제도권 너머의 일이에요. 화자와 탐정은 이 과정에서 범법을 저지를지도 몰라요. 탐정사무소는 개인이 운영하는 업체일 뿐이라서 범인 체포를 위한 법적 권한이 없으니까요. 그러니 이 과정은 모험일 수밖에 없지요.

　탐정이 저지르려는 이 모험을 화자를 비롯한 경찰이나 이웃 등은 어떻게 생각할까요? 이들이 모르게 할 수도 있고 몇몇에게만 귀띔을 해줄 수도 있고. 어느 쪽이든 좋습니다. 어쩌면 조력자의 협력이 필요할지도 모르겠네요.

　지배자와 탐정의 맞대결을 보여주세요. 순수한 힘겨루기도 좋고 치열한 두뇌전도 좋아요. 어느 쪽이든 박진감 있게, 보는 사람이 숨도 쉬지 못할 정도의 스릴을 느낄 수 있게 만들어주세요. 지배자가 우위라고 느껴질수록 좋겠지요. 강한 자와 맞서 싸우는 것이 아니면 위기감이 생기지 않고, 위기감이 생기지 않으면 이야기가 따분해지니까요. 지배자가 탐정이 애써 준비한 함정에서 유유히 빠져나가게 해주세요.

하지만 정의는 언제나 승리하는 법. 왜냐하면 정의가 승리할 때까지 이야기는 끝나지 않으니까요. 그래서 지배자와 탐정 사이의 우열은 모험 파트에서 완전히 뒤집혀야 합니다. 앞서 지배자가 점했던 우위는 탐정이 일부러 허점을 만들어 유도한 것일지도 모르겠네요. 지배자가 승리했다고 착각한 나머지 실수를 저지르도록 말이지요.

액션 장면으로는 이 모험 파트가 클라이맥스이기 때문에 경우에 따라 뒤에 설명할 진상 파트와 순서가 뒤바뀌기도 합니다. 모험을 통해 범인을 완전히 제압한 후 진상을 밝히거나, 진상이 밝혀진 뒤 모험을 통해 도망치는 범인을 완전하게 제압하거나. 어느 쪽이든 이야기 구성에 어울리는 순서를 택하면 되겠습니다.

> **『명탐정 코난』** 1994~, 아오야마 고쇼
>
> 에도가와 코난의 명추리가 끝난 뒤, 범인이 도주하거나 인질을 잡기 위해 난동을 부릴 때가 있지요? 그리고 이런 순간에는 공수도 대회 우승자인 모리 란이 범인을 가볍게 제압하고는 하지요. 모리 란이 아니어도 에도가와 코난(구도 신이치)의 조력자 중에는 싸움을 잘하는 인물이 많고, 모험 파트에서는 이 인물들이 대활약을 보여주고는 합니다. 모리 고고로조차 이 파트에서 멋진 유도 솜씨를 뽐냈던 적이 있었네요.
>
> 『명탐정 코난』처럼 트릭이 복잡한 작품은 만화임에도 불구하고 상황을 설명하기 위해 글자가 많이 들어가다 보니, 이야기의 흐름이 늘어질 때가 있지요. 하지만 그런 순간에 모리 란을 비롯한

무술 고수의 활약이 펼쳐지면 늘어졌던 분위기도 순식간에 팽팽해지지요.

「네 사람의 서명」 1890, 아서 코넌 도일

「네 사람의 서명」의 클라이맥스에서는 아주 스펙터클한 장면이 나옵니다. 범인과 셜록 홈스 사이에서 증기선 추격전이 펼쳐지지요. 집필 당시 코넌 도일이 묘사한 이 추격 신은 2020년 기준으로 보면 특수효과가 잔뜩 가미된, 고급 스포츠카가 질주하는 장면처럼 여겨졌을 거예요.

이런 최신 기술만이 아니더라도 「네 사람의 서명」은 당대의 최신 이슈를 적극적으로 반영한 작품이에요. 제국주의와 식민지 시대의 폐해를 고스란히 보여줌과 동시에 식인귀가 아닌 원주민 통가가 식인귀인 척을 하며 생계비를 버는 식으로, 식민주의적으로 대상화된 유럽인들의 시선을 풍자하기까지 하거든요. 여러모로 재미난 장면이에요.

진상

수수께끼는 풀렸다! 관계자들을 모아놓고 사건의 모든 경위를 설명하는 대단원입니다. 이 자리에는 어떤 사람이 모일까요? 경찰을 비롯한 관계자 전원을 한자리에 모아놓고 설명하는 것도 좋지만, 사건의 성격에 따라서는 의뢰인에게 말하지 않고 화자에게만 알려줄 수도 있겠지요.

사정상 관계자가 모이기 어렵다면, 화자와 탐정만이라도 모여서 상황이 어떻게 진행되었는지 이야기를 나누어야 해요. 이럴 경우에는 탐정이 화자에게만 사건 뒤에 감춰진 비밀을 말해주고, 관객들은 그 자리에서 나온 비밀을 엿듣는 형태가 될 거예요.

탐정이라는 마술사가 마술의 비밀을 밝힐 시간이기도 해요. 이야기의 중심이 된 수수께끼가 어떻게 만들어졌는지, 탐정은 이것을 어떻게 풀어냈는지, 지배자를 어떻게 붙잡을 수 있었는지 탐정이 직접 설명해주는 것이지요. 조금 전까지 범인이 세운 트릭과 탐정이 파헤치는 해법들을 넋놓고 바라보기만 했던 관객들이, 이 파트에서는 입을 쩍 벌린 채 감탄하게 될 테고요.

지배자가 이 자리에 있다면, 마지막으로 강력하게 저항할지도 모르겠네요. 탐정과 화자를 이용해 그에 대해 부정하고 반론을 제기하고 물리적으로 제압하고, 완벽한 카운터를 먹여주세요. 카운터를 먹이는 사람은 이제까지 고통받아왔던 피지배자여도 좋겠군요.

지배자는 이내 자포자기하고 말 거예요. 어떤 사람에게든 범죄는 정신적으로나 육체적으로나 엄청난 부담이 되는 일이죠. 자포자기까지는 아닐지도 모르겠습니다만, 다음 파트에서는 지배자가 왜 피지배자를 억압하려 했는지에 대한 사연이 밝혀질 겁니다. 진상 파트가 다음에 올 회상 파트와 어떻게 이어질 것인지 염두에 두고 장면을 만들어주세요.

『C.M.B. 박물관 사건목록』 2006~2020, 가토 모토히로
신라 박물관의 관장 사카키 신라는 어린 나이에도 불구하고 생

물학과 세계 각지의 언어 및 역사에 통달한 인물로, 자신의 지식을 활용해 박물관을 찾은 손님이나 관계자의 고민을 해결해주고는 합니다. 하지만 그가 문제를 해결할 때는 그에 걸맞은 대가를 요구합니다. 사카키 신라는 의뢰인이 가진 물건이나 정보를 자신에게 제공해달라며 "여기서부터는 입장료가 필요합니다"라는 멋진 캐치프레이즈를 꼭 말하거든요. 그리고 의뢰인들이 이 거래에 응할 경우, 또 한 번의 캐치프레이즈를 말하지요. "그럼 경이의 방으로 안내하겠습니다"라고요.

그리고 등장인물들은 한자리에 모여 사카키 신라의 명추리를 경청하는 시간을 갖습니다. 진상이 밝혀져 당황한 범인이 어린이인 사카키 신라를 물리적으로 제압할지 모른다는 염려가 들 때도 있습니다만, 괜찮습니다. 탐정 사카키 신라 옆에는 화자이자 탐정의 보호자이면서 합기도 고수이기까지 한 나나세 다츠키가 있으니까요. 관객들은 안심하고 탐정이 문제를 해결하는 과정을 지켜보기만 하면 된답니다.

「빨강머리 연맹」 1891, 아서 코넌 도일

셜록 홈스와 존 왓슨은 여러 가지 기이한 사건을 겪었습니다만, 그중에서도 웃음이 나는 에피소드를 꼽으라면 「빨강머리 연맹」이 1순위겠지요. 이 이야기의 시작은 이렇습니다. 인상 깊을 정도로 짙은 적발의 의뢰인이 찾아와 자기가 빨강머리 연맹에 소속되어 있는데 그 연맹이 어느 날 갑자기 사라져버렸다면서, 이와 관련된 진상을 알고 싶다고 의뢰하지요.

기가 차는 반전과 함께 사건을 마무리한 다음 날 아침, 셜록 홈스는 아침 식사 자리에서 존 왓슨에게 이 사건이 어떻게 진행되었는지 상세하게 설명해줍니다. 셜록 홈스는 마지막으로 지루함을 날려버려 잘되었다고 담담히 말하고, 존 왓슨은 그런 셜록 홈스의 수사가 인류에 대한 공헌이라며 찬사를 바칩니다. 멋진 트릭을 보았으니 박수를 치는 게 맞겠지요.

회상

이름 그대로 과거를 떠올리는 파트입니다. 이제까지는 사건의 흐름을 피지배자의 입장에서만 파악했어요. 하지만 회상 파트에서부터는 지배자의 입장도 알게 되는 것이죠. 사건을 벌이게 된 정황과 그 과정에 대해서 말이지요.

회상은 어떻게 이루어질까요? 지배자가 직접 말해도 좋고, 사건이 마무리된 후 화자가 다른 증거물을 수집해 '아마 이러지 않았을까?' 하고 가정하는 식이어도 좋겠지요. 간편하게 "회고록이 있었다"라며 뜬금없는 증거품을 내놓는 방법도 있고요.

범죄는 극단적인 선택이에요. '왜 이런 무리수를 두어야만 했을까?'에 대한 답을 알려주세요. 감정적이거나 물질적이거나, 여러 가능성이 있겠지요. 그 이유를 알려줌으로써 지배자가 완성될 거예요. 인간미를 더하든 악독함을 더하든 방향은 원하는 대로 설정하면 됩니다.

앞서 탐정이 밝힌 진상은 어디까지나 추리와 가설의 영역이에요. 구체적인 개개인의 감정선까지 파악할 수는 없었겠죠. 그러니 이런 부분을 회상 파트에서 구체적으로 다루어주세요. 지배자가 탐정의 추리 중 몇 가지 실수를 지적하는 것으로 현실감을 더할수도 있겠지요.

이러한 고백은 지배자에게 있어 무척 중요한 의식이에요. 이제까지의 비밀이 밝혀짐으로써 해방감을 줄 수도 있을 거예요. 소설이나 영화에서 복수를 하려던 사람이 죽일 대상을 눈앞에 두고 자기 사연을 읊는 데는 이유가 있는 법이죠. 지배자는 자신의 과거를 고백함으로써 안식을 얻게 될 것입니다. 탐정이 구원하는 것은 피지배자만이 아니랍니다.

『소년탐정 김전일』 1992~, 가나리 요자부로 외

김전일이 관계자를 모아놓고 사건의 진상을 밝히면, 범인들은 갑자기 울면서 자기가 왜 이렇게 끔찍한 연쇄살인 사건을 저질렀는지 고백하기 시작합니다. 사랑하는 연인이나 가족이 잔인하게 살해당하거나 그 비슷한 일을 겪어서, 이에 대한 보복으로 그 사건의 가해자들을 모아 살해했다는 식으로요. 그 자리에서 이렇게 고백하지 않더라도 나중에 김전일이 범인을 면회하러 가서 이야기를 듣거나, 경찰이나 기자인 조력자가 사건의 진상을 조사해서 김전일에게 알려주는 식으로 회상 파트를 구성하지요. 저는 이 순간이 종교적인 간증 같기도 해요. 회상 파트를 통해 고백을 마친 범인들은 살인을 저지를 때보다 개운한 표정이 되어 해탈한 사람처럼 집착을 버리고는 했거든요. 자신의 목숨도

버릴 수 있을 정도로요. 이 살인자들에게 필요했던 것은 범행이 아닌, 자신이 정당하고 저들이 부당했다고 이야기했을 때 믿어 줄 누군가가 아니었을까 싶기도 합니다. 그리고 탐정과 화자는 기꺼이 그 누군가가 되어주고요. 범인들은 납득하고 싶어 하고, 이 납득에는 제삼자의 공증이 필요한 것입니다.

「보스콤 계곡 미스터리」 1891, 아서 코넌 도일

이 사건의 진상을 파악한 셜록 홈스는 범인 존 터너의 하숙집으로 편지 한 통을 보냅니다. 존 터너는 장대한 체구에도 불구하고 절룩거리는 걸음걸이와 창백한 낯빛을 하고 있어, 존 왓슨은 그의 건강 상태가 온전하지 않음을 쉬이 알아볼 수 있었지요. 그리고 셜록 홈스는 '당신으로부터 자백은 받되, 존 터너 대신 부당하게 범인으로 몰린 한 청년을 구하기 위해서만 진술서를 사용하겠다'고 약속합니다.

그리고 이제 사건의 시선은 존 왓슨이 아닌 존 터너의 회상으로 옮겨집니다. 존 왓슨의 '나'가 아닌, 존 터너의 '나'가 이 비극적인 사건이 어떤 연유에서 벌어졌으며 또 그 배경에는 어떤 맥락이 있었는지를 묘사하게 되는 것이지요. 이 파트는 존 왓슨이 범인의 진술서를 지면으로 옮겼다고 볼 수도 있겠습니다.

존 터너는 당뇨병으로 죽을 날이 멀지 않은 노인이기도 했습니다. 셜록 홈스는 그의 사연을 동정하며, 부당하게 누명을 쓴 의뢰인을 구할 수 있는 방책 또한 있었기에 그를 하숙집으로 돌려보냅니다. 존 터너는 임종의 순간에 셜록 홈스와 존 왓슨이 베푼

친절로 보다 편안히 세상을 떠날 수 있겠다며 인사를 하고요. 씁쓸하지만 그럼에도 그 상황에서는 최선이지 않았을까 싶은 마무리였습니다.

에필로그

심판의 시간입니다. 피지배자에게는 앞으로 행복한 삶을 살라는 판결이, 지배자에게는 죗값을 치러야만 한다는 판결이 내려지겠지요. 어떤 의미로는 '퇴원 검사'라고도 할 수 있어요. 고통받던 피지배자의 모든 상처가 나아서 일상으로 복귀하게 되는 순간이기도 하니까요.

등장인물 대부분은 탐정이 내린 결론에 납득할 거예요. 피지배자는 자신이 겪은 고통을 극복하며 스스로를 긍정할 테고, 지배자는 자신이 저지른 과오가 만천하에 밝혀진 지금의 상황을 인정하고 이전과는 달라진 권력관계를 받아들여야겠지요. 물론 이 둘만이 아니라 경찰이나 이웃 그리고 조력자도 탐정이 내린 판결을 어떤 식으로든 납득하고 사건을 매듭짓게 될 거예요.

가볍게 후일담을 적어볼까요? 등장인물들은 이 사건을 통해서 변화를 겪게 될 거예요. 좋은 방향으로든 나쁜 방향으로든 말이지요. 공들여 만든 이야기에 마침표를 찍어주세요. 지나가는 소식이라도 좋으니 애정이 남은 인물들에게 어울리는 결말을 지어주세요. 이야기를 마무리짓지 않고, 그 인물이 다시 등장할 수 있는 여지나 조건을 설정해줘도 좋겠네요.

흑막 캐릭터를 만들었다면, 그를 에필로그 파트에 등장시키세요. 이 사건의 배후에 누군가의 음모가 있었다면, 탐정과 흑막의 대결은 피할 수 없겠지요. 후속 편에 대한 암시와 함께 여운 또한 남겨주세요.

『Q.E.D. iff 증명종료』 1997~2014, 가토 모토히로

명작 에피소드가 많은 『Q.E.D. iff 증명종료』입니다만, 여기서는 「야곱의 사다리」 편을 꼽고 싶네요. 이 에피소드는 토마 소와 미즈하라 가나에게 MIT의 수재 로키가 찾아오며 시작됩니다. 로키의 연인 에바 스쿠터가 만든 인공지능 프로그램이 서버 밖으로 나오면서 일본 각지에 디도스 공격을 가하기 시작하고, 에바 스쿠터는 미 정부의 감시를 받게 됩니다. 결국 로키는 에바 스쿠터를 구하려고 친구인 토마 소를 찾아서 일본에 온 것이지요.

이 이야기에서는 미국과 일본 그리고 인공지능 프로그램이라고 하는 다수의 세력이 충돌하고, 각자의 이익을 고수하기 위해 치열한 쟁탈전을 벌입니다. '이 꼬인 매듭을 어떻게 풀어낼 수 있을까?' 관객으로서는 상상하기도 어렵습니다만, 토마 소는 이 국면에 대치하고 있는 모든 세력이 만족할 수 있는 결말을 제시하는 데 성공합니다. 그 결말은 그들에게 종교적인 구원이나 다름없었지요.

「애비 그레인지 저택」 1904, 아서 코넌 도일

이 작품의 피지배자는 범인 잭 크로커입니다. 잭 크로커가 살인을 저지른 데에는 딱한 사정이 있었어요. 그는 과거에 사랑했던 연인인 메리 브래큰스톨이 남편 브래큰스톨 준남작에게 학대를 당하고 있다는 사실을 알게 되지요. 화가 난 그는 브래큰스톨 준남작에게 따지러 갔고요. 하지만 실랑이가 벌어지던 중 우발적인 사고가 일어나 브래큰스톨 준남작이 죽어버리고 말았던 것이지요.

셜록 홈스는 잭 크로커를 구제하기로 결심합니다. 잭 크로커가 저지른 범죄에는 고의성이 없었으며, 연인이 부당하게 학대받는 모습을 두고 볼 수 없어 우발적으로 저지른 사건이었으니까요. 그래서 셜록 홈스는 적법 절차를 따르자고 하면서 자신을 판사로, 존 왓슨을 배심원으로 임명해 약식으로 그의 죄를 사합니다. 얼렁뚱땅 막무가내인 결론입니다만, 저는 이 결말을 무척 좋아한답니다.

좀비
레시피

△ 좀비물의 네 가지 요소

① 좀비 바이러스 전염 초기 단계

② 좀비 군중의 습격

③ 국가 시스템 정지

④ 좀비를 제외한 인간들의 고립

△ 배경 설정

① 이야기의 무대

- 일상: 좀비 사건 이전

- 비일상: 좀비 사건 이후 대피 공간(쇼핑몰, 군부대, 병원 및 연구소 등)

② 좀비

좀비가 되는 이유, 좀비의 생사 여부, 좀비의 생김새, 좀비의 욕구, 좀비 바이러스의
전염 경로, 좀비의 운동 능력, 좀비의 인지 능력, 좀비를 멈추는 방법, 좀비의 소생
가능성

△ 인물 구성

① 주인공

② 첫 피해자

③ 제사장

④ 동료

⑤ 훼방꾼

⑥ 피보호자

⑦ 이방인

⑧ 특별한 좀비

△ 이야기 구조

프롤로그 - 일상 - 시작 - 도피 - 방주 도착 - 생존 - 방문 - 위협 - 작전 - 결전
– 에필로그

이제는 좀비가 무엇인지 모르는 사람이 없지요. 제가 어렸을 적에는 SF나 판타지물이 지금처럼 대중적이지 않았기에, 좀비같이 비현실적인 소재를 다루는 작품들은 그 용어를 길게 설명해야만 했었어요. 하지만 요즘에는 그냥 "좀비예요"라고 한마디만 하면 누구든 즉각 이해하지요.

그리고 좀비는 대중화된 만큼 장르적으로 다양하게 변주되고 있지요. 생존을 위해, 실험을 위해, 하다못해 연애를 위해서까지 좀비를 다루니까요. 그러니 여기서는 저 나름의 방식과 목적으로 좀비물의 정의를 좁혀보도록 하겠습니다. 좀비 시나리오를 만드는 데 필요한 요소를 네 가지로 한정함으로써 말이지요.

① 좀비 바이러스 전염 초기 단계

② 좀비 군중의 습격

③ 국가 시스템 정지

④ 좀비를 제외한 인간들의 고립

익숙한 장면이지요? 각 요소가 많은 작품에 녹아든 데에는 다양한 이유가 있을 거예요. 여기서는 그중 몇 개만 간단히 짚어보도록 하지요.

좀비물에서는 어떠한 이유로 사람들이 좀비 바이러스에 감염되며 좀비 아포칼립스가 도래합니다. '아포칼립스'라는 단어는 참 종교적이죠. '좀비 아포칼립스'도 다른 장르와 마찬가지로 성서를 배경으로 창작된 경우가 많아요. 그리고 이는 '최후의 심판'이라는 테마와도 밀접한 관련이 있습니다. 우리의 주인공도 종말을 마주하고는 이제까지의 인생을 되돌아보며 자신이 진실로 결백한지 자문하게 될 거예요.

좀비 영화 속 수많은 악인의 최후를 떠올려보세요. 못되고 얄미운 인간들은 대부분 클라이맥스 장면 전후로 좀비가 되어 자신의 죗값을 치르잖아요. 이런 처벌에는 쾌감이 있어요. 정당한 대가를 받았다는 정합성에서 오는 만족감이요.

그리고 이 심판에서 주인공은 자유롭지 않아요. 제법 결백한 인물일 수도 있지요. 하지만 아무리 착하게 살아온 사람이더라도 어떤 종류의 재앙을 만나면 이 모든 것이 내 잘못에서 비롯한 것은 아닐까 의심하고는 해요. 주인공은 서사를 밟아나가며 과오를 되짚어 죄를 인정한 뒤 반성할 수도 무죄를 입증할 수도 있어요. 주인공의 서사와는 무관하게 부당한 판결이 내려질 수도 있고요. 이러한 재미는 포스트 아포칼립스보다는 현재진행형의 아포칼립스에서 다루기 좋을 거예요.

좀비 하나만 등장하는 작품과 좀비 군중이 파도처럼 도시를 강타하는 작품은 그 분위기가 많이 다릅니다. 같은 좀비가 나오더라도 유쾌한 로맨스가 중심이 되는 〈산타 클라리타 다이어트〉와 절박한 생존이 중심이 되는 〈새벽의 저주〉를 같은 유형의 작품으로 보기 어려운 것은 분명하지요. 대중적인 좀비물이라고 했을 때는 전자보다 후자일 거예요. 그러니 여기서는 좀비 군중이 현대사회를 무너뜨리는 이야기로 가보지요.

국가 시스템 정지와 인간들의 고립은 사실 같은 목표를 두고 설정한 것입니다. 사회가 작동하지 않는 상황에서 대안적인 공동체를 수립했을 때, 그 공동체의 성격과 방향성은 어떻게 설계될 것인지에 대해 고민하기 좋은 것이 이 좀비물이니까요.

위의 네 가지 요소에 부합하는 좀비 아포칼립스의 원형이 되는 신화는 무엇일까요? 저는 『성경』에 수록된 「노아의 방주」 설화를 꼽고 싶습니다. 「노아의 방주」는 대홍수와 관련된 전설 중 가장 대표적인 이야기라 할 수 있겠지요.

『성경』에 따르면 노아는 무척이나 의로운 사람이었다고 해요. 그래서 세상이 혼란에 빠졌다고 여긴 신이 대홍수를 일으켜 인류를 멸망시키기로 결정했음에도, 노아의 식솔들에게는 방주에 숨어 살아남을 수 있는 기회를 주었어요. 방주 안에 다음 세계의 초석이 될 만한 동물들을 집어넣으라는 명령과 함께 말이지요.

좀비 아포칼립스의 세계는 이와 조금 다르지만, 큰 줄기는 비슷해요. 높은 건물 옥상에서 도로를 메운 좀비들의 모습을 비추는 장면은 쓰나미로 도시가 침몰한 광경과도 비슷하지요. 좀비물도 대홍수처럼 자연재해와 같은 규모의 공포를 다루고 있죠. 화산 폭발이나 태풍을 소재로 한 자연재해물의 구조와 좀비물의 형식이 많이 닮은 이유도 그 때문일 거예요. 그리고 이렇게 인류가 감당할 수 없는 규모의 사건을 바라보면, 사람은 숭고함을 느끼고는 해요. 고대부터 인간들이 자연재해와 신의 징벌을 동일시한 것처럼 말이에요.

좀비 영화에서 주인공이 홀로 생존해 텅 빈 대로 한복판을 가로지르며 도시를 누비는 장면에는 일종의 통쾌함이 있어요. 좀비 아포칼립스 세계는 누군가의 꿈이 이루어진 세계이기도 해요. "나는 인류의 정화를 위해 멸망을 기도한다"와 같이 신과 자신을 동일시하는 풋내 나는 소원이 아니라 "내일 학교에 불이 나면 시험을 보지 않아도 될 텐데…"와 비슷한, 평생을 같이할 수밖에 없을 열망이 이루어졌다고나 할까요?

앞서 살펴본 슈퍼히어로물과 로맨스물은 어린아이였던 주인공의 성장담이라고 정리했지만, 좀비물은 그 형태가 약간 달라요. 어른인 주인공이 "내일 학교에 불이 나면 시험을 보지 않아도 될 텐데…" 정도의 꿈을 이룬 세상에서의 현실도피에 가깝지요. 도피가 나쁜 건 아니지만, 또 이런 도피에서 벗어나 다시 성장할 수도 있을 테지만, 이는 어린아이의 성장과는 살짝 달라요.

좀비 아포칼립스에서 생존자들이 모인 대피소는 고립의 공간이기도 하지만 휴식의 공간이기도 하지요. 방주와 같아요. 주인공을 제외한 사람들은 모두 죽었고 사회는 붕괴되었어요. 이후의 세계에는 주인공을 옭아매던 법이나 관습이 없어요. 동시에 새 시대를 만드는 것은 어디까지나 주인공이 결정하는 대로고요. 이 이야기가 『성경』과 다른 점이 있다면, 노아는 의로운 사람이었던 반면 여러분의 주인공은 그 성품을 알 수 없다 정도겠지요.

좀비 영화 중 백화점을 방주로 삼은 작품에 생존자들이 도처에 놓인 수많은 상품을 만끽하는 장면이 있는 것은 우연이 아닐 거예요. 방주 밖의 비극이 안타까울지라도 방주에는 선택된 사람만 들어올 수 있으며, 선택된 이들은 선택되지 못한 이들처럼 될까 봐 두려워해요. 하지만 방주 안의 안락함으로 행복하지 않다면 그것도 거짓말이겠죠.

자신의 가족을 제외한 사람이 모두 죽었을 때, 노아는 어떤 기분이었을까요? 선택받은 사람이라고는 해도 마음은 복잡했겠죠. 노아처럼 신의 계시를 받지 못한, 강제로 이 상황에 처한 사람이라면 더더욱 복잡할 테고요. 꿈이라는 것이 원래 그렇죠. "내일 학교에 불이 나면 시험을 보지 않아도 될 텐데…"라는 소원이 진짜로 이뤄졌을 때, 그 학생은 과연 행복할까요? 학교가 불타고 친구가 다치거나 죽었을 텐데도? 아마 온전히 행복하게 웃진 못할 거예요. 하지만 그럼에도 당장 보기 싫은 시험이 사라졌고 자신은 다치지 않았으니 안도하지 않을 이유는 없지요.

이 온도 차에서 오는 괴리감이 좀비 아포칼립스의 핵심이에요. 절망과 안도의 경계를 오가며 생겨나는 부정형의 감정들. 주인공을 비롯한 등장인물들은 이런 복잡한 상황에서 '나는 저들과 다르다'는 특권 의식을 가질지도 모르고, 특권 의식을 가졌다는 것에 자괴감을 느껴 비관할지도 모르죠. 인류가 멸망한 와중에 살아남은 1퍼센트라는 상황에서는 어떠한 태도를 취하더라도 놀랍지 않을 거예요.

여러분은 노아와 같은 문제에 처한 주인공이 이 운명의 심판을 어떻게 받아들일지를 정해야 해요. 진짜로 신이 이런 재앙을 안겨주었다고 설정하라는 말은 아니지만, 신학적인 화두이기는 하니까요. 인간의 이성 너머의, 불가항력의 압도적이고 운명적인 상황에서 어떤 선택을 할까, 고민해보았으면 해요. 주인공 일당이 인류의 지성으로 완벽한 방주를 만들어도 좋고, 방주는 착각이었으며 자신 역시 방주 바깥의 사람이었음을 깨달아도 좋겠지요. 방주 바깥에서 새로운 세계를 만들게 될지도 모를 테고요.

이야기가 진행되면 노아의 방주에 비둘기가 올리브 잎을 물고 와 육지에 물이 없음을 알렸듯이, 주인공 일당은 방주에서 나갈 기회를 얻게 될 거예요. 방주 바깥의 희망 때문일 수도, 방주 안의 절망 때문일 수도, 어쩌면 둘 다일 수도 있지요. 방주는 어디까지나 임시 대피소에 불과하니까요. 좀비 아포칼립스의 생존자들도 이 엉망진창으로 이뤄진 꿈에서 더욱 엉망진창이 된 현실로 돌아가야만 하는 거죠. 돌아가지 않을지도 모르고 돌아가는 도중에 죽어버릴지도 모르지만, 어떤 결말이든 이 화두를 해결해야만 해요.

배경 설정

이야기의 무대

이번에는 이야기의 무대를 정하도록 하죠. 이 무대는 시간적으로나 공간적으로나 고민을 해봐야 해요. 〈오만과 편견 그리고 좀비〉처럼 근대 영국을 배경으로 만들 수도, 〈데드 스페이스〉처럼 26세기의 우주 공간을 배경으로 만들 수도 있지요.

좀비 시나리오를 쓰기 전에 일상과 비일상의 배경을 설정해주세요. 좀비 바이러스 발생 초기, 고립된 건물 속 생존자의 이야기를 만든다고 해봅시다. 커다란 사건의 경계를 다룰 것이니 배경 역시 이 사건의 전후를 고려할 필요가 있어요. 일상이 무너지기 전, 혹은 무너지는 중에 머물 공간과 무너지고 난 뒤에 숨어 살 공간을 설정해야 하는 것이지요.

일상의 배경은 만들고 싶은 공간으로 설정하면 됩니다. 주인공이 사는 지역과 다니는 직장, 사람들을 만나러 다니는 장소를 고민해보세요. 당장 떠오르는 게 없다면 인물 설정을 마친 뒤에 그 인물이 갈 법한 장소를 적어보아도 좋겠네요. 주인공이나 주변 인물이 좀비 아포칼립스 사태를 견뎌낼 만큼 강인한 사람이라는 개연성을 부여하고 싶다면, 일상의 배경 또한 어떤 재난에서도 생존할 수 있는 지식과 기술을 습득할 만한 곳으로 정하는 편이 좋겠지요.

비일상의 배경, 대피소 그러니까 방주가 될 공간을 설정하는 건 조금 까다로워요. 도시 시스템이 멈춘 와중에도 전기나 수도는 쓸 수 있거나 그 대체품을 찾을 수 있어야 하고, 식료품도 가급적 구하기 편해야겠죠. 좀비들이 숨어들지 못할 정도로 안전한 건물이어야 할 테고요. 물론 이 조건을 다 만족시킬 필요는 없어요. 갈등과 문제를 발생시키기 위해 이런 환경적 요소가 부족하다고 설정해도 재밌으니까요. 이제 비일상의 배경으로 사용될 만한 공간을 정리해보지요.

① 쇼핑몰

편리한 공간입니다. 먹을 것도 많고 수도도 설치되어 있으니까요. 여러 방범 설비도 있어 안전도 어느 정도 확보됩니다. 무엇보다 도시에서 흔하게 접할 수 있는 공간이기 때문에 창작자는 별다른 자료 조사 없이도 쉽게 쇼핑몰의 현장감을 담을 수 있습니다. 쇼핑몰이 좀비가 등장하는 영화의 단골 배경 중 하나가 된 것에는 이유가 있는 법이지요.

② 군부대

어찌 보면 당연한 설정이라고 할 수 있겠네요. 의식주는 물론이거니와 강력한 총화기도 구할 수 있으니 말이에요. 더욱이 좀비 아포칼립스 사태가 벌어졌을 때 적극적으로 개입할 단체는 단연 군대겠지요.

③ 병원 및 연구소

병원은 좀비 시나리오에서 쇼핑몰만큼이나 자주 등장하는 장소예요. 좀비를 만나 상처를 입으면 가장 먼저 병원에 가는 것이 순서겠지요. 의식주도 해결되고 비상시를 위한 의약품도 있으니 대피소로 쓰기 맞춤이지요. 거기다 좀비 바이러스를 실험할 수 있다는 것도 큰 장점입니다.

좀비

여기서는 간략하게나마 다음 아홉 문항을 통해 어떤 좀비를 만들지 고민하는 시간을 갖도록 하지요. 물론 더 훌륭한 문항이 있을 수 있으니 자유롭게 떠올려주세요. 굳이 좀비라고 부를 필요도 없고요. 이후 예시에서도 사전적인 의미의 좀비에 한정하지 않을 생각이에요. 외계인이든 뱀파이어든 좀비 아포칼립스물의 장르적 공식을 차용하기만 했다면 참고가 될 테니까요.

① 좀비가 되는 이유는 무엇인가요? 바이러스 혹은 저주 때문일 수도 있지요. 아니면 특별한 이유 없이 어느 순간부터 죽은 자

들이 되살아나는 것일지도 몰라요.

② 좀비는 죽었나요, 살았나요? 〈28일 후〉는 좀비가 아니라 분노 바이러스에 감염된 피해자들이 좀비처럼 행동하는 작품이었지요. 그럼에도 좀비 영화로 분류되고 있고요. 여러분들이 앞으로 쓸 이야기도 마찬가지예요.

③ 좀비는 어떻게 생겼나요? 외형적인 특징이 있나요? 몸이 조금씩 썩는다거나 눈동자 색이 붉게 변한다거나 피부에 이상한 반점이 생긴다거나, 여러 가지를 고민해보세요. 꼭 과학적일 필요도 없어요. 이런 자잘한 설정을 더하는 것도 재미니까요.

④ 좀비는 무엇을 원하나요? 인간만 먹을 수도 있고, 동물을 먹을 수도 있겠지요. 인간만 먹더라도 뇌나 간 같은 일부만 원하거나요. 아니면 죽이려고만 할 수도 있습니다.

⑤ 좀비 바이러스는 어떻게 전염되나요? 물려서? 그렇다면 살짝 물리는 건 괜찮나요? 아니면 피를 통해서? 그 양은 얼마나 될까요? 공기를 통해서도 전염이 될까요? 증상이 나타나기까지 얼마나 걸릴지도 고민해보세요.

⑥ 좀비는 어느 정도로 움직일 수 있나요? 달리는 좀비가 처음 나왔을 때 무척 충격적이었죠. 운동 능력의 정도를 고민해주세요.

사람의 살점을 물어서 뜯어먹으려면 턱관절이 꽤 발달해야 할 거예요. 〈황혼에서 새벽까지〉처럼 힘은 강해지되 신체 내구성은 저하될 수도 있겠군요.

⑦ 좀비는 이성과 인지능력을 지녔나요? 도구를 사용할 수 있나요? 좀비가 문을 열 수 있다면 정말 무섭겠죠. 이성이 사라진다면, 그 과정은 얼마나 빠르게 어떤 단계를 거쳐 진행되는지도 정해 주세요.

⑧ 좀비를 없앨 수 있는 방법이 있나요? 인간과 다를 바 없어도 좋지만 머리를 날려버리는 전형적인 방법도 좋지요. 저주로 되살아난 경우라면, 머리가 날아가도 손발은 계속해서 움직일지도 모르고요.

⑨ 좀비는 인간으로 돌아올 수 있나요? 좀비였다가 인간으로 되돌아오는 약품이 개발된 세상을 그린 작품도 꽤 많지요. 이야기의 중심 소재가 좀비 바이러스 치료제여도 좋겠네요. 회생 불가능한 초강력 바이러스여도 흥미로울 테고요.

인물 구성

주인공과 주변 인물을 만들 차례예요. 어린 시절 무인도에 갇히면 누구와 함께하고 싶은지 공책에 적어본 적이 있나요? 저는 수업시간마다 이런 상상을 한 나머지 사칙연산과 영어 문법에 무지한 SF 작가 되었지만 만족하고 있습니다. 그럴 만한 가치가 있는 즐거운 시간이었어요.

① 주인공
② 첫 피해자
③ 제사장
④ 동료
⑤ 훼방꾼
⑥ 피보호자

⑦ 이방인

⑧ 특별한 좀비

인물 유형은 「노아의 방주」와 엮어서 설명하겠지만, 작품 속 등장인물은 종교관과 무관하게 만들어주세요. 이 인물들은 각자의 방식으로 좀비 아포칼립스 사태를 마주할 것이고, 작품에 녹여내고픈 주제 의식에 따라 인물들의 행동과 최후가 평가되고 결정될 거예요.

주인공은 방주에 들어간 노아 같은 사람이에요. 노아처럼 선량한지 아닌지는 여러분이 결정할 사항이지요. 좀비 아포칼립스라는 비일상에 내동댕이쳐진 동시에 불만족스러운 일상에서 탈출한 사람이기도 해요. 하지만 클라이맥스에서 이 인물은 비일상과 일상, 양측의 문제에 모두 직면하게 될 거예요. 성장이나 도피 혹은 몰락이라는 선택지 중 하나를 골라야만 하겠지요.

첫 피해자는 주인공이 처음으로 마주한, 혹은 극 초반에 만난 좀비예요. 일상이 붕괴되었고 비일상이 시작되었음을 상징한다는 점에서 짧은 분량임에도 불구하고 큰 영향력을 가진 인물입니다. 좀비와 관련된 설정을 묘사하기 좋은 장치이기도 하고요.

제사장은 창작자의 대리인이에요. 가끔은 창작자의 입장을 고스란히 전달하기보다 역설적인 방법으로 보여주기도 하지요. 좀비 아포칼립스라고 하는 신의 재앙에 대해 신의 언어를 인간의 언어로 번역하는 사람이라고도 할 수 있겠네요. 번역의 질을 담보할 수는 없지만요.

동료는 주인공과 방주에 갇혀 교류하는 인물들을 뜻해요. 주인공은 클라이맥스가 되기 전까지 죽을 리가 없지만, 동료는 언제 어느 때라도 죽을 수 있다는 점에서 무척 편리합니다.

훼방꾼은 사사건건 트집을 잡아요. 제사장과 중첩되는 부분도 많습니다. 긴장과 이완의 완급을 조절하는 데 이만큼이나 유용한 등장인물은 거의 없습니다. 약방의 감초 역할을 톡톡히 하지요.

피보호자는 주인공과 그 일행이 살아야만 하는 이유예요. 신이 내린 징벌과도 같은 재앙 속에서 피보호자는 순수하고 무고해요. 많은 피보호자가 어린아이로 설정된 것도 그 때문이에요. 아이들은 어른들이 제대로 대비하지 못해 일어난 재난에서 부당하게 피해를 입었으니까요. 그래서 주인공 일당은 피보호자를 지켜주기 위해 안간힘을 쓸 거예요.

이방인은 방주에 올리브 잎을 물고 온 비둘기라고 할 수 있겠네요. 굳이 인물이어야 할 필요도 없어요. 주인공 일당이 방주에서 나가도록 이끄는 무엇이기만 하면 되니까요. 방주에서 나가게 만드는 메시지는 희망과 절망 둘 다 가능하겠지요. 어쨌든 그 덕분에 등장인물들에게는 방주를 떠날 계기가 생깁니다.

특별한 좀비는 게임으로 치면 최종 보스 같은 존재입니다. 주인공과 대비되는 존재이자 그의 성장을 증명하는 인물이지요. 경우에 따라 특별한 능력이 있기도 합니다만, 상징적인 차별점을 갖기도 해요.

왜 이런 등장인물들이 원형이 되었는지에 대한 답은 다음에 이어지는 각 인물의 상세 정보를 살펴보면서 설명하도록 하겠습니다.

아, 하나 더. 좀비 아포칼립스 세계에서 살아남기 위해서는 다양한 기술이 있을수록 유리하겠죠. 과학자, 기술자, 의료계 종사자, 군인 등 특별한 전문직이 우대받는 세상이라고나 할까요? 여러분이 만들 이야기에 반드시 등장해야 하는 직종은 아니지만, 그래도 이런 직종의 인물이 있으면 이런 장면의 개연성을 높일 수 있지 않을까에 대한 고민도 같이 하면 좋을 것 같습니다.

주인공

주인공은 자유롭게 만들어보세요. 특별한 재능이나 요소로 다양한 장면을 연출할 수 있어도 좋고, 평범하고 소시민적인 인물이라 감정이입에 유리해도 좋겠지요. 이 인물이 서사의 중심이라는 것만 잊지 않으면 됩니다.

주인공은 문명이 붕괴되기 전, 자신의 일상에 불만이 있을 거예요. 대부분 꼴도 보기 싫은 것 두세 가지는 갖고 사니까요. 좀비 아포칼립스의 주인공이라고 이 법칙에서 자유로울 수는 없겠죠. 일상의 골칫거리는 자유롭게 설정해주세요. 가족일 수도 있고 상사일 수도 있고 애인일 수도 있어요. 사랑하면 더 불만이 생기기도 하니까요. 사람이 아닌 물리적인 조건이어도 좋아요. 신체 특징이나 채무 같은 것들이요.

역설적으로 이 골칫거리들은 좀비 아포칼립스라는 재난과 함께 사라질 거예요. 부정적인 방향으로 꿈이 이루어졌다고나 할까요? "내가 반에서 공부를 제일 잘했으면 좋겠다!"라고 소원을 빌었을 때, 나의 점수가 오르는 것이 아니라, 반 친구들이 설사가 나서 시험을 치지 못해 반사이익으로 1등을 하는 식으로요.

이렇게 억지로 꿈이 이루어지면 이내 악몽으로 다가오기도 해요. 이러한 해방감에는 죄책감이 뒤따를 수밖에 없어요. 「노아의 방주」를 떠올려보세요. 아무리 신의 의지라고는 해도 다른 사람의 죽음을, 그것도 전 인류의 죽음을 바라보기만 할 수밖에 없다는 것은 한 개인이 감당하기 힘든 특권이죠.

우리의 주인공도 이런 갈등을 겪게 될 거예요. 노아에게는 신의 명령을 충실히 따른다는 대의라도 있었지만, 우리의 주인공은 그렇지도 않지요. 자기가 노력했다면 몇 명은 더 살렸을지도 모르고, 어떤 사람은 자기가 싫어했다거나 최선을 다할 만큼 좋아하지 않았다는 이유로 죽었을지도 몰라요.

이 갈등의 무게는 원하는 대로 정해주세요. 고뇌로 가득 차 양심의 가책에 시달리느라 내내 괴로워할 수도 있고, 더 죽이지 못해 안달일 수도 있고, 아무 생각 없이 흘려 넘길 수도 있어요. 하지만 어떤 답을 내리든 동일한 질문을 마주하기 시작했다는 사실만큼은 잊어서는 안 되겠죠.

주인공은 클라이맥스에 앞서 하나의 선택을 해야만 해요. 그의 달콤한 꿈이 이루어진 방주 안의 삶을 포기하고 떠날 예정이거든요. 방주에서의 이야기는 방주 바깥으로 나갈 것을 염두에 두고 만들어집니다. 학교에 불이 났다고 해서 평생 시험을 미루고 방학처럼 살 수는 없으니까요. 꼴 보기 싫은 현실에서 도피했다가 또 다른 꼴 보기 싫은 현실을 만나기도 하고요.

좀비 아포칼립스는 주인공의 욕망이 부정적인 방향으로 이루어진 세계예요. 주인공은 이 욕망이 이루어진 세계에서 자신의 부족함에 대해 자문하게 될 거예요. 절망할 수도, 극복할 수도, 모른 척 즐길 수도 있겠죠. 어떤 답을 얻든 이 세계는 다시 한번 붕괴하고 현실로 돌아가야 한다는 재촉을 받겠지만요. 황무지에 논밭을 만들고 새로운 시험을 준비하라는 계시라고도 할 수 있겠네요. 도피도 개척도 좋아요. 선택의 대가를 치르기만 하면 됩니다. 도피로 행복해질 수도 있고, 반대로 개척하려다 불행해질 수도 있어요. 필요한 이야기를 골라주세요.

〈좀비랜드〉 2009, 루빈 플라이셔

주인공. 콜럼버스

〈좀비랜드〉의 주인공은 사회생활에 재주가 없는 온라인게임 폐인이었습니다. 좀비 사태가 터졌음에도 3주 동안 주말이면 '월드 오브 워크래프트'만 하며 지내고, 다른 사람들은 전혀 만나지 않았지요. 연애를 하고 싶어 했지만, 이렇게나 소심하게 숨어 지내는 성격 탓에 누구를 제대로 만나보지도 못했어요.

하지만 주인공은 여러 사건을 겪는 과정에서 오랜 세월 두려워하던 광대에 대한 공포를 극복했고, 평생의 꿈이었던 연애 비슷한 것도 해냅니다. 그리고 이 변화는, 글쎄요. 좀비 사태 덕분이 아니라고는 못 하겠네요. 세상이 망함으로써 그 전에는 꿈도 꾸지 못하던 무언가를 얻게 되는 경우는 좀비물에서 흔히 생기는 일이랍니다.

〈새벽의 황당한 저주〉 2004, 에드거 라이트

주인공. 숀

숀은 여자친구 리즈와 헤어졌습니다. 양아버지와는 사이가 좋지 않았고요. 리즈와 사귀고 싶어서 안달이던 친구도 있습니다. 인간관계가 원만하다고 하기는 어려운 상황이었죠. 하지만 괜찮습니다. 좀비 사태가 터졌으니까요.

좀비 사태가 터지자, 리즈는 살기 위해 숀에게 돌아와서 힘을 모으고 밉살맞은 친구는 좀비에게 끌려가 내장까지 물어뜯깁니다. 숀을 사랑하던 사람들이라고 죽지 않은 것은 아닙니다만, 그래도 이 정도면 잃은 것들은 다 복구한, 나름대로 선방한 셈이지요. 이렇게 편의적으로 주인공에게만 상냥한 세계를 보니 생각이 조금 복잡해지기는 하네요.

첫 피해자

예외적인 경우가 아니라면 좀비 아포칼립스에는 좀비가 필요하겠죠. 더욱이 시점을 주인공에게만 의지하는 경우라면, 첫 피해자는 좀비가 어떤 이유로 어떤 과정을 통해 만들어지는지 보여줄 때 꽤 편리해요. 좀비가 될 인물을 하나 만들어보도록 하지요. 원한다면 이런 역할을 담당하는 인물이 몇 명 있어도 좋아요. 아예 집단으로 감염되어도 재밌겠죠.

여기서는 보통의 단역이 아니라 주인공과 안면이 있지만 좀비 바이러스에 감염된 피해자를 만들어보도록 합시다. 이 인물은 좀비라는 비현실적인 존재를 주인공과 관객에게 각인시키고, 이런 존재가 실재함을 인식시킬 도구이기도 해요. 그러니 일반적인 좀비와는 다른 특별한 설정을 하려면 꼭 등장시키세요. 첫 피해자는 이 이야기에 나오는 좀비의 특성 대부분을 설명해줄 것이고, 주인공이 일상에서 벗어나 비일상을 향해 적극적으로 도망치게 도와줄 거예요.

이 인물은 주인공과 가까운 사이일 거예요. 좀비가 되기 전이든, 되는 중이든 이야기 초반에 주인공과 만날 예정이지요. 그러니 가족이나 친구처럼 자주 교류하는 사람이거나 이웃이나 직장 동료처럼 물리적인 의미로 가까운 사람일 가능성도 큽니다.

첫 피해자는 이야기에서 큰 비중을 차지하지 못할 거예요. 처음에 잠깐 나오고 마는 경우가 많죠. 저는 주인공의 죄책감을 자극하기 위해 이후 이야기에서 다른 생존자와 연관이 있거나, 좀비인 상태로 다시 한번 주인공과 만나도 좋다고 생각하지만요.

〈살아있는 시체들의 밤〉 1968, 조지 로메로
첫 피해자. 조니

주인공 바브라의 오빠 조니는 공동묘지에 헌화하러 갔다가 바브라의 눈앞에서 좀비가 되어버립니다. 바브라는 오두막으로 도망쳤습니다만, 두 사람은 클라이맥스에서 다시 한번 만났습니다. 이 만남은 그렇지 않아도 수세에 몰려 있던 바브라의 정신을 뒤흔들기에 충분했지요. 조니는 주인공이 미처 애도하지 못하고 올바른 장례를 치러주지 못한 피해자인 동시에, 주인공의 마음

한구석에 죄책감을 남겨놓았다 결정적인 순간에 폭발시킨, 아주 좋은 인물이었어요.

〈좀비랜드〉 2009, 루빈 플라이셔

첫 피해자. 406호 주민

〈좀비랜드〉의 첫 피해자는 주인공의 옆집에 사는 여성이었어요. 노숙자가 자신을 물었는데 너무 무서우니 하룻밤 재워달라고 찾아온 인물이었지요. 여성을 대할 때 한없이 어색한 주인공에게 있어 이 인물은 무척이나 매력적으로 보였을 것 같네요. 하지만 이 인물은 하룻밤이 지난 뒤에 좀비로 변해 주인공을 물어뜯으려고 덤벼듭니다.

이 첫 피해자는 좀비에 대한 설정만이 아니라, 주인공이 진심으로 바라는 것이 무엇이며 어째서 그걸 얻지 못하고 있는지 노골적으로 보여주는 역할까지 맡았습니다. 주인공이 가장 원하는 것은 누군가와 사랑에 빠지는 일이었으며, 주인공에게 이는 죽을 것처럼 두려운 무엇이기도 하다는 사실을 직관적으로 보여주었으니까요.

제사장

고대부터 자연재해는 신의 징벌로 해석됐다고 했죠? 좀비 아포칼립스도 마찬가지예요. 도시나 문명이 제대로 기능하는 상황이라면 이런 식으로 사건을 받아들이지 않겠지만, 좀비물은 누구든 이성이 마비될 수밖에 없는 비상사태를 그리고 있기 때문이지요. 그리고 자연재해가 신의 의지에 의해 일어난 일이라고 여기는 사람들은 이 현상을 인간의 언어로 번역해줄 사람을 찾게 되기 마련입니다.

주인공보다도 노아에 가까운 인물이겠지요. 물론 제사장은 진짜 노아도 아니고 자연재해와 같은 신의 징벌을 인간의 언어로 번역할 자격도 없는 평범한 인물일 가능성이 커요. 그 비슷한 위치에서 그렇게 보이는 일을 할 뿐이지요.

제사장은 생존자 그룹의 멘토이거나 멘토를 자임하는 인물이에요. 진정한 멘토라면 자기가 멘토라고 자화자찬하지 않을 것이고, 사이비 멘토라면 신의 계시를 들은 척하며 멘토 역을 선점하려고 애쓸 거예요. 주인공과는 어떤 관계이든 좋아요. 훌륭한 멘토라면 주인공과 친분을 맺고, 사이비 멘토라면 주인공을 물심양면으로 괴롭히겠죠.

제사장이라고는 했지만, 종교적인 인물로 설정할 필요는 없겠지요. 〈28일 후〉의 헨리 소령은 제사장의 일종이라고 할 수 있어요. 이 인물이 믿는 신은 기독교나 성서적 의미가 아닌 군대 내부의 불문율이었지요. 어쩌면 이렇게 종교와는 무관하게 특정한 신념과 믿음으로 생존자 그룹의 대표를 자임하는 인물이 더 많을 거예요.

좀비 아포칼립스에서 인격을 가진 신이 등장해 징벌로써 좀비를 만드는 경우는 거의 없지요. 오히려 유신론자가 썼다고 할 수 없는 이야기가 훨씬 많아요. 하지만 이런 이야기에도 커다란 재앙을 물리적인 관점이 아닌 윤리나 종교적 이념 혹은 철학적으로 관조하는 인물은 나오기 마련이지요. 그리고 이들은 신과 맞닿아 있지 않을 수는 있어도 창작자와는 맞닿아 있으니, 여러분이 이 작품에서 말하고 싶은 주제를 이들의 입을 통해 전달할 수 있을 거예요. 정석적으로든, 역설적으로든 말이지요.

〈미스트〉 2007, 프랭크 다라본트

제사장. 카모디 부인

정확히 구분하자면 좀비 아포칼립스를 다룬 작품이 아니기는 합니다만, 〈미스트〉의 카모디 부인은 제사장 중에서도 사이비 멘토로서 훌륭한 본보기가 되어주었죠. 이 인물은 신의 대리자를 자처하면서 상황을 막장으로 몰고 가 관객들이 마음껏 싫어할 수 있게 설계됐지요.

카모디 부인은 「구약성서」에 나오는 율법과 처벌을 맹신했어요. 그래서 안개를 피해 마트에 갇힌 사람들에게 성서의 구절을 읊어주며 산 제물을 바쳐야 너희들이 안전할 것이라는 말도 안 되는 소리를 세뇌시켰지요. 두려움 때문에 공황에 빠진 인물들은 그 말재간에 넘어가 살인까지 했답니다. 작품의 주제를 완전히 반대로 보여주어 도리어 강조한, 멋진 설계였지요.

〈황혼에서 새벽까지〉 1996, 로버트 로드리게스

제사장. 제이컵 신부

제사장으로 카모디 부인처럼 사악한 인물만 있는 건 아닙니다.

진정한 멘토라고 한다면 〈황혼에서 새벽까지〉의 제이컵 신부가 있겠네요. 이 인물은 파면당한 신부로 성직에서는 물러났지만, 그 인품만큼은 모자람이 없습니다.

이 인물의 활약은 정신적인 측면에만 머무르지 않습니다. 그보다는 성수(聖水)를 대량생산해서 콘돔에 담아 성수 수류탄을 만들어 좀비 떼처럼 몰려오는 뱀파이어들을 물리치는 데 사용하는 장면이 더 인상 깊었으니, 제이컵 신부는 전투적인 측면에서의 비중이 더 클지도 모르겠습니다. 여러모로 유능한 인물이었지요.

동료

주인공에게는 지지자가 필요해요. 생존자가 모여 있는 방주는 아주 좁은 세계인데, 이 안에서 혼자 돌출 행동을 하기란 무척이나 어려울 거예요. 평소에는 사소하다고 여겨질 만한 일도 걷잡을 수 없이 큰 사건 사고가 될 수 있는 종말의 세계인 만큼 주인공은 손발을 맞추어 행동을 함께할 사람이 필요한 거죠.

이런 인물은 이야기를 꾸려나가는 데 필요한 장치이기도 해요. 어떤 사건을 관객에게 알려야만 할 때, 주인공이 일일이 경험하거나 독백으로 구구절절 설명하는 것은 피곤한 일이에요. 하지만 주인공과 동료가 대화하는 장면은 관객에게 현장감을 느끼게 해주면서도 많은 정보를 빠르고 간편하고 개연성 있게 전달하지요.

이 인물은 주인공의 또 다른 버전이라고도 할 수 있어요. 이야기의 중심에 위치하지는 않을지라도 주인공에게 비교 대상이 될 거예요. 주인공이 될 수도 있었을 또 하나의 가능성이지요. 더 고결한 사람일 수도, 더 천박한 사람일 수도 있어요. 아니면 주인공과 죽이 척척 맞는, 비슷한 사람일 수도 있고요. 동료 덕분에 주인공 역시 더 선해질 수도, 더 악해질 수도 있어요. 어쩌면 주인공과 사랑하는 사이가 될지도 모르겠네요.

관객에게 공감할 만한 주인공이 필요한 것처럼, 주인공에게도 공감할 만한 동료가 필요해요. 그리고 이 공감은 공통점이 있기에 얻게 되기도 하지만, 차이점 때문에 얻게 될 수도 있지요.

사건의 급박함을 보여주기 위해서, 혹은 이야기의 진행을 위해서 등장인물 중 하나가 죽어야 할 수도 있을 거예요. 이런 재난 상황에서 누군가의 죽음은 비장함을 느끼게 할 수도 있고 위험을 경고할 수도 있는 필수 사건이니까요.

하지만 주인공이 클라이맥스도 오기 전에 죽으면 이야기는 더 이상 진행될 수 없으니, 우리는 남아 있는 분량만큼 주인공의 생존을 보장하고 있는 셈이에요. 주인공 같았던 인물이 죽고 서사의 중심이 다른 인물로 옮겨 가기도 하지만, 이 경우는 구성이 조금 더 복잡해지니까 이 책에서는 예외로 하지요.

주인공이 위험에 처하는 것보다는 동료가 위험에 처할 때 작품의 긴장감이 더 생생하게 다가옵니다. 이야기는 계속될 테지만 이 인물은 언제 죽을지 모르니까요. 잔뜩 폼을 잡고 있지만 다음 장면에서 죽을 수도 있다는 긴장감을 줄 인물이 필요해요.

〈부산행〉 2016, 연상호

동료. 윤상화

윤상화는 한 사람의 남편이자 예비 아빠입니다. 이 인물은 주인공 서석우와 여러 면에서 공통점과 차이점을 보여주며 작품에 긴장감을 부여했지요. 어떤 의미에서는 관객들에게 주연보다 더 큰 호감을 얻는, 주연에 가까운 조연이 얼마나 훌륭히 기능하는가를 잘 보여준 인물이었습니다.

무엇보다 윤상화는 서석우가 가질 수 없는 장점이 있었습니다. 흔히 사망 복선이라고들 하지요? 죽는 장면에서 관객들을 감정적으로 더 흔들어놓기 위해 "이 전쟁이 끝나면 돌아가서 약혼자와 결혼을 할 거야", "임무를 마치면 함께 식사를 하자"처럼 인물의 인간적인 면모를 부각시키는 대사나 장치 들이요. 서석우가 사망 복선을 깔아도 관객들은 '후반부가 아니니까 괜찮아'라며 안심했겠지만, 윤상화라면 달랐습니다. 주인공이 아니니까 언제 죽을지 모른다는 긴장감을 줬는데, 이러한 완급 조절은 주연이 아닌 조연만의 특권이에요.

〈나는 전설이다〉 2007, 프랜시스 로런스

동료. 샘

동료가 굳이 사람일 필요는 없겠지요. 〈나는 전설이다〉의 주인공 로버트 네빌에게는 머리도 좋고 충실한 강아지 샘이 있었습니다. 좀비 아포칼립스처럼 위태로운 상황에서 동료로 곁에 두기에는 강아지가 사람보다 나은 점이 많지요. 강아지는 다른 사람의 뒤통수에 총구를 갖다 대지 못할 테니까요.

로버트 네빌은 작품 속 사람들을 거의 만나지 못합니다. 그렇기에 샘과의 관계가 더 의미 있었어요. 거의 유일하게 그의 곁을 지켜주는 누군가였으니까요. 관객들은 로버트 네빌에게 샘이 있으니까, 또 샘에게 로버트 네빌이 있으니까, 그들을 더 응원하고 잘되기를 기대했을 거예요.

훼방꾼

훼방꾼은 없어도 됩니다. 무서운 걸 잘 보지 못한다면 이 인물은 없어도 괜찮습니다. 훼방꾼은 공포 영화에서 가장 공포스럽고 혈압을 가장 높이는 인물입니다. 좀비물을 즐겨 보았다면 소름 돋게 싫었던 인물을 떠올릴 수 있을 거예요.

무리를 지으면 그중에 몇 명은 나랑 맞지 않기 마련이지요. 모두와 잘 지낼 수 있다면 좋겠지만, 밖에서는 좀비 떼가 쏟아지고 안에서는 식량과 물자가 바닥나는 상황에서 모두와 긍정적인 관계를 유지하기란 어려운 일일 거예요. 훼방꾼은 그런 불편한 만남을 대표하는 인물이 될 것입니다.

훼방꾼이 꼭 나쁜 사람일 필요는 없어요. 자기만의 원칙 때문에 계속해서 주인공과 부딪힐 수도 있겠지요. 처음 만난 사람과 원만한 관계를 맺느냐 마느냐는 확률의 문제예요. 선악보다는 궁합에 가깝죠. 어떤 성향을 부여하든 재미난 갈등을 일으키겠지요. 소소한 일상의 트집부터 중대한 결정의 가부까지. 이 인물이 할 수 있는 일은 무척 많아요.

그래도 전 훼방꾼이 살아 숨 쉬는 음식물 쓰레기로 나오는 작품을 좋아하기는 해요. 이 인물을 악독하거나 간사하게 만들었다면 클라이맥스에서 카타르시스를 주기 편리해지죠. 이 인물을 등장시키기로 했다면 가능한 한 악독하게 만들어보세요. 인간의 다면적인 모습이나 사연이 있는 악당 또는 깊이 있는 인물을 배제하라고 하지는 않겠지만, 단순하고 평면적이어서 누구나 이해하기 쉬운 인물의 장점도 있으니까요.

관객들이 이 인물을 진심으로 싫어하게 되었을 때쯤 좀비가 돼서 주인공이 훼방꾼의 머리통을 야구방망이로 날려버리는 장면이 나오면, 그 순간 극장은 환호성으로 가득 차지 않을까요? 이 순간을 위해 훼방꾼이 존재했다고 해도 과언은 아닌 셈이죠. 앞선 레시피에서 도덕과 윤리, 책임 의식에 대해 쓰긴 했지만, 좀비물에서 이 정도의 보상은 있어도 될 거예요. 작품이 권선징악의 서사로 흐른다면, 악의 표본이 하나쯤 있어서 나쁠 건 없지요. 권선징악이 이루어지지 않았음을 묘사할 때도 마찬가지고요.

〈부산행〉 2016, 연상호

훼방꾼. 용석

용석은 훼방꾼을 대표하는 악역이라고 할 수 있겠지요. 사사건건 자신의 안위만을 챙기면서 생존자 사이를 이간질해 상황을 악화 일로로 몰아갔으니까요. 그렇기에 그가 좀비가 되는 순간, 몇몇은 쾌재를 불렀을지도 모르겠네요.

관객들에게는 너무나 얄밉게 느껴지겠지만, 창작자 입장에서는 이만큼이나 쓰기 편리한 인물도 없을 거예요. 상황을 악화시키고 싶으면 훼방꾼이 자기 성격을 보여주면 되고, 상황을 개선시키거나 분위기를 반전시키고 싶으면 이 인물의 의외의 면을 보여주면 되니까요.

〈새벽의 저주〉 2004, 잭 스나이더

훼방꾼. 스티브

이 작품을 본 사람 대부분은 항상 속 좁게 투덜거리던 스티브를 못마땅하게 여겼지요. 사사건건 딴죽과 시비를 걸면서 이기적으로 굴고 다른 생존자들을 위험으로 내모는 인물이었으니까요. 왜 이렇게 얄밉게 구는 인물이 필요할까요? 그 이유야 하늘의 별만큼이나 많지만, 주인공이 이런 못된 사람과는 다르게 올바른 마음씨를 가졌다는 사실을 부각시킬 수 있다는 것이 그중 하나겠지요.

어디 그뿐일까요? 주인공의 음습하기 짝이 없는 욕망을 숨겨야만 할 때, 스티브 같은 인물이 옆에서 더 엉망인 모습을 보여주며 가림막을 자처하기도 합니다. 이렇게 훼방꾼은 여러 가지 면에서 유용합니다.

피보호자

세계가 망했습니다. 당신은 그 망한 세계에서 살아야 합니다.

살기를 포기하고 빨리 죽음을 선택하는 것이 가장 편한 길일지도 모르는데, 차마 그러지 못하는 이유는 대부분 자신이 책임져야 할 누군가가 있기 때문이고, 이 누군가는 스스로를 책임지지 못하고 당신의 보살핌을 필요로 하는 아이일 때가 많지요.

부모가 자식에게 흔히 하는 말인 "내가 너 때문에 산다, 너 때문에!"라고나 할까요? 교육상 좋지 않은 발언이고 아동 인권을 존중하지 않는 발언이기도 하니 실생활에서는 쓰지 않는 편이 좋다고 생각합니다만, 좀비 아포칼립스 서사에서 이런 관계가 중요하게 나온다는 것은 분명하게 밝혀두고 가야겠죠.

좀비 아포칼립스의 서사가 현실도피에서 출발한다고 분석한 것은 이 서사에 일정 이상 윤리와 책임의 화두가 존재한다는 이야기이기도 해요. 현실도피를 한 사람은 아무리 놀아도 가슴 한구석에 자신을 짓누르는 쇳덩이 같은 죄책감이 남으니까요. 어른인 주인공은 이 망한 세계를 바라보며 책임감을 느낄 수밖에 없지요. 자신과는 달리 이 파국에 어떠한 일조도 하지 않은 순수한 어린아이 앞에서는 더더욱 그럴 거예요.

피보호자가 있음으로써 주인공은 그냥 미치거나 죽거나 하는 등 훨씬 속 편한 선택지가 있음에도 이성의 끈을 놓지 않으려 애를 썼어요. 자신의 미래가 아닌 누구보다도 결백한 한 아이의 미래를 위해서요.

좀비 아포칼립스로 한정하지 않더라도 주인공이 어린아이와 아포칼립스 세계를 떠도는 작품은 흔하죠. 고전 작품 중에서는 〈북두의 권〉이나 〈6현의 사무라이〉가 대표적이고 요즘 작품으로는

〈더 라스트 오브 어스〉나 〈핀과 제이크의 어드벤처 타임〉의 '널 기억 못할 때' 편을 꼽을 수 있겠네요.

피보호자가 주인공의 피붙이일 필요는 없어요. 좀비 아포칼립스 세계에서는 제대로 된 어른이라면 우연히 만난 피보호자에게도 책임감을 가질 수밖에 없어요. 막돼먹은 어른에게는 손쉬운 착취의 대상이 되겠지만요. 작품 속 인물들이 이 아이를 어떻게 대할지는 꼭 고민해보세요.

피보호자를 착하고 상냥한 아이로 만들면 주인공의 책임감은 커지겠지요. 반대로 못되고 불량한 아이로 만들면 주인공은 지긋지긋해할 거예요. 어느 쪽이든 재밌는 선택지가 될 수 있겠네요.

〈새벽의 저주〉 2004, 잭 스나이더
피보호자. 이웃집 아이, 갓난아기
〈새벽의 저주〉에서는 비중 있는 어린아이의 죽음이 두 번 등장합니다. 영화 포스터에도 좀비가 된 아이가 웃고 있는 모습이 담겨있으니 당연하다면 당연한 전개인데, 그래도 가차 없는 느낌입니다. 이야기의 중간점에서 일어난 사건을 생각하면 더더욱이요.
아이들의 죽음으로 부모나 주변 어른들은 큰 충격을 받습니다. 이 세계에 대한 희망이 사라지는 것과 마찬가지니까요. 〈새벽의 저주〉와 그 주인공을 분석함에 있어, 아이의 죽음이 반복해서 등장한다는 것은 분명 특기할 점이에요.

〈데드 얼라이브〉 1992, 피터 잭슨

피보호자. 아기 좀비

〈데드 얼라이브〉는 이 레시피에서 다루는 작품들과 방향이 좀 다릅니다. 좀비 아포칼립스로 세상이 멸명하는 과정을 다뤘다기보다는 하룻밤의 대소동을 집중적으로 다루고 있으니까요. 하지만 '좀비와 어린아이'라는 공식을 말하는데, 〈데드 얼라이브〉를 언급하지 않고 넘어갈 수는 없지요. 이 영화에서는 아주 황당한 이유로 아기 좀비가 탄생하고, 이후 온갖 가학의 대상이 되거든요.

좀비라고 이름 붙여진 대상은 장르적으로 마음껏 공격해도 됩니다. 비슷하게는 나치도 그렇지요. 〈데드 얼라이브〉에서 아기 좀비에게 가해지는 폭력은 과장되어 그 잔인함이 오히려 희석될지언정, 좀비라는 대상이 가진 극단적인 면에 대한 좋은 예시가 되겠습니다. 금기를 넘나드는 B급 영화이기에 가능한 연출이었지요.

이방인

노아는 대홍수로 불어난 육지의 물이 빠졌는지 알아보기 위해 방주에서 새를 날려 보냈죠. 처음에는 새가 빈손으로 돌아왔고, 다음에는 올리브 잎을 물고 왔어요. 그리고 마지막에는 돌아오지 않아 세상이 원래대로 돌아왔음을 확인할 수 있었고요.

앞서 좀비 아포칼립스의 주인공 일당이 숨어 있는 곳은 일종의 방주라고 했지요. 그렇다면 그 방주는 영구불변하게 안전한 장소로 존재할까요? 언젠가는 세상 밖으로 나가서 인류와 문명을 재건해야 하지 않을까요? 선택지야 얼마든지 있어요. 이방인은 이 선택지 중 하나를 강요하는 무자비한 시험관입니다. 어떤 답이든 좋으니 이 문제에 대한 고민을 시작하지요.

이야기에서 이방인의 가장 중요한 목표는 방주와 주인공 일당의 관계에 있어요. 방주를 포기하고 지옥도에 뛰어들지 않으면 안 된다는, 이 현실도피의 서사를 근본부터 뒤흔들고 성장을 강요하는 메신저라고 할 수 있겠네요. 이방인의 등장으로 주인공 일당은 이제까지 안전을 보장했던 방주인 대피소를 떠나야 하지 않을까, 고민에 빠질 것입니다.

이 메신저는「노아의 방주」속 비둘기가 올리브 잎을 물고 온 것처럼 희망을 갖고 찾아왔을 수도 있지만, 반대로 절망을 선포하러 왔을 수도 있어요. 많은 사람이 생존한 도시 규모의 대피소로 인도한다거나, 좀비 바이러스의 치료제 혹은 감염을 막을 수 있을 만큼의 획기적인 무언가가 대피소 바깥에 있다고 설득할 수도 있지요. 하지만 그 이상으로 방주의 식수가 떨어졌다거나 벽이 무너져 좀비가 드나들게 되었다거나 쓰나미를 연상케 하는 좀비의 파도가 몰아칠 것이라는 소식을 가지고 찾아오거나, 도망치지 않으면 안 될 이유를 알려줄 수도 있는 인물입니다.

이 사람은 누구이기에 방주를 떠나야 한다는 정보를 줄 수 있을까요? 이야기의 초반에 대피소로 들어오지 못했거나 잠시 나갔다 오겠다고 말한 뒤 연락이 두절되었던 인물일 수도 있겠군요. 특별한 정보를 취하기 좋은 군대나 언론 혹은 연구 집단의 관계자여도 어울리고요. 아예 특별한 등장인물이 아니면 어떨까요?

이방인과의 만남으로 주인공은 방주를 떠날 결심을 하게 될 거예요. 이 인물은 클라이맥스가 어떻게 전개될지를 암시하는 메신저이기도 하지요. 어떤 식으로 설정하든 주인공 일당이 방주를 떠나 세상을 마주할 계기가 될 사건과 이 사건을 주도할 인물에 대해 고민해보세요.

〈28일 후〉 2002, 대니 보일

이방인. 라디오 방송

이 작품에서 주인공 일당은 좀비 아포칼립스, 정확히는 분노 바이러스로 인한 아포칼립스 상황에서도 도시 한구석에서 생활의 기반을 마련합니다. 하지만 이 생활이 녹록한 것은 아니었지요. 도시는 많은 사람이 살던 공간이고, 많은 사람이 살던 공간이라는 이야기는 분노 바이러스 감염자 수도 많다는 이야기니까요. 하지만 이들에게 실낱같은 희망이 하나 생겨납니다. 그건 바로 자신들이 지키고 있는 군사기지로 사람들이 오기를 기다리고 있겠다는 라디오 속 군인들의 목소리였어요. 주인공 일당은 위험한 여정임을 알고 있음에도 물자를 모아 군사기지를 향해 출발합니다. 이제까지 지내던 방주를 떠나 새로운 방주를 찾아 나선 것이지요.

〈시체들의 새벽〉 1978, 조지 로메로

이방인. 무법자 무리

〈시체들의 새벽〉에 등장하는 이방인은 좀비보다 잔인하고 위협적인 무법자입니다. 주인공 일당은 방주로 삼은 마트를 안전하게 잘 꾸려 나가고 있었습니다만, 좀비 아포칼립스 사태를 틈타 생겨난 무법자 무리까지 막을 수는 없었어요. 결국 무법자 무리가 주인공 일당이 지내던 마트를 약탈하기 위해 찾아오면서 많은 것이 급변하지요.

이방인의 등장은 방주를 포기하는 것으로 연결됩니다. 방주를 포기하는 이유는 다양하지만, 본질적으로는 현실이 아닌 도피처에 불과하기 때문일 거예요. 〈시체들의 새벽〉도 마찬가지입니다. 주인공 일당은 좀비라는 두려운 존재를 피해 자본주의의 상징인 마트로 숨어드는 것에는 성공했지만, 이는 본질적으로 그들을 구원하지 못했던 것이지요.

특별한 좀비

제가 좋아하는 유형의 인물은 아닙니다. 권하고 싶은 건 더더욱 아니고요. 하지만 이 책은 기초적인 학습을 위한 거니까 특별한 좀비에 대한 소개도 하려고 합니다.

주인공의 성장은 이야기의 중요한 화두예요. 이야기의 재미를 위해서는 주인공이 성장하든 유보하든 퇴행하든 다 좋지만, 이 문제를 마주할 필요는 있는 것이죠. 주인공이 자신의 미진한 부분이나 트라우마를 극복했다는 것을 보여주기 위해 상징적 사건을 넣는 것은 흔히 쓰이는 방식이고요. 이 상징적 사건으로는 이제까지 하지 못했던 어떤 일을 할 수 있게 되거나 싸워야만 하는 누군가로부터 승리하는 것을 대표적으로 꼽을 수 있을 거예요.

　게임으로 말하자면 대부분의 최종 보스가 이런 역할을 담당하고 있지요. 좀비 아포칼립스에서도 이런 인물이 클라이맥스의 마무리를 담당하고는 합니다. 물론 게임과 달리 이 좀비가 더욱 강하고 대단한 존재일 필요까지는 없어요. 〈데쓰 프루프〉에서 주인공의 불륜을 목격한 남편도 좀비가 되어 돌아왔을 때 별다른 능력은 없지만 나름대로 작품의 마지막을 잘 장식한 인물이었고요. 〈데드 얼라이브〉에서처럼 주인공의 어머니가 거대 좀비가 되어 주인공을 자궁 안으로 다시 집어넣으려고 하는 노골적인 방식도 나쁘진 않지만, 굳이 이 방향을 고집할 필요도 없습니다.

　특별한 좀비는 서사의 중심이어도 좋고, 마지막에 상징적으로 잠깐 나와도 좋습니다. 어쨌든 클라이맥스에는 등장하겠죠. 앞에서 이야기한 등장인물 중 주인공을 제외한 누군가가 좀비 바이러스에 감염되어 최종 보스 역할을 하는 것도 가능하겠습니다. 오히려 이런 흐름이 더 자연스럽다고 할 수도 있겠지요.

　　〈좀비랜드〉 2009, 루빈 플라이셔

　　특별한 좀비. 광대 좀비

　　주인공은 무서운 게 정말 많았어요. 그중에서도 가장 무서워했던 것은 광대였지요. 클라이맥스의 순간, 주인공은 좀비이자 광대인 아주 특별한 좀비를 마주하게 됩니다. 다행히 이 작품의 주인공은 동료를 위해 공포를 극복하고 성장하는 데 성공하지요. 광대를 무서워하기에는 주인공의 나이가 조금 많기도 하거니와

이 인물이 극복해야 할 문제로는 대인관계가 좀 더 시급하기는 했습니다만, 어쨌든 성장은 성장이었죠.

〈나는 전설이다〉 2007, 프랜시스 로런스
특별한 좀비. 감염자들의 리더

로버트 네빌은 주변 사람을 사랑하고 아낄 줄 아는 인물이었어요. 그중에서도 가족을 아끼는 마음이 무척 애틋했고요. 그렇기에 그는 좀비 아포칼립스 상황이 닥쳤음에도 간신히 만난 생존자를 위해 목숨을 바칠 각오까지 합니다. 하지만 그가 목숨을 바치는 결말은 어디까지나 극장판이었어요. 감독판에서는 감염자들이 그들만의 문화와 관계를 만들었음이 밝혀지고, 로버트 네빌과 감염자들의 리더가 거래(혹은 화해)하는 것으로 결론이 났지요.

감염자들의 리더 역시 로버트 네빌과 마찬가지로 누군가를 사랑하는 방법을 알고 있었던 거예요. 특별한 좀비는 주인공이 반드시 무찔러야 하는 적으로 등장하기가 쉽습니다만, 〈나는 전설이다〉에서처럼 주인공이 화해하거나 받아들여야만 하는 일종의 그림자로 다뤄지기도 한답니다.

이야기 구조

제가 제안하는 좀비물 이야기 구조는 다음과 같습니다. 프롤로그, 일상, 시작, 도피, 방주 도착, 생존, 방문, 위협, 작전, 결전, 에필로그. 요즘에는 좀비를 소재로 하는 작품이 많이 나오고 그 내용도 다양해, 여기서 제안하는 구조에 들어맞지 않는 이야기도 많을 거예요. 그러니 이 구조는 어디까지나 연습용이라 여겨주세요.

슈퍼히어로물과 로맨스물 그리고 탐정물에서는 작품을 성장과 연결해 설명했지요. 마찬가지로 좀비물도 성장과 관련해 이야기할 거리가 많은 장르입니다. 다만 슈퍼히어로물과 로맨스물 그리고 탐정물이 미성숙한 사람이 성숙해지는 과정을 그려냈다면, 좀비물은 이미 성숙한 사람이 잠시간의 일탈을 경험하는 이야기인 동시에, 한 명의 개인보다는 집단 단위로 이야기가 진행될 거예요.

슈퍼히어로물과 로맨스물에서 일상과 비일상의 영역을 구분했던 것처럼, 좀비물 또한 일상과 비일상을 구분해 이야기하겠습니다만, 전자와 후자는 제법 큰 차이가 있어요. 슈퍼히어로물과 로맨스물에서 주인공은 일상과 비일상의 영역을 자유자재로 오가며 비일상의 공간에서 성장하기 위한 통과의례를 거쳐야 했습니다만, 좀비물의 주인공은 일상 속 불만에 대한 회피로 비일상의 영역을 경험하게 될 거예요.

그 결과는 당연히 현실로의 귀환이 되겠습니다. 비일상의 좀비 아포칼립스를 멈추고 일상의 문명사회 복귀에 성공한다는 이야기가 아니라, 일상에서 눈을 돌리고 있던 문제를 피해 비일상으로 도망쳐 잊으려고 하나, 결국에는 그 문제를 정면으로 마주하게 될 것이라는 이야기이지요. 현실도피를 한 대가로 보다 가혹해진 현실로 돌아오는 셈인데, 이는 어디까지나 작중 사건의 인과관계와는 관련 없는, 인물의 감정선과 관련된 진행입니다.

프롤로그

시간적·공간적 배경은 개의치 마세요. 〈살아있는 시체들의 밤〉처럼 무덤가에서 출발해도 좋고, 〈리틀 몬스터〉처럼 복잡한 과거사를 보여주면서 출발해도 재밌으니까요.

프롤로그의 불문율이죠? "첫 세 줄 안에 관객의 마음을 사로잡아라." 〈새벽의 저주〉에서는 의사와 간호사가 이상하게 군 응급 환자에 관한 대화를 나누면서 출발했지요. 관객이 '도대체 무슨 일이 일어났기에?' 하고 의문을 품기 충분했지요.

프롤로그를 마무리했지만, 무언가 더하고 싶다면 이 장면을 마지막 에필로그 장면과 대칭이 되게 만드세요. 〈좀비랜드〉 도입부에서 혼자였던 주인공이 가족을 얻는 것으로 작품이 마무리되었던 것처럼요.

소개해야 할 배경 설정이 많다면 이 장면을 활용해보는 것도 좋습니다. 〈기묘한 가족〉에서는 좀비 바이러스의 탄생 과정을 라디오 뉴스와 함께 설명했었지요.

> **〈나는 전설이다〉** 2007, 프랜시스 로런스
>
> 좀비물에서 클리셰적인 도입부가 하나 있습니다. 좀비 바이러스에 대한, 복선이 되는 주제를 다룬 뉴스가 TV나 라디오에서 흘러나오는 거예요. 이 방식을 사용하면 아주 간단하면서도 어색하지 않게 이후 일어날 일들을 관객에게 전달할 수 있지요. 〈나는 전설이다〉에서는 암 치료를 위해 인공 조작한 신종 바이러스와 관련된 뉴스를 보여주면서 이후 일어날 좀비 아포칼립스에 대한 복선을 깔아줬죠.
>
> 이렇게 대량의 정보를 노골적으로, 하지만 어색하지 않게 전달하는 편법에는 여러 가지가 있습니다. 학교 수업이나 과외 혹은 신입사원 연수처럼 누군가가 다른 사람에게 상황을 설명하는 장면을 집어넣어서 관객에게 배경 설정을 자연스레 알려주기도 하지요.
>
> **〈28일 후〉** 2002, 대니 보일
>
> 텅 빈 도시에 홀로 남은 주인공의 모습은 좀비 아포칼립스에서

만 가능한 풍경이겠지요. 적막과 황폐, 그리고 고독에서 오는 기묘한 만족감을 동시에 담아낸 좋은 예시예요.

좀비 아포칼립스는 비일상적인 배경에서 펼쳐지지요. 그러니 좀비물을 만들 때는 무너진 세계에서만 가능한 멋진 장면들을 잔뜩 만들어주세요. 기왕 세상을 멸망시켰으니, 멸망시킨 만큼의 본전은 뽑아야 하지 않겠어요? 이 작품의 감독도 그런 욕심으로 〈28일 후〉의 도입부를 만들었겠지요.

일상

도입부는 도입부일 뿐이에요. 아주 간단하게 인상만을 남겨주죠. 앞서 이야기의 흥미를 끌었으니 이제 본격적으로 이야기를 시작할 차례예요. 시간순으로는 꽤나 앞부분에 해당하겠죠. 갑자기 과거 회상 장면으로 돌아가지 않는다면, 현재의 시간대에서는 가장 앞이라고 해도 좋을 거예요.

여기서는 주인공의 기본값을 보여줘야 해요. '이 사람은 누구인가?'에 대한 정보를 줘야 하는 거죠. 좀비 아포칼립스 세계에 살게 되기 전 급박한 생존자가 아닌 평범한 시민일 때, 비일상이 아닌 일상의 영역에 머무를 때를 보여주며 이 사람은 누구고 그의 주변에는 누가 있는지를 소개해주세요. 철저하게 일상에서의 모습만요.

주인공의 인간관계에서부터 직업 문제까지 다양한 설정을 소개하는 파트지만 특히 집중해야 할 부분은 주인공이 일상에 갖고 있는 불만이에요. 특이해도 좋고 평범해도 좋아요. 관객이 공감할 수 있는 수준의 개연성만 갖춰주면 돼요.

애써 정한 주인공의 불만은 곧 사라질 거예요. 문제가 해결되어서는 아니고요. 눈앞에 좀비들이 쏟아지게 될 테니까요. 어떤 의미로는 휴가인 셈이에요. 물론 주인공은 아직 그 휴가가 어떤 모습일지 상상도 못 하고 있겠지만요.

이제 이상한 점이 주인공 일당의 눈에도 조금씩 보일 거예요. 음산한 전조들 말이지요. 방송에서 이상한 장면이 잡힌다거나, 쥐떼나 새떼가 공포에 질려 도망친다거나…. 이 미묘한 긴장감은 인간관계에서도 드러내세요.

이런 긴장감을 왜 조성하는지, 이야기가 어디서 시작된 것인지 누구도 모르게 해주세요. 제삼자의 시점으로 전체를 조망하는 관객들 역시 어렴풋이 짐작만 할 수 있게요.

〈데미지 오버 타임〉 2014~2015, 선우훈

도트 그래픽 화풍으로도 유명한 〈데미지 오버 타임〉에서는 전조 장면으로 운석이 떨어지는 모습이 나오지요. 운석을 통해 외계에서 무언가가 유래한 것일 수도 있고, 불운의 상징으로 보여준 것일 수도 있는, 아직 누구도 무슨 의미인지 모르는 장면이었어요. 이런 자세한 설정이야 창작자의 머리에만 들어 있는, 아니 가끔은 창작자도 모르고 일단 던져놓는 경우도 있습니다만, 관객이 모든 것을 알아야 할 필요는 없습니다. 설정에 대한 설명은 정합성에 맞는다는 것을 입증하기 위함이 아닌, 적당히 흥미를 돋우기 위함을 목표로 이루어져야 해요.

〈미스트〉 2007, 프랭크 다라본트

태풍이 몰아친 어느 날 아침, 짙은 안개가 마을을 휘감았습니다. 주인공 데이비드 드레이튼은 집을 보수하기 위해 어린 아들과 마트에 들르기로 합니다. 그 마트에서는 무시무시하고 끔찍한 상황이 부자를 기다리고 있었지요.

〈미스트〉에서는 폭풍우와 그다음 날 생긴 짙은 안개가 전조 역할을 합니다. 둘 다 단순한 자연현상임에도 불구하고 보는 이로 하여금 겁이 나 어깨를 움츠러들게 만드는 분위기를 연출하는 데 간단히 성공했지요. 자연현상은 인간이 가진 근원적인 공포와도 연결되기 때문일 거예요.

시작

갑작스레 사건이 터져야 합니다. 이 부분은 도입부만큼이나 인상적이어야 해요. 충격적인 사건을 고민해주세요. 좀비가 처음으로 등장해 주인공이나 주변 사람을 덮치는 중대 사건을 말이에요. 오감에 짜릿하게 남을 만한 재난을 선물해주어야 합니다. 일상은 붕괴되고, 비일상에 본격적으로 진입하는 거죠.

이 사건은 주인공의 주변에서 일어날 거예요. 아무것도 모르던 주인공은 어제까지 상상조차 하지 못했던 급작스러운 일을 겪게 되겠죠. 주인공은 좀비 사태의 초기 피해자가 되어 사건의 전초전을 언론의 긴급 속보보다도 먼저 경험해야만 해요.

충격적인 사건이 연이어 일어나며 주인공은 어렴풋하게나마 상황을 파악하겠지요. 하지만 온전한 정보를 접하지 못했고 겪은 일의 규모나 만나 본 좀비들 역시 너무 부분적이고 급작스러워 사건을 제대로 이해할 수는 없을 거예요.

갑작스레 터진 사건에서 처음으로 등장한 좀비는 누구였나요? 첫 번째 피해자가 출현했나요? 그렇지 않다면 이제 등장시켜주세요. 주인공에게 누구나 감탄할 만큼 훌륭한 트라우마를 안겨줄 시간입니다.

지금은 비상 상황이죠. 전시를 방불케 할 거예요. 좀비가 아닌 인간이 폭동과 소요를 일으킬지 몰라요. 이런 비일상적인 풍경 속에서 주인공은 가까운 이를 잃는 것으로 이것이 현실임을, 앞으로의 일상임을 깨닫게 될 거예요.

문명 붕괴의 서막을 그려주세요. 언론이든 인터넷이든 산발적으로 왜곡된 정보가 폭주할 거예요. 모든 통신수단을 먹통으로 만드는 것도 좋겠네요. 주인공은 집을 잃고 떠돌아야 하고요.

앞선 파트에서 소개했던 주인공의 일상은 완전히 무너졌겠죠. 이러한 파국은 주인공의 숨겨진 욕망이 이루어지는 일이기도 하고, 주인공이 일상에 지녔던 불만이 사라지는 일이기도 할 거예요. 하지만 그 사실을 누구도 깨닫지 못하게 해주세요. 누구도 모른 채 암시만 남겨야 하는 파트입니다.

〈새벽의 저주〉 2004, 잭 스나이더

주인공과 그의 남편은 어딘가 이상했던 하루가 지난 다음 날 아침에 일어나, 입가에 피가 묻은 이웃집 아이가 그들의 침실까지

숨어들었음을 발견했어요. 패닉에 빠질 수밖에 없는 상황이었
지요.

주인공은 이웃집 아이와 아이에게 물린 남편을 피해 도망치는
데 간신히 성공합니다만, 집 밖 역시 살아 있는 시체들로 가득
찬 지옥도였습니다. 이 장면은 아주 훌륭하게 기존의 일상을 산
산조각낸 뒤, 비일상의 좀비 아포칼립스 세계로 카메라 앵글을
옮기는 데 성공합니다.

〈리틀 몬스터〉 2019, 아베 포사이스

유치원생들이 농장으로 일일 체험을 갑니다. 농장 옆에는 좀비
바이러스를 연구하던 군사기지가 있었는데, 실험실에서 탈주한
좀비들이 군사기지의 군인들을 감염시킨 뒤 농장으로 몰려옵니
다. 아이들을 인솔해야 하는 유치원 선생님과 그녀에게 첫눈에
반해 조카를 따라 일일 체험에 합류한 삼촌은 이 상황을 해결해
야만 합니다. 자신과 조카의 목숨이 달린 문제인 것은 물론이거
니와 조카 담당 선생님의 사랑을 얻을 기회이기도 하니까요.

캐롤라인 선생님은 아이들이 겁먹지 않도록 처음 만난 좀비를
농장에 굴러다니던 쇠스랑으로 꿰뚫어 나무에 박아버립니다. 다
음으로는 허수아비의 밀짚모자를 벗겨 좀비에게 씌워주고요. 그
러고는 기차놀이를 하면서 아이들을 인솔해 좀비 떼를 지나칩니
다. 이렇게나 원생들을 배려하는 유치원 선생님이라면, 좀비 아
포칼립스에도 안심하고 아이들을 맡겨도 괜찮겠지요.

도피

돌아갈 집이 없습니다. 앞선 파트에서 주인공은 사건을 통해 좀비로 가득 찬 도시는 어디든 위험투성이라는 교훈을 얻었을 것입니다. 사회 안전망이 제대로 기능하지 못할 정도로 곤란한 지경이라는 상황 파악도 했을 거고요.

이제 주인공은 안전한 대피소나 방주를 찾아 피난을 떠나야 해요. 목적지를 알 수 없는 주인공은 어떻게 방주의 존재를 알게 될까요? 전단지나 라디오 방송 혹은 주인공이 만난 생존자가 알려준 정보 등 그 방식을 고민해보세요. 무작정 떠나도 좋아요. 도피 파트의 시간대는 사건 초기와 이어지지 않고 하루에서 열흘 정도 뒤로 미뤄도 좋을 거예요.

도망치고 또 도망쳐야 해요. 기존의 교통수단이 붕괴되었을 텐데 어디로 어떻게 이동할까요? 피난길이 길어진다면 어떻게 먹을 것을 구하고 어디서 잠들고 쉴 것인지도 염두에 두세요. 여러분들이 설정한 시간적·공간적 배경에 따라 이 선택지는 얼마든지 바뀔 거예요. 여기서 그럴듯해 보이는 설정을 덧붙여주면 금상첨화겠지요.

좀비와의 전투도 몇 번 있을 거예요. 아직은 주인공이 서바이벌 상황에 익숙하지 않아 무척 힘들겠지만요. 대부분 무기도 변변찮을 거예요. 이 전투는 급박하고 위태롭게 만드는 게 어떨까 싶네요. 롤플레잉 게임의 초반부를 떠올려주세요. 주인공은 처음에 노송나무 방망이를 휘두르며 슬라임을 상대로 고전하지만, 곧 많은 동료를 만나고 더 좋은 장비로 전투력을 강화해 상황을 개선하지요.

물론 다른 생존자도 만나게 될 거예요. 생존자는 동료일 수도 있고 적일 수도 있어요. 적이었다 동료가 될 수도 있고, 동료지만 어딘가 미심쩍을 수도 있지요. 보다 섬세한 구성을 원한다면 지지자와 아이를 등장시키세요.

이렇게 급조된 작은 공동체는 도피 끝에 안식처에 도착합니다. 방주는 어떤 곳인가요? 잘 설명해주세요. 이곳은 집인 동시에 요새여야 하고, 도시 안에 있지만 도시에서 괴리된 섬이어야 하며, 소수의 인원이 일정 기간 생활을 유지할 수 있도록 수도와 전기 그리고 식량 공급이 원활해야 합니다. 여러 가지 생활 수단은 물론이고요.

이 방주에 먼저 자리 잡은 입주자가 있을 수도 있겠네요. 선입주자는 발언권에 있어 우위를 점하기 쉽겠지요. 방주로 삼은 건물의 관리자일 수도 있고, 무기가 많아 무력으로 군림하는 사람일지도 몰라요. 전 여기서 제사장이 방주의 책임자로 등장하는 걸 권하고 싶네요.

〈월드워Z〉 2013, 마크 포스터

UN 소속 조사관 제리는 가족과 시내로 향합니다. 하지만 이상한 징조가 보이자, 제리는 이 지역에 큰 문제가 생겼음을 직감합니다. 그러다 UN 동료의 연락과 눈앞에서 벌어지는 사건들을 근거로 좀비 바이러스가 퍼진 상황임을 알게 되지요.

UN에서 도움을 줄 수 있다는 연락을 받은 제리는 구조 헬기가 오기 전까지 어딘가에 숨어서 기다려야만 했습니다. 천식을 앓고 있는 아이를 보호하면서요. 쉽지 않은 임무지만, 제리는 용기와 지식 그리고 주변 사람들의 친절 덕분에 UN이 마련한 항공모함으로 도망치는 데 성공합니다.

〈부산행〉 2016, 연상호

주인공 무리는 좀비 사태가 터진 열차 안에서 열차가 대전역까지만 운행한다는 사실을 알게 됩니다. 대전역이 안전하지 않을 경우를 염려할 수밖에 없었지요. 불안 속에서 열차는 계속 달리고, 생존자들은 가까워집니다. 관객들도 이 사람들에게 정을 붙이기 시작하고요.

그리고 역시나, 이들이 도착한 대전역은 군인들의 좀비 바이러스 집단 감염으로 위험한 상황이었습니다. 결국 생존자들은 열차를 타고 남쪽으로 향하게 됩니다. 다시 탄 열차에도 좀비가 있었기에 이들은 열차 안에서도 그나마 안전한 곳을 찾아야만 했지요.

방주 도착

이제 방주를 소개하고 생활을 꾸릴 차례입니다. 유명했던 밈 중에 '국가에 부도가 나면 사람들이 다 거리에서 생활하고 캠프 하는 느낌이 나고 즐겁겠다'는 짤방이 있었지요? 우리의 이야기도 비슷합니다. 상쾌하게 망했고, 망해서 상쾌합니다.

방주 덕분에 좀비라는 1차 위협에서 벗어나긴 했지만 안심하기는 이르지요. 생존자라는 빈약한 끈으로 맺어진 인간관계는 어떤 면에서 좀비보다도 무서워요. 하지만 인물들은 표면적으로나마 외부의 위협에 맞서 단결하고자 할 테고요.

인물들은 여기서 보다 깊은 사이가 될 거예요. 주인공은 어떤 사람들과 방주에 왔나요? 방주에는 사람이 이미 있었나요? 어떤 인물이 어떤 사연으로 모이게 되었는지, 등장인물은 물론 관객에게도 알려주는 시간을 갖도록 해요.

주인공보다 늦게 방주에 도착한 사람도 있겠군요. 저라면 이쯤에서 훼방꾼의 비중을 늘릴 것 같은데, 뒤늦은 세입자나 가장 먼저 입주한 사람 중 누군가이면 어떨까 싶네요.

인물 소개가 끝났다면 이제 공간을 소개해보지요. 앞서 간략하게 묘사한 방주를 구석구석 보여줄 차례예요. 방주에서 인간의 생존에 필요한 것들을 어떻게 구할 수 있는지 알려주세요. 수도, 전기, 식량 등을 어떻게 해결하는지도요.

방주는 안전을 담보하는 동시에 위험을 품은 곳이기도 할 거예요. 어느 쪽 출입구는 좀비가 떼로 몰려왔을 때 벽이 무너질 수 있다거나, 연료가 몇 달 혹은 몇 주분밖에 남지 않았다거나, 하는 식으로 다양한 상황에 대한 상세한 정보를 주세요.

동시에 공간을 가꾸는 장면도 그려주세요. 로빈슨 크루소가 사냥을 하고 집을 짓고 오래 보관할 수 있는 음식을 만든 것처럼 우리의 생존자들도 방주를 살기 좋은 곳, 살기 적합한 곳으로 고쳐 나갈 거예요. 좀비들과 맞서 싸울 수 있는 성벽의 기능도 유지하면서요. 주인공이 반지하 월세방에 살았거나 고시원 생활을 했다면 지금의 주거 환경이 예전보다 더 낫다고 할 수도 있겠네요.

등 따숩고 배 부르면 다른 생각이 들기 마련이지요. 이제 생존자들 사이에 약간의 갈등을 조미료 삼아 뿌려볼까요?

제사장도 좋고 훼방꾼도 좋아요. 주인공과 마찰을 일으킬 그룹과 대표자를 선택해주세요. 생존자 그룹도 조금씩 갈리겠지요. 아무리 사이가 좋은 사람들도 모아놓으면 그룹이 나뉘기 마련인데, 외부의 위협 때문에 일시적으로 규합한 관계는 그 가능성이 더욱 클 거예요.

〈새벽의 황당한 저주〉 2004, 에드거 라이트

숀은 윈체스터 바에서 맥주를 마시며 하루를 마감하고는 했습니다. 좀비 아포칼립스가 터진 상황에서도 단골 술집과 맥주에 대한 애정은 식지 않습니다. 동료들에게 그곳을 방주 삼아 숨어 있자고 제안하거든요. 술집이니 식량도 풍부하고, 총도 있으니 요새로 불합격점을 줄 만한 곳은 아닙니다. 하지만 이런 상황에서 굳이 술집이라니? 싶기는 하지요.

감독 에드거 라이트는 〈새벽의 황당한 저주〉와 〈뜨거운 녀석들〉 그리고 〈지구가 끝장나는 날〉에 이르기까지, 철없는 꼬마 같은 주인공을 이야기의 중심에 두었습니다. 그렇기에 다른 좀비 아포칼립스 작품들이 방주를 포기하는 것으로 성장하는 계기를 얻는 반면, 에드거 라이트의 주인공들은 방주에 틀어박히는 것이 인생 최대의 목표인 경우가 많았어요.

〈월드워Z〉 2013, 마크 포스터

주인공 가족이 도착한 방주는 UN의 항공모함이었습니다. 무장한 군인이 지키고 있었고, 넓은 바다가 장벽처럼 자리 잡고 있었지요. 이 항공모함은 전략적으로 볼 때 무척 안심이 되긴 하지만, 일상에서 괴리된 폐쇄적 공간이라는 점에서 불안한 분위기가 감돌았어요.

하지만 이 항공모함에는 식량이나 의약품 외에도 중요한 자원이 있었어요. 그것은 세계 각지에서 몰려드는 좀비 아포칼립스 사태에 대한 정보들이었지요. 이러한 정보는 주인공이 다시 방주 바깥으로 나가 세계를 구할 백신 연구를 도와야 한다는 요구로 이어졌습니다. 방주에서 찬찬히 시간을 보내기에는 주인공에게 지워진 짐이 보통 무거운 것이 아니었으니 어쩔 수 없는 노릇이었지요.

생존

고생이 많았던 주인공에게 숨 돌릴 시간을 주세요. 앞으로 나올 참혹한 광경에 더욱더 낙담하게 하기 위해서는, 지금 조금이라도 행복하게 해줘서 낙차를 늘일 필요가 있어요.

주인공과 주변 인물 몇을 골라 이번 사건의 트라우마를 언급하는 동시에 벌어진 상처를 봉합하는 시간을 잠시 주세요. 어차피 다시 터지겠지만요. 죽은 가족이나 친구를 위해 눈물 흘리는 자리를 마련하고, 이를 통해 그들을 잊고 죄책감에서 벗어나고자 할 것입니다. 「묵시록」의 '그날'이 찾아와 죽은 자들이 일어나 산 자들과 심판을 받게 될 때까지의 짧은 유예입니다.

즐겁게 노는 장면도 넣어주세요. 저는 이 부분이 좀비 아포칼립스에서 가장 맛있는 장면이라고 생각해요. 세상이 망했으니까 할 수 있는 온갖 것을 마음껏 하는 거죠. 방주 바깥의 좀비 중 유명인을 닮은 사람에게 별명을 붙여주고 저격한다거나, 마트에 산더미처럼 쌓인 고급 식자재를 마음껏 낭비한다거나…. 머릿속에 떠오르는 모든 사치를 부려주세요.

사람들의 관계도 진전이 됐으면 좋겠네요. 로맨스의 노선을 밟고 싶다면 지금입니다. 대안 가족에서 진정한 가족으로의 발전 가능성도 보일 거예요. 어떤 의미로는 주인공의 꿈이 이루어지는 순간이죠. 이 순간은 주인공이 일상에서 품었던 불만과 어떤 형태로든 연관 지어주세요. 반복되든 완전히 달라지든, 둘 다 재미있을 것 같네요.

주인공과 동료들은 이제 방주에서의 생활이 익숙해졌겠지요. 불안한 부분도 있고 말하지 않은 불만도 있겠지만 그냥저냥 참고 지낼 거예요. 그러니 이 파트의 끝은 다음 파트에 대한 복선으로 마무리하지요. 잠재된 파국을 암시해주세요. 외부의 파국이라면 방주 바깥의 좀비나 폭도일 테고, 내부의 파국이라면 방주 안의 생존자나 바이러스가 잠복해 있는 시체 정도가 있겠군요. 앞으로 폭발할 사건에 대한 상징적 장면을 넣어주세요.

〈새벽의 저주〉 2004, 잭 스나이더
이 작품의 생존자들은 마트를 점거하고 지냈습니다. 즐길 거리가 넘쳐나는 방주를 찾아낸 것이지요. 비싼 가구와 술 그리고 옷까지. 사람들은 마트의 모든 것을 갖고 놀았어요. 이만한 휴가가 없겠다 싶을 정도로 흥겹게 지냈지요. 그러면서 생존자들은 가족처럼 가까워졌고요.

하지만 이 파트는 으스스하게 마무리되었습니다. 임산부 좀비가 아기 좀비를 낳고, 서로가 서로에게 총을 쏘아 살해하고 말아요. 무척이나 인상적인 장면이었지요.

〈좀비랜드〉 2009, 루빈 플라이셔

주인공들은 할리우드에 도착합니다. 부유한 연예인들이 화려한 생활을 즐기던 곳에서 지내기로 한 것이지요. 사치스럽기 짝이 없는 생활을 하기에 그만한 곳이 또 어디 있겠어요? 생존자들은 커다란 저택을 활보하며 구경하다 충격적인 경험을 합니다. 할리우드의 대스타 빌 머레이를 만난 거예요. 같이 마약도 하고 고스트버스터즈 놀이도 하는데…. 세상에나, 이렇게 행복한 좀비 아포칼립스가 있으리라고 그 누가 상상이나 했을까요?

물론 이렇게 즐거운 시간은 비명과 유혈 그리고 눈물로 곧 끝나게 됩니다. 어쩔 수 없는 수순이기는 하죠. 잠시라도 천국에 간 것이나 다름없는 경험을 했으니, 다음으로는 지옥으로 추락해서 관객들을 뒤흔들어줄 필요가 있었으니까요.

방문

파국의 징조는 현실로 나타납니다. 누구도 예상하지 못한 방식이어야 해요. 방주 외부와 내부에 대해 관객들에게 알려주었던 그 이상의, 그 너머의 존재가 등장해야 한다는 의미지요.

노아의 방주에 비둘기가 올리브 잎을 물고 돌아왔던 것처럼, 주인공이 지내는 방주에도 이방인이 새로운 정보를 갖고 찾아올 거예요. 이는 휴가를 마치고 일상으로 돌아오라는 연락과도 같아요. 앞서 말했듯이 이방인은 또 다른 생존자일 수도 있지만, 정체불명의 주파수를 타고 들려오는 누군가의 목소리처럼 불확실한 무엇일 수도 있어요.

이방인은 생존자들을 반기나요, 적대하나요? 이방인이 가져온 새 소식은 방주 너머의 희망을 들려줄까요, 방주 안의 절망을 들려줄까요? 그리고 이 소식은 믿을 만할까요?

어떤 방향이든 이방인의 방문으로 내부의 갈등은 폭발하게 될 거예요. 방주에서 떠나거나 머물거나를 선택할 수밖에 없는 정보일 테니까요. 갈등을 민주적으로 해결할 수도 있지만, 폭력으로 해결하려는 사람이 나타날 수도 있겠네요.

여기서 주인공이 어떤 선택을 하든 상관없지만, 주인공의 선택에 동의할 수밖에 없는 강한 동기를 부여해주세요. 가장 결정적인 영향을 주는 것은 피보호자일 가능성이 커요. 감염의 우려가 있는 아이를 위해 백신을 구하러 밖으로 나가야만 한다거나, 안전한 이동 수단이 없는 상황에서 빨리 달릴 수 없는 아이를 데리고 밖으로 나갈 수 없다거나….

아직 생존자 그룹 차원의 결정은 하지 않게 해주세요. 갈등을 멈추지 않고 조금씩 키우는 편이 좋아요. 이방인은 의심의 대상이 될 수밖에 없어요. 겨우 확보한 안전한 방주를 떠나기란 쉽지 않을 거예요. 반목과 대립을 반복하며 냉전 상태로 이끌어주세요.

〈시체들의 새벽〉 1978, 조지 로메로

이 작품의 생존자들이 우여곡절을 겪기는 했습니다만, 백화점에 도착한 뒤로는 어느 정도 안정적으로 지냈습니다. 하지만 이렇게 평화로운 나날은 곧 무너졌는데요. 안타깝게도 무정부 상태를 만끽하는 인간들이 백화점을 습격했기 때문이었어요. 이들은 좀비보다도 더 위협적인 무리였지요.

결국 등장인물들은 헬기를 타고 백화점이라는 방주에서 탈출하게 됩니다. 이제까지의 안정된 생활을 포기하고 다시 한번 새 출발을 준비한다는 것은 부담스러운 일이겠지만, 이들에게는 어린아이를 잘 보살펴야 한다는 의무감과 희망이 남아 있었지요.

〈사우스 파크〉 1997, 코미디 센트럴

어쩌면 이렇게나 쓰레기 같을까, 감탄하게 되는 TV 애니메이션 시리즈 〈사우스 파크〉에서도 좀비물을 패러디한 적이 있습니다. 〈살아있는 시체들의 밤〉이 원작인 '살아있는 홈리스들의 밤'이라는, 못된 심보로 가득한 에피소드에서였지요. 이 이야기를 최대한 좋게 해석하자면 노숙자들이 구걸을 하고, 구걸하는 이에게 돈을 건넸다가 본인도 빈털터리가 되는 가난의 연쇄를 풍자적으로 다루었다고나 할까요?

작품의 중반부 이후, 생존자 그룹은 다른 좀비물에서처럼 마트

옥상으로 대피한 뒤 건물 주변에 밀집한 좀비, 아니 노숙자들을 우려 속에서 바라봅니다. 그러던 중 한 생존자가 집에 전화를 걸었다가, 노숙자가 모여든 탓에 사우스 파크의 부동산 가치가 하락해서 담보를 빼앗겼음을 알게 됩니다. 그렇게 생존자 그룹에 좀비, 아니 노숙자가 나타나서 그룹 전체를 위기 상황으로 몰고 간 것이지요. 노숙자 문제를 해결하지 못하면 부동산 가치는 점점 더 하락할 터였고, 다른 생존자도 노숙자가 될 위험마저 있었고요. 이런 이야기나 만들고, 얼마나 못된 제작진이란 말인가요.

위협

이방인의 경고는 현실이 됩니다. 이방인 자체가 위협이 될 수도 있겠군요. 방주 바깥의 좀비들과 부딪힐 일이 생겨야 해요. 하지만 이는 앞으로 있을 더 큰 위협에 대한 전초전에 불과할 것입니다. 생존자들은 이제 방주를 버려야 하는 것이 아닐까, 진지하게 고민한 다음 방주를 버리게 됩니다.

피해자가 나올지도 모르겠네요. 좀비나 이방인 때문일 수도 있어요. 가급적이면 비중이 작은 인물이 죽는 것으로 하지요. 무게 감 있는 죽음은 앞으로 더 중요한 순간에 나와야 할 테니까요.

특별한 좀비가 있다면 여기서 확실하게 그 위상을 부각시키세요. 앞서 특별한 좀비가 등장했다 해도 진정으로 위협이 되는 것은 이쯤이 적절할 거예요.

내부의 갈등도 완전히 터져야 합니다. 봉합에 성공할지 실패할지는 선택 사항입니다. 화해하고 단결하는 마음이 더 커질 수도 있고, 생존자 그룹이 산산조각 나 서로를 죽이려고 할 수도 있어요. 훼방꾼이 생존자들을 위험한 곳에 몰아넣을 함정을 팔지도 모르고요. 그럼에도 협력하지 않으면 더 위험해지는 상황이지요. 어찌 됐든 주인공은 지지자와 피보호자를 데리고 방주를 떠나야만 합니다.

방주를 떠나기로 하고 그에 동의하는 인원이 정해졌다면, 마지막 총력전인 클라이맥스의 대규모 전투가 벌어질 수밖에 없는 결정적 상황을 마련하세요. 생존 물자가 떨어지거나 방주에 틈이 생겨 좀비가 몰려 들어오는 등 주인공과 생존자 그룹이 온 힘을 다해 좀비들과 싸워야 할 이유를 제시해야 합니다.

기껏 찾은 방주인데, 애써 꾸민 집인데 사라질 수 있다니 안타까운 일입니다. 하지만 휴가는 곧 끝이 날 테고 일상으로 돌아갈 시간은 오고 말지요. 꿈같은 곳이지만, 그렇기에 더더욱 현실로 돌아가야만 할 필요가 있어요. 황무지만 남은 현실이더라도 말이지요.

〈리틀 몬스터〉 2019, 아베 포사이스

데이브 삼촌과 캐롤라인 선생님, 그리고 5년 연속 니켈로디언 클럽에서 최고의 MC로 뽑힌 테디는 방주로 삼았던 기념품 가게에서 아이들과 빠져나가려고 합니다. 생존자가 있음을 알지 못한 군인들이 좀비가 모인 농장을 초토화시킬 예정이었으니, 이 판단은 옳은 것이었습니다.

생존자들이 이 방주에서 탈출하기로 결심한 이유로는 아이들의 인내심이 바닥난 탓이 큽니다. 미니골프는 언제 하느냐, 술래잡

기 놀이는 지겹다, 좀비들은 가짜 분장인 게 티가 난다 등 아이
들이 온갖 성화를 부렸거든요.

〈플래닛 테러〉 2007, 로버트 로드리게스

이 지역에서 이상한 일이 자꾸 일어납니다. 누군가가 다른 사람
을 습격해 다리를 잘라 가져가지를 않나, 위험해 보이는 군인들
이 돌아다니지를 않나…. 결국 병원에 몰려든 피해자들이 좀비
로 변해 아수라장이 되고 맙니다. 생존자들은 바베큐 가게에 모
여 앞으로 어떻게 할지를 이야기하고요. 그런 와중에 주인공들
이 에로틱하게 사랑을 나누려는 찰나…. 화면에 필름이 소실되
었다는 메시지가 뜹니다. 감독의 장난이라고 해야 할지, 낚시라
고 해야 할지, 하여튼 코믹한 순간이었지요.

하지만 다음 장면으로 넘어가면, 바비큐 가게는 활활 불타고 있
으며 생존자들은 엄청난 위기에 처해 있습니다. 이 위협적인 장
면을 골치 아프게 고민하기보단, 필름이 소실되었다는 핑계를
구실로 삼아 멋진 액션 장면으로 넘어간 것이었지요. 위협 파트
를 만드는 데 있어서는 최악의 예시이지만, 재미만 추구한다면
이런 식으로 얼렁뚱땅 넘어가도 된다는 점을 설명하는 데 있어
서는 최고의 예시겠지요.

작전

방주를 버리고 떠난다고 해도 구체적인 계획 없이는 어렵겠죠.

지금부터는 작전타임입니다. 방주를 버리고 어디로 갈 것인가, 가는 방법은 무엇인가, 가는 동안 자신의 몸은 어떻게 지킬 것이며, 생활에 필요한 다른 것들은 어떻게 조달할 것인가, 작전을 짤 만큼의 충분한 시간은 있는가 등 여러 가지로 고민해주세요.

이 작전은 황당해도 괜찮아요. 엽기적이라고밖에 할 수 없는 무기를 쥐여주는 것도 재밌겠죠. 전기톱은 이제 식상하고 잔디 깎기에 로켓 런처나 골프채 그리고 록 버스터까지. 작품의 성격에 따라 어느 정도 자제할 필요는 있겠지만, 등장인물을 상징할 정도로 인상적인 무기를 주면 액션 장면의 맛이 살아날 거예요.

인물들 사이에 로맨스가 있다면, 이쯤에서 결실을 거둬야겠네요. 로맨스뿐만 아니라 이제까지 맺은 관계는 매듭을 지어야만 해요. 주인공 편이든 아니든, 등장인물과 주인공 사이의 긴장은 이 파트에서 대부분 마무리될 겁니다. 앞으로 남은 건 좀비와의 혈투뿐이에요.

〈사우스 파크〉 1997, 코미디 센트럴

'살아있는 홈리스들의 밤' 이야기를 또다시 꺼내보도록 하지요. 너무 못돼서 자꾸 생각나네요. 이 에피소드에서는 생존자가 모인 마트 주변을 노숙자가 포위하고 있었다고 했지요. 그래서 그 지역의 부동산 가치가 떨어져 생존자도 노숙자가 될 위기였다고도요. 작품은 이 상황을 타개하기 위해 좀비 영화에 흔히 나올 법한, 주인공들이 철판을 덧대 개조한 버스를 타고 노숙자들의 바다를 가로지릅니다. 그러면서 캘리포니아로 가면 노숙자들도 행복하게 살 수 있다는 CM송을 틀어 '피리 부는 사나이'처럼 노숙자들을 캘리포니아에 떠넘겼죠. 발상부터 마무리까지 인권을 이렇게 무시해도 되는지 모르겠습니다만, 작품 안에서 작동하는 논리로는 모순되지 않는 결말이기는 하네요.

〈부산행〉 2016, 연상호

간신히 동대구에 열차가 도착했습니다만, 쓰러진 컨테이너 때문에 전방 선로가 차단되어 부산까지 가기 어려운 상황이 되었습니다. 기장은 이곳에 남아 구조대를 기다리거나, 자신이 열차를 좌측 끝에 갖다 놓을 테니 그곳으로 오라고 방송을 합니다.

즉흥적인 데다 준비도 없이 실행할 수밖에 없는 작전이었기에 무척 위험한 상황이었습니다. 그럼에도 저질러버릴 수밖에 없는 극한의 상황이기도 했고요. 제대로 된 작전도 아니고 작전대로 풀리지도 않았지만, 그렇기에 더 빛을 발하는 파트였습니다.

결전

좀비의 바다를 가로지르는 거친 항해를 할 차례입니다. 누굴 죽이고 누굴 살릴지 어느 정도는 판단이 서겠지요. 짜릿한 클라이맥스가 되려면 스펙터클한 액션 장면이 필요합니다. 작업에 앞서 필요한 영양분을 잔뜩 섭취하세요. 신나는 메탈 음악을 들으며 작업을 하는 것도 좋겠네요.

애써 작전을 준비했겠지만, 그 작전은 실패로 돌아가게 해주세요. 긴박감을 위해서입니다. 대피소의 문이 열리지 않거나 열쇠를 잃어버렸거나 차의 시동이 걸리지 않거나 누군가가 예상치 못한 순간에 좀비가 되어버리거나…. 온갖 방법을 동원해 주인공들의 작전을 뭉개주세요. 뜬금없어도 좋아요. 오히려 그럴수록 반전의 맛이 있으니까요. 사건 사고는 논리 너머, 인지의 영역을 벗어난 상황에서 터지기도 하지요. 누군가가 죽어도 괜찮겠네요.

제사장은 최종심을 논하는 인물이기도 해요. 좀비 아포칼립스는 신의 분노였어요. 그리고 이 대탈주(액소더스)는 신의 의지에 따르는 것이 아니라 정면으로 저항하고 벗어나려는 주인공(인간)의 오만함입니다. 제사장은 중립(중개자)의 입장에서 이 상황을 논평할 수 있는 유일한 인물이에요.

이 제사장은 주인공이나 여러분과 다른 인격을 가진 존재라는 사실을 잊지 말아야 합니다. 여러분의 종교관과 일치할 필요도 없고 윤리적으로나 논리적으로 올바른 의견을 내세울 필요도 없어요. 직설적이든 역설적이든 작품의 주제를 보여줄 수 있는 역할을 담당한 인물일 뿐이지요.

클라이맥스의 클라이맥스로 내달리고 있지요? 이제 훼방꾼을 죽입시다. 좀비가 죽어도 좋고, 좀비가 된 그를 주인공이 죽여도 좋아요. 스트레스 해소용으로 시원하게 죽여주세요. 좀비는 살인에 있어 최고의 면죄부예요. 좀비는 죄책감 없이 폭력을 휘둘러도 되는 존재죠. 훼방꾼의 감동적인 회개와 눈물 어린 사과도 나쁘지 않아요. 하지만 굳이 그럴 것까지 있나요? 깔끔하게 죽여주세요.

주인공과 다른 일행도 위험에 처했겠지요. 이 절체절명의 순간, 다른 인물들과 유언과도 같은 한마디를 나눌 기회가 있다면 좋겠네요. 로맨스가 이루어졌다면 감동적인 희생이 있을지도 모르겠어요. 그런 관계가 없더라도 주인공과 깊은 유대를 맺은 인물의 비중을 늘려주기 알맞은 순간입니다.

지금까지 몇 명이 희생되었는지는 이야기를 만든 여러분들밖에 모르겠지요. 아직 이야기가 끝나서는 안 됩니다. 조금 전의 위협 때문에 누군가가 목숨을 잃었더라도 남은 생존자에게 돌파구를 마련해주세요.

특별한 좀비가 있다면 여기서 주인공과 결판을 내야만 합니다. 클라이맥스의 마지막은 최종 보스와의 결전이기 쉽지요. 특별한 좀비를 만들지 않았더라도, 이 순간 주인공은 자신의 트라우마를 극복하고 현실을 마주할 용기를 지녀야 해요. 성장은 서사에서 필연입니다.

이제 작전의 결과가 나왔을 거예요. 누가 죽고 누가 살았나요? 주인공은 어떻게 되었죠? 개죽음을 당하거나 고결한 희생을 하거나, 어쩌면 당당한 승자가 되었을지도 모르겠군요. 어떤 결말이든 여러분이 고민한 최고의 결말이면 충분합니다.

> ### 〈황혼에서 새벽까지〉 1996, 로버트 로드리게스
> 범죄자와 휘말린 가족의 로드무비라고 생각했던 이 영화의 장르가 작품 중반부 술집 총격전에서부터 완전히 뒤바뀝니다. 술집의 점원들과 불량배들이 괴물로 변해 손님들을 습격했기 때문이에요. 〈황혼에서 새벽까지〉는 이 책에서 제시했던 좀비물의 네

가지 요소와는 여러모로 동떨어진 작품입니다만, 결전 장면에서의 박력만큼은 꼭 언급하고 싶어요.

이 작품은 결전 파트까지 오기 전에 이미 사타구니에 장착된 총을 난사한다거나 맨손으로 심장을 뽑는다거나 하는 멋진 장면이 나왔지만, 클라이맥스의 액션 장면도 그에 뒤지지는 않습니다. 나무와 산탄총을 엮어 십자가를 만든다거나 콘돔에 성수를 넣는다거나 총탄에 십자가를 새긴다거나···. 제가 아는 멋진 무기 대다수가 이 작품의 결전 파트에서 대활약을 한답니다.

〈플래닛 테러〉 2007, 로버트 로드리게스

방주라고 생각했던 군사기지는 바깥보다 더 위험했습니다. 좀비 바이러스와 관련된 음모가 여기에서 시작됐으니까요. 이 와중에 주인공은 나무로 된 의족이 부러지자 기관총을 새로운 의족으로 삼아 탈출을 시도합니다. 물리적으로 이게 어떻게 가능한지는 모르겠는데, 하여튼 끝내주게 멋집니다.

불타오르는 건물을 뒤로하고 질주하는 오토바이의 뒷좌석에 앉아 기관총 의족으로 총탄을 난사하며 악당들을 물리치는 커플의 모습을 보고 있노라면, '아, 이게 진짜 액션 영화구나!' 하는 감탄에 빠지게 됩니다.

에필로그

결말을 만들어주세요. 주인공이 절망했든 아니든, 이제 생존자들은 방주 바깥으로 나와 새로운 세상을 만나게 될 거예요. 굳이 주인공 일당의 관점이 아니어도 좋아요. 좀 더 넓은 관점으로 조망할 필요도 있지요.

인류는 좀비들로부터 승리해 다시 한번 문명을 꽃피울 수 있을까요? 아니면 그딴 건 됐고 모조리 죽었나요? 여러분이 상상한 세계에서 주인공이나 생존자들이 어떤 삶을 살게 될지 정리해주면 긴 여정도 끝이 납니다.

이 결말은 주인공과 그 일당 그리고 인류에 대한 심판이 될 거예요. 이 심판은 권선징악이라는 일반적인 주제여도 좋지만, 부조리하고 불가해한 무엇이어도 좋아요. 애초에 신이라는 존재는 쉽게 이해할 수 있는 상대가 아니었으니까요.

관객들이 상상할 여지를 남겨놓고, 결과에 대해서는 침묵하는 방법도 있어요. 주인공이 죽었는지 살았는지는 부차적인 문제일지도 몰라요. 어떤 결과를 얻었는지보다 어떤 과정을 거쳤는지가 더 중요한 법이지요.

〈미스트〉 2007, 프랭크 다라본트

데이비드 드레이튼은 동료들을 규합해서 악독한 제사장에 의해 지옥처럼 변한 마트에서 도망치는 데 성공합니다. 하지만 끝없는 안개와 언제 마주칠지 모를 괴물들의 위협 속에서 생존자들이 계속 희망을 품기란 어려운 노릇이었지요. 괴물의 먹잇감이 되느니 안식이라도 얻자며 차악으로 단체 자살을 결의합니다.

다른 사람들을 여기까지 몰고 온 것에 대한 죄책감 때문이었는지, 데이비드 드레이튼은 동료들을 총으로 쏘는 역할을 맡습니다. 하지만 총알은 다 떨어졌고, 그는 자살조차 하지 못하게 되었지요. 결국 자포자기하여 차 밖으로 나간 그는 충격적인 장면을 목격합니다. 뒤늦게 도착한 구조대의 모습이었지요. 구조대 무리 안에는 자신이 도와주지 않았던 여성이 있었어요. 이 결말은 타인을 도와주기를 주저했던 그에게 내려진 징벌이기도 했지요.

〈기묘한 가족〉 2018, 이민재

이 작품의 주인공 가족은 기묘하기 짝이 없는 사람들이었습니다. 좀비에게 물리면 회춘을 하고 정력도 강해진다는 사실을 깨닫고, 동네 사람들에게 집에 가둬둔 좀비를 이용해 장사를 했거든요. 하지만 이 가족의 장사는 좀비 바이러스에 감염된 동네 사람들이 회춘의 단계를 넘어 좀비가 된다는 결말로 이어졌지요.

이 사람들은 세상을 멸종으로 이끈 것에 대한 보상을 해야만 했습니다. 그 보상은 좀비 바이러스에 대한 항체가 있는 아버지가 좀비들을 깨물어서 사람으로 되돌리는 사업으로 이루어졌습니다. 저지른 잘못과 완벽히 반대되는 일을 함으로써 상황을 해결한 셈인데, 참으로 재미난 아이러니이지 않나요?

2부

대상의
행방

케이퍼
레시피

△ 케이퍼물의 네 가지 요소

① 주인공을 중심으로 모인 일당이 보물을 훔치려고 한다.

② 그 보물은 미궁에 숨겨져 있다.

③ 미궁에는 보물을 지키는 괴물이 있다.

④ 괴물을 헤치고 지나가기 위해서는 열쇠가 필요하다.

△ 배경 설정

① 보물

보물은 곧 성배, 가져서 성취하는 것이 아니라 포기해서 성숙해지는 것

② 미궁

도둑질이라는 불법 행위가 용인될 만한, 현실의 법칙이 통하지 않으며 특수한 규칙이

있는 공간

③ 괴물

미궁을 지키는 무적의 존재

④ 열쇠

무적의 괴물을 잠시 잠재울 무언가

△ 인물 구성

① 리더(주인공)

② 파트너

③ 고참

④ 신참

⑤ 물주

⑥ 보물 주인

⑦ 배신자

△ 이야기 구조

프롤로그 - 팀 결성 계기 - 팀원 소집 - 진입 준비 - 열쇠 탐색 - 미궁 입구 - 작전 시작

- (거짓) 갇힘 - 보물 성취 - 에필로그

케이퍼물과 하이스트물은 혼용되는 경우가 많지요. 이 레시피에서는 저만의 기준으로 둘을 구분해서 다루겠습니다. 강탈극의 구성을 한 작품은 케이퍼물로, 쟁탈전의 구성을 한 작품은 하이스트물로 분류하도록 하지요. 여러 인물이 합심해서 보물을 갖고자 하면 케이퍼물, 여러 인물이 서로를 제치고 보물을 갖고자 하면 하이스트물라고나 할까요? 대부분의 작품이 각 요소를 동시에 포함하기는 합니다만, 큰 틀에서는 차이가 분명합니다.

각 분야의 개성 넘치는 전문가들이 하나의 보물을 갖기 위해 한 팀으로 뭉칩니다. 전문가들은 감시자가 가득하고 수많은 함정이 설치된 미궁에 숨어들어 보물을 찾습니다. 케이퍼물의 이야기 구조입니다. 원초적인, 수렵 문화 중심으로 살아가던 시기의 서사라고 볼 수도 있겠네요. 이번에도 편의대로 정리한 케이퍼물의 네

가지 구성 요소를 살펴보는 것에서 출발하겠습니다.

① 주인공을 중심으로 모인 일당이 보물을 훔치려고 한다.
② 그 보물은 미궁에 숨겨져 있다.
③ 미궁에는 보물을 지키는 괴물이 있다.
④ 괴물을 헤치고 지나가기 위해서는 열쇠가 필요하다.

케이퍼물의 대표작으로 2001년에 제작된 〈오션스 일레븐〉을 들 수 있겠지요. 개인적으로는 이 작품을 좋아하지 않습니다. 하지만 여러 번 반복해서 본 작품이에요. 재밌어서가 아니라 오락 영화에 들어가야 할 수많은 요소를 기능적으로 잘 배치했기 때문이에요. 무엇보다 케이퍼물을 유희이자 게임으로 재정립했다는 점에서 〈오션스 일레븐〉의 성과를 무시할 수 없고요.

물론 〈오션스 일레븐〉 이전에도 범죄자들의 절도극을 다룬 케이퍼물은 많았어요. 〈오션스 일레븐〉도 〈오션스 일레븐〉(1960)의 리메이크작이었으니까요. 하지만 과거에 제작된 케이퍼물은 오락 영화일지라도 교훈적으로 주인공 일당이 비극적 결말을 맞는 경우가 많았어요. 이는 시대적 한계라기보다 특수성이라고 보는 편이 낫지 싶네요. 은행 강도가 횡행하던 시절인 만큼 범죄를 오락거리로만 다루기는 어려웠을 테니까요. 하지만 요즘 세상은 은행 강도 같은 대형 범죄를 마주하기 어려울 만큼 시민 의식이 성숙해졌고, 누군가가 실제로 피해를 입지 않는 선에서의 범죄는 오락물의 소재로 쓰일 정도로 거리 두기가 가능한 세상이 되었지요.

많은 평론가가 〈오션스 일레븐〉을 비롯한 케이퍼물의 원형 신화로 서사시 「아르고나우티카」를 들고는 합니다. 저 역시 이 분석에 동의합니다.

「아르고나우티카」는 「아르고 호의 원정」이라고도 알려져 있어요. 이올코스의 초대 왕 크레테우스가 죽자, 펠리아스는 그의 아들 아이손의 왕위를 빼앗고 추방했습니다. 세월이 흘러 아이손의 아들인 이아손이 이올코스로 돌아왔지만, 펠리아스는 이아손이 왕위를 되찾지 못하도록 무시무시한 시련을 내려요. 콜키스의 황금 양털을 가져오면 왕위를 물려주겠다는 것이었지요.

이 황금 양털은 갖고 있기만 해도 나라에 큰 번영을 가져다준다는 아주 대단한 보물이었지요. 잃어버리면 큰 재앙이 닥치고요. 「아르고나우티카」에서 양털을 갖고 있다가 잃게 된 이들의 말로는 비참하기 짝이 없었습니다. 황금 양털을 가진 콜키스의 왕인 아이에테스 또한 이 보물을 아무렇게나 두지는 않았지요. 잠들지 않는 용이 황금 양털을 지키도록 했거든요.

펠리아스가 이아손에게 내린 시련은 가서 죽어버리라는 저주나 다름없었습니다. 하지만 신들의 축복을 받은 이아손은 든든한 동료들을 모아 기나긴 원정 끝에 황금 양털을 훔치는 데 성공합니다. 아이에테스의 딸인 메데이아와 결탁해서 말이지요. 이 원정의 세세한 내용을 읽다 보면 건달패들이 돌아다니며 난동을 부렸을 뿐인 일이 아닌가 싶기는 합니다만, 어쨌든 성공은 성공이었으니까요.

〈오션스 일레븐〉을 비롯한 케이퍼물도 비슷한 여정을 거치지요. 많은 케이퍼물의 주인공 일당은 중요한 이유가 있어 누군가의 영향 아래서 무언가를 훔쳐야만 해요. 그 무언가는 두렵고 으스스한 곳에 감춰져 있고요. 하지만 주인공은 동료들을 모아 그 무언가를 어떻게 가져올지 계획을 짠 뒤, 기나긴 모험 끝에 갖는 데 성공하죠.

이 과정에서 앞에 정리했던 네 가지 구성 요소가 공통으로 등장해요. 〈오션스 일레븐〉의 일당은 카지노라는 미궁에서 최첨단 보안시설이라는 괴물을 EMP 폭탄이라는 열쇠로 따돌린 뒤, 현찰이라는 보물을 훔쳐냈죠. 〈해리 포터와 마법사의 돌〉에서 해리와 친구들은 호그와트의 지하라는 미궁에서 교수들이 만든 함정이라는 괴물을 마법이라는 열쇠로 풀어내고는, 마법사의 돌이라는 보물을 지켜냈고요. 〈배드 지니어스〉의 영악한 고등학생들은 시험장이라는 미궁에서 시험감독관이라는 괴물 몰래 비밀 신호라는 열쇠를 사용해 정답을 유출했지요. 잘 정돈된 구성 요소지요?

케이퍼물은 원하는 것을 노력해서 쟁취한다는, 원초적인 욕망을 다루고 있어요. 그래서 이 이야기는 복잡한 인간관계와 갈등보다는 그 무언가를 갖느냐, 마느냐 하는 긴장감에 초점이 맞춰지지요. 조금 유치한 구성이라고 할 수도 있을 거예요. 저야 유치한 이야기를 좋아하니 이런 구성이 대환영이긴 합니다만, 여러분이 이야기의 깊이를 고민할 때는 이 원초적인 욕망에 어떤 맛을 더해야 할까, 라는 질문으로 시작하기를 권해요.

고민 해결을 위한 예시로 「아르고나우티카」에서 황금 양털을 얻은 뒤에 일어난 사건을 이야기해볼까 해요. 이아손은 황금 양털을 훔친 뒤로도 여러 번 위험에 처하는데, 그 때마다 메데이아가 해결해줘요. 그 해결 방식이 조금 과격하기는 했어요. 배신자인 자신과 그 연인인 이아손을 추적해 오는 아버지 아이에테스를 따돌리기 위해 동생을 토막내 바다에 뿌린다거나, 이아손이 왕위에 오르지 못하도록 막는 펠리아스를 솥에 넣고 삶아버린다거나 하는 식이었지요. 이 모두 건강한 인간관계를 맺는 방식과는 거리가 멉니다.

이아손은 권력에 눈이 멀어 그런 메데이아를 쫓아내고 다른 사람과 결혼합니다. 메데이아는 이아손과 사이에서 낳은 자식들을 죽게 하면서까지 이아손의 연인과 그녀의 아버지를 살해하고요. 이아손은 충격에 빠진 뒤 얼마 지나지 않아 죽어버렸어요. 아르고 호의 뱃머리가 부러져서 그의 머리 위로 떨어졌거든요. 결국 메데이아만 행복하게 잘 살았다는 해피엔딩으로 마무리되지요.

황금 양털은 갖는 것만으로도 나라에 번영을 가져다주는 동시에, 잃는 순간 재앙이 닥치는 물건이었어요. 하지만 달리 생각해 봅시다. 이 물건을 갖지 않았다면 잃지도 않았을 테고, 큰 번영은 이루지 못했겠지만 결정적인 재앙을 맞이하지도 않았겠지요. 황금 양털을 손에 넣었던 사람들의 말로를 보세요. 아이에테스는 자식이 토막난 채 바다에 버려졌고, 펠리아스는 산 채로 솥에 끓여졌으며, 이아손은 아내와 자식은 물론 모든 것을 잃은 채 죽어버렸잖아요.

이 비극이 황금 양털의 저주 때문이라고 말하려는 건 아니에요. 반대로 황금 양털에만 의지해 다른 사람을 사지로 몰아간 그들의 어리석음이 비극의 씨앗이었다는 점을 지적하고 싶군요. 이는 바라던 대상을 갖기만 하면 모든 것이 해결되리라 맹신하는 미성숙한 사고방식의 한계점을 시사하는 예시로 봐야겠지요. 그래서인지 의외로 많은 케이퍼물의 주인공 일당이 자신이 바라던 보물을 포기함으로써 보다 성숙해지는 길을 택하고는 한답니다.

여담이지만, 슈퍼히어로물과 케이퍼물은 서커스와 마술쇼에 큰 영향을 받은 장르이기도 합니다. 제국주의와 식민지 시대상과 엮어 여러 가지 재미난 이야기를 할 수 있을 텐데, 여기서는 길게 다루지 않을게요. 본문을 읽는 것만으로도 짐작이 갈 테니까요.

배경 설정

보물

케이퍼물에서 주인공과 일당이 얻어야 할 보물은 어떻게 설정하면 될까요? 이 보물을 직관적으로 이해할 수 있는 단어가 있어요. 바로 '성배'예요. 성배는 모든 이들이 원한다고 여겨지는 동시에 모든 욕망을 이뤄주리라 담보하는 무언가니까요.

이는 가져서 성취하는 것이 아니라 포기해서 성숙해질 계기에 가까워요. 성배를 다루는 많은 작품이 이런 구성이지요. 케이퍼물로 분류되는 작품은 아니나 〈페이트 스테이 나이트〉나 〈인디아나 존스: 최후의 성전〉이 그 예시가 될 수 있겠네요.

〈몬티 파이튼의 성배〉가 조금만 더 실험적이었다면 케이퍼물의 예시로 이 작품도 소개했을 겁니다. 아서왕이 리더로 명망 높은 기사들을 모아 성배라는 보물을 찾아 나서니까요. 〈몬티 파이튼의 성배〉는 성배를 포기해서 성숙해지는 사람들의 이야기라기보다는 성배에 집착한 맛이 간 사람들의 이야기에 가깝더군요. 덕분에 역설적으로 이 주제를 더 빛나게 하기도 하고요.

〈몬티 파이튼의 성배〉의 충격적인 결말(스포일러가 될 테니 직접 찾아보길 권할게요)처럼 케이퍼물에서의 성배(혹은 보물)는 집착할수록 사람을 미치게 만들고 사회가 제시하는 규칙에서 떨어져 나가게 만들어요. 사실 슈퍼히어로물의 빌런과 케이퍼물의 주인공 일당이 하는 일은 크게 다르지 않지요. 둘 다 부당한 방식으로 다른 사람의 재산을 갈취하잖아요. 그래서일까요? 어떤 케이퍼물은 주인공이 도둑질에 성공하지만, 그 대가로 목숨을 잃는 결말을 맞이하기도 합니다.

미궁

케이퍼물은 기본적으로 반사회적입니다. 그렇기 때문에 관객이 작품에 쉽게 몰입할 수 있도록 도둑질이라는 불법 행위가 용인될 만한, 현실과는 거리를 둔 색다른 미궁이 필요해요. 어떤 의미에서 미궁은 보물을 훔치지 못하도록 설계된 곳이 아니라, 보물을 보는 이가 타락에 빠져들도록 설계된 곳이라고 할 수 있습니다.

〈오션스 일레븐〉이라면 못된 악당이 운영하는 카지노일 테고, 〈오션스8〉이라면 멧 갈라가 펼쳐지는 박물관일 테지요. 〈스파이더맨: 뉴 유니버스〉라면 뉴욕시를 붕괴시킬 위험한 장치를 실험 중인 연구소일 테고요. 이 세 장소는 두려운 동시에 매혹적이면서 현실의 법칙이 통하지 않는, 이곳만의 특수한 규칙이 있는 공간이어야 해요. 그렇지 않고서는 그 어떤 보물도 아름다운 빛을 발산하지 못할 거예요.

괴물

「아르고나우티카」에서 헤라클레스는 이렇게 말합니다. "내가 그냥 다 때려잡고 이아손을 왕으로 만들면 되는데, 그러면 모험을 떠날 필요가 없어지고 재미없게 되니까 그렇게 하지는 않을게." 음, 제가 정확하게 옮긴 것은 아닙니다만 얼추 이렇게 말한 것은 맞습니다. 어쨌든 헤라클레스가 치트키로 활약하지 않은 덕분에 이아손의 모험은 훨씬 더 재밌어질 수 있었지요. 모든 난관이 쉽게 풀리면 긴장이 생길 수가 없지요.

이처럼 괴물을 설정할 때는 쉽게 풀릴 문제도 쉽게 풀리지 않게 해주세요. 괴물을 때려잡아서 해결하면 안 돼요. 미궁을 지키고 있는 괴물을 무찌른다면 아무런 긴장감도 주지 못해요. 괴물은 가급적 무적의 존재로 설정하세요.

그렇다면 어떻게 해야 괴물이 지키고 있는 보물을 훔칠 수 있을까요? 도둑답게 하면 됩니다. 잠들지 않는 괴물의 눈을 속여 잠재우는 것이지요. 어떤 작품에서는 강력한 주먹질로 괴물의 눈을 속이기도 합니다만, 이는 어디까지나 반전으로 한 번만 쓸 수 있는 방법이지 케이퍼물에서 요구하는 주된 방식은 아니지요.

열쇠

열쇠는 미궁을 돌파하고 괴물을 잠재우는 데 쓰일 무언가입니다. 미궁과 괴물을 설정했다면, 열쇠를 떠올리는 건 크게 어렵지 않지요. 아무리 고민해도 그럴싸한 열쇠가 떠오르지 않을 경우를 대비해서 약간의 힌트를 드리자면 이렇습니다. 열쇠는 마법적이고 신비로운 무언가여도 좋아요. 뻔뻔하고 치사한 반칙이어서 더 재밌기도 합니다. 열쇠의 연원과 개수는 원하는 대로 정하세요.

예를 들어볼까요? 〈나우 유 씨 미〉는 주인공 일당이 마술사라는 핑계로 말도 안 되는 속임수를 남발하지요. 만능열쇠가 따로 없습니다. 〈해리 포터와 마법사의 돌〉에서는 헤르미온느 그레인저라고 하는 반칙 그 자체인 존재가 나오고요. 난관에 부딪힐 때마다 "헤르미온느, 어떻게 하면 될까?"라고 하면 헤르미온느가 알아서 문제를 해결해주거든요. 그래서 전 이 작품이 좋답니다. 말씀드렸잖아요. 뻔뻔하고 치사한 반칙이어서 더 재밌다고요.

인물 구성

케이퍼물에는 어떤 인물이 필요할까요? 여기서는 간략하게나마 일곱 가지 유형의 인물을 제안합니다. 취향에 따라 어떤 유형의 인물은 넣거나 빼도 좋고, 필요에 따라 새로운 유형의 인물을 넣어도 좋습니다. 어차피 레시피니까요.

① 리더(주인공)
② 파트너
③ 고참
④ 신참
⑤ 물주
⑥ 보물 주인
⑦ 배신자

리더(주인공)는 모든 동료의 구심점이자 작전을 기획하는 인물입니다. 이들은 갈망하는 무언가가 있기도 해요.

파트너는 리더의 단짝이에요. 동료들을 관리하고 작전을 실행합니다. 충실하게 리더를 보좌하면서 인물과 사건 사이의 긴장감을 조율하지요.

고참은 경력이 화려한 팀원입니다. 경우에 따라 리더보다 경험이 많기도 해요. 숙달된 기술이 있기도 하고요.

반대로 신참은 팀원 중 가장 경험이 적거나 아예 없는 인물이에요. 어떤 기술이 있을지는 모르나 아직은 미숙하고 어벙한 면이 많지요. 이 인물은 관객과 시선을 함께하기 위해서 꼭 필요해요.

물주는 주인공 일당이 도둑질을 할 수 있도록 자금을 마련하고 뒷배를 봐주는 사람이에요. 〈오션스 일레븐〉의 루벤 티시코프처럼 주인공 일당을 돕기 위해서 물주를 자처하는 수도 있지만, 〈오션스 트웰브〉의 테리 베네딕트처럼 주인공 일당을 협박해서 물주로 자리 잡는 경우도 많아요.

보물 주인은 미궁과 괴물 그리고 보물을 가진 인물입니다. 주인공 일당이 하는 일은 비합법적인 도둑질이에요. 관객들이 이 도둑질의 성공을 응원하게 하기 위해서는 보물 주인이 도둑질을 당해도 싼 인물이어야 해요. 가끔은 합법적으로 도둑질을 하는 못된 사람들도 있으니까 이 설정을 만들기는 어렵지 않겠지요.

배신자는 주인공 일당과 보물 주인 사이에서 배신을 저지르는 사람이에요. 여기서 배신은 다양하게 가능하겠지요. 보물 주인을 배신하고 주인공을 돕거나, 주인공을 배신하거나, 아니면 이중,

삼중의 배신을 저지르는 식으로요.

앞에서도 말했지만 이 인물 구성은 인물이 이만큼만 필요하다는 이야기가 아니에요. 어떤 인물은 파트너이자 배신자처럼 행동할 수도 있을 테고, 고참으로 여러 명을 배치할 수도 있을 테니까요.

그러면 왜 이 인물 구성이 케이퍼물의 원형이 되어서 끊임없이 되풀이되는지, 각 인물의 신상을 정리하면서 살펴보겠습니다. 앞서 정리한 유형에 맞춰 작품 속 등장인물을 만드는 데 필요한 분석과 비평이 이어질 거예요.

리더(주인공)

리더는 보물을 갖기 위해 동료를 모은 구심점이자 그들의 대표가 될 인물이에요. 케이퍼물에서는 이 인물이 주인공을 맡는 경우가 많지요. 주인공이 여럿이더라도 리더의 비중이 가장 크고요. 여기서는 주인공과 리더가 동일하다는 가정하에 이 인물을 소개하고자 해요.

주인공 일당은 보물을 가지려는 동시에 보물을 통해 이루고자 하는 소원이 있어요. 「아르고나우티카」의 이아손이 황금 양털을 차지하는 것만이 아니라, 그 양털을 훔친다는 위업을 달성해 왕위를 계승하려고 했던 것처럼요.

우리의 리더, 주인공도 마찬가지일 거예요. 이 인물에게 보물과 보물을 통해 이루고 싶은 소원을 정해주세요. 아름다운 보석이나 명화를 훔치는 내용의 케이퍼물에서는 소원과 보물이 동일시되기도 합니다만, 이 경우에도 주인공에게는 그 보석이나 명화에 각별한 의미가 있을 거예요. 어머니와의 추억이 담겼다거나 연인의 유품이라는 식으로 말이지요.

하지만 현실에서 물건 하나를 갖게 된다고 존재하는 모든 문제가 사라지지는 않지요. 주인공 일당이 여정 끝에 보물을 찾는 데 성공하더라도 그들의 소원마저 이룰 수 있을지는 미지수예요. 보물을 갖기 위해 심각한 범죄를 저질러서 소원과는 거리가 먼 결말을 맞을지도 모르고요. 익숙한 방식대로 성배를 얻고 천국으로 갈 자격을 얻었다는 식의 명쾌한 결말이 나쁜 것은 아니지만, 고민은 해볼 문제입니다. 결말을 어떻게 맺든 이야기의 초반에서 이 인물은 보물을 가짐으로써 자신의 소원도 이룰 수 있으리라 확신할 거예요.

리더의 확신을 담보하는 인물이 바로 물주예요. 물주는 리더를 협박하거나 응원함으로써 리더가 보물을 가져오기를 바랄 거예요. 그리고 리더가 보물을 가져오면 그 소원을 들어주겠다고 하겠지요. "다음 주 금요일 3시까지 성당의 성모마리아상 아래 있는 미켈란젤로의 그림을 가져와. 그러면 목숨만은 살려주지" 같은 식의 병 주고 약 주는 소원이더라도요.

슈퍼히어로물을 다룬 장에서 주인공이 상징적 아버지에게 지배당하고 있다고 했던 것처럼, 리더 또한 물주에게 종속된 상황일 거예요. 리더의 가장 큰 적수가 보물 주인이 아닌 물주인 경우도 있어요.

리더가 물주와 우호적인 관계라면, 리더와 보물 주인과의 적

대적인 관계가 이야기에 영향을 미치기 쉬워요. 〈오션스 일레븐〉
의 대니얼 오션은 물주인 루벤 티시코프와 사이가 돈독했던 만큼,
보물 주인이라 할 수 있는 테리 베네딕트에게는 이를 갈았지요. 테
리 베네딕트에게서 카지노의 현금만이 아니라 연인마저 빼앗으려
했고요.

〈인셉션〉 2010, 크리스토퍼 놀런

리더(주인공). 도미닉 코브

〈인셉션〉의 도미닉 코브는 빼어난 추출자였어요. 추출자는 타인
의 꿈속으로 들어가 그 사람의 생각을 추출하는 기술자를 뜻하
지요. 도미닉 코브는 생각을 추출하는 것만이 아니라 심는 것도
가능한 전문가이기도 했어요. 그래서 그는 물주인 사이토로부터
생각을 심는 인셉션을 지시받게 됩니다. 도미닉 코브가 사이토
의 명령에 따라 극도로 위험하며 불가능하다고 알려진 인셉션을
준비하는 이유는 하나예요. 사이토가 도미닉 코브에게 임무에
성공할 경우, 생이별했던 자식들을 만날 수 있게 해주겠다고 약
속했거든요.

도미닉 코브는 사이토라는 물주에게 종속되어 있습니다만, 그
와의 관계가 이야기의 중심을 이루지는 않습니다. 그런 경우 보
물 주인과 적대적인 관계를 유지하기 쉽습니다. 여기에서 몇몇은
'어? 도미닉 코브가 숨어 들어간 꿈의 주인인 로버트 피셔는 그렇
게까지 비중이 크지 않았는데?'라고 생각할 수도 있겠습니다. 그
이유는 간단해요. 로버트 피셔의 꿈이 도미닉 코브의 꿈과 뒤엉

켜버리자, 도미닉 코브의 죄책감에서 촉발된 악몽이 펼쳐지는 공간으로 바뀌었지요. 〈인셉션〉의 리더 도미닉 코브가 상대해야 하는 보물 주인은 다른 누구도 아닌 자신의 무의식으로 뒤바뀌었던 셈이에요.

〈해리 포터와 마법사의 돌〉 2001, 크리스 콜럼버스
리더(주인공). 해리 포터

케이퍼물로서 〈해리 포터와 마법사의 돌〉은 명쾌한 예시예요. 리더라고 할 수 있는 해리 포터가 보물, 그러니까 마법사의 돌을 대하는 태도는 여타 작품의 리더들보다 훨씬 성숙하고 건전한 편이거든요. 해리 포터는 숱한 교칙을 어기고 마법사의 돌을 손에 넣으려고 하지만, 그 이유가 불온하지는 않았어요. 볼드모트라는 악한 마법사의 부활을 막기 위해 퇴학의 위험까지 감수하고 저지른 영웅적 결정이었지요.

해리 포터가 소망의 거울에서 마법사의 돌을 찾아낼 수 있었던 이유는 보물에 집착하지 않은 유일한 사람이었기 때문이에요. 소망의 거울은 마법사의 돌을 사용하려는 사람이 마법사의 돌을 쓴 다음의 모습만을 비추지만, 해리 포터는 마법사의 돌을 쓰지 않고 지키려고만 했기 때문에 온전한 마법사의 돌을 거울에서 꺼낼 수 있었거든요.

마지막으로 재미난 점을 하나 소개할게요. 여느 케이퍼물과 달리 〈해리 포터와 마법사의 돌〉 속 보물 주인은 해리 포터가 존경해 마지않는 알버스 덤블도어이고, 해리 포터가 미궁에 뛰어들어 보물을 찾아오게 유도한 물주는 극악무도한 마법사 볼드모트였지요. 리더가 물주와 보물 주인 사이에서 취하는 일반적인 모습과는 정반대의 관계였어요. 이 또한 〈해리 포터와 마법사의 돌〉이 얼마나 잘 조형된 작품인지를 증명하는 요소 중 하나겠지요.

파트너

파트너는 팀원을 관리하며 리더를 보좌하는 이인자라고도 할 수 있습니다. 리더는 해결해야 할 과제가 많죠. 미궁도 뒤져야 해, 괴물도 피해야 해, 보물도 훔쳐야 해, 소원도 이뤄야 해…. 팀원을 이끌고 대외적인 업무를 담당하는 리더에게는 파트너가 필요합니다. 파트너는 리더에게 팀원의 의견을 대변하면서 등장인물 사이의 긴장 상태를 조율할 거예요.

리더의 연인이 파트너 역할을 맡기도 해요. 때로는 긴장감을 유발하고요. 임무를 수행하며 모든 것이 일사천리로 진행되기만 해서는 재미가 없겠지요. 이를 위해서는 임무를 수행하면서 생기는 사람 사이의 마찰과 긴장이 필요해요. 초반부에는 리더를 지지하던 파트너가 후반부에서는 팀원들을 대표해서 리더의 독단적인 면을 지적하는 경우도 많지요.

그런 이유에서 파트너에게 리더와 정반대되는 속성을 부여하면 편리해요. 성격이나 사고방식이 비슷하면 두 사람의 갈등이나 긴장감이 지속되기 어렵거든요. 예를 들자면 〈앤트맨〉의 스콧 랭과 루이스가 있겠네요. 두 사람의 케미는 대화의 핑퐁이 기가 막히게 연결되는 덕분 아니겠어요?

파트너의 역할은 또 있어요. 리더와 파트너의 대화 장면으로 관객에게 정보를 쉽고 유쾌하게 포장해서 전달하기도 해요. 많은 슈퍼히어로가 사이드킥을 필요로 하는 것도 이 때문이고요. 단짝이나 다름없는 두 사람은 관객에게 설명할 정보가 있을 때 대화를 통해 전달하기도 하고, 숨겨야 할 것이 있을 때는 눈치코치를 다해 암묵적으로 작전을 짜기도 합니다.

대부분의 파트너는 보물이나 이를 통해 이룰 소원보다는 팀원과의 관계를 더 중요시해요. 이들이라고 물욕이 없는 건 아니지만, 필요하다면 언제라도 임무를 중단하고 팀원의 안전을 우선하는 선택지를 고를 거예요.

기업에 비유를 해보자면, 물주는 기업의 경영자나 다름없어요. 리더는 경영자의 지시에 따라 사업을 추진하는 경영진에 가까울 테고요. 그렇다면 파트너는 기업의 경영자와 경영진에게 대항해서 노동자들의 권리를 위해 투쟁하는 노조위원장인 셈이지요. 파트너는 단순한 짐덩어리가 아니라, 팀이 탄탄하게 유지되도록 돕는 윤활제인 동시에 리더와 다른 팀원의 진정한 소원이 무엇인지 몇 번이고 다시 성찰할 수 있도록 이끄는 존재예요.

〈오션스8〉 2018, 게리 로스

파트너. 루

〈오션스8〉의 리더 데비 오션은 출소 직후 옛 동료인 루를 찾아갑니다. 〈오션스 일레븐〉의 대니얼 오션도 출소하자마자 러스티 라이언을 찾아가 작전을 짰었군요. 두 작품 모두 리더와 파트너의 신뢰가 두터워 장면 곳곳에서 둘의 옛 추억을 과시합니다. 루와 러스티 라이언은 리더가 과거의 연인을 잊지 못해 작전에 개인적인 감정을 투사하는 것을 경계하며 정면으로 문제를 제기했지요.

데비 오션이 작전을 세웠다면, 루는 작전에 필요한 팀원을 한데 모았습니다. 팀의 안팎을 나누어서 맡았다고나 할까요? 감옥에 갇혀 지내느라 요즘 뜨는 신인에 대한 정보가 없었던 데비 오션에게 팀을 꾸릴 줄 아는 루는 필요한 인재였겠지요. 이 능수능란한 두 범죄자가 자신들이 꾸린 팀의 팀원들을 바라보며 뿌듯해하거나 민망해할 때면 긍정적인 의미에서 가족처럼도 보인답니다.

〈배드 지니어스〉 2017, 나타웃 푼피리야
파트너. 뱅크

〈배드 지니어스〉는 커닝 사업을 하는 천재와 친구들의 이야기인데요. 주인공 린은 리더라기보다 기술 고문에 가까워요. 이 책의 분류에 따르자면 고참 유형에도 들어갈 것 같군요. 그런 린과 쌍을 이루는 또 하나의 천재 뱅크를 파트너의 예시로 삼은 데에는 중요한 이유가 있어요.

뱅크는 파트너에게 요구되는 요소가 거의 없어요. 하지만 주인공의 거울상으로, 서로 엇나가는 반대항의 모습을 잘 보여줬다는 점 때문에 리더가 아닌 주인공의 파트너로 소개하고 싶어요.

린과 뱅크는 연인이라기보다는 너무 닮았으면서 또 너무 달라 둘
만의 강렬한 케미를 보여주지요. 가난한 천재인 둘은 부자 친구
들을 위해 자신들의 재능을 낭비합니다. 그리고 자신들의 커닝
사업에 대한 도덕적 문제를 다른 방식으로 고민하고 답을 내려
요. 이렇게 케이퍼물의 파트너 유형에서 벗어나는 것만으로도 작
품의 주제 의식을 분명하게 드러낼 수 있음을 보여준 흥미로운
구조였답니다.

고참

고참은 리더와 파트너가 소집한 팀원 중 도둑질에 필요한 기
술을 익힌 전문가를 가리킵니다. 각 작품은 시간적·공간적 배경과
소재에 따라 필요한 기술자가 정해집니다. 예를 들어볼까요?

영화 제목	시간적·공간적 배경 및 소재	도둑질에 필요한 기술자
〈오션스 일레븐〉	라스베이거스의 카지노	금고털이, 운전수, 폭발물 전문가, 체조선수, 해커, 소매치기, 전문 배우 등
〈인셉션〉	꿈속의 도시	약제사, 포인트맨, 위장사, 설계자, 추출자 등
〈앤트맨〉	최첨단 과학 연구소	잠입자, 해커, 운전사, 내부 정보원 등

〈나우 유 씨 미〉	도심을 무대로 하는 마술 공연	최면술사, 탈출 마술사, 카드 마술사, 소매치기, 내부 정보원 등
〈아스팔트 정글〉	보석상	기획자, 금고털이, 운전사, 건달 등

대부분의 팀원이 고참이어도 좋겠지요. 이 유형의 인물은 작품의 진행을 방해하지 않는 선에서는 다다익선입니다. 이들도 자기 나름의 이유로 보물을 쫓을 테지만, 그에 대해서는 전개가 늘어지지 않을 정도로만 묘사되어도 충분합니다.

케이퍼물의 하이라이트는 빼어난 전문가들이 기술을 120퍼센트 발휘해 미궁 속 함정에서 빠져나가는 장면이잖아요. 이때 고참이 많으면 많을수록 화려하고 다양하게 장면을 연출할 수 있을 테고요.

케이퍼물에서는 고참을 주로 '꾼'이나 '선수' 혹은 '프로'라고 부릅니다. 각 분야의 스페셜리스트로 대부분 예전에 함께 작전을 진행한 적이 있어 최소한으로 서로의 유명세를 인정해주고는 하지요.

제가 무척 존경하는 동료인 손지상 작가는 "케이퍼물은 자칭 픽업 아티스트, 타칭 양아치들의 기 싸움 경연장이나 다름없다"고 지적했어요. 케이퍼물의 등장인물들이 비합법적인 기술을 과시하며 기 싸움하는 장면에 대한 흥미로운 비판이었지요. 고참이 우르르 나오면 이런 갈등이 있어도 어색하지 않을 것 같습니다.

물론 정석은 아니에요. 〈오션스8〉이나 〈앤트맨과 와스프〉 등 근래의 케이퍼물에서는 최대한 기 싸움을 빼고 이야기하는 식으로 노선을 달리 하는 작품도 늘고 있거든요.

본론으로 돌아가지요. 고참, 전문가에게는 보물을 찾는 과정에서의 스펙터클을 만드는 것 외에도 중요한 역할이 있습니다. 고참은 팀원들이 얼마나 잘난 사람인지 납득시키는 동시에, 이들이 앞으로 들어가게 될 미궁과 그 안에 살고 있는 괴물이 얼마나 무시무시한지 알려줄 거예요.

> **'오션스' 시리즈**
> **고참. 사울 블룸**
> 이미 은퇴한 노인임에도 주인공의 파트너인 러스티 라이언이 찾아가 회유해야 했을 만큼 노련한 베테랑 도둑입니다. 다양한 억양을 자유자재로 구사하는 명배우이기도 해요. '오션스' 시리즈에서 연기와 잠입이 필요할 때는 이 인물이 대활약을 펼쳤지요. 하기야, 이 근엄하고 멋들어진 말씨를 가진 할아버지가 사기꾼 일당이라고 누가 의심하겠어요?
> 이렇게 노련한 고참이 팀원이면, 그 고참의 한마디에는 권위가 실리기 마련입니다. 사울 블룸이 다른 이를 칭찬하거나 미궁의 위험성을 경고할 때는 난다 긴다 하는 팀원들도 귀를 기울이지요. 사울 블룸도 염려하는 문제를 리더가 자신만만하게 해결할 수 있다고 하는 모습을 보여줘서 감탄을 불러일으키기도 하고요.

〈로건 럭키〉 2017, 스티븐 소더버그

고참. 조 뱅

〈로건 럭키〉에서 로건 형제는 고참 중의 고참인 폭파 전문가 조 뱅을 영입하기 위해 극단적인 모험까지 강행해요. 감옥에 수감 중인 조 뱅을 탈옥시키려는 위험천만한 대작전을 펼치지요. 조 뱅의 존재는 다방면에서 이야기에 긴장감을 불어넣어요. 당장은 한패더라도 결정적인 순간에 로건 형제의 뒤통수를 칠지도 모른다는 암시 등을 통해서 말이지요.

'오션스' 시리즈에서처럼 리더의 수족으로 움직이는 고참이 아니기에 가능한 활약이에요. 이런 인물이 있으면 이야기의 긴장감과 몰입도를 높이기도 좋겠지요. 물론 여러 인물이 리더의 명령에 따라 장기말처럼 움직이며 일사분란하게 활약하는 모습을 보여주긴 어렵고 플롯을 꼬아버릴 위험도 크지만, 조 뱅이 작중에서 보여준 활약을 생각하면 이 정도 위험은 감수할 만한 것 같네요.

신참

고참이 나왔다면 신참도 나와야겠지요. 신참은 무척 중요해요. 케이퍼물에서 신참 없이 이야기를 만들려면 난이도가 만만치 않을 거예요. 더 나아가 케이퍼물에서는 리더가 주인공인 경우가 많지만, 신참이 주인공을 맡는 경우도 적지 않아요.

이유는 간단합니다. 리더와 파트너 그리고 고참 모두 한가락 하는 전문가잖아요? 그런데 모든 문제가 손쉽게 해결되면 이야기에 아무런 긴장감도 줄 수 없거든요. 이야기를 긴장감 있게 전개하기 위해서는 사고뭉치나 초보자가 있어야 해요. 그래야만 상상도 못 한 문제가 터져 나오기 좋거든요.

다른 이유도 있어요. 관객 대부분은 절도범이 아닐 거예요. 절도범이 주로 나오는 작품을 보면서 저 사람들이 도대체 왜 저러는지 모를 순간이 많겠지요. 그럴 때마다 신참은 관객과 동등한 시선을 가진 인물로 기능할 거예요. 관객이 모르는 것은 신참도 모를 테고, 신참이 고참에게 교육받는 과정을 통해 관객도 저들의 삶에 대해 배우게 될 거예요.

고참과 마찬가지로 신참도 팀원의 권위를 증명하는 도구로 사용되고는 합니다. 팀원들이 짠 작전에 대해 "말도 안 돼요, 그건 불가능하다고요!"라고 외쳤다가 웃음거리가 되는 식으로요. 기 싸움이 팽팽한 작품을 만든다면 이 신참은 불쌍한 쭈글이 역할을 맡을 가능성이 높아요.

앞서 케이퍼물이 마술쇼의 영향을 받았다고 했지요? 케이퍼물의 신참은 마술쇼의 조수와 같은 역할이라고 해도 좋을 것 같네요. 마술사가 쇠사슬을 몸에 감은 채 피라냐로 가득 찬 커다란 수조에 빠졌다가 아슬아슬하게 탈출한 순간, 마술사의 조수가 깜짝 놀란 표정으로 박수를 치며 관객의 호응을 이끌어내는 것과 마찬가지로, 신참은 관객이 어떻게 반응하면 좋을지 알려주는 안내자가 될 거예요.

그래서일까요? 많은 신참이 보물을 통해 이루고자 하는 소원은 다른 고참처럼 성숙하고 유능한 전문가가 되는 것이에요. 이 경우 보물은 그에게 있어 상패처럼 기능할 거예요. 성인식을 치르고 어른이 되었다는 걸 증명하는 졸업장처럼 전시하고 싶은 물건으로요.

〈인셉션〉 2010, 크리스토퍼 놀런
신참. 애리어든

〈인셉션〉의 애리어든은 리더인 도미닉 코브가 꾸린 인셉션 팀의 신참 설계자입니다. 신참 실력 테스트에서 〈인셉션〉의 명장면을 여럿 보여주었죠. 고참들은 팀의 막내로 합류한 애리어든을 위해 작전 개요와 함께 자신들의 역할이 무엇이며 어떤 재능이 필요한지를 상세하게 알려줍니다. 관객들은 이 수업의 청강생으로 비공식적인 교육 과정을 밟게 되고요.

이런 배치는 케이퍼물의 전유물이 아닙니다. 수많은 일본 소년만화의 주인공이 아무것도 모르는 바보이거나 신입인 이유도 마찬가지예요. 〈나루토〉의 주인공인 낙제생 나루토에게 선생님들이 인술에 대해 설명해주거나, 〈블리치〉에서 평범한 고등학생 이치고가 루키아를 만나 사신의 존재를 알게 되었던 것 역시 주인공의 시선이 관객의 시선과 크게 다르지 않도록 한 배치이지요.

〈스파이더맨: 뉴 유니버스〉 2018, 밥 퍼시케티 외
신참. 마일스 모랄레스

초보 스파이더맨인 마일스 모랄레스는 슈퍼파워를 얻은 지 며칠 되지도 않아 킹핀의 연구실이라는 위험천만한 장소에 숨어들어야만 했지요. 다른 동료들은 어리고 미숙하다는 이유로 작전에서 그를 빼려고 했어요. 결국 마일스 모랄레스는 의자에 묶인 채로 동료들이 사지를 향해 떠나는 모습을 지켜봐야만 했어요.

물론 우리의 주인공 마일스 모랄레스는 그 정도로 기가 죽을 인물이 아니었지요. 아버지의 믿음과 격려 그리고 숙모인 메이 파커의 조력에 힘입어 자신의 능력을 통제하는 방법을 익히는 데 성공하거든요. 노래 〈왓츠 업 데인저〉와 함께 빌딩에서 상승과 같은 하강을 하는 마일스 모랄레스의 모습이 기억나나요? 이 소름 돋는 장면은 신참만이 줄 수 있는 황홀한 카타르시스로 가득 차 있지요.

물주

물주는 리더가 꾸린 팀의 물질적인 지원자예요. 이들의 후원에 긍정적인 이유만 있는 건 아니에요. 가끔은 부정적인 이유로, 리더와 그 동료들을 착취하기 위해 그들을 범죄 현장으로 밀어 넣기도 해요. 놀라운 일은 아니지요. 케이퍼물은 범죄자들의 이야기인데, 범죄자가 모두 술집에서 술잔을 들이켜며 유쾌하게 노는 멋쟁이인 건 아니니까요.

물주는 자신에게 보물을 가져다주면 리더와 팀원들의 소원을 들어주겠다고 리더와 계약한 사람입니다. 이는 건전하지 않은 형태로 한쪽의 의견만 반영된 계약일 수도 있어요. 물주가 리더에게 혹은 리더가 물주에게 일방적으로 거래가 성사되었음을 통보할 수도 있는 거죠. 무자비하고 잔인한 조직폭력배 우두머리가 퇴직한 경찰에게 기밀 서류를 내놓으라고 협박할 수도 있고, 제자가 스승의 묘비에 대고 '스승님의 유작을 되찾겠노라' 맹세할 수도 있으니까요.

리더와 팀원이 보물을 훔치기만 해서는 소원을 이룰 수 없습니다. 현실에서의 도둑들도 마찬가지예요. 훔친 물건을 당당하게 팔 수는 없으니, 믿을 만한 고객에게 팔 수 있는 솜씨 좋은 장물아비가 필요하거든요. 물주는 장물아비의 역할도 포함하고 있을 거예요.

주인공 일당의 여정에서 가장 중요한 목표란 물주와의 관계를 어떻게 맺느냐일지도 모르겠어요. 겨우 보물을 훔쳐 왔는데 물주가 물건만 받고 입을 씻어버리면 얼마나 허망하겠어요? 그래서 결말부에 주인공 일당이 보물 주인이나 괴물이 아닌 물주를 상대하게 되는 경우도 잦답니다.

물주를 설정할 때는 보물 주인과 어떤 관계일지도 고민해야 합니다. 남의 물건을 몰래 가져오게 했으니 선의로든 적의로든 비밀이 있겠군요. 게다가 보물 주인과 직접 맞서지 않고 리더를 고용해서 간접적으로 상대하네요. 이러한 요소들을 활용하면 재미난 관계 설정이 가능하지 않을까 싶어요.

〈인셉션〉 2010, 크리스토퍼 놀런
물주. 사이토
사이토는 리더인 도미닉 코브를 고용하는 것으로도 모자라, 그의 작전을 참관하겠다고 우기기까지 한 골치 아픈 물주입니다. 그런 면에서 이 인물은 물주인 동시에 신참이기도 하네요. 실제로 그는 인셉션의 개념에 대해 도미닉 코브에게 몇 번이고 물어보는 것으로 신참이 맡아야 하는 관객의 대리자 역할을 훌륭하게 수행했지요. 골치 아픈 물주이기는 해도 작전을 위해 항공사를 인수하는 성의까지 보였으니 능력 없는 물주라고 할 수는 없을 테고요.

대신 물주 사이토와 보물 주인 로버트 마이클 피셔 사이에는 흥미진진한 갈등이 없었지요. 적대시하는 기업 대표 사이의 알력이 전부였으니까요. 이야기의 주인공은 도미닉 코브인 데다가 설정도 복잡한 작품이니 물주와 보물 주인의 비중마저 늘리기는 어려웠을 거예요.

〈앤트맨〉 2015, 페이턴 리드

물주. 행크 핌

〈앤트맨〉에서 행크 핌의 역할은 매우 복합적입니다. 우선 스콧 랭의 선대 앤트맨이라는 점에서 고참을 맡고 있지요. 작전을 짜고 지시한다는 점에서는 리더라고 볼 수도 있고요. 스콧 랭을 비롯한 팀원들이 자신의 계획에 동참하게 한다는 점에서는 물주이기도 하네요. 무엇보다 작품의 맨 처음, 스콧 랭과 동료들이 행크 핌의 저택 지하에 숨겨진 물건을 훔치려고 했다는 점에서 보물 주인 역할까지 완수했고요. 정말이지 다재다능한 사람입니다.

행크 핌은 사이토와 달리 물주로서 보물 주인과 흥미진진한 갈등을 연출합니다. 보물 주인인 대런 크로스는 행크 핌의 옛 제자이면서 행크 핌을 연구소에서 쫓아낸 배신자이기도 했지요. 행크 핌의 딸인 호프 반 다인과 연인이기도 했고요. 행크 핌은 주인공인 스콧 랭보다 작중 갈등의 핵심에 훨씬 더 가까이 있지요.

보물 주인

보물 주인은 많은 것을 가지고 있습니다. 보물, 미궁, 괴물, 경우에 따라서는 배신자까지. 주인공 일당은 온갖 방법을 써서 보물 주인의 보물을 훔쳐 와야만 합니다.

이 인물도 주인공의 반대항이에요. 케이퍼물에서는 거울상을 쓰지 않고 반대항으로 통일하겠습니다. 파트너나 보물 주인이나 모두요. 보물을 지키는 자와 빼앗으려는 자. 미궁을 가진 자와 헤매는 자. 괴물의 소유주와 괴물의 도전자. 이렇게 인물 구도가 대치될 만한 여러 요소를 다르게 만들면 두 인물의 갈등이 본격화될 거예요.

거듭 말하지만, 요즘 케이퍼물이 다양하게 변주되기는 해도 기본적으로는 범죄자들의 이야기에서 출발했어요. 몰래 물건을 훔치는 일은 사회적으로 권장하지 않으니까요. 그렇기 때문에 주인공 일당이 물건을 훔치는 일을 관객이 납득하기 위해서는 수많은 변명이 필요해요. 보물 주인은 변명 중에서도 가장 공들여 만들어야 할 핑곗거리일 거예요.

'보물 주인은 악당이다! 살인자다! 볼드모트다! 그러니까 우리의 주인공 일당이 이 사람의 보물을 훔치는 것은 결코 잘못된 일이 아니야!'라는 생각이 들도록 설계되어야 해요. 보물 주인은 대부분 극악무도한 악당이어서 주인공 일당의 범죄를 정당화하지요.

그렇다고 보물 주인이 나쁜 사람이어야만 한다는 법도 없어요.

엄청 착한 사람인데 주인공 일당이 마지못해 그 사람의 물건을 훔치게 된 상황일 수도 있잖아요. 그럴 때는 보물 주인이 잘못 알고 소유하게 된 위험한 보물을 주인공 일당이 일종의 선의로 훔친다거나, 사악한 물주를 잠시 속이기 위해 몰래 보물을 가져왔다는 식으로 당위성을 부여해줘야겠지요.

보물 주인은 주인공은 물론 물주와도 연관이 있다고 했지요? 이 인물은 그에 더해서 배신자와의 관계도 설정해야 해요. 주인공이 물주에게 종속된 것처럼, 배신자는 보물 주인에게 종속됐을 테죠. 그리고 배신자는 주인공의 꼬임에 넘어가 자의든 타의든 보물 주인을 배반하게 될 거예요. 이는 보물 주인 입장에서 치명적인 상처일 수도, 짐작했던 결과일 수도 있을 거예요.

〈오션스 일레븐〉 2001, 스티븐 소더버그
보물 주인. 테리 베네딕트
어떤 작가는 '〈오션스 일레븐〉에서 주인공과 그 일당이 카지노의 현찰을 훔치는 것을 통해서 이루려고 하는 소원은 그들의 남성성을 증명하는 것'이라고 분석했습니다. 저도 이 분석에 동의합니다. 그런 면에서 테리 베네딕트는 주인공 일당의 남성성을 증명하기 위해 제단에 바쳐진 희생양이었지요. 돈도 빼앗기고, 연인도 빼앗기고…. 너무하다 싶을 정도였어요.
이 자신만만한 인물이 모든 손해를 감수해야 했던 이유는 무엇이었을까요? 하나는 물주인 루벤 티시코프의 호텔 앞에 더 큰 호텔을 지어서 조망권을 침해했다는 것. 다른 하나는 리더인 대니얼 오션의 전처가 새로 만나고 있는 상대라는 것. 두 이유 모두 주인공 일당의 남성성을 침해하는 상징적인 사건에서 비롯된 셈이지요. 정말이지 부끄럽기 짝이 없는 철부지들의 기 싸움입니다.

〈인셉션〉 2010, 크리스토퍼 놀런
보물 주인. 로버트 마이클 피셔

〈인셉션〉의 주인공 일당은 로버트 마이클 피셔의 꿈속에 숨어들게 됩니다. 꿈속에서 인셉션이라는 기술을 통해 그의 정신을 조종하고 세뇌하려고 해요. 이 사람에게 큰 잘못은 없었습니다. 주인공 일당은 아버지의 죽음으로 그가 물려받을 회사를 분할하겠다는 생각을 주입하려고 했을 뿐이었지요. 그래서 세뇌라는 끔찍한 일을 당하게 되었고요. 세뇌는 몹시 못된 일입니다. 여기저기서 나오니 무감각해진 면이 있는 소재지만요. 이렇게나 나쁜 짓을 할 때는 당위성도 타당해야만 합니다.

하지만 주인공 일당에게는 이 못된 짓을 정당화할 이유가 없습니다. 그래서일까요? 〈인셉션〉의 결말에서 이 인물은 회사를 분할하고 매각한다는 위태로운 선택을 하게 됩니다만, 동시에 아버지와의 관계에서 오래도록 앓던 트라우마를 무의식의 차원에서 극복하게 됩니다. 이 인물은 이후 큰돈을 잃을지도 모릅니다만, 그와 별개로 정신적으로 성숙해질 계기를 얻었습니다. 어떤 사람에게 이런 계기는 천금보다도 귀중한 가치가 있으니, 주인공 일당의 악행에 조금이나마 면죄부가 주어진 셈이지요. 저는 천금이 더 좋지만요.

배신자는 단역이어도 좋고, 주인공을 뛰어넘는 조연이어도 좋습니다. 「아르고나우티카」에서는 후자였지요. 메데이아는 이아손과 비교도 안 될 만큼 개성이 강했어요.

주인공 일당의 작전에 따라 배신자 수는 얼마든지 늘어날 수도 있을 겁니다. 호텔 경영자를 무너뜨리기 위한 작전에서 지나가는 차량을 못 본 척하도록 매수한 벨보이도 배신자에 포함될 테니까요. 그 호텔에 매수할 사람이 적지 않을 텐데, 이들에게 일일이 사연을 만들어줄 필요야 없지요.

여기서 배신자는 보물 주인을 배신한 사람에 한정하지 않겠습니다. 주인공 일당에서도 배신자가 나올 수 있으니까요. 범죄자들의 모임이니 그 안에서 온갖 다툼과 갈등이 일어나도 놀랄 일은 아니지요.

비중이 크다면 이중, 삼중의 배신을 저지를 수도 있을 테지요. 배신자가 편을 오가면서 배신을 저지른다면, 필요에 따라 긴장의 끈을 좌지우지할 수 있으니 매우 편리한 인물인 셈이에요.

그래서 대부분의 배신자는 이야기가 진행되는 과정에서 복합적인 역할을 맡아요. 여러 가지 면에서 케이퍼물의 악센트를 담당하니 공들여 활용하기를 권합니다.

〈오션스8〉 2018, 게리 로스
배신자. 다프네 클루거
〈오션스8〉은 보면 볼수록 인물과 사건이 영리하게 배치되어 감탄하게 되는데, 그중에서도 다프네 클루거는 박수가 절로 나올 만큼 멋진 인물이에요. 기존 할리우드 영화에서 다프네 클루거와 외적인 조건을 공유하는 인물이 어떻게 그려졌는지를 감안하면 더욱 그러하고요.

이는 〈오션스8〉이 〈오션스 일레븐〉과 그로부터 영향을 받은 케이퍼물의 한계점에서 의식적으로 벗어나기 위해 설계되었기 때문일 거예요. 그래서 〈오션스8〉은 여기서 제시하는 레시피와 많은 면에서 차이가 있기도 해요. 이를 설명하자면 끝이 없을 테니, 이 작품을 꼭 보았으면 좋겠다고 말하는 정도에서 그치겠습니다.

〈나우 유 씨 미〉 2013, 루이 리테리에

배신자. 디 아이

〈나우 유 씨 미〉에서 디 아이는 주인공 일당에게 임무를 부여하는 물주이자, 작전을 수행하는 리더이며, 일당을 모은 파트너와 보물 주인 곁에서 헛발질을 유도하는 배신자이기도 한, 작전의 A부터 Z까지 담당한 초인입니다. 이렇게 모든 걸 혼자서 다 하는 인물이 있으면 재미가 없을 법도 한데, 이 인물이 맡은 마지막 역할인 배신자로서의 활약이 대단해서인지 그런 아쉬움은 남지 않습니다.

다프네 클루거와 마찬가지로 작품 반전의 핵심이나 다름없는 배신인지라 여기서 상세히 설명하기 어려운 면이 있네요. 아무튼 배신자가 어디까지 영향을 미칠 수 있는가라는 질문에 〈나우 유 씨 미〉의 디 아이는 매우 훌륭한 답안이라는 정도로 소개를 마무리하겠습니다.

이야기 구조

여기서 소개할 케이퍼물의 간략한 이야기 구조는 다음과 같습니다. 프롤로그, 팀 결성 계기, 팀원 소집, 진입 준비, 열쇠 탐색, 미궁 입구, 작전 시작, (거짓) 갇힘, 보물 성취, 에필로그. 큰 틀에서 설명하면 팀원을 모으고 보물 공략법을 숙지한 뒤 게임을 진행하는 과정이라고 할 수 있겠네요.

케이퍼물의 구조는 원시적입니다. '무언가를 갖고 싶은 사람이 그걸 갖기 위해 준비한 뒤 성공하거나 실패한다.' 나쁘다는 말은 아니에요. 작품마다 세부 설정이 많이 들어가니까 뼈대 하나만으로 모든 작품이 원시적이라고 말할 수도 없고요. 명쾌한 형태로 욕망을 다루니 직관적으로 이해하기 쉽다는 이야기지요.

그렇기 때문에 케이퍼물에서는 눈속임이 중요합니다. 케이퍼물의 이러한 이야기 구조를 고스란히 드러내면 긴장감 없이 지루한 작품이 될 겁니다. 사실 2부에서 다룰 네 장르의 주인공들은 모두 신뢰할 만한 화자가 아니랍니다. 케이퍼물의 이야기 구조에서 눈속임이 요구되고 주인공의 독백을 있는 그대로 믿으면 안 되는 이유가 여기에 있습니다.

케이퍼물 관객의 시선이 주인공과 동일하다면 어떤 긴장감도 생기지 않을 거예요. 무언가를 훔치겠다고 작전을 짠 대로 잘 풀리기만 하면 조마조마할 이유가 없으니까요. 그렇다고 계획 밖의 문제를 일으키면 사건의 클라이맥스를 우연에만 맡긴다는 문제가 생기겠지요.

케이퍼물은 마술쇼의 영향을 받았다는 설명을 다시 한번 되새겨주세요. 마술사의 속임수를 무대 뒤편에서 보면 전혀 신비롭지 않은 것처럼, 커튼콜의 순간이 오기 전까지 주인공과 일당의 활약을 전부 말해서는 안 된답니다. 그렇기에 케이퍼물에서는 어떤 이야기를 보여줄 것이냐 만이 아니라 어떤 이야기를 감출 것이냐가 중요한 화두입니다. 이것이야말로 맥거핀이 중심이 되는 모든 장르의 핵심이랍니다.

프롤로그

이 책에 수록된 장르의 모든 프롤로그는 동일합니다. 관객의 시선을 붙잡아야 해요. 시간적·공간적 배경은 개의치 마세요. 〈이탈리안 잡〉처럼 본편보다 훨씬 오래전을 조명하며 인물들의 관계가 어떻게 형성되었는지 짚어도 좋고, 〈배드 지니어스〉처럼 과거에 무슨 일이 있었는지 질문에 답하는 식이어도 좋겠지요.

길이 역시 마찬가지예요. 첫 세 줄 안에 관객의 마음을 사로잡아야 해요. 〈아스팔트 정글〉에서 한 인물이 경찰에게 무턱대고 끌려가는 장면은 숨겨진 사연을 궁금하게 하지요.

프롤로그를 마무리했다면, 에필로그와의 수미쌍관을 고민할 차례지요. 〈배드 지니어스〉가 좋은 예시가 되겠군요. 인터뷰로 시작한 프롤로그를 인터뷰 장소에 들어가는 에필로그로 마무리하니까요. 이렇게 프롤로그와 에필로그가 대칭되면 주인공이 이야기를 완주하며 어떤 변화를 겪었는지 직관적으로 전달할 수 있습니다.

소개해야 할 배경 설정이 많다면 이 장면을 활용해보는 것도 좋습니다. 〈이탈리안 잡〉에서 대부분의 인간관계를 알 수 있도록 프롤로그를 설정했던 것처럼요.

〈오션스 일레븐〉 2001, 스티븐 소더버그

한 남자가 가석방 심사를 받고 있습니다. 심사위원들은 이 남자가 사회에 나가서도 범죄를 저지르지 않고 잘 지낼 수 있을지 파악하기 위해 질문을 던집니다. 그리고 이 과정은 자연스레 이 남자의 신상에 대한 자세한 설명으로 기능합니다. 심사위원과 남자의 질의응답에는 인물의 정보와 그의 목표가 담기기 마련이니까요. 이 남자가 대니얼 오션입니다. 팀원을 모아 자신만의 아르고호 원정대를 결성할 인물이지요. 이 남자는 '왜 체포되었느냐'는 질문에 '부인이 자신을 떠나버렸기 때문에 자포자기한 심정이 되어서'라고 대답합니다. 그는 심사에서 통과한 뒤 감옥에 오기 전의 복장인 세련된 턱시도를 입은 채 결혼반지를 의미심장하게 노려봅니다. 그가 보물을 얻는 것으로 이루고자 하는 소원이 무엇인지 단순 명료하게 암시한 것이지요. 이 장면은 마지막 에필로그에서 다른 형태로 변주된답니다.

〈나우 유 씨 미〉 2013, 루이 리테리에

마술사가 현란하게 카드를 섞습니다. "가까이 와요. 더 가까이. 당신이 본다고 생각할수록 당신을 속이기 쉽거든요." 그럴싸하고 멋있는 대사지요? 다음으로 마술사는 눈앞의 관객에게 카드를 좌르륵 펼치면서 카드 한 장을 보라고 합니다. 마술사는 너무 빨랐다며 카드를 다시 한번 보여주고요. 그러고는 카드를 펼쳐 보이며 그 카드가 이 안에 있느냐고 묻습니다. 관객은 고개를 저으면서 없다고 답하지요. 그러자 마술사는 카드를 흩뿌리면서 자세히 볼수록 덜 보인다고 외칩니다. 그 순간, 마술사 뒤편의 빌딩에서 '다이아 7'이 조명으로 떠오릅니다. 그리고 그런 마술사를 바라보는, 후드를 깊게 눌러쓴 한 남자의 모습과 함께 장면이 전환되지요. 강렬한 프롤로그지요?

이후에도 다른 마술사들이 화려한 마술 실력을 뽐내면서 자신의 장기를 자랑하는 장면이 반복됩니다. 이 일련의 장면은 이후 이 마술사들이 팀을 이루어 멋진 마술쇼를 선보일 것을 예고하는 스펙터클한 쇼케이스였다고 할 수 있겠지요.

팀 결성 계기

신탁이 내려질 차례입니다. 주인공 일당이 미궁으로 향할, 괴물과 맞서야 할 이유가 주어져야 해요. 그러기 위해서는 팀의 리더가 먼저 등장해야겠지요. 다른 인물이 등장하거나 사건을 암시해도 좋지만, 기본적으로는 리더가 중심인 파트예요.

이 파트에서 중요한 질문이 있습니다. 리더는 어떤 사람일까요? 리더가 얻으려는 보물과 그 보물을 통해 이루려는 소원은 무엇일까요? 이 두 가지는 반드시 답해야 해요. 그리고 관객이 리더에게 감정이입하거나 작전 성공을 응원할 만한 요소가 들어가야 해요.

케이퍼물 중에서도 정의로운 목적으로 사악하기 짝이 없는 악당에게서 보물을 강탈하는 작품이 있기는 해요. 그런 작품의 인물들에게도 그들의 작전 성공을 응원해야 할 이유가 담긴 장면이 필요합니다. 하다못해 누구라도 인정하고 응원할 정의의 사자, 슈퍼히어로를 다룰 때에도 이런 장면은 필요하지요.

그렇기에 더더욱 악당을 다루는 케이퍼물에서는 이들을 응원하게 되는 장면이 필요합니다. 자칫했다가는 불쾌하고 못된 범죄자들이 나쁜 짓을 저지르는 작품으로만 받아들여질 수 있으니까요. 〈오션스 일레븐〉의 리더 대니얼 오션은 배우 조지 클루니가 연기했죠. 이 사람은 아무리 짓궂고 못된 짓을 하더라도 미워할 수 없는 매력적인 미소를 갖고 있었어요.

악당에게는 악당만이 가질 수 있는 매력이 있어요. 옴 파탈, 팜 파탈이라는 말이 왜 있겠습니까? 세상에는 건강하지 못한, 불안정한, 치명적인 매력도 있는 법이니까요. 우리의 주인공에게 치명적인 매력을 부여해도 좋을 거예요. 악당이기에 가질 수 있는 특권을 아낄 필요는 없겠지요.

다음으로는 리더가 보물을 차지하기 위해, 소원을 이루기 위해 도둑질을 하겠다고 결심하는 장면을 만들어주세요. 이들이 하는 일은 범죄예요. 범죄에 발을 들이기 위해서는 일정 정도 이상의 각오가 필요하지요. 이미 범죄자로 악명을 드높였던 인물이더라도 마찬가지예요.

우리의 리더가 빼어난 대도둑이라 이 모든 일이 손쉽고 별다른 각오 또한 필요하지 않다면? 그땐 보물을 가져와야만 할 간절함이 보이지 않을 테고, 그가 이루는 위업 또한 대단하게 여겨지지 않을 거예요. 여러분이 만들고 싶은 이야기가 긴장감과 박진감으로 가득 차길 원한다면 이 장면은 중요할 거예요. 그럴 경우에는 이 위대한 리더가 보물과 소원을 차지해야만 한다는 신탁을 받아들이고 모험을 떠나기 전 망설이고 염려하지만, 결국에는 각오를 다지는 장면을 넣기를 권합니다.

물론 우리의 리더에게 이런 장면이 어울리지 않을 수도 있겠지요. 그렇다면 신참에게라도 각오를 다지는 장면을 쥐여주는 게 좋아요. 원정을 떠나겠다고 결심하는 순간은 주인공을 응원하고 지지하기 위한 요소 중 하나이기 때문이에요. 이 결심이 대단하고 거창할 필요까지는 없어요. 작품 분위기에 따라 "어, 해볼까?" 정도여도 충분해요. 하지만 도둑질이라는 범죄를 아무런 고민도 없이 결심하면 관객의 공감을 얻기 어려우니, 짧게나마 생각은 해봐야 한다는 것이지요.

이제 우리의 리더는 갖고 싶은 보물과 이루고 싶은 소원도 있고, 이를 가지라는 신탁도 받아들였습니다. 그가 다음에 할 일은 무엇일까요? 파트너를 찾아야겠지요. 둘은 오랜 지인일 수도 있고 철천지원수일 수도 있고 방금 만나 엉겁결에 의기투합한 사이일 수도 있습니다. 중요한 것은 두 사람에게 서로가 필요하다는 거예요. 원정을 떠나기에 앞서 티격태격할지도 모르겠습니다만, 내심으로는 상대방을 자신으로부터 떼어낼 수 없다는 사실을 잘 알고 있겠지요.

파트너를 만났다면 파트너에게도 리더와 같은 결심의 과정을 만들어주세요. 이 장면에서 관객들은 다시 한번 파트너의 말을 통해 리더의 계획이 얼마나 황당하고 위험천만한 것인지를 되새길 수 있을 거예요. 파트너가 어떤 성격이고 어떤 목표를 가졌는지도 설명이 될 테고요.

두 번째 결심 과정이 정리되었다면, 다음으로는 리더와 파트너가 작전을 짜면서 기초공사를 하는 모습을 보여주세요. 이 작전을 위해서는 몇 명의 팀원이 필요할까요? 자본이 얼마나 있어야 할까요? 미궁이나 괴물 그리고 보물에 대해 본격적으로 설명해야만 할 필요는 아직 없습니다만, 이에 대해 간략한 정보나 암시 정도는 남겨줘도 되겠지요.

〈인셉션〉 2010, 크리스토퍼 놀런

도입부에서는 주인공 도미닉 코브의 수수께끼 같은 면을 많이 보여줍니다. 작품 자체가 비몽사몽간에 펼쳐지는 이야기이니 더욱 그렇지요. 그에게는 만날 수 없게 된 아내가 있는 듯하고, 자식들에게 돌아갈 수 없는 사정이 있는 모양입니다. 그런 그에게 이전 작전의 타깃이었던 사이토가 위협적인 분위기에서 인셉션을 의뢰합니다. 누군가의 꿈속으로 들어가서 생각을 훔치는 것이 아니라 생각을 심고 오는, 불가능하다고 알려진 작전을요. 하지만 물주인 사이토와 리더인 도미닉 코브는 이 일이 가능하다는 것을 알고 있습니다. 그렇기에 사이토는 도미닉 코브에게 가족을 만날 수 있게 도와주는 대신 인셉션을 수행해달라고 제안해요. 도미닉 코브는 물주의 제안을 덥썩 물고 맙니다.

도미닉 코브에게는 가족을 만나야만 한다는, 어떤 위험을 감수하더라도 이루어야만 할 소원이 있어요. 생이별한 가족을 다시 만나는 것은 보편적으로 공감대를 형성하기 좋은 주제이지요. 그렇기에 도미닉 코브의 파트너라고 할 수 있는 아서나 마일즈 모두 도미닉 코브가 이 위험천만한 작전에 뛰어드는 것을 말리지 못하고 그를 지원하기로 결심합니다.

〈앤트맨〉 2015, 페이턴 리드

스콧 랭은 전과가 있지만 좋은 사람이에요. 그가 저지른 범죄는 어디까지나 사회정의를 위한 것이었지요. 고객을 등쳐먹은 못된 회사를 고발하고 그 회사의 보안 시스템을 해킹해 부당하게 얻은 수익을 고객에게 돌려줬거든요. 하지만 그는 전과가 있고, 겨우 취직한 베스킨라빈스에서도 해고를 당했으며, 이혼한 아내에게 이혼 수당과 아이 양육비도 제대로 보내지 못합니다. 남몰래 찾아간 딸아이의 생일파티에서도 문전 박대를 당하지요. 세상에

나, 그 어떤 관객이 스콧 랭을 응원하지 않을까요? 그래서 이 사람은 좀도둑질을 다짐합니다만, 관객들은 그와 그의 동료들을 밉살맞게 보지 못해요.

물론 이 정도로는 도둑질을 정당화할 수 없지요. 그래서 도둑질은 실패하며, 이는 집주인이 만든 일종의 자격시험이라는 사실을 알게 됩니다. 그리고 다시 한번 팀 결성 계기 파트를 반복하지요. 선대 앤트맨인 행크 핌에게 딸이 평화롭게 살아갈 수 있도록 앤트맨이 되어서 이 세계의 평화를 도둑질로 지켜달라는 요청을 받으면서요.

팀원 소집

저는 어렸을 때도 게임을 무척 좋아했는데요. 지갑 사정상 하고 싶은 게임을 전부 살 수는 없었어요. 그런 저에게는 게임 외에 또 다른 취미가 있었지요. 게임 잡지에 수록된 게임 공략이나 정보를 탐독하며 어떤 내용일지, 등장하는 캐릭터들을 플레이하면 얼마나 재밌을지 상상하는 것이었답니다.

이 파트에 대한 설명을 왜 뜬금없는 추억담으로 시작했는지 의아할 것 같네요. 게임 잡지의 신작 정보 페이지에는 '이 캐릭터는 이런 특수 능력이 있어', '이 캐릭터는 이런 단점이 있어', '이 캐릭터는 거의 쓸모가 없지만, 특정 스테이지에서는 반드시 필요해' 같은 식의 캐릭터 소개가 있기 마련이지요. 동료 소집 파트도 마찬가지로 이런 역할을 맡고 있답니다.

앞선 파트에서 리더와 파트너는 미궁에 잠입하기로 결심했습니다. 게임을 시작하기에 앞서 이런저런 준비를 해야 합니다. 준비에서 가장 중요한 것은 팀원 모집. 공략법을 숙지한 각 분야의 스페셜리스트를 모아 팀을 꾸려야 합니다.

리더와 파트너가 팀원을 모으는 과정은 다른 팀원의 특기와 소원을 설명하는 동시에, 관객에게 도둑질에 필요한 기술을 알려 주는 효과 또한 있습니다. "이 일에는 금고 전문가가 필요해. 누가 좋을까?", "박물관에 잠입하려면 연기력이 좋아야겠군. 전에 같이 일했던 그 친구는 어때?", "경비원의 주머니에서 열쇠를 훔쳐야 하니 손이 재빠르고 입이 무거운 팀원이 추가되어야겠어" 같은 식으로요. 이제 왜 파트너를 미리 찾아야 한다고 했는지 알겠지요?

이 파트에서는 미궁과 괴물 그리고 보물에 이르기까지 작전의 대략적인 청사진이 제시될 거예요. 구체적인 설명은 필요하지 않아요. 리더와 파트너가 영입하려는 팀원이 어떤 분야의 전문가인지 공개되면 작전에 필요한 요소가 무엇인지도 자연스레 전달되겠지요. 폭파 전문가를 불러놓고 암호 해독을 시키진 않을 테니까요.

리더와 파트너가 보물을 통해 이루고 싶은 소원이 있는 것처럼 다른 팀원들도 이 위험한 작전에 동참해야만 하는 이유가 있을 거예요. 리더가 지닌 이유보다 비중이 작아도 괜찮습니다. 사공이 많으면 배가 산으로 가는 법이니까요. 인물의 개성을 나타낼 수 있는 정도여도 충분하지요.

팀원이 어떤 사람인지를 통해 작품의 주제 의식을 상징적으로 보여주기도 한답니다. 예를 들어 〈타워 하이스트〉는 투자 사기에

속은 피해자들이 힘을 합쳐 작전을 준비했지요. 〈고잉 인 스타일〉에서는 하루아침에 일자리를 잃고 연금도 못 받게 된 노인들이 모여 은행 강도극을 펼치고요. 두 작품 모두 자본주의에서 소외된 약자들의 단결이라는 분명한 메시지를 담고 있답니다.

너무 길면 본말이 전도될 수 있는 파트이지만, 관객에게 전달해야 할 정보가 적지 않은 파트이기도 해요. 어떤 사람을 팀원으로 영입할까요?, 그 사람은 어디에서 만날 수 있을까요?, 리더나 파트너의 제안을 흔쾌히 수락할까요?, 이 사람을 포섭하기 위해 어떤 대가를 준비해야 할까요?처럼 많은 질문이 쏟아져야만 하거든요.

이 질문에 무턱대고 답변해도 좋지만, 우리가 잊지 말아야 할 것이 있지요. 동료 유형을 설정할 때 직업적인 분류뿐만 아니라 경력도 나누어야 한다는 것. 리더와 파트너에게 별다른 문제가 없다면 팀원을 프로페셔널한 고참들로 채우고 싶어 할 거예요. 하지만 앞서 말했듯 이야기의 긴장감과 관객의 감정이입을 위해서는 신참이 한 명 이상은 있어야만 해요.

리더와 파트너는 신참을 어쩌다 뽑게 되었을까요? 그리고 그를 어떤 눈빛으로 바라볼까요? 기대되는 유망주? 엉겁결에 팀원이 된 골칫덩이? 잘 모셔야만 할 상전? 반대로 신참은 다른 고참 팀원들을 어떤 눈빛으로 바라볼까요? 동경해 마지않는 선배들? 한탕 등쳐먹기 위한 호구들? 감시가 필요한 한심이들? 신참이라고는 해도 그 성격은 다양할 수 있답니다.

〈릭 앤 모티〉 2013~, 어덜트 스윔

천재 과학자 릭은 사람들을 케이퍼물의 팀원이 되도록 세뇌하는 로봇이 폭주하자 손자 모티에게 이렇게 말합니다. "우리가 막지 않으면 모든 생명체가 아무런 의미 없는 케이퍼 무비 일당에 합류되고 말 거야. 그게 바로 지옥이란다, 모티. 나는 케이퍼 무비는 질색이다만, 그중에서도 최악의 파트는 바로 팀원을 모으는 파트라고." 줄거리를 설명하기 무척 어렵습니다만, 온 우주를 케이퍼물 공식대로 지배하려는 인공지능의 폭주와 이를 막으려는 할아버지와 손자의 고군분투 에피소드라고 보면 될 것 같네요.

〈릭 앤 모티〉는 온갖 작품을 더럽고도 끔찍하게 풍자하는 블랙 코미디 애니메이션입니다. 이 애니메이션은 시즌 4에서 케이퍼물 공식을 패러디해 조롱거리로 삼는데요. 그중에서도 백미는 로봇이 아무에게나 가서 얼굴을 비추면 "이 자식, 오랜만이야! 좋아. 팀에 합류하겠어"라며 묻지도 따지지도 않고 팀원이 되어 주는 수많은 단역이 등장하는 장면입니다. 하도 과장하고 뒤틀다 보니, 이 장면을 보노라면 '도대체 왜 저렇게 번거롭게 자기를 과시하며 팀에 합류하는 거지?'라는, 제대로 된 케이퍼물을 볼 때는 떠오르지 않았던 의문이 생기게 됩니다. 하지만 어쩌겠어요. 릭이 싫어하거나 말거나 케이퍼물에서 가장 재미난 파트는 동료를 소집하는 장면인걸요. 사실 릭부터가 이 장면을 내심 즐기고 있기도 하죠.

〈오션스8〉 2018, 게리 로스

앞서 팀원을 모으는 과정에서 주제 의식이 빛나기도 한다고 했지요? 이에 대한 예시로는 〈오션스8〉이 좋겠군요. 이 작품의 리더 데비 오션은 파트너 루와 함께 팀원 후보를 두고 고민합니다. 루는 데비 오션이 팀원으로 남자를 뽑지 않으려고 하자, 의아해하며 왜 그러느냐고 묻습니다. 데비 오션은 질문에 대한 답으로 작품을 관통하는 대사를 하지요. "남자는 주목을 받고 여자는 무시를 당해. 그리고 우리는 이번 작전에서만큼은 남들에게 무시당해야만 하거든." 정말이지 멋진 장면이지요?

제가 〈오션스8〉을 좋아하는 이유는 또 하나 있습니다. 이 작품에서 주인공 일당은 동료를 모으는 과정에서 별다른 기 싸움을 벌이지 않아요. 그보다는 서로 칭찬하고 용기를 북돋우며 연대하는 모습을 자주 보이지요. 신참이라 할 수 있는 콘스탠스가 다른 인물들과 관계를 맺는 장면을 보면 특히 더 그러하고요.

진입 준비

팀원이 모두 모였습니다. 이제 본 게임에 들어갈 차례예요. 게임의 규칙과 캐릭터별 특성을 속성으로 익혔으니, 스테이지 1부터 차근차근 클리어해야겠지요?

시작에 앞서 리더와 물주의 계약을 확실하게 정리해주세요. 리더와 물주가 어떤 관계인지에 따라 물주가 진즉 등장했을지도 모르겠네요. 프롤로그나 팀 결성 계기 파트에서 물주가 리더를 협박하며 등장했을 수도 있고, 물주 역시도 동료로 포섭되며 등장했을 수도 있지요. 아니면 진입 준비 파트에 이르러서야 리더가 겨우 물주를 만나 우리가 이렇게 팀을 꾸렸는데 당신의 투자를 원한다고 요구할지도 모르겠어요.

물주는 아무리 늦더라도 이 파트에서는 등장해야 해요. 미궁 진입을 준비하면서 보물과 소원을 어떤 식으로 교환할지에 대한 계약이 존재하지 않는다면, 관객은 주인공과 일당이 뭘 믿고 이 위험한 작전을 개시하는지 의심할 수밖에 없을 거예요. 물주와 리더의 계약 이행 신뢰성 여부와는 별개로 말이에요.

물주가 리더와 팀원에게 호의적이지 않다면, 이 파트는 팽팽한 갈등으로 이루어질 가능성이 높아요. 물주가 주인공 일당과 가까운 사이여도 그가 못 미덥다면 미세한 긴장감이 감돌 테고요. 어느 쪽이든 두 사람의 계약은 확실하게 정리될 겁니다. 어느 한쪽이 불리할 수도 있고 화기애애하게 회담을 마칠 수도 있어요. 작전을 펼쳐야 할 테니까요.

물주와 리더의 계약이 마무리되었다면, 리더와 파트너가 중심이 되어 팀원과 숨겨진 미궁의 지도를 찾아내고 무시무시한 괴물을 잠재울 방법을 물색하며 필요한 도구를 수집하거나 제작합니다.

빼어난 기술자들이 솜씨를 한껏 발휘하는 장면을 보면 쾌감이 있어요. 고참이 리더와 파트너의 유려한 지휘 아래서 작전에 필요한 준비를 마치며 하모니를 이룰 테니까요.

물론 정반대의 쾌감도 있지요. 망금술사, 그러니까 망한 요리의 연금술사들이 멀쩡한 식재료를 판타지 세계에나 나올 법한 괴물의 시체 꼴로 망쳐놓는 장면이 주는 쾌감처럼요. 고참들이 훌륭히 완성한 결과물을 신참이 망금술사처럼 단숨에 망쳐버린다면 재미난 악센트가 되거든요.

미궁 진입을 준비하며 주인공 일당은 반복되는 작전 회의를 통해 각자가 임무를 어느 정도나 수행했는지 평가하고 의견을 주고받을 거예요. 이 과정에서 미궁과 괴물에 대한 정보가 관객에게 자연스럽게 전달되도록이요.

이 파트는 클라이맥스에 나올 반전을 몰래 심어놓기에도 좋아요. 마지막 장면까지 다 쓴 다음 결정적인 트릭을 위한 복선을 이 파트에 보충해 넣어도 좋습니다. 우리는 범죄 전문가가 아니니 처음부터 모든 작전을 완벽하게 짤 필요는 없겠지요.

마지막으로 이 파트에서는 보물 주인과 배신자가 짧게나마 등장해야 합니다. 보물 주인은 팀원들에게 물건을 빼앗겨도 마땅한 인물이라는 점을 강조하세요. 그래야만 관객이 계속해서 주인공 일당의 도둑질에 거부감을 느끼지 않을 테니까요.

보물 주인이 물건을 빼앗겨도 마땅한 이유로는 무엇이 있을까요? 보물 주인이야말로 악독한 범죄자라거나 동네 아이들의 장난감을 빼앗고는 돌려주지 않는 심술보라거나…. 다양한 이유가 있겠지요. 〈해리 포터와 마법사의 돌〉에서 알버스 덤블도어가 없는 틈에 볼드모트의 수하가 돌을 훔치려고 하는 바람에 해리와 그 친구들이 교칙을 어겨가며 이를 먼저 훔치려고 했던 것처럼, 보물 주인에게는 별다른 잘못이 없을 수도 있을 테고요.

배신자 역시 이 파트에서는 등장해야 해요. 보물 주인처럼 배신자의 성격도 다양할 거예요. 여럿이 등장해도 좋겠지요. 매수하기 좋은 호텔 직원처럼 잠깐 나오고 말 단역이거나, 보물 주인의 최측근으로 그의 일거수일투족을 감시할 수 있는 핵심 인물이거나, 리더의 명령으로 미궁에 먼저 숨어든 첩자이거나 하는 식으로요.

이 파트에서 배신자는 주인공 일당의 편이 아닐 가능성이 높아요. 작전을 수행하면서 주인공 일당은 배신자의 배신을 이끌 미끼를 준비해야겠지요. 이 과정의 결과는 낚시처럼 손맛이 끝내줄 겁니다.

또 하나 보태자면 배신자 중에는 보물 주인이 아닌 주인공과 일당 사이에 숨어들어 뒤통수를 칠 준비를 하는 누군가도 있을 수 있어요. 이런 인물을 설정했다면 이 사람이 언젠가는 배신하리라는 복선을 깔아주어도 좋겠지요. 배신자는 관객이 미리 알아도 좋고 몰라도 좋아요. 주인공이나 일당 중에 배신자의 존재를 짐작하는 사람이 있어도 재미있고 없어도 재미있는 것처럼요.

마지막으로 이 과정에서 리더가 이루고자 하는 소원을 재조명하세요. 생이별한 딸을 멀리서 지켜본다거나 의식을 잃고 병상에 누워 있는 멘토에게 편지를 읽어준다거나 하는 식으로요. 그러면 이 경쾌한 파트에 목표 의식을 불어넣기 좋거든요. 예시가 너무 어둡군요. 리더의 소원이 사랑하는 연인의 관심을 얻는 거라면, 이 파트에서 두 사람이 썸을 타는 건 어떨까요?

〈인셉션〉 2010, 크리스토퍼 놀런

도미닉 코브는 팀의 신참이자 꿈속 세상을 디자인하는 설계자인 애리어든을 데리고 꿈속으로 들어가 그 안의 물리 법칙이 현실과 어떻게 다른지를 교육합니다. 팀원 전체가 모인 건 아니지만, 꿈속에서 펼쳐질 작전에 필요한 요소를 설명한다는 점에서는 진입 준비 파트로 분류해도 좋을 것 같네요. 이 장면에서는 눈이 휘둥그레질 정도로 몽환적인 순간이 계속해서 연출되지요. 거리의 시간이 정지한 뒤 세계 곳곳이 터져 나간다거나, 도시를 접어버린다거나 하는 식으로요. 상상력의 극한을 시험하는 이 장면들은 관객이 화면에서 눈을 뗄 수 없게 만들었지요.

동료를 다 모은 뒤, 애리어든은 잠이 든 도미닉 코브의 꿈속에 몰래 들어가기도 합니다. 그리고 그곳에서 도미닉 코브가 잃어버린 가족과 지내는 꿈을 목격하게 되지요. 가족과 해변에서 행복하게 지내는 과거를 담은 꿈을요. 리더가 얼마나 간절하게 소원을 이루고 싶어 하는지 다시금 확인하는 장면이었어요.

〈배드 지니어스〉 2017, 나타웃 푼피리야

이 작품에서 주인공 일당이 훔치는 것은 돈도 보석도 아닙니다. 미국 유학용 시험 STIC의 답안지지요. 영특한 천재 린은 호주에서 시행되는 STIC 시험이 태국보다 네 시간 일찍 치러진다는 점에 착안해서 대범한 작전을 짭니다. 부잣집 입시생들에게 돈을 받고 답안을 팔겠다는 작전이었는데요. 본인이 호주에서 시험을 미리 본 뒤 답안을 몽땅 외워서 친구들에게 전송해주겠다는 것이었어요. 린의 물주이자 낙제생인 팟은 입시생들을 끌어모으기 위해 스티브 잡스처럼 차려입고 화려한 프레젠테이션을 합니다. "대학으로 가는 정답은 제가 드리겠습니다. 이젠 대학이 저희를 선택하는 게 아니라, 저희가 대학을 선택할 차례입니다!"라는 유혹적인 멘트와 함께 말이지요.

이 프레젠테이션은 팟이 투자자들을 설득하기 위해서만이 아니라, 관객에게 이후 진행될 작전을 논리적으로 이해시키는 장면이기도 했습니다. 부잣집의 골칫덩이들이 환호성을 지르며 기꺼이 부정 시험을 위한 투자금을 내놓을 정도의 설득력이면 관객도 설득됐겠지요. 많은 작법 이론서가 설명하지 말고 보여주라고 하지만, 이렇게 노골적으로 설명을 해도 흥겹게 따라갈 수 있답니다.

열쇠 탐색

준비만 하다 이야기를 끝낼 수는 없겠지요. 클라이맥스에서만 인물들이 활약하면 아쉬울 거예요. 주인공 일당이 멋지게 활약하지만, 클라이맥스처럼 긴장감으로 가득하지는 않은 모험이 필요해요. 적당한 수준의 모험으로는 열쇠 탐색이 제격입니다.

앞선 파트에서까지 주인공 일당은 작전 수행을 위해 열심히 준비하고 있었을 거예요. 그 작전에 문제 하나를 더해주세요. 돌발 상황과 이를 해결하기 위한 작전 하나까지 더해서요. 미궁에 들어가기 위해서는 잠긴 문의 자물쇠를 풀 열쇠가 필요하다는 식으로요. "뭐라고? 작전 실행에 필요한 건축가가 감옥에 갇혀 있다고?" 나 "보안 시스템이 업데이트돼서 기존의 접근 경로가 막혔으니, 신형 EMP 폭탄을 훔쳐 오자!" 같은 식이면 어떨까요?

열쇠 탐색은 갑작스레 닥친 문제지만, 미궁이나 괴물처럼 무시무시한 장벽은 없을 테니 주인공 일당의 솜씨를 어렵지 않게 과시할 수 있을 거예요. 어렵게 과시하더라도 클라이맥스보다는 긴장감이 덜해야겠지요. 미리 관객의 진을 빼서는 안 되니까요.

이 과정에서 작전의 문제점이나 신참의 미숙함 등이 드러나도 좋아요. 그렇다면 주인공 일당에게는 클라이맥스 전까지 문제점이나 미숙함을 극복해야 한다는 또 다른 임무가 주어지겠지요. 관객에게도 이후 진행될 작전에서 '아, 저번에 그 문제가 여기서도 문제가 되면 어떡하지?'와 같은 식의 긴장감을 느끼게 하기 편리할 테고요.

팀원들은 대부분 이 과정에서 열쇠를 얻는 데 성공할 거예요. 주인공 일당에게 작은 승리와 자축의 시간을 주어도 좋겠네요. 케이퍼물은 결국 소규모 집단 혹은 공동체의 이야기인데, 이들 사이의 (그리고 관객도 이들에 편입되었다고 느낄 만한) 소속감을 주기 위해서는 즐거운 회식 자리만 한 것이 없으니까요.

〈해리 포터와 마법사의 돌〉 2001, 크리스 콜럼버스

이 작품의 주인공 일당은 죽음을 먹는 자들의 음모를 막기 위해 니콜라스 플라멜과 관련된 비밀을 쫓습니다. 그러나 믿음직한 동료인 헤르미온느 그레인저가 도서관 제한구역 외의 모든 책을 찾아봤는데도 단서는 얻지 못했고요. 결국 이들은 제한구역에 몰래 숨어들 방법을 고민합니다.

그리고 이 고민은 간단하게 해결됩니다. 해리 포터에게 익명의 누

군가가 멋진 크리스마스 선물을 주거든요. 바로 투명 망토! 뒤집어쓰기만 하면 다른 사람 눈에 보이지 않는 마법의 망토였지요. 이렇게 간단하게 열쇠를 얻어도 괜찮을까 싶기는 하지만, 괜찮습니다. 이 아이들은 갓 학교에 입학한 1학년생인데, 이 정도 편의는 봐줘도 되지 않을까요? 무엇보다 해리 포터가 호그와트의 지하 미궁을 탐험하기 위해 구해야 할 열쇠는 투명 망토 외에도 많았으니 열쇠 하나를 공으로 얻는 일이야 눈감아줘도 괜찮겠지요.

〈스파이더맨: 뉴 유니버스〉 2018, 밥 퍼시케티 외

슈퍼히어로 레시피에서도 저의 찬사를 받았던 작품을 다시 한번 정리해보죠. 마일스 모랄레스는 스파이더맨의 능력을 얻게 된 지 며칠 되지 않은 신참 히어로였죠. 그는 차원 이동 장치 폭주로 일어날지 모르는 대재앙을 막기 위해 차원 이동 장치를 개발한 연구소에서 자료를 훔쳐 이 장치를 멈출 USB를 만들어야만 했어요. 고참 히어로인 피터 B. 파커는 이런 USB와 같은 물건, 그러니까 저희가 사용하는 용어로 치면 열쇠의 역할을 하는 물건을 하도 많이 본 나머지 아예 '땅콩'이라는 애칭마저 쓰고 있었죠.
피터 B. 파커와 마일스 모랄레스가 이 땅콩, 열쇠를 얻기 위해 연구소에 잠입하고 탈출하는 과정은 두 사람에게 상호 신뢰를 쌓는 동시에 고참 히어로가 신참 히어로를 훈련시키는 장면이기도 했어요. 덕분에 마일스 모랄레스는 강력한 근력이나 투명하게 변하는 능력, 거미줄을 타는 방법 등 슈퍼히어로 활동에 필요한 기술을 익힐 수 있었답니다.

모든 준비를 마쳤다면 미궁으로 들어갈 차례입니다. 게임에 비유해보지요. 요즘에야 자동 저장 기능이 당연시되지만, 오래전 발매된 고전 RPG 게임은 세이브 포인트(저장 지점)가 아니라면 저장할 수 없었어요. 최근의 세이브 포인트에서 저장하지 않고 게임 오버될 경우, 한참 전의 세이브 포인트에서 다시 시작해야 했죠. 기나긴 던전 앞에서는 세이브 포인트를 찾아야만 했어요. 그러고는 아이템은 잘 챙겼는지, 장비는 제대로 맞췄는지, 동료 구성은 적절한지, 공략법은 숙지했는지 등을 확인한 뒤에야 진행 상황을 저장하고는 했지요. 우리의 주인공 일당도 마찬가지입니다. 던전, 그러니까 미궁 앞에서 이들은 마지막으로 상황을 정비할 거예요.

정비를 마쳤으면 인물 간의 관계를 이야기할 차례입니다. 다시 한번 게임에 비유하자면, 이벤트 신이 나올 차례라고 할 수 있겠군요. 주인공은 보물 주인과 본격적으로 대립할 거예요. 이전에 둘의 갈등 장면이 나왔어도 괜찮지만, 이 파트에서는 주인공과 보물 주인 사이에 지울 수 없는 선이 그어졌음을 명시해야 해요. 보물 주인은 이 작전의 피해자가 돼도 무방한 사람이라는 것을 다시 한번 강조해도 좋겠지요. 주인공의 소원이 중요하며 이를 위해 도둑질 한 번 저지르는 정도야 충분히 정당하다는 설득도요. 보물 주인이 직접 미궁과 괴물이 얼마나 위협적이고 무시무시한지 설명해주기에도 적합한 파트입니다.

다음으로는 주인공 일당이 배신자와의 관계를 구축하고 발전시켜야 합니다. 돈으로 매수하고, 술로 유혹하고, 지위를 약속하고,

보물 주인의 부당함을 밝히는 등 배신자를 포섭하겠지요. 보물 주인은 못된 사람이고 주인공 일당은 매력적인 사람이라는 점을 강조하기 좋은 장면이에요.

주인공 일당이 아주 못되지 않았다면 배신자를 단순히 이용하지만은 않을 거예요. 배신당해도 별다른 피해가 없도록, 오히려 이득을 볼 수 있도록 계약을 맺겠지요. 〈오션스 13〉에서 호텔 서비스를 평가하는 심사원이 주인공 일당에게 이용당하며 온갖 수모를 겪었는데요. 팀원들도 이 사람을 괴롭힌 게 마음에 걸렸는지 마지막에는 슬롯머신의 잭팟을 터뜨리게 해서 금전적으로 보상해주었지요.

물론 매번 이렇게 구제책을 마련해줄 필요는 없어요. 배신자의 호감도가 높고, 주인공의 매력을 부각시켜줄 때에만 보상을 해줘도 충분해요. 보물 주인만큼이나 비호감인 배신자라면 주인공 일당이 작전을 짜 골탕 먹이기도 하니까요.

마지막으로 한 가지만 더. 모든 일이 착착 맞아떨어지기만 하면 재미가 없겠지요. 필요에 따라 내분을 일으키기 좋은 파트이기도 합니다. 내분은 가까운 사이일수록 더 강렬한 맛이 나겠지요. 리더와 파트너가 다툰다면 다른 팀원들은 혼란에 빠질 거예요. 사령탑이 무너지려고 하니까요.

〈오션스 일레븐〉 2001, 스티븐 소더버그

대니얼 오션은 작전이 시작되기 직전, 테리 베네딕트의 블랙리스트에 오릅니다. 테리 베네딕트의 현재 연인이자 그의 전처인 테스 오션과 만나 이야기하는 모습이 목격되었기 때문이지요. 그 결과, 동료들은 대니얼 오션의 리더십을 의심합니다. 대니얼 오션의 파트너인 러스티는 리더 자리에서 대니얼 오션을 끌어내리고 팀원을 재정비하기까지 합니다. 작전이 엎어질지도 모르는 위기에 처한 것이지요.

다음 장면에서 대니얼 오션은 동료들의 조언을 무시하고 카지노에 숨어들어 그의 전처 테스를 만나 다시 한번 대화를 시도합니다. 덕분에 테스에게 싸늘한 질책을 듣는 것도 모자라서 테리 베네딕트의 부하들에게 끌려가고 말지요. 이 장면에는 여러 가지 복선이 숨겨져 있습니다만, 관객은 대니얼 오션에게 최악의 상황이 이어지고 있구나라고 짐작하는 수밖에 없었지요.

〈앤트맨〉 2015, 페이턴 리드

스콧 랭이 어벤져스의 비밀 기지에서 작전에 필요한 신호 교란기를 간신히 훔쳐 와 축배를 드는 사이, 대런 크로스가 행크 핌의 자택으로 찾아옵니다. 주인공 일당은 대런 크로스가 행크 핌에게 해코지라도 하지 않을까 노심초사합니다만, 그는 도리어 행크 핌을 회사로 초대합니다. 자기가 큰 계약을 맺는 데 성공했으니 와서 지켜봐달라면서요. 하지만 이 초대는 은사를 향한 호의가 아닌, 자신을 버린 멘토를 향한 적의에 의한 것이었습니다. 어휴, 이 인물은 상징적 아버지로부터 벗어나지 못한 철부지였지요.

대런 크로스는 행크 핌에게 인정받지 못해 화가 난 나머지 경비를 대폭 강화하기로 마음먹지요. 스콧 랭은 이 난국을 타개하기 위해 그의 동료들을 불러 대런 크로스의 회사에 잠입시키기로 작전을 변경합니다. 행크 핌은 어리숙한 동료들을 모았다고 짜증을 부리지만, 결국에는 새 작전을 승인하지요. 대니얼 오션 일당과는 달리 내부 분쟁이 아닌 내부의 허술함이 부각된 것입니다.

그리고 작전 실행 직전에 스콧 랭은 전처 집에 찾아가 잠든 딸의 이마에 입술을 맞춥니다. 이 위험천만한 작전은 딸아이가 평화롭게 살 미래를 위한 것이었으니 당연한 노릇이지요.

작전 시작

미궁 입구를 지났으니 그 안의 뒤틀린 길을 탐색하고 함정을 피해 숨어들 차례입니다. 고참, 신참, 가릴 것 없이 그들의 재주를 120퍼센트 발휘해 각 난관을 해결하세요. 가끔은 배신자도 주인공 일당을 돕겠지요. 여러 임무가 동시다발적으로 수행되는 와중, 리더와 파트너만이 (가끔은 리더만이) 모든 상황을 파악하고 있을 거예요.

물론 이 과정에서 몇 가지 문제가 생기기는 하겠지요. 준비한 설계도와 실제 건축물에 큰 차이가 있다거나, 옷이 문틈에 끼어 벗어나지 못한다거나, 근무하기로 되어 있던 직원이 자리를 비웠다거나…. 하지만 아직까지 치명적인 문제는 없어요. 클라이맥스가 오기 전까지 난관을 즉흥적으로도 해결해나가며 주인공과 동료의 프로페셔널한 솜씨를 자랑하기 좋은 수준이면 충분해요.

그러나 신참이라면 이야기가 달라집니다. 이 인물이야 아무리

실수를 해도 주인공과 일당뿐 아니라 관객조차 예상했던 일이라며 미소를 지을 테니까요. 작품 분위기에 따라 다르겠지만 여기에 우당탕탕 슬랩스틱코미디가 들어가도 좋습니다. 코믹한 장면으로 그간의 긴장감을 완화시키고 싶다면, 신참에게 이런저런 장난을 치세요. 여기서 신참이 겪는 고난은 고참이나 리더가 귀엽기 짝이 없는 신참에게 친 장난이라고 설정해도 나쁘지 않겠어요.

어쨌든 모든 팀원이 임무를 완수하게 해주세요. 미궁을 돌파하고 괴물을 잠재우는 데 성공하는 것이지요. 벌써? 이렇게 끝나? 싶을 수도 있겠네요. 염려하지 마세요. 다음 파트에서 주인공 일당이 된통 당할 예정이거든요. 이 파트에서는 팀원들을 궁지에 몰기전 잠깐의 여유를 주는 것뿐이에요. 반복해서 말씀드립니다만, 더높은 곳에서 떨어뜨려야 바닥에 떨어질 때 충격이 크니까요.

〈오션스 트웰브〉 2004, 스티븐 소더버그

이 작품에서 대니얼 오션과 일당은 어처구니없는 작전을 펼칩니다. 계속해서 계획에 차질이 생겼고 대니얼 오션을 비롯한 핵심 팀원 대부분이 구금되어 제대로 된 작전을 수행할 수 없게 되었거든요. 그래서 임기응변으로 얼렁뚱땅 도둑질을 기획하게 된 것이지요. 어이가 없어서 설명하기도 부끄러운 작전인데요. 대니얼 오션의 부인인 테스 오션이 배우 줄리아 로버츠인 척을 해서 보물에 접근하기로 한 것이었지요. 공교롭게도 테스 오션을 연기한 배우도 줄리아 로버츠였고요.

하지만 이 파트가 영화에서 가장 재미난 장면일 거예요. 배우 줄리아 로버츠를 연기하는 테스 오션을 연기하는 줄리아 로버츠를 보는 것도 재밌지만, 특별 출연으로 브루스 윌리스가 본인 역할로 등장해서 줄리아 로버츠와의 우정을 과시하기도 했거든요. 주인공 일당의 눈이 휘둥그레져서 브루스 윌리스의 오랜 팬이었다고 인사하는 장면까지 생각한다면, 시리즈의 백미라고도 할 수 있지 않을까 싶습니다.

〈로건 럭키〉 2017, 스티븐 소더버그

이들이 은행을 털기로 한 레이스의 날이 시작되고 각지에서 여러 팀원이 작전을 실행합니다. 누구는 감옥에서 폭동을 일으킨 사이 록다운과 함께 탈출하고, 누구는 전산 시스템을 망가뜨립니다. 화려하고 멋스러운 작전이라기보다는 소시민적이고 친근한 소동처럼 보입니다만, 그렇기에 현실적으로 느껴지는 장면의 연속이었지요.

물론 이들의 작전이 잘 풀리기만 한 것은 아니었어요. 팀원들이 늦잠을 자지를 않나, 저렴하게 제작된 폭탄이 불신의 눈초리를 받자 이에 대한 상세한 화학 강의를 해야 하지를 않나, 그 믿을 만하다던 폭탄이 불발되지를 않나…. 긴장감으로 가득한 순간이 몇 번 있긴 했습니다만, 그래도 작전은 큰 탈 없이 잘 마무리되는 듯 보입니다. 어디까지나 아직까지의 이야기이지만요.

이럴 수가! 어쩌죠? 주인공 일당의 작전 수행에 문제가 발생합니다. 하나만 생긴 것도 아니에요. 이 파트에서 모든 인물은 각자의 임무를 수행하며 장애물에 부딪힙니다. 함정에 빠지거나요. 애써 잠재운 괴물은 다시 눈을 뜨고 주인공 일당을 매섭게 노려봅니다. 날카로운 이빨을 번뜩이면서요. 일촉즉발 상황으로 연결해주세요.

모든 작전 수행에 문제가 생긴다고 했지요? 그 문제의 양태도 다양합니다. 실수, 배신, 불운 등 일어날 수 있는 모든 악재가 일어나게 해주세요. 아까와는 달리 신참만이 아니라 고참이나 파트너 그리고 리더까지 전원이 예상하지 못한 위험에 무방비로 노출됩니다. 낭패이지요.

이 파트에서는 상자의 자물쇠를 풀면 그 안의 상자에 또 다른 자물쇠가 걸려 있을 테고, 경비원을 매수하면 그 경비원은 감사에 걸려서 새 경비원으로 대체될 것이며, 배신하기로 약속한 누군가가 이중 배신을 저지르고, 괴물을 마법으로 잠재우면 콧잔등에 올라간 나비 한 마리 때문에 재채기를 하며 괴물이 깨어나기 마련입니다. 주인공 일당은 뭘 하든 실패하고 말 거예요.

작품 분위기에 따라 한 명 이상의 팀원이 죽음을 맞기도 합니다. 그와 비슷한 상황이거나요. 주인공 일당은 동료의 죽음에 망연자실하면서 숙연해지겠지요. 관객들도 급작스러운 비극에 어쩔 줄 몰라 할 것입니다.

주인공 일당의 절망은 보물 주인에게 기쁨이겠지요. 그는 자신이 소유한 미궁과 괴물이 얼마나 빼어난지 보라는 듯 콧대를 잔뜩 세울 겁니다. 직접 리더를 찾아와서 한껏 조롱할지도 모르겠네요. 이렇게 우리의 주인공 일당은 패배를 맛보고 굴욕으로 고통받게 되었고, 그들의 적대자는 승리합니다.

라고 열심히 썼습니다만, 이 파트의 제목을 '(거짓) 갇힘'이라고 했군요. 위 문단의 거짓된 패배에 대한 장황한 묘사에 속진 않았겠지요. 주인공 일당은 어쩌다 (거짓) 갇힘을 자처했을까요? 작전상 어떤 이득이 있어서였을까요? 아니면 연출상 일어난 왜곡이었을까요? 어느 쪽이든 상관없습니다. 작품에 긴장을 더하고 재미를 줄 수만 있다면요.

케이퍼물을 많이 접한 요즘의 관객은 이 파트의 (거짓) 절망을 진짜 절망이라고 생각하지 않아요. 그래서 최근 소개되는 케이퍼물은 이 파트의 고리타분한 한계를 어떻게 극복하느냐가 큰 화두인 듯합니다.

하지만 여기서는 이 한계를 극복하기보다 전형적이지만 왕도라 할 수 있는 노선을 밟아 가도록 하지요. 관객들도 익숙해진 이 반전을 반전으로 기능하게 하기 위해서는 여러 가지 고민이 필요할 거예요. 주인공 일당을 끔찍하고 비참한 상황으로 몰고 가서 어떻게 이 난관을 해결하겠느냔 식으로 긴장감을 줘도 좋고, 비중이 큰 인물이 팀을 배신해서 누가 최후의 승리자가 될지 오리무중으로 몰아가도 좋을 거예요. 내 관객들은 친절해서 기꺼이 속아줄 것이라고 기도하며 이야기를 이어나가도 나쁘지 않고요.

〈나우 유 씨 미 2〉 2016, 존 추

개인적으로는 마술쇼 중 탈출 마술의 긴장감이 가장 크지 싶습니다. 잘못하면 사람이 크게 다칠 수도 있는 마술이니까요. 목숨이 걸린 일생일대의 마술쇼 중 자기가 만든 함정에서 탈출하지 못한다면 얼마나 큰 타격이겠어요. 〈나우 유 씨 미 2〉의 주인공들, 그러니까 포 호스 맨은 이 탈출 마술에 실패하고 맙니다. 네 명의 기수, 포 호스 맨은 이름에 걸맞지 않게 오토바이를 타고 탈주하려다 그들의 적인 트레슬러 부자에게 잡히고 말았거든요.

이들에게 깊은 원한이 있었던 트레슬러 부자는 전용기에 포 호스 맨을 가두고 이륙합니다. 그러고는 포 호스 맨을 비행기 바깥으로 던져버리지요. 세상에나, 이 얼마나 잔인한지! 하지만 12세 이상 관람가 영화에서 이런 일이 일어나서는 안 되겠지요. 정의의 사도 포 호스 맨은 이런 상황에도 당연히 대비했을 것입니다. 그렇겠죠?

〈오션스 13〉 2007, 스티븐 소더버그

이 작품이 좋은 예시는 아닙니다. '오션스' 시리즈가 반복되면서 관객들은 대니얼 오션과 그 친구들이 실패하리라고는 상상도 하지 못해요. 그래서 문제가 발생해도 긴장감을 주기가 쉽지 않습니다. 주인공 일당이 준비한 작전에 차질이 생기기는 해요. FBI가 나타나서 주인공 일당을 검거하기까지 하거든요. 속아주고 싶지만, 이 시리즈에서는 주인공과 내통한 가짜 수사관이 거짓으로 이들을 체포하는 장면이 나왔거든요. 매번요.

이건 〈오션스 13〉만의 문제는 아니에요. 이 시리즈는 케이퍼물의 공식을 재정립한 작품이었죠. 잘 만들어진 정석이라도 세 번이나 반복하면 그 파훼법 또한 밝혀지기 마련입니다. 근래의 케이퍼물은 이 (거짓) 갇힘 파트에서 어떻게 긴장감을 유지하며 반전의 묘미를 전달할지 참신한 해결책을 강구하느라 애쓰고 있답니다.

보물 성취

클라이맥스 직전, 최악의 전개는 앞선 파트에서 다 보여줬으리라 믿습니다. 이제는 반전을 만들 차례예요. 앞서 팀원들이 처한 곤란은 모두 거짓이었다고 하세요. 이들의 당혹스러운 표정은 모두 연기였다고도요. 팀원들은 모든 임무를 완벽하게 수행했고, 그들이 지금까지 겪은 문제는 모두 계획의 일환이었을 뿐이라는 거죠.

억지 아니냐고요? 괜찮아요. 우리는 지금 공정한 추리게임을 하는 게 아니니까요. 세상에 어느 마술사도 자기의 트릭을 관객에게 대놓고 보여주면서 쇼를 하지는 않잖아요. 하지만 쇼가 끝났다면 트릭을 공개해도 되겠지요. 우리의 주인공 일당도 마찬가지예요. 이제까지 나온 장면은 어디까지나 무대의 일면일 뿐, 그 뒤편에서 엄청난 준비 과정을 거쳐 눈앞의 트릭을 성공시켰다고 설명하면 됩니다.

'아, 안 되겠어. 나는 이렇게까지 뻔뻔해질 수 없어' 하는 생각이 든다면 우선 이 파트를 매듭짓고 앞선 파트로 돌아가길 권할게요. 적당한 부분에서 보물 성취 파트의 반전과 연결될 '생색용' 복선을 고쳐 쓰세요. 그렇다면 반전을 반전답게 연출할 수 있겠지요.

이 반전에서는 배신자가 큰 몫을 하겠지요. 이 인물이 앞선 파트에서 저지른 이중 배신도 사실은 주인공 일당이 계획한 것이었다거나, 이중 배신이 아닌 삼중 배신이었다거나, 새로운 배신자가 등장하는 식으로 다시 역할을 부여할 수도 있어요. 우리의 배신자가 어떤 활약을 할 수 있을지 잘 고민하세요.

앞선 파트에서 주인공 일당이 굴욕 어린 표정을 지었다면, 이번에는 보물 주인이 얼굴을 찌푸릴 차례입니다. 속이 쓰리겠지요. 자랑거리였던 미궁은 주인공 일당이 난장판으로 만들어놓았으며, 괴물 역시도 정신을 차리지 못하고 있을 테니까요. 무엇보다 소중한 보물마저 빼앗겼고요. 체면을 구긴 데다 실속도 없어진 셈이지요.

반대로 주인공 일당은 모든 작전을 완수했으니 기분이 째지겠네요. 웃으면서 범죄 현장을 떠나겠지요. 운이 좋다면, 또 우리의 주인공 일당이 얄미운 성격이라면 보물 주인 앞에서 깐죽거리며 약을 올릴 절호의 순간이기도 하겠지만요.

이 파트는 마술사가 공연을 마치고 관객들과 무대를 뒤로하는 순간이라고도 할 수 있습니다. 그러니 이 모든 원정을 완벽하게 연출한 우리의 주인공 일당이 환호와 갈채 속에서 화려하게 퇴장할 수 있도록 해도 좋겠지요.

〈오션스8〉 2018, 게리 로스

이 작품은 흥미롭게도 (거짓) 갇힘 파트가 무척이나 빈약합니다. 자극적이지 않아요. 팀원들이 "어? 이러면 문제가 되지 않을까?"

하고 질문하는 것으로 (거짓) 갇힘 파트가 마무리되고, 데비 오션이 "아니. 그렇지 않아"라며 배신자를 소개시켜주면서 보물 성취 파트로 넘어오거든요. 〈오션스8〉이 케이퍼물 공식처럼 등장하는 기 싸움을 배제한 작품이라는 걸 염두에 뒀다면 다시 한번 감탄할 겁니다. 물론 그 기 싸움에 환호했다면 다시 한번 실망할지도 모르겠네요.

〈오션스8〉에서 가장 눈부시게 활약한 팀원은 배신자였죠. 이 배신자가 주인공 일당에 합류하게 된 이유는 아름답기 그지없습니다.

〈릭 앤 모티〉 2013~, 어덜트 스윔

〈릭 앤 모티〉 시즌 4의 3화는 케이퍼물을 조롱하기 위해 만든 에피소드예요. 이 에피소드가 조롱하는 것은 케이퍼물의 '동료 소집' 장면만은 아니었지요. 클라이맥스 장면에서 릭과 강도 로봇은 서로가 서로를 조종했다면서 유치한 말싸움을 두 시간이나 합니다. "내가 널 그렇게 생각하게 조종했어!", "그리고 그건 내가 널 그렇게 생각하도록 조종한 탓이지!", "맞아, 왜냐하면 내가 널 그렇게 생각하도록 조종했으니까!"

미친 것 같은데 미친 게 맞습니다. 릭이 로봇을 상대하기 위해 케이퍼물이 아닌 데이비드 린치의 영화에서 알고리즘을 추출해 이를 바탕으로 움직였거든요. 케이퍼물은 진부하고 작위적이니, 무작위적이고 정신 나간 짓을 해야 한다면서요. 무슨 소린가 싶기는 한데, 어찌 됐든 작중 개연성을 따지자면 일관적으로 맞이간 소리다 보니 납득하게 된답니다. 의외지만 진짜로요.

이제 마무리할 차례네요. 모든 갈등은 해결되었고 뒷수습만 남았겠지요. 회수하지 못한 복선이 있어도 괜찮아요. 속편을 쓰면 되니까요. 캐릭터가 완성된 것 같지 않아도 괜찮아요. 속편을 쓰면 되니까요. 넣고 싶은 장면을 다 쓰지 못했어도 괜찮아요. 이유는 위와 같습니다. 실제로 〈오션스 일레븐〉에서는 에필로그에서 주인공의 뒤를 쫓는 악당들을 보여주며 후속 편을 예고했지요.

에필로그는 프롤로그와 대비시키기를 권합니다만, 그렇지 않더라도 두 가지만은 지켰으면 해요. 하나는 프롤로그만큼이나 강렬한 이미지일 것. 다른 하나는 주인공이 보물을 통해 소원을 이루었는가에 대한 답을 보여줄 것. 범죄를 긍정하지 않는 작품이라면, 주인공은 보물과 함께 훔친 보물로는 행복을 살 수 없다는 교훈도 얻었을지 몰라요. 반대로 범죄를 멋들어지게 묘사하는 작품이라면, 주인공은 보물을 얻고 그 뒤로 돈도 명예도 사랑도 얻어 행복하게 지냈을 테고요.

이 결론은 주인공이 보물 주인만이 아니라 물주와도 결착을 맺었다는 이야기가 되겠습니다. 주인공을 지지하는 물주였다면 함께 승리를 기뻐하기가 쉬울 테고, 주인공을 적대하는 물주였다면 주인공으로부터 보물을 강탈했거나 보물 주인처럼 주인공에게 뒤통수를 맞는 등 다양한 가능성이 있겠지요.

마지막으로 팀원들의 후일담을 만드세요. 리더와 파트너는 어떻게 일을 마무리했을까요? 고참들은 자신의 소원을 이루었을까요? 신참은 이제 고참들 사이에서 당당하게 지낼 수 있을까요? 어떤 결말이든 좋습니다. 여러분이 만족하고 납득할 수 있다면요.

〈배드 지니어스〉 2017, 나타웃 푼피리야

앞서도 말했지요? 에필로그와 프롤로그가 대칭되는 것은 오래
도록 효과적인 연출 방법이었다고요. 그 예시로 〈배드 지니어스〉
를 꼽았지요. 이 영화의 프롤로그와 에필로그는 인터뷰하는 장
면과 인터뷰를 하러 들어가는 장면으로, 어두운 조명과 밝은 조
명으로 대칭을 이루니까 좋은 예시라고 할 수 있겠네요.

이 작품의 에필로그에서 가장 빼어난 점은 등장인물의 성장에 있
습니다. 강렬하고 자극적인 사건의 연속만이 아니라, 작품의 화두
와 주제 의식에 맞게 주인공이 결론을 내리기란 쉽지 않거든요.

〈해리 포터와 마법사의 돌〉 2001, 크리스 콜럼버스

이 작품을 처음 보았을 때 알버스 덤블도어 교장을 교육부에 고
발하고 싶었습니다. 처음에는 슬리데린 학생들에게 기숙사상을
줄 것처럼 굴다가 막판에 말도 안 되는 반전으로 그리핀도르 학
생들에게 상을 주거든요. 해리 포터와 친구들이 볼드모트에 맞
서 멋진 용기를 보여줬다면서요. 이렇게 상을 줬다가 뺐으니 슬
리데린 학생들은 얼마나 속상했겠습니까? 처음부터 그리핀도르
에게 상을 준다고 했다면 감정도 상하지 않고 축복해줄 수 있지
않았을까요? 이러니까 슬리데린 학생들이 학년이 올라갈수록
악에 받치고, 졸업을 해서는 반사회적인 죽음을 먹는 자 세력에
합류하게 된 것 아닐까요?

어쨌든 저의 불만과는 별개로 해리 포터와 친구들은 멋진 활약을 했고 그에 마땅한 대가를 받게 되었어요. 그것만으로도 해피엔딩이라 할 수는 있겠지요. 그 과정은 아동 학대가 아닐까 의심될 정도로 부당했고 불평등을 학습시키는 방식으로 진행됐습니다만, 나쁜 건 못된 어른들이지 용기를 보여준 어린아이들이 아니니까요. 축하한다, 해리야. 슬리데린 아이들로부터 강제로 빼앗은 우승컵에 그 아이들이 기숙사로 돌아가 흘릴 눈물을 담아 마시렴!

스릴러
레시피

△ 스릴러물의 네 가지 요소

① 추적자가 괴물을 쫓는다.

② 추적자와 괴물을 가르는 금기가 있다.

③ 추적자와 괴물에게 각각 금기를 부여한 자가 있다.

④ 추적자와 괴물은 서로의 거울상이다.

△ 배경 설정

① 재앙

괴물을 쫓는 이유, 공동체에 닥친 재앙을 해결하기 위한 추적

② 금기

재앙이 일어난 이유, 금기와 윤리에 대한 성찰

△ 인물 구성

① 추적자

② 괴물(수수께끼)

③ 추적자의 지배자

④ 괴물의 지배자

⑤ 괴물에 가려진 진실

⑥ 추적자에 가려진 진실

⑦ 예언자

⑧ 조력자

△ 이야기 구조

프롤로그 - 신탁 - 저항 - 탐문 - 괴물의 단서 - 추적 - 괴물의 비밀 폭로

- 추적과 위기 - 추적자의 진실 - 에필로그

스릴러물은 스릴이 중심인 장르지요. 그렇다면 스릴이란 무엇일까요? 국어사전을 검색하니 이렇게 나오는군요. "공연물이나 소설 따위에서, 간담을 서늘하게 하거나 마음을 졸이게 하는 느낌. '긴장감', '전율'로 순화." 하지만 이런 감정이 생긴다고 해서 다 스릴러물이라고 한다면 스릴러물이 아닌 작품이 있기나 할까요? 그러니 여기서도 몇 가지 기준을 정해 좁은 범위에서의 스릴러물을 다루도록 하겠습니다. 어디까지나 편의적이고 자의적인 기준으로요. 스릴러 레시피에 필요한 네 가지 요소는 다음과 같습니다.

① 추적자가 괴물을 쫓는 과정에서의 스릴과 서스펜스를 다룬다.
② 추적자와 괴물을 가르는 금기가 있다.
③ 추적자와 괴물에게 각각 금기를 부여한 자가 있다.

④ 추적자와 괴물은 서로의 거울상이다.

이미 눈치챘겠지만 케이퍼물에서와 마찬가지로 '괴물'이라는 개념이 나왔습니다. 2부에서는 계속해서 괴물이 등장할 거예요.

괴물의 대항마로는 추적자를 제시했습니다. 주인공이라고 해도 되겠지만, 그보다는 스릴러물에 어울리는 호칭을 쓰고 싶어 추적자라고 했어요. 로맨스물에서 주인공과 연인의 관계가 이야기의 중심인 것과 마찬가지로, 스릴러물 또한 추적자와 괴물의 갈등이 이야기의 중심입니다. 그렇기에 로맨스물과 스릴러물은 유사한 점이 많아요. 괜히 '로맨스릴러(로맨스+스릴러)'라는 장르가 나온 게 아니지요.

스릴러물에 추적자와 괴물이 중심인 작품이 많은 이유는 간단해요. 무언가를 뒤쫓을 때의 스릴은 유기 생명체의 유전자에 새겨진 감정이지 않던가요? 관객들은 추적자가 괴물을 쫓는 과정에서 스릴이라는 감정을 만끽합니다.

익히 알다시피 사냥꾼이 사냥감을 바라볼 때는, 사냥감 역시 사냥꾼을 바라보기 마련이지요. 관객들은 추적자가 괴물을 쫓을 때만큼이나 괴물이 추적자에게 역습을 가할 때도 강렬한 스릴을 느낄 것입니다. 벽에 뚫린 구멍으로 옆방을 훔쳐보려다, 그 구멍 너머에서 이미 나를 바라보고 있던 누군가의 눈동자를 발견하게 되는 순간처럼요. 스릴러는 이렇게 상호 응시의 구조입니다.

괴물에만 집중해선 좋은 스릴러물이 나오지 않아요. 맛있으라고 고춧가루를 세 포대씩 넣으면 음식이 맛있어질까요? 아뇨, 자극만 심해지겠지요. 스릴러물도 마찬가지예요. 스릴은 무언가를 옥죄기만 해서는 나오지 않아요. 영화를 보는 내내, 책 한 권을 읽는 내내 어깨에 힘이 바짝 들어가 있기란 쉽지 않죠.

긴장은 이완과 함께해야만 해요. 예상할 수 있는 긴장은 강한 충격을 줄 수 없으므로 이완과 함께 버무려져야 하는 거죠. 고양이와 끈놀이를 한다고 생각해보세요. 끈에 달린 장난감을 고양이가 아슬아슬하게 잡을 수 있어야만, 또 고양이가 이 장난감을 잡게 한 뒤 다시 놓치게 하고 또다시 잡혀줘야만 놀이가 계속될 수 있지요. 스릴러물도 마찬가지랍니다.

사냥꾼이 사냥감을 쫓을 때, 가장 스릴 있는 순간이 언제일까요? 사냥감에게 도리어 사냥당하는 때겠지요. 먹느냐, 먹히느냐만큼이나 스릴 넘치는 순간은 없을 테니까요. 스릴러물과 로맨스물이 비슷한 지점은 여기에도 있지요. 이야기의 중심이 주인공이 아닌 상대방에게 있거든요. 대신 로맨스물이 상대방에게 구원받은 주인공이 상대방도 구원하는 상호 구원의 서사라면, 스릴러물은 상대방을 바라보다 스스로를 바라보게 되는 상호 응시의 서사라는 차이가 있지요.

이러한 상호 응시 서사의 원형으로 「오이디푸스 신화」를 들고 싶네요. 오이디푸스의 비극은 유명한 이야기지만, 저의 관점을 설명하기 위해 투박하게나마 살펴볼게요.

오이디푸스는 테베의 왕이었어요. 테베 출신이 아니었던 그가 왕이 될 수 있었던 이유는, 그가 테베 사람들을 괴롭히던 괴물인 스핑크스를 물리쳤기 때문이었지요.

스핑크스가 물러나게 된 사연은 유명하지요. 오이디푸스는 스핑크스의 수수께끼를 풀어 재난을 해결했어요. '아침에는 네발, 점심에는 두 발, 저녁에는 세 발은 무엇인가?'라는 수수께끼 말이에요. 답은 인간이지요. 아이일 때는 기어다니고, 어른일 때는 걸어다니다가, 노인이 되면 지팡이를 짚고 다니니까요. 하지만 오이디푸스는 이 수수께끼를 풀었으면서도, 당시에는 그 답이 품고 있는 진실을 알지 못했어요.

스핑크스는 테베에 재앙을 몰고 왔죠. 하지만 오이디푸스가 스핑크스를 물리친 뒤에도 테베에는 역병이 계속 돌았어요. 한 지역의 지배자가 된 오이디푸스에게는 역병 또한 해결해야 하는 과제였지요. 이전 지배자였던 라이오스의 처 이오카스테와 결혼하여 아이마저 낳았으니, 가족을 위해서라도 이를 해결해야 했을 거예요.

오이디푸스는 결국 아내 이오카스테의 남동생인 크레온에게 왜 테베에 역병이 도는지 신탁을 받아 와달라고 부탁해요. 크레온이 가져온 신탁은 무척이나 충격적이었어요. 선왕인 라이오스를 죽인 자가 테베에 있기 때문에 역병이 돈다는 것이었지요.

오이디푸스는 분노한 나머지, 라이오스를 죽인 자를 저주하면서 반드시 찾아내겠다고 맹세해요. 살인자를 비호하는 자들에게도 마땅한 벌을 내리겠다고 공표하지요. 그리고 두 눈이 먼 예언자인 테이레시아스를 불러 범인을 찾아달라고 요청하지만, 그는 말을 돌리기만 할 뿐이었어요. 오이디푸스는 화가 나 그를 욕하며 저주하고 맙니다.

알다시피 라이오스의 살인자는 그를 그토록 저주했던 오이디푸스 자신이었지요. 더욱이 라이오스는 오이디푸스의 친아버지이 기까지 했습니다. 라이오스는 아들이 자신을 죽일 것이라는 신탁을 받고서 오이디푸스를 죽이려고 했지만, 그 명령을 받은 하인이 오이디푸스를 죽이지 않고 버리기만 했기에 누구도 진상을 몰랐고요.

오이디푸스는 결국 자신이 아버지를 죽였으며 어머니와 동침했고 자기 자식들의 맏형이었다는 진실을 깨닫습니다. 이오카스테는 오이디푸스가 이 진실을 깨닫자 자살하고 말아요. 절망에 빠진 오이디푸스는 이오카스테의 시신에서 브로치를 뽑아 두 눈을 찔러 눈이 멀게 합니다. 그가 욕하며 저주했던 예언자 테이레시아스처럼요. 그리고 이는 오이디푸스가 스핑크스 수수께끼의 정답이 되는 순간이기도 했습니다. 라이오스가 오이디푸스를 버릴 때 발에 쇠꼬챙이를 꿰었으니, 오이디푸스는 네 발로 기어다니는 기간이 길었을 거예요. 어른이 되어서는 두 발로 걸어다녔고요. 그러다 모든 진실을 깨달은 뒤, 눈이 먼 그는 지팡이를 짚으며 세 발로 다니게 되었지요.

자, 어떤가요. 제가 앞서 말했던 스릴러물의 공식과 맞아떨어지지 않나요? 오이디푸스는 저주받은 살인의 진상을 쫓는 추적자였어요. 하지만 그가 어둠을 걷고 발견한 것은 자화상일 뿐이었지요.

이는 운명적인 결론이기도 합니다. 여기서 다시 사건의 맨 앞, 스핑크스의 수수께끼로 돌아가보죠. 오이디푸스는 버려지기 전, 쇠꼬챙이에 꿰인 발이 부어 있었어요. 네발로 기어 다니는 시기가 길었을 겁니다. 그리고 이야기의 마지막에는 두 눈이 멀어 지팡이를 짚고 다녀야만 했어요. 오이디푸스는 수수께끼의 답을 풀었지만, 자신이야말로 그 수수께끼의 답이라는 진실은 예견하지 못한 거지요.

이것이 스릴러물의 기본 구도입니다. '추적자는 괴물을 쫓는다. 괴물은 추적자를 쫓는다. 서로는 서로가 된다. 추적자는 질문의 답을 찾으나 모순만 남는다.' 스릴러물은 이렇게 타인을 통해 스스로를 발견하는 성찰의 서사이기도 합니다.

배경 설정

재앙

스릴러물의 주인공은 추적자입니다. 추적자는 괴물을 쫓지요. 우리는 여기서 추적자가 왜 괴물을 쫓아야 하는지 고민해야 해요. 괴물을 쫓는다니, 하기 싫은 일이잖아요. 하지만 작품에 따라 우리의 추적자는 목숨까지 걸고 추적합니다. 그렇다면 목숨을 걸 만한 이유도 있어야겠죠.

앞에서 오이디푸스의 비극을 스릴러물의 원형이라고 했지요? 다른 스릴러물의 주인공들 또한 오이디푸스와 마찬가지 이유로 추적에 나서게 됩니다. 그가 속한 공동체에 재앙이 닥쳤기 때문이에요. 과거 사냥꾼들이 사냥에 나선 이유도 공동체를 위해서였어요. 사냥감을 잡아 고기와 가죽을 비롯한 부산물로 공동체를 유지했으니까요. 하지만 추적자에게는 이보다 더 간절한 이유가 있어야만 해요. 우리는 스릴 있는 이야기를 다룰 것이고, 그러려면 일상적인 생계를 위한 사냥이 아닌, 재앙을 해결하기 위한 추적이 필요하니까요.

재앙의 형태는 작품의 소재에 따라 다양하게 나타나겠지요. 형사가 주인공이라면 경찰 간부의 비리가 폭로되어 상부에서 난리가 났을 테고, 백수 이모가 주인공이라면 조카가 사라져 집안이 뒤집어지는 식으로요. 주인공은 어쩔 수 없이, 하지만 몸과 마음을 다 바쳐 이 재앙을 해결해야만 하지요.

금기

왜 괴물을 쫓느냐에 대한 답이 재앙 때문이라면, 왜 재앙이 일어났는가에 대한 답도 있어야 할 거예요. 이 또한 오이디푸스의 비극으로부터 답을 찾을 수 있습니다. 누군가가 공동체에서 정한 금기를 어겼기 때문이지요. 그리고 작품의 초반, 추적자와 공동체는 금기를 어긴 자를 괴물로 여겨, 공동체를 위해 괴물을 쫓을 터입니다.

스릴러물에 등장하는 괴물이라고 하면 날카로운 이빨과 뿔이 난 짐승보다는 잔혹한 사이코패스 연쇄살인마를 더 쉽게 떠올릴 거예요. 이상할 것 없지요. 이 장르에서의 괴물은 신체적 특성보다 사회적 특이성으로 분류되기 마련이고, 특이성은 곧 금기와 연결되니까요.

추적자가 속한 공동체 또한 금기가 있을 거예요. 괴물은 금기를 어긴 자이거나 금기 자체인 무엇을 가리킵니다. 금기의 내용은 작품 수만큼이나 다양할 거예요. 살인이나 납치처럼 심각한 중범죄부터 화단의 꽃을 꺾거나 길가에 침을 뱉는 식의 경범죄까지 뭐든 스릴러물의 소재가 될 수 있어요.

이러한 금기는 윤리에 대한 성찰로 이어집니다. 여러분, 진심으로 부탁합니다. 윤리관이 들어가지 않으면 스릴러물은 재미가 없어요. 이건 제가 창작자를 검열하려고 하는 이야기가 아니에요. 배덕의 쾌감은 도덕 없이는 존재할 수 없기 때문이에요. 도덕 없는 배덕이라니, 형용모순이잖아요? 선을 넘나들기 위해서는 선이 있어야 하죠. 선을 어느 방향으로 넘을지 고민하지 않고서는 선의 존재조차 인지하지 못할 위험이 크답니다.

성찰의 결론은 괴물이 아닌 추적자와 그가 속한 공동체로 향할 거예요. 금기와 그로 인해 겪게 되는 재앙의 원인에 대해서는 두 가지 결말이 가능합니다. 추적자와 그가 속한 공동체에게 이 재앙이 무고하거나, 마땅하거나. 그들이 금기를 정했을지언정, 금기로부터 자유롭지는 않으니까요.

인물 구성

스릴러물의 인물 구성은 어릴 적 〈수사반장〉이나 〈X파일〉 그리고 〈CSI〉에 이르기까지, 수사극을 보며 가슴 두근거렸던 순간을 떠올리면 보다 쉬운 작업이 될 거예요. 스릴러물의 인물 유형은 다음과 같습니다.

① 추적자
② 괴물(수수께끼)
③ 추적자의 지배자
④ 괴물의 지배자
⑤ 괴물에 가려진 진실
⑥ 추적자에 가려진 진실
⑦ 예언자

⑧ 조력자

각 인물 유형은 「오이디푸스 신화」와 〈올드보이〉를 예시로 설명할게요. 두 작품 모두 고전 중의 고전이고, 상호 응시 구조를 잘 반영했거니와 무척 유명한 작품이니까요.

추적자는 말 그대로 추적자입니다. 이 인물은 서사의 중심으로 감정이입의 대상이자 괴물을 쫓으며 사건을 해결하는 주체가 될 거예요. 그리고 작품 마지막에서는 자신을 발견하겠지요. 오이디푸스와 오대수처럼요.

괴물은 공동체를 위협하는 재앙의 원인, 혹은 재앙 그 자체예요. 재앙에는 공동체가 정한 금기와 관련된 비밀이 숨겨져 있지요. 오이디푸스에게 괴물은 스핑크스이기도 했고 라이오스의 살해자이기도 했어요. 오대수의 괴물인 이우진은 오대수가 속한 공동체인 그의 가족을 산산조각 내버렸고요. 종국에야 이 괴물이 추적자와 공동체를 비추는 거울이었음이 밝혀지지요.

추적자의 지배자는 추적자가 추적하도록 이끌고 명령하는 인물이에요. 추적자가 속한 공동체를 상징하는 인물이라고도 할 수 있지요. 이 인물은 의외로 중요합니다. 추적자의 지배자가 없으면 추적자는 이 험난한 추적 과정에 뛰어든 이유를 설명하기 어려울 거예요.

추적자에게 지배자가 있는 것과 마찬가지로 괴물에게도 지배자가 있어요. 괴물이 공동체 바깥으로 나가게 된 계기라는 점에서 괴물의 지배자는 부모라고도 할 수 있겠지요. 그리고 이 인물은 높은 확률로 추적자나 그가 속한 공동체와 연결되어 있을 거예요. 라이오스의 살인자가 테베에서 쫓겨나게 된 것은 라이오스 자신의 과오 탓이었지요. 이렇게 괴물의 지배자는 공동체 내부에 있거나 공동체 자체이기 마련입니다.

괴물에 가려진 진실은 괴물이 숨긴 것 정도가 되겠군요. 그가 숨기고 있는 것은 자신의 정체나 자신이 숨어 있는 장소일 수도 있고, 납치한 인질일 수도 있습니다. 아니면 공동체와 관련된 무시무시한 비밀을 혼자만 알고 있는 것일지도 모르겠네요. 이 비밀은 곧 괴물이 깬 금기가 되겠습니다. 〈올드보이〉에서 이우진이 어떤 금기를 깼는지 기억하지요?

추적자에 가려진 진실도 크게 다르지 않습니다. 반복하지만 추적자 또한 괴물과 다름없고, 둘은 거울상이나 마찬가지입니다. 이 둘을 비슷하게 만드는 것은 둘 모두 비밀을 갖고 있다는 점입니다. 하지만 둘의 비밀, 혹은 공통점은 도입부에서 드러나지 않을지도 몰라요. 작품이 진행되며 추적자가 괴물을 닮아가다 거울상이 될 수도 있으니까요.

예언자는 테이레시아스처럼 잠깐 등장했다 사라지는 정도로도 충분해요. 추적자의 파란만장한 여정에 관객들이 놀라지 않도록, 미리 완충제나 복선을 깔아줄 인물이나 사건이 필요하거든요. 예언자가 이 역할을 충실하게 이행해줄 거예요.

마지막으로 조력자는 추적자의 추적을 돕는 인물이에요. 조력자는 대부분 추적자와 아주 가까워요. 그렇지 않고서야 추적이라는 은밀한 작업을 하는 추적자가 곁에 사람을 둘 리 없지요. 그래서

〈올드보이〉의 주환처럼 속내를 다 털어놓더라도 무방한 친구가 오대수 옆에 붙어 있었던 거죠.

추적자

개인적인 해석입니다만, 오이디푸스는 프로이트가 이야기한 오이디푸스 콤플렉스와는 무관한 것 같아요. 프로이트가 이론적으로 설명하려고 한, 상징적인 아버지와 어머니를 향한 복잡 미묘한 감정은 어디까지나 무의식적인 것인데, 오이디푸스가 겪은 일들은 모두 운명적인 정당방위거든요.

그리스 비극의 중요한 개념 중 하나가 '휴브리스(hubris)'죠. 저는 이 개념을 운명 앞에 선 인간이 오만으로 파멸에 이르는 인과론적 결말 정도로 이해하고 있어요. 그런 의미에서 오이디푸스의 비극은 타인을 바라보는 오만한 태도에 있었을 뿐, 부모를 향한 무의식적이고 리비도적인 욕망과 얽혀 있지는 않았다고 생각해요.

스릴러물의 추적자 역시 오이디푸스처럼 운명의 시험대에 오른 사람들이에요. 이 시험은 그들 공동체에서 괴물을 쫓으라는 임무를 부여받으며 출발해요. '운명'과 '추적'이라는 두 목표는 서로 구분되지 않는, 동일한 것일지도 모르겠네요.

이 임무에서 중요한 건 표면적인 내용이 아니에요. 살인마를 쫓든 화단 쓰레기 투기범을 쫓든 그 임무가 진실로 겨냥하는 것은 괴물이 아닌 추적자 자신이거든요. 그 이유는 간단해요. 오이디푸스와 마찬가지로 타인을 바라보는 그의 시선이 스스로를 설명하기 때문이죠.

이는 추적자가 속한 공동체의 정체를 밝히는 일이기도 해요. 추적자는 공동체의 지배를 받는 사람이기도 하니까요. 추적자는 괴물을 쫓는 과정에서 스스로를, 공동체의 진실을 알게 될 거예요. 공동체의 바깥을 규정하는 것으로 공동체의 정체성을 정리하는 것처럼요.

달리 말해, 추적자는 괴물이라는 수수께끼를 풀려다 괴물이라는 수수께끼가 자신이라는 것을 알게 되는, 또는 괴물이라는 수수께끼와 다름없게 되는 자입니다. 관객과 시선을 함께하려고 하지만, 괴물 추적 과정은 곧 거울이 되어 스스로를 비출 거예요.

이렇게 괴물과 다름없는 스스로와 마주친 순간, 추적자에게는 세 가지 선택지가 주어집니다. 진실을 수용하거나, 부정하거나, 극복하거나. 이는 스릴러물이 본질적으로 성찰을 다루는 장르이기 때문에 가능한 선택지입니다.

〈올드보이〉 2003, 박찬욱

추적자. 오대수

알 수 없는 이유로 15년 동안 갇혔던 남자가 복수를 기획합니다. 한국 스릴러물의 걸작, 대표 웰메이드 영화인 〈올드보이〉도 이러한 구성을 갖췄습니다. 주인공인 오대수를 보세요. 이름부터가 오이디푸스에서 따온 듯하잖아요. 오디세우스에서 따왔다는 설도 있긴 하지만, 복수를 하려다가 복수를 당하고 만 상황은 오디

세우스보다는 오이디푸스에 가깝지 않나 싶네요.

오이디푸스는 오만함의 대가로 눈을 잃고 말았습니다. 이는 진실을 마주하고도 알아보지 못한 스스로에게 내린 징벌이기도 했지요. 오대수도 마찬가지입니다. 그는 결말에서 혀를 잃고 맙니다. 진실보다도 더한 거짓을 토한 대가로요.

〈식스 센스〉 1999, M. 나이트 시아말란

추적자. 맬컴 크로, 콜 시어

아동심리 상담사와 문제아동의 교류를 다룬 영화죠. 〈식스 센스〉는 멋진 반전으로만 소개될 작품이 아니라고 생각합니다. 그보다는 훨씬 더 아름답게 설계된 작품이에요. 맬컴 크로와 콜 시어가 교차되며 진행하는 이야기는 정교하고 우아한 대칭 구조를 이루고 있지요.

〈식스 센스〉에서 맬컴 크로와 콜 시어는 서로의 추적자인 동시에 괴물이기도 합니다. 서로를 향한 응시이자 서로에 대한 구원이기도 한, 따스하면서도 가슴이 아릿하게 저며오는 이야기지요.

괴물(수수께끼)

우리는 반전 스릴러물을 감상하며 범인의 정체를 알고 싶어 하지요. 실제로 이 범인(괴물)이 핵심적인 재미를 담당하는 작품도 많고요. 많은 스릴러물에서 범인의 정체는 후반부의 클라이맥스가 아닌 중간점에 밝혀지고는 해요. 그 이유는 간단해요. 잘 조형된

괴물은 무시무시한 악당 정도에서 그 역할이 끝나지 않기 때문이
지요.

한번 생각해보죠. 무서운 괴물을 하나 떠올려보세요. 다음으
로는 그 괴물이 왜 무서운지를 떠올려보세요. 그러면 이제 괴물에
대한 이야기는 더 할 게 없습니다. 괴물이 무서운 이유를 찾아내는
것 정도는 가능하겠지만, 그렇다고 괴물이 '더' 무서워지진 않을 거
예요.

열 명을 살해한 살인마! 이 살인마가 더 무서워지려면 어떤 사
건을 넣는 게 좋을까요? 열 명이 아닌 백 명을 살해한다면 열 배는
더 무시무시해질까요? 전 아니라고 봐요. 너무 매운 음식을 먹으면
얼얼해서 아무런 감각도 느껴지지 않기까지 하지요? 이야기에서
자극의 강도에만 신경 쓸 때도 마찬가지입니다. 강렬한 장면이 반
복되기만 하면 어느새 만드는 사람이나 보는 사람이나 무감각해지
고 말아요.

좋은 스릴러물은 괴물의 무서움만 강조하지 않아요. 이 괴물
은 분명 금기를 어겼을 거예요. 하지만 왜 금기를 어기면 안 되는
지, 금기를 강제하는 사회와 공동체는 무결한지 고민하지 않고서
는 이야기에 깊이를 더할 수 없어요.

물론 작품에 등장하는 금기가 당연할 수는 있겠지요. 살인이
나 납치처럼요. 하지만 이런 경우에도 질문은 남기 마련이에요. 당
연히 하면 안 될 일들을 괴물은 왜 저지르고 말았느냐에 대한, 그리
고 그 인과를 파악함에 있어 우리는 얼마나 결백한가에 대한 질문
을 던지지 않을 수 없으니까요.

이러한 질문은 괴물만이 아니라 추적자에 대한, 또 추적자가 속해 있고 금기를 정한 공동체에 대한 무수히 많은 폭로로 이어질 거예요. 괴물이 하찮다면 그토록 하찮은 존재가 이렇게나 사회를 위협하도록 방치한 공동체에 대해 고민해야겠죠. 반대로 괴물이 무시무시하다면 공동체의 한계를 넘어서는 사건이 일어났을 때 우리가 할 수 있는 일을 고민할 테고요.

우리는 괴물을 무서워하기만 해서는 안 돼요. 그러면 다음 단계로 가능한 선택지는 많지 않아요. 괴물 안에서 나를 발견하거나, 내 안에서 괴물을 발견하는 정도겠지요. 그런 점에서 괴물은 추적자의 거울상이라고 할 수 있습니다. 열쇠 구멍을 통해 방 너머를 보려고 했을 때, 이미 나를 보고 있는 눈동자이기도 하고요. 공동체 밖에서 추적자와 공동체를 돌아보게 만드는 무엇이기도 하지요.

〈파이트 클럽〉 1999, 데이비드 핀처
괴물(수수께끼). 타일러 더든

이 작품을 봤다면 제가 무슨 이야기를 하려는지 알 거예요. 괴물에 대한 설명을 읽으며 가장 먼저 이 영화를 떠올렸다고 해도 놀랍지 않네요. 하지만 여기서 작품 내용을 미주알고주알 떠들 생각은 없습니다. 이유야 짐작하는 대로입니다. 파이트 클럽의 규칙 첫 번째, 파이트 클럽에 대해 말하지 않는다. 파이트 클럽의 규칙 두 번째, 파이트 클럽에 대해 말하지 않는다.

이 작품의 괴물이라고 할 수 있는 타일러 더든은 문명사회를 거부하고 파괴하려는 극단적인 사상을 갖고 있습니다. 그렇기에

이 사람이 저지르는 테러는 현대자본주의 물질문명사회에 대한 성찰로 이어질 수밖에 없지요. 그가 제시한 답이 맞는다고 할 수 없을지라도, 그의 질문이 틀렸다고는 할 수 없는 셈이에요. 우리는 정말 이상한 시대를 살고 있으니까요.

〈검은 사제들〉 2015, 장재현
괴물(수수께끼). 김 신부, 악마

〈검은 사제들〉도 〈식스 센스〉처럼 이중 구성이에요. 다만 그 성격은 조금 다른데요. 〈식스 센스〉의 두 주인공이 서로의 괴물이자 추적자였다면, 〈검은 사제들〉은 최 부제가 김 신부라는 구마 사제이자 교단의 이단아를 쫓는 추적자인 동시에, 김 신부가 소녀의 몸에 깃든 악마를 쫓는 추적자라는 차이가 있기 때문이에요. 물론 두 인물 모두 추적 과정에서 스스로를 발견하게 되었고요.

최 부제의 입장에서 봤을 때 김 신부는 의심스럽기 짝이 없는 괴물이었지요. 최 부제의 시선을 따라가야만 하는 관객도 몇몇 장면에서는 김 신부에게 의구심을 가질 수밖에 없었을 테고요. 저도 사실 김 신부가 최 부제와 교단이 의심했던 괴물이 맞을지도 모른다는 의심이 들기는 해요. 영신이 악마에게서 벗어났을 때 오열하는 장면이 있었지요? 신부라면 주님의 뜻에 따라 올바른 일을 해야만 하는데, 그 순간만큼은 그의 사적인 감정이 폭발했지요. 사적인 감정의 깊이야 알 수 없지만, 의심이 드는 것은 어쩔 수가 없네요.

추적자의 지배자는 추적자가 추적하도록 이끌고 명하는 존재입니다. 추적자가 형사라면 경찰 간부, 신부라면 주교, 탐정이라면 고용주인 셈인데, 추적자에게 명령을 내리고 행동을 제약할 수도 있는 인물이라고 보면 되겠네요.

스릴러물에서 추적자의 지배자는 그 역할과 비중이 간과되기도 하지만 실제로는 반드시 필요한, 결정적인 역할을 하는 경우가 많답니다. 등장 비중이 작더라도 작품의 뒤편에서 추적자를 강하게 지배하기도 하고요. 이는 추적자의 지배자가 있어야 추적자의 모험이 공동체 내부에서 공인된 행위라는 보증을 받기 때문이에요. 물론 이야기가 진행되면서 추적자는 공동체 내부의 인정에서 벗어나 자의적으로 활동하기도 합니다만, 이러한 일탈 역시 그가 속한 공동체와 규범을 전제해야만 가능한 일이지요.

추적자의 지배자는 추적자와 괴물을 통제하려고 할 거예요. 통제의 형태는 다양하겠지요. 지배자의 요구로 추적자는 괴물의 정체에 대한 질문을 던질 거예요. 동시에 질문을 받은 이유도 고민하게 될 테고요. 그런 점에서 추적자의 지배자는 추적자가 속한 공동체를 대변하는 상징적인 인물이라고도 할 수 있겠네요.

추적자가 속한 공동체는 언제나 선하기만 할까요? 공동체는 추적자와 괴물을 어떤 형태로 구속하고 있을까요? 이 질문에는 어떤 답이 나와도 좋습니다. 올바른 일을 올바른 과정으로 진행하는 집단이라고 해서 재미가 떨어지지는 않으니까요.

다만 괴물의 진실 뒤에 숨겨진 추적자의 진실이 밝혀졌을 때 추적자의 지배자는 그에 따른 책임을 져야만 해요. 그가 진실과 깊숙하게 연관된 경우도 많지요. 몇몇 추적자의 지배자는 괴물의 지배자를 동시에 담당하고 있기도 하답니다.

〈양들의 침묵〉 1991, 조너선 드미
추적자의 지배자. 잭 크로포드

FBI 수습요원 클라리스 스탈링은 국장 잭 크로포드로부터 감당하기 어려운 명령을 받습니다. 연쇄살인마 버팔로 빌을 수사하기 위해 감옥에 있는 연쇄살인마 한니발 렉터에게 자문을 구하라는 것이었지요. 결국 〈양들의 침묵〉의 도입부는 이렇게 출발합니다. 이 작품의 많은 관객이 클라리스 스탈링과 한니발 렉터만 기억하고는 합니다만, 이 여정의 출발점에는 잭 크로포드가 있었지요.

당연한 이야기지만, 수습요원인 클라리스 스탈링은 그의 상사이자 명령권자인 국장 잭 크로포드의 영향으로부터 자유로울 수 없습니다. 잭 크로포드 또한 정재계의 윗선으로부터 자유롭지 못했고요. 클라리스 스탈링은 FBI라는 거대하고 강력한 조직의 지원을 받았습니다만, 지원에는 그만한 책임감도 따랐습니다. 셜록홈스처럼 모든 수사를 제멋대로 끌고 갈 수는 없는 상황인 거죠.

〈아가씨〉 2016, 박찬욱
추적자의 지배자. 후지와라

부잣집에 하녀인 척 숨어든 도둑 남숙희는 그 집 아가씨인 이즈미 히데코에게 다가갑니다. 사기꾼인 후지와라 백작이 히데코와 결혼하기 위해 남숙희를 집에 들였거든요. 하지만 남숙희는 히데코와 가까워지면서 사기 결혼을 성사시켜도 될지 번민합니다.

남숙희는 뒷골목에서 잔뼈가 굵은 인물이에요. 그런 그에게 히데코처럼 새장 속에서 곱게 자란 아가씨는 손쉽게 털어먹을 수 있는 호구로만 보였겠지요. 그러나 아가씨가 자신의 손아귀에서 놀아나는 것일지언정, 자기 자신도 후지와라 백작의 손아귀를 벗어나지 못하는 꼭두각시 신세임은 부정할 수 없었습니다. 남숙희가 마주해야 하는 상대로는 히데코만이 아니라 후지와라 백작도 있었던 것이지요.

괴물의 지배자

괴물은 왜 괴물일까요? 난데없이 하늘에서 떨어진 존재일까요? 그렇다고 해도 왜 하늘에서 떨어졌는지 이유가 궁금하긴 하겠군요. UFO에서 외계인이 던져버리기라도 했을까요? 하늘에 떠 있는 궁전에서 추락했을까요? 그마저도 아니면 황새가 물어다 주었을까요?

괴물은 공동체 바깥에 존재합니다. 그가 공동체 바깥에 존재하는 데는 이유가 있을 거예요. 우리 사회에서 추방당했거나 애초에 다른 세계에서 왔다는 건 그가 타자로 존재하는 이유가 될 수 있겠지요.

물론 이러한 이유를 구구절절하게 나열하면 작품에 대한 흥미가 식을 거예요. 안개에 가려져 있을 때야말로, 어둠 속에 있을 때야말로 이들의 카리스마가 100퍼센트 발휘될 수 있거든요. 밝은 햇살 아래에서도 신비롭기란 쉽지 않으니까요.

그럼에도 불구하고 우리는 작품의 주제 의식과 이야기의 개연성을 위해 괴물이 공동체 바깥에 존재하는 이유를 고민하지 않을 수 없습니다. 카리스마가 사라질 것 같다면 창작자만의 비밀로 남겨놓아도 좋으니, 이 수수께끼 같은 존재에게 그만의 답을 부여하세요.

괴물이 공동체 바깥에 존재하는 이유는 결국 괴물의 지배자 때문일 겁니다. 이 모든 사건의 원인인 만큼 추적자에게는 괴물의 지배자 또한 알아내야 하는 수수께끼입니다. 물론 알아내야 한다고 해서 꼭 알게 되는 것은 아니지만요.

앞에서도 말했지만 괴물의 지배자가 추적자의 지배자일 때도 있지요. 그럴 때는 추적자와 괴물이 대칭을 이루는 거울상 구도가 선명해지겠지만, 너무 남발하면 이도 저도 아닌 이야기로 끝날 위험도 커지겠지요.

괴물의 지배자가 있다면 괴물에게 입체성을 부여하기도 쉬워집니다. 단순히 두렵기만 한 누군가가 아니라 그렇게 존재할 수밖에 없는 나름의 서사를 가진 살아 있는 인간으로요. 물론 괴물의 지배자를 구체적으로 설정하라는 것은 아니에요. 어떤 인물은 부재하는 것이 실재하는 것보다 더 효과가 있는데, 괴물의 지배자도 그러한 인물 중 하나이니까요.

〈나를 찾아줘〉 2014, 데이비드 핀처

괴물의 지배자. 에이미의 부모

아내가 사라졌다. 아내의 실종과 관련된 단서는 모두 남편을 가리킨다. 하지만 남편은 결백을 주장한다. 〈나를 찾아줘〉에서 에이미는 남편 닉에게 있어 도무지 풀 수 없는 수수께끼였죠. 하지만 하나만은 명확히 알 수 있었습니다. 이 수수께끼를 만든 사람, 괴물의 지배자였던 에이미의 부모에 대해서 말이지요.

에이미의 부모는 에이미를 주인공으로 한 '어메이징 에이미'라는 베스트셀러 동화책 시리즈를 집필한 작가였어요. 에이미는 어릴 적부터 동화 속 주인공과 비교당했고 그를 따라잡아야만 했지요. 에이미는 결국 그를 제대로 아는 사람이라면 누구나 어메이징 에이미라고 부를 만큼 놀라운 활약을 보여줍니다. 동화책의 주인공이 할 만한 종류의 활약이라고는 할 수 없겠지만요.

〈치즈인더트랩〉 2010~2019, 순끼

괴물의 지배자. 유정의 부모

주인공이 과에서 알아주는 완벽한 훈남 선배가 나를 사랑하는지, 증오하는지 알 수 없어 헤매게 되는 작품 〈치즈인더트랩〉입니다. 로맨스물이 상호 구원 서사라면 스릴러물은 상호 응시 서사입니다. 두 장르 모두 주인공이 속을 알 수 없는 상대방을 이해하려고 한다는 공통점이 있지요. 그래서 로맨스물과 스릴러물은 닮은 점이 많다고도 했습니다. 〈치즈인더트랩〉은 이러한 작품군의 대표 예시가 될 수 있겠네요.

〈치즈인더트랩〉의 선배 유정은 어디 하나 빠지는 구석이라고는 없이 매력 만점이지만, 그만큼이나 수상쩍은 인물입니다. 동시에 그는 유년기 때 부모와의 관계에 여러 가지 문제가 있었어요. 그리고 이러한 과거의 경험들은 이 인물이 현재 겪는 문제와도 연관이 있었고요. 하지만 유정과 마찬가지로 부모와 타인과의 관계에서 어려움을 겪고 있던 주인공 홍설과의 만남으로 유정은 한 단계 성장하게 됩니다.

괴물에 가려진 진실

괴물은 수수께끼나 다름없습니다. 그렇다면 우리는 수수께끼를 만듦과 동시에 수수께끼가 숨기고 있는 답을 고민해야겠지요. 답 없는 수수께끼는 아무 말에 불과하니까요. 오이디푸스가 풀어야 했던 스핑크스의 수수께끼처럼, 우리의 괴물에게도 밝혀지면 스스로가 무너질 비밀을 마련해주세요.

이 괴물이 숨기고 있는 진실의 형태는 다양합니다. 괴물의 정체가 연쇄살인마라면 진실은 그가 저지른 살인사건의 피해자일 테고, 납치범이라면 그가 숨긴 인질이겠지요. 괴물이 도피 중인 범죄자라면 진실은 자기 자신일 수도 있겠네요. 재물과 같은 물질에서부터 추상적인 사건의 진실에 이르기까지, 다양한 것들이 수수께끼를 작동하게 만드는 원동력이 될 수 있답니다.

괴물에 가려진 진실이 인간이라면, 살아 숨 쉬며 움직이는 인물이라면, 이들은 추적자에게 단서를 건네려고 안간힘을 쓰겠지요. 인간이 아니더라도 괴물이 미처 지우지 못한 이들의 흔적은 추적자의 추적 과정에 큰 도움을 줄 것입니다.

이 진실은 작품의 중반부에서 밝혀지기가 쉬워요. '왜 이리 빨리?'라는 의문이 생긴다면, 우리에게는 차차 밝혀내야만 할 추적자에 가려진 진실이 남아 있다는 것을 기억하세요. 갈 길은 아직 반이나 남았답니다.

〈식스 센스〉 1999, M. 나이트 시아말란

괴물에 가려진 진실. 맬컴 크로의 아내, 콜 시어의 어머니

맬컴 크로에게 괴물은 콜 시어였죠. 콜 시어는 작품 중반부까지 자신이 유령을 볼 수 있다는 가장 중요한 진실을 숨겼습니다. 이 진실을 고백하는 장면은 너무나도 유명한 반전이라 큰 충격을 주지 못했을 수도 있지만, 콜 시어가 귀신을 볼 수 있다는 사실을 고백하기 전까지는 화면에 귀신의 모습이 잡히지 않았답니다.

마찬가지로 콜 시어에게는 맬컴 크로 또한 괴물로 자리 잡고 있었지요. 그리고 두 사람의 마음이 통한 순간에 숨겨왔던 진실을 밝히는 사람은 콜 시어만이 아니었답니다. 맬컴 크로 또한 콜 시어에게 속마음을 털어놓았으니까요. 이러한 교차는 이후에 밝혀질 추적자에 가려진 진실에 대해서도 중요한 복선으로 자리 잡게 됩니다. 아, 정말이지 아름다운 영화라니까요.

〈검은 사제들〉 2015, 장재현

괴물에 가려진 진실. 영신

"네가 다 했다." 김 신부가 악마에게서 벗어난 영신에게 건넨 진심 어린 한마디였지요. 구마사제가 나오는 작품에서는 악마가 힘없는 소녀를 인질로 삼는 경우가 많습니다만, 이러한 내용도 자세히 들여다보면 인질이야말로 가장 용기 있는 인물인 경우가 적지 않답니다. 〈양들의 침묵〉에서 버팔로 빌이 납치했던 상원의원의 딸도 버팔로 빌에게 당차게 저항했지요.

이들의 목숨을 건 저항은 추적자들에게 중요한 단서가 되어주고는 합니다. 단순한 먹잇감으로만 등장하지 않고, 최선의 선택지를 골라 활약하는 모습을 보여줄 때도 있는 것이지요. 추적자와 괴물만으로는 이야기의 진행이 지지부진할 때, 이들을 움직여보면 유려하게 상황이 진전되기도 합니다.

추적자에 가려진 진실

오이디푸스가 테베의 지배자가 된 것은 스핑크스의 수수께끼를 풀었기 때문이었지요. 그리고 그 비극이 펼쳐졌던 날, 오이디푸스는 스스로 스핑크스의 수수께끼 속 답이 되었고요. 우리의 추적자도 오이디푸스와 같은 여정을 겪게 될 것입니다.

추적자에 가려진 진실은 추적자 또한 괴물과 마찬가지인, 혹은 형태만 다른 괴물인 이유입니다. 추적자는 괴물을 추적하는 여정에서 이러한 진실을 적극적으로 숨기려다 실패하거나, 자신조차 몰랐다 알게 되거나, 혹은 마지막 순간에 추적자가 금기를 어기거나 하는 식으로 괴물과 다름없는 존재임이 발각됩니다. 그리고 진실이 밝혀진 순간, 추적자는 진실을 수용하거나 부정하거나 극복하는 세 가지 선택지 중 하나를 고를 테고요.

여기서 주의해야 할 점이 하나 있습니다. 스릴러물에서 이루어질 성찰은 '너나 나나 다 똑같아'가 아니라 '나도 똑같은 것이 아닐까?'예요. 자신의 과오에 대해 전자는 책임을 회피하는, 후자는 책임을 수용하는 형태로 접근하는 것이지요.

물론 추적자에게 성찰을 완수하도록 강제할 의무는 없습니다. 단지 인물에게서 당위성을 강탈하거나 제공하고 싶을 때, 앞의 두 가지 접근법을 이해하고 있다면 주제 의식을 전달하기가 좀 더 편리하다는 정도로만 참고하세요. 추적자의 모든 여정은 스스로에게서 답을 발견하기 위한 것일지언정, 이 답이 언제나 아름다울 수는 없으니까요.

〈셔터 아일랜드〉 2010, 마틴 스코세이지

추적자에 가려진 진실. 테디 다니엘스의 과거

정신병을 앓고 있는 범죄자들이 수용된 섬인 셔터 아일랜드가 배경인 작품입니다. 주인공이자 연방수사관인 테디 다니엘스는 동료인 척 아울과 이 섬을 수색하면서 범죄의 흔적을 찾아내고자 하지요. 하지만 셔터 아일랜드를 돌아볼수록 혼란만 더해질 뿐입니다.

자, 스포일러입니다. 테디 다니엘스는 사실 셔터 아일랜드를 조사하러 온 연방수사관이 아니었습니다. 정신병을 앓고 있는 범죄자로 셔터 아일랜드에 수감된 처지였지요. 그의 치료를 위해 섬의 의료진이 일종의 역할극을 진행한 거였어요. 테디 다니엘스는 이 섬의 수수께끼를 풀기 위해 애를 썼지만, 정작 답은 자기 자신이었습니다. 진실을 목도한 오이디푸스처럼 테디 다니엘스는 스스로에게 합당하다고 생각하는 형벌을 내리고 말았지요.

〈마더〉 2009, 봉준호
추적자에 가려진 진실. 살인의 기억

SNS에서 〈마더〉에 대해 분석한 흥미로운 글을 봤습니다. 〈마더〉의 도준이 실제로 배우 원빈처럼 잘생긴 것이 아니라, 엄마의 눈에만 잘생겨 보인 게 아닐까, 하는 가설이었어요. 어떤가요, 무척 설득력 있지 않나요? 작품에서는 도준의 얼굴이 제법 곱상하다고 설정하긴 했습니다만, 원빈처럼 생겼으면 곱상하다고 할 수 없지요. 조각처럼 완벽하고 후광이 비춘다고 해야만 하니까요.

물론 〈마더〉에서 엄마가 숨겨왔던 진실이 '아들이 사실 원빈처럼 잘생긴 것은 아니다'는 아닙니다. 앞의 가설은 어디까지나 가설일 뿐이고요. 엄마와 도준이 숨긴 진실은 그보다 좀 더 처연하고 참혹했지요. 스포일러가 될 것 같아 자세히 언급하기는 어렵지만, 봉준호 감독의 걸작 스릴러물은 매번 이런 결말을 맞는 것 같네요. 섬뜩하고 무시무시한, 결코 실체가 잡히지 않는 무언가를 쫓지만 결국 그 무언가는 나 자신이라는 결말 말이지요.

예언자

눈이 먼 오이디푸스는 예언자 테이레시아스에게 조언을 구했습니다. 하지만 예언자는 진실을 밝히지 않았고 오이디푸스는 격노해서 그를 저주했어요. 우리의 추적자도 예언자를 만나지만 그를 믿지 못한 나머지 이후 사건을 무방비로 마주하게 될 거예요.

예언자는 추적자에게 화두를 던지는 것으로 복선을 깔기도 해요. 지나가듯 짧게 등장하지만 영향력은 지대해요. 관객은 추적자의 여정을 따라가다 추적자가 진실을 마주한 순간에야 '아, 나는 이미 예언자를 통해 이렇게 될 걸 알고 있었구나!' 하고 이제까지의 이야기를 복기하게 되거든요.

예언자의 신탁은 맞고 틀리고가 중요하지 않아요. 누군가가 운명의 존재임을 암시하고, 그로 인해 추적자와 관객의 마음이 흔들리기만 해도 제 역할은 다했다고 할 수 있거든요. 이 경우에는 예언자가 복선보다는 낚시용 미끼로 작용했다고 할 수 있겠지요.

여담이지만, 저는 테이레시아스가 오이디푸스에게 진실을 쫓지 말라고 조언했던 것은 그를 염려해서가 아닌, 그가 진실에 더 집착하게 만들기 위한 일종의 유혹이 아니었을까 의심하고 있답니다.

〈서치〉 2017, 아니시 차간티

예언자. 온라인 덧글

딸이 사라지자 아버지는 딸이 온라인 공간에 남긴 흔적을 쫓아가며 딸을 되찾고자 합니다. 컴퓨터 화면을 스크린에 그대로 옮긴 실험적인 연출의 스릴러물 〈서치〉에 등장하는 예언자는 화면에 쏟아지는 SNS의 메시지에 숨어 있답니다. 이미 작고한 아내가 딸의 친구들과 그 부모에 대해 남긴 문서 파일에 결말과 관련된 결정적인 정보가 담겨 있다거나, 누군가가 보낸 이메일의 본문 미리보기에 범인을 특정한 내용이 적혀 있다거나 하는 식으로요.

물론 이렇게 노골적으로 범인이 누구인지 적었더라도, 작품에 긴장감을 주는 데는 지장이 없었습니다. 이렇게 작품에서 일어난 상황을 정확하게 짚은 메시지 사이에는 헛발질한 내용도 가득했거든요. 〈서치〉에 이러한 헛발질이 얼마나 정교하고 다양하게 짜여 있는지, 그 사이에는 외계인과 정체불명의 초록 불빛에 대한 뜬소문도 있을 정도라니까요. 나무를 숨기려면 숲에 숨겨야 하고, 진실을 숨기려면 익명 SNS 조작 글 사이에 숨겨야 하는가 봅니다.

〈파이트 클럽〉 1999, 데이비드 핀처
예언자. 의사

작품 초반부, 불면증에 시달리던 나는 의사를 찾아가 상담을 받습니다. 하지만 의사는 별다른 약 처방도 없이 나를 매몰차게 쫓아내죠. 별거 아닌 장면으로 보이기 쉽지만, 작품을 다 본 뒤 다시 보면 완전히 다르게 다가옵니다. 의사가 나에게 건넨 조언은 하나같이 의미심장했거든요.

불면증으로 죽는 사람은 없다, 기운 좀 내시라, 건강하게 자야 한다, 생약을 씹고 나가서 운동해라…. 무엇보다 의사는 마지막으로 나의 운명을 바꿀 한마디를 합니다. "고통이 뭔지 알고 싶다고요? 그렇다면 고환암 환자 모임에 가보세요." 환자를 존중하지 않는 이 조언이 이후 작품에서 일어날 모든 사건의 시발점이라고 생각하면, 참 우습죠.

조력자

탐정 옆에는 그를 돕는 조수가 있기 마련이지요. 조수는 평범한 사람의 시선으로 미스터리한 사건을 바라보고 탐정이 세운 가설에 감탄하는 역할이기 때문에, 작품에서 필요한 정보를 관객에게 편리하게 전달할 수 있는 막중한 위치에 있다고 할 수 있습니다.

추적자에게도 탐정의 조수처럼 그를 옆에서 보좌하며 작품에서 일어난 사건과 진상을 관객에게 바로 설명하지 않고 서사 안에서 자연스레 전달할 수 있도록 필터 역할을 하는 인물이 필요합니다. 그리고 이 인물을 여기서는 조력자라고 부르도록 하지요.

스릴러물에서 추적자의 추적은 대부분 비밀스럽고 위험하지요. 그러니 조력자는 추적자가 그의 곁을 기꺼이 내줄 만큼 믿음직스럽고 가까운 사이이기 쉬워요. 추적자의 가까운 동료나 가족 혹은 연인이 조력자를 담당하는 경우가 많은 것도 그 때문이지요.

이 조력자야말로 추적자가 쫓던 괴물이라는 식의 반전도 있답니다. 가장 가까운 사람이 가장 알 수 없는 누군가였다는 반전은 스릴러물 공식에 제법 어울리는 결론이겠지요.

〈양들의 침묵〉 1991, 조너선 드미

조력자. 아델리아 맵

FBI 수습요원 클라리스 스탈링에게는 아주 가까운 벗이 있었어요. 같은 FBI 수습요원이자 룸메이트인 아델리아 맵이었지요. 이 인물은 작품 안에서 대단하다고 할 정도의 비중은 없습니다만, 필요한 순간에는 항상 클라리스 스탈링 옆에서 그를 보조했어요.

아델리아 맵은 이후 시리즈인 〈한니발〉에서도 등장했어요. 〈양들의 침묵〉과 〈한니발〉, 두 작품에 대한 평가는 많이 엇갈리는 편이고 저 역시 전작에 좀 더 점수를 주고 싶습니다. 후속 편에서는 소위 '캐붕(캐릭터 붕괴)'이라고 할 만한 순간이 많이 나오거든요. 하지만 그런 와중에도 아델리아 맵과 클라리스 스탈링 사이에는 작품에서 정면으로 다뤄지지 않은 무엇이 있지 않을까 의심하고 있답니다. 〈양들의 침묵〉의 영화판에서는 더더욱요.

〈나를 찾아줘〉 2014, 데이비드 핀처

조력자. 마고 던

실종된 아내를 찾는 남편 옆에는 그의 쌍둥이이자 공동경영자인 여동생이 있었습니다. 동생에게만큼은 남편도 거리낌 없이 자신이 겪은, 혹은 저지른 일들을 고백하고 공유할 수 있었지요. 이 둘은 어떤 의미로 부부보다도 가까운 사이였어요. 작품 속의 부부와 비교하면 대부분의 관계가 이 부부보다 더 친밀하기는 하겠지만요.

이렇게 신용할 수 있는 조력자가 옆에 있으면 이야기를 진행하기 무척 편리합니다. 추적자만 목격한 정보를 옆에 있는 조력자에게 이야기함으로써 관객에게 전달하기도 하고, 〈나를 찾아줘〉처럼 의심스럽고 신뢰할 수 없는 추적자가 등장하는 경우에는 그의 신용을 보증해주는 역할도 하거든요. 물론 추적자가 자신과 이토록이나 가까운 조력자에게조차 몇 가지 비밀을 남겨두어 그 신용을 깨버리는 재미도 있고요.

이야기 구조

스릴러물의 이야기 구조는 이렇게 제시하겠습니다. 프롤로그, 신탁, 저항, 탐문, 괴물의 단서, 추적, 괴물의 비밀 폭로, 추적과 위기, 추적자의 진실, 에필로그. 더 섬세한 구조로 이야기를 만들고 싶다면, 추적자가 괴물을 쫓는 동시에 괴물이 추적자를 쫓는 구조로 변주하거나, 추적자가 괴물을 쫓고 그 괴물은 또 다른 괴물을 쫓는 구조로 바꾸는 것도 가능합니다.

이야기를 만들면서 진행이 막힌다면, 스릴러물의 걸작을 참고하는 것은 물론 로맨스물의 걸작도 참고하기를 권해요. 두 장르의 이야기 모두 상대방이 무슨 생각을 하고 있는지 갈팡질팡 헤매면서 겪는 주인공의 추적 과정을 담고 있기 때문이에요.

로맨스물의 구조가 상호 구원의 서사였던 것과 마찬가지로, 스릴러물의 구조는 상호 응시의 서사입니다. 우리의 추적자는 괴물을 쫓는 과정에서 실은 괴물이야말로 추적자를 쫓고 있었다는 진실을 알게 될 테니까요. 사냥꾼이 사냥감을 사냥하다 도리어 사냥당할 위기에 처하는 구조를 떠올려주세요.

앞서 말했듯 추적자가 괴물과 다르지 않다는 사실이 폭로되었을 때, 추적자가 고를 수 있는 선택지는 세 가지입니다. 받아들이거나, 부정하거나, 극복하거나. 어느 쪽이든 의미 있는 결론이에요.

프롤로그

프롤로그 파트에서 반복해 이야기했죠. 시선을 붙잡아라. 스릴러물은 〈파이트 클럽〉처럼 클라이맥스에서 출발해도 좋고 〈올드보이〉처럼 도입부 어딘가에서 시작해도 재밌을 거예요. 이야기의 시작점은 어디든 좋습니다.

길이 역시 마찬가지예요. 첫 세 줄 안에 마음을 사로잡아라. 유원지의 거울 미로에서 출발하는 섬뜩한 도입부는 〈어스〉가 풀어나갈 스릴의 타래가 얼마나 아슬아슬한지 압축적으로 보여주었죠. 이후의 내용에 대한 암시도 되었고요.

프롤로그를 마무리했다면, 에필로그와의 수미쌍관도 고민해보세요. 〈친절한 금자씨〉에서는 앞에서나 뒤에서나 금자가 눈을 맞는 모습이 나오지요. 추적자가 속죄라는 과업을 마주하는 장면인데, 직관적이고도 상징적으로 알기 쉽게 배치됐었지요.

소개해야 할 배경 설정이 많다면 프롤로그 파트를 활용해보는 것도 좋습니다. 〈서치〉는 컴퓨터에 정리된 가족들의 추억을 모니터에 연속해서 띄우는 것으로 10여 년에 걸친 가족사를 압축해 보여줬지요.

〈양들의 침묵〉 1991, 조너선 드미

이 작품의 프롤로그에서 클라리스 스탈링은 달립니다. 달리고 또 달려 FBI 훈련소의 훈련 코스를 쭉 돌지요. 관객은 이 인물이 땀범벅이 될 정도로 열심히 뛰고 있다는 것을 확실하게 알게 됩니다. 이 작품에서 가장 핵심인 장면은 그다음에 나오는데요. 클라리스 스탈링은 훈련소 건물 엘리베이터를 타고 위층으로 올라가려고 합니다. 그 엘리베이터에는 붉은색 셔츠를 입은 건장한 남성들이 가득했지요. 클라리스 스탈링은 엘리베이터 한가운데 서 있지만, 동시에 너무나도 이방인처럼 보입니다.

언뜻 보면 별 내용이 없는 것 같지만, 저는 이 이미지가 많은 것을 암시한다고 생각해요. 클라리스 스탈링은 계속해서 외부자이고, 그렇기 때문에 연쇄살인마라는 또 다른 의미의 외부자를 쫓을 유일한 자격이 있다고요.

〈마더〉 2009, 봉준호

스릴러물의 프롤로그를 말하면서 이 작품을 빼놓기란 어렵지요. 혼이 나간 듯한 중년 여성이 넓은 초원을 걷습니다. 자꾸 뒤를 돌아보는 것이 쫓기는 것 같기도, 도망치는 것 같기도 하지요. 그러다 어색하게 어깨를 움찔거리면서 춤을 추기 시작해요. 잘 춘다고 할 수는 없는데, 이상하게 섬뜩한 감정만은 절절히 느껴집니다.

이 프롤로그는 작품의 한 장면과 연결됩니다. 작품 속 카메라의 시선을 따라가다 앞서 보았던 프롤로그가 이 부분의 다음 장면이구나, 라는 사실을 깨달았을 때, 우리는 다시 한번 전율할 수밖에 없지요.

신탁

추적자는 예언자를 만납니다. 예언자는 추적자에게 대수롭지 않은 이야기를 건넬 거예요. 이야기는 추적자가 앞으로 겪을 수많은 모험과 추적 그리고 성찰을 암시할 테고요. 추적자를 포함한 대부분, 이 이야기를 건넨 예언자조차 큰 의미를 두지 않겠지만요.

예언자와 헤어진 추적자는 곧 신탁을 받습니다. 공동체에 재앙을 가져온 괴물을 찾아 그가 숨긴 비밀을 밝히고 오라는, 위험천만한 시련에 대한 신탁을 말이지요. 이 신탁을 주관하는 역할은 대부분 추적자의 지배자가 맡습니다. 추적자의 지배자가 신탁을 주관하지는 않더라도, 신탁은 지배자와 추적자의 관계에 지대하게 영향을 미칠 거예요.

이 파트에서는 이후 전개될 내용의 핵심 인물에 대한 직간접적인 묘사가 등장해야 해요. 추적자가 신탁을 받는 과정에서 관객도 사건의 크기 등 자세한 정보를 얻어야 할 거고요. 여기서 우리의 추적자가 관객의 신뢰와 응원을 받을 수 있는, 특별한 매력을 지닌 인물임이 제시되면 더욱 좋습니다. 클라이맥스에서 이 인물에 대한 믿음이 산산조각 날 예정인데요. 그 전까지 정이 많이 들어야 정이 떨어질 때 더 큰 충격을 받을 수 있기 때문이지요.

여러분이 이해하기 쉽도록 이 파트를 즉흥적으로 만들어볼까요? 연쇄살인마에 대한 뉴스가 나오는 식당의 TV를 보며 손님들이 웅성거리는 장면에서 출발해보지요. 다음으로는 TV 화면을 보며 얼굴을 찌푸리는 형사, 그러니까 추적자가 비춰지고요. 이제 이 인물은 갑작스레 걸려 온 전화에 밥을 먹다가 말고 계산한 다음 경찰서 회의실로 가겠지요. 자료가 빼곡하게 붙어 있는 화이트보드 앞에 선 그의 상급자는 사건의 개요와 추적자가 진행할 임무에 대해 브리핑을 해주겠지요.

신탁 파트가 어떤 역할을 하는지 짐작이 가지요? 여기서 놓치기 쉬운 점 하나만 짚고 넘어가도록 하지요. 신탁 파트에서는 추적자와 그가 처리해야만 하는 임무만이 아닌, 그가 속한 공동체에 대해서도 직관적으로 이해할 수 있게 묘사해야 해요. 우리의 모든 고민이 여기에서 출발하기 때문입니다.

〈올드보이〉 2003, 박찬욱

경찰서에 웬 주정뱅이가 잡혀 왔습니다. 경찰의 말에 따르자면 잡혀 온 이유는 이렇습니다. "왜 남의 여자한테 집적대고 그래요?" 처분에 만족하지 못한 주정뱅이는 자꾸 집에 보내달라며 소란을 피우고, 보다 못한 경찰은 이렇게 외칩니다. "아, 좀 조용 좀 하라고, 조용히 좀!" 작품의 결말까지 보고 나서 이 장면을 다시 보노라면 어처구니가 없기까지 합니다. 주정뱅이인 오대수가 한 여성을 함부로 대했다는 이유로, 조용하지 않고서 말이 너무 많았다는 이유로 이후 15년 동안 겪을 일에 대한 결정적인 스포일러가 고스란히 담겼으니까요. 〈올드보이〉의 경찰은 테이레시아스보다도 훨씬 더 용한 예언자였습니다.

물론 이렇게 복선만 깔아놓아서는 이야기를 진행하기 어렵겠지요. 다음 장면은 추적자가 추적해야만 하는 임무를 설명하기 위해 오대수가 겪은 일을 압축적으로 보여줍니다. 자살하기 직전의 한 남자에게 오대수가 자신의 경험담을 낱낱이 들려주는 식으로요.

〈검은 사제들〉 2015, 장재현

여러 신부가 한자리에 모여 토론을 합니다. 21세기 대한민국에서 부마 증세를 보이는 환자가 나왔는데 구마 예식을 진행하느냐, 마느냐 갑론을박 따지고 있는 것이지요. 결국 김 신부의 고집대로 비공식적으로나마 구마 예식을 진행하기로 결정합니다. 이렇게 김 신부가 추적자로 나서는 상황에 대해서는 신탁이 내려졌으니, 다음으로는 최 부제가 추적자가 되는 상황이 묘사되어야겠죠? 김 신부는 구마 예식에 함께할 보조 사제를 구하기 위해 가톨릭대학교 신학생까지 찾아 나섭니다. 최 부제는 신학생 신분이다 보니 구마 예식에 대해 잘 알지 못했고, 그 덕에 관객은 학장과 관계자들이 최 부제에게 구마 예식에 대해 설명하는 장면을 보며 귀동냥으로 관련 정보를 접하게 되었지요.

신탁을 받았으니 이제 행하기만 하면 될까요? 에이, 그래서야 영 심심하죠. 추적자는 새로운 임무를 실행하기에 앞서 저항을 마주합니다. 저항은 추적자가 속한 공동체가 가로막았기 때문이거나, 추적자 스스로가 신탁을 거절했기 때문이거나 하는 식의 다양한 형태를 띠지요.

이러한 저항은 추적자가 해야 할 추적이 얼마나 험난하고 부담스러운지 설명하는 과정이기도 합니다. "야! 너, 이 임무에서 손 떼. 너처럼 범인 잡으려다가 사람 잡고 자기 인생도 말아먹은 형사가 한둘인 줄 알아?"라며 추적자를 만류하는 동료의 모습을 떠올려보면 되겠네요.

저항 파트에서는 이 공동체에서 추적자의 사회적 위치를 알려줘요. 국회의원이어서 주변의 이목을 신경 써야 한다거나, 정년 퇴직을 앞둔 형사여서 험한 임무는 맡지 않으려고 한다거나 하는 식으로요. 그럼에도 불구하고 추적자는 괴물과 괴물에 가려진 진실을 찾아 나서게 됩니다.

앞서 예언자에 대해 말하며 테이레시아스가 오이디푸스에게 진실을 쫓지 말라고 한 것은 그가 진실에 더 집착하게 하도록 유혹하기 위함이 아니었을까 의심스럽다고 말했지요? 저항 파트도 이것과 동일하게 기능합니다. 이러한 저항에도 불구하고 추적자는 추적을 하기로 마음먹었기에 보다 결연하고 주도적인 선택이 됩니다. 결단력을 보여주려면 장애물이 필요한 법이니까요.

또한 추적자가 온갖 외부 저항에도 불구하고 제일 먼저 도망치고 싶은 상황에 뛰어드는 이유는 하나입니다. 추적자에게는 추적자의 지배자가 존재하고, 그의 명령에서 벗어나 행동할 수 없기 때문이지요. 추적자의 지배자가 가진 권위는 추적자를 막으려는 다른 장애물조차 뒤로 물러서게 하는 힘이 있습니다.

물론 추적자의 지배자가 권력자로만 등장하진 않습니다. 어린 자식이나 오랜 친구처럼, 이 사람을 위해서라면 뭐든지 해야만 하고 주변에서도 이를 말리지 못할 만한 관계도 존재하는 법이니까요. 추적자의 지배자가 사회적으로 소외되었거나 강한 권력을 갖지 못했다 하더라도, 그 사람을 위하는 일이 공동체에서 권하는 일이라면, 이들은 추적자가 속한 공동체와 그 가치를 대변하는 역할을 담당하고 있는 게 분명하겠지요.

〈비밀은 없다〉 2015, 이경미

남편이 국회의원 선거를 준비하는 사이, 연홍은 딸이 집에 돌아오지 않아 염려된 나머지 선거 캠프를 찾아가 도움을 요청합니다. 하지만 선거를 준비하는 시 의원이나 캠프 일원들은 연홍이 전라도 출신이라는 이유만으로 그의 의견을 무시하고 조롱조로 대합니다. 선거에 도움이 되지 않으니 조용히 있으라면서요.

어처구니없는 상황이지만, 연홍이 속한 공동체와 연홍을 설명하기 충분한 장면이지요. 어디 그뿐이겠습니까? 주변에서 만류하는 상황임에도 불구하고 연홍이 딸을 찾아 나서는 선택에는 비장미가 더해지기도 했지요.

⟨친절한 금자씨⟩ 2005, 박찬욱

출소 후 속죄와 복수를 준비하는 금자에게 전도사가 찾아와 말합니다. 금자는 이런 사람이 아니지 않았느냐며, 다시 시작하자고요. 교회에 나오라고도 합니다. 하지만 금자는 가방에서 권총 설계도가 숨겨진 법구경을 꺼내며 개종했다고 거절하지요. 불쾌하다면 불쾌하고, 유쾌하다면 유쾌하다고 할 수 있는 장면이었어요. 어쩌면 앞부분의 불쾌함이 뒷부분의 유쾌함으로 이어졌을지도 모르겠네요.

금자는 출소한 뒤에도 감옥에서 만난 여러 사람과 인연을 이어나가지만, 이들은 하나같이 금자가 변했다고 증언합니다. 감옥에서 친절하기만 했던 금자가 복수를 시작하면서 더 이상 가면을 쓸 필요가 없었기 때문인 동시에, 금자라는 인물이 복수를 위해 얼마나 차가워질 수 있는지 보여주는 장치이기도 했지요.

탐문

우여곡절 끝에 추적이 시작되었습니다. 그렇다면 추적에 필요한 도구와 정보 들을 모을 차례겠지요. 여기에서는 먼저 등장할 만큼 핵심적이진 않더라도 이후 전개에 앞서 꼭 소개되어야 할 인물 대부분이 등장해야 해요. ⟨친절한 금자씨⟩에서 수감 시절과 현재가 교차하며 금자가 옛 동료들을 다시 만나는 장면처럼요.

가끔은 탐문 파트에서 괴물이나 괴물의 지배자와 마주치지만, 그 정체를 알아차리지 못하고 지나가기도 해요. ⟨추격자⟩에서는 추적자가 "야, 4885" 하면서 괴물을 특정하기까지 했지요. 어떤 경우든 괴물을 사로잡기에는 너무 이르다고 할 수 있을 거예요.

어떤 작품은 탐문 파트 분위기가 흥이 날 정도로 밝기도 해요. 추적자와 관객이 괴물의 무시무시함을 체감하지 못한다면 그럴 가능성이 더 높지요. 문제가 가장 심각해지는 클라이맥스는 아직 머나먼 이야기이니 말이에요.

더욱이 이 파트에서는 관객이 추적자를 응원하는 것이 어렵지 않습니다. 나중에 가면 추적자도 괴물과 똑같거나 그보다 더한 존재임이 밝혀지겠지만, 탐문 파트에서 그러한 반전은 드러나지 않을 테지요. 그러니 사건이 본격적으로 진행되기 전인 이 파트까지는 추적자가 동료들과 자신의 속내를 털어놓으며 마음을 다잡도록 시간을 주세요.

〈세븐〉 1995, 데이비드 핀처

은퇴를 준비하는 고참 형사와 새로운 구역에 갓 배치되어 의욕으로 가득 찬 신입 형사가 있습니다. 끔찍한 살인 사건이 터지자 고참은 은퇴가 머지않았다며 빠지려고 하고, 신입은 부디 자기가 맡게 해달라고 간청하지요. 두 사람은 완전히 다른 형태로 저항을 겪은 셈이에요.

하지만 이 둘은 결국 한 팀이 되어 추적을 시작합니다. 동시에 사적으로도 가까워져요. 신참이 고참을 저녁 식사에 초대하고 아내를 소개시키는 식으로요. 그렇게 두 사람은 사건만이 아니라 형사로서의 노하우와 삶에 대한 태도 등 많은 것에 대해 대화를 나누기 시작합니다. 이 시작이 두 사람에게 도움이 되는 일이었는지는 모르겠지만요.

〈셔터 아일랜드〉 2010, 마틴 스코세이지

테디 다니엘스는 셔터 아일랜드 수사 종결을 선언했지만, 다시 한번 수사를 시작합니다. 폭우가 몰아쳐 섬 바깥으로 나갈 수도 없었으니 불합리한 선택은 아니었지요. 사건이 해결된 것도 아니었고요.

이 과정에서 테디 다니엘스는 파트너인 척 아울과 수사를 재개하며 좀 더 가까워진 모습을 보입니다. 아내를 어떻게 잃었는지, 자기가 이 수사에 왜 자원했는지를 고백하면서요. 그리고 여기서 나눈 대화의 대부분은 이후 사건에 깊이 파고들면서 더 깊은 층위에서 다시 읽히게 되지요.

괴물의 단서

계속 추적자의 시점에서 이야기가 전개되었으니, 잠시 장면을 전환해도 좋겠지요. 추적자만이 아니라 괴물에게도 역할을 부여할 필요가 있을 거예요. 괴물은 괴물처럼 행동해야겠죠? 그는 다시 금기를 어기기 시작하고, 공동체에 또 한 번의 위협이, 재앙이 닥치게 됩니다. 그가 저질렀지만 밝혀지지 않았던 사건이 수면 위로 떠올랐을지도 모르겠네요.

괴물이 어긴 금기가 무엇인지에 따라 이 장면이 정해져요. 사람을 죽이면 안 된다는 금기를 어겼다면, 또 한 번의 살인사건이나 피습 사건이 일어나겠지요. 다른 사람의 물건을 훔치면 안 된다는 금기를 어겼다면, 또 한 번의 도난 사건이 일어날 테고요.

이렇게 괴물의 비중이 늘어난다는 건 괴물에 가려진 진실의 단서도 늘어난다는 이야기예요. 이러한 단서의 증식은 추적자에게 가야 할 길을 제시해주거나 더 깊은 미궁에 빠트리는 식으로 연결되겠지요.

어느 쪽이든 괴물의 위험성이 부각되는 건 마찬가지입니다. 금기를 어기는 행위가 공동체에 어떠한 위협이 되는지, 재앙의 원인이 되는지 바로 전달될 거예요. 추적자는 궁지에 몰리면서도 이를 역전의 발판으로 삼아야 하겠지요.

〈살인의 추억〉 2003, 봉준호

이제는 진범이 잡힌 1980년대 화성연쇄살인사건을 다룬 작품이지요. 이 작품의 형사들은 주먹구구식 수사로 계속해서 헛발질을 합니다. 육감과 관상학만이 이들의 무기였으니까요. 그때 서울에서 온 형사가 논리적인 가설을 하나 제시합니다. 피해자들에게는 비 오는 날 붉은 옷을 입은 여성이라는 공통점이 있었으니, 근래 실종된 사람이 살해되었을 수도 있다는 것이었지요.

실제로 그의 가설은 입증이 됩니다. 혹시나 하는 마음에 수색을 했는데 피해자의 시체가 발견된 거죠. 덕분에 수사는 다시 한번 급물살을 타게 됩니다만, 아직 결정적인 단서는 찾아내지 못했지요.

〈양들의 침묵〉 1991, 조너선 드미

클라리스 스탈링은 감옥에 수감된 한니발 렉터를 면회하며 연쇄 살인마 버팔로 빌에 대한 자문을 요청합니다. 그러던 중 그의 옆방에 수감된 범죄자에게 성추행을 당하지요. 이에 한니발 렉터는 클라리스 스탈링에게 사과의 의미로 결정적인 단서를 넘겨줍니다. 자신의 옛 환자를 찾아가라는 것이었지요.

클라리스 스탈링은 한니발 렉터의 영문 모를 조언에 따라 그의 짐이 보관된 낡은 창고를 찾아갑니다. 그리고 그 창고에서 연쇄 살인마 버팔로 빌과 관련된 놀라운 증거품을 발견하게 돼요. 병에 담긴 사람의 목을 말이에요. 그리고 다음 장면에서 또 한 사람의 피해자가 생겨나고요. 문제가 심각해지는 동시에 버팔로 빌에 대한 단서도 늘어갑니다.

추적

이제 추적자는 괴물의 영향력이 커짐으로써, 혹은 재발견됨으로써 다시 추적에 나설 만큼 자극을 받습니다. 기회를 얻었거나 벼랑 끝에 몰렸거나, 자극은 자극인 셈이지요. 이러한 전개는 필연이라고도 할 수 있지요. 아무런 갈등 없이 추적이 성공적으로 진행되면, 별다른 긴장감이 생겨나지 않을 거예요. 반대로 아무런 성과 없이 추적이 종결되면, 이야기가 진척되지 않고요.

추적자는 어떻게 괴물의 단서를 손에 넣을 수 있었을까요? 괴물이 직접 남기거나 실수로 흘려서? 괴물이 아니라 괴물에 가려진 진실인 희생자나 인질 들에 의해서? 아니면 목격자가 나타나거나 수색 과정에서 증거를 찾았거나? 다양한 선택지가 있을 수 있겠지요.

어찌 되었든 이렇게 모은 정보를 활용해 추적자는 다시금 추적에 나설 것입니다. 긴장이 극대화될 거예요. 추적자는 괴물을 잡을 수 있을까요? 다시 한번 놓칠까요? 작품 분량에 여유가 있고 관객의 감정선을 좀 더 쥐락펴락하고 싶다면, 한 번 더 실패해도 좋겠지요. 앞선 파트와 함께 반복해서 새로운 단서를 추적자에게 넘겨줘야 문제를 해결할 수 있을 테고요.

필요에 따라 앞선 파트와 이 파트를 몇 번 반복하다 보면 추적자는 추적에 성공하게 되겠지요. 두려운 존재를 오랫동안 두려워하면 창작자나 관객이나 서로 지치고 관심이 사그라질 위험이 크다는 사실은 염두에 두세요.

〈부탁 하나만 들어줘〉 2018, 폴 페이그

스테파니 스마더스는 아들과 같은 반 아이 학부모인 에밀리 넬슨과 친해집니다. 그러다 에밀리 넬슨이 실종된 뒤 그의 남편 숀 타운샌드와도 가까워져요. 결국 에밀리 넬슨의 시체가 발견되고 스테파니 스마더스는 숀 타운샌드와 연인이 되지요. 하지만 그런 와중에도 에밀리 넬슨이라는 그림자가 둘의 주변을 감돌아요. 친구를 잃어버려 과민해진 건가, 생각하던 찰나에 놀라운 일이 벌어집니다. 에밀리 넬슨의 아들이 학교에서 엄마를 봤다며 증거를 보여주기까지 한 것이에요. 모든 일이 아직도 현재진행형이며 해결해야만 하는 무언가가 남았음을 계속해서 암시하는 거죠. 결국 스테파니 스마더스는 에밀리 넬슨의 초상화에 남은 사인을 단서로 다시 한번 추적에 나섭니다. 이 과정에서 충격적인 사실이 연달아 밝혀지고요.

〈미씽: 사라진 여자〉 2016, 이언희

보모가 아이를 데리고 사라졌다. 이렇게 충격적인 전개에서 주인공은 불신의 대상일 뿐입니다. 경찰이나 변호사나 주인공을 의심하며 왜 일찍 신고하지 않았느냐, 보모가 실존하는 인물이기는 하느냐며 추궁할 따름이었죠. 주인공은 몰래 그 자리에서 빠져나와 자신만의 방식으로 보모를 찾아 나섭니다.

수사가 진행되며 여러 가지 정황증거가 나타나자, 경찰들도 이 상황이 자기들이 지레짐작했던 작은 소동이 아니라 본격적인 범죄 사건이라는 사실을 깨닫습니다. 그러고는 주인공의 편에 서서 다시금 보모를 쫓기 시작하지요. 그들이 앞서 주인공에게 저질렀던 무례를 생각하면 그조차도 화가 나는 일이기는 했지만요. 어쨌든 뒤늦게나마 추적이 재개되었습니다.

괴물의 비밀 폭로

추적은 성공리에 진행됩니다. 추적자는 괴물을 찾았고 괴물이 감춘 비밀도 알게 될 거예요. 하지만 이야기는 끝나지 않습니다. 오히려 이제부터가 시작이라고 할 수 있어요. 추적은, 성찰은 상대방에 대해 아는 것만으로 끝나지 않아요. 자기 자신에 대해 알게 된 순간에야 끝이 나지요.

많은 작품의 구성이 이렇습니다. 주인공은 처음에 추상적이고 불투명한 목표를 갖고 있을 거예요. 그러다 좀 더 구체적이고 분명한 목표로 재겨냥을 하겠지요. 마지막으로는 클라이맥스로 이어지는 하나의 사건을 해결하려고 할 테고요. 우리의 추적자도 이 세 번째 단계의 필요성을 인식하고 그에 점점 다가가고 있다고 생각해주세요.

괴물이 감춘 비밀의 종류는 다양합니다. 〈부탁 하나만 들어줘〉라면 죽은 줄 알았던 괴물이 살아 있었다는 사실일 테고, 〈셔터 아일랜드〉라면 감옥 동기인 조지 노이스를 만나서 듣게 된, 섬에 대한 부분적인 진실일 터예요. 〈프레스티지〉라면 라이벌 마술사의 트릭이 적힌 노트였겠지요. 뭐가 되었든, 그들이 그토록 바라 마지 않았던 진실을 알게 되었음은 분명합니다. 어디까지나 이 중간점에서 알게 된 진실은 부분적인 내용만 담고 있을 뿐이지만요.

괴물의 비밀 폭로 파트까지 오면 괴물의 지배자와 괴물 그리고 괴물이 숨긴 비밀 사이의 연관성이 흐릿하게나마 밝혀질 거예요. 하지만 사건이 완전히 마무리되지는 못했을 테고요. 가장 깊숙이 숨겨진 비밀은 괴물이 아닌, 추적자 스스로에게 있음을 깨닫기 전까지는 중간 과정에 불과하니까요.

추적자는 그토록 쫓아 헤매던 괴물을 눈앞에서 확인하게 됩니다. 다음으로는 이제 다른 누구도 아닌 자기 자신을 쫓아야만 한다는 사실을 깨달을 테고요. 그 정도면 이 파트의 역할은 충분히 했다고 할 수 있습니다.

〈올드보이〉 2003, 박찬욱

오대수는 동창 주환의 도움을 받아 자신을 가뒀다는 에버그린의 위치를 추적하는 데 성공합니다. 이 남자는 뻔뻔하게 맞은편 건물에서 오대수를 기다리고 있었지요. 오대수는 그토록 증오하던 복수의 상대를 찾아냈지만, 그를 죽이지는 못했어요. 에버그린의 말마따나 "이러면 '왜'를 알 수 없"기 때문이었죠. 15년 동안 궁금해서 미칠 것만 같았던 그 '왜'를 말이에요.

오대수는 에버그린의 목덜미에 칼날을 들이밀었을 정도로 복수에 다가갔지만, '왜'에 대한 궁금증을 참지 못해 무기를 거두고 맙니다. 그러고는 다시 한번 그가 자신을 가둔 이유를 쫓게 되었고요. 짐작하시다시피 그 이유는 오대수의 삶을 역산하고 복기해야만 알 수 있었지요.

〈식스 센스〉 1999, M. 나이트 샤말란

콜 시어는 좁은 공간에 갇혀 유령을 본 충격으로 병원에 입원한 상황입니다. 그날 밤, 맬컴 크로는 아동심리 상담가로서 그를 병문안하러 와 잠들기 좋게 옛이야기를 들려주기로 합니다. 하지만 콜 시어는 왜 당신이 슬픈지 들려달라고 하고요. 맬컴 크로는 나지막하게 그가 몇 년 전 저지른 실패에 대해 고백합니다. 누군가를 돕지 못했기에 오랜 세월 자책했으며, 콜 시어만큼은 꼭 돕고 싶었다고도요.

이렇게 서로의 마음을 확인하게 된 두 사람은 마음의 벽을 허물고 조금 더 가까운 사이가 됩니다. 그렇기에 콜 시어는 이제까지 다른 누구에게도 말하지 않은 진실을 맬컴 크로에게 알려줄 수 있었지요. 나는 죽은 사람을 본다고, 그들을 보면 겁이 난다고, 자신이 일으켰던 문제 행동의 원인은 다 여기에 있었다고. 이러한 고백은 이후 서로에 대한 답이 되어주기도 한답니다. 자꾸 반복해서 이야기하느라 질렸을지도 모르겠지만, 〈식스 센스〉는 진짜 아름다운 영화라니까요!

추적과 위기

괴물이 숨겨왔던 진실이 알려짐과 동시에 추적은 급물살을 탑니다. 하지만 여전히 사건은 해결되지 않지요. 이유는 간단합니다. 추적자가 아직도 괴물과 자기 자신을 연결 짓지 못했기 때문이에요. 언제나 그러하지만 이방인은 중요하지 않아요. 문제는 나와 공동체가 감추고 있지요.

아직 스스로에 대해 발견하지 못한 결과, 추적자는 계속해서 궁지에 몰리기만 합니다. 추적의 실타래는 풀어지고 있는데 상황은 악화되기만 하는 거죠. 추적자가 궁지에 몰리게 되는 이유는 다양합니다. 추적자의 지배자가 압박을 가했을 수도 있고, 괴물의 지배자가 추적자를 함정에 빠트렸을지도 모르지요. 어쩌면 추적자의 조력자나 추적자의 지배자가 괴물에게 사로잡혀 피해를 입을지도 모르겠어요.

때로는 추적자의 추적이 완전히 빗나간 나머지 그가 고통에 빠지기도 합니다. 긴장감을 키우기 위해서는 이 또한 좋은 장치가 될 수 있겠지요. 추적과 위기 파트에서는 뭔가 되는 것 같기는 한데 잘 안 풀리고, 그렇습니다. 하지만 연속되는 실패는 어떤 의미에서 작품의 긴장감을 위해 반드시 필요한 요소라고도 할 수 있어요.

이야기의 3막 구조를 따르자면, 이 파트는 2막 후반부가 되겠네요. 마지막 클라이맥스에서 폭발적인 질주를 보여주기 위해서라도 추적자는 정신적으로나 육체적으로나 무저갱의 밑바닥까지 떨어져야만 해요. 익히 알 만한 진리를 재차 말하자면, 불행을 강조하기 위해서는 앞서 행복한 모습을 보여줘야 하고, 승리를 강조하기 위해서는 앞서 굴복하는 모습을 보여줘야만 하는 법이니까요.

물론 이번 레시피로는 스릴러물을 다루고 있지요. 스릴러물에서 바닥을 친 다음 위로 치솟아야만 한다는 법칙은 없습니다. 이렇게 바닥을 친 다음 장면에서, 추적자는 자신이 숨기고 있던 진실을 알게 되고 그 진실 덕분에 위로 치솟을 수도 있으나, 역으로 바닥 밑에는 또 하나의 바닥이 있다는 진리를 깨닫게 되기도 한답니다.

〈검은 사제들〉 2015, 장재현

난리도 이런 난리가 없습니다. 구마 예식이 진행되던 중, 소금으로 그어진 선을 넘어 핏방울이 튄 나머지 최 부제는 김 신부가 어린 소녀의 목을 조르는 환상을 보고 말았습니다. 정신을 놓은 최 부제는 김 신부를 밀치고 그의 목을 조르기까지 합니다. 김 신부는 최 부제의 이름을 불러 정신을 차리도록 도운 뒤 어떻게든 상황을 해결하려고 하지만, 일은 잘 풀리지 않습니다. 악령이 자신을 묶은 줄을 풀고 그를 밀쳐 기절시킨 것이지요.

최 부제는 악령에 의해 자신의 팔에 이상한 반점이 돋아나는 환상을 봅니다. 그리고 개의 울부짖음과 어릴 적 잃어버린 동생의 환청을 듣고는 그 자리에서 도망치고 말지요. '아니, 어떻게 신부씩이나 되는 사람이 이럴 수가?'라고 생각해서는 안 됩니다. 이 장면은 혼란스럽기 그지없지만, 이 모든 번민과 갈등이야말로 그가 이제까지 감춰왔던 자신의 고통과 마주하기 위한 절차이니까요.

〈서치〉 2017, 아니시 차간티

주인공의 실종된 딸이 타고 다니던 차가 발견됩니다. 호수 밑바닥에서요. 그리고 그 차 안에서 예상치 못한 물건을 발견합니다. 주인공의 조력자로서 추적에 도움을 주었던 친동생의 흔적이지요. 주인공은 이제까지 자신에게 온갖 것을 비밀로 해온 조력자를 의심의 눈초리로 바라보게 됩니다. 혹시? 설마? 네가?

하지만 결국 이 모든 것은 오해였음이 밝혀집니다. 추적자의 추적이 실패하고 상황은 진척되지 않지요. 하지만 성과가 없진 않습니다. 동생에게 자기가 얼마나 딸에 대해 무관심했는지, 딸이 바라던 관심을 주지 못했는지 듣게 되었으니까요. 이렇게 추적과 위기 파트는 실패를 대가로 스스로와 대면할 기회를 얻는 장면이라 할 수 있습니다.

스릴러 레시피에서 여러 번 설명한 장면을 이야기할 차례가 되었습니다. 드디어 말이지요. 추적자는 괴물과 다시 대면하고, 이 과정에서 추적자가 은폐하던 비밀이나 추적자가 속한 공동체가 은폐하던 비밀이 밝혀집니다. 혹은 추적자나 추적자가 속한 공동체가 괴물과 다름없는 모습으로 타락하게 됩니다. 어느 쪽이든 다 재밌겠지요.

추적자가 이 상황에서 고를 수 있는 선택지는 많지 않습니다. 자신이 은폐해왔던 진실을 부인하거나, 받아들이거나, 극복하거나. 오이디푸스는 이 진실을 목도하고 받아들이는 길을 선택했어요. 이는 그가 그토록 저주했던 괴물이 자기 자신이었던 탓도 있을 거예요. 그는 초반부에 한 맹세를 지키기 위해서라도 스스로를 긍정할 수 없었을 테지요.

이제부터 스포일러 대잔치를 열어보도록 하겠습니다. 〈올드보이〉에서는 오대수와 미도의 관계에 대한 진실이 폭로되었습니다. 〈비밀은 없다〉에서는 연홍이 아닌 연홍의 남편이 숨겨왔던 진실이 폭로되었고요. 〈양들의 침묵〉에서는 클라리스 스탈링에 대한 한니발 렉터의 심리 상담 치료가 완수되었지요. 〈세븐〉에서는 데이비드 밀스가 상자를 열었고요. 〈살인의 추억〉에서는 경찰들의 무능력 때문에 마지막 증거의 유전자 감식에 실패합니다. 〈파이트 클럽〉에서는 마침내 주인공이 테일러 더든과 정면으로 마주하는 데 성공하고요. 〈검은 사제들〉에서는 두 신부의 과거가 밝혀집니다. 〈프레스티지〉에서는 두 마술사의 결정적인 트릭이 공개되고요.

이렇게 정리해놓고 보니 추적자가 괴물을 쫓다 스스로를 발견한다는 스릴러물의 공식이 어떤 의미인지 명확히 알겠지요? 심연을 바라본다는 것은 스스로를 발견하는 일입니다. 과격하게 말해 이는 물리적인 필연이라고 하고 싶네요. 그렇지 않고서는 긴장과 이완, 둘 중 어느 하나도 완수할 수 없으니 말이에요.

마지막으로 작은 팁을 하나 더 드리지요. 추적자의 진실 파트까지 썼다면 앞부분을 다시 살펴보세요. 그리고 이 파트에서 폭로될 만한 진실과 관련한 복선을 넣을 장면을 고민해보세요. 복선은 역순으로 넣을 때 더 잘 담을 수 있거든요.

〈마더〉 2009, 봉준호

살인자의 정체가 밝혀집니다. 그리고 살인자의 정체를 숨기기 위해 새로운 살인자가 생겨나지요. 마지막으로 누명을 쓸 누군가도 결정됩니다. 이 세 인물이 각기 다른 운명에 처하는 데에는 하나의 결정적인 변수가 있었습니다. 그것은 바로 그들에게 엄마가 있었느냐 없었느냐, 하는 것이지요.

이제 이 작품은 더 이상 저 너머의 괴물을 쫓는 이야기일 수 없습니다. 그보다는 내 안의 괴물을 발견하고 두려워하는 이야기이지요. 그렇기에 성찰을 다루고요. 봉준호 감독의 작품 중 상당수가 스릴러물이고, 그 형식이 이렇게 스스로를 돌아보는 구성을 갖춘 데에는 나름의 이유가 있답니다.

〈식스 센스〉 1999, M. 나이트 시아말란

소년은 왜 유령을 보게 되었을까요? 아동심리 상담가는 어째서 유령을 보는 소년을 만나게 되었을까요? 이에 대한 각자의 진실이 밝혀집니다. 그리고 그 진실은 예상하지 못한 충격을 주는 것에서 그치지 않습니다. 그보다는 훨씬 더 따뜻하고 위로가 되는 이유에서였으니까요.

소년과 아동심리 상담가는 여러 면에서 대칭을 이루고 있지만, 세상에서 제일 사랑하는 사람에게 말을 건네지 못한다는 공통점도 있었어요. 그리고 추적자가 괴물을 통해 자기 자신을 발견하는 것처럼, 두 인물 역시 서로를 위하고 돕는 과정에서 스스로를 구원하게 됩니다.

에필로그

모든 진실이 밝혀졌습니다. 그에 따라 등장인물 전원이 심판을 받을 차례입니다. 이 심판은 정당할 수도, 부당할 수도 있습니다. 조리 있을 수도, 부조리할 수도 있습니다. 중요한 것은 이 심판에 대해 누구도 저항하지 못한다는 점 하나뿐입니다.

이 심판의 가장 큰 변수는 앞선 파트에서 스스로에 대한 진실이 폭로된 자들이 그 상황에서 내린 선택일 것입니다. 올바른 선택을 했어도 몰락할 수 있고, 비겁하게 회피했어도 승승장구할 수 있지요. 하지만 추적자는 스스로를 목격한 장면을 결코 잊을 수 없을 거예요. 잊어버리기 위해서는 차라리 죽음을 선택해야 할 정도로 강렬한 기억일 테니까요. 죽음으로 도피하는 것을 용서할 수 있느냐는 또 다른 문제지만요.

〈올드보이〉 2003, 박찬욱

오대수는 진실을 마주한 뒤 15년 동안의 인생이 무너지고 맙니다. 기계적이고 딱딱했던 그의 말투는 어느새 파출소에서 난동을 부리던, 흔히 볼 수 있는 중년 남성의 말투로 되돌아왔지요. 그는 악을 지르면서 이우진을 위협하고 혓바닥으로 그의 구두를 핥아가며 애원합니다. 복수를 하고자 했던 이 남자가 복수의 대상으로 전락했으니까요.

이우진은 웃으면서 자리를 떠나고, 오대수는 분을 이기지 못해 약속을 저버리려 합니다. 하지만 그의 선택은 다시 한번 그가 어긴 금기를 상기시킬 뿐이었지요. 결국 이 끔찍한 현실을 견뎌내지 못한 오대수는 최면술사에게 자신의 기억을 지워달라고 부탁합니다. 최면술사는 그가 적은 편지의 문구 하나에 마음이 끌렸다며 그 간청을 들어주겠다고 합니다만, 우리는 알 수 없습니다. 최면이 성공했는지, 최면이라는 것이 가능하기나 했던 것인지, 이 또한 이우진이 준비했던 결말 중 하나가 아니었을지. 심판은 그렇게 엄준합니다.

〈나를 찾아줘〉 2014, 데이비드 핀처

주인공은 이 모든 쇼가 끝났다고 여겼지만, 실상은 그렇지 않았습니다. 오히려 반대였어요. 모든 것은 새로운 쇼의 예고편에 불과했으니까요. 앞서 진행되었던 것보다 훨씬 더 큰 규모의, 더 긴 흥행이 약조된 쇼에 대한 예고편 말이지요.

이후 부부가 어떻게 되었는가를 다루는 인터뷰에서 주인공은 쑥스럽게 웃으면서 답합니다. 우리는 한 몸이라고, 공범이나 다름없다고. 이는 그 어떤 대답보다도 명확하게 두 사람의 관계를 설명합니다만, 그 대답의 진정한 의미를 아는 사람은 많지 않았지요.

슬래셔 호러
레시피

△ 슬래셔 호러물의 네 가지 요소

① 주인공은 집단에서 부당하게 배제된다.

② 집단은 주인공의 예언을 무시한다.

③ 주인공의 그림자인 괴물이 등장한다.

④ 괴물은 주인공을 부당하게 배제한 집단을 사냥한다.

△ 배경 설정

① 미궁

괴물의 사냥터에 걸맞은 분위기, 고립된 공간, 현실 법칙을 떠나 존재하는 곳

② 상징물

괴물 또는 미궁에 상징물을 부여(의상, 가면, 무기, 소품 등)

△ 인물 구성

① 피지배자-카산드라

② 예언자-카산드라

③ 불신자들

④ 괴물

⑤ 괴물의 지배자

⑥ 이야기꾼

⑦ 관리자

△ 이야기 구조

프롤로그 - 신탁 - 미궁 탐방 - 괴물의 접근 - 위협의 시작 - 위협의 접근

- 괴물의 정체와 결전 - 에필로그

슬래셔 호러물은 여러모로 비판이 많았습니다. 특히나 여성을, 또 폭력을 다루는 방식에 대한 문제 제기가 많았지요. 슬래셔 호러물은 원래 그렇다는 식으로 이 한계를 무시하고 넘어가서는 안 될 거예요. 하지만 이 장르가 이 한계에 갇힌, 제한적인 이야기 구조인가 하면 그건 아닐 것 같습니다. 그러니 여기서는 슬래셔 호러물의 본질에서부터 고민해보고자 해요.

① 주인공은 집단에서 부당하게 배제된다.
② 집단은 주인공의 예언을 무시한다.
③ 주인공의 그림자인 괴물이 등장한다.
④ 괴물은 주인공을 부당하게 배제한 집단을 사냥한다.

호러물에 관심이 있다면 짐작했겠지만, 모든 슬래셔 호러물이 이런 구성을 따르는 것은 아니며, 이런 구성을 따른다고 모두 슬래셔 호러물이 되는 것은 아니지요. 그러나 여러모로 변주하기 좋은 양식이기도 하고, 많은 창작자에 의해 샘플이 완성된 분야이기에 레시피로 만들게 되었답니다.

스릴러물에서는 주인공의 거울상으로 괴물이 등장했지요? 하지만 슬래셔 호러물에서 괴물은 주인공의 거울상이라기보다는 그림자라고 할 수 있습니다. 이유는 간단해요. 호러물의 주인공이 다른 이들과 맺는 관계는 스릴러물과 많이 다르거든요.

스릴러물의 주인공은 작품 전반부까지 공동체를 확실하게 대변하지요. 후반부는 작품에 따라 달라지지만요. 슬래셔 호러물의 주인공은 집단에서 배제된 사람이에요. 자, 저는 여기서 공동체와 집단이라는 단어를 의식적으로 구분해서 쓰고 있습니다. 스릴러물은 사회구조 전반에 대한 성찰로 이어지지만, 슬래셔 호러물은 그보다는 덜 구조적이면서 더 구체적인, 혹은 더 개인적인 차원의 이야기를 다루기 때문이에요.

스릴러물에서 주인공이 괴물의 거울상임을 폭로함으로써 공동체 전반의 문제까지 성찰하는 것처럼, 슬래셔 호러물은 주인공의 그림자로 괴물을 등장시킴으로써 집단의 문제를 성찰해요. 한 집단이 소외시키고 배제하던 타자들이, 무고한 쪽과 폭력적인 쪽 양측에서 그 집단의 문제점을 폭로한다고 할 수 있겠네요. 그래서 슬래셔 호러물의 주인공은 그림자로 괴물을 가졌을지언정, 스릴러물의 주인공과 달리 귀책사유를 갖지 않습니다. 비록 주인공의 욕망이나 결핍처럼 무의식의 영역에서 괴물과 어렴풋하게 연관되어 있더라도 말이지요.

금기에 대해서도 마찬가지예요. 스릴러물처럼 슬래셔 호러물도 금기가 중요한 주제지요. 두 장르가 금기를 바라보는 방식에는 차이가 있어요. 스릴러물은 주인공이 금기를 저지른 누군가를 쫓는 이야기라면, 슬래셔 호러물은 주인공이 속해 있으면서 배제당하고 있는 집단이 금기를 저질러 누군가에게 쫓기는 이야기지요. 주인공은 관찰자로 기능하기 위해 전반부에서는 금기와 거리를 두기까지 하고요. 물론 후반부에서는 작품마다 금기를 다루는 방식이 많이 달라지긴 하지만요.

그런 점에서 슬래셔 호러물은 기본적으로 '그러게, 내가 뭐랬어?'의 장르라고 말하고 싶네요. 슬래셔 호러물에 흔히 나오는 통속적인 장면들이 있지요? 왜 뿔뿔이 흩어지는 거야? 왜 어두운 창고에 불도 없이 가는데? 왜 위험한 살인마가 살아 있다는 괴담이 있는 장소에 가는 거야? 이건 슬래셔 호러물의 장르적인 한계가 아닙니다. 오히려 그 본질이죠. 하지 말라는 행동을 해서 끔찍한 대가를 치르는 피해자들을 보며 '그러게 내가 뭐랬어?'라고 외치는 그 즐거움이 이 순간 터져 나오니까요.

'그러게 내가 뭐랬어?'는 엄청난 쾌감을 주는 문장이에요. 나의 올바름, 나의 현명함을 과시하는 동시에 나의 말을 듣지 않는 누군가에게 징벌이 내려지잖아요. 이런 음험한 욕망은 쿰쿰한 냄새가 좀 나더라도 중독적인 맛이 있는 것은 분명하지요.

앞에서 스릴러물은 '너는 뭐 쟤들과 다른 줄 알아?'나 '나는 과

연 저들과 얼마나 다른가?'에 대한 성찰이라고 했지요. 아무래도 전자보다는 후자에 더 깊이가 있을 거예요. 반드시 그런 것은 아니고 깊이가 있다고 더 좋은 작품이라는 것은 더더욱 아닙니다만, 일반적으로는 그렇죠. 마찬가지로 슬래셔 호러물에서도 화두의 깊이를 가르는 기준이 있어요. 그 기준은 주인공이 속한 집단에게 '그러게 내가 뭐랬어?'라고 하기 전, 그 집단이 주인공을 왜 배제했는가, 왜 그 사람이 한 이야기를 무시했는가라는 질문에 어떤 답을 하느냐가 되겠습니다.

슬래셔 호러물의 주인공과 괴물은 사회적으로 약자이거나 소수자인 경우가 적지 않아요. 그래서 부당하기 짝이 없는 피해를 입는 경우도 잦고요. 여기에 창작자의 인식이 담기게 됩니다. 어떤 이가 우리 사회에서 부당하게 배제되고 있는가? 그들은 우리에게 어떤 이야기를 하고 있는가? 우리가 그 경고를 듣지 않았을 때 어떤 비극이 일어날 것인가? 이러한 고민을 통해 이야기가 깊어져요.

그리고 이 고민에서부터 이야기를 진행하면 괴물이 저지르는 폭력은 주인공의 숨겨진 욕망이 뒤틀린 형태로 제시된 것이라고도, 감춰놓았던 결핍을 옳지 못한 방식으로 채우려는 것이라고도 할 수 있어요. 그러니 괴물은 주인공의 거울상이 아닌, 결핍에서 탄생한 그림자라고 할 수 있지요.

과거에 제작되었던 몇몇 슬래셔 호러물은 주인공에게 가학적이기만 했어요. 착취만 했지요. 창작윤리뿐만이 아니라, 작법의 측면에서도 이를 좋게 평가하고 싶지는 않아요. 주인공에게 가학적이기만 한 일방향의 이야기는 호러물의 무게중심을 주인공이 아닌 괴물에게 두고 있지요. 이렇게 성찰 없이 이야기가 진행될 경우 내용은 밋밋해지기 쉽습니다. 색다른 살인 장면을 만드는 것 외에 별다른 이야기를 할 수 없으니까요. 결국 관객은 사람들이 죽어 나가는 장면을 보며 창의적이라고 박수는 칠 수 있어도 감흥을 얻긴 어려워요.

다시금 강조하지만 이건 창작윤리의 문제만이 아니에요. 공감할 수 없는 인물이 자극적으로 폭력의 대상이 되기만 해서는 긴장감이 생기지 않기 때문에 이런 이야기를 하는 겁니다. 사람이 사람으로 그려지는 것이 아니라 자동차 사고 실험용 더미인형처럼 그려지면 긴장감이 없어질 수밖에 없죠. 대부분 애정 없는 대상이, 이입할 수 없는 무엇이 부서질 때는 크게 슬퍼하거나 놀라지 않잖아요. 물론 눈에 보이는 모든 것을 박살내는 데서 오는 쾌감도 있지만, 그건 긴장감에서 오는 쾌감과는 조금 다르죠. 호러물은 언제나 윤리의 문제를 다룹니다. 호러물보다 윤리가 중요해서는 결코 아니에요. 도리어 윤리가 부재했을 때, 호러물이 기능하지 못하기 때문이죠.

이번에도 원형이 되는 신화를 제시하겠습니다. 그 신화의 주인공은 바로 카산드라예요. 아폴론의 구애를 받은 카산드라는 사랑의 대가로 미래를 예지할 수 있는 힘을 요구했다고 해요. 하지만 이 거래는 매끄럽게 이루어지지 않았어요. 아폴론은 그 요구에 따랐지만, 카산드라는 예지력만 취하고 아폴론의 구애를 거절했습니다. 그로 인해 카산드라는 아폴론의 저주를 받았지요. 카산드라의 정확한 예지의 말을 누구도 믿지 않게 되었거든요.

저는 이 신화가 참 이상하다고 생각해요. 미래를 읽게 된 카산드라가 왜 아폴론의 구애를 거절했을까요? 그랬다가는 저주를 받게 되리라는 것을 알았을 텐데요. 예언자로서 자신의 설득력을 없애는 편이 더 낫다고 생각했던 걸까요? 아폴론의 구애를 받아들인 미래가 예언자로서 설득력을 잃은 미래보다 끔찍했던 걸까요?

여러 가지로 재미난 분석이 가능할 것 같지만 여기서 제시하고 픈 답은 이렇습니다. 카산드라의 예언 능력은 아폴론과 무관한 것일지도 모른다고요. 카산드라의 예언을 믿지 않은 사람들이 그 대가로 험한 꼴을 당하고서 뒤늦게 만들어낸 핑계라고요. 현명한 여성의 조언을 듣지 않은 자신들의 어리석음을 반성하지 않고, 도리어 그 여성을 탓하려고 만들어낸 핑계라고 말이에요. 이렇게 보는 편이 훨씬 더 간단명료하지 않나요?

이 불신자들을 보고 카산드라는 이렇게 생각했겠지요. '그러게 내가 뭐랬어?'라고요. 자, 제가 왜 슬래셔 호러물의 원형으로 「카산드라 신화」를 제시했는지 알겠지요?

배경 설정

미궁

일전에 SNS에서 무서운 이야기를 읽었어요. 담력 시험을 하겠다고 폐가나 폐건물을 돌아다닐 때, 뭘 보든 도망치라는 조언이었죠. 본 것이 귀신이건 사람이건 중요한 게 아니라면서요. 하기야 그렇습니다. 귀신이 아닐지언정 폐가를 기웃거리는 사람이 위협적이지 않으리라는 보장은 어디에도 없으니까요. 무슨 일이 일어났을 때 도움을 청하기도 어렵고요.

  슬래셔 호러물에서의 미궁 역시 이 폐가와 관련된 무시무시한 이야기와 마찬가지입니다. 조금 당연한 이야기를 해볼까요? 창작물과 달리 우리의 인생에서는 신탁도 예언자도 없지요. 슬래셔 호러물에나 나올 법한 살인마는, 글쎄요. 번화가에서 연예인을 만날 확률보다 낮을 것 같기는 하군요. 연쇄살인마나 악마의 강림처럼 끔찍한 일이, 일상에서 보편적으로 화두에 오르는 소재는 아니지요.

그렇기에 슬래셔 호러물의 괴물은 비현실적인 무대를 배경으로 할 필요가 있어요. 어딘가 남다른 세계나 신화적 공간에서가 아니라면 모든 이야기에 개연성이 부족해 보일 위험이 큰 것이지요. 예를 들자면 불의의 참사가 전설처럼 전해 내려오는 캠핑장이나, 바다에서 사고로 조난됐다가 우연히 만난 유람선이나, 외계 생명체의 사체를 싣고 지구로 돌아가는 우주선처럼 말이에요.

공간적인 배경은 독특하지 않지만, 시간적인 배경으로 독특한 날짜를 선택하는 경우도 있어요. '할로윈' 시리즈처럼 평범한 주택가에 할로윈 시즌이라는 시간적 배경이 더해지는 경우가 대표적이겠지요. 하다못해 〈나는 네가 지난 여름에 한 일을 알고 있다〉는 미국 독립기념일이 배경이기도 해요. 내용이랑 크게 상관없는 기념일이지만, 특별한 분위기를 부여하는 정도의 기능은 했지요.

슬래셔 호러물의 사건은 현대사회의 기본적인 안전장치가 마비되었을 때에만 가능하지요. 그렇기에 작품 안에서 경찰이나 소방관 등의 공권력이 개입하지 못하는 상황을 상정해야만 해요. 그리고 이러한 상황을 상정하기 위해서는 미궁을 설계해야 하고요.

미궁을 설정할 때는 다음의 세 가지 요소를 감안하길 권합니다. 하나, 미궁은 괴물의 사냥터가 되는 공간이므로 그에 걸맞은 분위기를 풍겨야 한다. 둘, 미궁은 문명사회로부터 조건부로 고립되어야 한다. 셋, 미궁은 현실 법칙을 떠난 신화적 공간이며, 그곳에만 적용되는 법칙이 존재해야 한다.

우리의 주인공은 미궁의 법칙을 준수하려고 할 거예요. 하지만 주인공이 속한 집단은 그의 조언을, 아니 예언을 무시하겠지요. 미궁의 법칙을 준수하지 않은 집단은 그로 인해 괴물로부터 징벌을 받게 될 거예요.

상징물

슬래셔 호러물에 등장하는 미궁은 괴물의 일부분이라고도 할 수 있습니다. 아니, 괴물이 그 미궁의 일부라고 해도 좋겠네요. 앞서 미궁을 만들었으니 이번에는 괴물이나 미궁에 상징물을 부여해보도록 하지요.

대표적으로 어떤 게 있나 나열해볼까요? 〈스크림〉이라면 뭉크의 그림에서 따온 것처럼 생긴 유령 가면일 테고, 〈할로윈〉이라면 하얀 가면과 작업복 차림이겠죠. 〈13일의 금요일〉이라면 하키 마스크, 〈나이트메어〉라면 갈고리고요. 괴물의 상징물만 있는 것도 아니지요. 미궁에도 이를 상징하는 무언가가 있어요. 〈에이리언〉이라면 우주선 내부에 내장처럼 늘어선, 금속 소재의 공간에 벌레의 알처럼 꽉 찬 에이리언의 알이 있겠죠. 슬래셔 호러물은 아니지만 〈미드소마〉에 등장하는 북유럽의 전통 물품들도 재미난 악센트를 주는 상징물일 테고요.

물론 도심지의 출퇴근 시간에 이런 물건을 갖춘 차림으로 돌아다니거나 집 안을 저런 방식으로 꾸민 사람이 있다면, 웃기기나 하지 무섭지는 않을 거예요. 하지만 미궁에서라면 이야기는 달라집니다. 이 야만의 공간에서는, 신화적인 영역 안에서는 무슨 일이 일어나든 놀랍지 않으니까요.

인물 구성

주인공과 괴물, 주변 인물을 만들 차례입니다. 어릴 적 노트에 이런 사람을 저런 방식으로 죽여보고 싶다고 써본 적이 있다면, 일단 이 책을 덮고 가벼운 상담을 받아봐도 좋겠습니다. 이런 고민은 상상과 창작의 영역에서만 풀어야 한다는 당부는 굳이 하지 않아도 되겠지요? 슬래셔 호러물의 인물 유형은 다음과 같습니다.

① 피지배자-카산드라
② 예언자-카산드라
③ 불신자들
④ 괴물
⑤ 괴물의 지배자
⑥ 이야기꾼

⑦ 관리자

인물 유형은 「카산드라 신화」를 중심으로 설명할게요. 하지만 그것만으로는 설명이 모자랄 테니, 슬래셔 호러물의 고전을 좀 더 언급하기도 하겠습니다. '할로윈' 시리즈나 〈스크림〉이라면 누구나 인정할 만한 명작이겠지요?

우선 카산드라의 역할을 둘로 나누었어요. 하나는 피지배자-카산드라이고 다른 하나는 예언자-카산드라입니다. 경우에 따라 한 인물이 두 유형을 다 담당하기도 합니다만, 많은 슬래셔 호러물이 두 유형을 개별 인물로 다루고는 해요. 왜냐하면 두 유형의 역할은 비슷하면서도 다르고, 각 역할을 배제하기에는 너무나도 필요하기 때문이라고 짐작되네요.

피지배자-카산드라는 서사의 중심인물로 감정이입의 대상이자 사건을 해결하는 주체입니다. 이 인물은 올바른 이야기를 하겠지만, 누구도 귀 기울여 듣지 않을 거예요. 그가 사회적 약자에 부당한 이유로 집단에서 소외당하고 있기 때문이지요. 어쩌면 그의 피지배자라는 정체성이 그가 마땅히 올바른 이야기를 할 수 있는 배경이 되어줄지도 모르겠네요. 그리고 이 사람의 문제 제기를 무시했던 이들은 그에 응당한 처벌을 받게 될 테고요.

예언자-카산드라는 서사의 중심이 되지는 않더라도, 상황이나 사건에 대해 다른 이들보다 더 많이 보고 또 알고 있는 인물입니다. 피지배자-카산드라가 당위의 측면에서 올바른 이야기를 한다면, 예언자-카산드라는 사실관계의 측면에서 맞는 이야기를 할 거예요. 그리고 피지배자-카산드라와 마찬가지로 부당한 이유로 무시당하겠지요. 그래서 그의 조언이 맞는다는 것을 알고 있는 작품 외부의 관객은 이 상황을 계속해서 안타까워할 겁니다.

불신자들은 두 카산드라의 이야기를 듣지 않은 탓에 징벌을 받는 사람들입니다. 이 사회의 편견이나 한계를 고스란히 담고 있는 인물인 경우가 많지요. 그렇다고 이들이 모두 악인이라거나 못된 건 아니에요. 카산드라에게 다정다감하게 다가가는 경우가 더 많지요. 그럴 때 훨씬 더 속이 터지기는 하지만요.

괴물은 카산드라의 그림자예요. 스릴러물과 마찬가지로 이 괴물은 공동체에서 배제되어 있고, 집단으로부터 소외당하고 있지요. 그렇기에 잔인한 방법으로 이에 대해 보복하려고 하고요. 하지만 스릴러물의 괴물과 슬래셔 호러물의 괴물은 큰 차이가 있어요. 스릴러물의 괴물은 거울상으로서 추적자와 공동체의 기만을 폭로하는 반면, 슬래셔 호러물의 괴물은 자신을 소외시킨 집단의 자리를 대체하고 카산드라를 지배하려고 해요. 결과는, 글쎄요. 작품마다 작가마다 다른 결론을 내리니 정해진 답은 없다고 해야겠네요.

괴물의 지배자와 이야기꾼 그리고 관리자는 역할이 제한적이니 짧게 이야기하고 넘어가도록 하지요. 괴물의 지배자는 스릴러물 속 괴물의 지배자와 크게 다르지 않습니다. 괴물이 괴물이게 된 원인이지요. 이야기꾼은 괴물에 대해 증언하는 자입니다. "야, 너 그 이야기 들어봤어? 10년 전에 이 캠핑장에서 있었던 실화인데 말이야…"라는 식의 대사로 그 존재를 알리는 사람이라고 하면 바로 알겠지요? 이 인물은 항상 전부를 말하지 않아 상황을 악화시키고는 합니다. 마지막으로 관리자는 미궁 밖 사회가 사회답게 유지되도록 하는 억제력이에요. 경찰이나 군대와 같은 공권력이겠지요. 관리자는 부재함으로써 그 영향력을 미치기도 하고, 불신자들처럼 카산드라를 무시하기도 할 거예요. 어찌 되었든 이들이 미궁과 괴물을 억제하지 못했기에 모든 일이 일어나게 됩니다.

피지배자-카산드라

피지배자-카산드라는 부당하게 억압을 당합니다. 또한 괴물에게는 (혹은 관객에게조차도) 욕망의 대상이 됩니다. 슬래셔 호러물에는 이율배반적인 면이 있어요. 관객들은 우리의 주인공인 피지배자-카산드라가 괴물로부터 도망치기를 기도하기는 합니다만, 애초에 피지배자-카산드라가 괴물에게 고통받을 것을 알면서 작품을 보기 시작했으니까요. 그러나 노예 없는 주인이 어불성설인 것처럼, 관계의 주도권은 최종적으로 이들에게 있습니다. 그래서 피지배자-카산드라는 작품이 진행되는 과정에서 자신을 억압하고 대상화하려는 시도를 폭로하는 역할도 하지요.

피지배자-카산드라는 카산드라가 아폴론에게 받은 저주와 같은 결여가 있어요. 결여는 피지배자-카산드라가 상실한 것이거나 추구하는 것이라고 할 수도 있겠네요. 또한 그가 여정을 떠나게 되는 원인이 될 거예요. 그리고 피지배자-카산드라는 괴물과 조우함으로써 결여를 받아들이거나 극복하게 됩니다.

슬래셔 호러물의 역사를 살펴보자면, 피지배자-카산드라는 오랜 세월 성적으로 대상화된 인물이었어요. 흔히 '파이널 걸'이라고도 불렸죠. 이 인물은 아름다운 여성인 경우가 잦았던 데다 불필요한 노출 장면으로 소비되기도 했어요. 가끔은 그 아름다움 때문에 그가 속한 집단에서 소외되거나 착취당하기까지 했지요.

한때는 이 인물들이 금기를 어겼기 때문에 괴물에게 쫓겼다는 식의 분석이 많았어요. 그 금기는 성적인 내용이었고요. 하지만 이렇게 보면 이야기를 분석하는 틀이 협소하고 진행 또한 재미없어집니다. 실제로 그렇게 작동하지만도 않고요. 성적인 매력만이 그들을 주인공으로 만드는 것은 아니었어요. 그보다는 대상화가 되는 누군가라는 점이 그들을 주인공으로 만드는 결정적인 요소였지요.

슬래셔 호러물의 주인공들을 떠올려보세요. 이들은 이상하게도 신용을 얻지 못하죠. 〈스크림〉에서는 살인사건의 증인인 동시에 살해 위협을 당할 때마다 관심을 끌려는 것이 아니냐는 의심을 샀고, 〈할로윈〉에서는 연애 경험이 없다는 이유로 숙맥 취급을 당했죠.

많은 슬래셔 호러물에서 피지배자-카산드라 역할을 여성이 맡았지요. 피재배자-카산드라가 무시당하는 이유는 그들이 여성에게 억압적으로 요구되는 역할을 거부했기 때문이고요. 피지배자-카산드라는 성적으로 대상화되고는 했지만, 이는 결말 부분에서는 주체적으로 저항하는 주체로 발돋움할 계기이기도 했습니다. 억압과 저항은 한 세트로 구성되는 것이니까요.

물론 어떤 작품은 이 인물에 대한 폭력을 전시하는 것으로 끝나기도 합니다. 이건 슬래셔 호러물의 지울 수 없고 또 지워서도 안 되는 역사예요. 반면 슬래셔 호러물의 고전으로 널리 통용되는 작품은 그 이상의 이야기를 하는 경우가 많아요. 이 역시 지울 수 없고 지워서도 안 되는 역사일 테지요.

피지배자-카산드라는 괴물을 마주한 뒤 집단에게 그 괴물을 주의하라고 경고할 거예요. 반면 그를 억압하는 이들은 자신이 얕잡아보는 이의 현명한 조언을 무시하고, 그 대가로 죽음을 맞이하겠지요. 피지배자는 '그러게 내가 뭐랬어?'라고 투덜거린 뒤, 괴물이 저지른 일을 정리하기 위해 최선을 다할 테고요.

나를 무시하는 사람을 누가 나 대신 치워버린다고 할 때 느껴지는 통쾌함 혹은 상쾌함이 있지요. 그런 점에서 괴물은 피지배자-카산드라의 욕망을 대신 이루어준다고도 할 수 있어요. 비록 그가 원하지 않는 방식일지라도요. 그리고 이 괴물은 다른 이들이 피지배자-카산드라를 지배하려고 했던 것과 마찬가지로, 혹은 그보다 더한 방식으로 그를 사로잡고 억압하려 하겠지요. 피지배자-카산드라는 이에 맞서야만 하고요.

이런 식으로 피지배자-카산드라는 자신을 억압하는 집단과 그 집단을 잡아먹거나 대체하려는 괴물에 맞서게 됩니다. 그리고 이 인물은 괴물을 직시하는 것으로 괴물과 우리의 욕망을 폭로할 거예요.

'터미네이터' 시리즈
피지배자-카산드라. 사라 코너
'터미네이터'는 슬래셔 호러물보다는 SF 액션물로 인식되겠지만, 주인공이 괴물에게 쫓기는 피지배자라는 점에서는 공통 요소가 있지요. 주인공 사라 코너는 시리즈 초반 '가녀린 처녀'의 역할만 하다 이후 이야기가 진행될수록 미래를 알고 있는 선지자이자 투사로 성장하는 모습이 그려졌고요.

'터미네이터' 시리즈가 성적 매력이 있는 여성이 비명을 지르면서 쫓겨 다니는 이야기로만 한정됐다면, 그러니까 사회에서 소외되거나 착취당하는 상황에 집착하고 이를 반복하기만 했다면 명작으로 남을 수 있었을까요? 인물이 성장하지 않는데도 이야기가 진행되었을까요? 저는 그렇지 않으리라고 봅니다. 물론 '터미네이터'는 좀 더 복합적으로 살펴볼 여지가 많은 작품이기는 하지요. 수태고지를 받은 사라 코너의 성장기라거나 하는 식으로요.

〈맨 인 더 다크〉 2016, 페데 알바레즈
피지배자-카산드라. 록키

보안회사의 허점을 이용해 강도질을 일삼는 3인방이 있습니다. 이 3인방은 부자일 것 같은 시각장애 노인의 집을 다음 타깃으로 삼습니다. 어딜 봐도 응원하기 어려운 3인방인데, 이들은 그 시각장애 노인이 감당하기 어려운 괴물과도 같은 존재임을 깨닫고 도리어 생명의 위협을 받게 됩니다. 어설픈 강도 3인방 중 피지배자-카산드라라고 할 수 있는 인물은 복잡한 가정사를 가진 여성 록키예요.

록키와 그 동료들이 하는 일은 범죄예요. 잘되길 응원하기 어렵죠. 하지만 록키가 왜 이런 범죄를 저지르는지, 왜 가족에게서 탈출해야 하는지를 감안하면 동정할 수밖에 없지요. 부당하기 짝이 없는, 억압으로 가득 찬 일상을 살고 있으니까요. 더욱이 이 인물이 겪는 재난을 생각하면 그가 저지른 잘못과는 별개로 응원하게 되기도 하고요.

예언자-카산드라

"공포 영화의 법칙. 어떤 상황에서든 '금방 돌아올게'라는 대사를 해서는 안 돼." 〈스크림〉에 나오는 명대사죠. 하지만 알다시피 정말 많은 슬래셔 호러물에서 누군가는 "금방 돌아올게"라고 말하고는 큰 곤경에 처합니다. 예언자-카산드라는 이 공포 영화의 법칙을 설명하고 또 무시당하는 인물입니다. 의미심장하게도 2편에서는 이 작품의 주인공 시드니 프레스콧이 대학 연극 무대에 올라 카산드라 역을 연기하는 장면이 나와요.

카산드라는 피지배자이자 예언자이기도 했죠. 여기서는 두 유형을 구분해서 이야기하고 있습니다. 피지배자-카산드라가 담당하는 '그러게 내가 뭐랬어?'는 괴물의 존재나 그가 받는 억압에 대한 내용인 반면, 예언자-카산드라가 담당하는 '그러게 내가 뭐랬어?'는 이후 일어날 사건이나 전개에 대한 내용입니다. 물론 이 두 유형의 구분이 명확하지는 않아요. 그보다는 계속해서 위치가 바뀌고 혼합된 형태로 존재하지요.

예언자-카산드라의 역할을 예로 들면 이렇습니다. 주인공 일당이 어느 부잣집 창고에 숨어들어 딱 봐도 저주받은 것 같은 인형을 갖고 나오려고 할 때, 그중 한 명이 "야, 그거 그냥 넣어놔! 그 인형을 보니까 영 기분이 이상하다!"라며 만류합니다. 그런 인물이 예언자-카산드라예요. 큰일이 일어나기 전에 경고나 조언을 해서 위험한 상황을 피하려고 하지만 실패하는 거죠.

예언자-카산드라는 항상 진실을 말하지만, 집단의 다른 이들은 그를 믿지 않아요. 그 결과, 모두 죽어버리거나 그에 준하는 상황에 처하지요. 예언자-카산드라 역시 피지배자-카산드라와 마찬가지로 결여가 있을 거예요. 그가 무시당하는 이유 역시 부당하고 올바르지 않은 것일 테고요. 다만 피지배자-카산드라와 예언자-카산드라 사이에는 차이가 있습니다. 전자는 당위적으로 올바른 말을 했음에도 무시당하는 반면, 후자는 사실관계 측면에서 맞는 말을 했음에도 무시당하지요.

크게 보면 두 태도에 별 차이가 없을지도 모르겠으나, 여기서는 명확히 구분할 필요가 있습니다. 올바른 말과 맞는 말 그리고 필요한 말은 사실 같지만 꼭 그렇지만도 않거든요. 정치적으로는 올바르지만 그 상황에서는 필요하지 않은 말이거나, 사실관계 측면에서 틀린 말이지만 그 상황에서는 필요한 말인 경우를 어렵지 않게 떠올릴 수 있잖아요. 그 때문일까요? 예언자-카산드라는 가끔 괴물의 역할도 담당해요. 그러고는 피지배자-카산드라를 억압하려고 하지요. 올바름보다는 사실관계에 집착하는 인물이라 윤리적이지 않은 선택을 할 가능성이 피지배자-카산드라보다 더 높거든요.

그래도 어지간하면 두 유형의 카산드라는 서로와 연대하는 편입니다. 앞서 말한 것처럼, 피지배자-카산드라나 예언자-카산드라는 명확히 구분되지 않으며, 같은 인물이 두 역할을 맡는 경우도 허다하니까요. 그 예로 〈에이리언〉의 엘런 리플리는 피지배자와 예언자 역할을 모두 맡았지요. 이 인물은 외계 탐사 우주선 노스트로모호에서 지위가 제법 높았어요. 이 배의 승무원들은 우주 탐사 도중 기괴한 생명체의 습격을 받았고, 그 생명체와 접촉한 사람이 배로 돌아오려고 할 때 엘런 리플리만이 올바른 검역 절차를 밟아야만 한다고 주장했지만, 주장은 무시당했습니다.

물론 이후의 내용은 여러분이 아는 그대로입니다. 엘런 리플리의 "원칙을 따라야만 한다"라는 아주 상식적이고 정당한 주장을 무시했던 사람들은 모두 검역을 어긴 승무원의 배를 뚫고 튀어나온 외계 생명체에게 몰살당했지요. 여기까지만 보면 엘런 리플리는 예언자-카산드라로 구분되겠지요.

하지만 이야기가 진행되면서 반전이 밝혀져요. 노스트로모호에는 기업 논리에 따라 외계 생명체를 발견할 경우 승무원의 목숨보다 외계 생명체의 회수를 우선하라는 지령이 있었던 거죠. 이런 이유를 생각하면 엘런 리플리는 기업에 종속된 노동자, 그러니까 피지배자-카산드라 역할도 담당하는 셈이지요.

〈스크림〉 1996, 웨스 크레이븐

예언자-카산드라. 랜디 믹스

주인공 시드니 프레스콧에게는 랜디 믹스라는 동급생 친구가 있었어요. 랜디 믹스는 영화광, 그중에서도 B급 호러 영화광이었기에 슬래셔 호러물의 등장인물이면서 그 영화의 진부함을 지적하는 메타적인 발언을 반복합니다. 앞서 인용했던 "공포 영화의 법칙. 어떤 상황에서든 '금방 돌아올게'라는 대사를 해서는 안 돼" 역시 랜디 믹스가 설명한 공포 영화의 법칙 중 하나였어요. 이 인물이 동급생 앞에서 이 법칙에 대해 열변을 토한 이유가 있었어요. 그 동네에 연쇄살인마가 돌아다니고 있었거든요. 살인 사건이 일어나는 상황에 공포 영화의 법칙을 대입시켜 친구들에게 진부한 법칙을 피함으로써 위험도 피하라고 예언 아닌 예언을 했지요.

하지만 그의 적확한 조언은 아무런 효과가 없었어요. 조롱의 대상이자 놀림감일 뿐이었지요. 랜디 믹스는 B급 호러 영화광인 너드에다 동급생들의 놀림을 받고 있었기에, 그 조언이 논리적이든 아니든을 떠나 받아들여지지 않았어요. 이 인물이야 복장이 터져서 '그러게 내가 뭐랬어?'라고 말하고 싶겠지만, 일은 이미 저질러졌지요.

〈캐빈 인 더 우즈〉 2012, 드류 고더드
예언자-카산드라. 마티

한 대학생 그룹이 실연으로 상심한 친구를 위로하고 새로운 남자 친구를 소개시켜주고자 그룹 멤버의 사촌이 경영하는 오두막으로 여행을 갑니다. 그리고 이 오두막에서 끔찍하고 무시무시한 사건들이 펼쳐지는데…. 그중 한 명인 마티는 이후에 일어날 일 대부분을 예언합니다. 하지만 친구들은 예언을 무시해버립니다.

여기서 재미난 반전이 나와요. 마티가 다른 친구들에 비해 그들이 처한 상황을 잘 파악할 수 있었던 것은, 그가 대마초를 피워서 감각이 다른 친구들보다 예민해진 덕이었어요. 그가 피우던 대마초는 인지력과 지각능력이 향상되는 최고급품이었거든요. 약쟁이가 하는 말이니까 믿지 않았는데, 약쟁이니까 믿어야 하는 이야기를 할 수 있었다는 아이러니가 담긴 것이지요.

불신자들

불신자들은 피지배자-카산드라나 예언자-카산드라의 이야기를 무시하는 사람들입니다. 대부분의 슬래셔 호러물에는 불신자가 다수 등장하지요. 이 사람들은 죽음으로써 카산드라의 정당성을 입증하는 존재예요. 이들은 금기를 저지르고 그에 대한 대가를 치릅니다. 카산드라의 말이 옳다는 것을 증명하기 위해서는 그의 말을 듣지 않았을 때 어떤 일이 일어나는지도 보여줘야 하는 거죠.

이들이 카산드라의 말을 무시하는 방식은 인물 수만큼이나 다양해요. 대놓고 말을 듣지 않고 깔보기까지 하는 밉상 스타일이 대표적이지요. 카산드라의 이야기를 경청하는 척하면서 뒤로는 호박씨를 까는 스타일도 있을 테고요. 카산드라의 이야기를 제멋대로 잘못 이해해서 상황을 망치는 스타일도 있을 거예요.

불신자들이 반드시 카산드라를 싫어하는 건 아니에요. 누군가를 억압하는 사람이 상대방에게 악감정이 있어서 그러는 것만은 아니잖아요. 상대방을 깔보면서 자기가 이 사람을 위한다고 우기는 경우도 어렵지 않게 볼 수 있지요. 누군가를 일방적으로 동정하고 위로하려는 것 또한 마찬가지고요.

어떤 의미에서 이들은 사회적 편견을 재생산한다고도 할 수 있어요. 사회적 약자인 피지배자-카산드라를 배제하고 억압하며 이용하는 과정은 그 편견을 활용하기 좋은 순간이기도 하니까요. 가끔은 불신자들이 피지배자-카산드라를 대했던 것과 비슷하게 괴물을 몰아세워 화를 부르기도 하고요.

어찌 되었든 이 인물은 두 유형의 카산드라를 미궁으로 끌어들인 뒤 그곳에 남자고 유혹합니다. 또한 그들의 만류에도 불구하고 금기를 저지르고는 괴물에게 살해당하겠지요. 물론 이들 중에도 가끔, 아주 가끔은 카산드라를 끝까지 믿어주는 사람이 있어요. 이렇게 스스로를 입증한 인물 대부분은 카산드라의 연인이나 그에 준할 만큼 가까운 사이가 되곤 합니다.

〈터커&데일VS이블〉 2010, 엘리 크레이그

불신자들. 대학생 그룹

무섭게 생긴 두 남자 터커와 데일은 여행지에서 대학생 그룹을 만납니다. 둘은 연장자답게 대학생 그룹에게 친절하게 대하려고 하지만, 외모에 대해 차별적인 인식을 가진 대학생 그룹은 이들의 조언이나 설명을 귀 기울여 듣지 않고 곡해하기에 급급합니다. 그래서 온갖 끔찍한 사건을 겪게 되는데, 이 모든 결과가 그들의 편견이 부른 자업자득이기에 허탈한 웃음만 나올 뿐이지요. 대학생 그룹이 터커와 데일을 무시하고 두려워하는 방식은 작위적이기까지 해요. 사람 말을 저렇게까지 안 들을 수 있나 싶기도 하고, 터커나 데일이야말로 피해 의식에 사로잡힌 게 아닌가 싶은 순간도 있거든요. 하지만 이 작위적인 순간이야말로 작위적인 사망 신에 어울리는 설득력을 지녔기에 부조리한 농담이 됩니다. 말이 되지 않아 더 재미난 때도 있는 법이지요.

〈미드소마〉 2019, 아리 에스터
불신자들. 대학원생들

어떤 관객은 농담 삼아 힐링물이라고 부르기도 하는 영화 〈미드소마〉입니다. 남자친구와 그의 동료 대학원생들의 연구 활동 겸 휴가에 따라가게 된 주인공이 북유럽판 추석 제사 및 성묘를 거들면서 일어나는 사건을 다루고 있지요. 이 작품의 불신자들은 주인공의 남자친구와 동료 대학원생이 될 텐데요. 하지 말라는 건 다 하고 다녀요. 주인공을 무시하는 데다 찬밥 취급까지 하고요. 남자들끼리의 여행에 불청객이 끼어들었다는 것이지요.

앞서 설명했던 것처럼 이 인물들은 카산드라인 주인공을 무시했고, 그 결과 미궁에 갇혀 북유럽풍 험한 꼴을 보게 됩니다. 여기에는 음습한 쾌감과 이율배반적인 즐거움이 있어요. 그렇기에 어떤 관객은 이 작품을 힐링물이라 분류하며 짓궂은 웃음을 지었겠지요.

괴물

괴물은 금기를 어긴 집단에게 징벌을 내리는 존재이자 카산드라의 그림자입니다. 괴물도 카산드라와 마찬가지로 집단에서 소외되었거나 배제되었지요. 카산드라가 집단 내부에서 착취 등 안 좋은 대우를 받는 상황이라면, 괴물은 그와 다르게 집단 외부에서 내부로 들어오지 못하는 상황이라고 할 수 있어요.

사건 중심으로 말하자면 이 괴물은 외부로 쫓겨났거나 외부에서 찾아온 누군가라고 할 수 있겠네요. 어느 쪽이든 집단에게 이 인물은 이해할 수 없는 타자이자 위협으로 여겨집니다. 괴물이 집단에게 징벌을 내리는 것과 마찬가지로 집단 또한 괴물을 적극적으로 처단하려 하기 쉬워요.

카산드라와 괴물 모두 집단 구성원으로 기능하지 못해요. 그렇기에 어떤 의미로는 둘 사이에 특별한 연결고리가 있다고도 할 수 있어요. 그래서일까요? 괴물은 집단에서 소외된 주인공을 대신해 모든 범죄를 저지르는 것처럼 보일 때도 있어요. 소외된 자들끼리 유대감을 느끼는 것처럼 보일 때도 있고요. 금기를 범한 집단에게 카산드라는 경고를, 괴물은 징벌을 내린다고 할 수 있겠지요. 이 둘은 한 몸에 공존할 때도 있어요. 그 예시로는 〈퍼스트 블러드〉의 람보를 들 수 있겠군요. 그는 사회에서 괄시당하는 참전 군인으로 피지배자-카산드라이기도 했지만, 자신을 억압하려는 보안관들을 사냥하고 다닌 특수부대 출신 괴물이기도 했으니까요.

하지만 둘 사이에는 결정적인 차이가 있어요. 카산드라가 절차를 지켜 집단에 문제 제기를 하고 개선을 요구하는 것과 달리,

괴물은 집단을 와해시키고 학살함으로써 그들이 독점하던 권력을 갈취하고 우위에 서려 하거든요. 우위에 서기 위해 괴물은 카산드라를 자신의 지배하에, 자신과 동일시되는 미궁 안에 가두려고 합니다.

괴물의 이런 성격 때문일까요? 어떤 슬래셔 호러물은 괴물을 카산드라가 소속된 집단과 동일시하기도 해요. 이런 경우는 카산드라가 처한 상황을 직접적으로 제시하는 것에 그치기 쉽겠지요. 더욱이 괴물이 금기를 저지른 불신자들을 처벌하는 순간의 이율배반적인 카타르시스도 없을 테고요. 그럴 경우 호러물이라기보다는 사회 고발물의 구조에 더 가까워지기도 합니다. 은폐되고 왜곡된 것을 밝혀나가는 과정에서의 긴장감이 없으니까요.

앞서 언급한 이율배반적인 카타르시스는 슬래셔 호러물의 관객들에게도 마찬가지로 적용됩니다. 누군가가 고통받고 비명 지르는 장면을 기대하며 작품을 접하니까요. 그래서 슬래셔 호러물의 관객과 괴물의 시선 그리고 카메라 앵글이 하나로 합쳐지는 순간도 있어요.

괴물은 카산드라의 결여에서 태어난 그림자라는 최초의 명제로 돌아오겠습니다. 이들은 거울상이 아닌 그림자이기에 과장되고 왜곡된 형태로 카산드라의 욕망을 제시해요. 그렇기에 괴물은 그림자 안에 숨어 있어야만 하고, 카산드라에 의해 자신이 숨기고 있던 진실이 폭로되지 않도록 막아야만 해요.

달리 말하면 이 인물은 카산드라 없이 존재할 수 없다는 것이기도 해요. 카산드라가 존재하지 않는다면 그의 그림자도 없거니와, 그의 진실에 대해 기억할 사람도 없게 되니까요. 때문에 많은 괴물은 카산드라를 소유하고 싶어 한답니다.

　노파심에 첨언을 하나 하겠습니다. 괴물은 카산드라와 마찬가지로 집단에서 소외되었거나 배제된 인물이라고 했지요? 그래서 어떤 슬래셔 호러물에서는 현실의 소수자들이 괴물로 악마화되어서 등장하는 경우가 있답니다. 이러한 소수자성은 부디 주의 깊게 다뤄주었으면 합니다.

〈캔디맨〉 1992, 버나드 로즈

괴물. 캔디맨

거울을 바라보며 그의 이름을 다섯 번 부르면 뒤에서 나타나 자신을 부른 이를 죽이고 사라진다는 괴담을 다룬 〈캔디맨〉입니다. 이 괴담에는 뒷이야기가 있어요. 캔디맨은 오래전 미국에서 태어난 흑인인데 다른 사람의 초상화를 그려줄 정도로 그림 실력이 빼어났다고 해요. 그는 백인 여성의 초상화를 그리다 그녀와 사랑에 빠지는데요. 그 여성이 임신하자 이에 분노한 아버지의 사주로 한쪽 팔이 잘리고 온몸에 꿀이 발려진 채 벌들에게 쏘여 죽고 맙니다. 달달한 꿀을 바른 데다 독이 올라 부어오른 몸 때문에 캔디맨이라는 별칭이 붙게 된 것이었지요. 이 인물은 잔혹한 인종주의의 희생자였어요.

캔디맨은 사회 억압과 차별에 대한 상징임이 명확하게 제시되지요. 이 괴물은 작품에 등장하는 카산드라인 헬렌 라일을 자신의 피해자로 삼음으로써 영원히 살아남을 수 있는 전설이 되고자 해요. 하지만 헬렌 라일은 캔디맨을 위해서가 아닌 이 세상의 악덕과는 무관하고 또 무고한 아기를 구하기 위해 자신의 목숨을 바침으로써 캔디맨에게서 벗어나 또 다른 도시 전설이 됩니다. 여러모로 아름다운 작품입니다.

〈킹콩〉 1933, 어니스트 B. 쇼드사크 외

괴물. 킹콩

〈킹콩〉을 슬래셔 호러물로 분류하긴 어렵겠지만, 제가 제시하는 유형에는 맞아떨어지는 작품이에요. 신인 배우이자 여성으로 주도권을 쥐지 못하던 앤과 미지의 세계 주인이자 경외의 대상이며 앤을 차지하려고 쫓던 킹콩, 그리고 앤을 가십거리 삼고 킹콩을 구경거리로 대하던 관객까지. 어떤가요, 동일하지 않나요?

이는 앞서 제시한 구성이 집단에서 소수자와 타자가 어떻게 소외되고 갈등을 빚으며 또 연대하느냐에 대한 이야기에 특화됐기 때문입니다. 모든 괴수물이 이 구성에 맞아떨어진다고는 할 수 없지만(실제로 '킹콩' 시리즈의 다른 작품들은 완전히 다른 이야기를 하고 있고요), 주의 깊게 분석해볼 수 있는 부분입니다.

괴물의 지배자

괴물의 지배자는 괴물이 집단 바깥에서 살게 된 이유 또는 괴물이 된 이유예요. 카산드라가 자신이 속한 집단에게 직간접적인 영향을 받는 것과 마찬가지로, 괴물 역시 괴물의 지배자에게 묶여 있는 셈이지요. 굳이 살아 있는 인격체일 필요도 없고 거창한 이유가 아니어도 좋아요. 괴물에 대해 더 많은 것을 설명해야 할 때 언급하는 정도가 편리할 거예요. 구구절절 과거사를 읊으면 그림자에 숨어든 괴물만의 은밀한 맛이 사라지겠지요.

카산드라는 자신을 소외시키고 억압하던 집단이 괴물에게 징벌을 받는 과정에서 그 집단으로부터 독립하고 성장하는 계기를 마련합니다. 그렇다면 괴물은 어떨까요? 이 괴물은 자신의 지배자에게서 벗어나 자유로워지고 싶을까요? 아니면 그에게 보다 충성하며 고착 상태를 유지하려 할까요? 정답은 없어요. 어느 쪽이든 다루는 방식에 따라 재밌을 수 있는 선택지니까요.

어쨌든 괴물의 지배자도 카산드라를 종속하려는 다른 불신자들과 마찬가지로 괴물을 지배하려고 할 거예요. 이 인물은 그가 성장하지 못하도록 방해하고 가로막을 거고요. 특히 괴물이 집단 바깥에 자리 잡도록 시련을 내린 것은 권장할 만한 일이 아니겠지요. 괴물의 지배자는 괴물이 탄생하게 된 계기이자 그의 그릇된 부모인 셈이에요.

그래서일까요? 괴물의 지배자는 시리즈의 후속 편에서 새로운 괴물로 등장하기도 해요. 전편에서 무찌른 괴물과도 관련이 있으면서 더 악질인 괴물을 간편하게 만들기 위해서는 이 방법이 효과적이지요.

가끔 카산드라의 결여와 괴물의 지배자가 연결되기도 해요. 카산드라와 괴물 모두의 지배자인 경우도 있고요. 최악에는 괴물이 탄생하게 된 원인이 카산드라일 때도 있고요. 앞서 말했지만 괴물은 카산드라의 그림자니까요.

불신자들을 쫓아냄으로써 괴물이 카산드라의 꿈을 이뤄준다고도 할 수 있을 거예요. 아주 심술궂고 뒤틀린 악몽으로 말이지요. 사실 전 그것이야말로 꿈의 본질이라고 생각합니다.

〈케빈 인 더 우즈〉 2012, 드류 고더드
괴물의 지배자. 고대의 존재 혹은 관객

〈케빈 인 더 우즈〉는 고어물이나 슬래셔 호러물을 좋아하는 사람들에게는 종합 선물 세트와도 같은 영화지요. 이제껏 나왔던 괴물이 오마주되어 총출동했으니까요. 그리고 이렇게나 많은 괴물이 별다른 설정의 충돌 없이, 아니 오히려 설정이 잘 반영된 채 등장할 수 있었던 이유는 이 작품에서 괴물의 지배자가 참으로 영리하게 구성되었던 덕분이었지요.

이 작품은 〈스크림〉이나 〈터커&데일VS이블〉 그리고 〈킹콩〉과 마찬가지로 영화에 대한 영화였어요. 이런 작품 구조는 반복되고 중첩되는 프레임 속에서 현실과 서사의 경계를 허무는 데 매우 유리하지요. 〈케빈 인 더 우즈〉는 이러한 구조를 적극 활용하며, 이 영화에서 진정한 괴물의 지배자는 이 영화를 감상하는 관객임을 폭로하기까지 합니다. 하여튼 대단한 작품이에요.

〈레디 오어 낫〉 2019, 맷 베티넬리-올핀 외
괴물의 지배자. 가문과 계약한 악마

악마와의 거래를 통해 큰 부를 일군 재벌 가문이 있습니다. 이 가문은 결혼식 때 특별한 게임을 진행함으로써 새로운 가족을 맞아들여요. 이 특별한 의식은 악마와의 거래의 연장선에 있었지요. 주인공은 이 가문의 아들과 결혼하면서 목숨을 건 술래잡기라는 하우스룰이 추가된 게임을 진행하게 됩니다.

이 작품의 괴물은 집안의 부와 자신들의 명줄을 붙잡기 위해 새로운 신부를 죽이려고 드는 재벌 가문의 구성원들이에요. 하지만 무섭다기보다 욕지기가 나올 정도로 천박하고 한심한 속물에 불과하지요. 그럼에도 불구하고 이들이 위협적으로 구는 이유는 게임을 회피해 악마와의 거래를 지키지 못하면 징벌을 받기 때문이었습니다. 그 징벌이 무엇인지는 영화를 통해 확인해주세요!

이야기꾼

이야기꾼은 신화를 전달하는 자입니다. 카산드라와 그 주변 인물에게 괴물에 대해 전달하는 사람이라고도 할 수 있겠네요. 일반적인 슬래셔 호러물에 대입해보면 이렇습니다. 어두운 밤, 캠프장에서 모닥불을 피워놓고 등장인물들이 담소를 나누는데, 갑자기 이 캠프장에 얽힌 괴담을 풀어놓기 시작하는 누군가가 바로 이야기꾼입니다.

많은 슬래셔 호러물에 이야기꾼이 등장해요. 이 캠핑장에는, 바닷가에는, 골목길에는, 대학교에는 끔찍하기 짝이 없는 비극이 있었다면서요. 이렇게 연쇄살인마나 원귀 혹은 저주에 대해 묻지도 않은 이야기를 줄기차게 꺼내는 인물이 하나는 있기 마련이지요.

이 사람이 어디에서 그런 이야기를 들었는지는 누구도 몰라요. 괴담이라는 게 그렇지요. 여기서 저기로, 저기에서 어딘가로 떠도는 이야기잖아요. 하지만 카산드라에게는 일종의 신탁이라고 할 수 있어요.

물론 이야기꾼의 이야기는 신탁답게 카산드라가 겪을 시련에서 가장 중요한 부분은 담고 있지 않아요. 오히려 가장 궁금한 부분에서 이야기를 끊지요. 잘못된 정보를 퍼뜨리기도 하고요.

하지만 생각해보세요. 작품 초반부에 괴물의 숨겨진 정체와 반전까지 다 밝히면야 무슨 재미겠어요? 이야기꾼이 의도한 것은 아니겠으나, 스포일러를 하지 않으려는 배려 아닌 배려가 되겠네요.

이 인물은 괴담을 전달하고 괴물을 소개하는 역할로 편리하게 쓰기 좋아요. 한정된 정보만 전달하며 긴장감의 강약을 조절하기에도 편리하고요. 이들의 역할은 또 있어요. 이야기꾼은 작품의 마지막 장면에서 주인공과 괴물의 결전을 목격하고 후세에 전달하기도 하지요.

마지막으로 하나만 더. 이야기꾼은 괴담만 전달한다는 점에서 역할이 크지 않지요. 그렇기에 흔하게는 불신자들이나 괴물의 지배자처럼 역할이 크지 않은 인물이 이 역할을 함께 맡지요. 가끔은 카산드라가 이야기꾼 역할을 하기도 한답니다.

〈캠퍼스 레전드〉 1998, 제이미 블랭크스
이야기꾼. 살인자

도시 괴담을 테마로 대학 캠퍼스를 배경으로 만들어진 슬래셔 호러물 〈캠퍼스 레전드〉입니다. 정교하게 만든 것 같진 않습니다만, 도시 괴담을 적극적으로 차용했다는 점에서 흥미로운 작품이에요. 덕분에 이 작품에서는 여러 인물이 이야기꾼 역할을 합니다. 다루는 도시 괴담의 수부터가 많으니까요.

하지만 역시, 가장 매력적인 이야기를 하는 이야기꾼은 결말 부분에 등장하지요. 카산드라와 괴물의 결전을 직접 목격하고 이와 관련된 전설을 다른 사람들에게 알리는 장면이 나오거든요. 괴물에 대한 전설을 전달하는 인물은 다름 아닌 괴물 당사자였답니다. 지금에 와서는 조금 뻔하지만, 그래도 한 번쯤은 써보고 싶은 반전이죠.

〈일라이〉 2019, 시아란 포이

이야기꾼. 헤일리

일라이는 태어날 때부터 병약했던 소년입니다. 소년은 부모님에 의해 커다란 저택을 병원으로 개조한 특수 시설에 가게 됩니다. 바깥 공기조차 치명적일 수 있는 일라이는 저택에 갇혀 의료진이나 부모님만 볼 수 있었어요. 그렇게 쓸쓸한 나날을 보내던 중 아랫마을에서 놀러 온 소녀와 가까워집니다. 소녀는 일라이에게 그보다 먼저 입원했던 환자들의 이야기를 들려줘요.

소녀의 이야기는 어디부터 어디까지가 진실일까요? 그 이야기가 암시하는 사건 사고는 정말로 일어났을까요? 일라이의 주변 인물은 모두 믿기 어려운 구석이 있어 무엇을 믿고 무엇을 믿지 말아야 할지 결정하기가 쉽지 않았습니다.

괴물은 미궁이라는 신화적인 공간 안에서만 힘을 발휘할 수 있지요. 미궁 바깥에는 괴물을 억제할 만한 다른 요소가 얼마든지 있어요. 아무리 강력한 괴물이라 한들 핵폭탄을 맞아도 살아남을 수 있을까요? 물론 가끔은 그렇게 설정된 괴물이 있죠. 하지만 그런 장면이 나오면 무섭다기보다는 어이없을 거예요.

관리자는 미궁 바깥에서 괴물을 통제하는 역할을 합니다. 주로 공권력이 이 역할을 맡지요. 괴물의 힘이 세다 하더라도 훈련된 경찰 조직이 덤벼들거나 군부대가 출동하면 손쓰지 못하고 무너질 테니까요.

그래서 관리자는 작품의 결말에까지 존재하지 못해요. 초반부에는 등장하나 중반부에 미궁의 벽에 가로막혀 그 안에 들어가지 못하기도 하고요. 결국 관리자는 부재함으로써 영향력을 미친다고 할 수 있어요. 관리자가 개입하지 못하는 상황이 발생함으로써 미궁의 신화적인 힘에 설득력을 부여하는 셈이지요.

어떤 작품에서는 관리자가 모든 것을 해결할 수 있을 것처럼 등장했다가 허무하게 죽기도 한답니다. 이럴 경우에는 괴물이 현실에 침범해서 그 공간을 미궁으로 바꾸었다고 보면 됩니다. 이 역시 관리자가 부재함으로써 영향력을 미치는 형태 중 하나겠지요.

〈에이리언〉 1979, 리들리 스콧
관리자. 웨이랜드 유타니
엘런 리플리와 동료들은 우주선인 노스트로모호라는 미궁에 갇혀 있었어요. 이들이 외계 생물에게 희생당하게 된 건 이들의 고용주였던 웨이랜드 유타니사의 음모 탓이었지요. 그런 점에서 이 회사는 등장인물이 괴물과 마주하도록 한 괴물의 지배자라고도 할 수 있을 거예요. 하지만 노스트로모호의 승무원들은 작품의 중반부까지 이러한 상황을 의심조차 못 하고 웨이랜드 유타니사의 방침에 따르고자 했지요.

웨이랜드 유타니사는 등장인물의 안전을 책임져야 했다는 점에서 관리자 역할을, 등장인물이 갇힌 우주선을 소유하고 있다는 점에서 미궁 역할을, 외계생명체가 그들 속에 파고들도록 사주했다는 점에서 괴물의 지배자 역할을 했다고 할 수 있을 거예요. 이 기업과 관련된 정보를 나열하기만 해도 무시무시합니다. 이는 슬래셔 호러물에서 꼭 필요한 감정이니 기능적으로 잘 설정된 셈이지요.

'터미네이터' 시리즈
관리자. 경찰 및 공권력

괴물이 관리자나 공권력을 압도하는 작품은 많지 않습니다. 고작해야 경찰 두셋을 상대하는 정도지요. 물론 이 정도로도 괴물에게 초월적인 힘이 있다는 인상을 주기에는 충분합니다만, '터미네이터' 시리즈의 T-800과 T-1000처럼 괴물이 공권력을 압살할 때의 카타르시스도 존재하지요. 인조 피부 아래에 강철로 된 골격을 숨겼거나 액체 금속으로 몸을 바꾸며 자신을 가로막는 경찰들을 학살하는 미래에서 온 로봇 괴물들은 발을 디디는 곳마다 새로운 미궁으로 만든다고 할 수 있을 거예요.

이 작품의 관리자인 공권력은 공권력 자체의 위력을 보여준다기 보다, 그들조차도 미래에서 온 살인 병기에게 속수무책으로 당할 수밖에 없다는 예시가 됨으로써 괴물의 초월적인 힘을 증명하는 전투력 측정기로 사용되었다고 할 수 있겠네요. 이 또한 관리자의 부재를 통한 무능력의 영향력입니다.

이야기 구조

슬래셔 호러물의 이야기 구조는 간략하게 프롤로그, 신탁, 미궁 탐방, 괴물의 접근, 위협의 시작, 위협의 접근, 괴물의 정체와 결전, 에필로그로 정리했습니다. 이야기 중심 갈등이 많지 않기도 하거니와, 주인공이 주도적으로 사건을 진행하려다가 좌절을 경험하고 타인의 의사대로 행동해야 하는 경우가 많기에 구조가 간단한 편이에요.

서사 속 공포감은 정보가 불균형하게 전달될 때 다루기 편합니다. 공포 영화에서 갑자기 귀신이 나타나 비명을 지르는 점프 스케어 장면은 정말 무섭지 않나요? 그런데 관객들이 이 내용을 미리 알고 본다면 비교적 덜 놀라고 덜 무섭겠지요. 모르는 일, 예상하지 못한 일이어야 놀랄 테니까요.

서스펜스 장면도 마찬가지입니다. 공포 영화에서 점프 스케어 장면이 관객에게 정보를 숨겨서 공포감을 준다면, 서스펜스 장면은 관객이 알고 있는 정보가 작중 인물에게 공유되지 않았기에 공포감을 주지요. 이처럼 공포감은 결국 정보의 불균형에서 출발하는 것입니다.

슬래셔 호러물 관객은 양가감정을 느낍니다. 주인공의 정당한 충고를 듣지 않아 살해당하는 인물을 보면 안타까움과 신남을 느낄 터이고, 괴물이 주인공을 위협하는 장면에서는 주인공에게 이입해 괴물로부터 도망쳐야 한다고 안달복달하는 동시에 고양감을 느끼기도 하니까요. 이 복잡 미묘한 줄타기를 얼마나 잘 하느냐가 작품의 긴장감을 유지하는 핵심입니다.

프롤로그

시간적·공간적 배경은 개의치 마세요. 〈맨 인 더 다크〉처럼 불분명한 시간대의 끔찍한 상황을 보여주며 출발해도 좋고, 〈캐빈 인 더 우즈〉처럼 도입부 어딘가에서부터 시작해도 재밌으니까요.

길이 역시 마찬가지입니다. 〈스크림〉의 적나라한 노출로 가득한 도입부를 21세기에 와서 다시 재현할 수는 없겠지만, 그 장면의 긴장감만큼은 압도적이었지요. 요즘에는 그렇게까지 피해자를 대상화하는 건 윤리적으로나 상업적으로 큰 성취를 이루기 어렵겠지만요.

프롤로그를 마무리했다면, 마지막 에필로그 장면과 대칭되게 만드는 것도 좋습니다. 〈트라이앵글〉에서는 앞에서나 뒤에서나 동일한 이미지가 나오지만, 그 이미지가 전달하는 감정선은 완전히 달랐어요. 이 차이는 구조에 대한 재미난 아이디어에서 출발했기에 가능했던 성취였고요.

소개해야 할 배경 설정이 많은 경우에도 프롤로그를 경제적으로 활용해야 해요. 〈터미네이터〉는 폐허가 된 미래의 도시와 인간들을 수색하고 학살하려는 기계의 모습을 보여주며 자막을 통해 작품의 복잡한 설정을 짧고 굵게 전달했지요. 작품의 분위기를 조율할 때 괴물의 배경을 간략히 전달하는 것도 괜찮은 방법이랍니다.

〈스크림 2〉 1997, 웨스 크레이븐

'스크림' 시리즈의 프롤로그라고 하면 대부분 1편을 떠올리겠지만, 개인적으로는 〈스크림 2〉의 도입부를 더 좋아합니다. 1편에서 일어났던 사건을 바탕으로 하는 작품이 영화관에서 상영 중이고, 그 앞에 줄을 선 흑인 커플이 공포 영화를 봐야 하는 당위성과 그 안에 잠재된 정치적 문제들에 대해 토론하는 것으로 시작하거든요.

전작 〈스크림〉이 영화에 대한 영화였다면 〈스크림 2〉는 영화에 대한 영화가 영화 속 영화로 등장하며 영화에 대한 영화를 다루는 영화로 그 층위를 한층 더 복잡하게 뒤틉니다. 그 결과, 이 작품의 모든 대사는 현실과 서사의 경계를 무너뜨리고 관객에게 직접 말을 거는 것이나 다름없는 파괴력을 지녀요. 처음부터 흥미로운 구조를 깔고 시작하는 자신만만한 도입부지요.

〈캔디맨〉1992, 버나드 로즈

이 작품은 불길한 내레이션과 함께 도시의 전경을 비추면서 시작합니다. 그러고는 거울을 보며 캔디맨이라고 다섯 번 부르면 캔디맨이 찾아와 자신의 이름을 부른 자를 살해한다는 괴담에 대해 대화를 나누며 시시덕거리는 연인이 나오지요. 다음으로는 그 괴물이 찾아와 여성을 살해하는 장면이 나오고, 이 모든 이야기가 진실인지 아닌지 모를, 누군가가 주인공에게 들려주는 괴담이었다는 반전이 밝혀지지요. 이 괴담이 사실이건 아니건 캔디맨 괴담에 대한 정보는 매우 강렬하고 효과적으로 전달된 것이 분명합니다.

〈캔디맨〉의 프롤로그에서 가장 흥미로운 지점은 이것이 결국 누군가의 입에서 누군가의 귀로 전달되는 이야기라는 것이지요. 뿌연 안개처럼 흐릿한 장면은 괴담과 작품 속 현실, 그리고 서사 바깥 현실 사이의 경계를 무너뜨리고 다양한 해석을 가능하게 합니다.

신탁

이 파트는 등장인물 안내서라고 할 수 있습니다. 피지배자-카산드라와 예언자-카산드라의 일상과 그들이 처한 환경이 묘사되어야 해요. 여기에서 무엇보다 중요한 것은 두 카산드라의 결여가 제시되어야 한다는 것이지요. 결여는 '왜 이 사람은 미궁으로 가야만 할까?'에 대한 답이기도 해요.

신탁은 이야기꾼이나 예언자-카산드라가 활약하기 좋은 파트이기도 해요. 이들에게 후에 일어날 사건에 대한 암시 정도의 역할만 부여해도 좋고, 작품에 등장하게 될 괴물의 상세한 정보를 풀어놓는 역할을 주어도 좋겠지요. 암시든 정보든, 그 정확도가 높든 낮든 재미난 결과로 이어질 것입니다.

가능하다면 카산드라와 불신자들이 평화롭게 지내도록 해주세요. 이후 들어갈 미궁에서와 대비되게요. 격차가 클수록 더 큰 충격을 주기 마련이니까요. 미궁에 들어오면서 이야기가 시작됐더라도 격차는 얼마든지 만들 수 있어요. 괴물이 나타나기 전까지 미궁은 날카로운 이빨을 숨기고 있을 테니까요.

이 파트는 그렇게까지 길지 않아도 되겠지요. 중요한 것은 피지배자-카산드라와 예언자-카산드라가 어떤 사람인지 보여주는 것이고, 거기에 집중하는 것만으로도 신탁 파트의 역할은 다한 것이니까요.

〈할로윈〉 1978, 존 카펜터

로리 스트로드는 성실한 학생입니다. 이웃집 꼬마도 베이비시터인 로리 스트로드를 잘 따르고 가족이나 친구 관계도 원만한 편이지요. 이 인물은 부동산업자인 아버지의 심부름으로 동네에 귀신이 들렸다고 소문 난 마이어스의 집에 열쇠를 갖다 놓았다가 그의 타깃이 됩니다.

바로 그날 학교에서 로리 스트로드는 신탁을 내려받습니다. 문학 시간에 운명과 관련된 철학적인 고찰을 공부하게 되거든요.

수업 내용은 신화 속의 영웅들이 운명에 맞서도록 혹은 운명에 내던져지도록 고하는 신탁이나 다름없었지요.

〈캐빈 인 더 우즈〉 2012, 드류 고더드

여름휴가차 별장에 가는 길, 대마초를 많이 피웠던 친구가 계속해서 말도 안 되는 개똥철학으로 헛소리를 해댑니다. '세상아, 다 망해라!' 다른 친구들은 이 궤변에 코웃음만 치면서 한 귀로 듣고 한 귀로 흘려버리고요. 이후 황당한 사건이 연속으로 일어나면서 별장에 놀러 간 사람 모두 그 친구의 이야기가 현실에서 일어나는 광경을 목격합니다.

대마쟁이 친구의 이야기가 맞노라고 말했을 때, 가장 놀라 기겁한 사람은 대마쟁이 본인이었을 거예요. 다른 친구들이 대마쟁이 친구의 궤변을 진지하게 듣지 않은 것을 탓할 노릇도 아니지요. 향정신성의약품에 중독된 사람이 한껏 취한 상태로 하는 이야기를 진지하게 듣는 일만큼 고역이 어디 있겠어요. 감독과 각본가의 장난기가 이런 식으로 튀어나온 것이지요.

미궁 탐방

카산드라와 불신자들은 미궁을 탐방합니다. 위협이 시작되지는 않았기에, 불신자들은 괴물의 습격으로 목숨을 빼앗기리라고는 짐작도 못 하고 있지만요. 미궁이 위험하고 두려운 공간이라고는 상상도 못 할 테고요. 그보다는 놀러 온 기분으로 여기저기를 찔러

보고 다니겠지요.

미궁은 어떤 곳일까요? 괴물과는 어떤 연관이 있을까요? 이곳은 매혹적이어야만 해요. 일상적이고 안정적인 공간과는 괴리되어서 신화적인 사건이 일어나도 전혀 놀랍지 않을 남다른 세계여야만 하죠. 미궁이 기능하기 위한 최소한의 조건은 바깥 사회의 공권력이 미치지 못할 만큼 지리적으로나 사회적으로나 고립되어야만 한다는 것이고요.

이런 장면은 인물들이 미궁에 익숙해지는 과정인 동시에, 관객들에게도 미궁에 대한 정보를 전달하는 역할을 할 거예요. 인물들은 미궁을 돌아다니면서 시끌벅적 떠들겠지만, 관객들은 등장인물들의 즐거운 모습이 이후 닥쳐올 비극과 대비되리라는 생각에 조마조마할 거예요.

그리고 관객만큼이나 피지배자-카산드라와 예언자-카산드라도 이후 일어날 일들에 대해 염려하고 있을 거예요. 관객은 자연스레 카산드라에게 이입한 채 불안감을 키울 테고요. 하지만 불신자들은 카산드라의 조언에, 아니 예언에 귀를 기울이기는커녕 구박하거나 무시할 가능성이 크겠지요. 카산드라도 미궁의 위험성을 확신하지 못하기에, 또 집단의 목소리에 억눌려 자신의 목소리를 내지는 못할 테고요.

미궁에 숨은 위협은 논리적이에요. 여기서 논리적이라 함은 사회적이고 상식적이라는 말이 아니에요. 우연적이지 않다는 의미지요. 미궁에는 금기가 존재하고 이를 바탕으로 하는 논리가 세워진 것이지요. 그렇기에 논리적일지언정 상식적이지는 않을 수도 있어요. 여기서 금기는 사회 일반의 것이 아닌, 미궁에서만 기능하는 독자적인 것이니까요.

이 금기와 관련해 긴박감을 더하기 위해서는 관객만을 위한 정보를 더 주어야 해요. 미궁과 괴물에 대해 등장인물들은 전혀 모르지만 관객들에게는 겨우 짐작 가능한 끔찍한 내용을 보여주면 좋은 것이지요. 이렇게 설정하면 등장인물이 금기인지 모른 채 금기를 어기는 장면이 관객에게는 무시무시하게 다가올 테니까요.

누구는 알고 누구는 모르는 상황에 대한 조율은 무척 중요해요. 작품에 등장하는 인물들이 아무것도 모르고 위험한 구멍에 손을 집어넣을 때, 사정을 다 알고 있는 관객들은 무섭고 불안해서 애간장이 끓겠지요. 이런 애간장이 바로 서스펜스이고, 서스펜스에서 가장 중요한 건 정보의 편향과 왜곡이에요. 누누이 말한 '그러게 내가 뭐랬어?'라는 생각은 이런 상황에 작동하는 것이지요.

〈에이리언〉 1979, 리들리 스콧

엘런 리플리와 동료들 그리고 외계 생물이 숨어든 노스트로모호만큼 매력적인 미궁은 찾아보기 어렵지요. 우주선 노스트로모호는 생물처럼 보이기도 해요. 승무원들이 돌아다니는 통로는 강철로 된 내장 같고요. 우주선의 각 공간을 돌아다니는 장면은 바라보는 것만으로도 홀릴 듯 아름답습니다. 약간 과장해 노스트로모호는 이 영화의 또 다른 주인공이라고도 할 수 있어요.

그 자체로도 충분히 신화적인 이 공간은 무엇 하나가 더해지면서 더욱 무시무시한 미궁으로 바뀌어요. 노스트로모호의 승무원들은 예상치 못한 이유로 지구 귀환 항해를 중단하게 됩니다. 우주선이 정체불명의 전파를 수신했으며, 계약상 지적 문명이 보낸 신호는 반드시 확인하고 그에 대해 조사해야 했거든요. 이들은 결국 외계 문명이 건조한 게 아닐까 싶은 정체불명의 우주선에 탐사대를 보내고, 가져와선 안 될 것을 가져옵니다. 노스트로모호에 이방인이 찾아왔고, 이 공간은 이제 신화적인 공간으로 탈바꿈하게 되지요.

〈미드소마〉 2019, 아리 에스터

대니는 연인 크리스티안과 그의 친구들이 학술 연구를 위해 스웨덴의 아름다운 시골 마을인 호르가에 방문하여 하지 축제인 미드소마에 참가하기로 하자, 그 일정에 동참하기로 결심합니다. 소원해진 연인과의 관계를 재충전하기를 원해서였을 수도, 가족을 잃은 충격에서 벗어나고 싶어서였을 수도 있겠지요.

연구를 위해서건, 여행을 위해서건 대니와 그 일행은 호르가의 곳곳을 돌아다니면서 마을에 관한 이야기를 듣습니다. 하지만 그 설명에는 어딘가 석연치 않은 지점이 있고, 전해지는 구전 또한 꺼림칙한 부분이 있었지요. 대니가 거리를 두며 이 마을을 지켜보는 사이, 크리스티안과 그의 친구들은 무례하고 오만한 시선으로 호르가의 문화에 접근합니다. 미궁의 금기를 우습게 보고, 이를 어기면서 징벌을 자초한 셈이지요. 그들이 대니를 무시하고 깔봤던 것처럼요.

괴물의 접근

미궁을 소개했으니, 이제 괴물을 소개할게요. 이야기꾼이 신탁 파트에서 괴물의 존재에 대해 설명했을 수도 있겠습니다만, 신탁 파트를 괴물이 아닌 운명에 대한 신탁으로 꾸몄다면, 이 파트에서는 괴물이 누구고 어떤 과거가 있으며 어떤 위협이 되는지 간략하게 설명할 필요가 있어요.

그렇다고 괴물의 모든 정보를 밝혀서는 안 되겠지요. 모든 이야기가 공개되면 이후에 미스터리한 흥미를 끌 수 없으니까요. 그보다는 단서를 살짝 흘리는 정도가 좋을 거예요. 이야기꾼은 언제나 모든 것을 밝히지 않아요. 아니, 못한다고 하는 편이 맞을 것 같네요. 그러니 등장인물 대부분이 이 괴물의 존재를 확신하지 못하는 것이고요.

클라이맥스에 반전을 넣을 거라면 이 파트에서 복선이 될 장면을 보여주는 게 좋습니다. 어떤 작품은 이 파트에서 괴물의 지배자가 정체를 숨긴 채 카산드라와 불신자들 앞을 서성이며 기만적으로 굴기도 하지요.

물론 이 상황에서도 카산드라만은 미궁과 괴물에 대해 재차 경고할 거예요. 하지만 집단은 카산드라를 이상한 사람으로 취급하며 카산드라가 스스로를 의심하게 만들 테고요. 그러면서 금기를 마구잡이로 어기겠지요. 혼자 가지 말란 곳에 혼자 가고, 불 꺼진 곳에 손전등 없이 가고….

그 결과는? 그러게요. 무시무시한 장면이 하나씩 터져 나오겠죠. 불신자들 중에서 괴물의 첫 희생자가 나올지도 몰라요. 그 정도까지는 아니어도 괴물의 위협이 실재하며 그들에게 시시각각 다가오고 있음을 자각하는 장면은 많이 나옵니다. 괴물을 상징하는 이미지나 물건을 설정했다면, 이 장면에 집어넣기 좋겠지요. 이제부터 본격적으로 호러물다운 장면이 나오는 것입니다.

〈캐빈 인 더 우즈〉 2012, 드류 고더드

대학교 친구들이 한데 모여 간 산속의 오두막. 오두막의 지하실에는 온갖 종류의 소품이 가득합니다. 기괴한 입체 퍼즐, 영사기의 필름, 발레리나 인형이 춤을 추는 오르골, 누군가의 일기장과 소라 껍데기까지. 고어물이나 슬래셔 호러물에 나올 법한 소품을 모아놓은 으스스한 공간이지요. 친구들은 이 모든 것이 신기해 하나하나 확인하려고 합니다만, 그 와중에도 대마초에 찌든 친구만이 이곳에 있어도 될지 모르겠다, 뭔지 모를 물건은 건드리지 말라고 충고합니다.

이 불길한 물건 중 주인공들의 간택을 받은 것은 고문에 대한 일기장이에요. 모두들 끔찍한 내용에 질색하면서도 다음 페이지에 적힌 내용을 궁금해하지요. 물론 이번에도 마약쟁이 친구만은 라틴어로 적힌 이상한 주술은 읽지 말라고 하지만, 무시당할 뿐이지요. 하기야 그렇지 않고서는 이야기가 진행되지도 않을 테고요.

〈겟 아웃〉 2017, 조던 필

크리스는 연인 로즈와 로즈의 고향 집으로 휴가를 떠날 계획입니다. 크리스의 친구이자 예언자-카산드라인 로드는 흑인인 크리스가 백인인 로즈의 고향 집에 가면 험한 꼴을 보게 될 거라며 농담 같은 경고를 했지요. 하지만 크리스는 로즈를 믿고 그의 고향으로 갑니다.

크리스는 로드의 충고와는 달리 로즈의 가족에게 환대를 받습니다. 로즈가 살았던 집을 둘러보기도 하고, 그의 가족과 차를 마시거나 식사를 하며 소소하게 대화를 나누지요. 이 과정에서 로즈의 가족에 대해 상세하게 소개를 받았고요. 하지만 별거 아닌 대화임에도 불구하고, 크리스는 묘하게 위협을 느껴요. 왜 담배를 피우느냐, 어떤 운동을 좋아하느냐… 관리인에게 왜 건물을 잘 청소하지 못했느냐며 타박을 주는 듯한 간섭을 시작했거든요. 앞으로 펼쳐질 섬뜩한 사건의 복선이 이 파트에서 등장하게 됩니다.

위협의 시작

괴물의 접근 파트에서 괴물에 의한 첫 희생자가 나올 수도 있다고 했지요? 괴물이 실재하며 그 위협이 다가오고 있음을 불신자들이 깨닫게 된다고도요. 이제 미궁은 유원지 같은 분위기에서 으스스하고 소름 돋는 공간으로 돌변하게 되겠죠.

여기서부터는 카산드라와 불신자들이 괴물을 마주하게 될 거예요. 그리고 이 집단은 공포에 휩싸여 갈팡질팡하며 방금까지 보여줬던 여유를 완전히 잃고 말겠지요.

불신자들은 미궁 바깥으로 떠나려고 하지만 이미 늦었겠지요. 카산드라와 불신자들은 물리적으로 미궁 안에 고립됩니다. 외부와의 연락도 어려울 가능성이 크고요. 연락이 된다 해도 상대방이 이 상황을 믿지 않을 수도 있어요. 관리자를 설정했고 그가 미궁 안에 있었다면 여기서 무력화될 거예요. 심하게는 죽어서, 가볍게는 갇히거나 연락이 안 돼서 정도겠지요.

카산드라와 불신자들은 괴물의 위협에 저항하거나 그로부터 도망치기 위해 여러 가지 대안을 고민할 거예요. 모든 대안은 이후에 실패하게 될 하찮은 아이디어일 뿐이지만 이는 어디까지나 결과론적인 이야기예요. 동 시간대에 작품을 보며 등장인물과 함께하는 관객에게는 모든 것이 그럴싸한 동아줄로 보일 겁니다.

이 상황은 피지배자-카산드라와 예언자-카산드라가 미리 충고했던 내용 그대로일 거예요. '그러게 내가 뭐랬어?'라고 할 만한 상황이라고나 할까요? 하지만 그럼에도 불구하고, 아니 그렇기에 더더욱 불신자들은 카산드라에게 적반하장으로 화를 낼 거예요. 부당하게 카산드라를 억압하던 사람들이니까요. 최악의 경우에는 카산드라를 희생시키는 것으로 자신들의 목숨을 부지하려고 할지도 몰라요.

카산드라가 집단에서 축출될 위기는 그가 괴물과 더 가까워지는 계기가 될 거예요. 이는 카산드라의 결여가 더욱 커진다는 이야기이기도 해요. 이 문제는 클라이맥스에서 결론이 나겠지요.

〈터커&데일VS이블〉 2010, 엘리 크레이그

대학 동아리 '오메가베타'의 회원들은 산으로 휴가를 갑니다. 그러다 밤의 호수에서 회원 중 하나인 앨리슨이 실족해 머리를 다치고, 무섭게 생겼지만 친절한 터커와 데일에게 구조됩니다. 상황을 이해하지 못한 오메가베타 회원들은 자신들의 친구가 두 남자에게 납치되었고, 살해당할지도 모른다며 겁을 먹습니다. 일반적인 슬래셔 호러물에 나올 법한 장면들을 떠올린 것이지요. 이 작품의 카산드라인 터커와 데일은 너무나 위협적으로 생겨서 억압받고, 친절과 호의로 상대에게 접근해도 신뢰를 얻지 못하거든요.

오메가베타 회원들은 터커와 데일을 습격해서 앨리슨을 구출하려다 자기 발에 걸려 나무창에 가슴이 뚫리거나 목재 분쇄기에 뛰어드는 등의 사고로 화끈하게 죽어버립니다. 이 상황을 멀리서 바라만 보던 다른 친구들은 흉악한 살인마인 터커와 데일이 친구들을 살해했다고 오해하지요. 슬래셔 호러물의 일반적인 내용은 아닙니다만, 일어날 법한 일이 일어날 만한 파트에서 일어난 셈이에요.

〈터미네이터 2〉 1991, 제임스 캐머런

전작의 생존자 사라 코너는 정신병원에 수감되었습니다. 미래에는 인공지능 스카이넷이 폭주해서 인류를 파멸로 몰고 갈 거라면서 스카이넷을 개발한 회사 사이버다인에 테러를 가하려고 했기 때문이었지요. 그래서 그의 아들이자 미래의 구세주인 존 코너는 양부모에게 방치되다시피 자라고 있었고요. 존 코너가 사라 코너의 보호를 받지 못하는 틈을 타 미래에서 온 T-1000이 존 코너를 습격합니다. 사라 코너의 입장에서는 정말이지 '그러게 내가 뭐랬어?'의 심정이었겠지요.

〈터미네이터 2〉에서 시간 여행으로 과거에 온 미래인 카일 리스가 스카이넷의 위협에 대해 설명하기는 곤란했지만, 터미네이터의 습격이 그의 증언에 신뢰성을 부여했던 것처럼, 사라 코너에 대한 신뢰도 괴물이 난동을 부리면서 생겨납니다. 아들인 존 코너조차 사라 코너가 하는 예언에 대해 일말의 불신을 안고 있었지만, 두 눈으로 기계 인간들이 싸우는 모습을 목격했으니 더 이상 그를 의심할 수는 없었지요.

위협의 접근

기다리고 기다리던 순간이 왔습니다. 위협의 접근 파트는 그야말로 슬래셔 호러물의 꽃이라고 할 수 있어요. 이 파트에서는 괴물이 불신자들을 하나하나 사냥해서 징벌합니다. 카산드라는 무력하게 이를 바라볼 수밖에 없을 테고요. 미궁은 피와 비명으로 가득차게 될 겁니다.

사실 이 장면은 징벌만 반복되기 때문에, 그리고 장르 특성상 여기서는 불신자 대부분이 죽을 것이라는 사실을 많은 관객이 알기 때문에 따분해지기 쉬워요. 이후의 전개 대부분이 짐작할 수 있는 내용이니까요. 이야기도 잘 진척되지 않으니 더더욱 조심해야 하는 부분입니다.

그럼에도 불구하고 이 파트가 슬래셔 호러물의 꽃인 이유는 간단합니다. 얼마나 참신하고 신선하게 사람을 죽이느냐를 겨루는 장면이거든요. 그렇지 않으면 지루하고 따분하기 십상이니까요. 회전 초밥집에서 참치 해체 쇼를 하는 것처럼, 사람을 대상으로 온갖 종류의 현대미술적인 실험을 함으로써 이목을 모아야만 하는 셈이지요. 장르적으로 재구성된 '인체의 신비전'이라고 해도 좋겠네요.

예언자-카산드라에 대해 설명하며, 이 인물과 피지배자-카산드라가 연대해 뒤통수를 치기도 합니다. 이 파트에서는 배신하기도 좋아요. 괴물이 주는 현실적인 공포로 인해 겉으로나마 연대를 선언했던 과거를 잊고 입을 씻을 만한 상황이니까요.

여기에서는 괴물의 시선과 관객의 시선이 일치해요. 슬래셔 호러물의 애호가들은 참 양가적이에요. 누군가를 응원하는 동시에 응원하는 대상이 끔찍하게 살해당하는 모습을 기대하며 작품을 보니까요. 저부터도 바로 위 문단에서 사람을 참신하고 신선하게 죽여달라는 요청을 했잖아요? 참치 해체 쇼라느니, 사람을 대상으로 한 현대미술이라느니, 장르적으로 재구성된 인체의 신비전이라느니. 얼마나 못된 표현인지 낯부끄럽고 민망하기도 합니다만, 이는 슬래셔 호러물의 본질이자 기능이기도 해서 험악한 표현을 사용하게 되었습니다.

우리의 폭력적인 욕망을 드러내는 것은 우리의 폭력적인 욕망에 대한 폭로이자 성찰로 이어지기도 해요. 물론 이는 부족함을 인정하고 더 나아가기 위해 노력하기로 결심했을 때에만 가능하니까, 모든 슬래셔 호러물의 결말이 성찰로 이어지지는 않겠지요. 그렇다고 그런 작품이 그렇지 않은 작품에 비해 작품성이 떨어진다거나 하는 이야기는 결코 아닙니다만, 염두에 두어서 손해 볼 건 없겠지요.

〈캐빈 인 더 우즈〉 2012, 드류 고더드

이 작품은 이중 구성이에요. 두 집단을 중심으로 이야기가 진행되거든요. 하나는 오두막에 놀러 온 대학생들이고, 다른 하나는 이들을 감시하고 조종하려는 정체불명의 조직입니다. 그래서 돌림노래처럼 각 파트가 반복되다, 위협의 접근 파트에서 하나의 멜로디로 합쳐집니다. 어려운 이야기는 아니고 두 집단이 한곳에 모여 괴물들에게 난자당한다는 말입니다. 이제 다 죽게 생겼다는 거지요.

이 파트는 징벌의 반복이라 따분해지기 쉽다고 말했지요? 〈캐빈 인 더 우즈〉는 영리한 방법으로 이 반복의 한계를 비껴 나가요. 질만이 아니라 양으로도 승부를 보겠다는 것이었어요. 온갖 종류의 괴물을 등장시켜 다양성을 부여했거든요. 수많은 걸작을 오마주한 장면을 화려하게 풀어낸 것입니다.

〈에이리언〉 1979, 리들리 스콧

노스트로모호의 승무원들은 동료의 가슴을 뚫고 튀어나온 외계 생명체를 붙잡기 위해 우주선을 수색합니다. 이는 괴물을 사냥하기 위한 과정에서 괴물에게 사냥당하는 과정으로 자연스레 뒤바뀌지요. 이들은 우주선의 통풍관에 들어가기도 하고 인공지능에게 묻기도 하며 어떻게든 상황을 수습하려고 해요. 당시에는 미래 세계를 상상하며 최신 기술을 집약시킨 장면이었지만, 21세기에 와서는 레트로 퓨처풍으로 분류되는 이미지와 미장센이 화면을 장악하지요.

여기서 화면에 에이리언의 형태가 제대로 포착되는 순간은 길지 않아요. 너무 빠르게 움직이거나 어둠 속에서 실루엣만 보이는 식으로 전체상을 가늠하지 못할 때 그 대상이 더 무서워지기 마련이니, 이는 당연한 선택이라 할 수 있겠습니다. 그럼에도 긴장의 끈을 놓지 않을 수 있는 것은 노스트로모호라는 미궁의 매력 덕분이겠지요.

괴물의 정체와 결전

위협의 접근 파트에서 집단으로부터 소외되었던 괴물이 불신자들에게 내리는 징벌은 정당방위로 보이기도 합니다. 누가 보더라도 명백하게 당위를 갖춘 괴물이 있기는 해요. 하지만 많은 경우 정당방위는 착시에 불과해요. 괴물은 금기를 저질렀던, 부당하게 카산드라를 억압했던 자들을 공격하는 동시에, 그들과 마찬가지로 카산드라를 자신의 손아귀에 넣고 마음대로 다루려고 하거든요.

이때 괴물과 관객의 시선이 일치한다고 했지요? 괴물이 불신자들을 징벌한 뒤 카산드라를 노릴 때도 마찬가지예요. 아니, 이야말로 괴물과 관객이 바라 마지않던 순간인 경우가 많지요. 하지만 그럼에도 불구하고, 어쩌면 그렇기에 더더욱 슬래셔 호러물의 윤리적인 가능성이 이 파트에서 가장 눈부시게 빛나고는 해요.

우리의 폭력적인 욕망을 드러내는 것은 우리의 폭력적인 욕망에 대한 폭로이자 성찰로 이어지기도 한다고 했지요? 이야기 내내 상황과 타인에게 휩쓸려 다니기만 하던 카산드라는 바로 이 파트에서부터 괴물의, 또 우리의 욕망을 폭로하는 동시에 성찰로 이끄는 주체가 될 거예요. 그가 최종적으로 괴물과 일대일로 맞서는 것으로 말이지요.

반대로 괴물은 여전히 그의 지배자에게 종속된 상황이기 쉽겠네요. 그도 카산드라와 마찬가지로 자신을 옭아매던 결여와 마주해 승리하기도 합니다만, 대부분은 그렇지 않아요. 그리고 이것은 카산드라와 괴물의 결정적인 차이이기도 해요. 누군가는 성장한 반면, 다른 누군가는 답보 상태이거나 퇴보했으니까요.

하지만 의문이 하나 남을 겁니다. 힘이 약한 피지배자-카산드라가 어떻게 강인한 괴물에게 대항할까요? 그건 앞서 설명한 두 인물 유형의 관계에서 실마리를 얻을 수 있어요. 괴물은 카산드라의 그림자와 같다고 했지요? 누구도 그림자와 싸워 이기지 못하지요. 하지만 그림자를 없앨 수는 있어요. 괴물이라는 그림자는 카산드라가 가진 결여에서 비롯된 어둠이에요. 그러니 카산드라의 결여가 채워지기만 한다면, 그림자에 숨어 있던 괴물 또한 사라지게 되는 것이지요.

너무 추상적으로만 이야기했나요? 예시를 살펴보면 그렇게 애매모호하지는 않을 거예요. 〈터커&데일VS이블〉이라면 시골에서 사는, 살인마처럼 무섭게 생긴 데다 머리가 나쁘다고 욕을 먹던 터커가 그래서 뭐 어쩔 거냐면서 스스로를 긍정하고 비상한 기억력을 활용해 살인마와 맞서는 식으로, 〈일라이〉라면 일라이가 부모를 비롯한 어른들이 모두 자신의 편은 아니라는 사실을 인정하고 그들에게 맞서기로 결심하는 식으로, 카산드라 스스로 결여를 극복하는 장면이 나오지요.

물론 어떤 작품에서는 카산드라가 도망치고 또 도망치다, 미궁으로 들어오는 데 성공한 관리자가 괴물을 쫓아낸 덕분에 구사일생으로 상황을 모면하기도 해요. 하지만 그런 작품조차 다른 누구보다 약하다고 여겨졌던 카산드라가 괴물에 맞선다는 반전을 위해 그가 결여를 마주하는 장면을 넣고는 한답니다. 그렇지 않으면 그저 운이 좋아서 모든 모험에서 살아남았을 뿐이었다는 밋밋한 이야기로 끝나고 마니까요.

이 대결에 있어 가능한 결말의 가짓수는 다음과 같겠지요. '카산드라가 괴물에 맞서려고 한다'와 '카산드라가 괴물에게서 도망치려고 한다'라는 두 가지 가능성에, '카산드라가 살아남는다'와 '카산드라가 죽는다'라는 두 가지 가능성을 곱하고, '괴물이 살아남는다'와 '괴물이 죽는다'라는 두 가지 가능성도 곱하면, 총 여덟 가지의 결말 중 하나로 귀결되겠지요. 우리의 카산드라는 괴물에게 맞서다 죽을 수도 있어요. 하지만 그렇다고 모든 이야기가 무의미해지는 건 아니에요. 카산드라는 이 과정에서 받아들이든 도망치든, 그림자를 만들어낸 자신의 결여와 마주했을 테니까요.

〈할로윈〉 2018, 데이비드 고든 그린

〈할로윈〉(1978)의 정통 후속작인 〈할로윈〉은 많은 면에서 전편과 대칭을 이룹니다. 특히 괴물의 정체와 결전 파트에서 로리 스트로드가 마이클 마이어스와 대결하는 순간은 전편을 보지 않고서는 카타르시스가 반감될 수밖에 없을 정도로 명확하게 반대되는 이미지로 구성되어 있지요. 그런 점에서 두 작품은 꼭 함께 보세요.

카타르시스로 가득 찬 작품이긴 합니다만, 그중에서도 가장 큰 목소리로 환호성을 지르게 되는 순간은 로리 스트로드의 딸 캐런이 활약을 시작할 때가 아닌가 합니다. 이는 기존에 쌓아왔던 여러 장치와 이미지가 작품의 종반부에 이르러 폭발하도록 설계된 명장면이었지요.

〈트라이앵글〉 2009, 크리스토퍼 스미스

슬래셔 호러물로 구분하기에는 여러모로 난점이 있는 작품입니다만, 〈트라이앵글〉의 주인공인 제스가 운명이라는 괴물과 맞서 투쟁하는 과정에 대해 말하지 않고 넘어가기는 아깝지요. 이 작품은 바다에서 표류하던 생존자들이 우연히 마주친 호화 유람선에 올라타지만, 그 유람선에는 사람이 없는 기묘한 상황을 다룹니다. 그리고 제스는 다른 생존자들이 서로 엇갈리는 이야기를 하면서 자신을 불신하고 위협하는 상황에서, 사랑하는 아들에게 돌아가기 위해서는 어떤 일이라도 하겠다고 각오를 다집니다. 어쩌면 이럴 수 있을까 싶은 사건들을 넘어 자기 자신마저 극복해야 하는 치열한 투쟁 끝에 제스는 모든 것의 원인이라고 할 수 있는 진짜 괴물을 마주하게 됩니다. 이 괴물은 그와 아들의 관계에서 미처 채우지 못한 그의 결여와도 연관이 있었고요. 다행히도 제스는 이 괴물에 맞서 끝끝내 승리하게 됩니다. 아들과 함께하는 영원한 행복을 얻기 위해, 이 시련은 그에게 필연적인 과업이었을 거예요. 물론 그가 자신의 결여를 진심으로 마주했다면 이런 시련을 겪을 필요도 없었겠지만요.

에필로그

카산드라는 괴물을, 자신의 결여를 마주함으로써 신탁을 이행했습니다. 미궁에 자욱하게 자리 잡고 있던 안개도 대부분 걷혔을 테고, 미궁으로 들어오지 못해 발만 동동 구르던 관리자 역시 그 안으로 들어와 신화적인 분위기는 사라지게 됩니다. 어떤 작품은 끝까지 미궁을 미궁으로 남겨두기도 하고요.

신탁의 결과는 어떻게 정리할 수 있을까요? 피지배자-카산드라는 어떤 결론을 내렸을까요? 예언자-카산드라는 마지막까지 살아남을 수 있을까요? 괴물의 행방은 어떻게 되었을까요? 불신자들 중에 살아남은 사람이 있을까요? 불신자들이 카산드라를 대하는 태도는 어떻게 달라졌을까요? 이러한 질문들에 대한 자신만의 답을 마련해주세요.

답에 대한 내용은 이야기꾼이 정리하게 될 거예요. 이야기꾼은 이야기의 처음부터 나왔던 인물일 수도 있고, 마지막을 장식하기 위해 급조된 인물일 수도 있어요. 어느 쪽이든 상관없습니다. 입에서 입으로 전해지는 신화는 그 발화의 주체가 불투명하면 불투명할수록 신화로서의 생명력을 얻기 마련이니까요.

〈미드소마〉 2019, 아리 에스터

어떤 사람들은 〈미드소마〉를 보고 반 농담으로 힐링물이라 했는데요. 호르가 사람들이 주인공 대니를 무시하고 억압했던 대니의 남자친구나 다른 동료들에게 응분의 대가를 치르도록 강제하는 과정이, 대니에게 이입하던 관객에게 미묘한 통쾌함을 주어서 '힐링'이라는 표현을 사용한 것이 아닌가 싶어요. 물론 반 농담이라는 이야기는 반 진담이라는 이야기이기도 해요.

그런 점에서 〈미드소마〉의 마지막 장면에서 대니가 지은 표정은 한마디로 정의 내릴 수 없는 복잡한 감정을 잘 담아냈다고 할 수 있습니다. 괴물이 피억압자를 대신해서 억압자를 징벌했고, 피억압자를 자신들의 일원으로 받아들이겠다고 했으니까요. 물론 이 권유는 그가 쉽게 부정할 수 없는 또 다른 형태의 강압임이 분명합니다만, 그럼에도 쾌감 또한 주었으니까요.

〈캔디맨〉 1992, 버나드 로즈

캔디맨은 벽화로 남은 신화적인 존재입니다. 부당하게 살해당한 울분은 그가 계속해서 살아남도록 만든 원동력이었지요. 그리고 그는 자기 신화를 유지하기 위해 계속해서 피해자를 만들어야만 했어요. 그래서 그는 자신의 피해자들에게 너희들은 죽음으로써 나와 같이 신적인 존재가 될 것이라며 그들을 끊임없이 유혹했지요. 여기에 대해 박물학적인 관점에서 신화를 포섭하려다가 캔디맨의 사냥감이 된 헬렌이 대항하는 방식은 그를 무찌르거나 도망치는 식의 물리적인 차원이 아니었어요. 그는 부당하게 자행되었던 폭력에 대한 복수의 피해자가 아닌 어린아이를 살리기 위해 자신을 불사르는 희생자가 되어, 캔디맨을 넘어서는 신화적인 존재가 되는 것으로 그의 저주에서 벗어납니다. 이 작품의 마지막 장면에서 보여주는 뒷골목에 그려진 그의 벽화가 그의 승리에 대한 증명일 테고요. 신화는 언제나 이런 식으로 새로이 탄생하는 법이지요.

하이스트
레시피

△ 하이스트물의 네 가지 요소

① 보물을 중심으로 온갖 인물과 세력이 모여든다.

② 모두가 계획을 세우지만, 무엇도 계획대로 진행되지 않는다.

③ 말도 안 되는 우연이 시간과 장소를 가리지 않고 터진다.

④ 행운량 보존의 법칙이 적용된다.

△ 배경 설정

① 보물

등장인물 대부분이 갈망하는 것, 이들을 한데 엮이도록 만든 구심점

② 행운량 보존의 법칙

- 모든 캐릭터가 동등하게 추락-상승-추락-상승의 패턴을 겪지 않는다.

- 무엇도 계획대로 진행되지 않는다.

- 사건이 무작위로 일어나기만 해서는 안 된다.

△ 인물 구성

① 관찰자

② 광인

③ 지배자

④ 괴물

⑤ 중개인

⑥ 철부지

⑦ 연인

⑧ 소시민

△ 이야기 구조

프롤로그 - 개장 - 난장 - 중간점 - 막장 - 파장 - 에필로그

하이스트물은 이 책의 부록과도 같아요. 한 장르에 대한 본질적인 분석보다는 약간의 노하우와 팁으로만 정돈할 생각이거든요. 사실 그럴 수밖에 없는 이유가 있습니다. 여기서 제시하는 하이스트물은 요리로 치자면 볶음밥처럼 냉장고에 남은 식재료를 한 번에 넣고 대충 섞어서 끝내는 음식이라고 할 수 있거든요. 여러 종류의 소재를 대충 던져놓고 섞다 보면 결과물이 나오는 장르라고나 할까요? 하이스트물의 네 가지 요소를 짚어보겠습니다.

① 보물을 중심으로 온갖 인물과 세력이 모여든다.
② 모두가 계획을 세우지만, 무엇도 계획대로 진행되지 않는다.
③ 말도 안 되는 우연이 시간과 장소를 가리지 않고 터진다.
④ 행운량 보존의 법칙이 적용된다.

이런 하이스트물의 대표작을 고민해봤습니다. 대중적인 작품으로는 〈무한도전〉의 '돈가방을 들고 튀어라'와 같은 추적극 시리즈를, 대표적인 작품으로는 〈록 스탁 앤 투 스모킹 배럴즈〉나 〈스내치〉와 같은 가이 리치 감독의 초기작을 들고 싶네요. 이 작품들은 모두 무뢰배 사이에서 보물을 둘러싸고 일어나는 일을 다루고, 이들은 승리를 위해 여러 가지 계획을 짜지만 그 계획들은 하나같이 혼란스러운 우연으로 엎어지고 말지요.

앞서는 각 장르물의 원형이 되는 신화에 대해 이야기했습니다만, 이번에는 그렇게 하지 않을 셈이에요. 하이스트물은 원형 신화가 있고 그로부터 영향을 받았다기보다는, 그 자체가 이야기의 원형에 닿아 있어요. 사건이 유기적이고 논리적으로 전개되는 다른 장르와 달리 하이스트물은 우발적이고 비논리적으로 진행되고는 해요. 개연성을 위해 작위적으로 사건을 재구성하지 않았다는 점에서 하이스트물은 우리의 현실에 보다 맞닿아 있다고도 할 수 있겠네요.

"고등학교 동창 중에 A라고 기억해? 걔 이번에 복권 당첨되었잖아. 좋겠다"나 "오늘 점심에 어떤 사람이 편의점 옆 횡단보도를 건너다가 차에 치었다더라. 안됐어"처럼 우리 인생에서 어떤 사건은 별다른 맥락 없이 일어나기도 해요. 맥락이 있다 하더라도 전모를 파악할 수 없을 때도 많고요.

모든 인물과 사건이 정합성에 맞게 구성되는 창작물과 달리, 우리의 현실은 엉망진창이죠. 소설이나 영화에서 벌어지는 사건들은 일관적이어야 해요. 부조리극도 부조리라는 내적 논리를 충실히 지켜나가야 하고요. 하지만 현실에서는 내적 논리는커녕 현실감이라고는 전혀 없는 우연의 연속이 우리를 지배하고 있어요.

하이스트물이 재현하려는 것은 이 엉망진창인 세상 자체예요. 주인공이 사건을 통해 변화를 겪고 주제 의식을 전달하는 식이 아닌, 여러 등장인물이 비슷한 비중으로 자신들의 에고를 서로에게 부딪히며 난장판을 만드는 이야기거든요. 주제 의식이나 욕망의 구조를 갖추고 있다기보다는, 온갖 인물이 예측 불가능하게 터져 나오는 사건을 예측하고 통제하려고 애쓰는 상황을 다루려고 한다고도 할 수 있겠네요.

이런 구조의 이야기는 다양한 등장인물이 활약할 수 있는 환경을 제공합니다. 케이퍼물이 다양한 영웅이 힘을 합쳐 하나의 목표를 향한다면, 하이스트물은 다양한 영웅이 서로 경쟁하며 하나의 목표를 향하는 구조라고 할 수 있겠지요. 넓게 보면 〈바질리스크~오우카 인법첩~〉이나 〈페이트 스테이 나이트〉도 하이스트물의 이야기 구조에 포함됩니다. 독특한 개성의 닌자나 신화 속 영웅이 인법첩이나 성배처럼 대상 하나를 중심으로 전쟁을 벌이니까요. 그것도 한 치 앞을 예상하지 못할 충격적인 사건이 연달아 터지면서요.

하지만 여기에는 문제가 있습니다. 관객의 입장에서야 재밌는 상황입니다만, 창작자의 입장에서 어떻게 하면 예측 불가능하고 통제할 수 없는 상황을 만들 수 있을까, 하는 문제요. 창작자도 예측 불가능하고 통제할 수 없게 아무렇게나 이야기를 질러버리면 될까요? 하이스트물은 냉장고의 남은 식자재나 자투리 채소로 대충 만든 볶음밥과 같다고 했으니 아무 인물에게나 떠오르는 대로 사건을 만들어주면 될까요? 하지만 이래서야 좋은 결과물이 나오기는 어렵겠지요.

물론 빼어난 솜씨의 베테랑 요리사라면 즉흥적으로 요리를 만들어도 남들이 레시피를 충실히 따라가며 만든 것보다 훨씬 맛있고는 하지요. 하지만 베테랑의 방식을 초심자가 섣불리 따라 했다가는 먹기 힘든 실험 폐기물을 만들 위험이 더 클 거예요.

그렇기에 여기서는 하이스트물이 하나의 완성된 결과물로 이어지도록 중요한 기준 두 가지를 제시하고자 합니다. 하나는 모든 인물과 사건의 중심이 될 보물에 대해 설정할 것. 다른 하나는 행운량 보존의 법칙에 따라 행운과 불운의 총량을 한정할 것.

보물을 설정하는 이유는 대강 짐작할 거예요. 각양각색의 인물이 각기 다른 욕망을 가진 상태에서 하나의 이야기로 엮이기 위한 공통점으로 보물을 설정하는 것이지요. 케이퍼물의 보물도 마찬가지 역할을 했고요. 스릴러물에서 비밀을 설정하고, 슬래셔 호러물에서 주인공을 중심으로 관계를 배치하는 것도 비슷한 이유였습니다.

그렇다면 행운과 불운의 총량을 한정하는 이유는 무엇일까요? 우리는 등장인물에게 예측 불가능한 사건을 시련으로 설정해줄 예정이지요. 그런데 단순히 인물들을 괴롭히는 것만으로는 이야기에 긴장감이 생기지 않습니다. 채찍으로 때리기만 해서는 말이 달리지 못해요. 간간이 당근도 주며 체력을 보충해줘야 더 멋진 질주를 보여주는 법이지요. 이완과 긴장이 병행하며 뒤섞여야만 질리지 않고 긴장감을 유지할 수 있다고나 할까요?

다른 장르에서는 주인공에게 행운을 주기 전에 불운을 주고 불운을 주기 전에 행운을 주어 긴장감의 완급을 조절합니다만, 하이스트물에서는 이런 공식을 반복하기 쉽지 않아요. 보물을 중심으로 한 명의 주인공이 아닌 다양한 주인공들의 이야기가 동시다발적으로 진행되니까요. 더욱이 행운과 불운이 교차하기만 한다면 하이스트물의 예측 불가능한 재미가 사라지겠지요.

　　그러니 등장인물이 겪게 될 행운과 불운의 총량을 정해놓는 것입니다. 어떤 인물은 이야기 내내 불운을 겪고 다른 인물은 행운을 더 많이 겪게 하는 식으로 전체적인 행운과 불운의 총량을 맞춘다면, 작품에 등장할 사건의 예측 불가능성은 지켜나가면서 등장인물들이 겪는 감정선의 이완과 긴장 또한 균형을 유지할 수 있게 되니까요. 그러니 작품 속 행운량 보존의 법칙은 통제되지 않는 것에서 오는 긴장과 피로를 유지하면서 이완해야 하는 상황의 균형을 지켜주는 방법이라고 할 수 있겠습니다.

배경 설정

보물

보물은 어떻게 설정하면 될까요? 케이퍼물과 마찬가지예요. 하이스트물의 보물도 성배로 기능합니다. 모든 이들이 원한다고 여겨지는 동시에 모든 욕망을 이루어줄 것이라고 담보하는 무언가로, 등장인물 대부분이 이 보물을 갈망할 테니까요.

하지만 케이퍼물에서 보물은 가져서 성취하는 것이 아니라 포기해서 성숙해질 계기로 작동하는 것에 반해, 하이스트물에서 보물은 모든 등장인물이 한데 엮이도록 돕는 구심점으로만 작동해요. 그래서일까요? 후반부에서 등장인물들이 보물의 존재도 잊어버린 채 서로 뒤엉켜 싸우는 작품도 적지 않답니다.

보물은 모든 이들이 원하는 것이에요. 하지만 보물 자체가 그들이 욕망하는 최종 목표는 아니겠지요. 〈번 애프터 리딩〉의 보물이라면 전직 CIA 요원이었던 오스본 콕스의 회고록일 거예요. 그렇게까지 대단한 내용이 담긴 것은 아니지만 CIA와 오스본 콕스 그리고 헬스장 직원까지, 온갖 불한당이 각자 다른 이유로 이 회고록을 원하지요. 누구는 성형수술 할 돈을 마련하기 위해, 누구는 CIA에게 복수하기 위해, 누구는 단순 업무를 위해…. 이렇게 각기 다른 욕망을 하나로 뭉쳐주는 게 보물이고, 이는 등장인물들의 욕망을 이루기 위한 도구이자 통과점 역할을 할 것입니다.

보물이 하나만 나오는 건 아니에요. 〈골든 카무이〉를 예로 들어볼까요? 러일전쟁 이후 홋카이도를 배경으로 하는 이 작품은 금괴라는 최종 목표인 보물이 있고, 개별 에피소드는 금괴가 숨겨진 곳을 표시한 지도인 문신인피를 중심으로 구성되어요. 각 세력은 에피소드마다 새로운 문신인피를 둘러싸고 각축전을 벌이면서 금괴를 차지하고자 하지요.

보물이 진짜 보물일 필요는 없습니다. 등장인물들이 보물 하나만을 믿고 난장판을 벌였지만 그 보물의 존재가 허상이었다는 반전도 가능하고, 진짜 보물을 숨기기 위해 위조품을 만들어서 뿌린다는 전개도 가능하지요. 다시 한번 〈골든 카무이〉를 예로 들 수 있겠군요. 이 작품에서는 개별 에피소드의 중심이 되는 문신인피를 둘러싼 경쟁에서 우위를 점하기 위해 가짜 문신인피를 만들어서 뿌리기도 했거든요.

행운량 보존의 법칙

행운량 보존의 법칙이 하이스트물에 필요한 이유를 좀 더 자세히 짚어보도록 하지요. 하이스트물에서는 각 등장인물과 세력 모두가 주인공처럼 중요한 비중을 차지해요. 하이스트물이 아니고 한 명의 주인공을 중심으로 이야기가 전개된다면 이런 말도 안 되는 법칙을 적용할 필요가 없을 거예요.

일반적으로 주인공이 겪는 기승전결은 이렇습니다. 1막에서는 추락, 2막 전반부에서는 상승, 2막 후반부에서는 추락, 3막에서는 상승. 그러니 추락-상승-추락-상승의 패턴인 셈이지요. 하지만 등장인물이 각자 비슷한 비중으로 활약해야 하는 하이스트물에서는 모든 인물이 이 패턴으로 사건을 겪을 수 없을 거예요. 그래서는 이야기가 제대로 구성되지 않겠지요. 그렇다고 등장인물이 겪는 사건의 결말을 되는 대로 던져주었다가는 긴장과 이완의 완급 조절이 되지 않을 테고요. 무엇보다 하이스트물에 등장하는 모든 계획은 예상과는 다른 결말이어야만 합니다. 이건 반드시 지켜야 해요.

① 모든 캐릭터가 일반적인 3막 이론에 맞춰 추락-상승-추락-상승의 패턴으로 사건을 겪어서는 안 된다.

② 모든 등장인물이 계획을 세우지만 그 무엇도 계획대로 진행되지 않는다.

③ 등장인물이 겪는 사건이 무작위로 일어나기만 해서는 안 된다.

하이스트물을 만들기 위해 우리는 이 세 가지를 기억해야 합니다. 여기에 행운량 보존의 법칙을 적용하면 이 문제들을 한꺼번에 해결할 수 있습니다. 이 방법은 TRPG 룰북 『피아스코』와 만화 〈삐리리~ 불어봐! 재규어〉의 존다유 시걸이라는 캐릭터를 통해 배운 것이랍니다. (『피아스코』는 이 지면에서 소개되는 템플릿보다 훨씬 더 우아하고 세련되게 구성된 룰북이니, TRPG에 관심이 있다면 꼭 한번 도전하길 권합니다.)

그래서 이 행운량 보존의 법칙이 무엇이냐. 이에 대해서는 존다유 시걸을 예로 살펴보지요. 제가 무척이나 좋아하는 인물인데요. 이 인물은 행운파워연구소의 강사로 존다유 행운법을 연구하고 있어요. 존다유 행운법은 한 사람이 겪을 수 있는 행운과 불운에는 총량이 있어서, 고행과 같은 불운을 잔뜩 겪는 것으로 이후에 맞이하게 될 행운을 키운다는 그만의 물리법칙이었지요.

물론 〈삐리리~ 불어봐! 재규어〉에서 존다유 행운법은 놀림감에 불과합니다. 존다유 시걸은 불운으로 행운을 부르겠다며 온갖 난리를 치다 에피소드마다 끔찍하기 짝이 없는 꼬락서니가 되거든요. 하지만 우리가 쓸 하이스트물에서는 존다유 행운법이 긴장을 조율하는 괜찮은 도구가 될 거예요.

자, 이제부터 존다유 행운법의 원리인 행운량 보존의 법칙을 하이스트물에 접목해보겠습니다. 각 등장인물은 비슷한 비중으로 보물을 중심으로 한 기승전결을 겪을 터입니다. 기승전결의 사건마다 흥하거나 망하는 결말을 맺게 될 테고요. 일반적인 패턴을 감안하면 상승 두 번, 추락 두 번이 되겠지요.

각 등장인물에게는 작품 전체에 걸쳐 두 번의 상승 장면과 두 번의 추락 장면을 만들어주도록 합시다. 그리고 모든 등장인물이 기승전결 동안 네 번의 사건을 겪도록 하지요. 예를 들어볼까요? 주요 등장인물이 A, B, C, D 네 명인 하이스트물의 경우, 등장인물은 각각 기승전결을 겪을 겁니다. 총 16(4×4)개의 사건이 나올 거예요. 상승 장면 8개와 추락 장면 8개가 나오고요. 이제 이 조건 안에서 각 인물이 겪을 사건에 상승과 추락을 부여하면, 예측 불가능한 사건에 완급을 주며 이야기를 균형 있게 구성할 수 있게 되는 것입니다. 자, 조금 더 이해하기 쉽도록 예시를 발전시켜보지요.

	1막	2막 전반부	2막 후반부	3막
A	추락	상승	추락	추락
B	상승	상승	상승	추락
C	추락	추락	추락	상승
D	상승	추락	상승	상승

어떤가요? 거시적으로 봤을 때 작품에 등장하는 상승 장면과 추락 장면은 8 대 8로 동일합니다. 하지만 미시적으로 보면 인물들이 겪는 사건은 일반적인 3막과는 다르게 다양한 패턴으로 진행되고요.

이렇게 수학적으로 아니 초등학교 1학년 수준에서 사용되는 산수적으로 장면을 설계하면, 작품의 분위기를 조율할 때도 편리합니다. 작품의 분위기를 조금 더 어둡게 몰고 가고 싶다면 상승 장면과 추락 장면의 비율을 조정하면 됩니다. 예를 들어 상승과 추락의 총량에서 상승 장면을 둘 정도 빼고 그 자리에 추락 장면을 채워 넣으면 작품의 분위기를 어두운 방향으로 몰고 갈 수 있겠지요.

　이 방식은 등장인물에게 어울리는 결말을 생각해놓았을 때에 도 유용하게 쓰입니다. A는 내 마음에 드니까 해피엔딩으로, B는 관 객이 싫어하는 타입이니까 배드엔딩으로, C는 당하는 모습이 재미 나니까 배드엔딩으로, D는 괜히 안 좋게 끝내고 싶으니까 배드엔딩 으로 설정하고 싶다고 해보지요. 그럴 경우 다음과 같은 예시가 나 옵니다.

	1막	2막 전반부	2막 후반부	3막
A	?	?	?	상승
B	?	?	?	추락
C	?	?	?	추락
D	?	?	?	추락

* 남은 상승: 7회 / 남은 추락: 5회

　편애를 극단적으로 몰고 갈 경우, 어떤 인물은 상승만 하고 어 떤 인물은 추락만 하는 패턴도 가능하겠지요. 다음과 같이요.

	1막	2막 전반부	2막 후반부	3막
A	추락	추락	추락	상승
B	상승	상승	상승	추락

C	추락	추락	추락	추락
D	상승	상승	상승	추락

하이스트물이 아닌 다른 장르의 경우에 작품 전개가 앞의 표처럼 진행되면 향후 전개가 예측될 위험이 크고, 상승자와 추락자가 극단적으로 나뉘어서 긴장감을 조성하지 못할 가능성도 있지요. 하지만 앞서 말한 세 가지 문제 중 하나를 떠올려 보세요. 모두가 계획을 세우지만, 그 무엇도 계획대로 흘러가지 않아야 한다는 문제를요. 여기서 B와 D가 상승만을 반복했지만, 이들의 상승조차 그들의 의지나 계획에 의한 것이 아니라 우연이 개입해서 이뤄진 것임을 잊지 마세요. 우연으로 인한 상승은 우연으로 인한 추락만큼이나 긴장감을 부르거든요.

물론 우연으로 인한 상승이 아닌, 계획대로의 상승을 넣는 편이 더 재미나다 싶으면 그렇게 해도 좋습니다. 그래도 작품의 균형은 유지해야 할 테니까요. 애초에 B와 D의 상승은 A와 C의 추락을 바탕으로 했을 때에만 가능한 것이었으니까, B와 D의 상승에서 생기는 이완은 A와 C의 추락에서 생기는 긴장과 뒤섞여 어떻게든 완급이 조절되는 것입니다. 누군가가 행복해지면 누군가가 불행해진다는 존다유 행운법의 변칙적인 적용이지요. 고마워요, 존다유 시걸! 사랑해요, 피아스코!

인물 구성

하이스트 레시피에는 어떤 재료가 필요할까요? 여기서는 간략하게나마 여덟 가지 유형의 인물을 제안합니다. 이 인물들은 직간접적으로 보물과 연관이 있으며, 이 난장판에 합류해야만 하는 치명적인 결여도 하나 이상은 있어야 합니다.

① 관찰자
② 광인
③ 지배자
④ 괴물
⑤ 중개인
⑥ 철부지
⑦ 연인

⑧ 소시민

관찰자는 관객과 시선을 같이하는 사람이에요. 비교적 주인공에 가까운 인물이지요. 이후 펼쳐질 막장극에서 이 인물은 비교적 상식인의 위치를 점하며 관객에게 상황을 중계하는 역할을 맡아요.

광인은 작품의 막장성을 대변하는 인물이에요. 이 인물이 하는 역할은 이름 그대로예요. 미친 사람이고 미친 짓을 저지르지요. 논리적·이성적으로 관객이 이후 장면을 예측할 때, 이 인물은 그 기대를 시원하게 배신할 거예요.

지배자는 막장극이라는 판을 깔아놓은 사람입니다. 아니, 그보다는 막장극이라는 판에서 영향력이 가장 큰 사람이라고 하는 편이 좋겠네요. 이 사람은 어중이떠중이 사이에서 독보적인 영향력을 발휘해요. 어중이떠중이들은 이 인물이 지닌 보물을 빼앗으려고 하거나, 반대로 이 인물의 명령에 따라 보물을 찾아 돌아다니겠지요.

괴물은 물리적으로 다른 이들을 압도하는 인물입니다. 보물을 지키든 빼앗든 위협적으로 움직이지요. 다른 인물들은 괴물을 피하기에 급급할 거예요. 물론 괴물이 항상 승리하는 건 아닙니다. 운명이라는 이름의 보다 무시무시한 위협은 언제라도 이 괴물을 덮칠 수 있거든요.

중개인은 각 인물이나 보물을 연결하는 역할을 해요. 보물과 마찬가지로 각양각색의 인물이 한곳에 모여 서로를 알 수 있도록 이끌지요. 작품 속 세계와 상식에 무지한 인물과 상황을 관객에게 전달해주는 편리한 유형의 인물입니다.

철부지는 광인과 더불어 작품의 막장도를 높여주는 역할을 해요. 철부지는 뭉쳐 다니며 쉽게 죽고, 그 죽음을 통해 상황을 더 복잡하게 비트는, 창작자 입장에서는 아주 고마운 인물입니다.

연인은 인간으로 화한 보물이라고 할 수 있어요. 다른 인물들은 보물을 통해 이 인물의 사랑을 얻고자 해요. 그래서 연인만이 아니라 다른 유형의 인물도 수행하는 경우가 많지요.

소시민은 보물과는 무관한 듯한 사람이에요. 평범하죠. 막장극에서 평범한 사람은 그 의미가 무척이나 커요. 막장스러운 인물만 있으면 막장의 의미가 퇴색되기 쉬운데, 소시민처럼 일상을 상징하는 인물이 기준점이 되면 막장극의 막장도를 보다 선명하게 제시할 수 있거든요.

앞서도 말했지만 등장인물이 딱 이만큼만 필요하다는 이야기는 아니에요. 어떤 인물은 관찰자이자 소시민처럼 행동할 수도 있고, 괴물이 여러 명일 수도 있습니다. 누가 무슨 역할을 하든 이들의 계획은 모조리 실패할 것이니까요.

관찰자

관찰자는 관객과 시선을 같이합니다. 이 인물은 별다른 개성이 없어도 됩니다. 오히려 평범한 편이 어울리겠네요. 다른 인물의 특별한 점을 부각시키려면 그편이 유리하겠지요. 관객들이 이입하기에도 좋을 테고요.

관찰자에게 개성을 더한다면 상황을 재치 있게 전달하는 말

솜씨나 유머 정도가 있겠네요. 똑같은 사건이라도 흥미진진하고 유쾌하게 말하는 사람이 내용을 전달하는 게 더 재밌을 테니까요.

관찰자는 가끔 이 난장판을 관조하기만 해요. 보물의 존재를 알지 못한 상태에서 사건의 표면만 이해하고 있을 수도 있고요. 사실 인물 대부분이 사건을 표면적으로만 이해할 거예요. 상황이 복잡하고 인물이 온갖 방식으로 뒤엉켜 모든 상황을 목격한 사람은 작품 안에 없을 테니까요. 하이스트물은 엉뚱한 이야기라 가끔은 창작자조차도 작품의 전모를 파악하지 못할 정도거든요.

어쨌든 작품에서 가장 중요한 구심점인 보물과 동떨어져 있음에도 관찰자를 가장 먼저 소개한 이유가 있습니다. 보물과는 동떨어져 있을지라도 작품의 주제 의식과는 가장 밀접한 경우가 많기 때문이에요. 그래서 작품의 프롤로그나 에필로그를 관찰자가 담당하기도 해요.

〈파고〉 1996, 조엘 코엔

관찰자. 마지 군더슨

마지 군더슨은 시골 마을 브레이너드의 경찰서장입니다. 만삭의 몸으로도 일을 게을리하지 않는 훌륭한 경찰이자 시민의 표본이지요. 그는 피와 폭력 그리고 멍청함이 흐르는 이 작품에서 꿋꿋하게 자신의 위치를 지킵니다. 그리고 통나무 분쇄기에 사람 다리를 태연스레 집어넣던 범죄자를 붙잡아 묻습니다. 그까짓 돈 때문에 이런 짓을 저지를 수 있느냐고요. 삶에는 돈보다 중요한 것이 있는데 몰랐느냐고요.

작품에서 떨어져 보면 천진하다고도 할 수 있는 질문이지만, 돈을 위해 아내를 납치하고 목숨을 위협하는 남편이나 동료, 행인을 마구잡이로 살해하는 범죄자 사이에 있는 경찰이라면 자연히 이런 질문이 떠오르겠지요. 마지 군더슨은 범죄자에게 답을 듣지 못한 채, 침대에 누워 평온한 밤을 보내는 것으로 이야기를 마무리합니다. 관찰자가 마지막까지 그 역할을 다한 것이지요.

〈노인을 위한 나라는 없다〉 2007, 코엔 형제
관찰자. 에드 톰 벨

에드 톰 벨은 연로한 보안관입니다. 〈파고〉의 마지 군더슨과 〈노인을 위한 나라는 없다〉의 에드 톰 벨은 막장극에서 한 발짝 떨어져 상황을 관조하고 작품을 마무리한다는 공통점이 있습니다만, 작품에 관여 정도에는 차이가 있어요. 마지 군더슨이 범인을 붙잡아 사건을 해결하는 것과 달리, 에드 톰 벨은 사건의 실마리도 잡지 못하거든요.

에드 톰 벨은 마지 군더슨과 달리 좀 더 무기력하고 염세적인 결말에 도달한 셈이지요. 이렇게 관찰자는 작품에 흐르는 주된 감정에 큰 영향을 미치기도 합니다.

광인

맛이 간 사람이 있으면 편리합니다. 이야기가 잘 안 풀린다 싶을 때 광인을 투입하면 되거든요. 하지만 이런 인물을 매순간 등장시키면 작품은 엉망이 되겠지요. 그래도 하이스트물에서는 괜찮습니다. 애초에 엉망인 점이 매력인 장르이니까 맛이 간 사람을 얼마든지 넣어주세요! 전원이 맛이 간 상태여도 괜찮습니다. 아니 그게 더 재밌겠네요!

광인은 다른 인물들의 논리적인 계획을 모조리 망쳐버립니다. 관객이 예상하는 전개는 전부 뒤엎어버리고요. 그래도 괜찮습니다. 그러라고 만든 인물이고, 그렇기에 등장인물과 관객 모두가 광인의 폭주에는 개연성을 따지지 않거든요. 오히려 '아, 얘가 또 미친 짓을 했구나' 하고 고개를 끄덕이며 다음 장면으로 넘어가겠지요.

막장의 감칠맛을 더하고 싶을 때 광인은 빛을 발합니다. 그래서 작품의 마스코트로 부상하거나 밈으로 소비되기도 합니다. 주인공이나 비중이 특별히 큰 인물이 없는 하이스트물에서 광인은 주인공 취급을 받기도 하지요. 관찰자에 비해 너무 튀니까 이야기의 중심에 서기에는 어려움이 있지만요.

광인은 괴물이나 철부지 역할까지 맡기도 해요. 그럴 경우 작품의 막장성은 훨씬 더 강화되겠지요. 맛이 간 데다 힘도 세고, 물정 모르고 날뛰기까지 한다면 작품 내 영향력이 클 수밖에 없을 테니까요.

〈위대한 레보스키〉 1998, 조엘 코엔
광인. 월터 솝책
월터는 베트남전 참전 용사로 다혈질에 극단적인 논리로 치닫곤 하는 볼링 마니아입니다. 이 인물은 단골 볼링장 볼링대회 판정에 불만을 품고 권총을 꺼내 점수를 제대로 매기라며 협박하고, 다른 사람을 겁주려고 길가의 차를 엉망진창으로 부수다 차주를 착각해서 혼쭐이 나기도 합니다.

월터는 상황을 최악으로 몰고 가는 데 천부적인 재능이 있어요. 듀드가 그를 말리고 설득하려 해도 월터는 자기만의 이상한 논리로 황당무계한 짓을 저지르며 파국을 향해 폭주합니다. 그 덕분에 〈위대한 레보스키〉는 끝내주게 재미난 영화가 되었지요.

〈골든 카무이〉 2014~, 노다 사토루
광인. 등장인물 전원

〈골든 카무이〉에서 광인을 누가 맡고 있다고 할까 긴 시간 고민했습니다만, 이 미치광이 엑스포에서 하나를 골라내기란 불가능하다는 결론만 나왔습니다. 이 작품은 북해도를 무대로 죽지 않으려 발버둥 치는 사람이 아름답다며 연쇄살인을 저지르거나 인체 실험을 하며 불로장생을 꿈꾸는 미친 탈옥수들과, 그들의 뒤를 쫓는 그들보다 더 미친 추적자들 사이의 릴레이거든요.

누가봐도 비정상적인 이들은 비이성적일지는 몰라도 비논리적이지는 않습니다. 자기만의 논리를 마지막의 마지막까지 추구한다는 점에서는 일관된 모습을 보여주지요. 〈골든 카무이〉의 미치광이들은 언제나 관객의 예상을 깨는 광기를 보여줍니다만, 그들의 한결같은 모습을 관객들은 언제나 수긍하고 만답니다.

지배자

케이퍼물에서는 물주가, 스릴러물에서는 추적자의 지배자가, 슬래셔 호러물에서는 불신자들이 맡은 역할을 하이스트물에서는 지배자가 맡습니다. 최고 권력자로 모든 이들에게 영향을 미치는 거죠. "너, 창천동 뉴클리어펀치를 거스를 셈이냐? 목숨이 몇 개라도 모자랄 텐데?"나 "송파구 쿠크다스가 내린 명령이야. 하라는 대로 하라고"라는 식으로요.

지배자는 모든 인물이 갈망하는 보물을 소유하고 있거나 누구보다도 원하는 사람입니다. 부하나 자신에게 빚진 사람을 이용하는 등 권력을 한껏 발휘해 보물을 가지려는 것이지요.

지배자는 모두를 압도하는 권력이 있기에 다른 인물들이 눈치를 볼 수밖에 없습니다. 이는 죽을 위험을 감수하거나 하기 싫은 일을 하는 강한 동력이 되지요. 모든 이야기가 지배자의 영향 아래서 출발한다고도 할 수 있어요.

최고 권력을 가진 지배자는 허무하게 죽기도 해요. 사회적으로 영향력 있는 사람도 총알 한 방으로 죽는 건 마찬가지이니까요. 하이스트물은 어디까지나 막장극인 만큼 최고 권력자도 쉽게 죽을 수 있다는 사실을 보여주면 작품의 살벌한 분위기를 조성하는 데 도움이 되지요.

〈스내치〉 2000, 가이 리치
지배자. 브릭 톱
'돼지 농장을 가진 사람을 조심하라.' 가이 리치의 명작 〈스내치〉

가 남긴 값진 교훈입니다. 브릭이라는 악당에게는 돼지 농장이 있어요. 그 이유에 대해 길게 설명하자면 이렇습니다. 시체를 한 번에 옮기기는 힘들어요. 그럴 때는 시체를 토막 내서 돼지에게 먹이로 주면 깔끔하게 처리할 수 있지요. 돼지의 소화를 돕기 위해 머리를 밀고 이를 뽑아줘야 하지만, 이런 문제만 해결하면 돼지 농장은 시체를 간편하게 처리할 수 있는 장소이지요.

브릭은 잔인무도하고 성실합니다. 등장인물 대부분은 그가 가진 권력에 목숨을 위협받거나 목숨만큼 소중한 무언가를 잃어버려요. 그렇게 이야기의 전체 구도가 짜이고, 하이스트물에 피비린 내가 감돌게 되지요. 브릭은 무척이나 인상적인 지배자였습니다.

〈아수라〉 2016, 김성수

지배자. 박성배

일각에서 인기를 끌었던 영화 〈아수라〉의 지배자는 박성배 시장 이겠지요. 표면적으로는 안남시 시장이면서 뒤에서는 온갖 구린 범죄와 음모를 꾸며 부패한 돈을 긁어모으는 악당 중의 악당입 니다. 안남시를 부자 동네로 만들겠다며 재개발 열풍을 조장해 도시를 삼키려고도 하고요.

결국 부패한 경찰이나 공직자, 폭력적인 검찰을 뜯어먹고 사는 인물들이 박성배를 중심으로 뭉쳐 아수라판을 만듭니다. 박성배 는 지배자인 동시에 보물로도 기능하는 셈이에요. 이름 그대로 성배의 역할을 한다고도 할 수 있겠네요.

괴물

하이스트물의 괴물은 지배자와 달리 물리적으로 다른 인물을 압도합니다. 스릴러물이나 슬래셔 호러물의 괴물처럼 초월적인 존재는 아니지만, 작품의 긴장감을 조절하는 균형추로 무시무시한 인물임은 분명해요.

괴물은 지배자의 오른팔이거나 완전한 무법자로 등장하고는 합니다. 다른 인물이 보물을 지키거나 빼앗기 위해 작전을 짤 때 지배자뿐만 아니라 괴물의 움직임도 감안하지요. 그런 점에서 괴물은 지배자보다 더 큰 영향력을 발휘하기도 해요.

광인이 작품의 막장성을 더하고 예측 불가능한 방향으로 이야기를 몰고 갈 때 활용하기 편리하다면, 괴물은 급작스런 긴장감 조성에 편리하게 사용할 수 있습니다. 등장인물에게 물리적인 고생길을 열어줘야 한다면 높은 확률로 괴물이 활약하게 될 테니까요.

하지만 이 괴물이 무시무시하거나 말거나 허무한 결말을 맞이하기 좋은 것은 지배자와 동일합니다.

〈노인을 위한 나라는 없다〉 2007, 코엔 형제

괴물. 안톤 시거

매력적인 헤어스타일과 사랑스러운 미소를 간직한 안톤 시거만큼 〈노인을 위한 나라는 없다〉를 잘 설명하는 인물도 없겠지요. 스스로를 운명이자 재앙과 다름없는 존재라 여기면서 조연에서 단역에 이르기까지 마주치는 사람 대다수를 학살합니다.

하지만 모두를 압도하며 군림하던 안톤 시거도 하이스트물의 장난기 넘치는 운명에서 자유롭지는 못했습니다. 오히려 이 괴물이야말로 하이스트물이라는 운명에 단단히 묶여 있다고도 할 수 있겠네요. 그의 허무하기 짝이 없는 퇴장을 보노라면 특히 더 그렇지요.

〈스내치〉 2000, 가이 리치
괴물. 총알 이빨 토니

진짜 총알 이빨을 한 인물이에요. 범죄 업계에서 나름 잔뼈가 굵었으며 누군가가 총구를 겨누는 상황에서도 침착하게 술잔을 기울이는 배짱도 있지요.

하지만 〈노인을 위한 나라는 없다〉의 안톤 시거와 마찬가지로 총알 이빨 토니도 갈 때는 획 하고 가고 말았습니다. 허탈한 퇴장이지만 사실 전 그런 점 때문에 이 인물을 특히 좋아한답니다.

중개인

중개인은 각 인물을 연결 짓고 또 소개하는 역할을 합니다. 물건을 구해주고 사람을 연결해주고 장물을 처리해주고…. 소식통에 만물박사라 해도 좋겠네요. 하이스트물에는 다양한 인물이 등장하는 만큼 몇몇은 일면식도 없거나 이름조차 들어보지 못한 경우가 허다하거든요. 그럴 때는 중개인이 등장인물이나 관객에게 설정과 상황을 설명해줄 거예요.

매 장면 등장해도 어색할 건 없습니다만, 중개인이 중개인 역할만 한다면 등장 빈도에 비해 비중이 커지기는 어렵습니다. 목표 없이 인물이나 상황을 소개하고 설명하는 것만으로는 비중을 늘리는 데 한계가 있으니까요.

하지만 이 중개인이 다른 인물 유형과 중복 설정되면 큰 비중을 차지하기 좋습니다. 특히 관찰자와 중개인 역할을 함께하면 주인공처럼 대활약하기도 좋겠지요. 영향력 또한 무시무시할 테고요.

어쨌든 중개인은 작품 속 설정을 설명하거나 상황을 공유할 때 편리합니다. 하이스트물은 그 구조가 워낙 복잡해 등장인물이나 관객에게 세 줄로 요약된 정보를 전달하는 인물이 하나 이상 있으면 진행 속도를 늦추지 않고 사건을 전개하기 좋으니까요.

〈록 스탁 앤 투 스모킹 배럴즈〉 1998, 가이 리치

중개인. 그리스인 닉

그리스인 닉은 런던의 온갖 더러운 시장에서 장물아비 노릇을 합니다. 급히 총을 구해달라는 주인공 톰의 요청에 골동품 총 두 정을 골라 넘기지요. 그런데 이 골동품 총이라는 것이 글쎄, 물정을 모르는 사람이 보면 잘 모르겠지만 아는 사람들은 '아, 이거 비싼 물건이구나' 할 만한 명품이었어요. 그리고 장물아비가 다루는 물건답게 범죄에 연루되어 있었지요.

다재다능한 그리스인 닉의 활약은 여기서 멈추지 않습니다. 톰에게 훔친 대마를 팔아치울 판로를 소개해주기도 하고, 대신 흥정에 나서기도 합니다. 물론 그 노력에도 불구하고 일은 엉망이 됩니다만, 노력하기는 한 거죠. 중개인은 이렇게 작품 안에서 대단한 욕망이나 지분을 차지하지는 않더라도 각 인물에게 중요한 연결고리가 되어줍니다.

〈가디언즈 오브 갤럭시〉 2014, 제임스 건
중개인. 콜렉터

은하의 쓰레기들이 모여 우주를 구하는 작품 〈가디언즈 오브 갤럭시〉도 오브라고 하는 보물을 중심으로 여러 세력이 경쟁한다는 점에서 하이스트물로 분류할 수 있겠지요. 돈이나 복수, 공명심같이 강렬한 욕망을 지닌 가디언즈 오브 갤럭시의 팀원들이 한데 모일 수 있었던 것에는 콜렉터의 역할이 큽니다. 콜렉터만이 노바군단과 로난에게 오브를 넘기지 않으면서 비싼 값을 지불할 능력이 있었거든요.

콜렉터의 역할은 그뿐만이 아니었습니다. 오브의 역사와 오브를 비롯한 인피니티 스톤으로 우주의 세력 구도가 전복될 수 있음을 가디언즈 오브 갤럭시의 팀원들에게 친절히 설명해주기도 했거든요. 중개인은 이렇게 설정을 전달해야 할 때도 편리하게 활용할 수 있지요.

철부지

광인만이 하이스트물의 막장도를 올리는 건 아닙니다. 기세등등하지만 세상 물정에 대한 이해가 전무한 철부지도 상황을 아수라장으로 몰고 가고는 합니다.

케이퍼물과 마찬가지로 하이스트물에 등장하는 인물들은 다들 선수라고 불릴 정도로 그 바닥 물정에 빠싹한 경우가 많습니다. 케이퍼물에서 신참이 나름의 역할을 하는 것처럼, 하이스트물에서는 철부지가 그 비슷한 역할을 하지요. 철부지는 작품 속 세계관의 다양한 정보에 무지하기에 관찰자나 중개자에게 온갖 강의를 듣습니다. 이로써 관객도 그 강의를 청강하게 되고요.

그렇기에 철부지는 대부분 다른 인물과 다닙니다. 상황에 대해 잘 설명해줄 누군가와 함께 돌아다니면서 작품 속 사건들을 중개해주는 거죠. 때로는 철부지 여럿이 모여 말도 안 되는 꿍꿍이를 세우는 한심한 짓을 저지르기도 하고요.

철부지는 여러 가지 의미에서 조커로 사용하기 좋은 카드입니다. 대박을 터뜨리거나 쪽박을 터뜨리거나 재미난 그림이 나오니까요. 갑자기 굴러 들어온 보물을 독차지해도 좋고, 뜬금없이 위층에서 추락하는 화분에 머리를 부딪혀 죽어도 좋은 것이지요.

〈록 스탁 앤 투 스모킹 배럴즈〉 1998, 가이 리치
철부지. 에디

카드 게임의 명수인 에디는 패거리를 모아 한탕을 노렸습니다. 불법 카드 도박판에 뛰어들었지요. 다시 한번 말하지만 하이스트물 속 모든 계획은 계획대로 진행되지 않지요. 에디는 사기 도박에 속아 자신과 친구들의 돈을 모조리 잃고 아버지의 술집마저 빼앗길 위기에 처합니다. 그래서 도박 빚을 갚기 위한 강도 짓을 저지르려고 하고요. 이 또한 계획대로 되지 않을 계획이기

는 합니다만.

에디와 친구들은 나름 뒷골목에서 잔뼈가 굵었다는 듯 행세하지
만, 실상은 그렇지 않습니다. 다른 사람들이 보기에 이 패거리는
애송이 무리에 불과하지요. 하지만 이 자의식과잉이야말로 이야
기가 진행되는 큰 동력입니다. 범 무서운 줄 모르는 하룻강아지
없이는 범들이 날뛸 무대가 마련되지 않는 법이니까요.

〈번 애프터 리딩〉 2008, 코엔 형제
철부지. 린다 리츠키, 채드 펠드하이머

사람들에게는 보기만 해도 마음이 푸근해지는 작품이 있지요.
저에게는 〈번 애프터 리딩〉이 그런 작품입니다. 이는 어디까지
나 훈훈한 장면마다 등장하는 헬스클럽의 두 직원 린다 리츠키
와 채드 펠드하이머 덕분이랍니다. 이렇게 멋진 철부지는 어디
에서도 찾아볼 수 없거든요.

린다 리츠키는 더 나은 삶을 위해 채드 펠드하이머는 호기심으
로, 우연히 구한 전직 CIA 요원의 회고록을 비싼 값에 처분하려
고 합니다. 이들은 CIA와 요원 그리고 러시아 대사관에 이르기
까지 온갖 세력을 난장판에 끌어들이고, 그 안에서 살아남고자
온갖 수를 다 쓴답니다. 물론 이 사람들이 생각한 대로 일이 잘
풀리지는 않지만, 이런 뒤틀림이야말로 하이스트물의 또 다른
재미겠지요.

연인

앞서 보물은 등장인물이 욕망하는 대상인 동시에 진실로 욕망하는 대상을 얻기 위한 도구이기도 하다고 말했지요? 연인은 다른 인물이 보물을 통해 얻고자 하는 사람입니다. 다른 인물은 이 사람을 향한 사랑을 증명하기 위해서라면 뭐든지 할 수 있어요. 폭력적인 표현이지만 그 폭력이 연인의 본질이기에 그대로 적자면, 연인은 그를 숭배하는 누군가에게 인간의 형태를 한 보물이라고 할 수 있지요.

인간은 보물이 아닙니다. 스스로 생각하고 행동하는 독립된 주체이지요. 그러니까 그를 숭배하는 누군가는 연인에게 대단히 피곤한, 과부하에 걸리게 하는 사람이기 쉽습니다. 가끔은 서로를 숭배하며 쌍방 폭행이나 다름없는 연인 관계를 유지하기도 합니다만, 이렇게나 체력이 좋은 인물들은 다른 인물과 조화를 이루지 못하고 붕 뜰 위험이 있지요. 그래도 잘 쓰면 작품에 재미난 악센트가 될 겁니다.

연인은 사건을 기획하는 숨겨진 보스 역할을 맡기도 하고, 보물과 동떨어져 자신을 숭배하는 다른 인물의 복장을 뒤집어놓기만 하기도 합니다. 물론 정정당당히 플레이어 중 한 명으로 참가할 때도 많고요. 어느 쪽이든 활용도가 높기는 매한가지입니다.

작품에 사랑 이야기를 넣고 싶지 않다면 연인은 존재하지 않아도 됩니다. 사람이 멍청한 짓에 목숨을 거는 이유에는 사랑 외에도 좋은 핑곗거리가 많으니까요. 이 막장극에서 누가 죽거나 사는 이유는 그냥 저질러보고 싶어서 정도여도 충분하고요.

〈베이비 드라이버〉 2017, 에드거 라이트

연인. 데보라

천재적인 드라이버 마일스는 강도단의 일원으로 솜씨를 뽐냅니다. 그러던 어느 날 마일스는 데보라를 만나 사랑에 빠지고, 이 사람과 함께 행복한 일상을 꾸리기 위해 손을 씻으려고 합니다. 물론 강도단의 리더는 마일스의 그런 일탈을 용납하지 못하지만요. 〈베이비 드라이버〉가 하이스트물의 형식에 잘 맞아떨어지느냐 하면 그렇지는 않아요. 여러 인물이 각자의 꿍꿍이로 움직이지만 이야기의 기본 틀은 마일스를 중심으로 구성되거든요. 그럼에도 불구하고 하이스트물의 연인 유형 예시로 마일스가 모든 것을 버려가며 함께하기로 맹세한 연인 데보라가 가장 먼저 떠오르는 것은 어쩔 수가 없네요.

〈골든 카무이〉 2014~, 노다 사토루

연인. 우메코

〈골든 카무이〉의 주인공 스기모토 사이치는 물욕에 휘둘리는 사람은 아닙니다만, 황금 쟁탈전에 참여한 나름의 이유가 있습니다. 소꿉친구인 우메코가 실명할 위기이기에 수술비를 벌어야 했어요.

우메코는 스기모토 사이치의 소꿉친구인 동시에 연정을 품은 대상이었습니다. 러일전쟁에서 스기모토 사이치의 전우이자 우메코의 남편인 토라지가 죽으면서 스기모토 사이치에게 우메코와 자식들을 보살펴달라는 유언까지 남겼지요. 그 때문에 스기모토 사이치는 아시리파와 토라지 그리고 우메코에 대한 의리를 지키기 위해 불사신처럼 쟁탈전 한복판에 뛰어들게 되었고요.

소시민

나무를 숨기려면 숲에 숨겨야 한다는 말처럼, 하이스트물에는 이상한 사람이 너무 많아서 그 사람이 이상한지 아닌지 한눈에 알아보기가 쉽지 않습니다. 모두가 막장이기만 해서야 이야기가 진행되겠습니까? 이상한 사람이 이상하다는 것을 알려주기 위해서라도 우리에게는 평범한 사람이, 그러니까 소시민 유형의 인물이 필요합니다.

소시민은 상식적으로 사고하며 일상에서 어렵지 않게 마주치는 장삼이사 중 하나입니다. 하이스트물의 보물처럼 위험한 물건과는 무관한 삶을 살고 있겠지요. 하지만 운명은 이 인물을 고리타분한 삶에서 꺼내 끔찍하고 비참하며 잔혹한 모험에다 던져놓습니다.

그런 의미에서는 관찰자보다 소시민이 관객과 더 밀접합니다. 하이스트물 관객 중에 커다란 다이아몬드를 훔치기 위해 은행강도가 되거나, 골동품 총을 구하기 위해 조폭 사무실을 습격하거나, 아이누 민족이 모은 금괴를 찾기 위해 일본군과 싸운 경험이 있는 사람은 많지 않을 테니까요.

소시민은 하이스트물에서 허무하게 죽어버리기도 좋고 우연의 연속으로 최후의 승자가 되기도 좋습니다. 이야기 진행 과정에

서 소시민이 아닌 범죄자가 되기에 좋은 자질을 지녔음이 밝혀지
기도 하고요. 작품 초반부에는 소시민이었지만 알고 보니 배후에
서 흑막을 조종하던 악당이었다는 반전도 가능하겠네요.

〈가디언즈 오브 갤럭시〉 2014, 제임스 건
소시민. 로만 데이

〈가디언즈 오브 갤럭시〉의 로만 데이를 모르겠다고요? 네, 저도
이 인물의 이름을 몰라서 검색해보고 온 참입니다. 가디언즈 오
브 갤럭시 팀원들을 구속했던 노바 코어라고 하면 기억하겠지
요? 스타로드를 동네 불량배 취급하며, 짓궂은 면이 있지만 못
된 사람은 아닌 인물이었어요.
로만 데이가 대단한 활약을 한 건 아니지만 중요하다면 중요한
역할이 있었습니다. 평범한 가장의 모습을 보여주어 우주에 위
험이 닥쳤을 때 관객도 위기감을 느끼도록 공감대를 형성하고,
보통 사람의 입장에서 가디언즈 오브 갤럭시 팀원들을 평가하는
것으로 그들이 이 넓은 우주에서도 독특한 인물이라고 설명하는
역할이었지요. 소시민은 이렇게 소박하지만 꼭 필요한 역할을
맡을 때 빛을 발한답니다.

〈위대한 레보스키〉 1998, 코엔 형제
소시민. 테오도르 도널드 도니 케라벳소스

〈위대한 레보스키〉는 등장인물이 다들 뭐 하는 건지 이해하기
어려운, 아니 이해가 되긴 하는데 이해되는 만큼 안쓰러운 작품

입니다. 그중에서도 도니는 안쓰러움의 최고봉을 찍는데요. 가만히 있다 욕먹고, 끼어들었다 욕먹고, 의도치 않게 싸움에 휘말리고, 싸움에 휘말렸다 돌이킬 수 없는 결과를 맞이하고…. 일이 안 풀리다 못해 비참하게 흘러갑니다. 왜 등장했는지도 알 수 없고, 하다못해 이 인물이 등장하는 신을 다 들어내도 후반부의 몇 장면 외에는 큰 무리 없이 이야기가 진행됩니다. 이 인물은 그런 이유로 매력적이에요. 이는 하이스트물이라고 하는 막장극이기에 가능한 인물 조형 방식이겠지요.

이야기 구조

하이스트물의 이야기 구조는 다음과 같습니다. 프롤로그, 개장, 난장, 중간점, 막장, 파장, 에필로그. 그리고 개별 인물들은 각 파트마다 한 번 이상 등장해 자기만의 이야기와 또 다른 인물과의 이야기를 직조해갑니다.

등장인물은 보물을 얻기 위해 혹은 자신만의 욕망을 채우기 위해 계획을 짤 거예요. 그 계획은 좋은 방향이든 나쁜 방향이든 허황되게 무너질 것이고요. 계획이 실행되더라도 찜찜한 게 남아 있을 수 있습니다. 아니, 대부분 그럴 거예요.

다른 인물과의 관계도 마찬가지예요. A는 B와 거래했는데, B는 C와 싸웠고, C는 D와 친하지만, D는 E와 정보를 공유하고 있었으며, E는 F와 일면식도 없는데, F는 G와 사귀는 사이였다가, G가 H에게 한눈에 반하는 바람에, H는 I에게 정체가 발각될 뻔하고, 이로써 I는 J의 불신을 사, J는 K에게 A를 죽이라고 명령하는…, 꼬리에 꼬리를 무는 관계로 이어질 것입니다. 그리고 이야기가 진행됨에 따라 모든 관계는 전혀 다른 형태로 전복되겠지요.

물론 이 관계의 중심에는 보물이 자리를 잡고 있을 것입니다. 보물을 가졌거나 갖고 싶거나 빼앗겼거나 무관심하거나 스쳐 지나갔거나…. 등장인물들은 자기 나름의 방식으로 보물을 대할 테지요.

복잡하게 뒤엉킨 등장인물들의 이야기를 어떻게 풀어낼 수 있을지는, 그러게요. 앞서 얘기했던 존다유 행운법과 행운량 보존의 법칙을 따라보지요. 누군가가 상승하면 누군가가 추락하고, 누군가가 추락하면 누군가가 상승하는 변칙적인 존다유 행운법을 적용해 이야기를 조율해봅시다.

프롤로그

프롤로그의 시간적·공간적 배경은 개의치 마세요. 〈아수라〉처럼 도시 전경을 조명하며 인물 관계가 어떻게 형성되었는지 짚어도 좋고, 〈노인을 위한 나라는 없다〉처럼 영문 모를 내레이션으로 출발해도 좋겠지요.

길이 역시 마찬가지예요. 〈록 스탁 앤 투 스모킹 배럴즈〉에서 무턱대고 손님에게 장물을 팔아넘기는 장면은 숨은 사연이 궁금하게 하지요.

프롤로그를 마무리했다면 수미쌍관도 고민해봐야겠죠? 〈트레인스포팅〉이 좋은 예시가 되겠군요. 프롤로그에서는 경찰에게서 도망치며 자본주의와 소비사회가 강요하는 선택에 대한 독백을 내뱉던 주인공이, 에필로그에서는 동료들에게서 도망치며 프롤로그의 독백에 대한 자기 나름의 결론을 보여주니까요.

프롤로그와 에필로그가 대칭되면 주인공이 이야기의 처음부터 끝까지 완주하며 어떤 변화를 겪었는지 보다 직관적으로 전달할 수 있습니다.

소개해야 할 배경 설정이 많다면 이 장면을 활용해보는 것도 좋습니다. 〈스내치〉의 도입부에서 대부분의 인간관계를 설명했던 것처럼요.

〈베이비 드라이버〉 2017, 에드거 라이트

작품 자체에 대해서는 몇 가지 의구심이 있습니다만, 프롤로그에서 음악과 함께 폭주하는 추격전만큼은 감탄하지 않을 수 없더군요. 천재적인 드라이버 베이비가 범죄자들을 태우고 악기를 연주하는 것처럼 자동차를 자유자재로 몰며 경찰들을 피해 도시 곳곳을 가로지르는 이 프롤로그는 관객의 시선을 붙잡는 데 확실히 성공했지요.

이렇게나 멋진 장면을 만들 수 있다면 강한 인상을 남기기 위해 무게 잡는 대사나 인물을 과장되게 보여주는 식의 무리수가 필요 없지요. 더욱이 음악에 맞춰 몸을 들썩이며 거리를 활보하는 베이비의 다음 모습을 생각하면 도입부만큼은 이론의 여지 없이 길이 남을 작품입니다.

〈위대한 레보스키〉 1998, 조엘 코엔

선문답 같기도 하고 헛소리 같기도 한 저음의 내레이션이 화면을
지배합니다. 뭐가 되었든 내용은 상관없겠다 싶기도 합니다. 멋지
고 중후한 저음의 내레이션이라면 구구단을 외워도 분위기가 잡
힐 테니까요.

프롤로그의 방백은 에필로그의 방백으로 마무리됩니다. 에필로
그의 방백이라고 알아듣기 쉬운 건 아닙니다만, 관객에게 강한
인상을 남기기에는 충분한 시작과 마무리입니다. 그건 이 작품에
흐르는 느긋하면서도 묵직한 분위기 덕분이 아닐까 싶습니다.

개장

하이스트물의 등장인물은 대부분 비중이 비슷합니다. 이야기
의 중심이 되는 주인공 격의 인물이 있더라도 마찬가지예요. 한 명
의 주인공만 따라가는 식으로는 하이스트물이 완성되지 않을 테니
까요. 그러니 도입부에서부터 등장인물 대부분의 성격과 상황, 그
들이 욕망하는 목표를 보여줘야만 해요.

물론 등장인물을 소개할 때는 최대한 강한 인상을 남길 수 있
도록 장면을 만들어줘야겠죠. 반드시 멋지거나 아름다울 필요는
없어요. 오히려 자연스럽고 일상적이면서 한심한 편이 하이스트물
에는 더 잘 어울릴 테지요. 어차피 막장으로 구를 인물들이 구태여
폼까지 잡을 필요도 없으니까요.

개장 파트에서는 등장인물만 소개하는 게 아닙니다. 그들이

목표로 하는 보물에 대해서도 전달해야만 해요. 보물은 무엇일까요? 왜 대부분의 등장인물이 이것을 노릴까요? 이들의 결여는 작품에서 어떤 역할을 할까요? 등장인물의 목표는 무엇일까요? 목표를 달성하는 데 보물은 어떤 역할을 할까요? 등장인물들은 서로 어떤 관계일까요?

작전의 전체적인 판은 지배자가 짰을 겁니다. 지배자는 다른 인물이 원하는 것을 소유하거나 제공하는 식으로 이야기의 중심에 서기 좋으니까요. 지배자가 전면에 나서기를 싫어한다면 중개자나 관찰자가 다른 인물들 사이를 뛰어다녀야 할 거예요. 이런 식으로 인물들을 연결하기 어려울 때는 독립적으로 개별 등장인물을 소개해도 되니 무리하지 않아도 됩니다.

등장인물들은 전략을 세워 보물이나 자신의 목표를 향해 나아갈 것입니다. 모든 등장인물이 벌써부터 보물에 대해 알아야만 하는 것은 아닙니다. 어떤 등장인물은 마지막까지 보물의 존재를 알지 못한 채 자기 목표만 끈질기게 쫓을지도 모르겠네요. 그 시도는 계획대로 되지 않거나 계획대로 되더라도 엇나가는 듯해야 해요. 계속해서 이야기를 막장으로 몰고 가야만 하니까요.

맨 처음 보물은 누가 갖고 있었을까요? 아니면 어디에 숨겨져 있을까요? 개장 파트에서 보물은 누구의 손에 들어갔다 어떻게 빠져나오고 어디로 가게 될까요? 각자 계획의 성패는 어떻게 나뉠까요? 정하기 귀찮다면 연필을 굴려도 됩니다.

〈지옥이 뭐가 나빠〉 2013, 소노 시온

〈지옥이 뭐가 나빠〉는 영화에 대한 이야기입니다. 영화에 미쳐 영화를 찍고자 하는 감독 지망생, 아내의 출소를 기념해 딸이 등장하는 영화를 찍고 싶은 야쿠자, 갑자기 야쿠자에게 끌려와 영화를 찍게 된 일반인 그리고 그 적대 세력의 보스까지, 대부분의 등장인물이 영화에 미쳐 자기들의 항쟁을 영화로 찍고자 합니다. 머리가 이상한 사람들만 등장하는 이 작품에서 보물은 영화 그 자체입니다.

여기에서 논리적인 정합성은 중요하지 않습니다. 작품의 도입부는 개별 등장인물들이 왜 영화를 찍고 싶은가에 대해서 10년 전에서부터 거슬러 내려오며 설명합니다. 다시 한번 강조하지요. 설명이 논리적인 건 아닙니다만 그렇기에 더욱 재미납니다.

〈아수라〉 2016, 김성수

형사 한도경은 안남시의 부패한 시장 박성배를 위해 더러운 일도 마다하지 않습니다. 충성하다 못해 경찰까지 그만두고 그의 수행팀장이 되려 했습니다만 문제가 생깁니다. 온갖 종류의 사건이 터지면서 한도경이 박성배와 그를 적대하는 검찰 사이에 끼게 된 것이지요. 검찰은 박성배를 검거하기 위해 한도경의 약점을 물고 늘어졌고, 박성배는 한도경이 자신을 배신하지 않을까 경계하는 상황이 됐죠.

한도경은 이 하이스트물의 관찰자이자 등장인물 사이를 연결하는 중개인으로 활약하며 위험한 줄타기를 합니다. 덕분에 관객들은 다른 등장인물들의 꿍꿍이를 알게 됩니다. 한도경이 고래 싸움에 새우 등 터지지 않으려 안간힘으로 양 세력을 오가며 감시한 덕분에 등장인물 소개가 자연스럽게 이루어졌으니까요.

난장

이제 각 인물의 사연을 한 번씩 살펴봤으니 서로의 존재를 어느 정도는 인지했겠지요. 파편적이고 부분적으로 상황을 파악했기 때문에 무언가 오해하고 있을 가능성이 크겠네요. 난장 파트에서 각 인물은 자기다운 짓을 저지를 거예요. 커다란 폭탄의 도화선에 불을 붙이고 멀뚱멀뚱 구경만 하는 짓을요.

이들은 자기 목표와 전략을 수정해야겠다고 생각할 거예요. 수정하면 상황은 악화되겠지만요. 어떤 인물은 괴물에게 겁을 먹어 어딘가로 숨어들지도 모릅니다. 어떤 인물은 지배자에게 협박을 받아 울며 겨자 먹기로 쟁탈전에 참여할지도 모르겠네요.

가능한 한 고약한 내용으로 구성해주세요. 어떤 내용이어도 좋으니까요. 동맹을 맺을지도 모르고 조직을 배신할지도 모릅니다. 어떤 선택이든 관객은 다 망했구나, 이거 영 안 되겠다, 싶은 탄식만 하게 될 테고요.

긴 이야기를 만들고 싶다면 난장 파트를 반복하면 됩니다. 비슷한 에피소드를 재탕한다는 염려는 하지 않아도 됩니다. 난장 파트를 반복하더라도 등장인물의 관계와 욕망 그리고 결말은 에피소드마다 달라질 테니까요. 관객은 오히려 난장 파트가 길어질수록 좋아할 거예요.

마무리는 개장 파트와 크게 다르지 않습니다. 보물의 행방은 어떻게 되었는지, 각자 계획은 어떻게 틀어졌는지 정리해주면 됩니다. 행운량 보존의 법칙을 적용하는 것도 잊지 마세요. 물론 지금까지의 상승점이 가장 높은 인물이더라도 이후에는 어떻게 될지 모르니 마음 편하게 설계하세요.

〈골든 카무이〉 2014~, 노다 사토루

이 작품에서 등장인물들의 최종 목표는 아이누의 금괴지요. 하지만 금괴만 쫓아다니는 건 아닙니다. 어떤 때는 문신인피를 찾아, 어떤 때는 문신인피의 단서를 알고 있는 사람을 찾아, 또 어떤 때는 문신인피에 숨겨진 암호해독법을 아는 사람을 찾아 나서는 등 에피소드마다 보물을 달리 설정해요. 그러니 난장 파트가 반복되어도 지루하지 않지요.

물론 이렇게 작은 에피소드가 진행되면서도 등장인물들은 각자의 방식으로 금괴에·조금씩 접근합니다. 이렇게 가끔씩 관객의 가려운 곳을 긁어주면 전체 흐름에 대한 호기심을 잃지 않게 되거든요. 이야기가 끝날 때까지 이 큰 그림을 잊어서는 안 될 거예요.

〈가디언즈 오브 갤럭시〉 2014, 제임스 건

난장 파트에서 스타로드와 가모라 그리고 로켓은 힘을 합쳐 감옥에서 탈출해 오브를 콜렉터에게 팔기로 합니다. 여기에 그루트가 더해지고 드랙스가 합류하면서 가디언즈 오브 갤럭시 팀이 꾸려지지요. 이들은 언제라도 서로의 뒤통수를 칠 수 있는, 가끔은 바로 앞에서 면상을 갈길 수 있는 정도의 긴장감을 유지하면서 여정을 함께합니다.

오브를 노리는 다른 세력도 각자 움직이기 시작합니다. 라바저스와 크리족 급진주의자 그리고 노바 코어에 이르기까지, 모두가 오브 쟁탈전에 끼어들면서 사태는 눈덩이처럼 커져만 가지요.

중간점

아무리 상황을 꼬아놓았다고 해도 중간점 파트에 오면 긴장감이 줄어들기 마련입니다. 그럴 때는 어떻게 하면 좋을까요? 다양한 해결책이 가능하겠지만 편리한 선택지는 두 가지입니다. 하나는 각 세력의 입장이나 상황을 180도 뒤집는 것이고, 다른 하나는 새로운 인물이나 아이템을 등장시켜 이야기에 변수를 주는 것이에요.

이 반전이나 새로운 변수의 등장 또한 굳이 논리적일 필요는 없습니다. 복선도 필요 없고요. 넣어서 재밌을 것 같으면 넣으면 됩니다. 중간점 파트에서는 누구도 예상하지 못한 충격적인 장면이 개연성이 담긴 전개보다 훨씬 더 매력적이거든요. 하이스트물 중간점 파트의 목적은 막장의 반복으로 관객이 자극과 긴장에 익숙해진 상황에서 벗어날 수 있도록 환기를 시켜주는 것이에요.

작품의 분위기에 따라 주요 인물 중 하나가 죽거나 퇴장하는 것도 좋습니다. 등장인물이 사라지는 과정은 허무하고 황당할수록 하이스트물에 잘 어울리겠지요. 분위기를 무겁게 만들고 싶다면 열 명이 넘게 죽거나 퇴장해도 괜찮아요. 물론 어떤 작품은 중간점까지 올 필요도 없이 진즉에 수많은 인물이 이야기에서 쫓겨나기도 하지만요.

　아, 중간점 파트에서는 행운량 보존의 법칙을 적용하지 않아도 됩니다. 상황이 완전히 뒤바뀌거나 새로운 인물이 등장해야 하는 만큼 제약 없이 자유롭게 장면을 구성해주세요.

〈블러드 심플〉 1984, 코엔 형제

중간점 파트에서는 예상치 못한 일이 일어나야 한다고 했지요? 코엔 형제의 데뷔작인 〈블러드 심플〉은 중간점 파트에서 그 임무를 확실하게 수행합니다. 술집 직원으로 일하면서 사장의 아내와 불륜을 저지른 레이는 사장 마티와 담판을 내기 위해 그의 사무실로 찾아갑니다. 하지만 그가 보게 된 것은 마티가 아닌 마티의 시체였어요.

마티는 그가 고용했던 탐정에게 배신당해 죽은 것이었지만, 레이는 마티가 그의 연인이자 마티의 아내인 애비에게 살해당했을 것이라고 착각하지요. 레이는 애비를 지켜주기로 결심한 뒤 마티의 시체를 숨기려 합니다. 그래서 한밤중에 사장이자 불륜 상대의 남편을 차에 싣고 암매장하러 떠나지요. 자, 여기서 스포일러. 마티는 죽은 것이 아니었습니다. 총상을 입고 기절했을 뿐이었지요. 마티는 신음과 함께 일어나고 레이는 선택을 강요당합니다. 연인과 자신의 범죄 사실을 은폐하기 위해 누군가를 죽일 것인가? 그를 살리고 감옥에 갈 것인가? 어떤가요, 아주 멋진 반전이지요?

〈지옥이 뭐가 나빠〉 2013, 소노 시온

그날 하시모토 고지는 이상한 일을 많이 겪었습니다. 아침에 휴대폰을 잃어버렸죠. 그래서 전화 부스에 들어가 공중전화를 쓰려는데, 갑자기 아름다운 여성 무토 미쓰코가 10만 엔을 주며 딱 하루만 남자친구인 척해달라고 합니다. 그렇게 무토 미쓰코가 자신을 버린 남자친구에게 복수하는 걸 도왔다가 무토 미쓰코가 어릴 적 자신이 짝사랑했던 아역배우임을 깨닫습니다. 그러다 보스의 딸인 무토 미쓰코를 찾아다니던 야쿠자들에게 붙잡히고 말았지요. 야쿠자들은 하시모토 고지가 보스의 딸인 무토 미쓰코를 꼬드긴 남자라고 착각해 그를 죽이려고 합니다.

하시모토 고지가 죽기 직전, 무토 미쓰코가 하시모토 고지는 자신과 아버지의 숙원인 영화 촬영을 진행할 감독이며, 그렇기에 이 인물과 함께 있었다고 주장하지요. 이제 하시모토 고지의 목표는 무토 미쓰코의 거짓 연인을 연기하는 것에서 야쿠자들이 즉흥적으로 찍는 영화의 거짓 감독을 연기하는 것으로 뒤바뀌게 됩니다. 야쿠자들에게 쫓기다가 야쿠자들에게 명령을 하는 정반대의 역할을 맡게 된 것이지요. 이 정도면 누가 봐도 이상하기 짝이 없는 하루 아닌가요?

지금까지도 막장이었겠죠. 하지만 막장 파트에서는 보다 높은 차원의 막장이 요구됩니다. 광인과 철부지가 대활약을 펼칠 차례예요. 작품의 분위기에 따라 사상자가 손에 꼽을 수 없을 정도로 터져 나오기도 할 테고요. 괴물이 뜬금없이 퇴장하기에도 좋은 파트입니다.

막장 파트에서는 폭탄이 터져야 해요. 난장 파트에서 뭔지도 모르고 불을 붙인 폭탄이 터질 차례인 거죠. 이 모든 것은 스스로 불러온 재앙이니 하소연하기도 부끄러울 거예요. 등장인물들은 이렇게 자신의 결여와 마주합니다. 다른 장르였다면 이들은 결여를 극복하려고 하겠지만 하이스트물에서는 결여가 보다 더 심화되는 방향으로 결론을 내리는 경우가 훨씬 많아요.

어떤 인물은 보물을 손에 넣기는커녕 목숨이라도 부지하기를 기도해야 할 겁니다. 등장인물 전원이 기도하게 될지도 모르겠네요. 막장 파트에서는 충격적인 상황이 연이어 쏟아질 겁니다. 이렇게 막장스러운 전개는 중간점 파트에서 급작스레 투입된 인물의 영향일 가능성이 높지요.

여기서부터 일어나는 일은 돌이킬 수 있으리라 상상조차 하지 못할 정도로 끔찍해야 해요. 돌이킬 수 있는 여지를 준 다음 관객의 기대를 배신하는 식으로 뒤통수를 쳐 보다 더 깊은 절망에 던져놓든지요. 등장인물의 결여도 여기에서 일정 부분 영향을 미칠 테고요.

'가까이서 보면 비극, 멀리서 보면 희극'이라는 말이 있지요?

등장인물에게 이입해서 보면 막장 파트는 눈물과 한숨이 나오는 장면뿐이겠지만, 멀리서 보면 눈물이 날 만큼 웃기고 한심한 장면뿐이겠지요. 그러니 이 파트를 만들 때는 등장인물과 가까워졌다 멀어졌다를 반복하며 비극과 희극을 번갈아 보여주세요.

〈번 애프터 리딩〉 2008, 코엔 형제

한 발의 총성이 울리고 모든 것이 무너지기 시작합니다. 누군가는 동료를 잃고 누군가는 살인자가 되었으며 누군가는 연인과 이별하게 되었거든요. 이 작품의 막장 파트에서 일어난 사건은 보다 복잡하고 끔찍합니다만 일단 이렇게만 정리하지요. 중요한 것은 명확한 인과관계보다 등장인물 대부분의 계획이 실패해 예상하지 못했던 최악의 상황이 되었다는 사실이니까요.

등장인물 입장에서는 안타깝지만 창작자로서는 기쁘게도 이들이 겪을 불운이 한 차례 더 남았습니다. 이들은 막장에 처했으면서도 잠시 후 닥쳐올 마지막 파국을 각오해야 하거든요. 이들은 이 상황을 개선하기 위해 또 다른 계획을 세우려고 하겠지만, 관객이라면 누구나 이 계획이 다시금 실패하리라 예상하겠지요.

〈베이비 드라이버〉 2017, 에드거 라이트

범죄자 일당의 작전에 문제가 생겼습니다. 잠복 중이던 경찰과 총격전을 벌였고 팀원들이 서로에게 숨겨왔던 정체도 들통났습니다. 도시 전체가 국가공무원을 죽인 이들을 잡아 가두기 위해 혈안이 된 것은 덤입니다. 이들은 마지막으로 강도 짓을 한 번 더 저지르고 잠적하기로 계획을 세우고요.

천의무봉으로 진행되던 작전에 생긴 균열을 메우기 위해 무리수를 던지기 시작한 것입니다. 이들의 드라이버 베이비는 급조된 범죄에 동참하는 것이 좋을지 이들을 배신하고 자신만의 판을 짤지 고민합니다. 고민의 결과는 이 파트의 제목과도 같습니다. 막장이 열릴 차례지요.

파장

이제는 집으로 돌아가야 합니다. 아직 죽지 않은 등장인물들은 보물을 차지하거나 목숨을 구하기 위해 마지막 도박을 해야 합니다. 그러니 파장 파트에서는 각 인물에게 마땅한 결말을, 가장 유쾌하고 흥겨운 결말을 만들어주면 됩니다.

뜬금없는 반전도 좋아요. 여기까지 왔으면 무슨 일이 일어나도 놀랍지 않을 테니까요. 일본도가 머리에 박혀 죽었다고 생각했던 인물이 되살아나기도 하는 것이 바로 이 파장 파트입니다. 그 인물에게 해야 할 헛소리와 저질러야 할 멍청한 짓이 남았다면 이렇게나 황당한 전개도 가능하지요.

기존 인물들의 관계도 이 파트에서 재정립해주세요. 철천지원수였던 인물들이 동맹을 맺고, 사랑을 고백했던 인물들이 서로의 심장에 칼을 꽂도록 말이에요. 말이 되든 안 되든 재미만 있다면 무슨 일이든 저지르세요.

막장 파트에서 너무 많은 사건이 터진 나머지 대부분 깜박했을 텐데 보물의 행방은 어떻게 됐나요? 앞서 인물들의 행보를 막장으로 만들었다면 이 보물은 누가 얻든지 재미난 결과가 되겠지요. 이들은 결여를 마주했고 그에 따른 결말을 받아들이게 될 거예요.

〈노인을 위한 나라는 없다〉 2007, 코엔 형제

등장인물에게는 각자의 결말이 주어집니다. 그 결말은 사건을 명확한 인과관계에 따라 배치하거나 인물 사이의 갈등을 마무리하는 식의 일반적인 장르 서사 문법과는 무관하지요. 이 작품은 그러한 문법을 무시했다고 보는 편이 옳을 거예요. 암살자와의 대면을 준비하던 도망자는 원인을 알 수 없는 총격 사건에 휘말려 죽었고, 이를 수사하던 보안관은 암살자와 도망자를 모두 놓쳤습니다. 유유자적하게 자신의 절대적인 우위성을 과시하던 암살자는 갑작스러운 교통사고로 낑낑대며 도망치고요.

도망자와 보안관 그리고 암살자는 돈 가방이라는 보물을 매개로 엮여 있었어요. 하지만 파장 파트에 이르러서는 돈 가방의 행방이 중요하지 않습니다. 등장인물들의 계획이나 원칙이 얼마나 무력하고 덧없는 것인지에 대한 교훈만이 중요하지요.

〈위대한 레보스키〉 1998, 조엘 코엔

듀드는 대부호 레보스키와 이름이 같다는 이유로 레보스키 부인의 납치 사건과 연루돼 온갖 세력에게 닦달을 당했습니다. 아내를 되찾기 위해 납치범들에게 돈 가방을 갖다주라는 레보스키, 가짜 돈 가방을 넘기자는 볼링 친구 월터, 볼링팀 라이벌 헤이수스, 납치범들, 레보스키의 딸, 자신을 미행하는 탐정까지, 모두가 듀드를 가르치려고 들었거든요.

하지만 그들의 가르침과는 무관하게 듀드는 상황이 왜 이렇게 꼬인 것인지 깨닫습니다. 코엔 형제가 만든 숱한 등장인물 중 듀드만큼이나 큰 깨달음을 얻은 사람은 없습니다. 그가 얻은 깨달음은 듀드를 가르치려던 모든 이들이 듀드만큼이나 아마추어에 초짜라는 사실이었지요. 우리는 모든 것을 알 수 없다는 사실만이 우리가 알 수 있는 모든 것이라는 깨달음은 듀드를 숱한 하이스트물의 등장인물 중에서도 특별한 인물로 만들어주었어요.

에필로그

이제 마무리할 차례네요. 모든 갈등은 해결됐고 뒷수습만 남았겠지요. 회수하지 못한 복선이 있어도 괜찮아요. 하이스트물이니까요. 인물이 완성된 것 같지 않아도 괜찮아요. 하이스트물이니까요. 넣고 싶은 장면을 다 넣지 못했어도 괜찮아요. 이유는 위와 같습니다.

에필로그는 프롤로그와 대비시키기를 권합니다만 그렇지 않더라도 두 가지만은 지켰으면 해요. 하나는 프롤로그만큼이나 강렬한 이미지일 것. 다른 하나는 등장인물들이 보물을 쫓는 여정에서 어떤 결론을 내렸는가에 대한 답을 제시할 것. 범죄를 긍정하지 않는 작품이라면 등장인물은 보물을 차지하고도 훔친 보물로는 행복할 수 없다는 교훈을 얻었을 거예요. 반대로 범죄를 멋들지게 묘사하는 작품이라면 주인공은 보물을 얻지 못했어도 여전히 막장 짓을 저지르며 행복하게 지낼 테고요.

마지막까지 살아남은 등장인물들에게 후일담을 만들어주어도 좋겠지요. 이미 죽은 등장인물은 유가족이나 동료처럼 그와 관계 맺던 이들을 통해 결말을 그려도 흥미로울 테고요. 이렇게까지 상세하게 이야기를 만들고 싶지 않다면 여운이 남을 장면으로 끝내도 좋습니다. 에필로그 파트 또한 중간점 파트와 마찬가지로 행운량 보존의 법칙을 무시한 채 마음에 드는 방식으로 이야기를 그려나가도 됩니다.

제가 이래도 좋다, 저래도 좋다 하면서 대단한 이야기를 하지 않고 있군요. 하지만 사실이 그렇습니다. 하이스트물의 결말은 어떤 내용이든 좋거든요. 심지어 그 결말이 누구도 만족하지 못할, 납득할 수 없는 내용이더라도 괜찮아요. 우리네 인생이라는 것도 애초에 그렇게 만족스럽고 납득할 만하지 않으니까요. 그러니까 더 재미나고요. 그렇지 않나요?

〈파고〉 1996, 조엘 코엔

모든 사건이 마무리되고, 마지 군더슨은 남편과 침대에 누워 TV를 봅니다. 그리고 그는 남편이 그린 청둥오리 그림이 3센트짜리 우표의 도안으로 결정되었다는 소식을 듣고 축하해줍니다. 남편은 친구가 그린 그림이 보다 비싼 우표의 도안으로 결정되었다고, 3센트짜리 우표는 대단하지 않다고 하지만, 마지 군더슨은 3센트짜리 우표는 자주 쓰이니까 의미가 있다면서 위로를 건

네고요.

앞서의 막장스러운 전개에 비하면 기이하다 싶을 정도로 차분하고 훈훈한 결말이지요. 돈에 대한 욕망으로 가족을 배신하고 동료를 총으로 쏘던 작품을 닫는 장면이 이렇게나 따뜻하다니요. 하지만 그렇기에 앞서의 치졸하고 끔찍한 범죄들이 더 불쾌하게 다가오고, 마지막의 포옹이 더 따스하게 느껴지지요. 작품 내내 반복되던 새하얀 설원과 그 위에 흩뿌려진 피의 이미지가 서로 대비되며 더 강렬하게 각인되었던 것처럼요.

〈블러드 심플〉 1984, 코엔 형제

아내와 그의 내연남 살해를 탐정에게 의뢰했던 남편은 탐정에게 배신당해 죽었습니다. 뒤늦게 현장에 온 내연남은 탐정의 존재조차 몰랐기에 자기 애인이 본인 남편을 살해했다고 착각합니다. 아내는 남편이 죽었으리라고는, 또 자기가 살해자라는 오해를 샀다고는 짐작조차 못한 채 내연남을 대했기에 그런 행동은 더더욱 내연남의 불신을 부릅니다. 탐정은 이들을 전부 죽여서 증거를 없애려고 하고요. 이 난장판이 마무리된 뒤 엔딩크레디트와 함께 포 탑스(The Four Tops)의 명곡인 〈잇츠 더 세임 올드 송〉이 흘러나옵니다.

〈잇츠 더 세임 올드 송〉의 가사는 이렇습니다. 당신은 꿀벌처럼 달콤하지만 벌침처럼 따끔하기도 하다고. 당신이 떠나버려 내 심장이 아프다고. 당신이 남긴 것은 우리가 밤새 춤추며 듣던 그 옛 노래뿐이라고. 당신이 떠난 지금, 그 옛 노래는 분명 같은 곡임에도 불구하고 다르게 다가온다고. 어떤가요? 한 번의 오해로 인해 각자의 행동이 서로에게 완전히 다르게 다가가서 파국에 이르게 되는 이 작품의 결말에 걸맞은, 짓궂기 짝이 없는 선곡 아닌가요?

찾아보기

영상물

시나리오 레시피

지은이 홍지운

펴낸이 한기호

책임편집 정안나

편집 도은숙 유태선 염경원 강세윤 김미향 김민지

마케팅 윤수연

경영지원 국순근

1판 1쇄 발행

2021년 7월 10일

1판 2쇄 발행

2022년 1월 20일

펴낸곳 요다

출판등록 2017년 9월 5일 제2017-000238호

주소 04029 서울시 마포구 동교로 12안길 14 삼성빌딩 A동 2층

전화 02-336-5675

팩스 02-337-5347

이메일 kpm@kpm21.co.kr

ISBN 979-11-90749-23-7 (03800)

요다는 한국출판마케팅연구소의 임프린트입니다.